教育部人文社会科学研究规划基金项目（12YJA751080）资助

曲阜师范大学青年学术文丛

晚清五四时期

儿童读物上的图像叙事

张梅 著

中国社会科学出版社

图书在版编目(CIP)数据

晚清五四时期儿童读物上的图像叙事／张梅著.—北京：中国社会
科学出版社，2016.12

ISBN 978 - 7 - 5161 - 9164 - 4

Ⅰ.①晚… Ⅱ.①张… Ⅲ.①儿童文学—文学研究—中国—近代
Ⅳ.①I207.8

中国版本图书馆 CIP 数据核字(2016)第 261085 号

出 版 人	赵剑英
责任编辑	杨晓芳
责任校对	李　莉
责任印制	王　超

出　　　版	中国社会科学出版社
社　　　址	北京鼓楼西大街甲 158 号
邮　　　编	100720
网　　　址	http://www.csspw.cn
发 行 部	010 - 84083685
门 市 部	010 - 84029450
经　　　销	新华书店及其他书店

印　　　刷	北京君升印刷有限公司
装　　　订	廊坊市广阳区广增装订厂
版　　　次	2016 年 12 月第 1 版
印　　　次	2016 年 12 月第 1 次印刷

开　　　本	710×1000　1/16
印　　　张	34.5
插　　　页	2
字　　　数	466 千字
定　　　价	119.00 元

总　序

学术者，天下之公器也；青年者，学术之希望也。本"孔子文库——学术文丛"，即以汇聚青年，襄助学术为宗旨，以积累吾校青年俊彦之著述，展现人文社会科学之成绩为鹄的。

作为山东省重点高校，曲阜师范大学以"学而不厌，诲人不倦"为校训，秉承"孔颜型范，春秋学统，海岱情怀，洙泗遗风"，数十年来为社会培养众多精英人才及优秀师资，享誉海内。

"南沂西泗绕晴霞，北岱东蒙拥翠华。万里冠裳王者会，千年邹鲁圣人家。"岱岳之阳，洙泗之滨，钟灵毓秀，人杰地灵，斯为黄帝诞生之地，少昊活动之墟，商奄旧壤，周公封国，素称人文荟萃之域，周礼尽在之邦。当春秋战国之际，天子失官，学术下移，私学兴起，诸子争鸣，九流十家，蔚为大观，此中华文化之轴心时代也。而此轴心时代之轴心人物，则鲁国之仲尼也。仲尼祖述尧舜、宪章文武，集上古文明之大成，端赖鲁国历史人文之得天独厚也。

遥想当年，夫子承上启下，继往开来，删订诗书，修起礼乐，赞明易道，制作春秋；杏坛设教，修成康之道，述周公之训，以教七十子，使服其衣冠，修其篇籍，弟子三千，七十二贤，成儒家之集团，士阶层亦以此登上历史舞台，兹后诸子蜂起，百家争鸣，演为中国思想文化之黄金时代。时人已赞其"大哉孔子"、"天将以夫子为木铎"，弟子更叹"天纵之圣"、"自生民以来未之有"。炎汉以降，士大夫及庶民无不尊崇孔子之道，其影响垂两千余年，且远播海外诸国，沾溉后世，垂范千秋。近世史家柳翼谋谓"孔子

1

者，中国文化之中心也"，西哲雅斯贝斯将孔子与苏格拉底、佛陀、耶稣并誉为人类思维范式的奠定者，良有以也。

孔子者，伟大教育家；曲阜，东方之圣地。立上庠于斯，其义深且大焉，非特有功于一时一地，尤别具文化传承与创新之大义也！曲阜师范大学建校迄今，庶乎一甲子矣。经数代曲园人之耕耘，今日之曲阜师大，已成师范教育之沃土，综合性之高等学府，拥有曲阜、日照两大校区，占地二千余亩，涵盖文、理、工、法等十大门类，名家荟萃，桃李芬芳，人文底蕴深厚，九州海外驰名。

然忆昔建校之时，新中国初建，百废待兴，亿兆斯民，同心同德，戮力建设，气象一新。一九五五年，山东省师范专科学校建于泉城济南。翌年，举校迁圣地，更名曲阜师范学院，升为本科院校。长校者，高赞非先生也。高先生出郯城高氏，幼承庭训，及长，师事大儒黄冈熊十力与大儒桂林梁漱溟二先生，宅心仁厚，学养深邃。受命出任曲阜师院院长，筚路蓝缕，艰困万端，书"犹有洙泗遗风，更加众志成城"一联，勉励师生，奋力开拓，使曲园迅速崛起于教育界，其德其勋，永铭史册。尤可言者，高先生自建校伊始，即于孔子文化研究，颇属意焉。曲园之孔子研究，今日于学界占居一席之地，赖高先生开创之力也。戊午年杪，改革开放，国家，曲园亦随之振兴，文、史、哲、政、经、法、教、管、艺诸科，蓬勃发展，欣欣向荣。

"旧学商量加邃密，新知培养转深沉"。数十年来，曲园之人文学术，扎根文化圣地，吸纳传统养分，根深叶茂，硕果累累。洙泗学人，僻处小邑，登三尺讲台，授业传道，退而伏案，执笔撰著，孜孜矻矻，未敢或怠，于学问亦三致其意焉。虽未得大都市之声华，然反得以沉潜学术，安心著述，此其失之东隅，得之桑榆之谓乎！

学术之事，诚非同寻常之事也。梁任公有言："学术思想之在一国，犹人之有精神也，……欲觇其国文野强弱之程度如何，必于学术思想焉求之。"王静安亦谓："提倡最高之学术，国家最大之名誉也。"国家且勿论焉。而学术之于大学，事业之基也；之于学人，立命之本也。夫子倡"为己之学"，后儒秉"知行合一"之教，华夏两千余年之人文学术史，群星璀璨，光耀千古，不逊泰西，然近代以来，重理轻文之风大扇，新世纪以来，商业大潮席卷而来，人文社科无用论，甚嚣尘上；人文学者之清贫，有目共睹。尤其青年学者，于学术念兹在兹，精力充沛，意气风发，思维活跃，惜乎其资历尚浅，负累甚大，困难与机遇并存，痛苦与快乐兼具，民间所谓"青椒"一族是也。虽甘心寂寞，清贫自守，怎奈"压力山大"何！若此，欲得学术繁荣，岂不痴人说梦耶？职是之故，纾困解难，助其一臂之力，走上学术之康庄大道，则学校主事者之所思所念也。有鉴于此，学校社科处积极谋划方案，多方筹集资金，设立"孔子文丛"，以襄助青年学者专著之出版，推动我校之人文社科学术之繁荣发展。

本文丛面向全校人文社科领域青年学者全面开放，凡符合条件之学者皆可自愿申报，学校组织专家匿名评审，入选者由学校组织统一出版。自二零一三年始，每年拟出版一辑，每辑不超过十种。

纵观当今之世，学术之发展繁荣，端在打破学科藩篱，开展学科对话，实现协同创新。然突破成规，谈何容易？必当审慎擘划，期以长远。千里之行，始于足下，九尺之台，起于累土。此"孔子文丛——曲阜师范大学青年学术文丛"计划，面向人文社科诸学科，海纳百川，兼容并包，搭建不同学科交流之平台，其我校人文社会科学协同创新之起点乎？其我校人文社科学术发展繁荣之础基乎？

《曲阜师范大学学术文丛》编委会
二零一三年七月

创新·拓展·增值(序)

朱自强

　　近十几年来，儿童文学的学科面貌正在悄然改观，不论是儿童文学研究的范围，还是研究儿童文学的队伍，都呈现出逐渐扩大的趋势。其中的一个体现，就是文艺学、中国现当代文学、比较文学与世界文学、外国语言文学等越来越多的学科的博士学位攻读者，选择儿童文学课题作博士论文。

　　我与张梅老师认识，是在她师从山东师范大学魏建教授攻读博士学位之时。作为中国现代文学研究领域的知名学者，魏建教授思想活跃、思维敏锐、视野开阔，对儿童文学研究非常关注和重视。大约在 2010 年，魏建教授主持教材《中国现代文学新编》（高等教育出版社，2012 年）的编写工作，嘱我撰写"现代儿童文学"一章，后来因为篇幅所限等原因，改为由我撰写研究文学研究会的"为人生派的文学"一章，以"儿童文学"为其中的一节。虽然这次学术写作未能"尽兴"，但是，中国现代文学史教材写作，能以一定规模和体式，纳入儿童文学，正如教材主编在"前言"中所说，是"尽可能弥补了此前部分中国现代文学史教材的缺失"。

　　由于对学术的包容理解，魏建教授很支持他的博士生从事跨领域研究。2009 年的某一天，魏建教授给我电话，说是他的一位博士生打算撰写儿童文学方面的学位论文，嘱我多与她作些交流。不久，我就接到了张梅老师的电话，开始了我们之间学术上的交流和相互切磋。

因为了解到张梅的图像叙事研究这一课题，自然关注她的研究成果。2014 年，我编撰《现代儿童文学文论解说》一书，在解说郑振铎的《〈儿童世界〉宣言》时，就引用了张梅发表于《中国现代文学研究丛刊》的《从晚清到五四：儿童期刊上的图像叙事》一文中的观点——

> 在《儿童世界》的实际编辑过程中，"图画"的儿童文学功能越来越受到了重视。张梅指出："《儿童世界》上有一个最受儿童欢迎的栏目'图画故事'。最初，郑振铎仅仅沿用了《儿童教育画》上'滑稽画'这种名称。
>
> 到第 1 卷第 9 期，郑振铎便放弃了使用'滑稽画'，创制了'图画故事'的新名称。这说明郑振铎已经敏锐地意识到这种新文体的产生对儿童文学的意义，并开始从最初的沿袭到了自觉建设这种新文体的阶段。"

从现代儿童文学史论的角度，研究晚清五四时期儿童书刊的图像叙事，是一个崭新的课题，非常令人期待。在一些学术会议上见到张梅，我几次问过她博士论文是否出版。她总是谦虚地说，还想进一步斟酌、修改，于此我感受到她是一个踏实、严谨的学者。

今年九月，我收到张梅希望我为她的大作《晚清五四时期儿童读物上的图像叙事》一书作序的电话，自然欣然答应。不隔几日，书稿校样也到了，就利用十一长假通读书稿，并有了以下几个感受。

张梅的这部学术著作是中国儿童文学史研究的一个创新性成果，它明显为中国儿童文学史研究带来了视野的拓展和学术的增值。

以往的中国儿童文学史研究，极少涉及到图像研究，在这个意义上，《晚清五四时期儿童读物上的图像叙事》是一个大的突破。图像之于儿童文学的意义，不同于图像之于成人文学。儿童文学属于一种跨文类的文学艺术，图像叙事就是其中的一个文类。对自己所研究的图像叙事的意义，张梅是具有学术自觉和学科建设自觉的。她在"绪论"中就指出："如果我们再在儿童文学纯文学的圈子里固步自封，就会丧失儿童文学学科嬗变的历史机遇。""在儿童文学纯文学的圈子里固步自封"，这的确是以往儿童文学研究史存在的问题。

儿童文学不是一个实体，而是现代人建构的一个观念。作为一个对事物认识的观念，儿童文学观一方面会随着对事物认识渐趋丰富而改变，一方面会随着接受与研究对象相关的新理论和新方法而发生改变。从张梅的《晚清五四时期儿童读物上的图像叙事》一书可以感受到所谓"读图时代"的问题意识，而她所借鉴、汲取的图像理论、媒介理论、童年研究方法，则拓展了、深化了她对儿童文学的认识，帮助她发展出与以往的许多儿童文学史研究所不同的言说方式。

张梅选择了晚清五四时期的几种重要期刊、教科书、儿童文学读物作为研究对象，这一研究策略就体现出了她对儿童文学观念的拓展，正如她在书中所言，"本书在破除儿童文学的纯文学观念、建立大儿童文学研究框架的基础上，把晚清五四以来的蒙学读物、儿童书籍、刊物、报纸、近代教科书都囊括进来，从中抽取典型文本诸如《小孩月报》、《蒙学报》、《启蒙画报》、教科书、《儿童教育画》、《儿童世界》、《小朋友》等进行深度扫描，力图对晚清五四时期的图像叙事能有一个清晰的史的勾勒。"

重视原始资料的发掘和考据是该著作的一大特点。

历史学家、古典文学专家傅斯年曾说过一句可以视为历史研究、文学史研究的原则的话——"上穷碧落下黄泉，动手动脚找东西。"应该说，张梅的《晚清五四时期儿童读物上的图像叙事》，较为认真地实行了这一学术原则。

张梅在书中说，"……想尽可能地还原当时的历史情境，用史料说话。避免以讹传讹，妄谈虚论。"这不是一种标榜，而是留下了足印的践行。这里试举一例。关于叶圣陶童话的发表出处，作者订正了以往研究的一些讹误，比如，有研究者认为《花园之外》这篇童话也发表在《儿童世界》上，但是作者经过资料查询，证明其实并无其事，而是由郑振铎亲手发表在他所接编的第三集《童话》丛书之中。再比如，有研究者说"1923 年至 1924 年这两年内，叶圣陶还在《儿童世界》上发表过《牧羊儿》、《聪明的野牛》等 5 篇童话，成为他前一个时期童话创作的尾声"，针对此种说法，张梅指出："如果查一下原始资料就会知道，上述说法并不确切"，"在'1923 年至 1924 年这两年内'，《儿童世界》上只有《聪明的野牛》一篇。"为此我也查阅了 1923 年至 1924 年出版的《小说月报》，果然在第十五卷第一号上见到了《牧羊儿》这篇童话，可以作为张梅所质疑的事情的一个补充证据。

这是一种严谨的治学态度，所谓有一份材料说一分话，勉力为之，不勉强出之。在学术风气浮躁，以数量傲人的当下，这种踏实的学术作风是非常可贵的。

有史有论，论从史出，史论结合是该著作的另一个特点和优点。

在掌握了大量的原始资料的基础上，张梅放出历史观的眼光，将图像叙事视为"另一种现代性诉求"，认为"图像正是推动儿童文学现代化的一个重要手段"。我认为，这种定位图像叙事的儿童文学史观，抓准了儿童文学取得现代性的历史脉搏。我在 2000 年出版的《中国儿童文学与现代化进程》一书，虽然也指出主编《儿童世界》的郑振铎重视以图像诉诸儿童的视觉，"这一点在当时是颇具现代性的"，"具有鲜明的'儿童本位'倾向"，但是并没有作详细的研究。现在，张梅对《儿童世界》（也包括对其他儿童杂志）的图像叙事所作的详细介绍、深入研究，是将"中国儿童文学与现代化进程"这一儿童文学史的大动脉式的问题的研究又向前推进了一大步。

关于论从史出，这里也试举几例。

《晚清五四时期儿童读物上的图像叙事》一书呈现了大量的图像，用哪些图像，不用哪些图像，这显然是研究之后的选择，因此，选用什么图像就是研究本身。作者重视对所选图像的"意义"

进行深入、细致的发现和阐释。比如，作者在研究商务印书馆印行的教科书《新修身》里的孝故事时，以《事亲》为例，通过绘画，探究文字中不予表现的成人（父母）对儿童孝行的态度："这种画面处理在一定程度上折射出父为尊、子为卑的封建等级秩序。夏天，父亲欣慰地坐在一旁等待黄香为其扇凉枕席；冬天，父亲手捧一本书坦然地等待黄香为其暖被。"然后，将其与《养蒙图说》中《扇枕温衾》里的父亲形象相比较："《养蒙图说》中《扇枕温衾》的父亲，在黄香大汗淋漓地奋力扇枕之际，光着一只脚、翘着二郎腿悠闲地在旁边坐着。何止是坦然受之，简直对黄香的孝行不以为意、熟视无睹。和《事亲》中父亲的姿态何其相似？《新修身》自然没有把'二十四孝'中极不人道的'郭巨埋儿'编入教科书，在思想史上是一大进步。但从成人对待儿童的态度上看出，清末的儿童仍然处于被漠视的卑下地位，这种现状并没有得到根本扭转。"

在史料的基础上立论，需要有开阔的视野和广博的知识。张梅在详细地列举、分析郑振铎主编的《儿童世界》由"滑稽画"到"图画故事"的转变情形之后，联系到当下的"图画书热"这一形势，论说道："我们通常把现代图画书作为儿童文学的新文体，而'图画故事'就是图画书的雏形。郑振铎当时已经敏锐地意识到这种新文体的产生对儿童文学的意义，他已经从最初的沿袭上升到了自觉建设这种新文体的阶段。的确，以文字和图画互相配合的方式来叙述故事，它涉及的内容是广泛的，如果仅仅用'滑稽画'来命名，无疑是自缚手脚，大大削弱了它表意的范围和深度。长此以往，很容易为滑稽而滑稽。郑振铎最先有了这种自觉，从'滑稽画'到'图画故事'，看似只是简单的名称变化，但由此催生出了儿童文学的一种新文体。由于'滑稽画'更倾向于美术，而不是文学。'图画故事'则落脚点在'故事'，很明显是属于文学的。而且'滑稽'仅仅是儿童文学的一个方面，它永远不是也不可能是儿童文学内容的全部。""'图画故事'从文中插图、'滑稽画'一步步成长而来，最终成为今天儿童文学的重要文类——图画书，这个过程就是一个新文体发生、发展、完善的过程。今天的图画书仍然是一个充满弹性和生机的文体，许多文体都可以采用图画书的方式去陈述。而这种文体实验在郑振铎创编《儿童世界》时就开始了。"这种联系当下的精当的阐释，就真正将郑振铎对"图画故事"的一书探索放了恰当的历史位置之上。

在某种意义上可以说，没有纯然客观的历史叙事。当历史的叙事者选择或一史料加以呈现，其观点已经蕴含其中。张梅研究《儿童世界》时，特别介绍了附夹于杂志的"小画报"这一细节，并于细微处发现了大问题："在徐应昶主编期间，从1923年第7卷第1期开始随杂志发行附载一种'小画报'，这应该就是儿童连环画。后来《儿童世界》杂志社嫌每期琐碎，改为每月一厚册。单独印制，且印刷精美，可以说与现代图画书的形制愈发接近了。但是遗憾的是'小画报'大约发行了一年左右，邮政局不许夹在《儿童世界》里一齐邮寄。1924年第11卷第8期《儿童世界》杂志社把'小画报'改作'图画故事增刊'，每隔四期一次，和《儿童世界》一起钉印，至于内容，仍和从前一样，不过版式不同罢了。就这样图画故事发展成为现代图画书的一种可能性被压制了。"

我在《从感性到理性：中国现代文学史的写作方法——以夏志清和顾彬的文学史写作为参考》一文中曾说："研究文学这个'细腻的东西'的演化过程的文学史，也应该是'细腻'的。……如果文学史写作只是在作宏大的、粗放的论述，不去关注"微小的事物"，就容易使文学史写作变得大而空，玄而虚。"作为儿童文学史论著的《晚清五四时期儿童读物上的图像叙事》一书，不仅选取非常具体的研究对象，而且深入到研究对象的具体细节，主要是图像叙事的细节之中，将图像叙事变成了"细腻的东西"，把儿童文学史研究落到了细处和实处。

最后，我想谈谈儿童文学史研究中思想观照的重要性。

德国汉学家顾彬在他的《二十世纪中国文学史》一书的《中文版序》中说：在中国现代文学史研究中，"各种阐释还在不断地推出，脱离了上述那种语境联系的这些阐释必然失之肤浅，它们拘泥于文本的内部分析并不能给中国文学赋予多少思想史的深度，而只有具备一定的思想史深度才能真正理解中国文学。"

对于儿童文学研究而言，顾彬的上述观点更值得认同。我们的一些儿童文学史著述，或者观点肤浅，或者自相矛盾，往往是因为缺乏"思想史深度"，而有的儿童文学史著述，在重大的、核心的问题的阐述上出现的不当甚至谬见，原因也是出自思想的蒙蔽。

张梅的《晚清五四时期儿童读物上的图像叙事》大都以某一种书刊的研究为章节，以史料的介绍、展示以及图像文本解读见长，不过，全书依然贯穿着一条历史叙事的线索，在这一条线索上，显示出张梅的现代性视野。顾彬曾自信地评价他自己的文学史写作，"我所写的每一卷作品都有一根一以贯之的红线"。如果说，张梅的这部著作也有一条时隐时现的"一根一以贯之的红线"，我觉得就是"儿童本位"这一现代思想。

张梅在研究《儿童教育画报》时，列有"从图像来看现代儿童的建构过程"这样的题目。在作者的描述、论述过程中，我们可以清晰地感受到"童年"的被现代化的过程。作者关注到某些图像中的深意："第7期的封面是一男孩身着童子军服，帅气地骑着自行车。到了第75期的封面（图5-6）虽然还是穿着童子军服的男孩骑自行车，但这时不仅仅是骑，而是潇洒地玩弄着车技。这似乎暗示了现代的儿童可以驾驭现代化的交通工具。在同期内页'滑稽画'栏目中一个红衣男孩嬉笑着踩着高跷，一辆蒸汽火车呼啸着正从他胯下通过。文字表述为'高脚人的胯下，可以通过火车'。这是在1917年6月，火车还是绝大多数中国儿童闻所未闻的新式交通工具。"对这幅画，作者的解读是，"如果火车喻指西方现代文明，高跷就喻指中国传统文化，那么这种顽皮的想像、大胆的东西方并置可谓别有深意。这个画面在某种程度上是根深蒂固的天朝中心思想的一种隐秘曲折的表达。但这些骑自行车的或踩高跷的儿童的确体现了一种现代儿童的自信：我们是现代社会的主人。"

张梅重视儿童读物中的"启蒙"内涵，比如她追问："在晚清旧的教育机制的变革过程中，把孔子奉为至圣先师、以儒家四书五经为核心学习内容的私塾教育与新兴学堂、新兴教科书兴起是怎么碰撞、交流、融合的?"并指出:"在晚清西学东渐历史语境下,《蒙学报》把孔子像放置在创刊号的首页成为一个非常有意味的举动。"

她分析中国人自己创办的最早的儿童期刊《蒙学报》里图像对孝故事的"成人本位"的表现:"由于实践常常偏离儒家思想,统治阶级又一味强化各种愚忠愚孝,这就给图像的表达带来一定难度。尤其是当孝子是儿童时。很多儿童孝子常被画师处理成背影或侧背影,比如第10期'孝行'中'怀橘遗亲'(图2-25)的陆绩也是个背影。从画面看袁术是重点表现的人物,他正面冲着读者,身材高大,穿着华贵,占据着右上方的位置。而作为主角的孝子'陆绩'背冲读者,由于是跪姿,画面中占的空间很小,处于左下方的位置。总体看袁术刻画得细致入微,陆绩的表情、服饰刻画得相对粗疏。袁术形象的高大和陆绩形象的渺小构成了一种上对下、成人对儿童的威压。这种构图方法完全颠倒了主角、配角的关系,突出的反而是应该作为陪衬的成人袁术。这种情况在《蒙学报》很普遍。如果成人和儿童出现在同一幅画面中,视觉的焦点一定是成人。在以孝悌为根基构建的君君臣臣父父子子的等级秩序中,'子'位置决定了即使儿童是故事的主角在画面中也被压制成从属角色。"

张梅警惕《小孩月报》的"启蒙"是否具有现代性,她引用并认同陈恩黎的重要观点(《小孩月报》"并不通向西方启蒙运动所追求的'信仰、理性、自由与怀疑'等核心价值,而是通向如何以现代媒介为载体的'形塑儿童'之路……《小孩月报》所开启的'启蒙之路'并没有完成一种对传统中国文化形成挑战、颠覆和互补的横向文化移植,而是变异为在现代化名义下继续绵延的纵向繁殖,进一步加大了传统中国对童年的不信任以及意欲多方规范、塑造与利用的文化惯性。"),指出"《小孩月报》中的儿童形象并没有呈现出现代儿童观主张的儿童主体性。"

在国学热、中国文化本位思潮兴起的当下,张梅对"西方"有一种放松的心态:她指出许敦谷笔下的"小姑娘的脸部造型其实更酷似于西方儿童，而且手中的洋娃娃的造型和装束完全是西方的儿童形象。"并认为，"也许在一个万物皆有灵且平等的童话世界里，一个长袍马褂的'缩小的成人'形象会显得怪异"。"鲁迅所批判的'钩头耸肩，低眉顺眼，一副死板板脸相的所谓'好孩子'的儿童形象，或者鲁迅所言的多数儿童呈现出的'中国式的衰惫的气象'在《儿童世界》是看不到的。"张梅颇有意味地指出："看民国成人书刊会明显感到民国气象，即使最新潮的月份牌和《良友》中的风气之先的时尚女郎，也多是旗袍装束。而看儿童读物，则没有距离感，也没有陌生感。因为民国儿童书刊中的儿童形象与当下儿童形象实在相似。……儿童书刊根本放弃使用生活中真实儿童为写生对象，勾画的全是西方式的儿童。图像中的儿童没有长袍马褂，没有褴褛，没有苦难，没有一点老中国的影子。这当然都是一厢情愿地对西方的现代想象。""正是这股强大的想象西方的冲动和实践，对 20 世纪儿童文学的走向产生了深远的影响，并深刻影响着当下成人社会对童年的普遍假设。如果当时还是对西方的一种想象式的描画，那么现在'全球化'已经'化'到了我们日常生活中来，完全改变了我们的审美习惯。至少当初五四文人们对儿童形象的某些设定现在已经成为现实。"

难能可贵的是，张梅在认同以"西方"的现代性资源进行"童年"的启蒙时，并不轻视传统文化的价值。在张梅的现代性观念里，也包含着对传统资源的发掘和现代转化这一意识："学界普遍认同近代教科书是在参照外国教科书形制的基础上形成的。但具体表述却多把关注点放在近代教科书'新'和'启蒙'的方面，对近代教科书的传统方面有不同程度的忽视。至少现有的研究成果对蒙学读物自身的改良和近代教科书对蒙学读物形式、内容的传承论述不够。然而蒙学教育在中国延续了几千年，蒙学读物更是汗牛充栋，近代教科书的形成绝不是无本之木。笔者更愿意把近代教科书的诞生看成是蒙学读物的现代转型。传统蒙学的现代转型主要是从以下两种路径来实现的：蒙学读物自身的改良和近代教科书在中、外资源的共同作用下逐步形成。"

　　总之，在近年的关于儿童文学史研究著述的阅读中，张梅的《晚清五四时期儿童读物上的图像叙事》是令我眼睛为之一亮，思绪为之一动的著作。在书籍尚未付梓之时，我能先睹为快，深感是自己学术生活中的一件幸事、乐事。

2016 年 10 月 13 日

于中国海洋大学儿童文学研究所

目　　录

绪　　论

当今世界正在进行着第二次重大的文化转向——图像转向。而图像转向在儿童文学领域表现得更为复杂，也更成为儿童文学研究界关注的热点。一方面，儿童文学接受者的特殊性决定了图像在儿童文学中不只是文字的陪衬，也承担叙事和意义的建构。近些年，国内儿童文学中图画书的兴起正是图像对儿童特殊意义的反映；另一方面，儿童文学中同样存在图像娱乐功能的极度强化致使意义被削平、深度消失的现象。图像对文字的霸权已是不争的事实。而且到目前为止我们只是谈论纸质文本上的图像。随着新媒介的迅猛发展，电子媒介图像对儿童生活大规模的侵袭将造成"童年""消逝"的可怕后果，而"童年的消逝"的威胁直接预示了儿童文学自身合法性的丧失。尼尔·波兹曼在指出电子媒介使"童年""消逝"的同时也指出，这个"童年"是印刷术创造出来的①。尽管尼尔·波兹曼的"童年"说有本质化倾向，还需进一步讨论，② 但他的确指出了历史上人们童年观的两个重大转变时期：印刷术发明、广泛应用和电子媒介的崛起。在中国，这两次技术革新同样参与到文化的生产过程中。第一次在晚清五四时期表现最为突出，第二次从 20 世纪 90 年代到当下。在这两个时期内，图像和儿童文学复杂多变的动态关系无疑具有巨大的讨论空间，遗憾的是现有的研究成

---

① ［美］尼尔·波兹曼：《童年的消逝·引言》，吴燕莛译，广西师范大学出版社 2006 年版，第 3 页。
② 张梅：《从"儿童的发现"到"童年的消逝"——关于"儿童"的概念及其相关问题的考察》，《文艺争鸣》2016 年第 3 期。

果多聚焦在当代，而且紧紧围绕着儿童文学中图画书的文图关系展开，缺乏对图像和儿童文学关系的整体观照。对晚清五四时期的文图关系明显关注不够。多数研究者仅仅在考察图画书起源时上溯到1922年郑振铎主编《儿童世界》中的"图画故事"，缺乏对图像在现代儿童文学发生期表现的史学观照。

晚清五四时期儿童读物上的图画故事、插图，以及封面、封底、广告、装帧设计等都蕴含着极丰富的历史文化信息。这些"遗留态"历史①无疑是一个个鲜活、生动、形象的历史叙事。而童书上图像的内容、多少、大小、色彩、位置以及图文的关系等也表述着人们对"童年"的理解。因而对晚清五四时期儿童读物上的图像进行深入、细致地研究，对进一步思考"图像时代"儿童文学"何所来何处去"的问题意义重大。

一

西方叙事学对叙事的解释是"叙述事情（叙＋事），即通过语言或其他媒介来再现发生在特定时间和空间里的事件"②。"其他媒介"都有哪些？罗兰·巴特说："对人类来说，似乎任何材料都适宜于叙事：叙事承载物可以是口头或书面的有声语言、是固定的或活动的画面、是手势，以及所有这些材料的有机混合。"③ 米克·巴尔也在《叙述学》一书中提到"叙述本文（narrative text）是叙述代言人用一种特定的媒介，注入语言、形象、声音、建筑艺术，或其混合的媒介叙述（'讲'）故事的本文"。④ 虽然人类叙事的媒

---

① 黄修己：《中国新文学编纂史》，北京大学出版社2007年版，第281页。

② 申丹、王丽亚：《西方叙事学 经典与后经典》，北京大学出版社2010年版，第2页。

③ ［法］罗兰·巴特：《叙事作品结构分析导论》，载张寅德编《叙述学研究》，中国社会科学出版社1989年版，第2页。

④ ［荷兰］米克·巴尔：《叙述学：叙事理论导论》，中国社会科学出版社2003年版，第3页。

介很多，但最重要的叙事手段是语言和图像。由于"观看先于言语"①。在文字产生前，先民的生活和历史通过上古时期的岩画等绘画方式来呈现就是早期的图像叙事。但岩画负载的信息不能移动，再说用完整的图形来表示事物也不经济，于是图画文字便应运而生。这就是刻画在日常生活器物上的图画符号。②此后逐步演变成象形文字。

我们向来有"书画同源"的说法③，但自从文字诞生后，图画的叙事功能却逐步弱化。而且在中国很长一段时间内"书"的地位都高于"画"。至于"左图右史"传统中所指的图像和《山海经》等古籍中的图像更多是图谱性质，基于名、物混淆的担忧和文字不足以表达形象具体幽微的考量④。明清以来小说中的绣像多是为增添文字阅读的兴致。虽然我们也有《孔子圣迹图》、唐以来的经变图、《三才图会》等，正如鲁迅说的具有"连环图画"性质、具备叙事功能的连续图像叙事，但并不普及。图像在古籍中多是以单幅图画形式存在的，这种图画形式如何体现叙事性呢？通常来说，"语词是一种时间性媒介，图像则是一种空间性媒介"⑤。单幅的图画如何突破空间的局限来表现时间和运动？莱辛说："绘画在它的同时并列的构图里，只能运用动作中的某一顷刻，所以就要选择最富于孕育性的那一顷刻，使得前前后后都可以从这一顷刻中得到最清楚的理解。"⑥以莱辛的观点看，单幅场景画凝固着故事中最富表现力的瞬间，读者可以把这一瞬间复原到故事的时间序列上来完成连续的叙事。"画面上的叙事犹如小说叙事对某个事件进行的定

---

① ［英］约翰·伯格：《观看之道》，戴行钺译，广西师范大学出版社 2007 年版，第 1 页。

② 傅修延：《先秦叙事研究　关于中国叙事传统的形成》，东方出版社 1999 年版，第 22 页。

③ 同上书，第 27—28 页。人们通常认为中国的文字从图画发展而来，但这个问题是有争议的。傅修延列举了几种不同意见。

④ 尊闻阁主人：《点石斋画报缘启》，《点石斋画报》第 1 号，1884 年 5 月 8 日。

⑤ 龙迪勇：《图像叙事与文字叙事——故事画中的图像与文本》，《江西社会科学》2008 年第 3 期。

⑥ ［德］莱辛：《拉奥孔》，朱光潜译，商务印书馆 2013 年版，第 91 页。

格，也像是影视艺术的特写镜头；故事时间仅仅是通过画面的空间性质被暂时悬置，而未曾在画面上显现的情节依然是连贯的"①。因而晚清儿童读物上主要以单幅场景存在的图像也可看作一个事件的切片、缩影，读者仍然可以通过联想完成事件的叙事。

虽然"后经典叙事学"理论越来越关注非文字媒介叙事，其中关于影视、绘画的叙事研究尤为瞩目。但对于儿童读物中的装帧设计，尤其是纯属装饰性的图案，很难说它是某个事件时间点的定格，读者也很难把未出现在画面上的情节连贯起来。其实，"依照《叙事理论百科全书》对'视觉叙事性'（visual narrativity）的界定，关于图像与叙事关系的研究主要涉及两方面的问题：第一，如何阅读图像；第二，图像本身的叙事功能；前者主要是从视觉艺术角度解读图像内容，后者是探讨图像中的叙事性。也就是说，第一个问题强调的是从读者（观看者）角度分析图像的被认知过程，通常涉及对于图像艺术的前理解；第二个问题主要关注绘画形式本身展示的'事'。不难看出，两个方面实际上互为一体"②。也就是说，除了图像本身的叙事功能外，"如何阅读图像"也是一种"视觉叙事性"。"视觉叙事性"是以"视觉思维"为前提。周宪认为传统的认识论里，"看"作为一种感知过程，属于感性认识，经由思维和推理的上升过程，感性认识才达到理性的高度。在语言和图像的二元结构中，语言是思维的工具，而图像是感知的手段，由于思维高于感知，所以图像自然也就低于语言。但是，晚近的研究揭橥了一个值得关注的发现，那就是视觉其实和思维并无二致。思维过程中所具有的种种心理过程在视觉中同样存在：抽象、推理、分析、综合等。③"图像艺术的前理解"其实还涉及文化权力的设定，"怎么看"远比"看什么"更为重要。因为"我们观看事物的方

---

① 申丹、王丽亚：《西方叙事学　经典与后经典》，第255页。
② 同上书，第253页。
③ 周宪：《看的方式与视觉意识形态》，《福建论坛》（人文社会科学版）2001年第3期。

式，受知识与信仰的影响"。①

因而，本书研究的重点既要考察图像如何在晚清儿童读物中兴起：从单幅到多幅，从插图到图画故事再到无字漫画，从叙事的点缀到直接介入叙事，从而改变了儿童文学的呈现方式和阅读方式，成为 20 世纪乃至 21 世纪的一种文化选择，同时也考察图像中的"童年"如何深刻影响着成人社会对"童年"的普遍假设等问题。

二

由于传统儿童文学现代性转型是以外国侵略者用枪炮打开中国大门为契机，因而研究时间上起鸦片战争；又由于五四新文化运动真正实现了传统儿童文学的现代转型，因而研究时间下至五四。具体而言，20 世纪 20 年代"儿童文学运动"② 轰轰烈烈的开展是在五四新文化运动的影响下形成的，因而研究时间延伸至 1920 年代中后期。

本书的图像叙事是在儿童读物范围内进行的一种讨论。在学科细化的今天，儿童读物和儿童文学是两个概念。当代学者中最早关注这个问题的是陈伯吹。他在 1985 年曾指出"儿童读物和儿童文学是两个概念：前者是从出版物来说的；后者则以学科的分类来说的，后者只占前者的一小部分，但却是优秀的精彩的部分"。③ 后来的研究者也是以隶属关系来界定两者之间的关系的。比如蒋风主编的《世界儿童文学事典》提到儿童文学与儿童读物"这是两个既有联系又有区别的概念。儿童读物的含义是比较广泛的，它包括所有适合于少年儿童阅读的政治读物、知识读物、美术读物、游戏

---

① ［英］约翰·伯格：《观看之道》，第 2 页。

② 朱自清：《中国新文学研究纲要》，载《文艺论丛　14》，上海文艺出版社 1982 年版，第 3 页。

③ 陈伯吹：《论儿童读物与儿童文学》，载贺宜主编《儿童文学研究　第 19 辑》，少年儿童出版社 1985 年版，第 54 页。

读物、文学读物等。儿童文学仅是儿童读物中的一种"。① 黄云生主编的《儿童文学教程》和王泉根主编的《儿童文学教程》对两者的特征做了比较详尽的辨析:"儿童文学"和"儿童读物"是两个既有联系又有区别的概念。两者的共同性主要体现在它们都是成年人为了少年儿童精神生命的健康成长而创作、改编、出版的精神产品,但两者又有很大的区别。儿童读物的范围要大于儿童文学,儿童文学是儿童读物的一种。儿童文学的文学性是一种有机的、整体性的审美构成,而不只是传达知识内容的形象化手段。相反,儿童读物可以是非文学的,也可以吸收、采用一些文学手法,但并不具备独立的、完整的艺术品格和审美价值。② 这两本书观点相同,论述的话语也基本一致。其他的书籍也多是这个观点,有的书籍在两者的区别上又条分缕析地指出了两者在范围、内容、表现方法等方面各不相同。

儿童文学研究者通常强调儿童文学的文学性,认为它仅仅是儿童读物的一种。这种厘定其实是把儿童文学划定在纯文学的疆界里。于是儿童读物的研究常常处于儿童文学、现代文学、古代文学、教育学、历史学、传播学、艺术学和社会学等学科分立的状态,很难对其进行整体观照。因而有的学者认为如果要推进儿童文学研究就势必破除纯文学的观念。并进一步指出国外的分法恰与国内相反,不是儿童文学从属于儿童读物,而是儿童文学反过来把儿童读物给收编了。在国外"informational books"(知识类图书)一向很受重视。而这类图书包含生物学、物理学、社会科学、应用科学、人文科学等各个学科的知识内容,其实就可以作为我们通常概念中的"儿童读物"来理解。然而"informational books"却属于儿童文学门类下的一种文体。③ 这种提法很具有启发性,这似乎道出

---

① 蒋风主编:《世界儿童文学事典》,希望出版社1992年版,第5页。

② 黄云生主编:《儿童文学教程》,浙江大学出版社1996年版,第8页;王泉根主编:《儿童文学教程》,北京师范大学出版社2009年版,第6页。

③ 李利芳:《中国发生期儿童文学理论本土化进程研究》,中国社会科学出版社2007年版,第351—363页。

了为什么国外自然科学类童书，甚至关于卫生、健康的童书读起来都妙趣横生的原因。由于科学类的知识常常是枯燥乏味的，而国外在创作这类童书时并不是单纯地进行讲解、说明，而是运用文学的手段把知识变成一个个生动有趣的故事或一篇篇优美动人的散文。因而如果我们再在儿童文学纯文学的圈子里故步自封，就会丧失儿童文学学科嬗变的历史机遇。

相对当今儿童文学狭小的研究格局，在儿童文学草创时期，研究者们的学术视野要更为开阔。方秉性在《补助读本的必要和拣选的标准》中对"补助读本"的内容专列了"含有文学价值的"一条，"文学价值"被认为是补助读本的一个必备质素。① 1922 年，唐谷在《编辑小学教科书的程序》一文中，认为小学教科书的文字要有文学意味，所使用的文字应该唤起儿童想象与情感。② 1925 年，周作人在《〈两条腿〉序》一文中，以科学童话《两条腿》为例，分析了科学童话如何通过文学手段而获取审美性③。1931 年，郁树敏在《小学儿童兴趣之调查与研究》中指出要改良儿童读物。由于儿童喜读故事，关于自然科学的书籍也应用小说故事的体裁进行创作。④ 1932 年，陈伯吹《儿童故事研究》出版，鲁继曾在序言中对儿童读物故事化的论述更为明确，他说："故事的讲述对于儿童为至高无上的教育。为父母者和为幼稚园及小学教师者，若能将全部教学故事化，则其收效必较现在远超数十百倍了。"⑤ 陈伯吹则在文中探讨了"科学"读物何以文学化的问题，他别有远见地指出科学读物的"文学化"是必然的发展趋势。⑥ 王人路 1933 年《儿童读物的研究》的出版更是把儿童读物文学化强调到无以复加的地步："凡是供给儿童阅读的书籍，都是要经过一番文学化"。

---

① 方秉性：《补助读本的必要和拣选的标准》，《中华教育界》1922 年第 11 卷第 6 期。
② 唐谷：《编辑小学教科书的程序》，《中华教育界》1922 年第 11 卷第 6 期。
③ 周作人：《〈两条腿〉序》，《语丝》1925 年第 3 卷第 17 期。
④ 郁树敏：《小学儿童兴趣之调查与研究》，《教育杂志》1931 年第 23 卷第 7 期。
⑤ 鲁继曾：《序》，载陈伯吹《儿童故事研究》，北新书局 1932 年版。
⑥ 陈伯吹：《儿童故事研究》，北新书局 1932 年版，第 129—148 页。

"不论是纯文学的材料和科学的材料，一定都要经过一番文学化的熔炼，才能由文学的艺术使各个儿童感到兴趣而加以注意"。"决没有一种不文学化的读物可以适用于儿童"。① 1933 年，赵侣青与徐迥千在《儿童文学研究》一书中特别就"儿童文学与常识科的关系怎样"这个标题来具体阐述："常识科除自然社会外，再可容纳党义，卫生，园艺，商业，农业等。常识科的教学，为智识的授受，常识书的阅读，足以弥补课内学习之不足。不过一部书而以常识标题，其内容充满理智，缺少思想、想象、情感等要素，其形式大抵为说明文，间有采用记叙及议论的笔法，亦多崇尚客观，不易引人入胜。所以儿童图书馆中，尽多置备此类书籍，然而往往不能得到儿童之青眼一盼。我们如欲改变儿童们对常识书的态度，惟有应用文学的手段，将是项书籍，重行编述，尽量搀入主观的成分，使之经过一回儿童文学化。"② 赵侣青与徐迥千的专著对儿童读物"儿童文学化"的表述最为清晰。

为什么现代儿童文学初创时期的研究者会有如此开阔的"大文学"的研究视野呢？恐怕这与晚清五四以来学科概念还处于生成阶段、文类之间的对话交流活跃、文类的边界模糊等多元共生的社会现实有关。陈平原在关于晚清问题研究时提到要特别注意"敲打各种文类的边界，以及文类之间的对话，探究这些文类的综合、移动或者换位，如何影响到整个文学的变革"③。所以晚清五四以来的这种文类模糊的混沌状态反而包蕴着一种大气磅礴的气势。其种种"不确定性"一方面直接促成了文学发展的多种可能性，另一方面也赋予了后人跨学科研究的视野。

诺德曼建议把"儿童文学"看成一个"知识集"，"任何既定的文本总有许多别的文本在背后支撑，并跟别的文本有许多共同特点：除明显的引用的之外，还包括观念、意象，以及基本的故事范

① 王人路：《儿童读物的研究》，中华书局 1933 年版，第 3 页。
② 赵侣青、徐迥千：《儿童文学研究》，中华书局 1933 年版，第 101—106 页。
③ 李杨：《"以晚清为方法"——与陈平原先生谈现代文学研究中的晚清文学问题》，《渤海大学学报》2007 年第 2 期。

式。最后，所有的文本——也就是人类通过言论、报纸、信件、电视与广播，以及书本来沟通经验的文字——都相互关联。就像字典里的词一样，大部分的意义都体现在与其他词的关联上，需要用其他的词来界定和解释它的意义"①。这种提法极大地拓宽了儿童文学的研究视野，任何文本都不是孤立的，所有的文本在某种程度上都可以成为儿童文学参照的互文性文本。

确实，晚清为儿童编写、创作的读物或教材并非各自分立的并列关系，也并非单线的继承关系，它们有一定的共时性，并相互缠绕、交错，你中有我，我中有你，不仅共同丰富着关于"儿童"的文学想象，而且成为当时及以后相当时期内儿童文学发展的资源。我们也只有把儿童读物置于同一个论述框架下才能厘清其间相互碰撞、对话、交融的复杂关系。因而，本书在破除儿童文学的纯文学观念、建立大儿童文学研究框架的基础上，把晚清五四以来的蒙学读物、儿童书籍、刊物、报纸、近代教科书都囊括进来，从中抽取典型文本诸如《小孩月报》《蒙学报》《启蒙画报》、教科书、《儿童教育画》《儿童世界》《小朋友》等进行深度扫描，力图对晚清五四时期的图像叙事能有一个清晰的史的勾勒。

---

① ［加拿大］佩里·诺德曼、梅维丝·雷默：《儿童文学的乐趣》，陈中美译，少年儿童出版社2008年版，第296页。

第一章 《小孩月报》：多种图像
叙事探索

第一节 《小孩月报》概况

一 《小孩月报》①的版本

（一）《小孩月报》，英文名 *The Children' News*，1874 年（清同治十三年二月）由普洛姆夫人（Mrs. Plumb）和胡巴尔太太（Mrs. Hubbard）创刊于福州。普洛姆是美国美以美会传教士，于 1870 年（同治九年）来华，在福州传教。在他的支持下，普洛姆夫人出版《小孩月报》。月刊，散页，折而不订，主要内容包括《圣经》故事、小说、童话、箴言，插有石印图画，用福州方言编写，文字浅近易读。1879 年（光绪五年）普洛姆夫人去世后，该报由许高志夫人、娲女士、唐女士相继主撰。② 终刊不详。

---

① 《小孩月报》的资料（包括图片）主要来自上海图书馆、《晚清期刊全文数据库》和姜亚莎、经莉、陈湛绮编辑的《民国画报汇编·上海卷》第 77、第 78 册（全国图书馆文献微缩复制中心 2007 年出版）。其中《晚清期刊全文数据库》中的《小孩月报》资料主要以上海图书馆的藏品为基准。上海图书馆藏有的《小孩月报》从 1875 年第 1 期到 1881 年第 12 期。中国国家图书馆藏有五本《小孩月报》合订本的缩微胶卷，从 1876 年 5 月第 13 期到 1881 年 4 月第 12 期，2007 年收入《民国画报汇编·上海卷》。《民国画报汇编·上海卷》中《小孩月报》资料主要以原浙江图书馆的藏品为基准。凡文中图片属于这三种来源的不再注明。

② 《福建省志·新闻志》，福建省地方志编纂委员会编，方志出版社 2002 年版，第 10 页。同时参照［美］范约翰《中文报刊目录》，范约翰的《中文报刊目录》载周振鹤《新闻史上未被发现与利用的一份重要资料——评介范约翰的〈中文报刊目录〉》，《复旦学报》（社会科学版）1992 年第 1 期；周振鹤《范约翰和他的〈中文报刊目录〉》，宋原放主编，汪家熔辑注《中国出版史料（近代部分）》第 1 卷，湖北教育出版社、山东教育出版社 2004 年版，第 89—102 页。

　　（二）《小孩月报》，英文名 *The Child's Paper*，1874 年（清同治十三年二月）由嘉约翰在广州创刊，月刊。同年 10 月停刊迁上海①。国内图书馆迄今未见原刊。但有香港研究者发现英国牛津大学博德利图书馆藏有最初由嘉约翰在广东印发的五期月刊（见图 1 – 1）②，分别为前三期（2 月号至 4 月号）、第 5 期（6 月号）和第 8 期（9 月号）。早在 1852 年 1 月，嘉约翰来华传教前，*The American Tract Society* 创办了 *The Child's Paper* 月刊，内容以儿童德育为主，图文并茂，读者对象为参加安息日礼拜的儿童和他们的父母。此刊物发行后颇受欢迎，创刊数年间便平均月销 30 万份，并颇受美国媒体所推崇，认为每位小孩都应手持一份。嘉约翰来中国 20 余年后，也打算使用这种图文并茂的报刊方式在儿童中传教。于是 1874 年嘉约翰创刊了中国版的 *The Child's Paper*，即《小孩月报》，并在创刊号中写道：

图 1 – 1　《象与犀牛论》，《小孩月报》1874 年第 8 期 9 月号

①　参照［美］范约翰《中文报刊目录》。
②　谢隽晔：《晚清儿童书刊研究》，香港大学博士学位论文，2012 年，第 463—471 页。关于嘉约翰在广州创办的《小孩月报》史料，包括图片，均来自此研究论文。

　　大凡易动童子之目者，莫如绘出有趣有味形图，令其悦观，而后易于引导。由是循循善诱，则示以天国真理，而较易入心也。①

　　嘉约翰关于图像在启蒙中重要作用的认识显然来自美国 *The Child's Paper* 的成功经验。他自己也不讳言对美国版 *The Child's Paper* 的模仿，他说：

　　凡童子正宜善诱，而西国启蒙一道，法亦颇善。每礼拜日则集各童于讲堂听圣道、读《圣经》，启其天性，而按月则每派新闻纸一张，并绘图注说，其中有阐法圣教者，有采取外邦，及中华事迹者，有绘画山川草木鸟兽等类者，俱无非欲开其心思，增其见识而已也。各圣会均属如此，其新闻纸，则或分而派之，或合而派之，意旨甚美，而法亦甚妙也。今本医局于训蒙一道，除讲解圣书外，而每月复派送月报一本，亦欲仿照其意云异。②

　　(三)《小孩月报》(图 1-2)，英文名 *The Child's Paper*，1875年5月5日（光绪元年四月初一）由范约翰在上海创刊，月刊。1881年四月③出满第6年第12期后，同年五月改名为《月报》(图1-3)，英文名不变。续出第7年第1期。到1915年1月又更名《开风报》，英文名改为 *The Monthly Herald*。第二年与福建《少年友》合并，特由上海著名教士潘慎文总主笔政，每月仍出一册。结

---

　　① [美]嘉约翰主编：《小孩月报》1874年2月号（第1期）。
　　② [美]嘉约翰主编：《西国启蒙》，《小孩月报》1874年4月号（第3期）。
　　③ 由于现在使用的公历与晚清时期使用的夏历（即农历）多有不同，因而文中出现夏历使用汉字，公历则使用阿拉伯数字以示区别。

束了《小孩月报》长达近四十年的历史①。

福州的《小孩月报》出版后绵延的时间比较长，也有一定的发行量，但是用福建方言编写，影响不大。研究者普遍认为上海版《小孩月报》是由广州版《小孩月报》继承而来的：首先是两个版本的英文名字相同。范约翰《中文报刊目录》记载该报由嘉约翰于1874年在广州创刊，"1874.10停刊迁上海"②。在传教士内部刊物《教务杂志》记载"在这些期刊中，由嘉约翰教士创刊于广州的《小孩月报》仍旧由圣教书会在上海出版"。《教务杂志》的另一份材料记载"嘉约翰先生同样开始着手于另一份刊物的创办，它是这类型的报刊在中国的第一份，之后嘉约翰说服上海的范约翰接手该报，它至今仍由圣教书会在上海出版"③。这很清楚地点明《小孩月报》由嘉约翰创办，然后转手给上海的传教士范约翰。这段论述同样与范约翰的自述"向有《小孩月报》一则，今友人嘱予续成此报"④相吻合。

广州的《小孩月报》办刊时间短，难以扩大其影响。但嘉约翰把图像视作启蒙儿童"利器"的策略在范约翰接手《小孩月报》后得到极大弘扬。真正对中国报刊和儿童文学产生过较大影响的是范约翰在上海主办的《小孩月报》。因而本书对《小孩月报》的研究以范约翰主编的《小孩月报》为主，又由于受国内《小孩月报》藏品的局限⑤，研究时间界定在1875—1881年。

---

① 参照葛伯熙《〈小孩月报〉考证》，《新闻研究资料》，中国社会科学院新闻研究所《新闻研究资料》编辑室编辑，中国社会科学出版社1985年版第31期，第168页。

② ［美］范约翰：《中文报刊目录》。

③ *The Cllinese Recorder and Missionary Journal*, volume 39, 1908，转引自庞玲《〈小孩月报〉与晚清儿童观念变迁考论（1875—1881）》，华东师范大学硕士学位论文，2009年，第10页。

④ ［美］范约翰：《〈小孩月报志异〉序》，《小孩月报志异》1876年第1期。

⑤ 据谢隽晔的研究，1881年之后的《小孩月报》藏品主要在国外，如美国哈佛大学哈佛燕京图书馆、美国加州大学柏克莱分校史达东亚图书馆、美国哥伦比亚大学柏克图书馆、英国牛津大学博德利图书馆等地。这就给国内的学术研究带来一定难度。谢隽晔：《晚清儿童书刊研究》。

图 1 - 2 　《小孩月报》封面

图 1 - 3 　《月报》封面

二 《小孩月报》简介

《小孩月报》狭长约 32 开本，连史纸铅印，每本年价为洋钱一角五分。最初 12 期 5—8 张不等，自第 13 期（1876 年，即光绪二年四月）起，内页定为 8 张，共 16 面，开始采用黄色粗纸印装封面和封底。封面上除刊名外，还印有"小成孩子德，月朔报嘉音"。"月朔"点明了《小孩月报》每月初一出版发行。封面上或印有目录（图 1-4），或配以图画，两者择一，有英文目录，封底用英文印刷。每期字数一万字左右，内容有游历笔记、地球说略、天文易知、常物浅谈、动植物、省身指掌、保身良法、《圣经》古史、教士近闻等栏目，也有寓言、童话故事。文中载有精美的铜版画（凹版）和黄杨木版画。偶尔会有手绘彩图，如 1880 年 5 月《来因河花园》（图 1-5）[1]，展现了西方绘画的精细优美。1881 年改名《月报》后，大小相当于 24 开本。封面的"月报"使用篆体书写，周围饰上繁复的花纹。1891 年 5 月起改用西国上等彩色纸作封面，封面设计曾几度翻新。最后又改回 32 开本。1914 年改名为《开风报》，出至 12 期后终刊，连同《小孩月报》《月报》正好有 40 年的历史。该刊内容多图画，当时称之为"图画月刊"（Illustrated Monthly）。《小孩月报》最初由上海美华书馆负责印刷，清心书院负责发行。从 1876 年 10 月出版的第 18 期开始，改由清心书院独立印刷发行，1880 年改由中国圣教书会出版发行。

由于《小孩月报》文字浅显、图画精良，在传教的同时也穿插一些互动的小游戏，因而颇受欢迎。到 1890 年范约翰参加在华传教士大会时，其订阅量曾达到每月 4500 份。[2] 订阅的覆盖范围不仅包括上海、北京、武汉等当时基督教较早开始传播的中国城市，还远销美国。[3] 甚至某些教会学校还把它作为开办书院必备的

---

① 谢隽晔：《晚清儿童书刊研究》。
② ［美］范约翰：《中文报刊目录》。
③ 《小孩月报》第 3 年第 12 期。

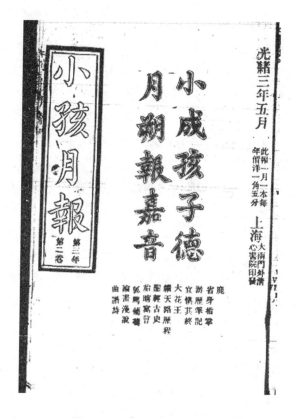

图 1-4 《小孩月报》封面

图 1-5 《来因河花园》,《小孩月报》1880 年 5 月第 6 年第 1 卷

条件之一。①《小孩月报》阅读范围已经不单单局限在儿童群体之内。《万国公报》就曾转载过它的《十大闹》②。广东汕头一位老年盲人，还专门请人给他阅读。③无怪乎当时《申报》上一篇《阅〈小孩月报〉记事》的文章写道："沪上有西国范牧师创设《小孩月报》，记古今奇闻轶事，皆以劝善为本，而其文理甚浅，凡稍识之无者皆能入于目而会于心，且其中有字义所不能达之处，则更绘精细各图以明之，尤为小孩所喜悦，诚启蒙之第一报也。按该报开行有年，近更日新而月盛，说理愈精，销场愈广，固其所也。本馆按月取阅，欢喜赞叹不能已。已爱赘数语以质诸月观该报者。"④

虽然学术界对《小孩月报》是否可称为中国第一种画报还尚无定论。胡道静认为它是"最早的画报"⑤，《申报》上有一篇《画报的起源》则以它为上海最早的画报。赞叹"绘图精美"，同时也指出"不过仍以文字为主，而图画为辅"。⑥而阿英、陈平原则认为，它不具备新闻性，不像报纸，更像刊物，文字也明显比图像多。画报的称呼并不确切。⑦据戈公振对报纸的定义"报纸者，报告新闻，揭载评论，定期为公众而刊行者也"⑧，《小孩月报》甚至不算报纸。对《小孩月报》更准确的称呼应该是一份插图较多的儿童期

---

① 《申报》（一八八〇年一月十四日）栏目"书院情形"有关于烟台设立敬业书院的情况，其中"费用"一栏写道："费用：赁房洋九十五元。看院人每年八十七元。已买美华书院第一次书，洋六十九元一角三分零。买书洋十元。《小孩月报》洋一元五角。《香港日报》每年洋十元。《京报》《上海申新报》洋十五元五角。添桌椅书架等洋六十八元五角九分……"

② 《十大闹》，选录《小孩月报》，《万国公报》1877 年第 436 期，第 26 页。

③ 费毓龄、陈祖恩：《〈小孩月报〉与中国近代启蒙教育》，《新闻研究资料》总第二十六辑，中国社会科学出版社 1984 年版，第 218 页。

④ 《阅〈小孩月报〉记事》，《申报》1879 年 1 月 9 日（戊寅十二月十七日），第 3 页。

⑤ 胡道静：《最早的画报》，载《上海研究资料续编》，上海书店 1984 年版，第 324 页。

⑥ 《画报的起源》，《申报》栏目"百年来的上海报坛"，1947 年 1 月 20 日。

⑦ 阿英：《中国画报发展之经过》，载《晚清文艺报刊述略》，古典文学出版社 1958 年版，第 90—91 页；陈平原：《左图右史与西学东渐——晚清画报研究》，三联书店（香港）有限公司 2008 年版，第 53—54 页。

⑧ 戈公振：《中国报学史》，上海古籍出版社 2003 年版，第 8 页。

刊。但研究者大都注意到《小孩月报》对图像的重视以及它与后来大规模涌现的"画报"存在着一定的承继关系。

　　此外，有学者认为《小孩月报》最值得称道的是刊登了一些原创文学作品。虽然这些作品模仿和雕琢的痕迹明显，但这是近代中国人自己尝试创作儿童文艺作品的开端。① 而胡从经则认为西洋儿童作品的译述更值得称道。他说此中最多的是短小精悍的寓言，原作者是伊索、拉封丹、莱辛等著名的儿童文学作家，基本每期都登载一则至数则不等，如《狮熊争食》《鼠蛙相争》《蚕蛾寓言》《小鱼之喻》《农人救蛇》《蛇龟较胜》《狐鹤赴宴》《狗的影》《狮鼠寓言》等。② 对整天枯对圣贤之书的晚清儿童来说，这些精短的寓言自是新鲜有趣，但今天看来，寓言作为一种训诫意味颇强的文体，它的先锋性已消失殆尽。所以重读这些 100 多年前的译述时，最为称道的不是寓言本身，而是为之所配的西洋画法的铜版画让人惊艳。比如《狐骂葡萄》（图 1－6）今天看来仍不失为一幅出色的

图 1－6　《狐骂葡萄》，《小孩月报》1877 年第 3 卷第 2 期

---

① 谭旭东：《中国少儿出版文化地图》，吉林美术出版社 2011 年版，第 5 页。
② 胡从经：《晚清儿童文学钩沉》，少年儿童出版社 1982 年版，第 47 页。

插图。狐狸的毛发纤毫毕现，笔法精致；狐狸望眼欲穿地仰望着长在高处的葡萄，神态逼真生动，这样的图画恐怕比文字更能引起儿童的兴趣。

三 主创人范约翰简介

范约翰（1829—1917），John Marshall Willoughby Farnham，美国长老会传教士。从青年时期就立志于传播福音，1859 年 10 月受美国长老会的委派，范约翰携夫人启程赴华。1860 年 3 月来到中国，开始了在中国长达半个多世纪的传教之旅。作为一个基督教的笃信者和福音传播者，范约翰一生大部分时间和精力都用来在上海办学、办报和传教。寓华 57 年后，1917 年 2 月 17 日逝世于上海。

传教士在传播教义时附载一些以宗教为题材的精美图像，其用意不过是使教义变得简单、直观，从而使教育水平不高的民众更易接受。图说、图示、图解等图像叙事是宗教传播常用的手段。但那些图像通常是以成人为拟想的阅读对象。《小孩月报》在宗教读物中是专事启蒙孩童，又附载一些与宗教无关的精美插图，并且广受欢迎的儿童书刊。范约翰为什么在传教中对启蒙孩童用力甚勤，并在办刊中对图像颇为倚重，或许我们可以从范约翰自己的陈述中一窥堂奥。

范约翰曾说："仆航海东来，客华已十余载矣。中土人情，颇能领略，华邦文义，尚未精详。然性质虽疏，未尝学问，而裁成有志，愿启童蒙。"[1]"愿启童蒙"并非范约翰来中国的最初目的。范约翰当时来中国抱着一腔热忱，"以救斯亿万生灵脱离魔鬼之羁绊，享天赐之永福。然既至中华，则又每苦于风土人情之不谙，语言文字之隔膜，望洋兴叹，自觉无能为力，乃彷徨四顾，访求同志于华人之中。无奈异教之势固，而迷信之焰炽，芸芸众生，谁非魔鬼之子民，又安从而得其人哉"。19 世纪中期外国教会的势力还很微

---

① 〔美〕范约翰：《〈小孩月报志异〉记》，《小孩月报志异》1875 年第 2 期。也可参见《申报》1875 年 5 月 18 日《新添〈小孩月报志异〉记》，略有差异，比如第一句为"仆奉耶稣圣教"。

弱，传教阻力较大。因而范约翰不得不退而求其次转而"启童蒙"、办学堂。正如他在自叙中所言"今教会中既不可得，则请谋其次焉。集多数之童子，使之受教会学堂之教育"。况且在孩童心里播下基督教的种子要容易。他说："凡人达壮年而始悔罪信道者，固未尝不可为笃诚之信徒。然外教之积习既深，一旦而欲扫除纯尽，盖亦难矣。""愿启童蒙"在范约翰看来至少有两种益处，一是可以让教徒从幼年就"脱离魔鬼之羁绊，享天赐之永福"；二是发展传播教义的有用之才，"则其间亦当不乏可任教务之人"①，发展后备力量。

有研究者指出"愿启童蒙"是传教士来华传教受阻中寻求到的一个极好的突破口。因为"从19世纪中叶开始，来华传教士就一直努力试图破解以下困局：如何冲破中国人根深蒂固的闭关自守、傲慢和对宗教的冷漠等森严的文化壁垒，在这个异教徒聚集的区域拥有广大的信徒？因此，以西方先进的器物文明为平台来传播基督教成为他们经常采用的一种迂回战术。不过，令人遗憾的是，此种战术也遭遇挫折"。而范约翰"愿启童蒙"的策略则"成功迈过了中西文化的巨大沟壑，发现了基督教'儒化'的途径"。②

在办学的同时，范约翰发现当时的报刊竟没有适合儿童阅读的，他说："报之为类多矣，或关于国家，或关于商贾，或凭街谈巷议为奇闻，或据怪状奇形为创见，或著诗辞为规劝，或借文藻为铺张，而要之皆无补于童年初基也"③。"奈地隔东西，安得四海英才同为乐育。而教无南朔，庶几环中子弟，共沐熏陶，此《小孩月报》一书所由始也。"④ 所以当嘉约翰希望他能续办《小孩月报》时，范约翰才会慨然应允。

---

① 以上范约翰所言皆选自［美］范约翰《上海清心书院滥觞记》，载朱有献、高时良主编《中国近代学制史料》第4辑，华东师范大学出版社1993年版，第274—275页。

② 陈恩黎：《颠覆还是绵延？——再论〈小孩月报〉与中国儿童文化的"现代启蒙之路"》，《文艺争鸣》2012年第6期。

③ ［美］范约翰：《〈小孩月报志异〉序》，《小孩月报志异》1875年第1期。

④ ［美］范约翰：《〈小孩月报志异〉记》，《小孩月报志异》1875年第2期。

范约翰是如何来经营这份儿童报刊的？他的办刊宗旨在《小孩月报志异序》中有进一步的陈述："予以童年初基，首在器识，文艺次之，故以二者兼而行之，颜曰《小孩月报志异》。俾童子观之，一可渐悟天道，二可推广见闻，三可辟其灵机，四可长其文学，即成童见之，亦非无补。"① 范约翰所言的"器识"其实就是对"器物"的学习，也就是实学。梁启超在论述晚清以来观念演进时曾概括为"器物—制度—文化"这样一种路径。鸦片战争以来，人们首先意识到的就是在"器物"方面与西方列强的差距，然后才是制度、文化方面的求新图强②。范约翰把"器识"放在首位，这一宗旨呼应了晚清"崇实"的思想，在很大程度上反映了当时人们的阅读期待。

范约翰的办刊思想在《小孩月报》栏目的设置上有充分体现。比如"地球说略""天文易知""游历笔记""动植物""常物浅谈""省身指掌"等。他为了做到"理浅而明""词粗而俚"，特别强调"佐以修词，俾童稚心领神会"，而且均"标以图画，令小子触目感怀"③。从范约翰的办刊思想可看出，他对儿童教育、儿童心理、儿童文学都有一定的了解。文字浅近并标以图画也是符合儿童认知规律的。尤其是精美铜版图画的运用使范约翰的办刊思想完美呈现。因而，相对其他儿童读物研究生态的边缘性，《小孩月报》作为一种宗教性的儿童读物却收获了太多研究者的关注。

1960 年法国社会历史学家菲力浦·阿利埃斯在其震动西方史学界的著作《儿童的世纪：旧制度下的儿童和家庭生活》中指出："中世纪没有儿童。""儿童"是一个晚近的概念，"儿童"的概念一直要到 17 世纪，随着新教以及中产阶级兴起才逐步被建构起

---

① ［美］范约翰：《〈小孩月报志异〉序》。
② （清）梁启超：《五十年中国进化概论》，载《梁启超全集》第 7 册，北京出版社 1999 年版，第 4030—4031 页。
③ ［美］范约翰：《〈小孩月报志异〉记》。

来。① 范约翰针对儿童认知特点的办刊方针可以说是 19 世纪西方现代童年概念正在兴起的某种反映。早在 1865 年，即在范约翰主编《小孩月报》10 年前，被认为是儿童文学现代起点的《爱丽丝漫游奇境记》里，有一段经典对话无意中道出了图画对童书的重要性。爱丽丝发现姐姐在看一本书，她翻了一下就把书还给了姐姐，说：一本没有图画又没有对话的书，那有什么意思呢？② 于是爱丽丝才有在百无聊赖、昏昏欲睡中漫游奇境的可能。这说明 19 世纪中期西方社会已经意识到图画在儿童阅读中的重要性。有没有图画可以说是儿童读物与成人读物的重要区别。《小孩月报》作为开向西方文明的一扇窗口，图像精美且文辞浅白，仅就形式而言就很容易博得孩子的欢心。因而《小孩月报》创刊不久就月销 2000 余本。③

四 《小孩月报志异》版本辨析

葛伯熙在《〈小孩月报〉考证》中认为《小孩月报志异》是《小孩月报》第 1 卷第 1 期到第 12 期的重写版，或称为普通版。仅出合订本一册，是范约翰应其友人之请而编写，其篇目与《小孩月报》第 1 卷完全相同，但因为《小孩月报》第 1 期写得还不够浅显易懂，所以他决定写个浅显版的《小孩月报》，于 1876 年与第二年的《小孩月报》一起发行。简而言之，《小孩月报志异》就是为了实现范约翰所谓之"浅显"的方针而重新编辑的合订本④。这种说法的根据是范约翰在《〈小孩月报志异〉序》中曾说："此报前次铅印，文理少加润饰。兹奉诸友来信，嘱余删去润饰。倘能译成官

---

① ［法］菲力浦·阿利埃斯：《儿童的世纪：旧制度下的儿童和家庭生活》，沈坚、朱晓罕译，北京大学出版社 2013 年版，第 1—4 页。

② ［英］刘易斯·卡罗尔：《爱丽丝漫游奇境记》，赵元任译，天津教育出版社 2007 年版，第 1 页。最初译作《阿丽思漫游奇境记》，1922 年商务印书馆出版。此书一出便备受追捧，到 1947 年此书重版 17 次。周作人著《阿丽思漫游奇境记》一文，赞为"绝世妙文"。此后，又出现 1928 年沈从文续篇《阿丽思中国游记》，1932 年陈伯吹续篇《阿丽思小姐》。

③ 《小孩月报》，《申报》广告栏目，1876 年 5 月 18 日。

④ 葛伯熙：《〈小孩月报〉考证》。

话语更佳，以便小孩诵读。余亦深然之。今后浅文叙事，辞达而已。阅者谅之。主人白。"①

但这种说法有明显错误，如果《小孩月报志异》是《小孩月报》的第 1 期到第 12 期的重写版，那《小孩月报志异》至少应该在《小孩月报》发行的第二年，即 1876 年四月刊发。可是目前见到的《小孩月报志异》只有两期，分别为 1875 年四月第 1 期、1875 年五月第 2 期。范约翰在《申报》上为创刊登载的广告《新添〈小孩月报志异〉记》，这一期《申报》出版日期是 1875 年 5 月 18 日。但多数研究者都沿用葛伯熙《〈小孩月报〉考证》中的说法，以讹传讹②。

谢隽晔在《晚清儿童书刊研究》中认为："上海的《小孩月报》最初两期以《小孩月报志异》（图 1 - 7）为中文名称，编者希望借此辨别上海和广东两地的《小孩月报》，但此报出版到第三期的时候，终于还是依旧用《小孩月报》之名"，而此报的英文名 *The Child's Paper* 一直没变。③ 这种观点的依据是国内外迄今没见到范约翰接手后编纂的以《小孩月报》命名的前两期，只有以《小孩月报志异》命名的前两期。但范约翰在《小孩月报志异》第 1 期撰写的《〈小孩月报志异〉序》有"此报前次铅印，文理少加润饰。兹奉诸友来信，嘱余删去润饰"，这话又很费解，明明是第 1 期，怎么还有"此报前次铅印"之语？对此，谢隽晔的解释也含混不清，"上海出版的首期《小孩月报》由于文字语言比较典雅，不适合儿童阅读和学习，遂于首期第二版'删去润饰'，兼'译成官

---

① ［美］范约翰：《〈小孩月报志异〉序》。

② 比如《中国近代图像新闻史 1840—1919》和庞玲《〈小孩月报〉与晚清儿童观念变迁考论（1875—1881）》硕士学位论文等研究文章中关于《小孩月报志异》的说法就完全沿用葛伯熙的说法。请参照韩丛耀等《中国近代图像新闻史 1840—1919》第 1卷，南京大学出版社 2012 年版，第 69 页；庞玲《〈小孩月报〉与晚清儿童观念变迁考论（1875—1881）》，华东师范大学硕士学位论文，2009 年，第 23 页。这样以讹传讹的例子不胜枚举。

③ 谢隽晔：《晚清儿童书刊研究》，第 471—472 页。《小孩月报志异》封面图片来自此书。

语'，'以便小孩诵读'"①。按照谢隽晔的说法，似乎第1期的第一版和第二版并不同时出版，可《小孩月报志异》封面上清楚地标明"小裁孩懿德，月朔报嘉音"，"月朔"就是每月初一，也就是每月初一出版一期，并不是一期分开出版。或者范约翰当时只刊印了一张卷首版，收到反馈后重新编写这一期？因现存的资料有限，《小孩月报志异》是否是范约翰接手《小孩月报》后前两期的名称只能存疑。

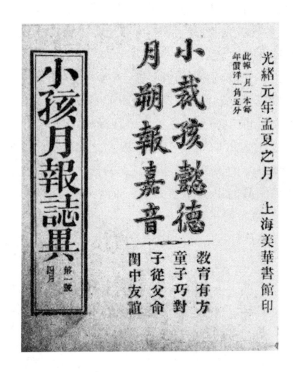

图1-7　《小孩月报志异》封面，1875年第1号

---

① 谢隽晔：《晚清儿童书刊研究》，第471—472页。《小孩月报志异》封面图片来自此书。

第二节 《小孩月报》的视觉启蒙

一 先进印刷技术提供的技术支持

在《画图新报》①（图1-8）②上有一篇读者来稿说道：人皆有所好，而他独好读范约翰主办的《小孩月报》和《画图新报》，并"什袭珍藏，蝉联而下，积成帙"，在盛赞阅读二报可有八大益处后特别指出：

> 况文尚浅明，事求实是，凡言之不能明不能尽者，有画图以达之。细观诸图，有声有色、惟妙惟肖、形容逼真，实为珍品。凡我华人得二报，开拓胸襟，而饱眼福实多。若记声机、天文台、化学器，以及圣书遗迹、古人轶事、海外形胜、巨公小像，皆得致之左右，如见其人，如曾亲历以作卧游，胜听海客谈瀛洲也。令仆把玩不忍释手。又似好山行恐尽之情，且刷印精良，纤芥毕露，目录分明，可以按图索骥，令仆游目骋怀。此赞襄诸君子之功，尤足多也。读格物浅说、论画浅说、足以启人通明物理，读尼虚曼传，足以资人观感。……然益不止此，固宜风行中外，雅俗共赏也。益既如此美备，似可纸贵

---

① 《画图新报》，1880年5月即光绪六年四月，英文名 *The Chinese Illustrated News*，由范约翰在上海创刊，月刊，每月为一卷。上海清心书馆印行。初名《花图新报》，自第二年（即1881年5月）第2卷起改为《画图新报》，改由上海中国圣教书会印行。1914年更名为《新民报》，仍为月刊，由上海中国圣教书会沪汉联会发行，后仍改由中国圣教书会发行。直至1921年（第8年第12期）出版后停刊。《画图新报》使用上等连史纸精印，图文并茂，凹版铜画尤为精美。与《小孩月报》堪称"姐妹花"。栏目设置有"图画""论说""教会近事""说教""科学常识""各种新闻""要紧告白""外国字告白"等。改名《新民报》后，内容有"图画门""教论门""时论门""实业门""卫生门""格致博物门""社说门""诗歌门""通信门""杂志门""译著门""时编门""新闻电报门"。最后又简缩为"时事论说门""教务论说门""五洲杂志门""译著门""时编杂载门"。《花图新报》《画图新报》编辑人均为美国传教士范约翰，改名《新民报》后，由斐有文（Vale Joshua）编辑。柴连复（柴莲馥）亦曾为该报编辑。参照葛伯熙《〈小孩月报〉的姊妹刊〈花图新报〉》，《新闻研究资料》1985年第33期。

② 图片来源：中国国家图书馆、上海图书馆和《晚清期刊全文数据库》。

洛阳乃①。

图1-8　《花图新报》封面

这段话虽有过誉之词，但不可否认，《小孩月报》精美图画对读者的视觉冲击力。西方现代文明的壮观已经不是道听途说似的海外奇闻，而是鲜活、具象的现实。证明就是文中附载的"有声有色、惟妙惟肖、形容逼真"的图画。图像作为一种直观的"证史"②存在，让读者直如身临其境。因而"胜听海客谈瀛洲"就因有图像为助力。而这位读者指出的"记声机、天文台、化学器，以及圣书遗迹、古人轶事、海外形胜、巨公小像"等图像恰恰都是铜版雕刻。当然《小孩月报》也有众多木版雕刻的图片。那么铜版雕刻在19世纪中后期意味着什么呢？

我们先来看看铜版雕刻的小史。我国最早发明了雕版印刷术，铜版雕刻在我国宋代就已经发明应用。

---

①　顾学侣：《读画图新报月报之益》，《画图新报》1891年第11卷第10期。

②　英国人彼得·伯克有本著作《图像证史》，其中有关于图像作为一种历史证据的作用。北京大学出版社2008年版。

宋代铜版印刷主要用以铜铸成的铜活字进行排版印刷，其工序同泥活字印刷基本相同，只是铜活字比泥活字造价高，未能如泥活字那样广为流传。铜版印刷在宋代主要印刷一些商品广告、纸币等。用铜版印刷的商品广告，如北宋时期所印的、流传下来的有中国历史博物馆所藏的"济南刘家功夫针铺"八字，上半部正中刻玉兔捣药图像，左右两边分刻"认门前白，兔儿为记"八字，下半部刻有"收买上等铜条"等28字。另有南宋用铜版印制纸币"会子"。上海市博物馆今收藏有会子铜板，版式长方形，上部右边为金额，左边为料号，当中为赏格文"敕伪造会子犯人处斩。当钱壹仟贯"等字，赏格下文是"行在会子库"五字，再下为花纹图案。南宋时还有用铜板印刷会子的文献记载。①

虽然宋朝以来可以使用铜版雕刻技术印制货币，但印刷专家张秀民则指出"刻印粗糙，并不美观"②。而且，宋代的铜版雕刻和西方凹版雕铜制图术是两个概念，前者是刻字，后者雕图。制作工艺完全不同，制作材料除了铜以外也几无相同。西洋铜凹版刻印地图与图画，在18世纪初已传入中国。比如"意大利画师马国贤（Matheo Ripo，1682—1745，天主教布教会教士）康熙四十九年（1710）到澳门，后来到北京任宫廷画师，比郎世宁来华早5年，曾在北京研究试验蚀刻铜版画（用硝酸腐蚀线画部分）"。③虽然内廷铜凹版刻印技术已经相当熟练，但仅限于为清朝宫廷服务，对社会未产生影响。通常研究者认为近代雕刻铜版（凹版）以地舆学家王肇鋐游学日本，得其法为转机，进入一个新阶段。王肇鋐在日本

---

① 《中国通史》编委会编：《中国通史》珍藏版，吉林大学出版社2011年版，第238页。

② 张秀民：《中国印刷史》，上海人民出版社1989年版，第575页。

③ 范慕韩主编：《中国印刷近代史初稿》，印刷工业出版社1995年版，第62—63页。

学成铜版雕刻技术之后写道：

> 刻铜版之法，创自泰西，行诸日本。镌刻极精图式，宜取诸此。虽细如毫发之纹，亦异常清楚。其免燥湿伸缩之虞也，胜乎木刻；其无印刷模糊之病也，超乎石印。惟刊刻之法固难于木刻，亦迟乎石印。非心粗气浮者所能从事也。兹就其工之次序缕言之：先磨版，次上蜡，次钩图，次上版，次刻蜡，次烂铜，次修版。①

王肇鋐既指出铜刻印刷品无比精美，也指出铜版雕刻耗时长、技术难、投资大。因而在中国难以推广，附有铜版图画的书籍，民间极少见到。王肇鋐的《铜刻小记》属于新学新知的介绍，出版时间是1889年。而《小孩月报》在上海初次出版的时间是1875年，这说明当时的铜版雕刻图片还是非常稀奇的。

那么这些精美昂贵的铜质图版哪儿来的？通常研究者都采用胡道静在《最早的画报》中的说法"报中附印精美铜图，极受人称异赞扬。至于此种铜图的来源，是由英美教会用过之后送来，所以实际上是'废物利用'呢"。② 鉴于铜版雕刻制作工艺复杂，费用高昂，图版制成后本来就是多次使用的。而且铜版较之木版优良之处除了印制精良外，还有易于保存，可以循环使用。不像木版既得防虫蛀还有"燥湿伸缩之虞"。因而"废物利用"的说法其实不准确，应该看作英美教会之间优质资源的共享。从读者来信中可看出对其他教会赠予图版的感恩之心："故得感动西国信士，慨助多金，共襄圣教书会之持久。又助图版，以扩画月二报之规模。仆以二

---

① 王肇鋐：《铜刻小记》，载张静庐编《中国近现代出版史料初编》，中华书局1957年版，第299页。

② 胡道静：《最早的画报》，载《上海研究资料续编》，上海书店1984年版，第324页。胡道静的说法来自《清心两级中学校七十周年纪念册》的说明"按，此种铜图皆由英美教会用过之后送来，取其废物利用"。

报，于小子有造、成人有德……"①

　　铜版雕刻（凹版）最大的优点是纤毫毕现、精致华美，这在《小孩月报》中动物造型（图1－9）上可以有很好的反映。西画写实的手法辅以精良的铜版雕刻技术，自然分外出彩。范约翰使用图像来启蒙儿童的观念借用先进印刷技术的支持得以实现。正如胡从经指出："就当时条件来说，清心书院拥有较佳的印刷设备，这在《小孩月报》的印制质量上充分地体现出来，除字体清晰而外，配置有大量精美的插图更显示了它的特色。这些图采用了西洋的透视法与明暗法，大都形象凸现，黑白分明，轮廓清朗，有立体感，比晚清滥印的木版书中眉目不清的模式化'绣像'富有吸引力。"②运用图像的理念和制作图像的技艺在当时都是一种新学新知，都是在传播西方新文化。所以从这个方面来说，《小孩月报》具有一定的视觉启蒙性。

图1－9　《河马》，《小孩月报》1878年第4卷第3期

---

　　① "画月二报"是指《画图新报》《小孩月报》。参见顾学侣《读〈画图新报〉〈月报〉之益》。
　　② 胡从经：《晚清儿童文学钩沉》，少年儿童出版社1982年版，第48页。

《小孩月报》中除了大量精美的铜版雕刻图片外，也有大量的木版雕刻图片。仅仅第一年，《小孩月报》就新刻了54张新图片①。我们可以从中得知，范约翰使用的图版不仅是英美教会的捐赠、共享，还有大量自己刻制的图版。这54张新图是铜版雕刻画还是木版？

《清心两级中学校七十周年纪念册》里有这么一段话：

> 本校为纽约长老会所创立，凡校中一切开支，向由该会供给。当六十年前，因受南北花旗大战影响，该会因捐款支绌，凡隶属机关，皆减少供给。此时本校校长系范约翰教士，遂改学校为半工半读制，略事收入，以资维持。其工作分为两项：一项种植园艺，一项印刷。此时我国印刷事业颇幼稚，除一二家西人所办活字印刷所外，其余都属木板雕刻，故当日本校之印刷业，规模虽小，实开全国风气之先。同时出有月刊两种：一曰《小孩月报》，一曰《画图新报》。报中附印精美铜图，阅者见所未见，莫不称奇赞扬，故书中附有图画，亦本校开其先导。②

这段话首先指出范约翰当初由于资金短缺把学生改为半工半读，让学生学习活字印刷术，并点明清心学堂印刷业规模虽小但开风气之先。随后指出《小孩月报》《画图新报》印制的"精美铜图"令人称奇。这样很容易让人推理成"精美铜图"也都是本校自行刻印的成果。尤其是《清心堂图记》也有这样的记载：

> 光绪元年创《小孩月报》，月印三千五百本，其刻图排字，

---

① 《小孩月报》，《申报》的广告栏目，1876年5月18日。"此报开哉至今已满一年。承诸人购阅，每次销二千余本。且有诸友人遗下著作相助登报。其间新刻之图共五十有四。本馆此报因小孩而设，是以官话浅文、标以图画……"

② 《清心两级中学校七十周年纪念册》，转引自胡从经《晚清儿童文学钩沉》，第44页。

范模印刷，装订一切，皆满期之生徒为之，无外人相助也。

　　《花图新报》月印三千本，其刻图排字，范模刷印装订一切，皆满期之生徒为之，无外人相助也。①

　　这三段话结合起来很容易给别人造成一种误解，学生的新刻图版是铜版。但笔者以为清心学堂的学生学习的是铅活字印刷技术和雕刻木版画，而不是凹版雕刻铜画。理由如下。

　　1. 人们很容易模糊两个概念：金属活字印刷和金属雕刻图版印刷。《小孩月报》的文字和某些铜版雕刻画（凹版）的制作、印刷是两种不同的工艺。根据《清心两级中学校七十周年纪念册》论述，《小孩月报》采用的是当时还非常先进的活字印刷术。美国长老会传教士姜别利 1858 年来到中国负责美华书馆（先在宁波，1860 年迁到上海），他在中文出版史上重大的贡献是发明电镀中文字模。这种字模和铅字发明以后，美华书馆大量制造，出售给上海、北京等地报馆、书局，成为此后几十年中国最通用的字模和铅字，为中国的出版事业做出了重大贡献。姜别利 1871 年回国以后，作为美国长老会传教士的范约翰也曾主持过美华书馆，并不断发展业务，扩展规模，将美华书馆经营成基督教在中国最重要的出版机构。② 因而，范约翰正是利用姜别利发明的铅活字培养熟练的印刷工人。清心学堂的学生学习的只能是铅活字印刷术，而没有学习凹版铜画雕刻技术。

　　2. 经济条件不允许。铜版昂贵，需要大量资金投入。而当时范约翰正是资金短缺才把学生的学制改成半工半读，不可能有余力去购置铜版。

　　3. 《小孩月报》和《画图新报》中有大量的木版图画。既然所有的印刷事务都由学生自己操作，《小孩月报》的木版插图只能是学生自己制作的。如果学生学习了铜版雕刻图画，又何必用木版

---

① 《清心堂图记》，《花图新报》1880 年第 1 卷，第 112 页。

② 熊月之：《西学东渐与晚清社会》，上海人民出版社 1994 年版，第 481—483 页。

雕刻？也就是说，如果没有经济实力为学生提供铜版，那么清心学堂根本就不可能让学生学习没用的技术。

4. 铜版雕刻图画技术整齐划一与木版雕刻图画技术参差不齐。木版图画多是为中国本土发生的故事配图（图1-10），或者虽是西方故事但人物造型、服饰明显具有东方人的特色，绘画手法也是中国传统的手法。此外，木版插图之间的技术水准悬殊，不像铜版插图那样技术整齐划一，明显是学生的实习作品。

图1-10　《迷途初步》，《小孩月报》1877年第3卷第6期

范约翰让学生从事印刷既解决了学校的经费问题，又为中国培养了第一批印刷人才。这批从清心书院成长起来的学生，日后共同谱写了中国印刷出版业的新篇章。

　　清心中学 50 周年校庆时，办了一次规模较大的校友会，校友会的许多成员都是中国印刷出版行业的翘楚。以下是清心书院一些学生所写的文章，文中有些涉及了早年半工半读的生活。学生王文思说："从范约翰归国后，从其学习英文，为范老师赞理庶务，若《月报》，若《画图报》，若圣教书会，若印书馆及印书刻图等。"学生包文德说："蒙范公约翰多方教育且工且读，为同班友者系高凤池、鲍咸昌等年 18 即入本院旁设之图书新报馆学新印刷艺术 3 年，又尽义务 2 年。"学生张文廉也说："进院，于范所设之小印书房学习排字及印刷等艺 3 年，后经介绍，如江南制造局管理排字印刷事务。"鲍咸昌说："吾不喜诵读，蹉跎岁月。入范公管理美华书馆遂蒙招往学习印刷一业。适与高凤池、包文德、李彤生等诸君同事有 14 年之久"。①

　　这些学生的回忆文章除了向我们证明《小孩月报》《画图新报》印刷、刻图、排字等许多工作是由清心书院的学生完成的；也让我们了解到商务印书馆的创办人夏瑞芳，鲍咸恩、鲍咸昌兄弟，高凤池等都是在清心书院完成印刷技术的学习并粗通英文，同时也是在清心书院他们结下深厚的友谊。夏瑞芳等人日后又是在清心书院推荐下到美华书馆、捷报馆做了多年的排字工人。多年的学习和实践经验使夏瑞芳、鲍氏兄弟等人不只熟悉印刷工艺流程，而且真正大开眼界。

　　他们早年在教会学校学习过英语，知道英语教材是怎么回事，所以对出版《华英初阶》《华英进阶》等英文教材有一种职业敏感。商务印书馆成立后第一桶金就是为初学英语的人印制英文教材。后来也是"赖印刷为之枢机"② 印制文图并茂的教科书为商务印书馆的后续发展源源不断注入资金。1906 年清政府学部第一次审定初等小学教科书暂用书目计 102 册，商务所出的《最新初等小

---

　　① 《清心中学堂五十周年校庆》，上海档案馆。
　　② 庄俞：《鲍咸昌先生事略》，载《1897—1987 商务印书馆九十年：我和商务印书馆》，商务印书馆 1987 年版，第 6 页。

学国文教科书》等52册入选，占一半以上。① 这批教科书的不断印制为商务印书馆带来了巨大的利润，真正实现了从印刷业向出版业的转型，成为民国出版业的巨擘。被胡适称为"一个支配几千万儿童的知识思想的机关"② 的商务印书馆同时也为儿童文学的现代转型提供了物质保证和技术支撑。范约翰创办的清心书院则为中国印刷出版业崛起提供了原初动力。

二　绘画技法的西学东渐

《小孩月报》中的铜版图画不论是栩栩如生的人物、动物造型，还是气势宏伟的全景图，抑或是勾描精微的地舆图，都带给人们非常新鲜的视觉感受，那就是精细逼真。一方面是凹版铜刻的先进技术支持，另一方面也是西方绘画运用写实技法能相对准确地传达出实物的形貌。

在《小孩月报》的栏目"游历笔记"常常对游览所到之处的风土人情进行介绍，其画面对西方国家现代文明的展示尤为惹人注意。比如对"排尔城大桥"（图1－11）的介绍，其宏伟的跨河大桥，高耸的楼房，载人渡河的"自行小艇"等都透露出一种现代都市的味道。图片占据了一个大跨页，或者叫蝴蝶页。画面是气势宏伟的全景构图。近景是波光粼粼的莱茵河水、铁质雕花的桥栏以及整夜通明的煤气灯；中景是奔驰而来的马车、悠闲的行人；远景楼房林立、森然有序。

这与中国画的布局很不一样。西方绘画以写生为主，所以在构图上忠实于自然，所画即所见。不论是近景桥栏上的雕花还是远景中的楼房，均刻画得精细入微。这架横贯莱茵河两岸的大桥由近及远，随着景深的不断加深逐渐缩小，最后消失在画面中的一个"灭点"上。因而画面比较符合人们的视觉感受。中国绘画不主张写

---

① 吴小鸥：《中国教科书审定制之嚆矢——试析晚清学部第一次审定初等小学教科书》，《河北师范大学学报·教育科学版》2011年第3期。

② 胡适：《高梦旦先生小传》，载《1897—1987商务印书馆九十年：我和商务印书馆》，第51页。

生，它讲究气韵生动。也不采用焦点透视，而是散点透视。它是通过视觉活动之后的主观综合，也就是我们常说的"外师造化，中得心源"①。因而不完全是一种视觉感受，更侧重心理感受。丰子恺曾有个生动譬喻：中国画表现如"梦"，西洋画表现如"真"②。

图 1-11 《排尔城大桥图》，《小孩月报》1880 年第 5 卷第 11 期

西方绘画重写实，传统绘画重写意。这本是两种艺术表现手法，无所谓高下。但在晚清"崇实"的思潮下，人们倡导"格致"之学，却"一直无法找到一种与这种'格致'之术相对应的视觉形态。在元、明以后的'图学'传统中，'体物之精微'的视觉经验仍然停留在文字层面上。'栩栩如生'一类的说法只是存在于我

———————

① （唐）张璪：《历代名画记》。
② 丰子恺：《中国美术的优胜（附录）》，载李辉主编《绘画与人生》，大象出版社2009 年版，第 79 页。

们的幻想中，在图像世界我们无法找到与此相默契的视觉形态"①。相较之下，西画的技法可以实现当时人们准确表现实物的要求。因而《小孩月报》特地在 1876 年 9 月第 17 期开辟"论画浅说"栏目，从基本的透视法开始教起，以循序渐进的方式教授西洋画法，一直连载到第 3 年第 12 期。在第 1 期的按语中作者特地进行了一番西画优胜的合理性陈述：

> 大抵孩子都喜欢作画，空闲时就执笔描摹。虽是不成画的格式，然而也有一二可取的。但是只明画的意思，终不懂画的道理，究竟没用。中国的画，并非不好，但是现今的画，不及古时。古人画物，只取象形，今人所画只讲写意，依稀仿佛就是了。物的像与不像不论的。偶然有个喜欢作工细极像的画，反说他是个画匠一类人都不喜欢。西国不是这等，另有画院，考究画士，也像考试一般，头名的受上赏，所以现今的画胜于古时。近来中国西学大行，各省的机器舆图总局，都请西国画师教授。我想此法既行，将来西国的画必定能与中国并行。故此做论画浅说一则，解明画的法子，以后每月续登。使初学的人，依此而行，不无小补云尔。②

启蒙的用意很明确：中国画重写意，鄙视写实，结果画出来的东西"依稀仿佛就是了"。而西洋画重写实，尤其是如今盛行西学，希望借此介绍能使西洋画大行其道。在《花图新报》第一卷《序言》上也登载了一篇盛赞西画更"酷肖"的文章，可以把它看作对《论画浅说》"总论"的呼应：

> 况西国图画，悉皆用玻璃镜在日光中印照，故山川房屋，以及人物巨细等形，无不酷肖，较诸用笔钩勒者更加精巧。爰

---

① 孔令伟：《近代中国的视觉启蒙》，《文艺研究》2009 年第 8 期。
② 海上山英居士：《论画浅说》，《小孩月报》1876 年 9 月第 17 期。

广集绘图，编辑成书，凡道义格致之学，罔不悉备。①

虽然在洋务派主持的学堂、译书局、制造局中，图学受到了高度重视。但当《小孩月报》发表《论画浅说》时，中国近代的童蒙教育似乎还没关注到图学或偏重艺术形式的美育。"论画浅说"专栏是在国内较早对儿童进行西画介绍和美术启蒙的，可以说是民初前后美术革新的前奏。

三 图像版的"海客谈瀛洲"

最近几十年来，印刷术对社会文化的广泛影响受到越来越多研究者的关注。随着研究的深入，人们发现印刷术的革新不只给文化的发展提供物质条件，且因参与了文化的生产过程而深深地影响了人们的日常生活、社会结构、文化形态、思想意识等。同样，"西画东渐"也不仅仅是一种绘画技法的革新，同时也是观看世界方式的改变。

霍尔认为，文化的建立是与经济、政治的社会进程纠结在一起的。文化意义不是空洞地产生的，而是由"被赋予了特定的文化意义"的"生产实践活动"生产出来的。也就是说，"生产实践活动"，以及"消费者在日常生活中对产品的使用"都是"产生意义"的。② 新的文化、思想不会凭空产生，也不会自顾自地脱离旧的社会关系、文化环境，它借助于某些物质的中介来传播和发挥作用，那些生产实践活动与文化活动一样具有文化意义。以这种新的研究视角来反观晚清印刷、绘画的演变时，就不只停留在印刷术提供的技术层面，而是技术运作背后一整套思想观念的变化。

《小孩月报》在发行的前十年，有个长期设立的栏目"游历笔记"。介绍世界各地的地理环境和风土人情，并附有大量具有异国

① 潘治准：《序言》，《花图新报》1880 年 5 月第 1 期。
② 可参照雷启立《印刷现代性与中国现代文学的发生——以清末民初的出版活动为中心》，华东师范大学博士学位论文，2008 年，第 15 页。

风情的图片，以此增加刊物的吸引力，同时增加儿童的地理学知识。《游历笔记》创设于 1876 年第 1 卷第 10 期，初名为《游历笔记兼地球说略》，始于晚清一名教士环游世界的见闻：

> 前报中曾载乘轻气球，可以游览地球，但终不像亲到其境，游历为确。今将前时返美国，所记各处经过的山川形势、风土人情，逐段详载，使看的人，直如同在游历之中，岂不快乎！

文中所说"报中曾载乘轻气球，可以游览地球"正是前一期《乘轻气球游地球说》。文中首先对一种新事物"轻气球"的制作、外观和操作方法进行了详尽的介绍：

> 轻气球用绸缎做成，大如房屋，装饰用各色胶漆。球的外面，用大绳缠络，底下悬一只藤床，大的可住两三个人，小的可住一人。床中带了风雨、时辰、寒暑等表，千里镜、罗盘、沙袋、饼菜食物、器具等件。上有窗，下有门，都是机活巧妙，特为放气之故。临用的时候，取球到煤气局，就像上海街上所用灯内的煤气，顶好是用淡气，因他是顶轻，放在球内，照球腹将满为度。
>
> 欲放球的时候，先用大绳系在球脚。可以放时，然后断绳，任他升腾，渐升渐高，一直升到云外，往下一望，地上山川、城郭，一目了然。御风驶行，顷刻千里，就可以看得见地球上，有三分水，一分地。①

在读者已惊诧于"轻气球"可以飞上天空俯瞰大地的壮举后，下一期又推波助澜说空中游览"终不像亲到其境，游历为确"。那么"游历笔记"就是要进行一番"如见其人，如曾亲历以作卧游，

---

① 《乘轻气球游地球说》，《小孩月报》1875 年第 1 卷第 7 期。

胜听海客谈瀛洲"的全球游历。在信息传播中，文字的解码程序比图像复杂得多，容易造成信息阻遏、混沌、蒙蔽，而图像则直观、鲜活，很多时候都可以一目了然。而且人们更相信"眼见为实"。在传统文化话语系统中，"海客谈瀛洲"近乎痴人说梦、子虚乌有，是人们对一种美好愿景的想象。李白诗句的"海客谈瀛洲，烟波微茫信难求"也点明了瀛洲根本不可见、不可求。即使有图画也是虚幻缥缈。而《小孩月报》中"瀛洲"却是可见的。场面宏大的轮船内的餐厅，在崇山峻岭间奔驰的火车（图1-12），自行控制升降的"热气球"（图1-13），伦敦附近的水晶宫前高约数丈的喷泉，德国精致的八音琴、玻璃瓶、钟、表等（图1-14），气势宏伟的横跨莱茵河的大桥（图1-11），可以极大地提高救火速度和效率的"救火水龙车"（图1-15）等西方图景便栩栩如生地展现在眼前。

图1-12　《火轮车图》，《游历笔记兼地球说略》，
《小孩月报》1877年第20期

图 1 – 13　《热气球》，《游历笔记》，《小孩月报》1877 年第 23 期

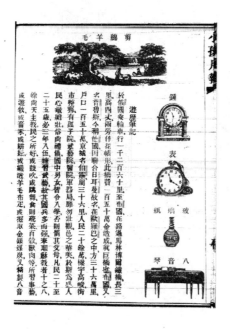

图 1 – 14　《游历笔记》，《小孩月报》1878 年第 4 卷第 1 期

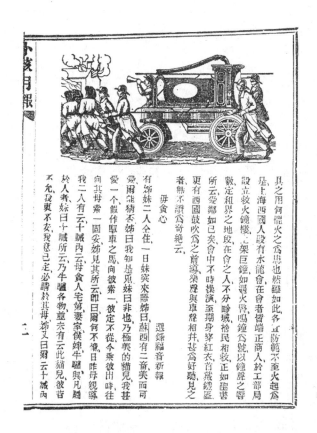

图 1-15 《救火水龙车》，《小孩月报》1879 年第 4 卷第 11 期

　　西画的写实技法能真实入微地反映实物，而凹版铜画精细的技法又能如实地把画面呈现出来。这两种新文化因子的加入完成了对"瀛洲"的一种照相似的复制，从而打造了一种使读者身临其境的现场感。"图像证史"无疑是最具震撼的。《小孩月报》通过"游历笔记"完成了"瀛洲"是"可见"的表述，同时它又通过"地球说略""天文易知"等栏目完成"瀛洲"也是"可求"的论述。

　　在晚清以前的话语表述系统中，常以"四夷外也，中国内也"来阐释中国的地理位置。对于中国以外的国家，不论官方文书还是民间常以"夷"来称谓。这个带有歧视色彩的词汇，透露出古人天圆地方、中国中心的观念。《小孩月报》这扇开向西方文明的窗口却猛然惊醒了梦中人。地球原来是圆的：

> 究之地体乃圆，其形如球，有似于柑，惟南北极处有些平扁。因地球极大，人目只见其近者，故以为平耳。……今姑列四欵为据：一、设有一船，或由东向西，或由西向东，一直远行，回转即至原所。二、设人立海边，见一船由远处而来，先见桅末，后见桅与风帆，再后乍见船身。或船由海边远出，先不见船身，后不见桅，与风帆，再后不见桅末。三、人在极阔平原之所，远见木巅，行渐近，初见许多枝节与杆。四、月蚀之时，地影射于月面，皆为圆形，有此四端，确知地体乃圆无疑。①

甚至，意大利天文学家嘉利阿（伽利略）利用他发明的"千里镜"（望远镜）竟然看到地球之外的星球。他还发现月球表面凹凸不平，也知道地球围绕太阳公转②。如果"乘轻气球游地球"就可以看到"地球上，有三分水，一分地。地面共分六大洲，叫亚细亚、欧罗巴、亚非利加。这三洲的地方是连住的，另有一叫澳大利亚共是四洲，都在地球的东半……"中国仅仅是地球上一个国家，位于亚细亚洲的东部。美国在北亚美利加洲等③。

《游历笔记》上介绍的国家也可以从"地球说略"栏目的"地球图"（图1－16）上找到。"瀛洲"是"可求"的。《小孩月报》从这个意义上来说，图像打造的视觉画面就不只是扩大了读者的眼界，它还直接挑战了天朝中心的陈腐观念。读《小孩月报》可以对西方胜景"按图索骥""游目骋怀"。这个"按图索骥"是个很值得深究的词汇。传教士对西方"器物"文明的传播很大一部分要借助于图像。而国人想了解西方的器物文明，就可以"按图索骥"。"按图索骥"是晚清以来图像表征逐渐增强在读者阅读领域内的折射。

---

① 《天文易知—课论地球》，《小孩月报》1876 年第 13 期。
② 《游历笔记》，《小孩月报》1879 年第 4 卷第 12 期。
③ 《乘轻气球游地球说》，《小孩月报》1875 年第 1 卷第 7 期。

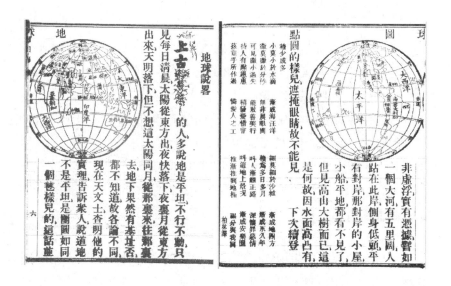

图 1 - 16 《地球图》，《小孩月报》1875 年第 4 期

这种科学的天文知识让读者重新看待自己国家在世界上的位置、与他国的关系，既有利于破除天朝中心的陈腐观念，也有利于建构一种新型的国家概念和"世界"概念。因而，晚清时期又被研究者认为是中国的"地理大发现"时期。① 世界地理概念的产生成为社会激变很重要的助推力量。而这一意义在《小孩月报》的生成很大一部分借助于图像。铜版雕刻（凹版）和西洋画法等技术手段则因参与其间而成为文化生产的一部分。

四 对传统绘图蒙学读物的改良

《小孩月报》曾把某些栏目汇编成一册，以单行本的样式出版，这样就成了书本样式的插图蒙学读物。《小孩月报》曾在 1877 年第 11 期登载了这样几条广告：

---

① 可参见邹振环《西方传教士与晚清西史东渐》，上海古籍出版社 2007 年版，第 71 页。

　　"天文浅说"（LESSONS IN ASTRONOMY）：将重印《小孩月报》中鲍德温教士（Dr. Balwine）所作的"天文浅说"专栏，17 页，10 幅图，66 份，1 美元。

　　伊索寓言和其他故事（AESOP's FABLE AND OTHER STORIES）：25 页，19 幅图，30 份，1 美元。

　　带有文字说明的图片（PICTURE CARDS WITH TEXT）：将"常物浅说"专栏和"省身指掌"专栏中的图画编辑出版，中国纸印刷是 1000 份 1 美元；外国纸印刷是 300 份 1 美元。

　　如果说前两则广告中图画还难以挣脱插图的性质，那么第三则是把《小孩月报》两个栏目中的图片整理汇编，连图成册。文字只是对图画的说明补充。"天文浅说""常物浅说"和"省身指掌"属于实学方面的蒙学读物，伊索寓言是文学方面，这些拥有新知识的插图蒙学读物大大丰富了中国蒙学读物的内容。其实，在《小孩月报》办刊的第一年，即 1875 年，就曾对中国的蒙学读物进行改良，也就是 1875 年范约翰编纂的《花夜记》的出版。《花夜记》原为中国的看图识字书，凡字皆有图，以图释义，一目了然。晚清时《花夜记》一类的看图识字书在蒙学馆中很流行。中国这种看图识字的蒙学书早在 500 年前就有了。张志公认为中国"图、文对照的看图识字课本的出现，不晚于 13 世纪（比欧洲教科书的出现约早四百年）"。他认为最早的祖本应该出现在南宋，现在能看到的是元初的《新编对相四言》①。范约翰在谈起编辑《花夜记》的初衷时也认为中国的看图识字法甚好，但指出此类书印刷粗劣，图画模糊：

　　《花夜记》一书，又叫《四言对相》。书坊中本来有卖的，

---

　　① 张志公：《试谈〈新编对相四言〉的来龙去脉》，载《传统语文教育教材论——暨蒙学书目和书影》，中华书局 2013 年版，第 166—167 页。

其中画的，有人物花鸟等类，使蒙童看图识字，诚是善法。可惜中国的图画，有颜色的尚可辨得出来，若刻在书上印出来的，都是模糊，看不清楚。今将西国精细的图画百有余张，集成一书，也名他为《花夜记》。但是名儿虽同，其实却是两个样儿的。因为向来有的《花夜记》，略而不详，图旁只注一字。没有训解。我们著的第一卷，也是这个样儿。但因图画未曾齐集，故未曾登印。这是第二卷，同第一卷不同，用浅语注释，俾小孩子观看，可以一目了然，共有三十多页，用白连史纸装订。……后尚有第三卷出来，以公同好。本馆特白。①

目前国内各大图书馆未发现范约翰编辑的《花夜记》原刊，谢隽晔考证现存的《花夜记》只有卷一、卷二，范约翰号称即将出版的卷三不见踪影。澳洲国立图书馆藏有卷一，是 1897 年第 4 版；美国西雅图华盛顿大学的东亚图书馆藏有卷二，是 1906 年第 5 版。《花夜记》卷一（图 1-17）介绍了儿童平日常见的 160 个单字和 108 个双字词语，如有关动植物、天象、日常生活器物、人物称谓等词汇，一共 376 个中文生字。每个单字或词语都会附上简单的释义和一幅精美的西式插图，增加儿童的感性认识。更值得注意的是作者将每个词都译成英语，一方面可以让中国儿童接触外语，另一方面也可作为外国人学习中文的课本，可谓一举两得。卷二（图 1-18）仅收录 160 个新的单字和词语，但每个词汇的释义大为充实②。

范约翰主编的《花夜记》相比传统蒙学读物《花夜记》最大的改良就是图画清晰明朗，利用西洋画法的明暗法对物体的大小、形状、体积、质地做了精细的描画。插图的精美一方面是西洋画法的写实性带来的逼真，另一方面则凭借的是印刷技术的优良。根据画面丝丝入扣的精细程度分析，很可能是铜刻凹版画。因为一词

① 《花夜记告白》：《小孩月报》1875 年第 3 期。
② 关于《花夜记》原刊上的史料，包括两张图片，都来自谢隽晔《晚清儿童书刊研究》，第 74—77 页。

图 1-17 《花夜记》卷一，第 1 页

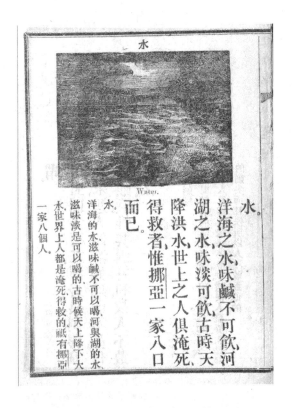

图 1-18 《花夜记》卷二，第 29 页

一图涉及插图较多，很难收集图版。如果利用清心学堂的学生木板雕刻的话，范约翰就不会说"今将西国精细的图画百有余张，集成一书"。因卷二图画少，相对收集容易，所以首先刊载卷二，卷一"因图画未曾齐集，故未曾登印"。

范约翰做的第二个改进是在《花夜记》卷二中不论文字还是图画都大大增加了版面。比如生字"水"，几乎占据一面中二分之一版。插图形似艺术插画，具有一定的审美性，而"对相四言"之类的识字书插图形似简笔画，显然《花夜记》卷二中插图超越了单纯的图画释义功能。文字也不是单纯的训解，而是引进了《圣经》典故，以期通过生字的学习来传播基督教义。"水"便有了这样的内容：

> 水，洋海之水，味卤不可饮；河湖之水，味淡可饮。古时天降洪水，世上之人俱淹死，得救者，惟挪亚一家八口而已。①

范约翰在卷二篇首"序言"中陈述编辑其宗旨：

> 是书文谚参半，博雅者所不取。然我泰西诸国此类甚繁，以其启迪蒙童，俾其见图玩索，渐至认字知书，其益不浅。余闻中华有《花夜记》一书，今扩而充之，加以土语以代注释，亦以此三字题之，希幼学者亦作夜记读之，则庶乎行远自尔，升堂入室之一助云，尔是为序。

范约翰的《花夜记》排版清晰舒朗、字体阔大、图画精美，有利于儿童阅读。范约翰利用浅语、典故、方言和精美图画实现了对传统蒙学读物的改良。从1875年《花夜记》卷二初版到1906年仍有再版的发行情况可以看出，《花夜记》在当时还是有一定的影

---

① ［美］范约翰主编：《花夜记》卷二《水》，第29页。

响。《花夜记》曾作为镇江女塾一年级的识字课本①。蔡元培1899年日记中也有购买《花夜记》的记录：

> 九月廿一日（10·25） 前购《花夜记》2册，美国教士范约翰（John M. W. Farnham，上海清心书院院长）所编印。第一册，一字、两字之名词；第二册，叙器物体用，皆有图，又以苏州语释之，颇便训蒙。②

商务图书馆最初编辑教科书时，蔡元培曾任编译所所长，负责编辑教科书。③再联系商务印书馆的高层管理者夏瑞芳、高凤池等人是清心书院的毕业生，直接参与了清心书院的印刷发行等事务。因而，《花夜记》很可能对商务图书馆的"最新教科书系列"产生一些潜在的影响。当然这需要进一步考证。

第三节 《小孩月报》中的图像、叙事与权力

一 从画图释义到"画图示戒"

前文提到一些类似格致栏目中介绍的新知也只能运用图像来释义，不然就难免有"海客谈瀛洲"的虚妄之虞。因而读者对它的褒扬都把以图释义作为一个显著特色来陈述。"有字义所不能达之处，

---

① 《镇江女塾功课简表》，载朱有献、高时良主编《中国近代学制史料》第四辑，华东师范大学出版社1993年版，第342页。

② 蔡元培：《蔡元培年谱长编》（上册），高平叔撰著，人民教育出版社1996年版，第161页。

③ 蒋维乔在《编辑小学教科书之回忆（1897—1905年）》中提到：商务印书馆编教科书的动机源于夏瑞芳看到东文书籍的畅销，于是请人译稿付梓。但统统滞销，询问张元济原因，张元济认为其内容欠佳，于是设立编译所修改译稿，"张于是介绍蔡元培为编译所长，以谋改进。依蔡之计划，决议改变方针，从事编辑教科书。此商务印书馆编辑教科书之发端也。蔡元培任爱国学社经理，不常驻所中。且商务编译所规模甚小，虽有编辑教科书之议，亦不主聘专任人员，乃用包办方法。由蔡元培先定国文、历史、地理三种教科书之编纂体例，聘爱国学社之国文史地教员任之，蒋维乔任国文，吴丹初任历史、地理"。载《1897—1987商务印书馆九十年：我和商务印书馆》，商务印书馆1987年版，第56—57页。

则更绘精细各图以明之"①、"凡言之不能明不能尽者，有画图以达之"②、"其文辞工雅，意亦新切，且标有图画，使幼童观之，一目了然"③、"每述一事必先绘成一图，刊印精工、惟妙惟肖。作书读，也可作画观。也亦可是诚启发童蒙之善教欤"。④

通过图像来阐释"字义所不能达"的多是实学的介绍：地舆图、地球图、工艺图解或新的科技文明成果的展示等。这类图画相当于洋务运动提倡的"图学"。比如介绍日本长崎的制茶工艺有详图10幅（图1-19），包括采茶图、锅中烹熟、席上摊干、炉中焙燥、炼茶图、出茶之处等。⑤关于煤矿的采矿图也有详图4幅。⑥虽然这些图片直观、清晰，让人对整个工艺流程一望而知。但其主要功能不是叙事，而是对文字解释说明使其明了，也就是图谱性质。

其实，读者来信中"凡言之不能明不能尽者，有画图以达之"的看法是传统中国人对图像作用认识的经典表述。早在明朝，夏履先在论述《禅真逸史》书中的插图时就曾说："图像似作儿态。然史中炎凉好丑，辞绘之。辞所不到，图绘之。"⑦"辞所不到，图绘之"等类似的话一方面标举了图画的不可替代性，另一方面也暗示了图画的从属地位。只有当文字表达不清、不明时才借助于图画。图画使文字的意义能更清晰、更明了地呈现，但只是意义建构的辅助手段。正如陈平原所说长期以来人们更信赖文字的记言记事、传情达意功能，而对图像，则看中其直观性与愉悦性。历史叙述之所以偶尔也会借用图像，只是为了增加"可读性"。对于绝大部分图

---

① 《阅〈小孩月报〉记事》，《申报》1879年1月9日（戊寅十二月十七日），第3页。

② 顾学侣：《读〈画图新报〉〈月报〉之益》。

③ 《新增〈小孩月报志异〉启》，《万国公报》广告栏目，1875年第338期，第29页。

④ 《图绘精雅》，《申报》广告栏目，1876年8月9日。

⑤ 《游历笔记》，《小孩月报》1876年（光绪二年）第17期。

⑥ 《游历笔记》，《小孩月报》1877年第3卷第1期。

⑦ （明）夏履先：《禅真逸史·凡例》，载黄霖、韩同文选注《中国历代小说论著选》（上），江西人民出版社2000年版，第280页。

图 1-19　"制茶工艺",《游历笔记》,《小孩月报》1876 年第 17 期

文并茂的图书来说,文字完成基本的"事实陈述"与"意义发掘",图像只起"以资观感"的辅助或点缀作用。[1]

　　但读者对图像的认知和范约翰借重图像的用意似乎形成了某种有意思的错位。在"天文易知"栏目第一课"论地球"中陈述了各种地球是圆的证明,却不忘最后加上一句"天地万物,原上帝所造成。故称之为造化主"[2]。读者通过"论地球"中介绍的科学知识明白"地球是圆的"这样一种科学道理。但范约翰却通过图像传达的"地球是圆的"是上帝的旨意。显然,读者往往撷取的是图像在认知方面的辅助。而范约翰更看重图像背后文化权力的设定:"谁在看""看什么""怎么看"。

　　[1]　陈平原:《以"图像"解说"晚清"——〈图像晚清〉导论》,《开放时代》2001 年第 5 期。

　　[2]　《天文易知一课论地球》,《小孩月报》1876 年第 13 期。

《天眼皆照》（图1-20）中，有个歹人想趁夜晚去偷人们晾在场上的麦子，因为没有人看见。当他的儿子明白父亲的意思后指着天上说"父亲啊，还有一个地方没看"。父亲问哪个地方没看。儿子说："上头没看！忘了天主常常瞧着我们的行为。"① 原来人们不论做什么事情，上帝都看得见。"天眼皆照"也即上帝之眼无所不在。因而告诫人们其言行都逃不过上帝之眼的审判。芸芸众生则要"睁眼"看见自己的"被看"。而很多人之所以敢为所欲为皆因没有看到"天眼皆照"，就像儿子给爸爸说有一个地方没有看到。《天眼皆照》其实指出了"看"这种行为与劝诫、警示、审判有着深层联系。

图1-20 《天眼皆照》，《小孩月报》1875年第12期

---

① 顾师母：《天眼皆照》，《小孩月报》1875年第12期。

《画图示戒》（图1-21）则更加清晰有力地说明了这一点。阿拿想偷苹果吃，但墙上画像中的人总在看他。他左躲右躲，那人总看得到他，就好像在说："你所做的事我全看见。我也必使人知道。"第二天，阿拿用小刀把画上人像的眼珠挖了下来。当画像上人的眼睛变成两个小窟窿后，阿拿再偷苹果时仍如芒在背，仍然感觉有人在看。因为"天主的眼睛是各处观察。凡人所作不论明暗，难以瞒得过主"。① 如果说墙上的图画对"阿拿"有警示性，那么"画图示戒""天眼皆照"等插图也对读者具有劝诫的作用，这种警示性来自上帝之眼无所不在。

图1-21 《画图示戒》，《小孩月报》1875年第10期

① 《画图示戒》，《小孩月报》1875年第10期。

　　《一块金钱》（图1-22）也是这样一个故事。小男孩拾了一块
金钱，没有送还失主，而是自己留下了。但自此便坐卧不宁，风声
鹤唳。因为他总觉得任何一个人都有可能看到他私藏金钱的行为。
这些小文章当然是通过惩恶行善来宣扬上帝的威力和永远的"在
场"。上帝的永远"在场"是通过"看"来获取信息的。这和人们
日常生活中90%的信息来自视觉感官道理一样。由此，我们可以
得出《小孩月报》强调"天眼皆照"其实是显示了范约翰对"看"
的机制的分外重视。在西方传教士看来，中国作为广大的异教徒生
存的区域，其实是水深火热的魔域。传教士的使命就是使被封闭在
黑暗境地中而不自知的异教徒"睁眼"，看到所处之境的黑暗闭塞、
看到自己的愚昧无知、看到上帝之眼无所不在，从而"脱离魔鬼之
羁绊，享天赐之永福"。

图1-22　《一块金钱》，《小孩月报》1876年第14期

这儿"睁眼"与晚清以来"睁眼看世界"的寓意虽都富含启蒙性，但启蒙的内容、路径、目的却很不一样。晚清的有识之士以及后来的维新人士是通过"睁眼"看到民族的落后和国家的危亡，目的是激起人们奋发图强、强国保种的进取之心。

另外，范约翰作为与中国语言习俗等文化背景完全不同的外国人，在语言交流中遇到的阻隔非常多。语言文字的解码程序比图像来说要复杂得多，图像可以有效克服文字符码传播过程中造成的误读、遮蔽。当范约翰"每苦于风土人情之不谙，语言文字之隔膜"时大力标举图画，正是看重图像传播过程中的迅捷和直观。

事实证明范约翰用"标以图画"的方式开启童智很成功。以至后来研究新闻出版史、印刷史、传教士文化、儿童文学史、画报史等都绕不过去《小孩月报》。范约翰当然也在《小孩月报》广受欢迎的业绩面前更认定图像是启蒙儿童和中下层民众的"利器"。在他接手《小孩月报》办刊 5 年后，他又创办《画图新报》。从《画图新报》的英文名字 *The Chinese Illustrated News* 上可看出是一份"图画中文报"。这显然来自他对图像启蒙重要性的看重，《画图新报》创刊第 1 期还专门请人写了一篇图像叙事重要性的序言：

> 且夫图画之与肇自伏羲八卦，而天文则言舜璇玑，地舆则夏禹象鼎，下迨商周，文教日新，绘事日盛，秦汉以降，踵事增华，上而朝廷黼扆，下而闾阎耕织，靡不供施座右，触目惊心，固非特逞笔墨，恍神志也。美国范约翰先生，学问渊博，性灵颖敏，来寓中华，将卅载于兹矣。思欲以道义之训，格致之理，稗益中土。况西国图画，悉皆用玻璃镜在日光中印照。故山川房屋，以及人物巨细等形，无不酷肖，较诸用笔钩勒者更加精巧。爰广集绘图，编辑成书。凡道义格致之学，罔不悉备。稿初成，情序于余。余谝陋庸才，不足以显扬先生之志，而先生口讲指画之暇，复推以公诸遐迩，靡问寒暑，获益匪

浅，于兹可见。愿阅者悉心体究焉。是为序。①

这段文字含义丰富，力陈图画自古以来在叙事上的重要性。同时从"爱广集绘图，编辑成书。凡道义格致之学，罔不悉备"之句看出范约翰一直致力于搜寻可用之图画的工作中。估计画源可能来自全国乃至海外各地教会人士。此外，范约翰很善于利用本土资源。他非常欢迎宗教在中国传播过程中遇到的故事。他也非常重视这类作品，为配合内容，特地找些中国画师为之配画。②

此外，范约翰汲汲于搜寻图版还在于他更看重图像是传播圣教的有效手段。图像不仅对文字进行解释说明，而且直接参与到文化的生产机制中，是意义的重要承担者。图画的直观性、可视性比文字更能触及心灵，从而达到"令小子触目感怀"的效果。然而图像的警示性是否让读者达到传教士期望的皈依上帝的目的，实在很难说。在传播过程中，读者接受什么、不接受什么，有自己的主体性。很多读者仅仅把图像看作文字的补充，以增加可读性和愉悦性。1876 年《申报》上一篇关于《小孩月报》的广告很能代表一般读者的看法："本埠南门外清心书院送来六月份《小孩月报》一册。其中大意无非惩恶劝善、思偕之于大道也。而愚以为尤妙者，每述一事必先绘成一图，刊印精工、惟妙惟肖。作书读，也可作画观。"③ 这则广告是把文和图分开论述的，《小孩月报》上的文字"无非""惩恶劝善"，并无多少让人振奋之处。但"尤妙者"是逢事必绘图，并且图画"刊印精工、惟妙惟肖"，因而"惩恶劝善"的文字是"作书读"，而"惟妙惟肖"的图画是"作画观"，是可以赏心悦目消遣之用的。传播者和读者之间的裂隙由此看得很分明。

---

① 潘论准：《序言》，《花图新报》1880 年 5 月第 1 期。
② *The Chinese Recorder and Missionary Jounal*, volume 6, 1875, p. 297.
③ 《图绘精雅》，《申报》1876 年 8 月 9 日。

二 从"画图示戒"到"漫画意识"

西方传教者和本土文化接受者之间的裂隙是促成了传教士姿态转变的根本原因。陈平原通过对晚清三种教会读物《教会新报》《天路历程土话》和《画图新报》的考察，指出三种读物体现了从"图说"《圣经》故事到"绣像"《天路历程》，再到"漫画"日常生活的传教的世俗化历程。陈平原指出传教士从"初期的高慢态度"到关注点下移的传教姿态的改变，是与对话者/抗争者互相妥协的结果。① 《小孩月报》从"画图示戒"到"漫画意识"的兴起恰可看出传教士姿态的转变过程。

《小孩月报》上常登载游戏小栏目以增加儿童阅读的兴趣。除了常见的猜谜以外，还刊载过一则以图求文的征文（图1-23）。

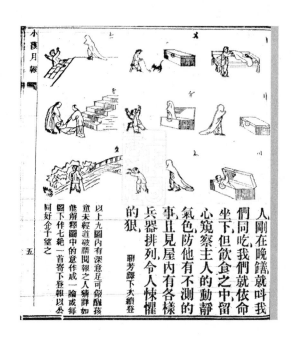

图1-23 《小孩月报》1875年第7期

---

① 陈平原：《晚清教会读物的图像叙事》，《学术研究》2003年第11期。

这9幅图构图虽然非常简单，画面单一，技法稚嫩，甚至拙劣。但却是一个完整的小故事，观图即能明了大意，有很强的叙事性。

一个小童起床之后百无聊赖或者在整理床铺时突发奇想，用床单来装神弄鬼唬人。他藏在一个箱子里等待有人上钩。果然，有个小姑娘来到箱子旁和宠物玩耍。这时，披着白色床单的顽童从箱子里呼啸而出。小女孩大惊失色，扭头就跑。顽童尾随而至，小女孩惊慌失色，失足跌下楼梯。结果女孩腿被摔断，以后只有拄杖而行。

这个故事的灵感来自西方。首先，幽灵的造型与中国鬼魂的造型迥异。中国传统比较恐怖的鬼魂常常是牛头马面或者披头散发。其次，这个故事之所以成立是道具的运用，道具就是那条白色的床单。中国的传统习惯只有丧事才用白色，所以中国人使用的床单肯定不是白色的，而只有白色床单才最具惊悚性。

图画题解中写道：

> 以上九图内有深意足可惊醒孩童。未经道破。请阅报之人猜详。如能解释图中的意，作成一论或每图下作七绝一首，寄下登报以公同好。企予望之。①

这则征文的形式非常新鲜。"以图求文"在某种程度上打破了文字在叙事上的霸权，虽然在征文要求中对其意义的建构提出了限定。但这都无法掩盖这个事件的开天辟地性。它出现的历史意义就预示了图画叙事的升堂入室，由幕后来到台前，不再是"文所不逮"的一种辅助，而是看图说话！如果把这个以图求文的小游戏栏目放置到文化生产方式的历史演变中看，便有了文化革新的意义。

几年之后，《申报》登载署名"寓沪远客"的广告"有《图求说》出售"：

---

① 《小孩月报》1875年第7期。

兹有精细画图十幅，钉成一册，名曰《图求说》，托《申报》馆代售，每册收回工价钱三十文。但图中之人名、地名以及事实，皆未深悉，尚祈海内才人，照图编成小说一部，约五万字，限于十二月十五日以前，缮成清本，由《申报》馆转交。择其文理尤佳者一卷，愿送润笔洋二十元，次卷送洋十元，便即装印成书出卖，余卷仍发还作者，决不有误，惟望赐教为幸。①

这则征文的确是《小孩月报》以图求文的复演。但篇幅、规模要大得多，而且有非常优厚的奖励作为助推。令人意外的是中国最早的稿酬形式竟然是以文字来说明图意的方式来实现的。虽然这个广告备受冷落，却以广告的方式明示了图像可以叙事，也可以用文字来补充不足。之后图像叙事有了更精彩的表演。1877 年 9 月的《申报》创办附刊《瀛寰画报》，成为中国第一份以"画报"命名的刊物。但真正让图像叙事暴得大名的是 1884 年创刊的《点石斋画报》，完全以图像叙事，文字只是为补足图画服务。而且《点石斋画报》上只有画师的署名，无文字作者的名字。尤其是《点石斋画报》上刊登了记录朝鲜东学党事变过程的十幅连续画，后来的研究者常把它作为连环画的最早起源。

此外，这则以图求文征文还透露出"漫画意识"的端倪。陈平原曾对同为范约翰主办的《画图新报》的"漫画意识"进行了详尽的分析，他认为《画图新报》中木刻版画技法很不娴熟，但因其为清心书院的学生所制作，虽幼稚却"蕴含着生机与活力"。清心书院的学生"虽并非美术学院的学生，没有受过造型艺术的专门训练，但良好的生活感觉以及文化趣味，使得其能够敏锐地发现有趣的事物。如此落笔或奏刀，虽不及职业画家准确，却也另有一番滋味"。尤其是运用连续画面讲述一个有趣的故事，"如此以文配图，

---

① 寓沪远客：《有〈图求说〉出售》，《申报》1877 年（光绪丁丑十月十七日）。

开创了图像叙事的新局面"。① 陈平原所举的例子是《乘车落水》
（图1-24）：

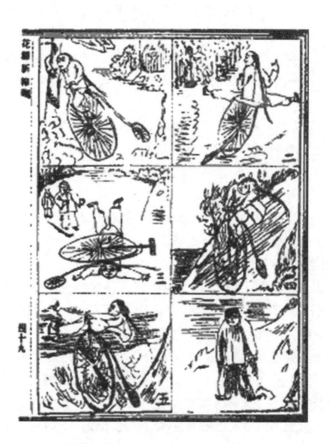

图1-24 《乘车落水》，《花图新报》1880年第1年第5卷

　　西人每于闲暇时，喜乘铁轮小车，不用推挽，而以足蹴
之，名曰脚踏车。其行如风，较马车尤迅疾，然须练习多时，
方能疾趋。有少年某，见而奇之，于西人处借得一车，朝暮抱
树演习，技犹未熟（见图一）。一日乘车而出，遇一老人，一
小童随其后，素识也（见图二）。老人呼其名，偶一点首，顿

---

① 陈平原：《晚清教会读物的图像叙事》，《学术研究》2003年第11期。

遭覆辙，车压于身，不能转侧（见图三）。老人徐步而至，与
小童抬起其车，始得起立。老人大笑而别，某兴犹未足，携车
登山，欲横扫而下，以快胸襟（见图四）。不料车由别径，向
有水处直冲而下，不能收束（见图五）。人车俱落于水，骇遭
灭顶，幸某略识水性，不然几从三闾大夫矣。其车则沉于水
底，不能得出，某乃带水而归（见图六）。此可为孟浪者戒。①

《乘车落水》图的确有了漫画的意味，简单随意，运用虚构、
夸张、变形等手法，构成幽默诙谐的画面，从而取得讽刺的效果。
这种漫画意识如果往前追溯，就可以看到早在5年前就在《小孩月
报》上有所呈现②。

《小孩月报》征文中这9幅图画的确没什么宗教含义，就是生
活中发生的小故事。然而《小孩月报》对其意义的设定却本着宗教
的教化性，绝不是为了好玩有趣的目的。正如题旨所说"以上九图
内有深意足可惊醒孩童"。这不单单叙述偶然的一山顽童恶作剧引
发的悲剧，其重点在其背后的警示性。尤其是对喜好恶作剧的顽
童，勿放纵，要行为庄重，以免酿成大祸。从《小孩月报》上的以
图征文发展到《花图新报》上的《乘车落水》，道德规训的意味有
所弱化。尤其是《乘车落水》图像的趣味性与文字的教化构成了一
种张力。文末的"此可为孟浪者戒"明显是警诫劝告，绝非为博大
家一笑。然而图画呈现出来的更多的是趣味性，正如陈平原所说的
"漫画意识"。文与图的缝隙由此产生。范约翰希望图像能强化文
字中明示的宗教教化，但并非每次文与图都能相得益彰，有时图像
却走向了反面。如果只看《乘车落水》的图画，就颇具娱乐性，至
多讽刺了"少年某"的可笑之处。

"少年某"头脑简单、行为鲁莽或愚蠢，制造出一种滑稽的效果，

---

① 《乘车落水》，《花图新报》1880年第1年第5卷。
② 《小孩月报》上以图征文的九幅画发表于1875年第7期，相当于公历1875年11
月。《乘车落水》发表于《花图新报》1880年第1年第5卷，《花图新报》每月为一卷，
相当于公历1880年9月。

晚清兴起的"滑稽画"有不少起意于此。尤其是把这种简单愚蠢放置在中西文化碰撞的大背景下，它就别具意味了：一方面表现了对西方文明充满了奇幻的想象、强烈的渴求；另一方面又由于不理解造成心理接受上的疑惑。这种在面对西方新知时半拒半迎的矛盾心态大有深意，可以说是我们19世纪以来对待西方文明的一种非常经典的态度，而因东西文化的巨大差异制造的笑料则在晚清民初的漫画中有出色表现。比如某人混混沌沌不知电灯为何物，寻思着既然灯可以点亮，火也能被点燃，于是叼着长烟袋冲着电灯想"对个火"。

《花图新报》上这类"漫画"再往前发展，很快连文字上教训的尾巴也不见了。《儿戏》（图1-25）的文字是这样的：

图1-25 《儿戏》，《花图新报》1880年第6卷

　　有兄妹二孩，于庭中戏。将长板一条，中置一小犬，搁于凳上，各跨一端，摇动为乐。彼端相近有一大树，婆娑可爱；而此端之下，有水一桶，清澈见底。正摇动时，小犬忽惊，欲咬其兄。乃急呼曰：放。其妹急将身耸起，二孩各跌。观图便明。①

不论文字还是图画都没有说明"二孩各跌"后是否受伤，这与《小孩月报》上以图征文的 9 幅图有很大不同。同样是两个小孩游戏玩闹，前者重在两个小孩摔倒后的狼狈来制造一种幽默，后者重在女孩摔倒后致残来达到一种警示，即"画图示戒"。《画图新报》"漫画"表现出向趣味性倾斜在"姊妹刊"《小孩月报》中后期也有呈现（图 1 - 26）。这是幅六格"漫画"，图画生动，文字简短，附在图画旁边，形制已经近似近代漫画。

　　1. 小孩直立坚固之木。2. 惟是此木逐渐分离。3. 钓鱼之孩惊吓呼喊。4. ? 5. 呼救之声闻于远近。6. 幸赖网罾脱离鱼群。②

图画叙述了钓鱼男孩因顽皮大意而不慎落水，后遭鱼群围攻，最终获救的全过程，叙事完整，线条清晰。尤其是圆满的结局掩盖了隐含的劝诫性，使读者的注意力完全聚焦在钓鱼男孩行为的可笑上。于是图画彰显的娱乐性成为主要题旨。陈平原曾指出图画与以妇孺为主体的下层民众的天然联系，除了当初主办者都会提及的"浅显直白"，"下愚者易于见识"，还有下层民众对趣味性的特别追求，说白了就是"俗趣"，也是报刊的主办者需要特别照应的地

---

　　① 《儿戏》，《花图新报》1880 年第 1 年第 6 卷。
　　② 《小孩月报》1885 年 2 月第 10 年第 10 卷。图片来自谢隽晔《晚清儿童书刊研究》，第 530 页。

方。这样更关注阅读者心态的放松，以及由此导致幽默感的产生①。
范约翰主编的《小孩月报》中后期呈现出某种程度的漫画倾向，一
方面对后来儿童报刊上的"滑稽画""图画故事"产生着潜移默化
的影响；另一方面也透露出以范约翰为代表的传教士在传教过程中
意欲整合本土文化而不断调整策略的努力。

图 1-26　《小孩月报》1885 年 2 月第 10 卷

① 陈平原：《晚清教会读物的图像叙事》，《学术研究》2003 年第 11 期。

三 《天路历程摘要》的图像叙事性

（一）《天路历程摘要》概况

早期《小孩月报》上的长篇连载文章很多，"地球说略""天文易知""游历笔记""省身指掌""常物浅谈""《圣经》古史""论画浅说"等栏目的内容更倾向于实学。小说、故事一类的连载也有《亮塔幼女记》《旅宿被惊》《失迷孩童故事》《兰性述略》等，多是中短篇，长篇连载恐怕只有《天路历程》（The Pilgrim's Progress）。英国人约翰·班扬（JohnBunyan，1628—1688）①创作的《天路历程》是一部享誉世界的文学作品。"就读者的范围之广和翻译的语种之多而论，古今中外无数作品中，除去《圣经》之外，就该算《天路历程》了。"②《天路历程》作为译本数量仅次于《圣经》的文学作品，也是近代最早译成中文的西方长篇小说。英国长老会传教士宾为霖（William Chalmers Burns）1865年翻译出版的《天路历程》官话译本又是第一部采用白话翻译的西方文学作品③。据不完全统计，到2006年为止已经出现了52种中文译本④。

《天路历程》在中国的接受史也极富探讨价值，一方面作为宗教读物大受传教士宠爱，是晚清传教士翻译选择中仅次于《圣经》的作品⑤。仅仅晚清传教士的翻译就有节译本、全译本、文理本（文言文本）、方言（土白）本、官话（白话）本等多种版本，并一版再版；另一方面在文学界经历了100多年被漠视、被误读的历史。晚清文学界的世界名著译本唯独没有它。然而最近一些年又突

---

① 约翰·班扬是现在的译法，简称"班扬"。此外，在历史上，还有港澳台地区也有"本人约翰""约翰·本仁""本仁约翰""约翰·拜扬"等译法。

② 杨筱：《汉译〈天路历程〉版本小史初稿》，载葛兆光主编《清华汉学研究》（第二辑），清华大学出版社1997年版，第74页。

③ 刘树森：《〈天路历程〉与中译外国文学的滥觞》，《译林书评》1998年第6期。

④ 黎子鹏：《〈天路历程〉汉译版本考察》，《外语与翻译》2007年第1期。

⑤ 李朝耀：《在天朝营造天堂——略论在美所见两种基督教早期中文书籍》，载李灵、陈建明主编《基督教文字传媒与中国近代社会》，上海人民出版社2013年版，第75页。

然受宠，出现了众多图文版本。

《天路历程》被文学界长期漠视的一个关键因素是，它是一部具有浓厚宗教色彩的讽喻体作品，而被文学界忽略的原因正是传教士重视的原因。《小孩月报》作为一扇开向儿童的传教布道窗口，《天路历程》自然不会被忘记。从《小孩月报》1876年第2卷第7期（即1876年第19期）开始连载《天路历程摘要》，且都配有插图。连载完后马上在1877年第3卷第2期又开始接续《续天路历程摘要》。初始几乎每期都有，后来出现相隔一期或两期的情况，这样断断续续一直到笔者所能见的到最后一期——1881年第6卷第11期，即农历1881年3月，还没连载完。囿于《小孩月报》的篇幅所限，长篇小说《天路历程》不可能全文连载，因而《小孩月报》上的《天路历程》只能是摘要，即缩写本。《天路历程》分为两部分，第一部分是"基督徒"朝圣之旅，侧重个体的心路历程；第二部分是"基督徒"的妻子、孩子和女邻居的朝圣之旅，侧重妇女、孩子精神成长的艰难历程。班扬本来并没有创作第二部分的打算，第一部分出版后广受好评，在读者的强烈建议下，班扬开始创作第二部分。因而第一、第二部分出版的时间并不一致，分别为1678年和1684年。直到1728年两部分才合成一部出版。但《天路历程》第一部比第二部远为读者熟悉和喜欢[1]。传教士在翻译时也分开翻译，把第一部译成《天路历程》，第二部为《续天路历程》，常常各自成书。并且中译本大多只翻译了第一部分，第二部分版本很少。

由于连载的是摘要，只出现改写者的名字"乐道生"，同时也为了加深读者对"天路历程"的理解，加强宣传力度，在连载《天路历程摘要》的前一期，1876年第2卷第6期（即1876年第18期）《小孩月报》就展开对作者班扬的介绍：《本人约翰传》（图1－27）。连载《续天路历程摘要》的过程中，又一次刊载了一篇《本人约翰小传》（1880年第5卷第9期）。

---

① 吴文南：《英国传教士宾为霖与〈天路历程〉之研究》，福建师范大学博士学位论文，2008年，第89页。

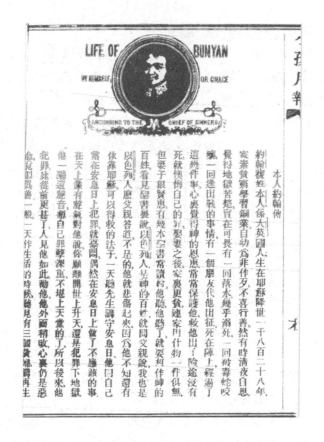

图 1-27　《本人约翰传》,《小孩月报》1876 年第 18 期

　　《天路历程》的第一本中国译本是 1851 年传教士慕维廉翻译的
《行客经历传》,在上海出版,节译本。13 双页(double leaves),
印制 2000 本。① 在《天路历程》众多的中国译本中,影响最为深
远的是传教士宾为霖的译本。他在中国教师的帮助下,将第一部分
用文言完整译出,译名为《天路历程》。全书 99 双页,分为五卷,
1853 年在厦门出版。这是第一部完整的中文译本。宾为霖为使中
国读者能理解西方基督徒的朝圣之旅特意在语言、叙事、内容上进
行了"归化"处理。并在书中以《天路历程小引》详细陈述书的

---

　　①　黎子鹏:《〈天路历程〉汉译版本考察》,《外语与翻译》2007 年第 1 期。

来源，对书中的讽喻、象征等物做了解释说明。还特意请一名苏格兰画家亚当斯先生（Mr. Adams）绘制了插图，画中人物都是中国人的面孔和装束①。有研究者认为，这最初的 10 幅插图成为后来众多中文版插图的底本。比如 1856 年于香港英华书院和上海墨海书馆分别重印的小说及其插图就完全相同。后来的其他官话版也采用这 10 幅图（图 1 – 28）。② 1865 年，宾为霖用官话译出《天路历

图 1 – 28　《始就天路图》，《天路历程》1853 年版

---

① Islay Burns, D. D., Memoir of the Rev. Wm. C. Burns, M. A., pp. 256 – 257, 330, James Nisbet & Co., London, 1885. 转引自杨筱《汉译〈天路历程〉版本小史初稿》，第 75 页。

② 姚达兑：《插图翻译和基督教的本色化——晚清汉译〈天路历程〉的插图研究》，载王宏志主编《翻译史研究 2013》，复旦大学出版社 2013 年版，第 171 页。图 1 – 28、图 1 – 31 也源于此文。

程》第一部，京都福音堂版本。附有 9 幅插图，只比文言本少一幅，绘画的内容一样。第二年，即 1866 年，宾为霖用官话译出《天路历程》第二部，即《续天路历程》，也是京都福音堂版本。

（二）《天路历程摘要》的多种插图版本

《小孩月报》1876 年开始登载的《天路历程摘要》（以下简称《摘要》）和《续天路历程摘要》（以下简称《续摘要》）采用的是宾为霖的官话译本①，署名为"乐道生"的作者进行了缩写。《摘要》一共登载了 6 期，从 1876 年第 2 卷第 7 期（即第 19 期）到 1877 年第 3 卷第 1 期，除了 1877 年第 2 卷第 11 期（即第 23 期）没有登载外，其他都是连续刊发。每期都有图，插图的排版很自如，文前或文后或与文字同页，如果与文字同页，则常常上图下文。其中第 1 期附载了 3 幅小图，占一个整面。第 3 期《入美宫图》（图 1 - 29）最华丽，也几乎占一个整面。

宾为霖官话本插图和文言本插图版本一样，只是有删减。文言本的 10 幅插图是"始就天路图、入窄门图、脱罪任图、入美宫图、过邪教穴图、死守真道图、脱疑牢图、遥望天城图、涉死河图、进天城图"。"官话译本中附有 9 幅插图，少了'过邪教穴图'，改'脱疑牢图'为'脱疑寨图'，但画的内容不变"。②有意思的是《小孩月报》上《摘要》文字虽然是从宾为霖的译本改写而成，但插图并不是完全来自宾为霖译本中那 10 幅图。

《摘要》前三幅画题是"囚中训子""睡梦图""入窄门"（图1 - 30），与宾为霖译本画题的内容、顺序不一样，从插图的风格、

---

① 到《小孩月报》1876 年初次登载《天路历程》为止，《天路历程》除了宾为霖的译本，还有1851 年慕维廉的节译本《行客经历传》。1853 年打马字、麦嘉湖译本《天路历程》卷一，使用厦门话拼音，改译自宾为霖本。1855 年哥伯播义译本《旅人入胜》，使用宁波话拼音。1870 年胡德迈译本《胜旅景程》，文言全译本。1870 年俾士（George Piercy）译本《续天路历程土话》，羊城惠师礼堂出版。1871 年俾士译本《天路历程土话》，羊城惠师礼堂出版。而俾士的广州土话译本都是转译自宾为霖本。因而，《小孩月报》上登载的白话《天路历程》只能是宾为霖的官话译本。参照黎子鹏《〈天路历程〉汉译版本考察》。

② 吴文南：《英国传教士宾为霖与〈天路历程〉之研究》，第 115 页。

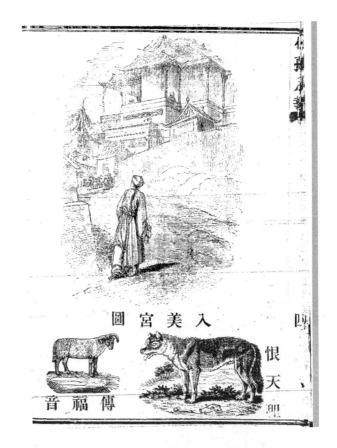

图 1-29 《入美宫图》,《天路历程摘要》,《小孩月报》1877 年第 21 期

人物造型上更能判断出完全是两个版本。尤其是"入窄门"的插图,宾为霖本插图(图 1-31)虽然技法上采用了西式画法的透视法、明暗法。但基督徒有清朝人的体貌特征,为基督徒指引灵魂的"庄藐者惠慈",也有着中国僧人一样的装束和光头。建筑风格也是典型的中国式的斗拱、曲檐、回廊。而《摘要》插图的人物造型,包括发型、服饰都是西式风格,建筑也是西方的拱门样式,很可能是摹刻或借用教会中的旧图版。

而《续摘要》又是另一种版本的插图。木刻插图,每幅左上角或右上角有四字的画题,不论是人物造型、环境设施,还是构图布

图 1 - 30 《天路历程摘要》插图，《小孩月报》1876 年第 19 期

图 1 - 31 《入窄门图》，《天路历程》1853 年版

局、风格特色等完全是传统绣像小说的模式（图1－32）。《续摘
要》紧接着《摘要》从1877年第3卷第2期开始登载，最初5期
是连续刊发，后来或连续或相隔一两期。笔者见到的最后一期是
1881年第6卷第11期，画题是"祈祷拒惑"（图1－33）。插图都
非常阔大，几近占一个页面，只在画幅之外的下方或右方附上寥寥
数字（如果横幅，文字常常在画框外的左边）。

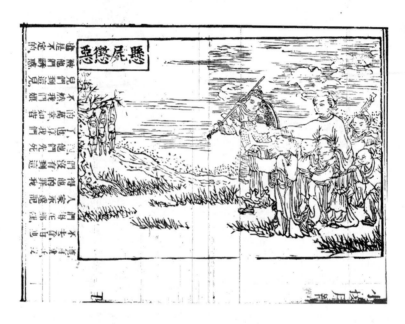

图1－32 《悬尸惩恶》，《续天路历程》，
《小孩月报》1878年第3卷第12期

　　《续摘要》的插图来自1870年俾士译本《续天路历程土话》，
俾士译本是根据宾为霖的译本改成广州方言，羊城惠师礼堂出版。
羊城惠师礼堂先出版《续天路历程土话》，1871年又出版《天路
程土话》。据考证，羊城惠师礼堂镌刻的《天路历程土话》有三个
分支版本：

　　"一、《天路历程土话》，五卷正文，插图单独装订成册；二、
《续天路历程土话》，六卷，插图未另成册；三、《天路历程土话》

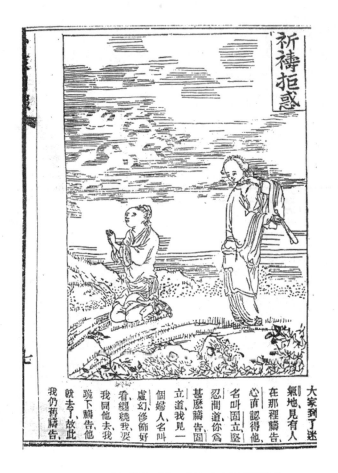

图 1-33　《祈祷拒惑》,《续天路历程摘要》,

《小孩月报》1881 年第 6 卷 第 11 期

插图本六卷（正续本合辑）。第一个版本已有相当讨论；第二个版
本只见书影，可能是正续部分分开出版，最大特点是插图在书内，
未另成册。第三个版本插图单独成册，并且是正续合本。"第一个
版本插图 30 幅，第二个版本插图 28 幅，第三个版本因为是合本，
插图 58 幅。这些画均为中国画师所作。①

————————————

① 李朝耀：《在天朝营造天堂——略论在美所见两种基督教早期中文书籍》，第
76—77 页。

由于《续天路历程》的版本本来就少，晚清的《续天路历程土话》的 28 幅插图就成为最通行的插图。《小孩月报》以《续摘要》的形式登载了 28 幅插图的大部分。也有省略，比如插图"二、欲阻行程；三、始行天路"所讲的故事合为一期，只选载插图《始行天路》。插图"七、观鸡论道；八、指树言人"所讲的故事合并为一期，只选载插图《指树言人》。因笔者所见到的大陆藏本只到 1881 年第 6 卷第 11 期的《祈祷拒惑》，无法推测最后两幅插图《天城来信》《女徒辞世》是分一期还是两期刊登。就目前所查到的资料而论，至少登载了 25 幅插图，至少运用 25 期连载。

综上所述，《小孩月报》上《摘要》的插图至少有三个版本，一是可能来自英文译本插图；二是宾为霖译本（包括文言本和官话本）、苏格兰画家绘制的具有中国色彩的插图；三是《天路历程土话》本，中国画师绘制，木刻版画。

（三）从插图到图画故事

《小孩月报》上的《天路历程》第一部运用 6 期刊载，第二部至少登载了 25 期。且每期都有插图，第 1 期还有 3 幅插图。总体来看，插图的数目可观，连起来观看，就是一则相对完整的图画故事。而且《摘要》和《续摘要》由于是摘要，每期文字简短，文图确实需要结合起来观看才能使叙事更加完整。尤其是《续摘要》的版面设计大大突出了图像的重要性，同《摘要》的插图常常编织在文中（除了第 1 期 3 幅插图共居一面和第 3 期《入美宫图》外）的设计不一样，《续摘要》的插图都是单独占一个页面。《续摘要》每幅插图都有四字画题。陈平原认为将诸画题集合起来，便是完整的故事梗概。如此标题设计，突破原作的体制，类似章回小说的回目，与插图之追摹"绣像小说"恰好互相呼应①。

《天路历程土话》的 30 幅插图是：

---

① 陈平原：《晚清教会读物的图像叙事》。由于《续天路历程摘要》的插图版本就是《续天路历程土话》的插图，并与《天路历程土话》都是同一个中国绘者。陈平原对《天路历程土话》插图的分析也同样适用于《续天路历程摘要》。

一、指示窄门；二、救出泥中；三、将入窄门；四、洒扫尘埃；五、脱下罪任；六、唤醒痴人；七、上艰难山；八、美宫进步；九、身披甲胄；十、战胜魔王；十一、阴翳祈祷；十二、霸伯老王；十三、拒绝淫妇；十四、摩西执法；十五、唇徒骋论；十六、复遇传道；十七、市中受辱；十八、尽忠受死；十九、初遇美徒；二十、招进财山；二十一、同观盐柱；二十二、牵入疑寨；二十三、脱出疑寨；二十四、同游乐山；二十五、小信被劫；二十六、裂网救出；二十七、勿睡迷地；二十八、娶地畅怀；二十九、过无桥河；三十、将入天城。①

陈平原认为从"指示窄门"到"将入天城"，30个场面环环相扣，囊括了这部小说的基本内容。单就基督徒行走天路这一主要情节线而言，几乎没有什么大的遗漏。仔细把玩这30幅图像，读者便已人致领略这部小说的精髓。这其实正是中国"绣像小说"的传统——图像本身具有某种独立性，而不只是阐释某些经典性的场面。②

如果结合《续天路历程土话》的28幅画题来看，通过图像就能大致了解男女基督徒朝圣之旅的主要内容，《续天路历程土话》的28幅插图是：

一、忆夫训子；二、欲阻行程；三、始行天路；四、扶起心慈；五、私摘恶果；六、顾下忘上；七、观鸡论道；八、指树言人；九、护送行人；十、悬尸惩恶；十一、同历艰苦；十二、劝止恶人；十三、迎进美宫；十四、病遇良医；十五、观雅各梯；十六、观碑知警；十七、遇魔心怯；十八、邀人论道；十九、初逢心直；二十、自疑畏缩；二十一、迎犹款客；

---

① 陈平原：《晚清教会读物的图像叙事》。陈文中第八图"美宫止步"应为"美宫进步"。

② 同上。

二十二、新迎两妇；二十三、辞别迦犹；二十四、焚毁疑寨；
二十五、坚忍受辱；二十六、祈祷拒惑；二十七、天城来信；
二十八、女徒辞世。①

更妙的是从第13幅图《迎进美宫》（图1-34）以后，插图的
前一页不再有《续天路历程摘要》的标题和文字摘要，只有一幅
图，图像占据绝大部分版面，图下方或左右方写着寥寥数字的介
绍，文字的枝蔓删减得更干净。女基督徒一行路上的历险很多，
《续摘要》已经把长篇缩减成和插图呼应的概要。自第13幅插图
后，仅仅只为有插图的情节做文字介绍，余者一概不录。这时的图
像已经不再是叙事的补充，而担当了叙事的主角，文字反而降格成
了补充说明。《迎进美宫》文字是：

图1-34 《迎进美宫》，《续天路历程摘要》，
《小孩月报》1878年第4卷第5期

---

① 李朝耀：《在天朝营造天堂——略论在美所见两种基督教早期中文书籍》，第
78页。

　　女徒那干人感主的大恩。就往前去，到了美官的门旁，智仁勇就拍门。看门的人叫儆醒？把门一开，见女徒一起的人，就问智仁勇道："你们为什么来得晚呢？"答道："路上有些匪徒拦阻，故此耽迟。"这些人我主要你接待他们。儆醒说："使得"。①

第 26 幅图画《祈祷拒惑》的文字是：

　　大家到了迷气地，见有人在那里祷告。心直认得他，名叫固立。坚忍问道："你为什么祷告？"固立道："我见一个妇人名叫虚幻。修饰好看，缠绕我，要我同他去。我跪下祷告，他就去了。故此我仍旧祷告。"②

　　显然文字仅仅是图像的辅助。这固然是《小孩月报》的篇幅有限，不能长篇累牍，但却把有限的版面给了图像。版面的大小决定了叙事的重要性，于是《续摘要》的插图华丽转身为叫以自行言说的图画故事。
　　《小孩月报》图画故事尝试不只有《摘要》，还有一则关于浪子一生的图画故事颇为引人注目。自 1877 年第 3 卷第 6 期开始连续登载，到 1878 年第 4 卷第 1 期结束，共 8 期，每期通常是两页图画。第 1 期中有《迷途初步》（图 1 – 10）和《贻父母忧》。图像是木刻，占据一个整面，常常是竖版，有画题，单框；文字在框外，常常两行，附在右侧。据目前笔者掌握的资料来看，这是一则浪子挥霍无度，终致家破人亡、流落街头的故事。图像截取的都是浪子堕落过程中的关键情节，不仅具有一定的可读性，而且图像的警示性也非常明显。尤其是这完全是一则发生在中国的中国人的故

---

① 《迎进美宫》，《续天路历程摘要》，《小孩月报》1878 年第 4 卷第 5 期。
② 《祈祷拒惑》，《续天路历程摘要》，《小孩月报》1881 年第 6 卷第 11 期。

事，图像中人物造型、环境设施当然也完全中国化。文字使用词的形式写就。第一则《迷途初步》和最后一则《究竟如斯》（图1－35）文字分别是：

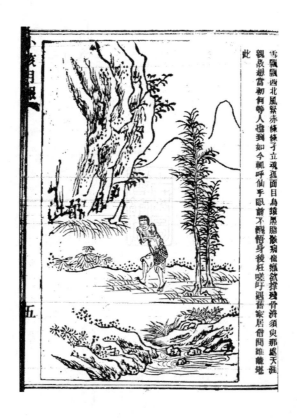

图1－35 《究竟如斯》，《小孩月报》1878年第4卷第1期

好端端太原公子轩昂昂，京洛少年何来香国觅愁烟，偷枕匡床试玩，一步步初迷纤路入深深，渐至黄泉。可怜一片性中天，竟把心肠先变。①

雪飘飘西北风紧，赤条条孑立魂孤，面目乌猿黑脂，骸病

① 《迷途初步》，《小孩月报》1877年第3卷第6期。

崔癯。欲撑残骨济须臾哪处天涯亲故。想当初，何等人也。到如今，辄呼仙乎。眼前不醒悟，身后枉嗟吁。遇旧家居，借问谁能堪此？①

如果把《天路历程》和浪子一生的图画故事对照起来看，一个是向善终得善果，一个是作恶终得恶报。这说明惩恶扬善的道德规训仍是《小孩月报》的终极追求。

（四）从"训子"开始的"天路历程"

虽然《天路历程》的第一部更受读者欢迎和喜爱，晚清时第一部的译本也远远多于第二部。但《小孩月报》上第一部只用了 6 期，第二部则至少刊载了 25 期。《小孩月报》与众不同、厚此薄彼的现象主要还是基于期刊的阅读群体。主编范约翰"愿启童蒙"的宗旨使他选择了侧重妇女、儿童传教布道的《续天路历程》。《续天路历程》中既有女基督徒和女邻居"心慈"两位柔弱的女性走天路的艰难历程，又有四个孩子从不谙世事到勇敢、坚强、忠诚、良善的精神成长。尤其是孩子们面对诱惑、艰难、恐惧、绝望等考验时都因坚信上帝与他们同在而平安度过。这些发生在孩子们身上的故事更能给小读者带来心灵的震撼。孩子们自己的故事无疑最能激起孩子们的共鸣。

如果从关注孩子的视角出发来考察《小孩月报》刊载的《天路历程》图像，《小孩月报》上只登载"摘要"，插图按说会相应减少。但在《摘要》中却增加了两幅宾为霖译本没有的插图。编者对图像的选择大可玩味。宾为霖本前两幅插图是"始就天路图、入窄门图"，《摘要》的前三幅插图是"囚中训子、睡梦图、入窄门"，多了两幅"囚中训子、睡梦图"。其实，英文版本的《天路历程》的插图通常从梦开始。据考证，《天路历程》1678 年初版无插图，1679 年和 1680 年版本多了一个封面。封面上叙事者正在酣然入睡。上方是行走天路的基督徒，下方是象征魔域的猛狮（图 1

---

① 《究竟如斯》，《小孩月报》1878 年第 4 卷第 1 期。

－36）。① 陈平原考证了三个英文版本，发现西方画家的确对梦境十分看重。第一本（*The Pilgrim's Progress*，London：GeorgeVirtue，1845）的插图，上面是"堰卧而睡"的叙事者，左下角才是即将行走天路的基督徒。第二本（*The Pilgrim's Progress*，London：Ingram，Cooke，1853）同样以叙事者的酣然入睡开篇，而且还附有一幅1681年版的插图——主体部分是叙事者，两位行走天路的男女主角分立上下方。第三本（*The Pilgrim's Progress*，Chicago：R. S. Peale，1891）背景略有差异，但叙事者同样必须入梦。此本甚至首尾呼应，在第一部《天路历程》的结束处，添上一幅叙事者揉眼伸腰、刚从梦中醒来的插图。②

图 1 － 36　《天路历程》第一幅插图，1679 年版或 1680 年版

① 姚达兑：《插图翻译和基督教的本色化——晚清汉译〈天路历程〉的插图研究》，第 168 页。
② 陈平原：《晚清教会读物的图像叙事》。

梦境对整个文章的隐喻具有十分关键的作用。《天路历程》的开首就是叙述者的一个梦。1853 年宾为霖的译本为：

> 我行此世之旷野，遇一所有穴。我在是处偃卧而睡，睡即梦一梦。梦见一人……

但《摘要》不论是文字还是插图，都不是从睡梦讲起，皆是从作者约翰·班扬狱中"训子"讲起，《摘要》的起首是：

> 约翰在牢狱的时候，他儿子来看他，他用许多好话教训儿子。又作《天路历程》一书，留传世人。他书里说，这世间好比旷野，有一个坑（坑比囚狱）。他在那里睡着，梦见一个人，衣服褴褛，脸儿背着屋子，肩负重任（比人的罪过），手里拿一本书。打开书来一看，身上发抖、眼中流泪，不禁放声大哭。说道："我当怎样才好呢？"……①

《摘要》看起来先要向小读者交代书的来历，再叙书的内容。但《摘要》说约翰在狱中先"教训儿子"，然后作《天路历程》流传后世。儿童读者在阅读时很容易把"训子"、作书的前后关系理解成因果关系。他们很可能就顺理成章地把《天路历程》看成作者为教育儿子所作。

显然，译者进行的是加法工作。最妙的是为配合约翰训子说还有相应的《囚中训子》插图。图中一成年男子拿着羽毛笔坐在桌旁，一个男孩绕在他膝下。仅从画面上看，很难说图中的成人正在教训孩子。由于从没见过英文版的这幅插图，也很难说这幅插图英文名字就是"囚中训子"还是中文译者的创造。而且，由于原版《天路历程》没有"训子"的文字，笔者甚至都怀疑这根本就不是《天路历程》各种英文版插图，只是为凸显"训子"说而随意拼贴

---

① 《天路历程摘要》，《小孩月报》1876 年第 19 期。

了一幅相类似的插图①。

　　编者把"训子"作为整个故事的引子，那么《天路历程》便成为"训子"的内容。这与《续天路历程》第一幅图《忆夫训子》（图1-37）遥相呼应。于是《续天路历程》似乎也可看成女基督

图1-37　《忆夫训子》，《小孩月报》1877年第3卷第2期

---

　　① 鉴于《小孩月报》经常搜寻教会中的旧图版作为插图，这一点上文已有表述。还有一种情况是有的图版会在不同文章中反复使用。比如《教育有方》（1875年第1期《小孩月报志异》）中的三幅插图中第二幅，是说女孩"可兰"在富人家做工不忘传教，常有孩子聚在她身边听她讲解《圣经》。这一幅图又被用在《小女孩脱离魔鬼的试探》（《小孩月报》1881年第6卷第10期）中。故事讲的是有个寡妇是虔诚的基督徒，她的一个女孩深受其影响，终于在诱惑面前坚守了善良的品行。但文字中并没有孩子绕膝听其讲《圣经》。可见并不是所有插图都是专为此文绘制的。

徒"训子"内容。这种把"训子"凌驾在整个故事之上的处理显然是别有深意的。其实,《天路历程》的第一部和第二部突出的是基督徒和女基督徒觉悟到自我罪孽深重,走天路以寻求救赎。但《小孩月报》上第一、第二部的第一幅画题都从"训子"开始,似乎暗示了男女基督徒早已完成了自我救赎,作为先知来劝导、规训自己的孩子。这无形中淡化了基督教中成人或者父母也需要灵魂救赎的原罪观,另外也强化了儿童的性恶论,儿童必须通过成人或父母的教化才能抵达上帝之国。其实基督教的原罪说是人人都有与生俱来的原罪,不仅仅是孩子。因而人人都要遵从上帝的旨意,努力净化自己的灵魂,以求早日脱离罪孽。

此外,基督教对儿童的文化设定与成人相比似乎更美好些,除了都背负着原罪外,儿童又被认为是美善、纯洁的化身,如天使一般。所以孩子有时反而是成人的灵魂拯救者,比如《天眼皆照》的儿童。因而《天路历程》作为经典宗教读物,原文中是没有训子的描述。原文第一、第二部都起源于叙事者的一个梦。第二部,女基督徒不是"训子"而是向孩子们忏悔,忏悔是自己阻止了孩子们跟随父亲走天路。

翻译过程中"训子"的插图添加可以看作基督教本土化的一种表现,这种本土化值得反思的是,"看什么""怎么看"背后的文化设定。两则"训子"插图都是引导儿童首先看到"训"。一个"训"字就透露出了编者对文化权力的设定,使长为尊、幼为卑的等级秩序昭然若揭。于是故事就由男女基督徒实现自我灵魂救赎的心路历程转化成父母或成人对子女进行教化的故事。鲁迅曾说:"父对于子,有绝对的权力和威严;若是老子说话,当然无所不可,儿子有话,却在未说之前早已错了。"[1] 由"训子"开始的"天路历程"暗合了中国传统由孝道衍生出的对幼者的歧视,显示了传教士传教过程中所做出的重大文化妥协。

---

[1] 鲁迅:《我们现在怎样做父亲》,载《鲁迅全集》第1卷,人民文学出版社1981年版,第129页。

四 《小孩月报》启蒙性再论

《小孩月报》相对晚清其他的蒙学读物来说，文字浅近易懂、图画丰富生动、故事贴近生活，还有些儿童游戏栏目，呈现出某些现代儿童读物的色彩。尤其是行文中夹杂着更易被中国人接受的中国故事、中国版画，更使其成为传教士编写的儿童刊物中的翘楚。因而，虽然过去了100多年，仍有来自各个领域的学者，比如新闻传播学、美术学、历史学、古代文学、现当代文学、儿童文学、社会学、教育学等领域的学者，对它格外关注。尤其是对铜版雕刻图像的精美赞誉有加，生动形象的动植物和人物肖像图画、精细逼真的天文图片以及让人大开眼界的风景图片、展示西方现代文明的图片等，以至于现在《小孩月报》是否为近代第一种画报的争论还没有定论。

《小孩月报》主编范约翰的确是个非常虔诚敬业、意志坚强，而且还很讲究策略的传教士。他不仅在自己主办的刊物上大胆启用图像叙事的新策略来开启童智，并借助凹版铜画、铅活字印刷使其宗旨能完美体现，在文浅词明、日常化叙事上也颇为用力，同时还有步骤地开展西洋画法的推介、普及，努力培植本土画师和印刷人才。笔者以为《小孩月报》在图像叙事上的示范作用给后世带来的积极影响是值得肯定的。但同时也应该对图像背后的意识形态进行审慎、理智地分析，从而进一步追问传教士如何借助图像的直观性来传播福音、扩大信众，又如何利用图像的本土化色彩来淡化基督教的异质性。如果"都不约而同地强调了《小孩月报》对中国儿童观念、儿童文学的现代化发生所具有的启蒙和示范意义，并毫不犹豫地把它植入一个与传统中国童蒙教育完全对立的'革命性颠覆'位置中"[1]，则缺乏细致缜密的梳理。

陈恩黎曾指出童蒙教育是范约翰淡化基督教的异质性来寻求与传

---

[1] 陈恩黎：《颠覆还是绵延？——再论〈小孩月报〉与中国儿童文化的"现代启蒙之路"》。

统中国儒家文化融合的有效途径。① 的确是这样：范约翰是抱着"以救斯亿万生灵脱离魔鬼之羁绊，享天赐之永福"的宗教目的来中国传教。正如前文所分析他的"愿启童蒙"也是形势所迫下的一种策略性转向。传教士开始越来越多地关注"大众启蒙"，关注"通俗文化"，以范约翰为代表的传教士更是明显倾斜于儿童。这一时期英美传教士创办的儿童报刊除了上文提到的嘉约翰创办、范约翰接手的《小孩月报》，福州普洛姆夫人和胡巴尔太太 1874 年用福州方言创办的《小孩月报》外，还有林乐知、艾约瑟等 1876 年在上海创办《益智新报》月刊，范约翰 1880 年 5 月在上海创办《画图新报》月刊、福斯特夫人 1886 年在上海创办《孩提画报》（最早以北京话行文）、韦廉臣 1886 年在上海创办《训蒙画报》（不定期）、慕瑞 1889 年在上海创办《成童画报》（后改为《日新画报》）等。

但范约翰等传教士转向童蒙教育，仍有个重大问题就是如何寻找传统蒙学与西方儿童教育的衔接点。《小孩月报》之所以成为宗教读物中的佼佼者，恐怕不仅仅是中西文化的简单组合。中国古代的蒙学教育经过几千年的发展、完善已经进化出一套比较成熟的教学模式。一些蒙学读物之所以能绵延上千年也自有其合理性，绝不是一块生荒地，可以长驱直入地任意开荒、播种。陈来曾指出蒙学读物体现出一种世俗儒家伦理，即经典体系的价值理想通过与世俗生活相妥协而转移为对世俗生活有现实规范的价值。② 传教士在遭遇以儒家文化价值观为主体的激烈抵制后渐渐明白，他们根本不必用《圣经》与主流的精英儒家经典抗衡，毕竟儒家经典的相对稳定性是很难被撼动的。他们只要在对现实生活进行规范的俗世伦理中找到与其对接的衔接点就可以了。

中国古代不论是孟子的性善论还是荀子的性恶论，都强调了教育的重要性。在性善论下，只有教育才能保持一个人原本的良善，

---

① 陈恩黎：《颠覆还是绵延？——再论〈小孩月报〉与中国儿童文化的"现代启蒙之路"》。

② 陈来：《蒙学与世俗儒家伦理》，载袁行霈主编《国学研究》第 3 卷，北京大学出版社 1995 年版，第 27 页。

不会变坏。在性恶论下，只有教育才能去除人性中恶的成分，成为一个具有良知的人。《三字经》中"子不教，父之过，教不严，师之惰"更是强化了成人对儿童实行教化的重要性。而教化的核心就是行善，并且以"积善之家，必有余庆，积恶之家，必有余殃"（《周易·坤·文言》）、"善有善报恶有恶报"强化了道德规训的力度。范约翰在主编《小孩月报》的过程中，显然是悬置了基督教的原罪说，转化成中国惩恶扬善的俗世伦理。

在《小孩月报志异》第 1 期第 1 篇《教育有方》中，孤女"可兰"热心信道，即使身世凄惨也终将拥有美好的人生：夫妻相敬如宾、颐养天年，孩子也是聪慧可人。"可兰"因为信教而终得善果被表述成"祖母""教育有方"。《教育有方图》（图 1−38）放在文章之前，占了整个页面。画中"祖母"悉心教导"可兰"

图 1−38 《教育有方图》1，《小孩月报志异》1875 年第 1 期

学习针线，"可兰"安静地偎在"祖母"怀里，神情专注，真的是"居心和顺，举止有方"。"教育有方"同时还表现在第二幅插图（图1-39）"可兰"对富家子女教导和第三幅插图（图1-40）对自己子女的教导上。因而题尾的诗赞曰："教子三迁轶事传，课孙祖母更称贤。"上帝被置换成人间的长辈，听从长辈的教化也象征着听从上帝的旨意。虔诚的信徒终有善终的宗教伦理被纳入孟母三迁教子的世俗儒家伦理中。《教育有方图》被范约翰放在主办儿童刊物的第1期第1篇中，其示范的用意是明显的。

那么不遵从上帝的旨意必受惩戒也顺理成章地表述成违背父母旨意必遭恶果。《续摘要》中大儿子马太经不住诱惑，偷摘了撒旦园里的果子吃了，后来病倒。插图《私摘恶果》（图1-41）

图1-39　《教育有方图》2，《小孩月报志异》1875年第1期

主眷顧撫養成人可以無慮矣我今欲歸一則見吾
於病中涕淚相慰曰念汝父母早喪無人養育今蒙我
病已入膏肓奄奄待斃莫可醫治可蘭悲傷不已祖母
於暗室中私下常爲祈禱冀其疾病或可少瘥誰知其
於側搬湯遞藥未嘗少懈正所謂甘味不辨帶不遑

小孩月報誌異

一則相會汝父母也言能閉目
安然而逝可蘭捶胸大慟幾不
欲生隣人再三勸止此時可蘭
年已及笄形單影隻滿目淒涼
後有一講道先生憐其孤苦愛
其聰慧爲之擇一佳婿爲某生
之妻夫婦二人同信救主相敬

图 1-40　《教育有方图》3，《小孩月报志异》1875 年第 1 期

中女基督徒正伸手制止孩子的偷果行为，而画题中"私摘"也点出马太是逃脱母亲监管之下的私自行为。插图《病遇良医》（图 1-42）中马太病卧床榻，女基督徒正端着一碗"懊悔的药"给马太喝。显然，违背父母旨意成为一种"疾病的隐喻"，"疾病"的痊愈是必须喝下母亲授予的"懊悔的药"。在《小孩月报》的故事中，父母或成人在某种程度上都取代了上帝成为道德的执法者，惩处那些行坏事的儿童。比如《画图示戒》中的父亲惩罚偷果吃的"阿拿"，《窃果受惩》中偷果的"海林"因父母疏于管理，被"园主"暴打。① 总之，虔诚的信徒升入天堂，施恶必受审判、必下地狱的宗教伦理都被整合到善有善报恶有恶报的俗世伦理中。

① 《窃果受惩》，《小孩月报》1875 年第 4 期。

图 1-41　《私摘恶果》,《续天路历程摘要》,
《小孩月报》1877 年第 3 卷第 5 期

图 1-42　《病遇良医》,《续天路历程摘要》,
《小孩月报》1878 年第 4 卷第 8 期

因而陈恩黎对《小孩月报》启蒙性充满质疑，她认为《小孩月报》

> 并不通向西方启蒙运动所追求的"信仰、理性、自由与怀疑"等核心价值，而是通向如何以现代媒介为载体的"形塑儿童"之路……《小孩月报》所开启的"启蒙之路"并没有完成一种对传统中国文化形成挑战、颠覆和互补的横向文化移植，而是变异为在现代化名义下继续绵延的纵向繁殖，进一步加大了传统中国对童年的不信任以及意欲多方规范、塑造与利用的文化惯性。①

《小孩月报》中的儿童形象并没有呈现出现代儿童观主张的儿童主体性。《小孩月报》在最能展现儿童精神的游戏中，对儿童一时兴起的恶作剧进行了严厉的批判。比如"以图求文"中那个扮幽灵的儿童作为反面典型为其他嬉戏的儿童敲响了警钟。如何看待儿童游戏最能代表一个社会中成人的儿童观。100多年后的今天，西方儿童可以在万圣节上扮作任何恐怖的鬼魂出来吓人，能把别人吓个半死无疑是最成功的、最受大家欢迎的。当年被宗教徒严厉禁止的游戏以一种合法的、仪式化的形式成为今天最受儿童欢迎的节日游戏。然而，100多年前的《小孩月报》编者对儿童游戏的眼光显然不是宽容、欣赏，而是审判。《小孩月报》对儿童游戏的态度和中国传统训蒙教育是一致的。传统训蒙教育中要求儿童勿嬉闹，举止端庄、整肃。比如训蒙篇目中的经典《童蒙须知》提出"大抵为人，先要身体端整……不可宽慢，宽慢则身体放肆不端严。……凡为人子弟，须要常低声下气，语言详缓，不可高言喧哄，浮言戏

---

① 陈恩黎：《颠覆还是绵延？——再论〈小孩月报〉与中国儿童文化的"现代启蒙之路"》

笑"①。《童子礼》中指出儿童"掉臂跳足,最为轻浮,常宜收敛"②。从这个意义上来说,《小孩月报》并没有构成对传统儿童观念的"革命性颠覆",而是在与俗世儒家伦理的同谋中强化了对儿童的规训。

————————

① (宋)朱熹:《童蒙须知》,载徐梓、王雪梅编《蒙学须知》,山西教育出版社1991年版,第21—22页。

② (明)屠羲英:《童子礼》,载徐梓、王雪梅编《蒙学须知》,山西教育出版社1991年版,第28页。

第二章 《蒙学报》：儿童启蒙的
"图说"形式

第一节 《蒙学报》概况

一 《蒙学报》简介

《蒙学报》① 是中国人自己创办的、最早的儿童期刊。1897 年
11 月 24 日（光绪二十三年十一月初一）创办于上海，是蒙学公会
的机关刊物。蒙学公会创立于 1897 年（光绪二十三年）秋，发起
人有汪康年、曾广铨、叶瀚、汪仲霖。《蒙学报》创刊号封面以绿
色油光纸绘印，天幕是刊名，下缀 *The Children's Educator* 一行英文
（图 2 - 1、图 2 - 2、图 2 - 3）②。《蒙学报》装帧采用中国传统书籍
狭长形 32 开本，文字竖版，图像占版面的大小、位置灵活多变。
插图既有中国传统绘画的白描手法，也有西方绘画的透视手法。创
刊时为周报，从办刊第二年即 1898 年（光绪二十四年戊戌年）第
26 期起，改为旬刊，一直到终刊。《蒙学报》初创时体例并不统

---

① 《蒙学报》的资料（包括图片）主要来自中国国家图书馆，也有一部分资料来
自《晚清期刊全文数据库》和《大成老旧刊全文数据库》。凡下文中图片属于这三种来
源的不再注明。

② 从第 7 期开始，期刊版心处采用《蒙学书报》名称。笔者在中国国家图书馆查
资料时只能查到很少的封面，而从其他来源收集到的第 9 期封面是《蒙学报》，与内页
版心处《蒙学书报》相矛盾，笔者猜测可能来自不同版本。只是不清楚哪一种是原版，
哪一种为翻刻，《本馆告白》对刊物的称呼也在《蒙学书报》和《蒙学报》之间游走。
为方便起见，笔者仍把它统称为《蒙学报》。下文不论出现《蒙学报》还是《蒙学书
报》都是据实而论，也都是指《蒙学报》这同一种刊物。

一，有的栏目注明供几岁儿童阅读，有的栏目则没有。1898 年第 8 期改为上下两编，明确注明上编供 5 岁至 8 岁儿童阅读，下编供 9 岁至 13 岁儿童阅读①。1898 年第 26 期改为上中下三编。上编注明 3 岁到 10 岁使用，中编注明 11 岁到 13 岁使用，下编注明 14 岁到 16 岁使用②。由于经费问题，《蒙学报》在办至 1899 年第 43 期后停刊。1901 年续办，目前所见共出 72 期，停刊时间不详。

图 2-1 　《蒙学报》第 1 期

---

① 《蒙学书报释例》，《蒙学书报》1898 年 1 月 7 日（光绪二十四年十二月十五）第 7 期。

② 《本馆告白》，《蒙学书报》1898 年（光绪二十四年）第 25 期。

图 2 - 2 《蒙学报》第 2 期封面

图 2 - 3 《蒙学报》第 3 期封面

《蒙学报》的栏目设置体现了准教科书的形制。

第 1 期至第 7 期：文学类、算学类、智学类、史事类、舆地类、格致类、启蒙汇编、本馆告白等。文学类包括中文识字法、启蒙字书、东文读本书等小栏目。智学类包括物类释、事类释、东文修身书、东文学堂奇话等小栏目。史事类包括中史略论、西事略、东文儿童笑话（第 1 期至第 6 期，第 31 期）、母仪或师范故事图说（第 2 期，第 4 期）等。

第 8 期至第 25 期：第 8 期改为上下两编，上编注明供 5 岁至 8 岁儿童阅读，下编注明供 9 岁至 13 岁儿童阅读。上下两编同样都包含文学类、数学类、舆地类，但下设的小栏目并不相同。而且上下编设定的年龄也有变化，比如第 19 期栏目设置中上编是 3 岁至 10 岁儿童使用，有：

文学类：识字法、释名、中文初等读本书

数学类：加减乘除浅理

智学类：中文修身书

舆地类：中国湖北府厅州县方名歌

下编规定供 11 岁至 13 岁儿童使用，栏目有：

文学类：西文教授术等

数学类：第二层诸分法

史事类：东邦古史演义

舆地类：比利士国图、舆地启蒙

格致类：格致演义

第 26 期至终刊：1898 年 6 月 11 日（农历四月二十三）戊戌变法开始，《蒙学报》也紧跟维新变法时局做出了调整。1898 年（光绪二十四年五月初一），《蒙学报》在第 25 期的"本馆告白"一栏中发出声明："启者本馆刻因恭逢，明诏废弃八股改试策论，拟于本报加添十三岁以上之教法及课书以便中等学生之用。即于本报二十六期为始增广报章为按旬出报，分上中下三编。"比如第 26 期的栏目设置是：

上编（3—10 岁）：

文学类：识字法、释名、中文初等读本书、文学初津

数学类：加减乘除浅理

智学类：中文修身书

舆地类：中国直隶全省府厅州县方名表

中编（11—13 岁）：

文学类：文法捷径、中文高等读本书、西文教授术

数学类：第三层小数

智学类：事类释

舆地类：舆地启蒙、丹国地图

格致类：航云记

下编（14—16 岁）：

经学：问答叙例

史学：问答叙例

经济：奏议叙

字学：中外古今文流变略述

《蒙学报》中"文学类"栏目刊发了大量外国童话、寓言的译文、中外名人传记故事以及词曲诗歌等，呈现出儿童文学萌蘖时期的色彩。其历史前瞻性的另一表现是编辑体例中明确提出年龄分级，并针对每个年龄阶段的生理、心理特点制订出相关的学习计划。虽然其学习计划或学习内容是否合适还需商榷，但表现出《蒙学报》企图规划新型教科书的雄心。

《蒙学报》作为第一种中国人创办的儿童期刊还有一个引人注目的创新：它试图用"图说"的方式来开启童智。并在宗旨中明确指出"为图器歌诵论说，使童蒙之诵习而浚其神志也"①。而且《蒙学报》创办于得风气之先的上海，采用先进的石印技术，摆脱了刻工的束缚，画家精细的笔触均能完美地呈现在画面中。这就使儿童读物图文并茂的特征不再遥不可及。因而，《蒙学报》在当时

---

① 《蒙学公会公启》，《时务报》1897 年 10 月 16 日（光绪二十三年九月二十一日）。

的发行量非常可观。光绪二十四年（1898 年）七月初，在创刊不足一年的第31 期中曾对当时该报的销售情况做了统计，仅仅发往上海以外的地方已经高达1525 份。再加上销售量最大的上海，保守估计也得2000 余份。后来不停地翻印，并结集出版，流传较广，影响也很深远。以至于在1899 年因为资金问题而被迫停刊后，1901 年又应旨复刊①（图2 – 4）。

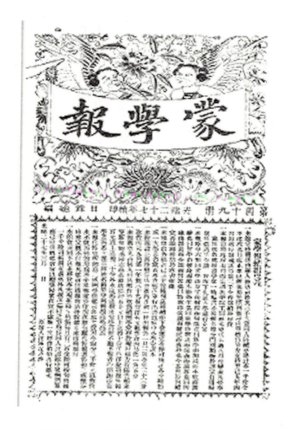

图2 – 4　《蒙学报》第49 期封面总目

————————

① 《蒙学报续办略意》，《蒙学报》1901 年（光绪二十七年三月）第49 期。

二 《蒙学报》的编辑人员

《蒙学报》在第 2 期和第 6 期刊登过"办事诸君姓氏": 总董汪康年穰卿, 总理汪钟霖甘卿, 总撰述叶瀚浩吾, 总翻译曾广铨敬诒, 东文翻译古城贞吉坦堂, 总图绘叶耀元子成, 撰述兼删校叶澜清漪。

汪康年, 进士出身, 曾于 1896 年创办《时务报》、1898 年创刊《时务日报》等。是那个时期除了康有为、梁启超外最热衷办报刊、传播新知的维新人士。因为汪康年的关系,《蒙学报》与《时务报》有一定的亲缘关系。两份报刊的日文翻译都是古城贞吉,《时务报》的主编梁启超曾为《蒙学报》作序。虽然两份报刊的阅读群体各有侧重, 但在传播新知上胼手胝足、相互援手。

汪钟霖是晚清举人, 曾在上海《字林报》任职。是主要负责《蒙学报》工作的总理。总撰述叶瀚是积极传播民族民主思想的教育家, 曾于 1902 年与蔡元培、蒋智由、林獬等组织中国教育会, 创办爱国学社及爱国女校。曾广铨是曾国藩之孙, 曾任驻英参赞。前 28 期, 中文撰述是叶瀚, 英文编译是曾广铨, 日文翻译是古城贞吉, 绘图是叶耀元。之后变动为撰述为许克勤、茅谦, 日文翻译是松林孝纯, 总图绘兼算学撰述仍为叶耀元[1]。

这班主创人员囊括了众多站在时代风口浪尖的精英人士, 不只具备维新爱国思想, 而且通晓西方文化(如曾国铨)和熟谙西方报刊编辑(如汪钟霖), 实在不可小视。他们的立意也颇为宏大, 曾在《蒙学报》创刊前一个月在《时务报》发表《蒙学公会公启》:

> 蒙养者, 天下人才之根柢也, 根本不正, 萌芽奚遂? 是以屯难造物, 受之以蒙, 圣经遗制, 规利宏远。某等痛愤时难, 恐善良种子播弃蕾落, 受人蹂躏, 用是仰体圣心, 立为蒙学公会, 务欲童幼男女, 均沾教化为主。

---

[1] 赵丽华:《上海蒙学公会与〈蒙学报〉研究》,《教育史研究》2007 年第 1 期。

　　立会本旨分为四大宗：一曰会，连天下心志，使归于群，相与宣明圣教，开通锢蔽也。一曰报，立法广说新天下之耳目，而为蒙养之表范也。一曰书，为图器歌诵论说，使童蒙之诵习而浚其神智也。一曰学，端师范、正蒙养、造成才、必兼赅而备具也。今本会同志，因时习极弊亟欲广化而利用，故公议先以书报为起点，而以会学为归宿焉。

　　本会创始先办书报，后立学堂；办报则同志集垫款项，开馆译印；书则辑译兼资，其有海内通人著作，图器书论，极便蒙学者，务求函示本会，或全付刊印，或甄录报端，以裨教益。①

　　《蒙学报》的主创人员多是在甲午中日战争中深受刺激后猛然惊醒，所以"专为蒙养说法"是为了成就雪耻救国、救亡图存的目标。他们更看重的是儿童的社会性。即儿童对于未来、对于国家民族的意义。因而《蒙学报》中爱国、修身内容所占的篇幅较多。

第二节　石印术的运用与"图说"

一　先进印刷技术提供的助力

　　中国最早发明雕版印刷术，早在南宋就出现了雕版文图对照的看图识字课本，比欧洲同类教科书的出现约早 400 年②。明代嘉靖二十一年即公元 1542 年又出现了世界最早的、有插图的蒙学读物——《日记故事》。版画插图的《日记故事》比世界公认的最早插图童书——捷克教育家扬·夸美纽斯 1658 年出版的《世界图解》还要早 1 个多世纪。但雕版印刷费时耗工，插图版的童蒙读物并不普遍。再说童蒙读物也不受出版者、收藏者的重视，未必选用最好

---

①　《蒙学公会公启》，《时务报》1897 年 10 月 16 日（光绪二十三年九月二十一日）。

②　张志公：《传统语文教育教材论——暨蒙学书目和书影》，中华书局 2013 年版，第 166 页。

的刻工。刷印又多，因而插图版的童蒙读物多是眉目不清，字迹图画都比较模糊。《小孩月报》的铜版画虽然精美，但使用的是教会用过的旧版，有时插图与内容并不相符。《小孩月报》的新刻版也是木版，毕竟凹版铜刻工艺复杂，费用昂贵，不利于普及。《蒙学报》采用的是石印技术，使用石印术印刷书籍既便宜又迅捷，完全摆脱了刻工的束缚，画家精细的笔触能完美地呈现在画面中。

　　贺圣鼐认为我国的石印印刷术"发轫于上海徐家汇天主教之土山湾印刷所。该印刷所为法人所办，专印天主教之宣教印刷品，故其石印品，仅落于教徒之手，不流于外。据该所安相公云：'最早之石印品，发刊于清光绪二年（即公元 1876 年）间。'石印书籍之开始，以上海点石斋石印书局为最先"①。后代的研究者多沿用这种说法。但张秀民认为：早在 1832 年，英国伦敦会传教士麦都思在广州设立了石印所，并且运行得很成功。但当时传教受到官方的限制，他们用石印方法印刷布道册子是秘密进行的。除了个别教徒以外，中国的普通老百姓还没有机会接触石印术，更无法同雕版印刷比较优劣。另外，石印的原料，如石版、油墨等都要进口。特别是当时的中国人还处于闭塞的状态，无论石印还是铅印都没有受到中国人的重视。中国人第一个学会石印术的，是著名印工梁阿发的徒弟基督徒屈亚昂。他跟马礼逊的长子学习石印术，估计也在1832 年左右。②

　　石印术是奥匈帝国人施内费尔特发明的。根据张秀民的研究，石印术在施内费尔特去世前就传到了中国。其实，石印术的原理并不复杂，以天然大理石为材料，因为大理石质地细密、多孔、吸水性好并能在较长时间里保留水分，然后借用油水相斥的原理。"用富胶着性之药墨书字于特制之药纸上，微干，覆于石面，用强力压之，则胶性药墨已粘着石面，去纸，拭之以水，水未干时，即滚以油墨，凡石面因水之阻力不着油墨，有字画之处则否，敷纸压印之

---

① 贺圣鼐：《中国印刷术沿革史略》，《东方杂志》1928 年第 18 期。
② 张秀民：《中国印刷史》（下），浙江古籍出版社 2006 年版，第 443—444 页。

即成。"① 石印术的优点是简便易行，速度快，且印刷品与原稿分毫不差。清朝黄式权在《淞南梦影录》中说："千百万页之书不难竟日而就，细若牛毛，明如犀角。"又可随意缩小，历久如新。因而大受欢迎，很快在晚清就掀起了"石印热"。

《点石斋画报》是石印技术鼎盛时期的杰出代表。《点石斋画报》因其创刊较早，题材广泛，为之配画的又是吴友如和金蟾香等名家，从而最受人们的关注。它的前身是《瀛寰画报》，《瀛寰画报》是上海《申报》的附刊。《申报》创刊于 1872 年，为英国人美查（Ernest Major）所有。在中国，美查兄弟最初以贩卖茶叶为生，后开设点石斋石印书局、图画集成铅印公司、申昌书局。1872 年 11 月 11 日，申报馆创刊《瀛寰琐记》，月出一册，是中国最早的文学期刊，后改名《四溟琐记》，再改名《寰宇琐记》，《瀛寰画报》即为《瀛寰琐记》的赠本。胡道静《申报六十六年史》记载："一八七六年（清光绪二年），美查以申报文字高深，非妇孺工人所能尽读，乃另出'民报'一种，……'字句俱如寻常说话'；……一八七七年九月（清光绪三年八月）又创刊《瀛寰画报》，载世界时事风俗山川图说，为不定期刊，每本十余页。图画为英国名画师所绘，说明为蔡尔康氏所作。共出五卷而止。后于一八八四年五月八日（清光绪十年四月十四日）又创刊画报，旬日出版一本，售洋五分，'选择新闻中可喜可惊之事，绘制成图，并附事略'，每本共八图。因为是由点石斋印刷的，所以名为《点石斋画报》。"②

《点石斋画报》和有"画报"之称的《小孩月报》《画图新报》相比已经有显著不同：一，石印技术的快速、便捷使《点石斋画报》能够应付连续出版的压力，也使之具有新闻性、时效性；二，《点石斋画报》已脱下宗教的外衣，与当下生活息息相关，直

---

① 张秀民：《中国印刷史》（下），浙江古籍出版社 2006 年版，第 441 页。
② 胡道静：《申报六十六年史》，《中国近代报刊史参考资料》（上），中国人民大学新闻系 1982 年版，第 168—169 页。

接反映当时中国人的生活，被郑振铎誉为"画史"。①

《点石斋画报》创办的巨大成功成为石印术在中国迅速风行的绝佳宣传。姚公鹤在《上海闲话》中说："石印书籍之开始，以点石斋为最先，在南京路泥城桥堍，月余前已拆卸改造矣。闻点石斋石印第一获利之书为《康熙字典》。第一批印四万部，不数月而售罄。第二批印六万部，适某科举子北上会试，道出沪上，每名率购备五六部，以作自用及赠友之需，故不数月而罄。书业见获利之巨且易，于是宁人则有拜石山房之开设，粤人则有同文书局之开设，三家鼎足，垄断一时，诚开风气之先者也。"②

铅石印在中国的逐步普及，也预示着在中国一个以印刷文化为传播主体的启蒙时代的到来。据《中国近代报刊名录》统计，从1815年《察世俗每月统计传》问世到1911年，海内外累计出版中文报刊1753种。③ 从1877年到1919年出版画报118种。绝大多数是伴随着印刷术的逐步革新而创刊的。仅仅1901年到1911年铅石印得到迅速应用的十年，创办的中文报刊有486种之多，占百年创刊总数的1/4强。其中，白话报刊就有111种。④ 在这些报刊中开辟儿童文学栏目或附载画报的也不在少数。中国人自己创办的儿童期刊《蒙学报》刊行和影响也得益于石印术的采用。晚清时期借助于印刷术的推力形成的强大启蒙宣传攻势，成为五四新文化运动展开的多元准备。

商务印书馆的元老庄俞曾极大地肯定印刷术在晚清文化革新中的重大贡献："戊戌变法之议兴，国人宣传刊物日繁，学校制度既

---

① 郑振铎：《近百年来中国绘画的发展》，载郑尔康编《郑振铎艺术考古文集》，文物出版社1988年版，第193页。

② 姚公鹤：《上海闲话》，载《中国出版史料（近代部分）》第3卷，湖北教育出版社、山东教育出版社2004年版，第260页。

③ 史和、姚福申、叶翠娣编：《中国近代报刊名录》，福建人民出版社1991年版，第1页。

④ 彭永祥：《中国近代画报简介：1877—1919》，载丁守和主编《辛亥革命时期期刊介绍》第4集，人民出版社1986年版，第656页。

定，复须新课本以资用，胥赖印刷为之枢机。"① 有的研究者也一针见血地指出印刷技术是社会文化变革的基本推动力，创造了一种新的文化手段和空间。在西方印刷术引进之初，在这种新的生产状况下，新的印刷技术本身就是新文化。而掌握了作为"枢机"的印刷，就掌握了文化生产的钥匙。这是一种典型的"印刷即出版"的文化生产状况。然而印刷技术本身并不能自动地产生社会改造的力量，同样，知识群体的思想和认识没有得到物质技术手段的支持也难以有所作为。只有在特定时期的人、思想与技术变革结合之后，才可能产生巨大的社会和文化改造力量②。《蒙学报》正是先进知识群体的思想、认识和先进的石印印刷技术的结合。《蒙学报》创办的历史意义也就不仅体现在新的文化思想的产生和新的知识结构的建构，还有新的文化生产方式的诞生。我们可以通过以下的事例来说明。

1899 年《蒙学报》因为资金短缺而被迫停刊后又在 1901 年复刊。主办人江钟霖申述续办缘由说道："本报前于戊戌七月间蒙湖北学院王同愈太史代奏，适八月政变未及接奉，谕旨现各处纷设学堂，一时编书不易。惟本报分门别类，极于训蒙有用。拟禀候当道呈奏请旨饬下札派各学通行立案。"③ 这说明《蒙学报》在维新派中极有影响力，在新学设立、教材短缺之时，湖北学院王同愈太史上奏请立案以《蒙学报》作为各学堂的教科书。比如两广总督遂谕示各道府厅州县"自宜筹备常年报费，按期购取，并劝所属地方书院学塾绅士商民一体购阅"④。吴宓在自叙中曾说 9 岁时"以仁和叶瀚、叶瀚兄弟所编印之《蒙学报》为课本，兼读《泰西新史揽要》（十九世纪史）、《地球韵言》（世界地理。四字歌诀，有注）

---

① 庄俞：《鲍咸昌先生事略》，载《1897—1987 商务印书馆九十年：我和商务印书馆》，商务印书馆 1987 年版，第 6 页。

② 雷启立：《印刷现代性与中国现代文学的发生》，华东师范大学博士学位论文，2008 年，第 52—53 页。

③ 汪钟霖：《蒙学报续办略意》，《蒙学报》1901 年（光绪二十七年）第 49 期。

④ 《蒙学报》1901 年第 50 期。

等书。又翻阅每期《新民丛报》，甚喜之"。①

由于近代教科书兴起曾改变了晚清人的思想结构和知识结构，《蒙学报》在教科书还未完备之时被政府敕令作为教科书使用，而且我们还看到以吴宓为代表的一代学人的确在幼年使用此书作为课本。这是从正面的事例说明《蒙学报》的影响力，我们也可以从《蒙学报》刊行以来坊间剽窃风行的反面事例来说明其产生的巨大社会能量。《蒙学报》曾在第 19 期刊登出当时江南分巡苏松太兵备道的一则告谕：

> 给示谕禁事，据蒙学会报馆司账潘某某禀：上年十月寓沪官绅捐资创设蒙学会。公议办学堂先出书报，设馆三马路望平街朝宗坊内。馆例除每月出报四册，外复辑译各种启蒙诸新书及训蒙日课纸，专考求中外启蒙之法为学堂课读善本，以便培养初基。惟近日坊间书贾习气，每将他人新出书报剿袭翻印蒙混射利。又或改头换面仿造取巧，大失原意。贻误童幼非浅。况蒙学公会原因向来课蒙之法未善，是以创办书报以牖新智。倘以俚俗劣本淆惑初学，实于养正之功大有关系。禀请援案严禁翻印等情。查前因坊间书贾翻印他人所著新书影射渔利。迭据广学会、美华书坊、时务报馆等禀经各前道暨本道，示禁有案据，禀前情事同一律。除批示外，合行给示谕禁。为此示。仰书坊铺人等一体知悉：嗣后蒙学公会辑译各种启蒙新书及训蒙日课纸，尔等一概不准私行翻印。如敢故违，一经察出，或被具控定即从严究罚不贷，其各凛之切切，特示。

晚清石印术的运用极大地促进了文化事业的生产，但石印术也附带着一些负面性，比如翻印、翻仿等也由此兴起。上述的告谕既反映了《蒙学报》敏锐的版权意识和对版权的自觉捍卫，也是政府

---

① 吴宓著，吴学昭整理：《吴宓自编年谱：1894—1925》，生活·读书·新知三联书店 1995 年版，第 46—47 页。

出台的最早保护版权的法令。虽然有此告谕，而且《蒙学报》也经常在目录上明文标识"翻仿必究"，但"翻仿"者依然很多。比如清末陆基等在苏州创办崇辨蒙学，并于1899年（光绪二十五年）自编《启蒙图说》《启蒙问答》等教科书。《启蒙图说》一事一图，文词浅近，图画生动，文图相得益彰，共有图110幅。然而《启蒙图说》却是以大量剽窃《蒙学报》"修身书"的插图为主，从《蒙学报》第1期第1课"修身书"开始，多是逐课往下抄袭，涉及的主要是《蒙学报》从1897年到1898年的"修身书"图像。

笔者没有见到《启蒙图说》原版，只看到张志公在《传统语文教育教材论：暨蒙学书目和书影》中复制的一张书影（图2－5）① 和1993年华夏出版社再版的《启蒙图说》（图2－6）。但华

图2－5　《启蒙图说》第95图

---

① 张志公：《传统语文教育教材论：暨蒙学书目和书影》，第242页。

图 2-6 《启蒙图说》第 95 图摹印版

夏出版社并没有对其原版影印，据主编人说是"重新摹制了图画"①。从两图的对照可以看出，华夏出版社"重新摹制"的图画相当粗糙恶劣。但透过粗劣的画面，我们仍能辨识出《启蒙图说》的图像抄袭《蒙学报》。《启蒙图说》没有画题，只用"第几图"来代指，并采用俗白的语言对图画进行说明。比如华夏出版社出版的《启蒙图说》"第一图"（图 2-7）文字说明："中有一棵树，树下有两只大鸡，三只小鸡；旁有人，两手捧谷与鸡吃。"这一图出在《蒙学报》第 1 期东文修身书的第 1 课《父母之恩》（图 2-8）。文字是"观鸟兽思其子亦可以知父母爱我之厚"。相较之下一目了然。

————————

① 徐海荣主编：《启蒙图说 启蒙巧对 历代蒙求 名物蒙求》，华夏出版社 2002 年版，第 1 页。

dì yī tú zhōng yǒu yì kē shù shù xià yǒu
第一图：中有一棵树，树下有

liǎng zhī dà jī sān zhī xiǎo jī páng yǒu yì
两只大鸡，三只小鸡；旁有一

rén liǎng shǒu pěng gǔ yǔ jī chī
人，两手捧谷与鸡吃。

浅释 画的中间有一棵树，树下有两只大鸡，带领着三只小鸡。旁边有一个小孩子蹲在地上，双手正捧着谷子喂鸡。

图 2-7　《启蒙图说》第 1 图摹印版

東文報譯
小學初等脩身書卷之一
第壹課題
父母之恩
觀鳥
獸思
其子。
亦可
以知
父母
愛我
之厚。

蒙學報一
修身書
一

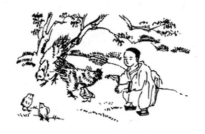

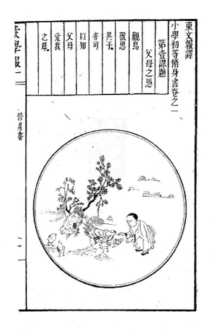

图 2-8　《东文修身书》第 1 课，《蒙学报》1897 年第 1 期

我们姑且不说后来摹画的粗劣，单从《蒙学报》发行不足两年（《蒙学报》1897 年 11 月创刊，《启蒙图说》1899 年 5 月刊印）就出现了它的仿制品来说，足见《蒙学报》中"图说"这种新印刷技术支撑下的新文化传播方式的社会典范意义。而它粗劣的仿制品《启蒙图说》在过去了 100 年后还有人进行翻印也从一个侧面进一步说明《蒙学报》持久的生命力。

在《蒙学报》创办伊始，梁启超以其思想的敏锐首先捕捉到它的划时代性，并以自己一贯高蹈的启蒙激情颂扬道：这是"天之不欲亡中国"也。"人莫不由少而壮，由愚而智。壮岁者，童孺之积进也；士夫者，愚民之积进也；故远古及泰西至善为教者，教小学急于教大学，教愚民急于教士夫。"而当时的中国"不识字者十人而六，其仅识字而未解文法者，又四人而三乎。"所以梁启超认为"故教小学教愚民，实为今日救中国第一义"。当听说自己的同人创办了中国第一种儿童报刊《蒙学报》时欢欣鼓舞，夜不成寐。因为"他日救天下者，其在今日十五岁以下之童子"。他设想的美好前景是"他日吾学校报成，使童孺诵《蒙学报》者，既卒业而受焉。则荀卿子所谓始于为士，终于学圣，其由兹矣"。① 可见，儿童兴则中国兴的论调在当时是维新、改良派的共识。儿童期刊承载着开启童智、雪耻救国、"新一国之民"的重任。

而维新思想的传播如果不借助简单易行的石印术恐怕也难以广布。数千册书刊顷刻而就的印刷速度岂是旧日雕版印刷可企及的。印刷成本的降低随之而来的是书刊价位的降低，书刊价位的低廉随之而来的是购买者的增多。随之而来的是阅读群体不断壮大，新知识新思想的传播也不断得以广布。因而印刷技术的革新导致的是文化变革。尤其是图画的印刷远比文字更为复杂，也更仰赖印刷技术的革新。只有在印刷术发展到图画印刷费用低、耗时短、效果逼真的前提下，书籍中大规模使用图画才能成为可能。正如贺圣鼐所

---

① 梁启超：《〈蒙学报〉〈演义报〉合叙》，载《梁启超全集》第 1 册，北京出版社 1999 年版，第 131 页。

言："我国昔时印刷图画，始则刻以木板。继则镂以铜版，其费至巨，石印既行，印图亦易，故有绘印时事者，如《点石斋画报》《飞影阁画报》《书画谱报》等是。"①

《蒙学报》之前创刊的《小孩月报》凹版铜刻过于昂贵，木版雕刻的图画过于粗拙。之后创刊的《启蒙画报》仍采用木版雕刻，丹青名手刘炳堂的绘画因受到刻工的局限而无法完美呈现。彭翼仲一直希望能借助石印使刘炳堂画作的庐山真面目得以呈现，但因资金问题最终付之阙如。《蒙学报》采用的石印技术以其便宜快捷超越了雕版和铅印，在新一轮印刷革新中大显身手，并由此预示着一种新的文化传播方式的诞生。

二 崇实思潮与"图说"

中国近代新式教育的发展是以"本末倒置"的进程展开的。它以语言学堂的出现为嚆矢，接下来是军事技术学堂、各类实业学堂、大学学堂，然后再回过头来发展初等教育、中等教育；童蒙教育反而最晚。② 梁启超较早发现童蒙教育的重要性。他认为"教小学教愚民，实为今日救中国第一义"。而且不论中国传统还是西方教育，真正"善为教者，教小学急于教大学，教愚民急于教士夫"③。梁启超的幼学思想是"变法通议"中一个重要部分。他在《论幼学》中比照西方教育模式指出现存童蒙教育的种种弊端。西方教育的普及性是与教育体制的合理性相联系的，而清朝的童蒙教育则违反了儿童生理发展规律。而且一味追求八股、试帖等无用的学问，反而丢掉了儒家的道统。梁启超为幼学规划出一个非常完美的学科体系和习得顺序。"其为道也，先识字，次辨训，次造句，次成文，不躐等也。识字之始，必从眼前名物指点，不好难也。必

---

① 贺圣鼐：《中国印刷术沿革史略》，《东方杂志》1928 年第 18 期。
② 田正平：《中国教育近代化研究丛书·总前言》，载王建军《中国近代教科书发展研究》，广东教育出版社 1996 年版，第 13 页。
③ 梁启超：《〈蒙学报〉〈演义报〉合叙》，载《梁启超全集》第 1 册，北京出版社1999 年版，第 131 页。

教以天文地学、地学浅理，如演戏法，童子所乐知也。必教以古今杂事，如说鼓词，童子所乐闻也。必教以数国语言，童子舌本未强，易于学也。必教以算，百业所必用也，多为歌谣，易于上口也，多为俗语，易于索解也。必习音乐，使无厌苦，且和其血气也，必习体操，强其筋骨，且使人人可为兵也。"①《蒙学报》的办刊理念很大一部分是以梁启超的幼学思想为基石。梁启超虽然具体设计出课业学习的先后顺序，甚至考虑到不同年龄阶段学习的内容也应不同。但如何向童蒙表述这些知识，梁启超所言甚少。针对幼童，《蒙学报》发现"图说"的方式远胜于单纯的文字表述。

其实"图说"在晚清是一个非常重要的启蒙概念。自1840年鸦片战争战败以后，众多仁人志士便把"睁眼看世界"当作最紧要最迫切的大事。"看"的视觉行为被赋予为摆脱蒙昧、走向现代的最重要的启蒙功能。晚清"睁眼看世界"的著名人物魏源，便直接把他的启蒙巨著命名为"海国图志"，以凸显图像在传播西方文明过程中的重要性。《海国图志》中"附有各种地图七十余幅，各种船炮器物图八十余幅（图2-9），各类表如《中西历法异同表》《各国教门表》等近十幅"②。各种现代化"船炮器物图"在某种程度上瓦解了清王朝帝国的神话。当闭关锁国多年的清王朝遭遇强势西方文明时，有多少西方的文明图景是当时的人们闻所未闻的。如何表述这些在晚清人看来是痴人说梦似的海外奇观，文字常常显得无力。图像因其直观、形象、真实，展现出强大的阐释功能。因此被西方的坚船利炮震醒的晚清人更喜用"图说"为传播新知的图书命名。图像叙事既是传播新知必须凭借的有效形式又是开启民智的内容。因而，晚清西学东渐的思潮使"图说"成为一种重要的启蒙概念，并在新文化传播和新知识结构构建的过程中扮演越来越重要的角色。

---

① 梁启超：《论幼学》，载《梁启超全集》第1册，第34页。
② 熊月之：《西学东渐与晚清社会》，上海人民出版社1994年版，第258页。

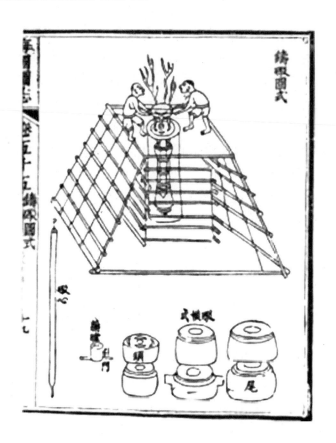

图 2-9　清道光二十九年（1849）古徽堂刊本
《海国图志》三插图《铸炮图式》

晚清时期，针对儿童的启蒙方式有办报刊、办学堂、讲报阅报；针对儿童的文学体裁有寓言、童话、学堂乐歌、儿童诗歌、儿童故事、儿童小说、儿童戏剧等。最有效的具体表述形式：一是白话文；二是图像。与文字相比，图像因其直观、"透明"、"照亮"等可视化特点，使之在传播过程中更便捷、更直接。于是图像在左图右史和西学东渐的时代汇流中屡屡担当重任。《蒙学报》各类栏目都配以图画，力求以"图说"的方式让意义得以彰显。

晚清先进的知识阶层面对民族危机，围绕"救亡图存"这一时代主题，大力提倡西方的"格致之学"，也就是实学。在"崇实"

思潮的影响下，图学深受重视。《蒙学报》涉及的实学栏目附载的图画最具图学性质。在《蒙学报》创刊号《蒙学报条例》就指出图画的重要性："有非图不明者，另请图绘人。每期按说绘图，务极精工，以便儿童爱玩。"同样在创刊号《蒙学会西文书报译例》也强调"养生之学，均须图说方明。本报于西文书报有图者，均延名手。移绘无差"。《蒙学报》提到的"养生学"并非只养其身体。《蒙学会西文书报译例》特别指出要同时兼备"开其知识，正其身心是也。但儿童知识初开，又不能如成童以上者，立定规条，强令彼从。此在为母者，少知修身立品要理。天时地利人情各等原故随时引诱劝导。西国书报均有论说"。因而"均须图说方明"的"养生学"在很大程度上是被看作针对幼儿的格致学浅说。

如果说《蒙学报》文学类、智学类的图画还是为了增加儿童阅读的兴趣，那么传播新知的部分则常常是"非图不明"。比如舆地类启蒙中涉及许多地球知识和其他国家的地理概况，如何理解太阳系众行星的排列，如何理解等温线，如何想象中国在地球上的位置，没有图像辅助简直寸步难行。《蒙学报》中这部分图像绘制科学、标准。为了能清晰地体现地理概念，常借用跨页甚至折页的形式。比如全球等温线（图2-10）和亚洲全图运用跨页方式使观者既有整体的概念，又能一目了然。北半球全图运用相当于三个页面的折页来绘制。借助图像呈现出的宇宙和世界图景大大迥异于以往的蒙学读物。有了宇宙和世界的初步观念，方能渐悟自我渺小、落后。

格致类经常涉及一些自然科学的新名词。比如"动率"概念，也就是今天所说的惯性。如果没有实物可当面指点，也没有图示可参照，要理解这样的物理概念的确有些困难。但看图便一目了然（图2-11）。火车刚刚启动时静止的人体由于惯性会倒向后；火车受阻速度突然趋缓，人体由于惯性扑向前。在今天，这种物理知识已成常识，火车也是人们出行的一种普通的交通工具。但在1897年，不论是惯性还是火车皆属于新知的范围。

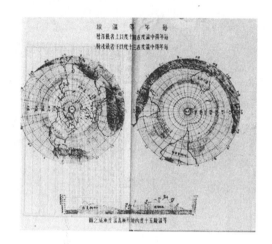

图 2 – 10   《每年等温线》,《蒙学报》1897 年第 6 期

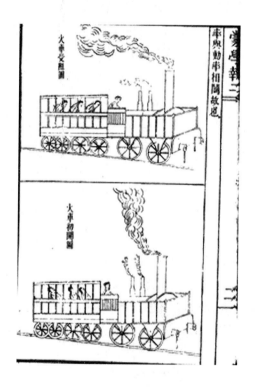

图 2 – 11   《率与动率》,《蒙学报》1897 年第 2 期

　　即使是识字类栏目的图画也受到了西方文明的习染。比如这幅《眉眼耳鼻舌》（图2-12），注重用色彩的明暗去表现物体的体积和空间感，迥异于中国画以线条作为造型的基本手段。尤其是"耳朵"的造型，用阴影去表现耳朵的结构，完全是西画的手法。"动物类识字法"（图2-13）中牛羊犬马的造型手法也是运用明暗和透视。这与清朝《芥子园画谱》中人物和动物的画法有明显不同。"人体类识字法"（图2-14）中的人体，不仅是绘画手法的西化，也包含对人体认知的科学观念。因为即使在医学中，中国传统上也不会用这种人体图去认识人体结构。这说明《蒙学报》的栏目中即使没有标明译自西文或东文，有些图片也可能是移绘或摹写西方译本，要么就是绘者深受西方绘画的影响。

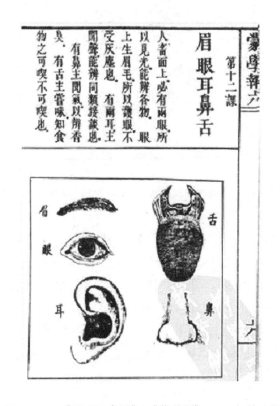

图2-12　《眉眼耳鼻舌》，《蒙学报》1897年第6期

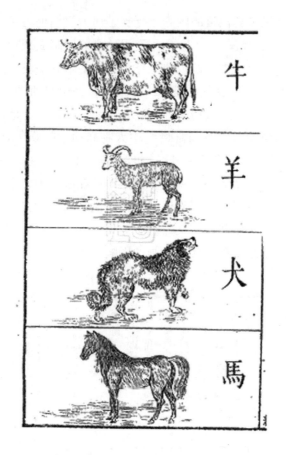

图 2 - 13　《动物类识字法》,《蒙学报》1898 年第 8 期

　　《蒙学报》总绘图叶耀元,江苏吴县（今苏州）人。上海广方言馆、北京同文馆优等毕业。1897 年创办《新民报》,在算学方面卓有成效。就目前笔者掌握的资料看,叶耀元很可能是移绘西方的译本。1901 年上海澄衷蒙学堂刘树屏编成《字课图说》中曾对"绘图"进行了说明:"凡名字动字之非图不显者,均附以图,或摹我国旧图,或据译本西图,求是而已。"①《字课图说》原版上写

―――――――

　　①　朱有献主编:《中国近代学制史料》第 1 辑（下）,华东师范大学出版社 1986 年版,第 842 页。

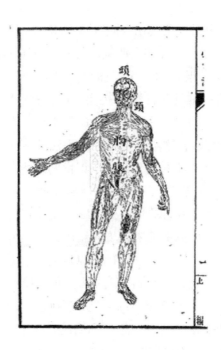

图 2 - 14 《身体类识字法》，《蒙学报》1898 年第 8 期

着"苏州吴子城绘图"，教科书研究专家石鸥认为"吴子城"并非
人名，因为苏州在春秋初建时就被称为"吴子城"，因而石鸥猜测
很可能是请苏州某画室所作①。当时人盛赞《字课图说》时曾说
"延聘通儒，精心考订，选字注句斟酌，完善缮楷绘图，皆出名
手"。绘画也是名家，石鸥猜测"某画室所作"似乎并不属实。叶
耀元是吴县人，字子成。吴县又被称为"吴子城"。传统文人常以
自己的故乡代指自己。"吴子城"就是叶耀元的推论似乎并不离
谱。的确是这样，《苏州民国艺文志》一书就认为《字课图说》是
叶耀元的作品②。

---

① 石鸥：《百年中国教科书图说 1897—1949》，湖南教育出版社 2009 年版，第
8 页。

② 张耘田、陈巍主编：《苏州民国艺文志》（上），扬州广陵书社 2005 年版，第
116—117 页。

《蒙学报》中图画呈现出与《字课图说》中"或摹我国旧图，或据译本西图"说法一样的中西画法的参差对照。这也许从另一个侧面反映了《蒙学报》和《字课图说》的绘图同为叶耀元。由于西方绘画主张客观地反映自然，中国绘画主张写意，在似与不似之间。因而笔者以为《蒙学报》不仅在"格致"栏目，也在识字栏目中"据译本西图"，这不单纯是绘画手法的西学东渐，也说明主创人员倾向于从自然学科的角度去认识世间万物。

其实，"崇实"思潮已经渗透在《蒙学报》各个栏目中。比如"儿童画学"不是作为艺术学科去介绍，而是在讲述一种广义的格致学。"画学"一词原本是宋代培养绘画人才的专科大学。宋徽宗崇宁三年（1104）创立。大观四年（1110）并入内侍省翰林图画局。①《蒙学报》的画学更倾向于图学，通过精准、直观的图像来了解西方现代文明，并学习绘制。"儿童画学"栏目初设时就没有大段地讲解西方画法如何使用透视和明暗，仅用"以上画器具法""以上画活物法""画地图法"（图2-15、图2-16）寥寥几个字就让读者按图所示。后来则干脆讲起格致来。"斜面图"和"输连轴图"明明白白是在讲力学。把这样的格致学习归在"儿童画学"栏目中，可见此栏目的用意是让蒙童掌握自然科学知识，并学会画相关的示意图，而不是美术培养。

既然"图说"是晚清人比较追崇的启蒙字眼，"图说"的运用就不会仅仅局限在实学传播上。第2期和第4期分别有《母仪故事图说》和《师范故事图说》。前者选择的是孟母教子中最经典，也最具表现力的两幅图画《三迁择里》和《断机教子》（图2-17、图2-18）来完成叙事。后者选择的《伏女传经》和《夜著正蒙》两个配有插图的故事。运用"图说"的方式来讲述一个故事，已经有了叙事的元素，但叙事并不完整，仍带有插图性质。而且虽然借用"图说"的新名词，但总体仍不脱中国传统《日记故事》用图配文的窠臼。

---

① 张念宏：《中国教育百科全书》，海洋出版社1991年版，第880页。

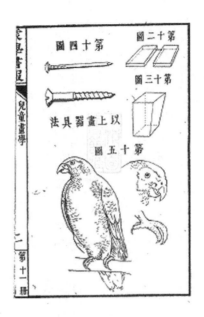

图 2 - 15 《儿童画学》，《蒙学报》1898 年第 11 期

图 2 - 16 《儿童画学》，《蒙学报》1898 年第 11 期

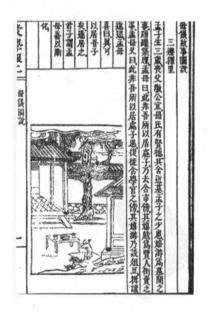

图 2-17　《三迁择里》,《蒙学报》1897 年第 2 期

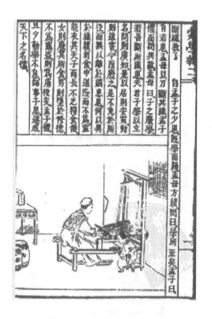

图 2-18　《断机教子》,《蒙学报》1897 年第 2 期

三 《蒙学报》分级阅读与"图说"

《蒙学报》的栏目和内容是针对不同年龄段的蒙童设置的，《蒙学报》的编辑人员对儿童年龄与认知、阅读之间的关系有初步的认识。这在当时还是非常先进的，根据儿童年龄进行分级阅读是这些年才明确提出的。《蒙学报》编辑思想的超前性不言而喻。

其实中国古代蒙学教育也讲究循序渐进。语文教育家张志公认为古代的蒙学教育经过几千年的发展、完善已经进化出一套比较成熟的由易到难、由浅入深的教学模式。① 虽然蒙学教育是根据儿童的生理发育和学习规律按步骤、分阶段进行的。但私塾、家塾、义塾等并不在国家的统一管理之下，塾师的文化水平和教育能力悬殊，难免会有些泥沙俱下的混乱现象。而且传统蒙童教育只关注了学习的由易到难，并没有明确把儿童年龄纳入蒙童教育的考量中，因而幼童在五六岁发蒙时就要背"四书""五经"的现象并不罕见。

《蒙学报》年龄分级的办刊倾向可能受梁启超"大率自五岁至十岁为一种教法，自十一岁至十五岁为一种教法"② 幼学思想的影响。它从第 8 期改为上下两编，上编注明供 5 岁至 8 岁儿童阅读，下编注明供 9 岁至 13 岁儿童阅读。从第 8 期改为上下两编到第 26 期改为上中下三编这段时间内，阅读年龄段的设置并不是固定不变的，而是呈现出上下浮动的态势。比如第 23 期上编蒙童阅读的年龄下限已由当初第 8 期的 5 岁浮动到 3 岁，上限也扩容到 10 岁。在上编 3—10 岁又细化为三个年龄阶段：3—4 岁、5—7 岁、8—10岁。这说明《蒙学报》对儿童的生长发育与认知的关系有了更深切的体悟，其编辑思想也愈趋成熟。那么在一本期刊中内容由浅入深的梯级化构成如何表述呢？

---

① 张志公：《传统语文教育教材伦：暨蒙学书目和书影》，中华书局 2013 年版，第 10 页。

② （清）梁启超：《论幼学》，载《梁启超全集》第 1 册，北京出版社 1999 年版，第 37 页。

以第 23 期"蚕茧蛹蛾"学习单元为例。"识字法"是文图对照的看图识字（图 2 – 19）。图像大而清晰，约占版面的三分之二强，四个生字也非常醒目，供 3—4 岁儿童使用。"释名"栏目对每一个字进行详尽的解释，比如"蚕"的生活习性、蚕丝的作用等。"中文初等读本书"以《蚕茧箔丝 养报吐捞》（图 2 – 20）为名讲述蚕被主人豢养多时却因怕死而拒绝吐丝，最终被主人喂鸡而亡的训诫故事。文末解题说被国家养育多时的武官不能在国家当用之时贪生怕死。"释名"和"中文初等读本书"都是供 5—7 岁儿童使用。"释名"没有图像，字体较小，解释详尽。为加深记忆，"中文初等读本书"把单纯的字词解释变成有插图的故事。主人把不愿吐丝的蚕喂鸡的画面凸显了故事的教育性或警戒性。"文学初津"则对新词进行辨训、问答、造句。显然程度加深了，是对

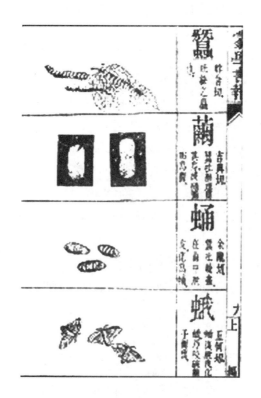

图 2 – 19 《识字法》，《蒙学报》1898 年第 23 期

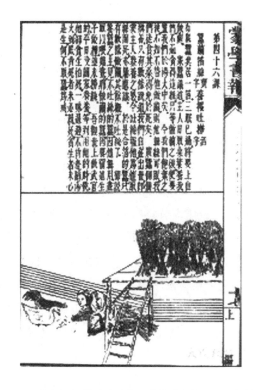

图 2 - 20 　《中文初等读本书》，《蒙学报》1898 年第 23 期

以前学习内容的巩固、练习。这个栏目是供 7—10 岁儿童使用，没有图像。"儿童画学"使用了四幅图从生物学的角度说明蚕从虫到蛹到茧到蛾子的成长过程。虽然叙事完整，但不具备故事性，仍属于图谱性质。儿童画学是供 11—13 岁孩子使用。对儿童的要求其实不仅认识、会用而且还要会画。

粗看程度的分级只体现在文字上，从识字到画学，我们看到文字逐渐增多，文意逐步深化。图像并没有明显的程度递增倾向。3 岁、4 岁识字法的插图与 11—14 岁的"儿童画学"插图没什么变化，但对儿童的要求却提高了。一开始辨认图画，最后是会画。梁启超所言的"先识字，次辨训，次造句，次成文，不躐等也"，其实由"次成文"变成了"次成画"。

《蒙学报》对画学的推崇是晚清社会"崇实"思潮的一种折

射。同时也说明，某些新知的传播只能借助"图说"的方式。《蒙学报》还特别刊登《研究画学》的新闻来陈述画学在儿童教育中的重要性：

> 自古教育图画并重，沿及末流，画学仅归之于艺术者流。未闻以之为普通教育矣。日本今以图画列入普通教育，已非一日。本年有大户荣吉……诸氏，倡议设立教育画研究会。会中专调查画学一般之性质，尤注意于初等教育、中等教育之图画教授法。拟行各事。如搜集教育画之资料。刊行教育画之图书。①

由于某些新知是"非图不明者"，并且"旨饬下札派各学通行立案"的原因也是由于《蒙学报》"词意浅显，图绘精良，能探教养之本源，阐中西之蕴奥"②。"探教养之本源，阐中西之蕴奥"借助的是文图相得益彰，"图说"在新知的传播中脱颖而出，成为一种不可小视的文化传播方式。

第三节　图像与意义的建构

晚清印刷技术的革新和崇实思潮把图像推上了文化传播的舞台，图像不仅在文化传播中越来越有精彩的表现，而且也承担着意义的建构。

一　"中学为体"的图像叙事

（一）圣像和图像膜拜

《蒙学报》从第1期就开始在首页登载圣贤像并附说明，一直到第8期。第1期是"至圣孔子像"（图2-21），下书"吴县叶耀元敬绘"。第2页是对孔子生平事迹的简介。之后分别是宗圣曾子

---

① 《研究画学》，《蒙学报》1903年"学界汇报　日本之部"栏目。
② 《蒙学报》1901年第50期。

像、述圣子思子像、亚圣孟子像、先贤有子若像、先贤卜子商像、先贤子游子像、先贤子张子像。

图 2 – 21 《至圣孔子像》，《蒙学报》1897 年第 1 期

我们知道古代儿童发蒙的仪式一般是在孔子的画像前行叩拜礼，这就相当于拜先师了，入门了。没有画像就在孔子神位前行礼。比如郭沫若谈起幼年的发蒙经历：

　　那是一八九七年的春天，我父亲引我到家塾里去向沈先生拜了师，是用一对蜡、三炷香，在"大成至圣先师孔子神位"前磕了几个响头的。我从此以后便穿了牛鼻子。——我们乡下人说发蒙叫"穿牛鼻"①。

———————

　　① 郭沫若：《我的童年》，载刘元树主编《郭沫若自传》（上），安徽文艺出版社1997年版，第26页。

但牌位总没有画像更能激起人的崇敬心。因而当丰子恺的先生发现他会画画，赶紧让丰子恺画一张孔子像。从此，蒙童们早上到塾，晚上散学都要对孔子像鞠躬。①

蒙童每日对孔子画像的叩拜是一种常见的偶像膜拜仪式。偶像崇拜可以说自图像诞生以来就具备这种功能。图腾就是人们对敬畏的自然之物的某种图像性表达，对图腾的膜拜实则是对图腾所表现之物的膜拜。从自然之物的膜拜转向对其偶像的膜拜源于原始民族信奉的交感巫术原则。弗雷泽认为原始民族相信人类与自然之间始终存在着某种交互感应的关系。依据同类相生的相似律，对物体的偶像施加作用会影响这个物体②。有趣的是，交感巫术不仅是远古人遵循的原则，近现代人的图像崇拜中也暗含这样的逻辑。学童对孔子画像的叩拜希望达成对圣人的影响，并企图通过圣人感知这一切，从而最终使圣人促成自己学业精进、蟾宫折桂。

对教育的抨击和改革是晚清社会变革中非常重要的一项内容。尤其是科举制被废除，壬寅学制（1902 年）和癸卯学制（1904 年）的制定对小学教育产生了重大影响。《蒙学报》是最早对日本小学教育进行介绍的书刊。③ 它在 1898 年第 21 期中刊载《新译日本小学校章程》。鉴于《蒙学报》在维新派中的影响，它对后来清末的学制改革可能起到了具体参照作用。在晚清旧的教育机制的变革过程中，把孔子奉为至圣先师，以儒家"四书""五经"为核心学习内容的私塾教育与新兴学堂、新兴教科书兴起是怎么碰撞、交流、融合的？在晚清西学东渐历史语境下，《蒙学报》把孔子像放置在创刊号的首页成为一个非常有意味的举动。

当有读者来信称"哲象不应选登"的时候，叶瀚解释：

---

① 丰子恺著，苑兴华编：《丰子恺自叙》，北京团结出版社1996年版，第66页。

② ［英］J. G. 弗雷泽：《金枝——巫术与宗教之研究》（上），汪培基等译，商务印书馆 2012 年版，第25—27页。

③ 梅家玲对这一点有考证，认为中国近代教育取径日本的转译过程起于《蒙学报》。参看梅家玲《晚清童蒙教育中的文化传译、知识结构与表述方式》，载徐兰君、［美］安德鲁·琼斯主编《儿童的发现　现代中国文学及文中的儿童问题》，北京大学出版社2011年版，第45页。

董仲舒春秋繁露称圣人作《春秋》，推明往法以迎来者，此来者即子思子中庸。所谓俟圣不惑者也，圣门遗籍俱可征信。故本报于第一期谨登圣像以定一尊，次以曾有二大宗，再次登颜路二配像以表圣教之宗传与大道之复，初用意固自有在。宏达君子尚其鉴之。①

这说明《蒙学报》的编辑人员对待传统和西学秉持的是"中学为体，西学为用"原则。《蒙学报》根本就不反对儒学，它反对的是蒙学教育的教学方法。这一点从《缘起》中可看出。总撰述叶澜认为现行蒙学教育弊端的根源在于"蒙学之规，中国非不讲之久且精也"。革新的方式是"导以圣经贤传之成规"和"东西各国便益之新法"②。中体西用思想的最初倡导者是冯桂芬。1861 年，他在《采西学议》中说："如有中国之伦常名教为原本，辅以诸国富强之术，不更善之善者哉？"③ 1898 年，张之洞在《劝学篇》中把并非由洋务派首创的"中学为体，西学为用"论述得更为详备系统。很快"中学为体，西学为用"成为晚清知识分子最有代表性的一种文化姿态。正如梁启超后来回忆所说："其流行语，则有所谓'中学为体，西学为用'者，张之洞最乐道之，而举国以为至言。"④

（二）"修身书"图像中的儒家道德规范

《蒙学报》"中学为体"办刊思想的另一种具体体现是"修身书"栏目的设置。"修身书"栏目是《蒙学报》常设的经典栏目。从第 1 期开始，除了第 31 期到第 49 期中断外，一直到终刊第 72 期，每期至少有两课"修身书"。而第 31 期停载"修身书"的同

---

① 《覆书》，《蒙学报》1897 年第 6 期。
② 叶澜：《蒙学报缘起》，《蒙学报》1897 年第 1 期。
③ 冯桂芬：《采西学议》，载璩鑫圭、童富勇编《中国近代教育史资料汇编·教育思想》，上海教育出版社 1997 年版，第 25 页。
④ 梁启超：《清代学术概论》，上海古籍出版社 2005 年版，第 81—82 页。

时又在"智学类"栏目下增设了"劝蒙歌"。"劝蒙歌"的功能与"修身书"类似,都是以传播儒家道德伦理为目的。不过"劝蒙歌"更易于儿童唱诵,并可舞之蹈之。应该说从第31期"修身书"尝试用一种更易于儿童接受的方式来表述。

也许是"修身书"与"劝蒙歌"相比可以容纳更多的内容,散文文体也更容易操作;也许是"修身书"的称谓广为社会接纳,从第50期开始《蒙学报》又重新启用"修身书"的名称。而且每期"修身书"的篇幅大大增加,第50期有4课,之后各期通常有8课,第53期更是高达12课。我们知道,《蒙学报》对传统童蒙教育多有诟病,肯定不能沿用旧规,那么它如何进行教育革新的呢?纵观各期的"修身书",其内容与传统教育并没太大差别,但对其表述形式做了一定的修订:一是词浅,二是图像。

前八期主要沿用日本修身书,文词浅显,短小精悍,每课的字数都极少,比如第1课"父母之恩"只有16字:"观鸟兽思其子,亦可以知父母爱我之厚。"第7期开始设置"中文修身书",文字虽多,但配有白话翻译。到第15期干脆直接"改定用白话"。从画题可看出,图像表述的内容囊括了儒家核心思想:"仁义礼智信忠孝悌节恕勇让。"其中关于"孝"的画题最多。首先创刊号的第1课、第2课是"孝"的题材:"父母之恩"和"孝行";第2期"东文修身书"第3课是"孝养";第9期以后没有"东文修身书"。第10期"中文修身书"第18课是"孝行";第19期第37课是"死蜂表孝思";第21期第40课是"温席善尽孝";第26期第51课是"觅鲤承亲志";第27期第54课是"栖鸠感孝思";第30期第59课是"十龄从万里";第31期"劝蒙歌"的第1课就是"劝孝歌"。第50期"劝蒙歌"重新更名为"修身书",第1课"孝慈"也是倡行孝。第51期以后,在"小学修身书"之外又增设"蒙学初级修身书",截止到终刊,共刊载了5本。每一本"蒙学初级修身书"前三课(有时是前四课)都是关于孝。比如第51期第1、第2课是"亲恩",第3课是"孝养",第4课是"孝行"。

由此可见,在《蒙学报》"修身书"栏目中孝的比重非常大。

我国向来有"百行孝为先"的古训。对孝文化的格外看重是礼仪之邦的重要特色。《论语》在开篇第二章便申明"孝"的重要性：

> 有子曰："其为人也孝悌，而好犯上者，鲜矣；不好犯上，而好作乱者，未之有也。君子务本，本立而道生。孝悌也者，其为仁之本与！"

"孝"是礼的原点，是仁的根本，也是政治统治的需要。中国古代有非常严格的等级秩序，而君君臣臣父父子子秩序的维持是建立在孝悌基础之上。因为孝悌者是不会犯上的。因而孝的提倡深受统治者欢迎并大力支持。蒙童读物中《二十四孝图说》《百孝图说》《孝经》等书也占了相当的比例。仅从《蒙学报》前三十期的"孝"主题的图像来看，大体分为两个方面：一是用图像的方式去表述仁孝的概念；一是图像讲述孝子的故事。前者多通过日常行为来表现对父母长辈尊敬、孝顺。常人通过努力可以做到，图像也比较好表现。比如画面通过为长辈端茶倒水、低头顺眉就可以表现"孝慈"的主题。后者多以历史流传的孝子故事为底本，其事迹则让常人难以企及，图像表现起来也相当困难。

鲁迅曾说：

> 孝子的事迹也比较地更难画，因为总是惨苦的多。譬如"郭巨埋儿"，无论如何总难以画到引得孩子眉飞色舞，自愿躺到坑里去。还有"尝粪心忧"，也不容易引人入胜。还有老莱子的"戏彩娱亲"，题诗上虽说"喜色满庭帏"，而图画上却绝少有有趣的家庭的气息。①

鲁迅说得不错，孝子的画像比较难画，尤其是当表现的孝子是儿童时更难画。儿童的天真、活泼、顽皮总和孝子的庄重、克己、

---

① 鲁迅：《朝花夕拾·后记》，载《鲁迅全集》第2卷，第326页。

"惨苦"不相协调。《十龄从万里》（图2-22）中10岁的儿童陈韶孙因父犯罪被谪戍远方而日夜号哭，并不惮劳苦、风餐露宿同父前往。最终受到朝廷旌表。那么到底截取哪个场景来表现陈韶孙的孝道？日夜号哭只有"惨苦"，跟随父亲万里行军更能表现对父爱的执着和坚韧。显然后者更具表现力和感染力。但10岁的孩子追随犯人的艰苦行军毕竟不是自由撒欢的野游，根本无法表现孩子在自然中的生龙活虎。于是画师尽量把他画得像个成人，成人的服饰和发式，神态也是饱经风霜的寒苦相，俨然一个缩小的成人，并且只给了个侧背影就草草了事。

图2-22　《十龄从万里》，《蒙学报》1898年第30期

儿童身份的孝子也有采用儿童造型的。比如《温席善尽孝》（图2-23）中的黄香，留着类似冲天炮的儿童发式，小小的身子，胖嘟嘟的脸蛋和胳膊，正躬立在床前为父亲扇席纳凉。从窗外茂盛的芭蕉可知夏日炎炎。但冒着酷暑努力为父亲床榻扇凉，无论如何不是

很快乐的事情。正像鲁迅所说，很难表现出孝子的"眉飞色舞"。由于难以表现黄香的神态，于是画师就又给了读者一个侧背影。

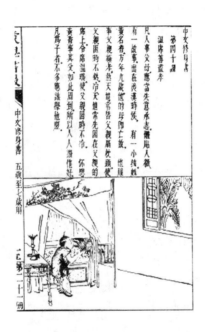

图 2 - 23 《温席善尽孝》，《蒙学报》1898 年第 21 期

而且画题"温席善尽孝"与画面也不相符。画面表现的是"扇枕"，并没有表现出冬天为父亲"温席"的场景。有研究者指出：

> 我们现在所能看到的以此为题材的美术作品，无一例外地都是描绘"扇枕"，而没有表现"温衾"的。究其原因，或许是创作者要表现挥扇凉枕的场景相对而言较为容易，可要刻画拥被高卧又不致使读者产生误解则要困难得多，于是只能走一条趋易避难的捷径。①

---

① 杨君编著：《二十四孝图说》，上海大学出版社 2006 年版，第 89 页。

请看近代王震绘《一半居士二十四孝图·扇枕温衾》（图2-24）也是"扇枕"的画面，黄香也是背影。确实如此，用图画表现"温席"比"扇枕"要困难得多。但就行为的难度而言，滴水成冰的冬天为父亲暖被似乎更具考验性，因而文字上也更喜欢用"温席"来突出黄香的孝心。也就是说，人们更趋向以不合常理的方式来凸显孝子的孝心。由于图像具备再现生活性，有时很难把这种人为的拔高甚或作伪表现出来。就像鲁迅分析《戏彩娱亲》，不论画师如何把老莱子身体缩小，画成一个有胡子的小孩子，手里拿着"摇咕咚"，穿上五彩衣服，但一个"老头子玩这样的把戏究竟不像样，总是无趣"①。于是，文字与图画的裂隙就不可避免地出现了。

图2-24　王震《一亭居士画二十四孝图·扇枕温衾》

---

① 鲁迅：《朝花夕拾·后记》，第326页。

其实儒家原典对孝的表述并非这样极端。孔子认为"孝"就是"无违"，不要违背礼仪。"生，事之以礼，死，葬之以礼，祭之以礼。"但同时孔子也强调仅仅做到"无违"的礼仪还不够，重要的是从心里对父母长辈的恭敬。"今之孝者，是谓能养，至于犬马，皆能有养，不敬，何以别乎？"也就是说孔子强调的心行合一，把德行和德性结合起来。但在执行过程中，孝的道德标尺却被人为强化，成为一种很难企及的高度。比如《二十四孝》中"郭巨埋儿"，这种令人望而生畏的孝行已经达到违背天理的程度，是对"无违"礼仪的一种践踏。蒋梦麟曾针对遵循儒家思想和发展儿童自然本性的关系说：

> 教育就是使儿童的本性得到正常的发展。事实上孔子以后，中国教育的主流一直都遵循着性善的原则。不过年代一久，所谓人性中的"善"就慢慢地变为受古代传统所规范的某些道德教条了。因此我们的主张在理论上似很新鲜，实践起来却可能离本来的原则很远很远。所谓"发展本性"在事实上可能变为只是遵守传统教条，中国发生的实际情形正是如此。①

由于实践常常偏离儒家思想，统治阶级又一味强化各种愚忠愚孝，这就给图像的表达带来一定难度。尤其是当孝子是儿童时。很多儿童孝子常被画师处理成背影或侧背影，比如第 10 期"孝行"中"怀橘遗亲"（图 2 - 25）的陆绩也是个背影。从画面看袁术是重点表现的人物，他正面冲着读者，身材高大，穿着华贵，占据着右上方的位置。而作为主角的孝子"陆绩"背冲读者，由于是跪姿，画面中占的空间很小，处于左下方的位置。总体看袁术被刻画得细致入微，陆绩的表情、服饰被刻画得相对粗疏。袁术形象的高大和陆绩形象的渺小构成了一种上对下、成人对儿童的威压。这种构图方法完全颠倒了主角、配角的关系，突出的反而是应该作为陪

---

① 蒋梦麟：《西潮》，天津教育出版社 2008 年版，第 108 页。

图 2 - 25　《中文修身书·孝行》,《蒙学报》1898 年第 10 期

衬的成人袁术。这种情况在《蒙学报》很普遍。如果成人和儿童出现在同一幅画面中,视觉的焦点一定是成人。在以孝悌为根基构建的君君臣臣父父子子的等级秩序中,"子"位置决定了即使儿童是故事的主角在画面中也被压制成从属角色。

　　但如果画面中只有儿童且在游戏中,儿童常常面朝读者,或者至少有一位是面朝读者的。比如第 13 期《中文修身书·武略》(图 2 - 26)中宇文忻和小朋友游戏时常模仿军队训练。画面中的儿童虎虎有生气,神态各异,充满童趣。其旨趣与前者迥然不同,儿童的发式、服饰、造型显然是从年画的儿童形象中摄取的灵感。

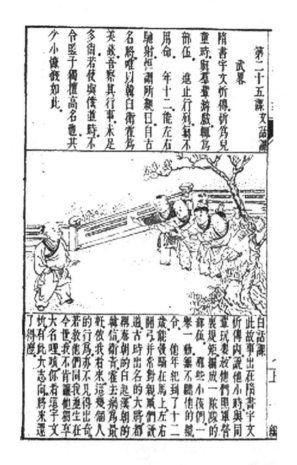

图 2 - 26 《中文修身书·武略》，《蒙学报》1898 年第 13 期

（三）东文修身书的命运

前文说过"修身"在儒家思想中的重要性，中国传统蒙学教材中这方面资源最多，以"中学为体"的《蒙学报》编辑人员为什么要从第 1 期就刊载日本人编写绘制的"修身书"呢？直到第 7 期才开始出现"中文修身书"。笔者分析，虽然传统蒙学教材有关修身的资源最多，但有的文字过于艰深，有的没有图像，有的内容不适合孩子阅读，试图革新的《蒙学报》一时苦于找不到合适的形式去表达。而日本在这方面已经摸索出一条相对成熟的路子。日本明治维新后遭遇西方文明入侵的历史语境也与晚清有相同之处。日本

知识分子既想学习西方文化又不想放弃儒家正统思想的矛盾心理与晚清维新派的心理也是相通的。下面是日本文部省 1882 年颁布《关于小学修身书编纂方针之训令》，其在西方文化强势入侵下的"影响的焦虑"可略见一斑：

> 现今确定小学修身科中道德之要点，首先应着眼父兄最注重之处，子弟最敬重之所在。我国自中世纪以来，贯通上下。有其普遍势力者，厥为儒教。至于佛教，虽则流布世上，感染人心，但多为下层社会所信奉。若就人口而论，其普及程度或超于儒教。然而就其势力而论，却为儒教。且以完成以德育为首和统一实现智育、体育任务之普通小学，假若单纯以一宗教完成德育之全部任务，颇值得论辩，此自不待言而明矣。

> ——儒教原虽借于汉土（指中国。译者注），但其与皇国固有道德紧接密合。长久以来，辅翼我风化之开进，占有重要地位，产生重大之影响。而且，文物制度之光彩，焕发畅达，亘乎上下古今。父子君臣夫妇长幼朋友等，凡全国社会之伦理纲常之得以扶植维持者，有赖其势力之存在。时至今日，全归我有，未必有怪者。儒教向来获得我世道人心之信任敬重，可谓盛矣。然而今日采用儒教，必先学习：尊崇我万世一系之天胤，爱重金瓯无缺之帝国，涵养此类志气。故应先选择本邦圣主贤哲之嘉言善行，杂以中国圣贤言行，尤要抉择有裨益我国风化者，加以斟酌取舍，以此编纂修身教科书，庶几得到启迪其尊王爱国之理义，服膺修身齐家之要训。

> ——近欧美种种学艺，相继输入我国，不久修身学科亦接踵而至。但其流行未广，信用未著，且我国与欧美各国人情风俗迥异，国制亦各各不同。倘抄袭外来修身学科，专用于我普通小学之教育，则不仅方枘圆凿不相适应，而且难免造成许多弊害。

> ——本邦定儒教为士大夫以上之学问，几乎千有余年。时至今日，君臣上下之名分，品行之模范，一以儒教为依旧，现在奉行儒教，决非标新立异。

——小学修身之教授，并非研究修身学，而在诱导信用谨慎畏敬爱望之情操。

——小学修身之教授，应尽量避免抽象说教。①

此训令把日本为什么在小学设置修身书的必要性说得很清楚：儒教在日本亦有上千年的传统，对维持统治做出了重大贡献，也是社会和谐、进步的重要手段。尤其在西方文明强势介入之际特别要强化儒教的重要性。同时指出"小学修身之教授，应尽量避免抽象说教"。将"东文修身书"与"中文修身书"对比就会发现，"东文修身书"更贴近孩子生活，也相对日常一些。同样是对"父母之恩"的表现，"东文修身书"采用儿童观察母鸡呵护小鸡的行为而悟到父母恩情大如山（图2-8）。通常儿童与动物有天然的亲近，儿童和动物玩耍的画面也更容易吸引儿童的注意力。画面中左边的两只小鸡正在和鸡妈妈热烈交流，也许是撒娇也许是诉说什么，鸡妈妈满是怜爱地看着自己的鸡宝宝。右边的小鸡显然感觉自己被妈妈冷落了，似乎在大声叫着："还有我呢。"画面生动活泼，而且图中没有出现成人形象，一切都是儿童在游戏中有所得。用动物的母爱去表述"父母之恩"就把抽象的概念形象化、自然化、生活化，比较能激起儿童的共情。

而中文"劝孝歌"（图2-27）也是陈述"父母之恩"，画面是父母分别抱着一个孩子分居画面的一端。画面是静止的，没有声音、没有动作，既不生动，也缺乏表现力。妈妈抱着的小儿似乎在睡觉，爸爸抱着的小儿倒是有动感，似乎在欢呼雀跃着什么，但读者只看到这个小儿的背影。儿童理论学家刘绪源曾对美国《芝麻街》制作公司专家的一句话很有感触："千万记住：孩子最爱看的

---

① 瞿葆奎主编：《教育学文集·日本教育改革》，人民教育出版社1991年版，第28—29页。原载宫田大夫编著《道德教育资料集成》（第1卷），耿函译、钟启泉校，1959年版，第11—13页。

是孩子!"① 确实是这样，人都有寻求同类的自然趋向，儿童最爱看的只能是儿童。从这个意义上来说，"东文修身书"更切合儿童的心理。

图 2-27　《劝孝歌》，补第 31 期图，《蒙学报》1898 年第 32 期

但为什么"东文修身书"在第 8 期以后就不再刊载了呢。在第 6 期"本馆告白"的"来书总覆"中有这么一条线索："来书有谓东文图说不应者。按东文读本、修身各书，均有专图，本报系照原图移绘，译人古城贞吉君亦先标明签识，查无贻误；嗣当按期阐发，力求明显。"其实这段话说得很含糊，仅靠这点信息我们不清楚读者来信到底是指摘"东文图说"的错误还是不应该刊载。编辑

---

① 转引自刘绪源《美与幼童——从婴幼儿看审美发生》，江苏凤凰少年儿童出版社 2014 年版，第 11 页。

人员的答复提供给我们如下信息：一是"东文读本书""修身书"都有专图；二是《蒙学报》采用石印技术原图照搬；三是文图的配置不会弄错；四是"图说"是为了能使意义清晰呈现。

结合当时的语境，也许是中日甲午战争的阴影还未消除，但《蒙学报》中有不少栏目是直接译自日本，没必要仅对"修身书""读本书"中的"图说"提出异议。笔者猜测很可能是"修身书"的内容是以儒学为核心，儒学是本土所有的，没必要使用日本的图像去诠释本国的儒学思想。虽然第 8 期后不再刊载"东文修身书"，但这种文辞显达、文图并茂的形制却启发了《蒙学报》的编辑人员。第 7 期编辑采用了中文、东文"修身书"并置的编辑模式，虽然两国的"修身书"内容不一样，但至少形制是统一的。后来《蒙学报》在第 51 期的"例言"中也谈到了对"东文修身书"的模仿："体例全仿日本修身书中事，实则刺取中国古今嘉言懿行间及一二外国事。"

《蒙学报》的创编就始于对东文书报体例的模仿。在第 1 期就特意刊载了《蒙学会东文书报释例》。"译东文书报于教育童蒙之法。约分三纲，一曰德育、一曰智育、一曰体育。"东文分书报两种。其中东文书又分五目，有修身书、格致书、地理书、历史书、算学书。东文报也分五目。其中"修身书""此中含有种种立行、交际仁爱等事，并在修身一门揭示前贤事迹，以资效法。此属德育一门"。从前文《蒙学报》栏目设置可看出，《蒙学报》对日本书报的体例多有参照。而且对东文书报也是成规模、成系统地介绍。

总之，"东文修身书"的命运反映的是中国儿童报刊从模仿到自行创制的发展过程，"中文修身书"编辑的渐趋成熟之日也是"东文修身书"停载之日。这种对外来资源的取舍、融合是文化发展所需，也是复杂历史语境下的一种文化选择。

二 爱国主旋律下的图像趣味性

救国图强是晚清重要的时代命题。这在《蒙学报》的各个栏目均有表现。即使历史故事、寓言童话中也包含着爱国情愫比如"中文初等读本书"《掌趾肢嘴身》在讲解"掌、趾、肢、嘴、身"的用法时指出只有它们和谐共处，身体才能存在，并以此喻指一家一国也要团结①。"东文儿童笑话"栏目也一样反映这种爱国思潮。

《蒙学报》曾在"史学类"下设"东文儿童笑话"的小栏目。该栏目在第1期中标明："儿童笑话，东报选译，日本古城贞吉译，译自《少年世界报》。"该栏目持续的时间并不长，自第1期至第6期刊出由古城贞吉选译的7篇故事后便中断，直到第31期，仅刊登出由续任的东文翻译松林孝纯翻译的《二人马鹿》一篇，前后共8篇。分别是：

第1期第1课：瘦人及肥鸡

第2期第2课：弱猫坐褥图，第3课：织女及仙姬

第3期第4课：猫及松

第4期第5课：猫被酒

第5期第6课：鸡鳗相争论

第6期第7课：鹤及蛤

第31期第8课：二人马鹿

从8篇儿童笑话的文字来看，其用意在于讽刺训诫，类似寓言。与今日理解的笑话多有不同。结尾有时附"译者曰"以点明题旨。第2期有两则儿童笑话，第一则《弱猫坐褥图》（图2-28）文字讲述的是虎、豹互相辱骂对方是"弱猫"。猎人趁虎豹相争之机猎杀之，剥皮置于塌上。家中弱猫坐其上，傲然平视云："暖哉，虎豹之皮也。""译者曰"：

> 虎豹之谈，纵无关大义，然骄心所乘，卒然两伤。即素所侮慢之一弱猫，亦从而笑弄之，盛强故可恃乎哉！

第6期儿童笑话《鹤及蛤》（图2-29）其实是"鹬蚌相争渔翁得利"寓言故事的改编。鹤啄食蛤肉。蛤壳相合，鹤嘴不能出。鹤欲振翅高飞以摆脱，但"嘴头不堪其重，遂误落海中"而死。蛤口乃开。

---

① 《掌趾肢嘴身》，《蒙学报》1898年第25期。

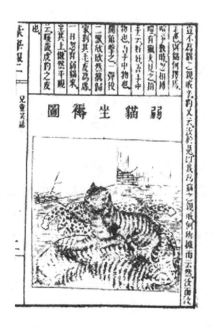

图 2 - 28 《弱猫坐褥图》，《蒙学报》1897 年第 2 期

图 2 - 29 《鹤蛤相持图》，《蒙学报》1897 年第 6 期

译者曰：长亦有所短，小亦能制大。强暴之不能久，势威之不能屈，固常理耳。抑现时猛狮强鹫之为暴于地球，公法常理亦将几绝灭矣。虽然世运自有泰否，则猛狮强鹫无忌惮之甚，亦将见受制于小蛤也。岂可不自亟自警哉。

《弱猫坐褥图》故事原本重在道德训诫，"勿骄慢"的着力点在完美人格的构建上。但"译者曰"却很清楚地表明了其政治寓意。《鹤及蛤》的"译者曰"恰如颇富鼓动性的政治演说。"虎豹""盛强""猛狮强鹫"暗喻西方列强，骄慢的敌人并不可怕，因为"强暴之不能久，势威之不能屈"，从而鼓舞民族志气，勿惧强敌。这样充满爱国激情的论述在《蒙学报》中随处可见："可见天下自恃己能、欺凌愚弱的人，亦终必为人所算，不当引此鸢为戒哉。"①"观此可见人一味恃刚未有不败者。"②"今天下之饿虎多矣，君夫难急，愿而后生，勿忘磨其刀也。"③"饿虎""鸢"在当时国之将倾的局势下都是有所指的。

"儿童笑话"的文字描述着力点在于建构一个宏大的题旨，其政治寓言的特色分外明显。图像也积极配合这种政治倾向，《弱猫坐褥图》是弱猫坐在虎豹皮褥之上傲视四方。《鹤蛤相持图》是鹤头不堪负担蛤的重量，正跌向海面的刹那。两者都强化了恃强凌弱者最后覆灭的下场。

但图像毕竟和文字有着不同的语言符码，其呈现出的意义往往与文字存在缝隙。比如第 2 期中另一则"儿童笑话"《织女及仙姬》（图 2-30）文字讲述的是银河织女和龙宫仙姬都自认为自己容貌非凡、天下无双。一朝两美邂逅，心生嫉妒。于是两女从"诟詈互报"到"纤手相格"，终至互毁其面。两女懊悔之下"碎镜而死"。

---

① 《中文初等读本书第 43 课　江龟飞啄坠》，《蒙学报》1898 年第 22 期。
② 《中文初等读本书第 45 课》，《蒙学报》1898 年第 23 期。
③ 《中文读书书第 18 课　虎父刀腰仇》，《蒙学报》1898 年第 9 期。

图 2 - 30 《织女仙姬互殴图》，补第 2 期图，《蒙学报》1897 年第 3 期

这个故事的主题也是"戒骄慢"。文字通过讲述一个故事并在最后借用"译者曰"点明题旨："姬女争妍而却伤其美。语云夸者死权，二美有焉。余择译数则，以为世之儿女戒。非好谩也。"

如何把"骄慢"这种抽象的概念转化成直观形象的画面？比较老实的办法是把整个故事用画面一一画出来。由于插图仅仅是单幅，不可能采用连续叙事的画面表现故事。画面必须寻求矛盾冲突的顶点，显然《织女仙姬互殴图》的画题和画面最富戏剧效果。两个倾国倾城的仙女一反高贵的身份拳打脚踢的确很有视觉冲击性。

在中国民间故事中，织女和仙姬都是善良美好的象征，是她们谱写了一曲曲天上人间的爱情神话，搭起了一架仙界和凡界沟通的桥梁。然而画题"织女仙姬互殴图"却颠覆了人们寄予仙女们所有美好的想象。这种把仙女凡俗化、日常化、形而下的表述不期然制造了一种娱乐效果。这种娱乐性是故事本身的趣味性，在一定程度上消解了"多事"的"译者曰"所带来的训诫味道。周作人曾这样论述"多事"的寓意：

> 向来中国教育重在所谓经济，后来又中了实用主义的毒，对儿童讲一句话，夹一夹眼，都非含有意义不可，到了现在这种势力依然存在，有许多人还把儿童故事当做法句譬喻看待。我们看那《伊索寓言》后面的格言，已经觉得多事，更何必去模仿他。①

如果没有"多事"的"译者曰"，文字和图像有时会呈现出比较统一的趣味性。第4期儿童笑话《猫被酒》（图2-31）就是这样的。

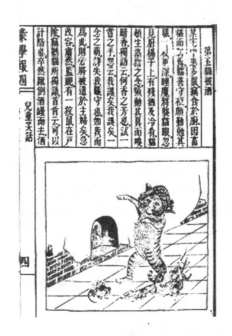

图2-31　《猫被酒》，《蒙学报》1898年第4期

① 周作人：《儿童的书》，载钟叔河编《周作人文类编·上下身》，湖南文艺出版社1998年版，第710页。

故事讲述的是夜晚一群伺机偷盗的老鼠故意把酒瓶碰倒，让醇香的美酒流一地。勤于值守的猫经不住诱惑，狂饮之后"骤取洋布缠其首以代冠，放声一歌，起而舞。不复知其有职守，监视鼠盗也"。画面展现的是猫在狂歌劲舞，一群老鼠在其左右肆无忌惮地搬运美食的场面。值得注意的是猫在画面中童话的表达方式，直立行走，憨态可掬，头缠布条像醉汉一样高歌。故事的结尾没有引出一番人生要义或醒世之词。这比较符合现代意义上的"儿童笑话"。

除此之外，"读本书"栏目的图像也有某些儿童性的表达。比如第 5 期"读本书"栏目第 10 课（图 2 - 32）和第 11 课（图 2 - 33）的故事。文字分别是：

图 2 - 32 《读本书》10 课，《蒙学报》1897 年第 5 期

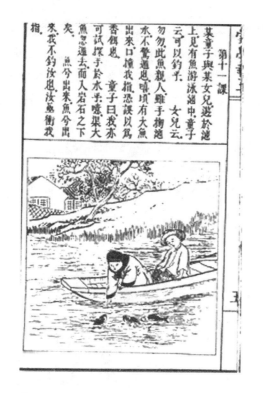

某童子与某女儿避於途上见有鱼游泳遍中童子云可以钓乎女兒云勿勿此鱼亲人虽手掬池水不惊遁也嘻项有大鱼出来口撞我指恐误以为香饵也童子曰我亦可试探手於水乎噫渠大鱼忽遁去而入岩石之下矣鱼兮出来鱼兮出来我不钓汝也汝亟冲我指

第十一课

学中书

图 2-33 《读本书》11 课，《蒙学报》1897 年第 5 期

　　某童子持所自作小舟，某幼女持其母所与洋娃，同出游于池上。两小孩共将洋娃载于小舟，泛之于池中。池水汩汩，小舟将覆。有水已入舟中矣。幼女呼云：洋娃将沉，请救之！请救之！某童在岸上，即执杖棹水，使舟届岸边。由是免洋娃覆溺。

　　某童子与某女儿，游于池上。见有鱼游泳池中，童子云：可以钓乎？女儿云：勿勿！此鱼亲人，虽手掬池水，不惊遁也。嘻，顷有大鱼出来，口撞我指，恐误以为香饵也。童子曰：我亦可试探手于水乎。噫，渠大鱼忽遁去，而入岩石之下矣。鱼兮出来，鱼兮出来。我不钓汝也。汝亟冲我指。

　　这两则"读本书"表现了儿童的日常生活。画面中没有成人，儿童拿着玩具、玩着属于自己的游戏，沉醉在一个成人无法理解、无法涉足的童话世界里。在成人看来这样的故事是没什么意思的。但周作人非常推崇这类"无意思之意思"的故事：

> 艺术里未尝不可寓意，不过须得如做果汁冰酪一样，要把果子味混透在酪里，绝不可只把一块果子皮放在上面就算了事。但是这种作品在儿童文学里，据我想来本来还不能算是最上乘，因为我觉得最有趣的是有那无意思之意思的作品。安徒生的《丑小鸭》，大家承认他是一篇佳作，但《小伊达的花》似乎更佳；这并不因为他讲花的跳舞会，灌输泛神的思想，实在只因他那非教训的无意思，空灵的幻想与快活的嬉笑，比那些老成的文字更与儿童的世界接近了。我说无意思之意思，因为这无意思原自有他的作用，儿童空想正旺盛的时候，能够得到他们的要求，让他们愉快的活动，这便是最大的实益。①

正是这些没有深藏大义的"无意思之意思"的小图画故事，才真正走近了儿童，成为日后《儿童教育画》《儿童世界》《小朋友》《儿童画报》《儿童晨报》中图画故事的重要主题。同时故事因直接涉及当下儿童的日常生活，所以图中的游戏、玩具等也潜移默化地规范了中国儿童关于童年的想象。

---

① 周作人：《儿童的书》，第710页。

第三章 《启蒙画报》：游戏方式演说启蒙

第一节 《启蒙画报》概况

一 《启蒙画报》简介

《启蒙画报》[①]，1902 年 6 月 23 日（光绪壬寅年五月十八日，也即光绪二十八年）创刊，地址位于北京五道庙街路西。彭翼仲为创刊人和主要撰稿人，刘炳堂绘画。每页常采用半图半文的版式，图画为木版雕刻，墨色，合订本的封面着彩。文字采用白话，以活字排印，终刊约于 1904 年底 1905 年初。目前见到最后一期是 1904 年第 10 期上半册。彭翼仲在《启蒙画报缘起》宣布创办该刊宗旨是："将欲合我中国千五百州县后进英才之群力，辟世界新机。特于蒙学为起点，而发其凡。……孩提脑力，当以图说为入学阶梯，而理显词明，庶能收博物多闻之益。""参考中西教育课程，约分伦理、地舆、掌故、格致、算术、动植诸学，凡此诸门，胥关蒙养，兹择浅明易晓者，各因其类。分绘为图。""本报浅说，均用官话，久阅此报，或期风气转移。"[②]

《启蒙画报》经历了日刊、月刊和半月刊三个阶段。

---

① 《启蒙画报》的资料（包括图片）主要来自中国国家图书馆《中文缩微文献数据库》，也有一部分来自全国图书馆文献缩微复制中心 2006 年编纂的《民国画报汇编》北京卷第 1—7 册。其中日刊以合订本的方式出现。凡下文中图片属于这两种来源的不再注明。

② 《启蒙画报缘起》，《启蒙画报》1902 年创刊号。

日刊阶段：从1902年6月23日至1903年2月18日（光绪二十八年五月十八日至光绪二十九年正月廿一日），"日出四开纸一张（如今《北京晚报》般之大小），双面印。每面四版，各有版框。版为纵十六开式，版框之间各有空白骑缝，双面合计八版"①。栏目有："伦理、掌故、地舆、算术、格致、动物、附张。"每栏一版，再加报头版共八版。报头版的版框上方，皆横排"光绪××年×月×日××号"，明载该张之出刊日期及序号。报头版右下方有"星期停印"字样，表明日刊阶段一周只出六号，星期日停刊。图3－1②正是日刊阶段的报头版。积至足月，由该报馆加工合订，并加目录、勘误及封面，封面印制"第×册"。据姜纬堂考证：

图3－1 《启蒙画报》1902年第83号报头版

---

① 姜纬堂：《〈启蒙画报〉五考》，《新闻研究资料》1985年第30期。以下关于《启蒙画报》的出版周期、栏目设置等也参考了《〈启蒙画报〉五考》。
② 《启蒙画报》1902年第83号（光绪二十八年八月二十八日）。孔夫子旧书网，http：//www.kongfz.cn/3590296/pic/。

其日刊阶段之合订本，凡七册，封面图案皆同。然今存实物亦有另用其改月刊后另行设计之封面者。此新封面概标"改良"字样，实皆 1903 年之物。然却加于 1902 年日刊之合订本，而标 1902 年之月份，遂使论者误以其创始之第一册合订本，为 1902 年"改良后之第一期"。①

日刊合订本的七册封面是统一的，后来再版时就用第二年"改良"后的封面作为日刊合订本的封面。笔者在中国国家图书馆查询时发现，前四册的封面一样，皆有"初次改良"的字样。有意思的是从后来笔者搜索到的原刊图片来看，即使同一册封面也有变化。比如图 3 - 2 和图 3 - 3② 均为"第一册"，乍一看均为精致繁复的花纹组成的版框，上书"初次改良"。版框图案分上下两部分，各有一幅双龙戏珠的图案。版框中间各插入两幅意境深远的传统画面。但仔细观看版框中部的图案并不一致：右边都是流水、曲栏、垂柳。但图 3 - 2 的左边是茅亭，图 3 - 3 的左边是藤蔓植物。中间的刊名的字体也不一致，图 3 - 2 是楷书，图 3 - 3 是隶书。"画"字也从"畫"改成了异体字"画"。刊名左右两端分别标有"每月一期全年十二期"和"空函定报 恕不奉覆"的字样，这一点两者是一样的。图 3 - 2 下方是"第壹册"，图 3 - 3 下方是"第一册"。这很可能由于月刊本的封面有细致的变化，以至于日刊合订本再版时不同版本采用了不同的月刊本封面。这款封面构图端肃、大气，而且这么精细的刻工，不像木版雕刻，很像石印技术。但联系到后来彭翼仲没有资金采办石印设备，更不要说凹版铜刻设备，所以封面画很难断定是何种印刷工艺。

---

① 姜纬堂：《〈启蒙画报〉五考》，《新闻研究资料》1985 年第 30 期。
② 图片来源：http://pmgs.kongfz.com/item_ pic_ 158120/。

图 3 – 2 《启蒙画报》1902 年第 1 册封面

图 3 – 3 《启蒙画报》1902 年第 1 册封面

从笔者查询到的现存版本封面来看，没有"改良"字样的只有第5册封面（图3-4）。画面的前景是树下、假山、竹丛旁，翩然立着一只仙鹤，仙鹤正回首注目。跟随仙鹤的视线，我们看到树丛掩映处，有一扇打开的窗。窗扇上隶书写着"启蒙画报"，窗内两小童正捧着书津津有味地讨论着什么。室内画屏上楷书写着"第五册"。窗口的设计很像一本雕版线装书，一本关于童子读书奋进的书。画面构图精巧、寓意深远。

图3-4　《启蒙画报》第5册封面

由于每月所含的星期数目不同，因而每月所含的号数也不同。比如第 1 册包括从第 1 号到第 25 号。第 2 册就包括从第 26 号到第 52 号。每月之初，报头版左下方刊出《告白》，明确告知读者自第几号至第几号合订成第几册。如第 83 号（光绪壬寅年八月二十八日）左下角写着"本报第四册自七十八号起至百零三号止，如愿装订，挨次捡齐，缺页不订，必须补全者按张先付价钱"（图 3 - 1）。日刊共有 181 号，合订本共有 7 册。然后声明"改良"，停刊一个多月。

月刊阶段：从 1903 年 3 月 28 日至 1903 年 7 月 24 日（光绪二十九年二月三十日至光绪二十九年六月初一日），纵 16 开本。月出一册，每册 200 页上下，册数接续日刊合订本的册数，从第 8 册（光绪二十九年二月晦日发行）算起。第 8 册的栏目有"伦理学、舆地学、掌故学、浅算学、物理格致学、动物名学、杂俎、加附小说"等八栏。第 9 册以"海国轶事"替换"掌故学"栏目，余者不变。第 10 册起裁掉"伦理学"，增设"小历史""掌故学"。后两册则把"掌故学"换为"掌故丛谈"，增加"译件、述说、附件"等栏目。月刊阶段栏目虽有微调，但总体仍保持栏目的稳定。月刊阶段共 5 册，即从第 8 册到第 12 册，封面版框上方均印制："初次改良"字样，其中第 8 册、第 9 册封面和图 3 - 3 的一样。第 12 册封面和图 3 - 2 的一样，第 11 册封面和图 3 - 2 的略有差异。第 10 册封面无缘得见。然后又声明停刊进行"第二次改良"。

半月刊阶段：1903 年 9 月 21 日至终刊（光绪二十九年八月初一日至终刊），大 32 开本。月出两册，分别于每月初一和十五出刊。但并不称半月刊，而标明上半册、下半册，上、下半册合为序号一册，前面冠以"第二年"三字。也就是说日刊合订本和月刊共 12 册，算"第一年"，从半月刊阶段进入"第二年"。各半册的封底皆有告白，注明"此册接续第一年.十二册抵作××册"。但半月刊阶段封面和封底对年、册、集、卷、期的称呼有些混乱，封面也出现了多种样式。第 2 年第 1 册上的封面是典雅的红梅图（图 3 -5）,封面的字体富有变化：刊名是楷体；版框下方的"每月两期朔望出版"是隶书；版框左侧"第二年第一册上"的字体是小篆。郭沫若在20多年后仍念念不忘这幅"红色中露出白色的梅花"的封面[①]。第2集第5期下的封面简约却不简单。第2年第8期下的封面（图3-6）是两尾一红一白、一大一小的鲤鱼一前一后地向我们缓缓游来。画面采用的是对角线构图，增加了画面的动感。而斜向上方的篆书刊名也有一种延伸感。第2年栏目增设了"教育精神""妖怪谈""课蒙喻言""动物情状""各国新闻""海国轶事""时闻""新物理""新小说""笑林""杂俎""游戏法"等十几项。

图3-5 《启蒙画报》1903年第1册（上）

---

① 郭沫若：《我的童年》，第30页。

图 3 - 6 　《启蒙画报》1903 年第 8 册下半册封面

二 　《启蒙画报》的缘起

彭翼仲（1864—1921），名诒孙，字翼仲。1864 年出生于北京阜成门内马市桥南小麻线胡同的相国府。出身京城望族，祖父彭蕴章官至武英殿大学士，位极人臣，幼年生活在祖父遗留下来的相国府内，成年时家境已经衰落。彭翼仲经历了从家境拮据到被迫从商，然后由商到官，又弃官从商的坎坷历程。但他最终投身报业，成为京城闻名的爱国报人则起源于"庚子之变"所受的震动。他亲历了八国联军在北京的暴行，自己家还两次遭美军洗劫，第二次为保护家人安全自己不得不以性命相拼，但病卧床上的父亲终因美军恐吓而很快去世。

在自己家里被外敌欺辱的经历对他今后的人生选择产生了重大影响。首先救国图强是人生第一要事，因为覆巢之下安有完卵。他曾与堂弟"相与痛论时局，悲怆咨叹。手无寸柯，救时乏策。苦思多日，欲从根本上解决，辟教育儿童之捷径，遂有《启蒙画报》之举"。① 彭翼仲苦思多日的救国之门是开启童智，他认为这是时势必需，也是自己可以有所作为的。彭翼仲的爱国维新想法在清末仁人志士中很有典型性。有学者认为北京报刊的发轫起源于"庚子之变"："北京之有新闻纸，始自庚子年后。当兹八国联军攻破北京，两宫仓促西狩，迨和议告成，土地割让，主权丧失，国民为之震惊，志者为之愤慨，人人发愤求强，深识者咸以振兴教育、启发民智为转弱图强之根本，于是私立中小学校竞相设立。"② 以彭翼仲的《启蒙画报》为代表的启蒙报刊也如雨后春笋一般出现在北京。更有研究者指出清末下层社会的启蒙活动也是源于庚子之变的直接刺激，除了民间兴办报刊，还有戏曲、阅报社、讲报、宣讲、演说乃至各种各样的汉字改革方案以及识字学堂等各种启蒙活动都在1901 年后大量出现。③ 由于清政府的腐败无能，民间自发的启蒙运动发挥了重大的历史作用。尤其具有现代色彩教科书的创编、新兴学堂和维新报刊的创办等都对清末的教育革新产生了重大影响。

"庚子之变"作为彭翼仲人生转折点对他的第二个影响是让他义无反顾地走上爱国维新运动的道路。他常说，如果那次不是与美军以性命相拼，此身早已不存，现存这条白捡来的性命正好再勇干一场，一切无所吝惜，一切无所计较。④ 因而《启蒙画报缘起》从创刊号到第 36 号连续刊发，一再重申创刊宗旨是"将欲合我中国千五百州县后进英才之群力，辟世界新机。特于蒙学为起点，而发

---

① 彭翼仲：《彭翼仲自述》，载诚厚庵记录《彭翼仲五十年历史（上编）》，京话日报社 1913 年版。后收进姜纬堂等编《维新志士爱国报人彭翼仲》，大连出版社 1996 年版，第 113 页。

② 长白山人：《北京报纸小史》，载《中国近代报刊史参考资料》（下），中国人民大学新闻系 1980 年版，第 759 页。

③ 李孝悌：《清末的下层社会启蒙运动：1901—1911》，河北教育出版社 2001 年版，第 7 页。

④ 梁漱溟：《记彭翼仲先生——清末爱国维新运动一个极有力人物》，载中国文化书院学术委员会编《梁漱溟全集》第七卷，山东人民出版社 2005 年版，第 82 页。

其凡"①。由此可见，创办画报的根本目的就是开启童智，以期将来走上国富民强之路。为阐发这一宗旨，画报还特地在第 1 号"附张"中刊发《小英雄歌》（图 3－7）：

图 3－7 《小英雄歌》，《启蒙画报》1902 年创刊号"附张"栏目

---

① 彭翼仲：《启蒙画报缘起》，《启蒙画报》创刊号，1902 年 6 月 23 日。

　　小英雄　慧且聪　风姿豪迈天骨冲　英雄本原有二事　为
子当孝臣当忠

　　读书须知辨邪正　圣经贤传相辉映　二十四史鉴戒多　诸
子百家各争胜

　　经史根柢不可少　博古尤贵知今早　博古千载能贯通　知
今万国都倾倒

　　不薄今人爱古人　古人蒙养学有真　尼山嬉戏陈俎豆　多
少儿童慕圣神

　　经济莫如通掌故　三百年来风声树　地舆绝学号专门　史
家兵家齐贯注

　　多识鸟兽草木名　动植两物久风行　不惟游艺通其理　万
象自然发菁英

　　大学五章格致亡　西人得之能自强　百学权舆从算始　天
元原本借根方

　　小英雄　雄且英　家之麟凤国之桢　小英雄　休云小　少
不好学行将耄

　　古人因文能见道　今人开智宜阅报　臧否人物且勿谈　是
非朝政姑勿告

　　我愿小英雄　流览画报启颛蒙　从兹世界开大同①

　　《小英雄歌》形象地描绘了晚清维新人士对儿童的想象。儿童
原本是被启蒙的对象，而在晚清维新人士民族国家的话语系统中，
儿童被表述成救国家于危难的"小英雄"。显然，儿童被抽象化为
民族国家未来的隐喻符号。正因为有这种内在指涉，所以《启蒙画
报》处处涌动着激励儿童奋进、图强的旋律。比如《孟母断机》
通过讲述孟母教子的典型事件"三迁""断机"终于使小孟子成长

---

　　① 《小英雄歌》，《启蒙画报》之"附张"栏目，创刊号，1902 年 6 月 23 日。

为圣贤的事迹，指出"足见圣贤，人人可学"①，从而激励儿童要勇于奋进。《薛世雄》（图3-8）通过讲述生于乱世的薛世雄游戏时就颇显壮志来激励儿童："我们生在今日，也不能算太平无事，凡看画报的学生，全都要作起豪气来。薛世雄，大可学也。"②《润玉种菜》通过讲述黄润玉在明朝永乐年间从富庶的浙江来北京垦荒种菜读书，并以忠臣孝子闻名的事迹来激励儿童："今日儿童，若有黄孝子的志气，休说北京，就到外洋学堂里去读书，学成一个通达中外之才，上可以为救时良佐，下可以为开化明师，显亲扬名，莫大于此，比那黄孝子当初，不更体面了吗。"③ 凡此种种，"伦理"栏目的表述多是通过讲述先贤圣哲、帝王将相、孝子烈女的事迹来激励当下儿童奋发图强、报效国家。

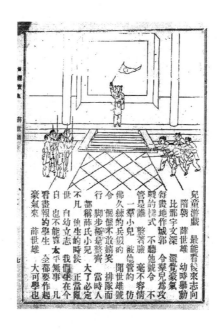

图3-8 《伦理·薛世雄》，《启蒙画报》1902年第1册

---

① 《孟母断机》，《启蒙画报》之"伦理"栏目，1902年第1册。
② 《薛世雄》，《启蒙画报》之"伦理"栏目，1902年第1册。
③ 《润玉种菜》，《启蒙画报》之"伦理"栏目，1902年第1册。

彭翼仲经商时走南闯北见多识广，又不乏行动力。梁启超说传播文明的利器有三：学校、报刊、演说①。彭翼仲竟然都有尝试，且皆有斩获。尤其是他在 1902—1906 年，以一己之力创办三种报刊，即《启蒙画报》《京话日报》《中华报》。三种报刊有各自的宗旨：《启蒙画报》意在开启童智，《京话日报》意在开启民智，《中华报》意在开启官智。以一人之力而创办三报，且均获成功，深具影响，在我国早期报人中极其罕见。于是他被后人誉为"清末爱国维新运动一个极有力人物"②、"知名全国的爱国报人、北京报业的先驱与巨擘、清末北京社会中享有相当声望的闻人"③。彭翼仲首先在北京开创了白话办报的风气。晚清启蒙运动到 1903 年、1904 年才掀起了一个办白话报的高潮。

第二节　图像中的游戏观

一　"以图说为入学阶梯"

彭翼仲在创刊号上曾申述画报的运作策略："孩提脑力，当以图说为入学阶梯，而理显词明，庶能收博物多闻之益。"这句在今年看来已是育儿常识的说法有丰富的历史内涵。首先，明以来雕版印刷繁荣促成了绘图蒙学读物的出现；其次，晚清以降传教士编纂的图文并茂的书刊和晚清民间自发的创编文图结合的蒙学读物又有推波助澜之功。这些活动在晚清"睁眼看世界"的视觉启蒙下酝酿发酵使以"图说"开启童智成为很多启蒙维新人士的共识。

彭翼仲曾在"各国新闻"栏目中介绍德国的一种报纸《孩儿报》（图 3 - 9）：

① 梁启超：《自由书》，载易鑫鼎编《梁启超选集》（下），中国文联出版社 2006 年版，第 568 页。
② 梁漱溟：《记彭翼仲先生——清末爱国维新运动一个极有力人物》，第 76 页。
③ 姜纬堂：《"彭翼仲案"真相》，《首都师范大学学报》1996 年第 5 期。

图 3-9 《孩儿报》，《启蒙画报》1903 年第 2 年第 6 册（上）

德国京城柏林，新出一种孩儿报，每礼拜一册，专用极浅近文理，以开豁孩童的心思。小孩子不会看的，父母念给她听。每说必有图，可以随时指点，只当哄着孩子玩，便不知不觉地长了学问。这是教小孩第一妙法。每逢礼拜，请看报的小孩，都到报馆聚会，馆中预备讲堂，小孩轮流上讲台，演说报上的新理。有演说得明白的，馆主赠送花红。各家父兄，在讲堂四周游廊内坐听。每次聚会，不下千人，这种文明举行，真是叫人羡慕。本馆的用意和他也是一样，但风气未开，流通不广，真是无可如何的事。也打算要学他这办法，请看报的小孩，到馆聚会演说，等定了日期，再登报公请。①

虽然让小孩讲报的活动并未兑现，但彭翼仲的确把"每说必有图"作为"教小孩第一妙法"来身体力行，并采用能近取譬的方式，在生活、游戏中，"随时指点，只当哄着孩子玩"，让孩子不知不觉中长了学问。

传统书籍中图像的运用不外乎三种目的：一是图谱，二是愉悦性，三是叙事性。前两种比较常见，自从文字取代了图像成为表意的主要方式以来，图像的叙事功能就比较弱，除了经济发展的局限和印刷技术制约了图像进一步表现的空间外，人们的对图像和文字作用的约定俗成的观念很重要。人们更看重或更信赖文字对意义的建构，对图像要么看中其直观形象性，也就是"凡言之不能明不能尽者，有画图以达之"②；要么看中其愉悦性，以增其阅读的快感。但在《启蒙画报》中，图像的三种功能皆有不凡表现。

"地舆"（图 3 - 10）③栏目的绘图清晰明了，"动植物"（图 3 - 11）④栏目的绘图则讲究形象逼真。这其实是中国左图右史传统的延续。虽然宋朝郑樵感叹"古之学者为学有要，置图于左，置书于右，索象于图，索理于书"的传统失传，"实学尽化为虚文矣"，但郑樵同时也指出"其间有屹然特立，风雨不移者，一代得一二人，实一代典章文物法度纪纲之盟主也"。只是"物希则价难

---

① 《孩儿报》，《启蒙画报》之"各国新闻"栏目，1903 年第 2 年第 6 册（上）。
② 顾学侣：《读〈画图新报〉〈月报〉之益》，《画图新报》1891 年第 11 卷第 10 期，第 94—95 页。
③ 《启蒙画报》1902 年第 83 号（光绪二十八年八月二十八日）。图片来源：孔夫子旧书网，http：//www. kongfz. cn/3590296/pic/。
④ 《启蒙画报》1902 年第 97 号（光绪二十八年九月二十二日）。图片来源：孔夫子旧书网，http：//www. kongfz. cn/3319790/pic/。

平，人希则人罕识。世无图谱，人亦不识图谱之学"①。也就是说，一方面，中国传统的图谱绘制并未断流，如清代《芥子园画谱》常兴不衰；另一方面，由于印刷工艺的落后和熟练技工的难寻，制作优良的图谱书也非寻常人可以见到。酷爱美术的鲁迅幼年时听人说起有种绘图本的《山海经》，但从未见到过。于是日日渴慕绘图本《山海经》竟然成为一种心病。②

图 3-10 《地舆》，《启蒙画报》1902 年第 83 号

---

① （宋）郑樵：《通志·图谱略》，《四库家藏 通志略》（四），山东画报出版社2004 年版，第 19—20 页。

② 鲁迅：《阿长与〈山海经〉》，《鲁迅全集》第 2 卷，第 246—247 页。

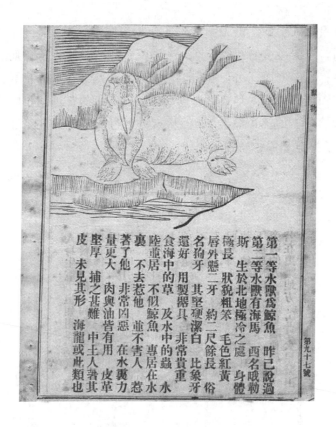

图3－11　《动物》，《启蒙画报》1902年第97号

二　游戏观念"浮出历史地表"

梁漱溟曾说幼年时看《启蒙画报》"几乎成瘾"，"图画为永清刘炳堂先生（用煨）所绘。刘先生极有绘画天才，而不是旧日文人所讲究之一派。没有学过西洋画，而他自得西画写实之妙。所画西洋人尤为神肖，无须多笔细描而形象逼真"①。郭沫若也对它的插图尤为感兴趣："每段记事都有插画，是一种简单的线画，我用纸摹着它画了许多下来，贴在我睡的床头墙壁上，有时候涂以各种颜

①　梁漱溟：《我的自学小史》，载中国文化书院学术委员会编《梁漱溟全集》第2卷，山东人民出版社2005年版，第674、670页。

色。"①《启蒙画报》之所以在图像上能吸引儿童的眼球，与彭翼仲的游戏教育观念密不可分。

从创刊号的第 1 页《尼山俎豆》（图 3 - 12）就可看出，彭翼仲对待孩子的日常行为与传统观念不同。关于孔子幼年与玩伴玩耍时陈设俎豆，《史记》是这样记载的："孔子为儿嬉戏，常陈俎豆，设礼容"。司马迁作为史家叙述客观，立场中正。同样的画题，绘图蒙学读物《孔子圣迹图》《养蒙图说》与《启蒙画报》呈现出不一样的旨趣。连环图画形式的《孔子圣迹图》（图 3 - 13）中孔子形象完全被神化，从未出生前"麒麟吐玉书"到出生时刻的"二龙绕室、五老降庭"等祥瑞，处处标明孔子生来就"有异质"，与玩伴游戏也处处体现其圣人本色。"孔子为儿嬉戏，常陈俎豆，设礼容，与同戏群儿迥异，由是群儿化效，相与揖让，名闻列国。"②《孔子圣迹图》强调的是孔子"与同戏群儿迥异"，并春风化雨般对同伴施以莫大的影响。画面中一群小朋友雍容揖让、仪态雅致，是儿童本性的流露还是成人教化的结果？

《养蒙图说》的第一图《陈设俎豆》（图 3 - 14）是这样陈述的："这是鲁国孔夫子他为小儿时，天性端庄，不好玩耍，凡与群儿嬉戏，即将家中碗碟取将来棹上，摆成行列，极其整齐，如祭祀陈设之礼一般。可见天生圣人，周旋中礼举动自与常人不同。所以能身通礼乐，删述六经，为万世宗师。学者以圣人为法，即当与小时的事学起，其后孟子之母，三迁其居，必择邻于学宫，以成就孟子为大贤者，盖得此意矣。"③ 文字强调的还是天生圣人，举动自与常人不同。画面与《孔子圣迹图》旨意相同，依然是小朋友举止有度，礼仪有加。

---

① 郭沫若：《我的童年》，第 31 页。

② （清）于敏中绘：《观照孔夫子　圣迹全图赏析》，东耳译注，故宫出版社 2013 年版，第 11—14 页。

③ （明）涂时相：《养蒙图说》，载《丛书集成续编　第 78 册　子部》，上海书店 1994 年版，第 656 页。

至聖先師　孔子周朝人　人稱之爲聖人說聖人是天生的那裏知道我孔子是無一日不學　無一事不學原來聖人是學成功的聖人樣樣都能赤無一樣不肯教人在周朝時　舉以教人爲心　後人名爲孔教這是中國幾千年來第一個大教上　幼時陳設俎豆以爲嬉戲都是從　道是個個學生們知道的

图 3 – 12　《尼山俎豆》，《启蒙画报》1902 年创刊号

图 3 – 13　《孔子圣迹图》之《尼山俎豆》

图 3-14 《养蒙图说》之《陈设俎豆》

　　再来看《启蒙画报》的画面，一改《孔子圣迹图》和《养蒙图说》中孔子陈设俎豆的恭顺严谨，而是一派儿童欢笑嬉戏的生动场面。小朋友跳跃腾挪、举止活泼。只有孔子一人在陈设俎豆。文字也一改圣人是天生的论调，"说圣人是天生的，学不会的，那里知道，我孔子，是无一日不学，无一事不学，原来圣人，是学成功的"。它强调的是圣人是学成的。那怎么学习呢？在游戏中学习！孔子"幼时，陈设俎豆以为戏，戏都是学，这是个个学生们知道的"。而《孔子圣迹图》和《养蒙图说》与《启蒙画报》最大的不同是前两本书描述的幼年孔子把游戏变成礼仪学习，后者强调的是孔子把礼仪学习变成游戏。于是前两本书一是神化孔子，圣人生来"异质"；二是强调孔子自幼不爱游戏，比如《养蒙图说》说孔子"天性端庄，不好玩耍"。《启蒙画报》破除的不仅是"圣人是天生的"神话，而且传播了一种教育观念：成功是通过努力而来的。激励大家发奋图强、拯救国家于危难固然是《启蒙画报》的宗旨，其后彭翼仲创办《京华日报》《中华报》也是这种精神的延续。但彭翼仲在《启蒙画报》中强调的是，针对具体的启蒙对象——儿童，要通过游戏的方式努力学习、爱国图强。

关于"实学"的知识尤其要通过游戏获得。围绕"地球是圆的"这一知识，从创刊号"地舆"栏目中《地圆之证》开始讲起，一直到第15号《碗水不洒》，从寻常可见的现象讲起，能近取譬，图画释义性强，小读者很快就能理解地球是圆的。比如通过看第1册第2号中的《船行望远》（图3-15）示意图，船从远处来先看到桅杆尖，随着船的越行越近，渐渐看到半个桅杆、整个船只。这种现象就是地球是圆的凭证。运用"船行望远"图来解释地球是圆的非常科学、有效，让儿童去观察此类现象，也有游戏的趣味性。正因为如此，从《小孩月报》就开始使用类似的图来示意，到面向低幼儿童的《儿童教育画》（图3-16）①，仍然运用"船行望远"图来证明地球是圆的。《启蒙画报》除了运用《船行望远》图外，又采用《画夜四季》《地学视界》图来进一步讲解，然后又运用反例来证明地球是圆的。比如《蚁行磨盘》图②，平面的磨盘上，两蚂蚁相距再远，只能身子变小，不至于看不见。而船行海上，渐远便看不见了，因而地球不是平面的。如果两蚂蚁爬行在球形的西瓜上，就会出现"船行望远"那样的现象：

---

① 《地圆明证》，《儿童教育画》之"地理"栏目，1912年第23期。
② 《蚁行磨盘》，《启蒙画报》之"地舆"栏目，1902年第1册第5号。

图 3-15 《地舆·船行望远》，《启蒙画报》1902 年第 1 册第 2 号

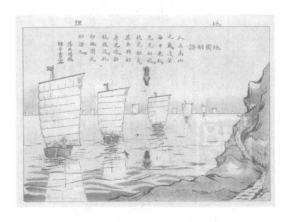

图 3-16 《地理：地圆明证》，《儿童教育画》1912 年第 23 期

西瓜是圆的，不是平的，两蚂蚁先在一处，全身都可看见。渐渐离开，相离稍远，只见半身。相离极远，全不能见。两蚂蚁仍要回到原处，渐渐相近，又可看见半身，走到极近，仍见全身了。因磨盘无遮掩，西瓜有遮掩，所以两蚂蚁在磨盘上与西瓜上不同，可见这地球必是个圆形的，不能是平的了。①

《蚁行西瓜》（图3-17）示意图让孩子通过观察两只蚂蚁的距离变化对"地球是圆的"的道理了然于心。彭翼仲深味"小学生初讲地舆，最怕沉闷无味"②。运用蚂蚁爬行在磨盘和西瓜上来解释地球是圆的，既直观形象，又新鲜有趣，艰涩的科学知识寓于简单有趣的游戏中，儿童哪有不爱学的道理？

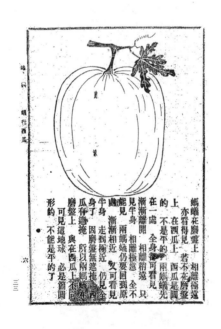

图3-17　《地舆·蚁行西瓜》，《启蒙画报》1902年第1册

---

① 《蚁行西瓜》：《启蒙画报》之"地舆"栏目，1902年第1册。
② 《学生画瓜》，《启蒙画报》之"地舆"栏目，1902年第1册。

彭翼仲从来不轻看游戏，游戏中自有"妙理"，生活中处处是学问，未必都在学堂苦读才是学习。《启蒙画报》游戏的教育观念贯穿刊物的始终，在第 2 年第 3 期下半册和第 2 年第 4 期下半册专门设置"游戏格致"栏目，在第 2 年第 7 期上半册和第 2 年第 9 期下半册设置"游戏法"。并在《游戏格致·引子》一文中陈述游戏的重要性。他说：

> 儿童的性情，没有不喜欢游戏的，亦没有不怕讲学问的。会教导的人，能把学问中事，行在游戏里头，顺着儿童性情，变法子引诱。常见五六岁七八岁的孩子，不是堆泥人，就是画鬼脸，再不然弄水，弄火，放松香，化锡拉。这些事情，都有妙理，不趁着这时候教导，必等待囚人入书房，板着脸讲纲常，无怪对牛弹琴。往往入学多年，眼面前的理，全都不能领悟。①

图 3-18 中的孩子们正热火朝天地玩着"堆泥人""画鬼脸""弄水，弄火，放松香，化锡拉"的游戏。彭翼仲认为游戏中也有大学问，成人要善于在儿童游戏中点拨教化，并进一步举例，"我们这画报第九册上，所说的那位大博物家，亚嘎雪士，一生的大学问，都从作小水桶小衣服得来。第三册报上，所说的那安国教子，亦是从做小人小狗，长出聪明来的。因把格致游戏法子，记上几段，要我们弱支那，后来的新子弟，一脱无锁无枷的活地狱。有教导责任的，千万别笑话我啰，千万别笑话我啰"。② 这两个例证很有说服力，但由于彭翼仲敢于冒传统"业精于勤而荒于嬉"之大不韪，在《引子》末又谨慎地重复了两遍"有教导责任的，千万别笑话我啰"。

---

① 《游戏格致·引子》，《启蒙画报》第 2 集第 3 册下卷，总第 15 册。
② 同上。

图 3 – 18 　《游戏格致·引子》，《启蒙画报》
第 2 集第 3 册下卷，总第 15 册

　　虽然在表述上有传统文人礼节上的谦逊，但针对具体现象丝毫不减弱批判的力度。彭翼仲既批判传统教学轻视游戏的观念，又对人们热衷于看戏法大加讨伐。图 3 – 19 中一群人围着一个要杂技的民间艺人，两个正对着读者的小朋友一个吃惊地盯着表演者的头看，另一个惊诧碗垒的高度。文中说："我们中国，凡是人烟稠密的地方，常有卖艺的变戏法。围着一圈子人，在四面傻看。其实要的看的，都是糊里糊涂，于学问上头丝毫没有益处。"而西洋各国

的"新戏法"却"实在与人有益"。"夜晚在街上，摆着一架千里镜，可以看见土星的光环，木星的小月……又有人预备着显微镜等人来看，可以见水中微生虫，并可见虱蚤身上的小虫。"

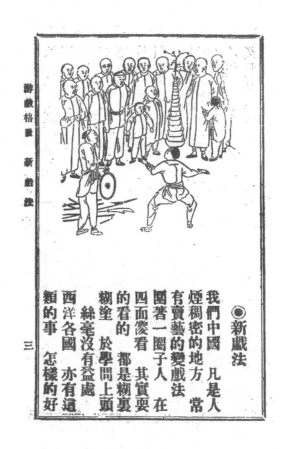

图 3 – 19　《游戏格致·新戏法》，《启蒙画报》第 2 集第 3 册下卷

　　显然上述的偏见都是"崇实"思潮下的一种反映。爱国人士都急迫地想通过实学救国，那些顶碟子、顶碗的民间文艺固然不能救国家于危难。因而"游戏格致"栏目的目的都是通过小游戏来学习科学知识。"光学戏法""人身传电""药性奇怪""七色变白"等游戏莫不是一种物理、化学等科目的学习。

　　而"游戏法"栏目多是一些儿童团体游戏活动，让孩子的身心都得到锻炼。第2年第7期上半册就列举了"盲人拜庙""大将夺营""抛球戏一""抛球戏二""三人管账""学习侦探"六种游戏方法。其中"盲人拜庙"（图3-20）观图可知：先在地面画上曲线，曲线转弯处画上寺庙。两队比赛，一人出队，用手巾蒙眼，双手捧着供物在曲线上行走，走到庙前便把供物放下。有走到曲线外的，有虽走到庙前，但供物放的方向不对等情形令人发笑。最后计算两队放的供物多者为胜。文中说这种游戏既可以鼓动儿童的兴致，"又可以定儿童的心气"，还可以锻炼儿童的方向感和团队意识。"大将夺营"（图3-21）的画面儿童们奔跑跳跃、奋勇争先，场面热烈，真"乃鼓舞儿童尚武的妙法也"。

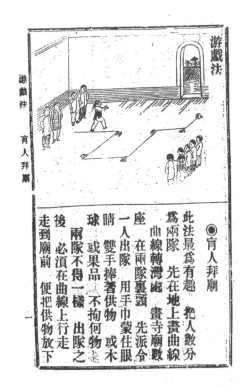

图3-20　《游戏法·盲人拜庙》，《启蒙画报》第2集第7期上册

图 3-21 《游戏法·大将夺营》，《启蒙画报》第 2 集第 7 期上册

《启蒙画报》介绍的这些游戏绝不是"糊里糊涂，于学问上头丝毫没有益处"，而是既增长了儿童的智慧、锻炼了身体，还培育了团队意识、尚武精神。

三 游戏观背后的儿童观

游戏的观念在中国并不普遍。我们的古训是"勤有功，戏无益"。对儿童游戏论有深入研究的教育家陈鹤琴曾批判中国文化向来不重视儿童游戏，"普通人常以游戏为顽皮"[1]。人们往往看不到游戏对而儿童成长的作用。因而，晚清民初，在对儿童"发现"[2]的过程中，儿童游戏也逐步被人们所发现。

---

① 陈鹤琴：《儿童心理之研究》，上海书店出版社 1996 年版，第 268 页。
② 关于儿童是"发明"还是"发现"的问题，笔者曾有过论述："自然的、真实存在的儿童，固然是古已有之，不是'发明'出来的，但我们关于'人''儿童'的现代观念却不是古已有之，所以关于'儿童'独立的生存价值的观念则是'发明'出来的。"也就是说自然存在的儿童并不是一开始就受到成人的关注，随着社会的进步，他们有个被"发现"的过程。而"儿童"的概念则是"发明"出来的。请参照张梅《从"儿童的发现"到"童年的消逝"——关于"儿童"的概念及其相关问题的考察》，《文艺争鸣》2016 年第 3 期。

彭翼仲是较早认识到儿童游戏价值的晚清人。教儿童就应该顺应儿童的性情，符合儿童的生理、心理特点。儿童喜欢游戏，那么就用游戏做引，循循善诱，从游戏中学习，从生活中学习。这应该是儿童本位论最朴素的表现，也是明朝王阳明《训蒙大意示教读刘伯颂等》和《教约》的一种当代阐释。王阳明主张尊重孩子的天性，因势利导，激发孩子向善的本能。他说："大抵童子之情，乐嬉游而惮拘检，如草木之始萌芽，舒畅之则条达，摧挠之则衰痿。今教童子，必使其趋向鼓舞，中心喜悦，则其进自不能已。譬之时雨春风，沾被卉木，莫不萌动发越，自然日长月化。"① 王阳明指出多数孩子是"乐嬉游而惮拘检"的，这是孩子的本性，正如草木初发芽时被压制就会萎靡。而把孩子拘禁在私塾里日日苦读，并兼之夏楚，是违背儿童本性的。这是中国比较早的从人性角度去考虑教育课程是否适宜，而不是从光宗耀祖的家族荣誉或建功立业的社会使命需要角度去过分地要求孩子。

王阳明倡导的其实是"快乐教学"，教孩子就应该让孩子"趋向鼓舞，中心喜悦"，这样才能激活孩子的灵性，并在潜移默化中让孩子在求美向善的路上不断成长、发展。但传统对读书进学强调的是寒窗苦读，而且历史上流传着大量的先贤圣哲、将相名臣苦读的故事，韦编三绝、悬梁刺股、囊萤映雪、凿壁偷光等。正如熊秉真所言："明清以前，传统中国论学者少有将智识上的学习与经验上的苦乐并谈，阳明学出现前更未尝有人明言学习应该是一个完全自然而愉悦的过程。但是十六世纪以后，明代社会经验方面所发生的变化，以及文化生态的发展，都让阳明式的主张，一如空谷足音，日渐收到思想界越来越多的回响。"② 《游戏格致·引子》所言的"儿童的性情，没有不喜欢游戏的"正是对王阳明"乐嬉游而惮拘检"说法的一脉相承。

① （明）王阳明：《训蒙大意示教读刘伯颂等》，载秦泉主编《王阳明大全集》，外文出版社2013年版，第322页。

② 熊秉真：《童年忆往——中国孩子的历史》，广西师范大学出版社2008年版，第151页。

　　王阳明在《训蒙大意示教读刘伯颂等》中痛斥私塾的阴暗面："近世之训蒙稚者，日惟督以句读课仿，责其检束而不知导之以礼，求其聪明而不知养之以善，鞭挞绳缚，若待拘囚。彼视学舍如囹狱而不肯入，视师长如寇仇而不欲见，窥避掩覆以遂其嬉游，设诈饰诡以肆其顽鄙，偷薄庸劣，日趋下流。是盖驱之于恶而求其为善也，何可得乎？"① 王阳明指斥的私塾阴暗面在晚清内忧外患的局势下越来越引起教育界、思想界人士的重视。《启蒙画报》办刊前后便有陈子褒、陈独秀、周作人、黄海锋郎、方浏生等文人撰文批判。

　　《启蒙画报》在第 1 册"伦理"栏目中就以"吕坤"（图 3 - 22）的例子来证明私塾里"强记无益"，体罚只能适得其反。吕坤幼年呆笨，先生越责打越背不出，连以前会的也不会了。放弃读书后，有一天在游戏时反而突然记起了许多文章。所以"心机畅快，耳目自然聪明，勉强记诵，断非读书的正理。何况加以蛮刑呢？"② 图中的小吕坤被罚跪地，先生正用戒尺责打。学堂内"终日吵闹，远远听去，好像衙门的堂上，审贼犯一般"。在这种情况下，儿童如何能对学习产生兴趣？在另一幅《不解教育》（图 3 - 23）③中成人大声叱骂，孩子哭着跪地受罚。画面的构图常常是跪地受罚的儿童偏居一角，对儿童责打叱骂的成人则占据了画面的大部分空间，无形中造成一种权力的威压感。两幅画中的儿童都是背冲读者，满腔的冤屈都从跪地的小小背影中传达出来。

　　彭翼仲坚决反对在私塾里一味苦记蛮背，对私塾阴暗面的批判是《启蒙画报》始终坚持的立场。

　　　　我中国小孩念书，向来是整天关在书房里，坐在那里，一步也不许动。还有那野蛮的先生，不是打就是骂，还有跪香跪板的那种不堪的刑罚，以致教育人才的学堂，倒像官府的法

① （明）王阳明：《训蒙大意示教读刘伯颂等》，第 322 页。
② 《强记无益》，《启蒙画报》之"伦理"栏目，1902 年第 1 册。
③ 《不解教育》，《启蒙画报》之"附页"栏目，1903 年第 7 册第 175 号。

图 3-22　《伦理·强记无益》，《启蒙画报》1902 年第 1 册

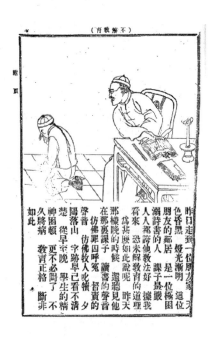

图 3-23　《附页·不解教育》，《启蒙画报》1903 年第 7 册第 175 号

堂，罪人的牢狱一般。学生见了先生，像奴才见了主人一般，连个大气也不敢出。可怜那天机活泼、娇嫩柔弱的小孩，整日的受这苦楚，仿佛是初发芽的树枝，终日拿火逼着他，有个不枯萎的么？小学生筋骨还没坚固，脑筋也没有长足，正如草木方生，全仗着春风和煦，雨露滋培，方能渐渐的茂盛，岂可用恐吓威逼。种种的虐待，不但没丝毫的益处，并且动加凌辱，受惯了打骂，便养成没有廉耻的根基，长大了还能有志气么？况且人身的灵性，全仗脑浆充足，没头没脑的乱打，脑筋最易受伤。往往愈打愈笨。有终身成为废人的。岂不可伤？这等野蛮先生，不知道自己不是，还要自夸教法认真，妄说什么师严道尊，以为作先生，就应该这样的。本报悲童蒙无知，遭此困难，再三劝戒，已是舌敝唇焦，无奈风气不开，旧习难革。两年来蒙馆先生，还是守着旧法，虐待童蒙，毫不知道改良，真是无可如何的事。①

《启蒙画报》一方面对虐待儿童的教育方式大加鞭挞；另一方面从"儿童的性情，没有不喜欢游戏的"出发，对某些更人性化的教育方式大力鼓吹。《幼稚园》（图3-24）曾这样写道：

在游戏中带着教育，单立一处公所，日本叫作幼稚园。里边教习，都是有学问的女子，称作保姆。每天起卧，有一定的时候，饮食一切，有一定的规矩。日间领着孩子到草地玩耍，暗含着就是体操。此外或是剪个纸人，画个花儿，弹个琴儿，唱个歌儿，没一样不带着教育。到晚间，讲一两段典故，给小孩们听，都是兴会淋漓，足已感发英雄爱国的心肠，鼓舞儿童自立的志气。②

---

① 《半日学堂》，《启蒙画报》之"时闻"栏目，第2集第4册下卷，总第16册。
② 《幼稚园》，《启蒙画报》之"时闻"栏目，第2集第6册下册，总第18册。

图中孩子们争先恐后地涌进幼稚园，画面中跑在最前面的两个孩子显然是埋怨第三个孩子动作太慢了，其中一个干脆回头扯着第三个孩子往前跑。从第四个孩子扯着大人的手急于趋前的雀跃动作也可猜测，他巴不得一步奔进园内。从孩子们这种急不可耐的心情可看出新式教育对孩子的吸引力。这与传统教育下孩子视私塾为囚牢的情形形成鲜明的对比。

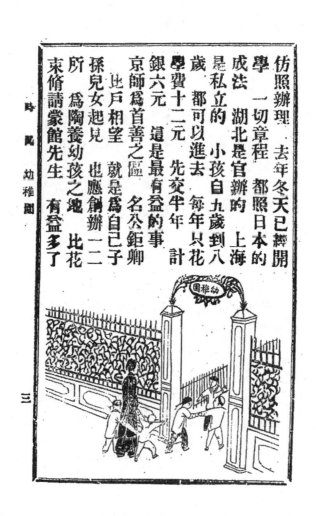

图 3－24　《时闻·幼稚园》，《启蒙画报》第 2 集第 6 期下册

幼稚园教育的方式是在玩中学习。小学也应给儿童充足的游戏时间。《启蒙画报》还专门介绍了一种学堂花园：

> 外国小学堂里，都有一个花园，叫小儿游玩。花园里有亭台池沼、鸟兽花木。小儿功课已完，即到花园玩耍，随意跳跃坐立。花园是草地，不至损伤肢体。小儿天机活泼，不但不会荒功，反可以有益读书，增长学问。小儿太小，还有保姆领着游玩呢。中国先生的规矩，必是一步不准出书房，如同监禁一般，这等恶习，实为可恨。①

图中展现的是孩子们在草地上快乐地游戏，较小的孩子有保姆保护照顾。草地旁巨大的笼子里饲养着鸟兽。这种游戏的自由也是和中国"一步不准出书房，如同监禁一般"的恶习相对。《启蒙画报》还针对私塾里儿童被长期拘禁、不得游戏的现状力荐一种"半日学堂"。每天只用半日来学习，并认为这样具有一定的可行性。学习半日既有利于学习内容的掌握，也有利于儿童身体、精神的休息放松②。

总之，《启蒙画报》对传统蒙学教育中弊端的批判和对儿童游戏合理性的肯定都显示了历史的进步性，但并没充分认识到儿童人格的独立性。在刊物的表述中，儿童仍需要成人教导，不过是以游戏的方式循循善诱。

四 游戏中的儿童

儿童虽然也是传统绘画的一种题材，但远不如山水、花鸟题材兴盛，也不如仕女画流行广泛。婴戏图的大量出现是在宋代，图中的儿童活泼可爱、恣兴玩闹，全然没有戒动、求静的时代风气。闹学图、婴戏图的风行很可能是宋代市民阶层崛起而产生的一种新的

---

① 《学堂花园》，《启蒙画报》之"杂组"栏目，第2集第7期上半册，总第19册。
② 《半日学堂》，《启蒙画报》之"时闻"栏目，第2集第4册下卷，总第16册。

审美需求。因而图中衣着光鲜、顽皮可爱的儿童更多是审美的道具或者喜乐、美好的象征，很难说艺术品中的儿童具备自己的主体性。[1] 即使我们尽可能地往高处猜想：婴戏图中的儿童很可能是现实中真实儿童的一种投射。"婴戏图作为一种绘画的表现内容，成为了以后画家创作的母题，但是却不能作为一种独立的画种。相反的这种内容却成为年画表现的重要题材，无论从内容还是造型上，都为年画中童子的表现奠定了基础"[2]。因而图画中儿童真正走入大众视野是借助年画的广泛发行。年画中儿童形象和寿星、麻姑形象以及鲤鱼、寿桃等吉祥物已然成为一种吉祥图案，真实生活中儿童的喜怒哀乐已然泯灭于一派喜乐祥和的、拟想的儿童乐园中。可以说，年画中的儿童形象之所以喜闻乐见全在于其超历史的"神话"品质。

明以来绘图蒙学读物中虽不乏儿童身影，但多是古代圣贤的童年，而且在某种程度上被神化，缺乏烟火气，与生活中的真实儿童相当隔膜。传教士编纂的书刊运用先进的印刷技术把儿童形象刻画得生动逼真，但充斥着宗教气息，且多是西方儿童。《蒙学报》虽早于《启蒙画报》创办，也是采用半图半文的版式，但"读本书""修身书"等栏目又多日本儿童。之前流行的《点石斋画报》中的儿童多是画面的点缀。相较之下，《启蒙画报》中儿童形象最具时代性、日常性。而最能反映时代"儿童相"是"格致""算术""地舆""游戏法"等栏目。

比如学习聚光的原理是通过两个儿童的玩笑来讲述（图3-25）。有张李二生，张生是近视眼，李生嘲笑他看东西眯缝着眼。这种事件在儿童生活中非常普遍，几乎就是每日都会发生的小故事。但《启蒙画报》却利用这个寻常事件进行了一次非常有意义的科普。张生不但没被嘲笑打败，反而嘲笑李生不懂格致。因为

---

① 张梅：《从"儿童的发现"到"童年的消逝"——关于"儿童"的概念及其相关问题的考察》，《文艺争鸣》2016年第3期。

② 刘军：《中国民间年画中童子图像研究》，苏州大学硕士学位论文，2011年，第14页。

"凡物光聚力乃大。我们眼光散漫，皱小了，光就聚在一处。看东西就清楚了。你看显微镜，在日光中取火，光大了就不燃，必收光小如豆，火乃立燃。就是这个道理"。一番道理让李生深为叹服，点头道："不错不错！你格致的功夫很深。我不敢嘲笑你了！"①

"实学"可以富民强国自不必赘言，"实学"竟也可以让个体的人格变得强大。

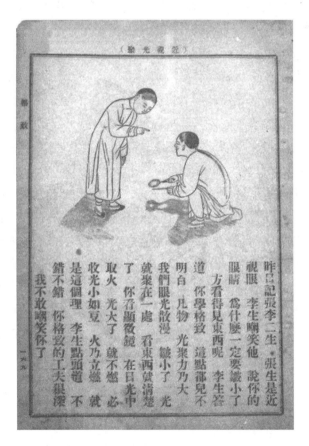

图 3-25　《格致·近视光聚》，《启蒙画报》1903 年第 169 号

---

① 《近视光聚》，《启蒙画报》之"格致"栏目，1903 年（光绪壬寅年十二月十八日）第 169 号。图片来源：孔夫子旧书网，http：//www. kongfz. cn/11372487/pic/。

181

笔者关注的焦点是图画中呈现出的日常性和时代性。传统蒙学读物和近现代教科书图像中的儿童多是模范儿童形象，或者是天真稚气的儿童。而李生则是拿着别人生理缺陷取笑的儿童。画面中李生用手指着张生，显然在嘲笑张生看东西时可笑的样子。这种有缺点的儿童形象在传统蒙学读物中非常罕见。其实在儿童生活中孩子们互相拿对方的生理缺陷取乐非常普遍。被嘲笑的一方常常羞愧无比，从而产生自卑，甚至形成心理阴影。李生虽然有缺点却更真实，比那些高高在上的圣贤或者模范儿童更贴近儿童的生活。

如果说李生是不完美的儿童形象，那张生则是科学少年，或者说是模范儿童在晚清科学救国时代思潮下的一种具体体现。画面中的张生用显微镜聚光正试图点燃木条，而显微镜则是新事物。显微镜的样子、用途皆是需要科普的新知。显微镜可以放大，同时也可以聚光。这个画面暗喻的科学战胜愚蒙正是时代主旋律。

《启蒙画报》中儿童的活动空间大大地扩展。他们活跃在各种场所，绝不仅仅是被拘禁在私塾里。多数儿童到了5岁、6岁就要告别"百草园"似的自由王国开始私塾生活①。而私塾生活的时间作息非常密集，几乎是极不人道的。蒋梦麟说"根本不知道什么叫礼拜天。每逢阴历初一、十五，我们就有半天假。碰到节庆，倒也全天放假，例如端午节和中秋节。新年的假期比较长，从十二月二十一直到正月二十"。"一日又一日地过去，课程却一成不变。一本书念完了之后，接着又是一本不知所云的书。接受训练的只是记忆力和耐心。"② 沈从文则说每天的日程表是这样的：

　　　　早上——背温书，写字，读生书，背生书，点生书——散学

　　　　吃早饭后——写大小字，读书，背全读过的温书，点生书——过午

---

① 鲁迅：《从百草园到三味书屋》，《鲁迅全集》第2卷，第278—280页。
② 蒋梦麟：《西潮》，天津教育出版社2008年版，第22、21页。

过午后——读生书，背生书，点生书，讲书，发字带认字——散学①

如果是家塾，晚饭后还要上晚课。儿童其实是日日年年被拘禁在私塾里，没有休息，只有借小便才能出来喘息一下。于是儿童们争夺"撒尿签"便成为每日进行的一场闹剧。郁达夫曾苦中作乐地说：

经过了三十余年的岁月，把当时的苦痛，一层层地摩擦干净，现在回想起来，这书塾里的生活，实在是快活得很。因为要早晨坐起一直坐到晚的缘故，可以助消化，健身体的运动，自然只有身体的死劲摇摆与放大喉咙的高叫了。大小便，是学生们监禁中暂时的解放，故而厕所就变作了乐园。我们同学中间的一位最淘气的，是学官陈老师的儿子，名叫陈方；书塾就系附设在学宫里面的。陈方每天早晨，总要大小便十二三次，后来弄得先生没法，就设下了一支令签，凡须出塾上厕所的人，一定要持签而出；于是两人同去，在厕所里捣鬼的弊端革去了，但这令签的争夺，又成了一般学生们的惟一的娱乐②。

从上述引文可得知多数适龄儿童的生活应该在私塾里度过，主要活动空间也应该是在私塾里。何况《启蒙画报》办刊期间还早于沈从文、郁达夫的童年时期。社会风气的开化程度也不如后来。但《启蒙画报》的图像却为我们呈现出一个儿童活动的广阔天地。同样都是学习，《启蒙画报》图像中的孩子却不被拘禁在学堂里，他们可以通过各种室外的游戏活动来进行。

图3-26中有个放牛娃赶着牛儿来到一处草坡，然后悠闲地趴在牛背上逗引鸟儿。这可不仅仅是一幅颇有传统风韵的牧童图，而

---

① 沈从文：《在私塾》，载《沈从文全集》第2卷，北岳文艺出版社2009年版，第47页。

② 郁达夫：《书塾与学堂》，载文明国编《郁达夫自述》，安徽文艺出版社2014年版，第16页。

是在学习"先加后除"的运算：

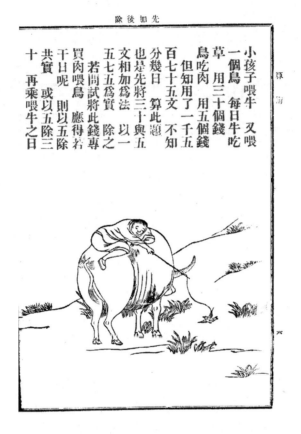

除後加先

十共買干五文百草鳥一小
再實肉日也分七吃用吃個孩
乘或喂呢是幾十用了肉鳥子
喂以鳥若先日五了五每喂
牛五則問將算文一個日牛
之除應試將此不千錢牛又
日三得將此题知五吃喂
　　若此錢也五百草
　　或錢專是七用
　　以應除先五三
　　五得之將為十
　　除若三實個
　　　　十以錢
　　　　與一

图 3-26　《先加后除》,《启蒙画报》1903 年第 8 册

　　小孩子喂牛，又喂一只鸟。每日牛吃草，用三十个钱。鸟吃肉，用五个钱。但知用了一千五百七十五文，不知分几日。算此题，也是先将三十与五文相加为法，以一五七五为实，除之。①

---

① 《先加后除》,《启蒙画报》之"算术"栏目, 1903 年第 8 册。

图 3 - 27 中快乐打鼓的少年可不是在讲乐队的故事，而是学习声音如何通过空气传播。① 图 3 - 28 在"打磨厂、福寿堂戏馆"看英国影戏了解了影像的制作原理。② 学习的场所变幻万千，以风光秀丽的山川为背景的也不在少数。比如讲解"气能发声"的物理现象（图 3 - 29）。两小儿用纸团塞住笔管两头，然后用竹签把纸团一杵，就会发出"扑"的一声。两小儿活动的场景则是一派自然风光，这固然不是在学堂里。③ 图 3 - 30 中老师虽然是一副私塾先生的打扮，但却不是在私塾或教室里，而是在山石耸立、竹林丛生的宜人环境里边纳凉边学习天文知识。老师和蔼可亲，先提问以引起学生的思考，然后再引导学生慢慢逼近答案。④ 图 3 - 31 中玩花灯的孩子们活动空间开阔，似乎在郊外野游，其实是在学习"加减除合"。⑤

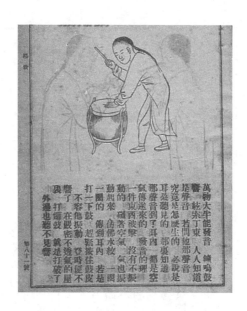

图 3 - 27　《格致论音》，《启蒙画报》1902 年第 4 册第 81 号

① 《格致论音》，《启蒙画报》之"格致"栏目，1902 年第 81 号。
② 《栩栩欲活》，《启蒙画报》之"格致学"栏目，1903 年第 9 册。
③ 《笔管纸弹》，《启蒙画报》之"格致学"栏目，1903 年第 9 册。
④ 《星光蓝绿》，《启蒙画报》之"格致"栏目，1903 年第 8 册。
⑤ 《加减除合》，《启蒙画报》之"算术"栏目，1903 年第 8 册。

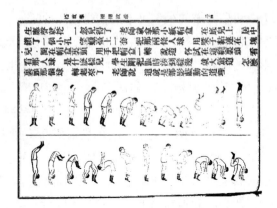

图 3-28　《格致学·栩栩欲活》，《启蒙画报》1903 年第 9 册

图 3-29　《格致学·笔管纸弹》，《启蒙画报》1903 年第 9 册

图 3 – 30 《格致・星光蓝绿》，《启蒙画报》1903 年第 8 册

图 3 – 31 《算术・加减除合》，《启蒙画报》1903 年第 8 册

　　如果单看这些图，就以为是孩子们的游戏活动，很难想到正是通过这些室外的游戏孩子们学会了各种实学知识。知识因其权威性使传播的人常摆出一副威严的面孔，知识传播的场所也是严正肃静，学习是一种单方面的强制性输入。而《启蒙画报》利用图像颠覆了人们关于学习的僵化模式，学习不是一种机械的、被动的过程，而是一种能动地发现和制造快乐的过程。这些图中无论学习的方式还是学习的场所，即使今天的儿童看来也艳羡无比。

　　当然也有大量图片没有背景，这可能与落后的印刷技术以及频繁的出版周期有关，如果每幅图片都有丰富的背景对画师和刻工来说也是不可能完成的工作量。我们仅能通过猜测得知很多场景不是在学堂里。比如老师和学生的互动发生在室内。学生去问老师"天"既然像气球，那么人在里面会不会闷死①。老师悠然地坐在藤编沙发椅上慢条斯理地为学生释疑。儿童对世界充满了好奇，天生喜欢问稀奇古怪的问题。但在私塾里，这是不被鼓励的。寿镜吾老先生是鲁迅极为尊重的先生，但当鲁迅幼年问先生"怪哉"虫子的事情时，先生板着脸回答"不知道"。自此，鲁迅再也不敢问问题了②。因而这些图中的师生关系很民主很平等。而且这个场景很可能发生在起居室里，不论是在老师家里还是在学生家里，都是一幅很生活化的场景。这说明这些图中小学生活动空间自由，可以自由出入老师的私人空间。这在某种程度上淡化了先生和蒙童之间上下、尊卑的严格秩序。

第三节　图像的叙事性

一　《启蒙画报》中的连续图像叙事

　　图像的连续叙事并不是一蹴而就的，而是有漫长的发展历程。

---

① 《论天释疑》，《启蒙画报》之"格致"栏目，1903 年第 8 册。
② 鲁迅：《从百草园到三味书屋》，第 280—281 页。

　　南北朝、隋唐时代敦煌莫高窟描写佛祖"本生"故事的壁画，元明小说、戏曲印本上的木刻插画，清代的单张连环故事年画等，都是用一幅或多幅画面表现一个事件的不同侧面和发展过程，具有连环画的某些艺术表现特点。清末，随着石印技术进入中国，上海《点石斋画报》问世，1884 年，在这种画报上刊登了记录朝鲜东学党事变过程的十幅连续画。这是连环画最早见于石印画报的实例。其后，又有石印"回回图"的出现。"回回图"就是为《三国演义》《水浒》《西游记》等长篇说部每回绘一图。如清光绪年间"味潜斋"石印的《新说西游记图像》，全书一百回，每回一幅，加上人物绣像二十幅，共一百二十幅；随后又有 1899 年朱芝轩编绘、上海文益书局出版的《三国志》石印"回回图"，有图二百多幅。这是目前见到的最早两种石印"回回图"。虽然它们连续性不强，尚属插图性质，但在表现故事的发展过程，以及运用图文结合的方法来增强作品的艺术效果等方面，已具有现今连环画的一些特性，它们对现代连环画的形成起了承前启后的作用。①

　　图像的连续叙事主要表现在佛教中的本生故事、像《孔子圣迹图》这样的圣贤传记、戏曲印本上的木刻插画，以及清代的单张连环故事年画。晚清以来印刷技术的革新也带来图像叙事的飞速发展。《启蒙画报》创刊前，《小孩月报》《点石斋画报》等已经尝试使用连续画面叙述一个事件的发生过程。彭翼仲是很有胆识的，他把《启蒙画报》办成全国第一家白话儿童画报、北方第一家画报，也尝试探索图像的连续叙事。

　　最具有代表性的是第 5 册以"附张"的形式运用 26 幅图描述了义和团从兴起到八国联军入京的全过程。这 26 幅图片虽然摆脱

---

　　① 徐昌酩主编：《上海文化艺术志》编纂委员会、《上海美术志》编纂委员会编：《上海美术志》，上海书画出版社 2004 年版，第 76 页。

不了插图的性质，但已经把整个故事中最具表意性的事件撷取了出来。而且连起来看，这些图画就是连环图画故事，能比较完整地描述义和团运动和庚子事变。只是从每章的题目"拳匪聚众""邪术试刀""入不二门""童子何知""百兽率舞""昧心助善""兽之走圹""草菅人命""妄自尊大""令人发指""杀人盈野""白首含冤""学士被拘""御人国外""狐假虎威""愚夫愚妇""胆大妄为""匪焰鸱张""荼毒生灵""别树一帜""可怜焦土""城门失火""避枪妙术""善刀而藏""拳匪结果"① 就可看出，彭翼仲对义和拳的态度是站在清政府立场上陈述的。

彭翼仲对义和团以"匪"相称体现了知识阶层对下层民众含混且复杂的态度：一方面同情下层人们的疾苦；另一方面又深恶他们的愚昧。梁漱溟对彭翼仲的概括很准确："他的思想大致不外乎那时一般维新人士的思想，并无独特的见解和主张。他的妹夫杭辛斋先生可能有革命意识，而他则没有；他始终只是一改良运动者。既然在思想主张上无以异乎当时一般维新人士，而何以他表见得有些突出呢？这就为别人仍然不免在仕途中或旧社会各种生涯中混来混去，自为身家之谋者多，而他却不是。他敢想就敢作，勇于实践，不怕牺牲。似乎不妨说：他虽无革命意识，却有革命精神吧。"② 确实，彭翼仲的思想与其他维新人士并没有什么不同，开设学堂、创办报刊等，只不过彭翼仲做得更为彻底，而且一直在不断寻求、尝试更为直接、有效的启蒙下层民众的方式。

虽然彭翼仲对待义和团的立场值得讨论，但用图画叙述一个震动京城的新闻事件在图像叙事的发展中也是有益的尝试。在"格致"等栏目中也有使用多幅图画来讲述某种知识的。比如1903年第8册中《论蝇眼一二三四》就有图4幅，1903年第9册中《英国影戏》则有图8幅，但仍属图谱，是便于新知传播的一种补充说明。此外，《启蒙画报》中还出现了近似明清绣像小说的白话小说。1903年第8

---

① "附张"栏目，《启蒙画报》1902年（光绪壬寅年）第5册。
② 梁漱溟：《记彭翼仲先生——清末爱国维新运动一个极有力人物》，第94页。

册开始登载的《黑奴传》每回皆有图，每两回的图片连排在一起放在一个页面，近似"回回图"。"首回"其实是彭翼仲登载《黑奴传》的缘由。他在火车上目睹一印度警察棒打国民不禁感叹：印度已经亡国，但印度人作为英国人的走狗反而比中国人高一等。不由得悲从中来，如果人们再不发奋自强，就会像印度一样亡国，像黑奴一样被买卖。《黑奴传》以白话形式重新演绎就是为了告诫众人努力奋起。《首回图》（图 3 – 32）就是印度警察棒打国人的场面，其警示的功能不言而喻。

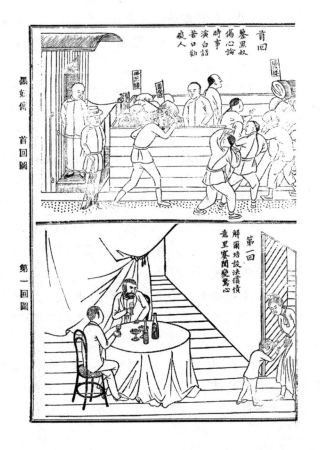

图 3 – 32　《首回图》，《黑奴传》1903 年第 8 册

　　《启蒙画报》对小读者的年龄定位是很模糊的，"格致""地舆"多数文章以及"附张"中的《黑奴传》《猪仔传》等小说则更适合中学阶段阅读。"伦理"栏目多数文章更适合小学阶段学习，一些寓言童话更适合低幼儿童阅读。但寓言童话并非王子公主的浪漫故事，所有篇章内容和目标都有一个非常明确的指向：告诫儿童自重自强，为中国崛起而发奋读书。因而不论中外古今的故事在讲述中悄然更换了立场。其中一则伊索寓言是讲述《城市老鼠和乡下老鼠》故事①。乡下老鼠请城市老鼠吃饭，城市老鼠觉得乡下老鼠只能吃到麦粒、草根的生活太寒酸。于是城市老鼠邀请乡下老鼠去城里做客，城里老鼠的食物的确豪华丰富，但担惊受怕，缺乏安全感。于是乡下老鼠毅然辞别了城市老鼠继续过自己贫寒但安心的日子。

　　这个故事是用三个画面讲述的。第一页（图3-33）上文下图，图中一只老鼠在大嚼麦穗，另一只老鼠显然没有吃的兴致。背景画面杂陈着玉米、麦穗、高粱。文字是乡下老鼠请城市老鼠吃饭，城市老鼠不爱吃，反而提出一个建议。是什么建议呢？城市老鼠说"今儿晚了，我的话很长，明儿再说罢"。这种设置悬念的策略既是传统章回小说和说书人惯用的手法，也颇具今天图画书"翻页"的艺术性。小读者带着强烈好奇进入下一页的阅读。第二页（图3-34）是上图下文，场景换了。两只老鼠都爬到了桌子上，一只在狂吃盘子里的大鱼，一只似乎也在吃肉，盛在碗内的肉。文字是城市老鼠请乡下老鼠到城里做客，两只老鼠在厨房内大嚼山珍海味。"忽然大祸到了！甚么祸呢？明日再讲罢。"通过"翻页"又设置了一次悬念。第三页（图3-35）是上文下图，有个人从画面的左侧出现，正拿着刀向贪吃的老鼠砍去，另一只老鼠慌忙向画面的右侧逃窜。文字是城市老鼠被砍成两截，乡下老鼠吓得魂飞魄散，觉得还是乡下好。

---

　　① 《野鼠宴客》《乡鼠入城》《贪口杀身》，《启蒙画报》之"伦理"栏目，1903年第8册。

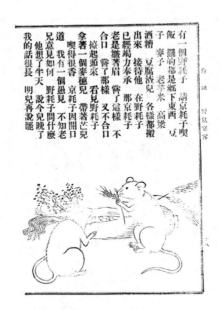

图 3 – 33 《伦理·野鼠宴客》，《启蒙画报》1903 年第 8 册

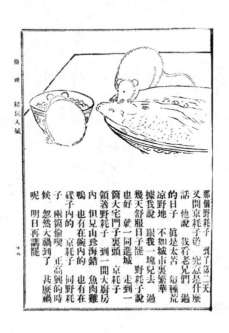

图 3 – 34 《伦理·乡鼠入城》，《启蒙画报》1903 年第 8 册

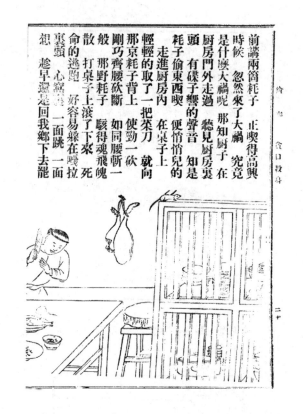

前講兩箇耗子正喫得高興時候忽然來了大禍呢那知厨子究竟是什麽大禍呢厨房門外走過聽見厨房裏頭有碟子響的聲音知是耗子偷東西喫便悄悄兒的輕輕的走進厨房內在桌子上取了一把菜刀就向那京耗子背上使勁一砍剛巧那野耗子齊腰砍斷如同腰斬一般驚得魂飛魄散打桌子上滾了下來命的逃跑好容易躲在蹩拉裏頭心窩裏一面跳一面想趁早還是回我鄉下去罷

图 3 – 35　《伦理·贪口杀身》,《启蒙画报》1903 年第 8 册

　　如果前面讲述中乡下老鼠请城里老鼠吃"豆腐渣"还是入乡随俗的随意添加,那么结尾的改写则与《伊索寓言》有很大的不同。原作者虽有贬城市老鼠而褒乡下老鼠的倾向,但主要还是并置了两种生活态度,并没有太强的警示意味。但《启蒙画报》却以"贪口杀身"作结,厨师举刀向老鼠砍去的画面在某种程度上强化了贪吃招致杀身之祸的道德规训。总体来看,用三幅图讲述一个哪怕很短的寓言故事也是不够的,但图像选择了三个最具表现力的刹那,也就是故事发展中"最富于孕育性的那一顷刻"[1],因而三幅画面呈现出某种内在逻辑和因果关联。

---

　　① ［德］莱辛:《拉奥孔》,朱光潜译,商务印书馆 2013 年版,第 91 页。

　　另外，三幅图展现出的时间和运动尤其值得探究。前两幅画面是事件发展过程中的某个瞬间的定格。但第三幅图则在静止的空间中呈现出事件发展的时间律动。画面左侧厨师正在举刀，这是城市老鼠被腰斩前的瞬间。画面右侧是乡下老鼠仓皇逃窜的瞬间，这已经是事件发生之后了。发生在两个时间段的场景被并置在一起，按照逻辑这是不可能的。一般来说，绘画作品常常撷取事件发展过程中一个瞬间来表现，即"最富于孕育性的那一顷刻"，观者可以运用自己的想象补足事件发生的前因后果，但这一瞬间毕竟也只是时间的一个凝固点。有时为了在一幅画面中表达更丰富的内容，常常并置几个时间点。

　　如何在同一画面中展现时间和运动，常常是艺术家面对的最富有挑战性的课题。罗丹在分析"爱普松赛马"时曾指出赛马"肚子碰着地奔跑——就是说马蹄同时前后"，这在现实生活中是根本不存在的。但在席里柯的画面中却把不同时间段发生的事件并置在了一起①。刘敦愿根据罗丹的理论发现中国传统绘画把不同时间并置在同一画面中的例子比比皆是。刘敦愿曾分析《宴乐铜壶》"舟战""描写的是鏖战方酣的刹那（其他铜器上的舟战也是同一格式），在这种情况下，桨手配合战斗，理应放缓运桨活动，有如运船靠岸，仰身反划，使双方船头紧贴；如今见到的却相反，双方桨手都在俯身大步，有如龙舟竞渡的姿态，像是在使两船对撞——舟战中这种情况不排除偶然有之，两方猝然相遇，位置有利的一方以船头撞击对方侧舷，或是情况危急，决心与敌人同归于尽，恐怕一般不至使用这种对双方都不利的办法。这个问题看来貌似有欠精确，实际上却是画家的匠心独运，所要表现的是接战之前，双方全速前进寻敌求战的心情，把舟战的时间向后作了追溯，把不同时间内不同的动作'浓缩'在同一场景之中"。②

　　这则寓言的第三幅图中就呈现出时间的流动性，这就突破了单

---

　　① 刘郭愿：《中国古代绘画艺术中的时间与运动》，载《美术考古与古代文明》，人民美术出版社2007年版，第50页。
　　② 同上书，第52—53页。

幅图画的空间局限，表现出强大的图像叙事功能。但这种艺术表现手法并不是刘炳堂独创，中国传统绘画中的例子并不在少数。然而第三幅画面中时间运行的方向却与传统绘画截然不同。通常中国传统画中的长卷从右往左展开，比如《清明上河图》的时间进程是从右往左的，这个顺序符合汉字书写规范。《启蒙画报》中的文字依然是从右往左，但第三幅图的时间发展则是从左往右。首先是左侧厨师举刀砍鼠，然后是右侧乡鼠受惊之下逃窜。按照传统阅读图画的习惯来说这是逆向的。但西方书写和绘画习惯通常是从左往右的。这种阅读方式成为今天图画书阅读的主流。培利·诺德曼在论述图画书中动作描述和时间推移时曾说：

> 由于我们习惯在"阅读"图画书时，将视线从左向右移动。因此，我们经常假定朝向右边的角色就是正在前进。……事实上，图画书里的动作经常从左向右移动；于是很明显地，在惯例上，时间也是从左向右推进。如果同一页有两张图，我们一定会假定左图描绘的事件先发生，即使在一幅图画当中也时常显示，画在左边的事件就逻辑上来说，一定比同一幅图中画在右边所描述的时间更早发生。[1]

这说明第三幅图中时间和运动发展的方向符合现代人阅读图画的习惯。《启蒙画报》的图像在晚清就呈现出与传统迥异的现代图像阅读方式，这不能不说是一种视觉革新。

二　关于图像叙事的可能性

《启蒙画报缘起》曾言"今以图说，创为日报"，并在广告中标明"京师首善，民智未开。本馆创设画报，足以启迪蒙稚"[2]。为实现开启童智的目标，彭翼仲还特地聘请知名画家刘炳堂任专任

---

[1]　［加拿大］培利·诺德曼：《话图：儿童图画书的叙事艺术》，杨茂秀等译，台东市儿童文化艺术基金会 2010 年版，第 248 页。

[2]　《广告》，《启蒙画报》1903 年第 2 年第 1 册上卷。

画师。

刘炳堂(1866—1924)名用烺,字炳堂。天资聪颖,酷爱绘画,兼蓄宋人写实和元人淡雅之长,注重写生,又能融西画技法,自成一家。① 刘炳堂日后为《北京画报》《益森画报》等制图,可见绘画方面的基本功力。他自画《启蒙画报》后,声名鹊起,辗转入学部,成为画图处重要人物。

然而木版雕刻印刷技术的落后使刘炳堂作品的神韵并没有完全呈现出来。"图画出于永清刘炳堂先生(用烺)手笔。刘先生作画不是旧日文人写实一派。他虽没有学过西洋画法,而自能得西画写实之妙。可惜当时只能用木版雕刻,不免僵拙,又墨印没有彩色。"② 其时风气先开的上海早就采用石印技术,省去了刻工的雕刻程序,能真实完美地反映绘者的笔力,因而图像形象生动、纤毫毕见。遗憾的是《启蒙画报》木版雕刻使刘炳堂画作的呈现大打折扣。彭翼仲也不得不为落后的印刷工艺对绘者和读者表示抱歉:"刘炳堂先生,北京丹青名手也,巨幅大观,尤饶家派,久已名重一时,有目共赏。今春两宫巡幸保阳□行宫楣额均出先生一手,神采焕发,栩栩欲活。本馆辱承不弃,助绘图画,即景生情,鬓眉毕肖。惜乎手民粗拙,笔意全失。将来逐渐改良,拟付石印,自见庐山真面焉。"③

办报是需要大量资本投入的,然而彭翼仲并没有多少家产。办报之初别说石印,就是铅字排印机也没有,一开始委托他家印刷厂代印,后来才开始自行印刷。《启蒙画报》第 95 号即 1902 年 10 月 14 日(九月十三日)登有告白"本馆自购机器刻已到津,本主人即日前往极运,须四五日回京,馆中诸事无人照料,暂且停印数日。阅报诸君务求原谅,机器运到,赶即开印"。第 96 号即 1902 年 10 月 22 日(九月二十一日)再登告白"本馆自购机器刻已到

---

① 林培炎:《志同道合的文化启蒙先驱——彭翼仲与刘炳堂在报业活动中的亲密合作》,《新闻春秋》2004 年第 3 期。

② 梁漱溟:《记彭翼仲先生——清末爱国维新运动一个极有力人物》,第 79 页。

③ 《启蒙画报》,1903 年第九册《黑奴传》题目旁注明。并附上刘炳堂的润格。

津。本主人前日亲往盘运料理数日，昨始回京，机器须迟二三日运到。日久停印似非善法，今自九十六号接印至本月底补齐四册嗣后，每月出报按初一算起"。第 104 号即 10 月 31 日（十月一日）则说："本报自十月初一日起，自行排印，仍按期出报，照旧刷印，整张不再裁开，以免遗失。"

从中可知，《启蒙画报》从 6 月创办，到 10 月底才开始自行排印。但彭翼仲为办报已经家产赔尽。《启蒙画报》"开办未半年，赔垫约两千金"。于是每到年关，债主登门索债，家人埋怨，彭翼仲走投无路，几欲自杀①。因而根本无力再购置石印印刷机。即使这样他也勉力支撑。在"由蒙学入手，功效既缓，赔累日深，万难持久"的困境下，恰逢"黄秀伯之《京话报》停刊，至甲辰七月，改变其体例，创为《京话日报》以冀教育普及"②。彭翼仲停刊《启蒙画报》，不是启蒙童智不重要，而是收效太慢，而他自己又没有足够的家产可以持续投入。阿英认为《启蒙画报》的绘图"不甚高明"③。不是画师不善，也不是彭翼仲不想改善印刷工艺，实在是经济困窘，无力操办。

三 白话、图像双美齐聚的叙事方式

对于图像叙事，或者对于画报，人们往往更重视对图像意义的探讨、挖掘，而忽略文字的阐释功能。其实有时图像之间富于跳跃，叙事并不完整，这时文字倒很好地补足了这些空白。在《启蒙画报》之前的儿童报刊有《小孩月报》和《蒙学报》等，图画都甚精美，然而美中不足的是都是用文言，虽然力求浅近易懂，但终不如白话来得更为明白。而明白如话的文字描述和生动形象的图画并陈无疑是更完美的结合。这也是现代意义上图画书的追求：强调图像对儿童启蒙的重要，但并不自动放弃对文字锤炼的追求。只有

① 彭翼仲：《彭翼仲自述》，姜纬堂等编《维新志士爱国报人彭翼仲》，第 114 页。
② 同上。
③ 阿英：《中国画报发展之经过》，载《阿英美术论文集》，人民美术出版社 1982 年版，第 79 页。

两者形成良性对话，共融互惠才能达到"统觉共享"① 的新视觉阶段。

《启蒙画报》创刊号伦理栏目《查道画房》中的文字便很浅显："小儿的心，没有不公道的，年纪一大就生了许多私心，私心怎么生的呢？好好一个孩童，叫他争饮食，由他欺兄弟，惯了性子，日后做人再想他明白公理，万万不能了。"② 文字口语化色彩极强，甚至比今天的报刊语言还要生活化。再比如："堂子是本朝拜天的地方，原先在东长安门外，御河桥的东，长安牌楼的西。"③行文中凡断句处，空出一个字位。注释采用两种方式，一种是小号字的双行夹注；另一种是使用括号，括号内文字与正文字形同样。行文均顶头开首，不分段落。但条理性强和内容多的行文，也会分段叙述。

彭翼仲提倡白话文早于胡适等十几年。他在《启蒙画报》上首倡白话，1904 年创办的《京话日报》仍用白话，并特设"儿童解字"栏目。这些举措都是深味白话之于启蒙的意义。他在《作〈京话日报〉的意思》中提到，"近几年来，中国所出的报，大约也有百余种，不算月报，单算日报，就有三四十种"，但销量很小，不到两千张，其原因"第一是各报的文理太深，字眼儿浅的人看不了"。所以"决计用白话做报，但能识几个字的人，都看得下去，就是不识字，叫人念一念，也听得明白"。④ 他曾在报上演说《文言不喻俗》一篇，另一篇又曾指出白话文有八大好处。⑤

---

① 赵宪章曾提出："统觉共享"，它是指"文学和艺术的媒介不同，'媒介'层面之间的比较和置换当然无从谈起；但是，不同媒介之间的'统觉'却可以在人的心理层面实现共享，'统觉共享'就是语言艺术和图像艺术相互交汇的'公共空间'"。参见赵宪章《"文学图像论"之可能与不可能》，《山东师范大学学报》（人文社会科学版）2012 年第 5 期。

② 《查道画房》，《启蒙画报》之"伦理"栏目，1902 年第 1 册。

③ 《堂子》，《启蒙画报》之"掌故识略"栏目，1903 年第 2 年第 1 册卷下。

④ 彭翼仲：《作〈京话日报〉的意思》，《京话日报》1904 年 8 月第 1 期。

⑤ 转引自梁漱溟《记彭翼仲先生——清末爱国维新运动一个极有力人物》，第92 页。

晚清以降，注重经学致用的"实学"一直是启蒙中的主旋律，然而有些"实学"知识看起来要么是文言的艰涩，要么是图像的匮乏，要么行文缺乏趣味性，这实际上就把下层民众和妇孺拒之门外。彭翼仲深知下层民众才是最需要启蒙的。因而他把《启蒙画报》办成全国第一家儿童白话画报，《启蒙画报》之后创办的《京话日报》则成为全国第一家白话日报。在京城下层民众启蒙活动中做出了重要贡献。郭沫若曾说：

> 《启蒙画报》一种对于我尤有莫大的影响……文字异常浅显，每句之下空一字，绝对没有念不断句读的忧虑。每段记事都有插画，是一种简单的线画，我用纸摹着它画了许多下来，贴在我睡的床头墙壁上，有时候涂以各种颜色……这部《启蒙画报》的编述，我到现在还深深的记念着它。近来中国也出了一些儿童杂志一类的刊物。但我总觉得太无趣味了，一点也引不起读者的精神。或者我现在已经不是儿童，在儿童们看来或许又有别样一种意见吧。以儿童为对象的刊物很重要而且很不容易办好，可惜中国人太不留意了。①

郭沫若多年以后的回忆还能清晰地说出《启蒙画报》的优点：文字浅显，每段记事都有插画，而且文字和图画都有趣味。这就有力证明了《启蒙画报》双美齐聚的叙事风格对当时儿童的巨大影响。

四　《启蒙画报》的影响

彭翼仲和晚清维新人士之所以批判传统蒙学教育、鼓吹新式教育多是由于深信教育兴国。《启蒙画报》在《苦学生》一文中举例说过德意志被法国战败，尽心教育国民，20 年后大败法国成为欧洲第一强国。德国的首相俾斯麦说"大功归于通国小学校的教

---

① 郭沫若：《我的童年》，第 30—32 页。

习"。由此指出："东西各国，文明日进，都由于学，所以小学校的教习为担负国民教育的第一重任。"① 开启童智一是办报，二是兴办学堂。于是1903年春天，也就是在创办《启蒙画报》的第二年彭翼仲创办蒙养学堂。彭翼仲向来不主张儿童发蒙时读"四书""五经"，因此他的孩子们竟一直未曾读经书。他们使用的教科书是上海澄衷学堂的《字课图说》《地球韵言》《格致读本》等更符合孩子心智发展又倾向于科学知识的课本。梁漱溟曾满怀深情地回忆当年的学堂：

> 在办报的同时，他又办了"蒙养学堂"，亲自教育儿童。学堂同报馆即设在一处（前门外五道庙路西），我就是那里的小学生，课余常常看到排版印刷。《启蒙画报》便是我自幼心爱的读物。1942年在桂林我50岁时，曾写过一篇《我的自学小史》，叙说我既没有受过四书五经的旧教育，所受新式学校教育亦很少，一生全靠自学。而自学每每是先从报章杂志吸取常识，引起了某一方面问题的兴趣和注意，然后再寻求专书研究。彭先生所出各报正是最初助成我自学的好资料。彭先生当年的事业和他致力的社会运动，原都有我先父一分赞助力量在内，而到后来我之所以投身社会政治运动，自然亦是受他们两老的启发和感召。
>
> ……反对旧日的私塾而鼓吹多办学堂，是那时维新运动最主要的事。改用些什么新教材呢？记得最初用的有上海澄衷学堂的《字课图说》，有《地球韵言》，有《格致读本》等等。彭先生和先父都认为四书五经不适于给儿童去读；为此，我和彭清杰、清颐弟兄竟一直未曾读经书。对于经书，我只是后来自己看的。②

---

① 《苦学生》，《启蒙画报》第2年第5册上卷。
② 梁漱溟：《记彭翼仲先生——清末爱国维新运动一个极有力人物》，第78、92页。

一位海内外闻名的国学大师是自学成才，而幼年自学的主要材料就是《启蒙画报》。一份什么样的报刊可以成为国学大师多年后还感恩不尽的启蒙书？

> 说到《启蒙画报》，徐兰沅先生极有印象，自称幼年非常爱看它。这恰同我一样。他指出它给了我们许多自然界现象的科学说明，获得一些常识而免于糊涂迷信。它与今天的连环画、小人书略相近而又不同。少有国王、公主、老虎、狗熊的童话，它却把科学道理撰成小故事来讲。讲到天象，或以小儿不明白，问父母，父母如何为之解答。讲到蚂蚁社会，或用两兄弟在草地上玩耍之所见来说。做算术习题，则以一个人买卖东西为缘由。讲历史，则先讲些较近的清史以至最近如庚子义和拳的经过。开初还有一门"蒙正小史"。专选些古时人物当其儿时的模范事迹来讲，儿童们看了很有益。至于名人轶事，则有如诸葛亮、司马光、范仲淹很多古人以及外国的拿破仑、华盛顿、大彼得、俾斯麦、西乡隆盛的种种故事，长篇连载。它行文之间，往往在人的精神志趣上能有所启发鼓舞，我觉得好像它一直影响我到后来。①

梁漱溟认为，《启蒙画报》不像后来的儿童读物一样更侧重文学的熏陶。它更关注格致、地舆、算术等"实学"的传播和普及。而新知识、新文化的传译又紧紧围绕着维新爱国这一主旨。因而，不论彭翼仲创办学堂还是报刊对他来说是一体的。报刊内容体现着他的教育思想，蒙学堂的办学理念是他教育思想的实

---

① 梁漱溟：《记彭翼仲先生——清末爱国维新运动一个极有力人物》，第79页。刊载在《文史资料选辑》的这篇文章略有增补："它原是给10岁上下儿童们看的，却是成年人看了依然有味。内容分很多门类（前后有些变动），例如天文、地理、博物、格致（'格物致知'之省文，当时用为物理化学之总称）、算术、历史掌故、名人轶事以及'伊索寓言'一类东西都有；全用白话，全有画图。"参见中国人民政治协商会议全国委员会文史和学习委员会编《文史资料选辑》合订本第1卷，总第1—4辑，中国文史出版社2011年版，第357页。

践。最终目的都是为了开启童智。值得注意的是彭翼仲兴办学堂也同时欢迎女学生，并在天津的《大公报》连登 9 天广告招收女生：

> 我中国女学之不讲实为致贫弱之一大原因。本馆主人拟开办女学一处，专收八岁以上十五岁以下之女子。教之缠足者不收。每月脩金当十大钱六千（笔者注：字迹模糊，疑是"千"）。既缠足而复解放者脩金减半。除已报名者外，仍须招女学生二十名。有愿学者请至本馆报名可也。俟学生招齐即当择期开学。①

于是在他创办的学堂里，不只他自己的孩子、他好朋友的孩子——梁漱溟，以及梁漱溟的两个妹妹都能入学就读。据梁漱溟回忆："我们在彭先生自办的学堂中，是男女同校而且合班的。有不少十几岁的大姐姐和我们一起上班学习。这在当时的社会上，没有一种魄力是作不出来的。"②

开启童智的功效可以从上文梁漱溟、郭沫若等大师那里得到印证，也可以从萨空了、陆宗达等名人成长那里得到更进一步的确证。著名的新闻学家萨空了对《启蒙画报》高唱赞歌："他办的《启蒙画报》合订本，在我七八岁时，曾是我最喜欢的读物。这个画报灌输了许多科学知识给我，像瓦物因为水沸发明蒸汽机，世界人种的分类，五大洲的形状，我都是由该画报而知道的。……《启蒙画报》，在北方是一个中国画报史中值得大书特书的画报。"③ 著名的语言学家陆宗达曾提及宣统二年进学馆，上午学"四书"、念《千家诗》；"下午讲报，用的是当时宣传革新的《启蒙画报》，我从中学了不少新知识，印象最深的是当时大力宣传的武训办学，

---

① 《馆主谨白》，《大公报》，1903 年 5 月 14—22 日连续登载。
② 梁漱溟：《记彭翼仲先生——清末爱国维新运动一个极有力人物》，第 92 页。
③ 萨空了：《香港沦陷日记》，生活·读书·新知三联书店 1985 年版，第 95 页。

《画报》上还有国内和国际的时事大事记"。①

陈平原曾考证过《启蒙画报》存在的时间与萨空了、陆宗达年少读书的时间并没有交集。

> 陆宗达祖籍浙江慈溪，1905年出生于北京；萨空了1907年生于四川成都，1911年五岁时，随父亲举家迁回北京。若这两位先生的回忆属实，则其阅读《启蒙画报》的时间大约是在1909—1913年间。一份停办多年的旧杂志，居然依旧是京城儿童接受新知的"课外读物"，这可是个大喜讯。《启蒙画报》的发行数字无法统计，但当年的读者不是看完就丢，而是将其保存下来，作为反复使用的"启蒙"读物。②

一份早已停办的刊物仍是京城儿童喜爱的"课外读物"的现象既可以说明《启蒙画报》准教科书的性质，又说明它办刊理念的超前性，竟然在晚清民国新兴教科书更换频繁的探索阶段长期屹立不倒。众多知名人士都深深怀念《启蒙画报》的最重要原因是它借用游戏，同时采用白话的方式讲解科学道理和中西文学。游戏的教育观念和图像体现的趣味性使《启蒙画报》很快就成为当时儿童的恩物，以至于声名远播震动了朝廷，西太后下旨要全部进呈。这也是《启蒙画报》上写着"两宫御览"（图3-36）的原因。

在思想比较保守的都城，开风气之先的《启蒙画报》的启蒙意义是相当深远的。《启蒙画报》原本是给10岁左右的孩子看的，但

----

① 参见王宁《善教者，使人继其志——陆宗达先生口述历史摘抄》，载北京师范大学民俗典籍文字研究中心编《陆宗达先生百年诞辰纪念文集》，中国广播电视出版社2005年版，第8—23页。

② 陈平原：《转型期中国的"儿童相"——以〈启蒙画报〉为中心》，载徐兰君、[美]安德鲁·琼斯主编《儿童的发现　现代中国文学及文化中的儿童问题》，北京大学出版社2011年版，第79页。

图 3 - 36 《两宫御览》

成人也看得津津有味。甚至丫鬟（图 3 - 37）①、优伶也来买报看（图 3 - 38）②。创办不几个月，就有报纸评论"一纸风行，销路甚广"。③ 全国发行处有 50 个，北至锦州，南至汕头，东到上海、杭州，西到陕西、成都、重庆等地，传播面甚广。远至四川乐山沙湾的郭沫若小时也深受《启蒙画报》影响。

---

① 《家政文明》中提到正月里有两个不缠足的丫鬟来买报，因为新报还没出来，报馆人员就拿去年腊月里那期给她们。但她们翻看了一下就说家里已经有这期了。文中感叹："丫鬟能出来买报，主人的家教，自然是极文明的了。就此一端，风气已开，可喜可喜。"《启蒙画报》之《时闻》栏目，1904 年第 2 集第 6 期上册，总第 18 册上半卷。

② 《优伶买报》中说有个叫宝兰的优伶，自"我们出报以来，天天他来买报。先以为替老爷个买……敢则是他自己看"。《优伶买报》，《启蒙画报》之"附页"栏目，1902 年（光绪壬寅年九月初七日）第 91 号。图片来源：孔夫子旧书网，http://www.kongfz.cn/3391996/pic/。

③ 《中外近事》，《大公报》1902 年 9 月 13 日。

图 3 - 37 　《附页·优伶买报》，《启蒙画报》1902 年第 91 号

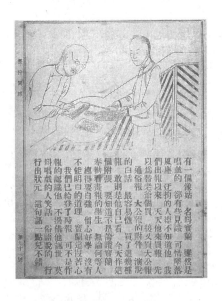

图 3 - 38 　《时闻·家政文明》，《启蒙画报》1904 年第 2 集第 6 期上册

　　总体来看，《启蒙画报》在单幅图像叙事和连续图像叙事上皆有革新，尤其在传播新文化过程中借用图像的游戏性、趣味性来吸引儿童的注意，加深对新知的理解，试图开创一条文图相得益彰的游戏教育模式。虽然难免在某些文化转译中表述欠准确，但在图像叙事发展过程中承前启后的作用值得重视。

第四章　从插图看传统蒙学读物到
教科书的现代转型

学界普遍认同近代教科书是在参照外国教科书形制的基础上形成的。但具体表述却多把关注点放在近代教科书"新"和"启蒙"的方面，对近代教科书的传统方面有不同程度的忽视。至少现有的研究成果对蒙学读物自身的改良和近代教科书对蒙学读物形式、内容的传承论述不够。然而蒙学教育在中国延续了几千年，蒙学读物更是汁牛允栋，近代教科书的形成绝不是无本之木。笔者更愿意把近代教科书的诞生看成蒙学读物的现代转型。传统蒙学的现代转型主要是从以下两种路径来实现的：蒙学读物自身的改良和近代教科书在中、外资源的共同作用下逐步形成。

近代教科书雏形无锡三等公学堂的《蒙学读本全书》始编于1898年，成书于1901年。其《序》中写道："本吾中土之资料，合东西教育理而陶冶之，成合格之课书，会有期也。"其二编约旨指出"日本读本书初二编，如载桃太郎等事，皆演日用小说，复述家庭之教育。我国儿童习闻之事，既不同于日本，乃呆译日本书者，并此而译之，是何异嗜蟹而误食螃蜞。是编学级则务合日本，而所演游戏故实，则尽属吾国惯习之事"①。显然近代教科书其实质是在蒙学读物的基础上，在对西方、日本教科书和教育制度的参照、对比、学习、筛选过程中，并根据中国现实国情不断地进行改造、革新而完成的。

---

① 子冶辑注：《〈蒙学读本全书〉卷端》，《出版史料》2003年第2期。

清末民初的进步之士在编纂近代教科书时常常把着力点放在文词浅近和图像生动上。对文辞浅近的不断追问一方面导致了清末民初文言被废，白话兴起；另一方面导致了"读经"渐渐淡出蒙学教育。图像方面的革新远没有在语言上这么激进，至少在清末民初蒙学读物的图像对近代教科书影响是深远的。这是因为中国插图版童书的历史最悠久，刊行的插图版蒙书的数量也相当可观。这就在客观上保证了近代教科书编制时有大量可供借鉴的本土图像资源，并在近代印刷技术革新的前提下，针对儿童教育，图像是启蒙"利器"的概念逐渐被接受并流行起来。

第一节 传统插图蒙学读物

一 蒙学读物的循序渐进与实际教学的无序

蒙学读物是指古代教育儿童所使用的教材。蒙学读物又称为蒙书、蒙养书、古代儿童读物、蒙学教材、启蒙教材、蒙童课本、语文教育教材等，各种名称虽有细微差别，但所指对象基本一致[①]。传统的蒙学读物在晚清内忧外困的时局下面临严峻挑战。

清末越来越多的有识之士认识到教育是开启民智的关键。从容闳的"以西方之学术，灌输于中国，使中国日趋于文明富强之境"[②]、张之洞"凡东西洋各国，立学之法，用人之法，小异而大同，吾将以为学式"[③]，到康有为的"欲任天下之事，开中国之新世界，莫亟于教育"[④]。这些观点都把变革教育视为救国之手段乃至救国之根本。

在这股革新教育的思潮下论述最彻底、最全面的当属梁启超写

---

① 徐梓：《中华蒙学读物通论》，中华书局 2014 年版，第 2 页。

② 容闳：《容闳回忆录：我在中国和美国的生活》，徐凤石、恽铁樵原译，张叔方补译，东方出版社 2012 年版，第 20 页。

③ 张之洞：《张之洞教育文存》，陈山榜编，人民教育出版社 2008 年版，第 219 页。

④ 中国史学会编：《戊戌变法》（四），上海人民出版社 1957 年版，第 9 页。

于 1897 年 1 月 3 日（清光绪二十二年十二月初一）的《论幼学》。他指出幼学的重要性："人生百年，立于幼学"和紧迫性："中国四万万人之才、之学、之行、之识见、之志气，其消磨于此蠢陋野悍迂谬猥贱之人之手者，何可胜道，其幸而获免焉者，盖万亿中不得一二也……惟学究足以亡天下，欲救天下，自学究始。"而中国的童蒙教育则存在着诸多堪忧的问题：

首先，他认为教学并没有贯彻由易到难的客观规律。"未尝识字，而即授之以经，未尝辨训，未尝造句，而即强之为文。开塾未及一月，而大学之道在明明德之语，腾跃于口，洋溢于耳。夫记者明揭之曰：大学之道，今乃骤以施之乳臭小儿，何为也？明德二字，汉儒据《尔雅》，宋贤袭佛典，动数千言，未能悬解，今执负床之孙而语之，彼乌知其作何状也。"古代为了缩短儿童参加科举考试的准备时间，常常从识字直接跳到"四书""五经"的学习，甚至根本没有识字这一基础学习。让开塾不久的儿童学习众多饱学之士动辄数千言都无法说清楚的"明德"实在是"大愚也"。

其次，教法上只知记诵，不符合从日常习见事物学起、因势利导的教学规律。"中国之教人，尽于记性者也，故古地理、古宫室、古训诂、古名物，纤悉考据，字字有来历，其课学童也，不因势以导，不引譬以喻，惟苦口呆读，必求背诵而后已，所得非不坚定也。……人生五六年，脑显初合，（思从囟心从囟象脑初合形）脑筋初动，宜因而导之，无从而窒之，就眼前事物，随手指点，日教数事，数年之间，于寻常天地、人物之理，可以尽识其崖略矣。而其势甚顺，童子之所甚乐，今舍此不为，而必取其所不能解者，而逼之以强记，此正《学记》所谓苦其难而不知其益也。"图 4 - 1①描画的正是晚清私塾里的背书图。儿童时期是大脑迅猛发展的时期，应该开发、激活其潜力，而不是压制到窒息。

---

① 徐小蛮、王福康：《中国古代插图史》，上海古籍出版社 2007 年版，第 275 页。

图 4 - 1　光绪三十年（1904）《绘图蒙学课本》背书图

最后，科目设置上只有读经，单调乏味令人生厌，没有休息则更易疲惫。而且学童读书时"必立监佐史以莅之，正襟危坐以圈之，庭内湫隘，养气不足，圈禁拘管，有如重囚，对卷茫然，更无生趣。以此而求其成学，所以师劳而功半，又从而怨之也"。

针对当时的各种积习流弊，梁启超认为必须彻底革新，他提出了十分详尽的蒙学教学措施，从教法到科目的设置，甚至课程时间表都提出了具体可行的办法。①

———————————

① 梁启超：《论幼学》，载《梁启超全集》第 1 册，北京出版社 1999 年版，第34—36 页。

清末蒙学教育以科举为旨归的急功近利和混乱、无序成为社会发展的严重障碍。这一点毋庸置疑。但蒙学读物和教育毕竟是两个概念。梁启超痛陈的是清末的教育方式，但他并不抨击蒙学读物。他甚至认为之所以当时的教育流弊丛生皆是违背了传统的教育思想。他说"古之教学者，不可得见矣。顾其为道，散见于七十子后学所记者，若曲礼，若少仪，若保傅，若学记，若文王世子，若弟子职，何其详也"①。因而，他规划的儿童学习内容都是在蒙学读物基础上进行了由易到难、由浅入深的设计。

其实，蒙学读物的确有循序渐进的分级考量。除了广为流传的"三、百、千、千"，即《三字经》《百家姓》《千字文》和《千家诗》外，识字教育也有《对相四言》等文图对照教材。现当代著名的语文教育家张志公认为：古代的蒙学教育经过几千年的发展、完善已经进化出一套比较成熟的教学模式。而一些蒙学读物之所以能绵延上千年也自有其合理性。蒙学读物是参照儿童某一年龄阶段的生理特点、学习能力而编写出来的。第一阶段根据幼儿"谐于唇吻""便于记忆"的特点采用韵语的方式在儿童入学前后集中识字训练，教材主要是"三、百、千"。然后把识字教育和初步的知识教育以及思想教育结合起来，巩固已认识的字，继续学习新字，开始熟悉文言的语言特点，同时学到一些必要的常识，并为第二阶段进行读写训练打下基础，主要教材是《弟子规》《小儿语》《龙文鞭影》等；第二阶段是孩童虽然认识了两三千字，知道了一些名物、掌故，已经具备了进行阅读教学的基础，然而从三字头、四字头的整齐韵语到内容复杂、词句错综的文章，这中间仍需要一个过渡。古人就让散文故事承担了这个过渡的任务，随后又把阅读散文故事、读诗和属对联系起来，主要教材有《书言故事》《日记故事》《千家诗》《神童诗》等；第三阶段是进一步的读写训练，主要教材有古文选注评点本和自学读物等。② 可见，儿童认知发展的

---

① 梁启超：《论幼学》，第 34 页。

② 张志公：《传统语文教育教材伦：暨蒙学书目和书影》，中华书局 2013 年版，第10、11、74、101 页。

各个阶段都有相对应的蒙学读物。

　　然而私塾、家塾、义塾等并不在国家的统一监督管理之下，塾师的文化水平和教育能力悬殊，难免会有些泥沙俱下的混乱现象。实际教学常常并没有根据孩子认知特点择取由浅入深的蒙学读物分阶段进行，而是以科举考试为价值取向，尽可能缩短儿童初级学习阶段的时间。这就造成了梁启超所言的"未尝识字，而即授之以经，未尝辨训，未尝造句，而即强之为文。开塾未及一月，而大学之道在明明德之语，腾跃于口，洋溢于耳"的流弊。

二　传统插图蒙学读物
（一）世界上最早的插图童书

　　插图蒙学读物的历史在我国可谓源远流长。前文提到南宋出现的雕版文图对照的看图识字课本，比欧洲同类教科书的出现约早400年。南宋的雕版原本已经见不到了，我们现在看到的是后来不断增删修改的石印本《新编对相四言》（图4-2）①：

　　　　这个复制本《新编对相四言》，书品阔大，板心宽18、高26厘米，每半叶五行，每行八格，左图右文，两相对照。全书收单字（每格一字）二百二十四，双字用语（每格二字）八十二，一百六十四字，共三百八十八字，三百零六图。大体上四字为句，部分押韵，但不成文理。第一叶首行题"新编对相四言"，末叶末行题"新刊对相四言终"。无撰著者姓名，无序、跋，无出版年份。从版式、字体、插图风格等属于形制的方面看，其底本有近于元刻的痕迹，也有近于明刻的地方，但都不典型，在疑似之间。②

---

　　① 张志公：《传统语文教育教材论：暨蒙学书目和书影》，中华书局2013年版，第207页。

　　② 同上书，第158页。

图 4 - 2　《新编对相四言》

　　《新编对相四言》中"杂字"，即生字，没有文字说明，全靠图画释义。图画清晰明朗，一目了然，为初学者带来极大便利。因而这种文图对照的编排方式，自诞生以来便深受欢迎，对后代的启蒙书都影响重大。这种文图对照的杂字学习方式成为后世乃至当下的主要识字教育方式，从近代教科书的雏形《字课图说》到现当代的幼儿园和小学教材的识字教育均采用，而且也是下层群众启蒙的主要方式。张志公考证《新编对相四言》的祖本可能上溯到南宋，其后又有增删的其他版本，是一本承前启后的童蒙读物。《新编对相四言》和清代后期两本"对相"杂字书绿慎堂刊《魁本四言对相》、清坊刊本《幼学杂字》之间有先后递嬗关系①。

---

　　①　张志公：《传统语文教育教材伦：暨蒙学书目和书影》，第 165 页。

　　明代是古代版画的全盛时期，据统计，现存历代插图古籍有4000余种，明刊约占半数①。明嘉靖二十一年（1542）便出现了世界最早的、有插图的蒙学故事书——《日记故事》（图4-3）②。

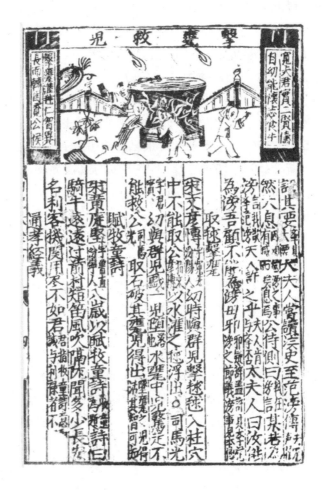

图4-3　熊大木注本《日记故事·击瓮救儿》

---

①　周芜编：《武林插图选集·代序》，浙江人民美术出版社1984年版。

②　中华书局上海编辑所编：《日记故事》（上），中华书局1959年版。

《日记故事》最初由元代建安人虞韶编写。其后，明清学者在其基础上或作增订，或作删节，出现了许多种版本，以至虞韶的原本反而湮没不传。嘉靖二十一年由熊大木加以整理、注释，并出资请画家作插图，再由书房刻印成书刊行。熊大木注本全名是《新刊大字分类日记大全》，中华书局曾收入《中国古代版画丛刊》，1959年出版。目前只有9卷传世，分46类，包括约300个故事。采用上图下文的版式结构。上栏插图约占三分之一页面，下栏是文字故事，有1—3则故事。插图是下文中的某一则故事，插图上方有主题一行，两侧各有七言诗两句，四句组成了一首七言绝句。熊大木注本的《日记故事》比世界公认的最早的插图童书——捷克教育家扬·夸美纽斯（1592—1670）1658年出版的《世界图解》还要早1个多世纪。

"日记故事"这一名称来自杨亿：

> 童稚之学，不止记诵。养其良知良能，当以先人之言为主。日记故事，不拘今古，必先以孝弟忠信、礼义廉耻等事，如黄香扇枕，陆绩怀桔，叔敖阴德，于路负米之类，只如俗就，便晓此道理，久久成熟，德性若自然矣①。

《日记故事》以修身为根本，培养人的德性和德行。每则故事短小精悍，又有图画，因而深受教育者和被教育者的欢迎。从元至明清数百年间，广为流传，除了最早的熊大木注本，明清以来出现了众多插图版《日记故事》。明嘉靖四十五年（1566）张瑞图校、刘龙田刊《新锲类解官样日记故事大全》（图4–4）②是比较有名的刊本，后被日本学者长泽规矩也收入《和刻本类书集成》。张瑞图校本卷一是《二十四孝》，每则故事都附一图。版式分上下两

---

① 转引自朱熹《小学》外编，卷五《嘉言》。
② 张瑞图校、刘龙田刊《日记故事》，载［日］长泽规矩也编《和刻本类书集成》第3辑，上海古籍出版社1990年版。《和刻本类书集成》是一批中国古代类书的日本翻刻本。

栏，上栏是图，下栏是文字，文中有注，故事后附"诗曰"。卷二至卷七在卷首以整页插图作为间隔。此版本图画精美，堪称明代版画佳作。很多研究者对此版本评价极高：

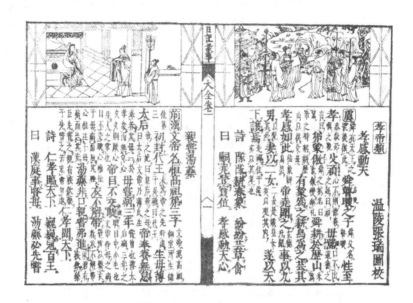

图4-4　张瑞图校、刘龙田刊本《日记故事》

卷一仿元刊本格式，二十四孝每则以上图下文方式刊印，卷二至卷七均在各卷首页，以半页插图作为间隔，半页插图在万历期间才开始出现，此本插图形式具有时代意义。本书一页9行行12字，相较于熊大木版本，宽裕许多了。在明代刊刻版本中，此本的字体及版面设定，是精细又优美的版本……也是较具收藏价值的一本。而由于刘氏在金陵亦有书坊，不排除将闽地的畅销书送往金陵重刻销售的可能，因此插图的版画有建安派所不及的精致及美学观。①

---

① 郑美瑜：《传统蒙书〈日记故事〉探究——以文献为主的考察》，台北大学硕士学位论文，2010年，第55页。

清代《日记故事》的插图版本就更多了。清咸丰辛亥（1851）《新增日记故事》，内附二十四孝。清光绪辛巳（1881）《陈眉公先生注释日记故事》。清宣统二年（1910）《绘图日记故事》（图4－5）四卷、《增注绘图补日记故事详解》（图4－6）① 等。《日记故事》中的许多故事和图画成为近代教科书国文、修身中的重要内容，同样也为我们今天所熟知。

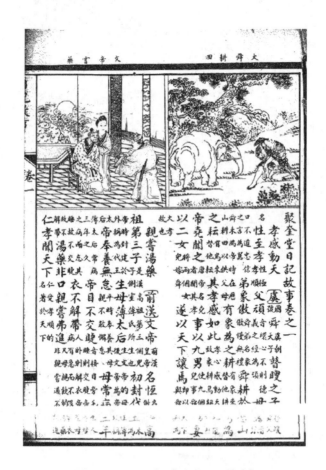

图4－5 1910年《绘图日记故事》

---

① 图4－5和图4－6均来自郑美瑜《传统蒙书〈日记故事〉探究——以文献为主的考察》。

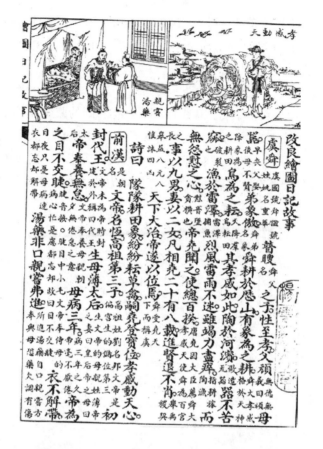

图 4-6　1910 年《增注绘图补日记故事详解》

（二）其他插图版蒙学故事书

历史上有图画的蒙学读物虽然比起浩如烟海的蒙学读物来说是少数，但细数起来也有不少。尤其是明清以来有插图的蒙学读物大量刊行，比如宋代李元纲的《圣门事业图》、明代万历年间刊刻的佚名的《小学图》、明代陶赞廷的《蒙养图说》、清代丁善长的《初学人物》、清代慎三生的《养正图说初编》、清光绪石印本《发蒙图说》、清代同治十年瞿文的《孝友图说》，专用于教育年幼帝王或子孙的有明张居正、吕调阳所撰的《帝鉴图说》等。在清末民初，最普及的蒙学基础教材"三、百、千"都有插图版出现，比如李光明庄刊

《三字经注图》（图4-7）①、民国元年石印本《绘图增注百家姓》
（图4-8）②、上海锦章书局石印《绘图增注千字文》和光绪年间石
印本《绘图小学千家诗》（图4-9）等。其中"千字文"不断扩充
到"五千字文""六千字文"，比如光绪三十二年（1906）石印本
《正音绘图增注六千字文》（图4-10）。有图画的蒙学读物是孩子们
所喜欢的，故事也是孩子喜欢的，如果蒙学读物是以故事配插图的
方式编写无疑是最受儿童欢迎的。因而插图版的《日记故事》广为
流传。此外，还有几种对后世有一定影响力的插图蒙学故事书。

图4-7 李光明庄刊《三字经注图》

① 图片来源：张志公：《传统语文教育教材伦：暨蒙学书目和书影》，第201页。
② 图片来源：徐小蛮、王福康：《中国古代插图史》，上海古籍出版社2007年版，
第273—274页。图4-9、图4-10也来自此书。

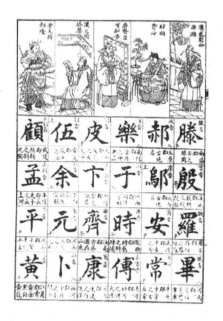

图4-8　民国元年石印本《绘图增注百家姓》

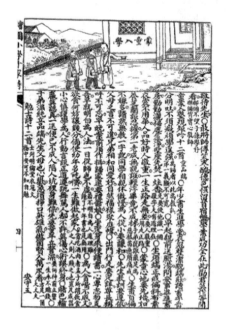

图4-9　清光绪石印本《绘图小学千家诗》

图 4 - 10　光绪三十二年（1906）《正音绘图增注六千字文》封面

1. 《二十四孝》

《左传·文公二年》曾有"孝，礼之始也"。孝是礼的重要内容，也是儒家伦理道德规范的核心。孝亲的故事早在《二十四孝》成书之前已经在民间广为流传。汉代画像砖中就有个别孝子题材，宋元时期出现了大量以"二十四孝"为内容的画像砖。图 4 - 11①中便刻画了"卧冰求鲤、哭竹生笋、紫荆复萌"三个孝子故事。徐梓考证在敦煌文献中有《古贤集》，其中就含有多个《二十四孝》中的故事。另一部敦煌文献《孝子传》就有 23 则孝亲故事，与后

————————

①　图片来源：杨君编著：《二十四孝图说》，上海大学出版社 2006 年版，第 5 页。

222

世流传的《二十四孝》相差无几①。通常二十四孝故事有：虞舜孝感动天、周老莱子斑彩娱亲、周剡子鹿乳奉亲、春秋子路为亲负米、春秋曾参啮指心痛、春秋闵子骞单衣顺母、汉文帝刘桓亲尝汤药、西汉郭巨为母埋儿、西汉姜诗涌泉跃鲤、西汉蔡顺拾葚供亲、西汉董永卖身葬父、东汉丁兰刻木事亲、东汉陆绩怀橘遗亲、东汉黄香扇枕温衾、东汉江革行拥供母、三国时魏国王裒闻雷泣墓、晋代孟宗哭竹生笋、晋代王祥卧冰求鲤、晋代杨香扼虎救父、晋代吴猛恣蚊饱血、南齐庾黔娄尝粪心忧、唐代唐夫人乳姑不怠、宋代黄庭坚亲涤溺器和宋代朱寿昌弃官寻母。

图 4 - 11 宋元时期画像砖

---

① 徐梓：《中华蒙学读物通论》，中华书局 2014 年版，第 181—182 页。

关于《二十四孝》的作者有三种说法，大家普遍采用的是元代郭守敬编制的说法。《二十四孝》的版本众多，有宋代赵孟坚和画家刘松年合作《赵子固二十四孝书画合璧》、元代王克孝《二十四孝图》、清代王素《一亭先生画二十四孝图》和任伯年《二十四孝图》等；民国时期有李霞的《二十四孝图》（图4－12）①、陈少梅的《二十四孝图》和徐燕孙的《二十四孝图》等。也有日本刻本（天保十四年，1830年）《分类二十四孝图》。因而"二十四孝"的故事也广为人知。鲁迅曾说："那里面的故事，似乎是谁都知道的；便是不识字的人，例如阿长，也只要一看图画便能够滔滔地讲出这一段事迹。"②

图4－12　李霞《二十四孝图》之《老莱子戏彩娱亲》

---

① 李霞绘：《李霞绝笔二十四孝图》，福建美术出版社2004年版，第5页。

② 鲁迅：《二十四孝图》，载《鲁迅全集》第2卷，人民文学出版社1981年版，第253页。

2. 《书言故事》

张志公认为，《书言故事》是为儿童编写的故事书中最早出现的一类，以介绍常用的典故、成语中所包含的故事出处为主[①]。宋代胡继宗编，按天文、时令、地理等分类，编例是先举出典故或成语，有的直接指出出处，征引原文；有的加以解释后引用或不引原文。与《日记故事》比较起来，更侧重"典故"，是为供儿童学习辞藻典故，以备诗文写作之用。《书言故事》流传较广，版本众多。在日本也广受欢迎，仅《和刻本类书集成》的编纂者长泽规矩也一人就藏有五种，而且五种版本的内容、体例都有差别。卷首插图的版式、质量也不尽相同[②]。笔者辑录的是清初刊本，插图比较精美（图4－13）[③]。

图4－13　清初刊本《书言故事》

①　张志公：《传统语文教育教材伦：暨蒙学书目和书影》，第74—75页。

②　［日］长泽规矩也：《解题》，载《和刻木类书集成》第3辑，上海古籍出版社1990年版。

③　图片来源：张志公：《传统语文教育教材伦：暨蒙学书目和书影》，第237页。

3.《君臣故事》

即《图像合璧君臣故事句解》（图4-14）①。此书编者不详，徐梓认为：日本学者长泽规矩也收录在《和刻本类书集成》中的刊本是元刻本，如果这一种说法能成立的话，那么它的编者最迟也是元朝人。②《君臣故事》分三卷，有《君道门》《臣事门》《儒术门》《人伦门》《官制门》《人事门》，全书共有135个故事，每则故事都配以插图，包含一些二十四孝故事和智慧儿童的故事。故事简短易懂，插图简洁生动。此书版心白口，上书"故事"；单鱼尾，上书"句解"、卷数等。版式还是传统的版式结构，分上下两栏，上栏是图，约占三分之一版面，下栏是文字。

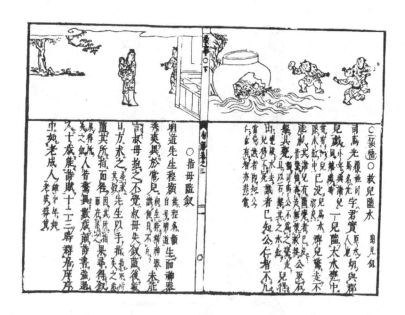

图4-14 　《君臣故事》插图

---

① 图片来源：［日］长泽规矩也：《和刻木类书集成》第3辑。

② 徐梓：《中华蒙学读物通论》，第189页。

4. 《金璧故事》

即《新镌郑翰林类校注释金璧故事》。明代万历进士郑以伟编辑，万历年间集义堂直斋刊本。此书共5卷，包括270个故事。内容驳杂，不仅仅限于儿童题材。卷首有《八行相图》，即8幅插图，有《芦衣顺母》（图4-15）等，《芦衣顺母》即二十四孝故事中的闵子骞"单衣顺母"。卷首版心白口，上书"金璧故事"，黑鱼尾。其他卷版心黑口，双鱼尾，卷首有整幅画。扉页上除了题着"郑翰林藏版"外，还有刊行者直斋黄正慈的一段话。黄正慈认为"故事"是以前人的模范行为来激励后学者，即"故事云者，古人之成迹，寔后学之准则也"。由于他很看重"故事"这种陈述方式，因而"本堂珍重校梓"，在刊刻上甚为用力。此刊本非常精美，尤其是插图，内容丰富，人物刻画细致，表情生动，的确是"自与坊间诸本大悬绝矣"①。

图4-15　《金璧故事》之《芦衣顺母》

---

① ［日］长泽规矩也：《和刻木类书集成》第3辑。《芦衣顺母》图片也来自此书。

5. 《劝惩故事》

明代学者汪廷讷编辑，汪廷讷别号无无居士、全一道人等。汪廷讷在卷首《序》中写道："欲培善念，须除恶根，恶者既灭，善者自生。是以此书之编，君子与小人并著，华衮与斧钺齐施，所以感发人之善心，惩创人之恶念。"因而此书只以道德伦理为主题，不及其他，而且善恶故事以两相对照的方式排列，对比鲜明，极为触目。此书版心白口，上书"劝惩故事"，白鱼尾，上书卷数等。其插图编排也很有特色，每卷卷首一个整页的篆体大字"孝"或"悌""忠""信"等，随后是四整幅卷首画（图4-16）①。比如卷一是"孝"与"不孝"，首页是整幅"孝"字，对开的版面是"大孝感亲"的画面。讲的是"二十四孝"中闵子骞"单衣顺母"的故事，画面中闵子骞正跪求父亲不要赶走后母。父亲正怒气冲冲

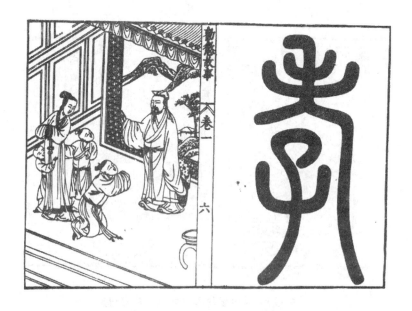

图4-16　《劝惩故事》之《大孝感亲》

---

① ［日］长泽规矩也：《和刻本类书集成》第3辑。

地挥手让后母离开。两个弟弟的表情很生动，大弟弟一面扯着妈妈，一面满怀期望地看着爸爸，希望爸爸改变主意，让妈妈留下来。小弟弟一面站在妈妈将要离开的方向，试图阻止妈妈离开；一面紧紧抱着妈妈，万分不舍。后母回首望着闵子骞，惊喜并感动闵子骞的孝亲举动。第三页重复这个画面。对开的版面，即第四页是屋外那辆"肇事"车，整个事件最重要的道具。第五页，重复这个画面，对开的版面，即第六页续接文字故事。画面线条细腻流畅，如此精美的版画是非常罕见的。

6.《养正图解》

明代焦竑在任皇子讲官时，为教导皇长子朱常洛承续封建道统而编选的一部蒙学读物。由明代著名画家丁云鹏绘图 60 幅，每图后附解说，故名《养正图解》（图 4 - 17）①。该书以图说的形式来讲解历史典故、古人事迹，以此达到宣讲封建伦理道德及言论行为规范的目的。《养正图解》现刊本是清光绪二十一年（1895）武英殿刻本，不分卷，附清高宗《御题养正图诗》一卷、仁宗《御制养正图赞》一卷。其实《养正图解》自诞生以来版本很多，"明清两代抄、刻本皆有。如丁云鹏绘，明万历二十一年（1593）安徽新安玩虎轩本（刻工为黄鏻）；明吴继序解说，明丁云鹏绘，黄奇刻，明万历二十二年金陵奎壁斋刊本；丁云鹏绘，明万历二十二年新安吴怀让刊本；清康熙八年（1669）盖公堂重刊本。另外还有抄写本，清同治年内府抄绘本《养正图解》二卷（附乾隆《御题养正图诗》、嘉庆《御制养正图赞》）和清满文抄本（精写彩绘本）等"②。《养正图解》既然是皇子的课本，编辑、绘画、刻印都是集国内最高水平，尤其是清内府刻本绘刻精细，制作精良，刻印数量有限，既是精品又是孤本。

---

① （明）焦竑撰，（明）丁云鹏绘，邱江宁译注：《今天你养正了吗　养正图解赏析》，故宫出版社 2013 年版，第 15 页。

② 同上书，第 6 页。

图 4-17　《养正图解》之《寝门视膳》

7.《养蒙图说》

明代进士涂时相编辑。现存清代乾隆十三年（1748）云南梦杏书屋刊本。版心白口，黑鱼尾，上书"养蒙图说"。目录部分版心下方写着"梦杏书屋"。《养蒙图说》只有 1 卷，采集编纂了有利于儿童教育的图画 90 幅，整幅图画，后另附 1 页白话解说。此书中的图画多是流传极广的一些孝亲、勤学、颖悟、交友等题材，和《日记故事》等广受欢迎的蒙学读物多有重复。但插图中的儿童形象所占的比例比其他蒙学读物要多，90 幅插图中以儿童为独立造型的有 23 幅。而且儿童造型活泼可爱，富有童趣。比如《二十四孝》中老莱子《斑彩娱亲》（图 4 – 18）①在很多蒙学读物中都有表现。图画的焦点一般是展现一个年逾七十的老人身着彩衣戏舞或诈跌做小儿啼。这种题材的确是吃力不讨好，很难表现。鲁迅说让一个老头子做"婴儿啼"实在是无趣。"讽刺和冷嘲只隔一张纸，我以为有趣和肉麻也一样。孩子对父母撒娇可以看得有趣，若是成人，便未免有些不顺眼。放达的夫妻在人面前的互相爱怜的态度，有时略一跨出有趣的界限，也容易变为肉麻。老莱子的作态的图，正无怪谁也画不好。像这些图画上似的家庭里，我是一天也住不舒服的，你看这样一位七十岁的老太爷整年假惺惺地玩着一个'摇咕咚'。"②

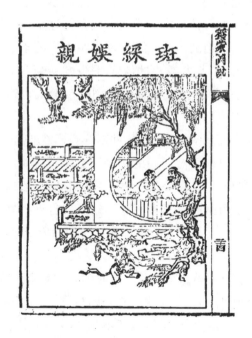

图 4 – 18　《养蒙图说》之《斑彩娱亲》

---

① 图片来源：《丛书集成续编》第 78 册子部，上海书店出版社 1994 年版。
② 鲁迅：《朝花夕拾·后记》，第 328 页。

《养蒙图说》的画面处理相对巧妙，老莱子没有拿着"摇咕咚"，没有诈跌做婴儿啼，只有"斑彩娱亲"。老莱子的跳舞很有动感，似乎是一老者在健身。老莱子的舞蹈似乎很抢眼，其实他在图画中的位置偏下，且背对观者，显然绘者想把观者的注意力引开。通过绘者的精心构图，画面的焦点就巧妙地转移到正对读者的、处在画面中心位置的老莱子父母和两个儿童。老莱子父母的表情、动作与其他版本大同小异，真正对画面起翻转作用的是两个躲在廊后看热闹的儿童。个子较矮的孩子一手拿着摇咕咚正兴致勃勃观看老莱子戏舞。摇咕咚原本是画中老莱子的道具，但年逾七十的老人拿着摇咕咚毕竟不伦不类。绘者很聪明地让这个道具转移到应该拿着的人手上。个子稍高的孩子一手搂着弟弟正充满困惑地看着老莱子。这位老人的异常举止的确让初通人事的孩子大惑不解。可以说这两位孩子的表情代表了常人的视角。这就使一则荒诞不经的孝亲故事有了近人情的地方，那么原本画面中处于点缀的儿童形象反而使整幅画面有了生趣，冲淡了不少"肉麻"的成分。此外，《养蒙图说》白话解说浅俗易懂，每则故事篇幅也适中，因而在我国蒙学史上有重要影响。

总体来说，插图版的童蒙读物并不普遍。鲁迅曾回忆幼年看不到有图画的教材，但孩子对图画的热情则是不可遏制的。有时只偷偷地看一眼"那题着'文星高照'四个字的恶鬼一般的魁星像"就开心得不得了。有图画的童书看不到，幼年的鲁迅只好看一些古书中的阴间画《文昌帝君阴骘文图说》和《玉历钞传》。而且那时塾师和其他长辈也禁止儿童看图画，认为那会荒废学业。鲁迅说："只要略有图画的本子，就要被塾师，就是当时的'引导青年的前辈'禁止，呵斥，甚而至于打手心。""我所收得的最先的画图本子，是一位长辈的赠品：《二十四孝图》。这虽然不过薄薄的一本书，但是下图上说，鬼少人多，又为我一人所独有，使我高兴极了。"①

虽然我们明代就出现了比世界公认的最早插图童书《世界图

---

① 鲁迅：《二十四孝图》，第252—253页。

解》还要早 1 个多世纪的《日记故事》，可是当西方印刷技术突飞猛进、插图版童书愈见华彩的时候，我国从南宋到清末一直滞留在雕版印刷阶段，落后的印刷技术严重制约了文化传播的发展。清末新印刷技术的应用和儿童读物应该有图画的观念结合使插图蒙学读物长期裹足不前的局面得到根本性扭转。

第二节　传统蒙学读物的现代演进

一　清末印刷技术革新带来插图蒙学读物的繁荣

当教科书开始零星出现，但还未风起云涌之前，传统的蒙学读物已经感受到山雨欲来之势，开始试探着迈出改革的步伐。中华书局曾经整理过《教科书以前的童蒙读物》共55种①，综观其书目，发现有两点值得注意。

第一，附图的蒙学读物大大增加。这与石印术的引进有很大关系，当然最重要的还是观念的转变。附图蒙学读物有：

《三字经注图》　　　　　宋王应麟著　清尚兆鱼注
　　　　　　　　　　　　　　　　　　南京李光明庄版

《释音百家姓（绘图）》　　　　　　上海进步书局版

《增注千字文（绘图）》　梁周兴嗣著　上海进步书局版

《弟子规（绘图）》　　　　　　　　上海昌文书局版

《教儿经（绘图）》　　　　　　　　上海天宝书局版

《七言千家诗》（附《二十四孝图说》）南京李光明庄版

《国朝千家诗（附图）》　　　　　　南京李光明庄版

《神童诗（绘图）》　　　　　　　　上海天宝书局版

《新增幼学故事琼林（绘图）》

　　　　　　　　　　　　清程允升等著上海章福记版

---

① 《教科书以前的童蒙读物》，载张静庐辑注《中国近代出版史料》初编，中华书局 1957 年版，第 215—219 页。

《女二十四孝图说》

清寄云山人注南京李光明庄版

《益幼杂字（附图）》　　　　　　南京李光明庄版

《幼学杂字》（又名《对相杂字》）　南京李光明庄版

《共和幼学杂字（绘图）》　　　　上海天宝书局版

《澄衷蒙学堂字课图说》　刘树屏著　上海澄衷学堂版

　　首先，蒙学读物前的"绘图"两字在晚清民初成了一种时髦的出版印刷行为。同时蒙学读物也开始出现"释音""释义"的字样，如《释音百家姓（绘图）》《千字文注释》《千字文释义》等。这说明晚清文人在编纂蒙学读物时开始针对儿童的认知心理而力求浅显和图文并茂。尤其是在国外考察过教育的文人，像陈荣衮这样的晚清文人回国后直接着手对传统蒙学读物的改良，浅文和图画正是他改良的两个着力点。有人把陈荣衮称为"近代编写小学教科书的创始人"。他从 1895 年到 1921 年先后编写各种初等课本 40 余种，著名的为《妇孺启蒙读本》，包括《妇孺须知》（1895 年）、《妇孺浅解》（1896 年）、《妇孺入门书》（1896 年）、《妇孺八劝》（1896 年）、《幼稚》（1897 年）、《妇孺三字书》（4 卷）、《妇孺女儿三字书》（1 卷）、《妇孺四字书》（1 卷）、《妇孺五字书》（1 卷）等。[①] 陈荣衮在编写过程中特别注意用浅显的白话文，而且强调图画的运用：

　　凡人无不喜看图画，而童子尤甚。盖有图则一目了然，且有趣味在焉。第物可图而事不可图；事间有可图而理则不可图。训蒙先生孰不知图画之要者，然猝教以"明德""新民"，则图于何有？即教以"学而时习之不亦说乎"，则图于何有？

---

① 陈荣衮（1862—1922 年），字子褒，号耐庵，别号妇孺之仆，广东新会外海人。终生从事小学教育，致力于改良和编写小学教材的工作。参照吴洪成《中国小学教育史》，山西教育出版社 2006 年版，第 184 页。

故欲以图示童子，又非浅白读本不能也。①

陈荣衮编辑的蒙学书文字浅显、绘图精良，深受欢迎，不只有不同版本，而且不断再版。仅仅《妇孺三字书》就有 1900 年版初版《绘图妇孺三字书》四种、1901 年版三版《改良绘图妇孺三字经》五种、1903 年三版《绘图妇孺三四五字书》等。比如《妇孺三字书》中的《名物三字书》从日常习见事物学起，韵语写成，图画清晰，成为蒙学读物改良中的佳作。

其次，中华书局的编辑把《澄衷蒙学堂字课图说》归类为蒙学读物。而研究者常常把《字课图说》作为近代教科书的雏形来论述。胡适曾说："中国自有学校以来，第一部教科书就是《澄衷蒙学堂启蒙读本》（即《澄衷蒙学堂字课图说》），这一部读本在中国教育史上，有着历史性的价值。"蒙学读物和近代教科书两种说法的并置说明了《字课图说》是从蒙学读物向近代教科书过渡时期的"历史中间物"。

1901 年澄衷蒙学堂刘树屏编成《澄衷蒙学堂字课图说》，简称《字课图说》。共 4 卷 8 册，共选常用字 3291 个汉字，与今天的3500 个常用字相当。第 1 卷的汉字多为天文地理、自然现象、山川河岳、各国知识、地方小志；第 2 卷的汉字多为人事物性、乐器武器、花鸟鱼虫、矿物金属；第 3 卷的汉字为度量衡、日常生活、农业工业等。

全书图文并茂，文字解释字根字义，近似小学字典，对"非图不显者"用图画说明，共有黑白插图 762 幅。图画的版面设计也灵活多变，大者通常占半个页面，也有时是整页画面，有时是上文下图或上图下文，也有时是左文右图或左图右文。小者通常是六宫格的方式，左图右文两相对照，一页三幅。这套书面世后，大受欢迎，立即被多次翻刻。1901 年初次石印、1901 年冬二次石印，但

① 陈荣衮：《论训蒙宜用浅白读本（1900 年）》，载璩鑫圭、童富勇编《中国近代教育史资料汇编 教育思想》，上海教育出版社 2007 年版，第 560 页。

其他书局也在不停翻印，如 1901 冬上海编译印书局已经有了第 13 次石印本，且 1928 年该书还在再版①。《字课图说》对胡适、竺可桢、乐嘉陵、陆道培、俞梦孙等许多知名人士都有重要启蒙作用。

二　从《新编对相四言》到《字课图说》

自从南宋出现一字一图的看图识字书《对相四言》后，后世出现了多种类型、多种名称的版本，比如晚清还有一种看图识字书叫作《花夜记》。"《花夜记》一书，又叫《四言对相》。书坊中本来有卖的，其中画的，有人物、花鸟等类，使蒙童看图识字，诚书善法。"②茅盾在谈起自己的小学时代时曾说，在民国前八九年，故乡也有了"中西学校"，他就是这"中西学校"中的第一班学生。"中西学校"的学费并不贵，但教科书和石板石笔"到底比《千字文》《花夜记》乃至《大学》《中庸》贵些罢，所以有些家长还是不让他的子弟进小学"③。这从一个侧面说明了当时起码茅盾的故乡江浙一带儿童启蒙时用的教材通常有《花夜记》。还有民国文人回忆说"湖南师派较异他处，启蒙必读《神童诗》《酒诗》《千家诗》《百家姓》诸编。散馆则点所谓《花夜记》"④。看来，除了江浙，湖南一带儿童启蒙识字教材也用《花夜记》。以至于南洋公学在编辑《蒙学课本》时特意在《编辑大意》中申述：

> 　　泰东西教育之学，列于颛门，义蕴宏博，非寝馈其中者不能究也。智短虑浅，未窥万一，敢云编辑哉？然墨守故步，天君未安，蒙学方兴，姑承缺乏，比之《花夜记》《千字文》等

---

① 吴小鸥：《清末民初教科书的启蒙诉求》，湖南师范大学博士学位论文，2009 年，第 168 页。

② 《花夜记告白》：《小孩月报》1875 年第 3 期（5 月号）。也曾在 1875 年第 5 期（9 月号）上登载。

③ 茅盾：《我的小学时代》，载孔海珠编《茅盾和儿童文学》，少年儿童出版社 1990 年版，第 383 页。

④ 苏州市文化局编著：《姑苏竹枝词》，百家出版社 2002 年版，第 282 页。

书，而已不足云定本也。①

《花夜记》或者《对相四言》这种看图识字课本的实用性也引起传教士的注意。前文已经详述范约翰对《花夜记》的继承和创新。范约翰主编的《花夜记》卷一、卷二1875年刊行后有一定影响，过后又多次再版，蔡元培就曾在1899年日记中有购买《花夜记》的记录，蔡元培盛赞《花夜记》便于训蒙的同时也指出"以苏州语释之"②（可参见第一章关于《花夜记》的论述）。那么这本传教士改良版的、"以苏州语释之"的《花夜记》对《字课图说》的绘者有没有影响呢？

《字课图说》原版上写着"苏州吴子城绘图"，前文考证过"吴子城"很可能是指叶耀元。叶耀元，江苏苏州人。上海广方言馆、北京同文馆优等毕业。1897年创办《新民报》，在算学方面卓有成效，也是1897年维新派创刊《蒙学报》的总绘图。叶耀元是有着深厚传统文化底蕴的维新人士，不论《蒙学报》还是《字课图说》的图画均反映出他的中西文化融会贯通的思想。当然，这也是时代的特征。

由于现存资料的匮乏，很难考证范约翰主编的《花夜记》是否对《字课图说》的编者和绘者产生影响。虽然上海广方言馆、北京同文馆出身的叶耀元绘图时的确汲取了一些西式画法、参照了一些西洋图画，但可以肯定的一点：传统蒙学读物中的识字教材，尤其是《对相四言》或者《花夜记》之类的看图识字书一定对《字课图说》产生了不容忽视的影响。以光绪二十七年（1901）十月登载的《字课图说》的"凡例"为例：

> 宗旨：是书专为小学堂训蒙而作，故词尚浅近，一切深文

---

① 《南洋公学蒙学课本初编编辑大意》（1897），载朱有瓛主编《中国近代学制史料》第一辑（下册），华东师范大学出版社1986年版，第539页。

② 蔡元培：《蔡元培年谱长编》（上册），高平叔撰著，人民教育出版社1996年版，第161页。

奥义不及焉。

选字：共选三千余字，皆世俗所通行，及书牍所习见者。惟第二卷锌、锰、铂、钾之属，稍乖此例，以其为原质定名，屡见译本化学书，不能省也。其他生僻字，概从割爱，其字有数体，则以最常用之体为正，而附见其余。

蒙学读物中专为儿童训蒙之用的识字教材很多，古人也非常重视识字教育。清初的唐彪（约 1644—约 1699）曾说：

凡教蒙童，清晨不可即上书，须先令认字；认不清切，须令再认，不必急急上书也。何也？凡书必令学生自己多读，然后能背。苟字不能认，虽欲读而不能；读且未能，焉能背也？初入学半年，不令读书，专令认字，尤为妙法①。

据《汉书·艺文志》记载，从周、秦到汉，陆续出现了很多识字课本，如《史籀篇》《仓颉篇》《急就篇》等，南北朝时期出现了大家最为熟悉的《千字文》，后来又有《三字经》《百家姓》等流行至今的启蒙识字教材。这些书的选字并不是特别多，但相对较难，然而用韵语编写的形式又有利于儿童记诵。但蒙学读物中还有一路，即选择日常习见的汉字作为学习的内容，相对弱化封建伦理纲常，注重实用性，宋代以后统称为"杂字"。据张志公考证，唐代的《开蒙要训》虽然也用四言韵语编成，但所选汉字已经向日常俗语俗字倾斜。与《开蒙要训》时间相近的时期，已经开始出现"杂字"的识字课本。从《急就篇》以后到了南北朝、隋唐，识字教材分成两路，一路以《千字文》领头，后来加上《三字经》《百家姓》，基本上为官府所承认，编法也比较雅驯，同时侧重伦理道德和百科知识的学习；一路则流行于民间，汉字学习侧重日常实

①（清）唐彪：《家塾教学法》，赵伯英、万恒德选注，华东师范大学出版社 1992 年版，第 17 页。

用，释文浅显易懂，从而也更通俗。这就是后来"杂字"一路的教材。针对不同用途、不同地区，"杂字"书的编法也出现了多种，有分类词汇、分类韵语、分类杂言、杂字韵文等，相应的版本也有很多。① 这类文辞浅近的日常实用书颇受欢迎。比如有学者考证最早出现的一本分类词汇书《碎金》，大概"在宋、元即已有之。……上自乾象、坤仪，下至禽兽、草木、居处、器用，皆分别部居，不相杂厕……其意在使人即物以辨其言，审音以知其字，有益多识，取便童蒙，盖小学书也。……其书上承宋、元，至洪武、永乐之间已有数本，可见流传甚广，是亦考昔时小学教育者所当知也"。②

清初王筠也认为识字应从日常习见事物开始，而且基础识字2000 即可。他说：

> 蒙养之时，识字为先，不必遽读书。先取象形指事之纯体教之。识"日""月"字，即以天上日月告之；识"上""下"字，即以在上在下之物告之，乃为切实。纯体字既识，乃教以合体字，又须先易讲者，而后及难讲者，讲又不必尽说正义，但须说入童子之耳，不可出之我口，便算了事。如弟子钝，则识千余字后，乃为之讲；能识二千字，乃可读书，读亦必讲。然所识之二千字，前已能解，则此时合为一句讲之；若尚未解，或并未曾讲，只可逐字讲之。③

《字课图说》宗旨所言"词尚浅近，一切深文奥义不及焉"和"选字共选三千余字，皆世俗所通行，及书牍所习见者"等其实在蒙学读物中已经实施了上千年，并不是什么新知识。至于凡例中"简说""为十岁以下学生而设，先释音，注音某，或注某字某声，

---

① 张志公：《传统语文教育教材伦：暨蒙学书目和书影》，第27—29 页。
② 余嘉锡：《余嘉锡文史论集》，岳麓书社1997 年版，第567—569 页。
③ 王筠：《教童子法》，载马辛民、艾俊川译注《中国历代儿童启蒙经典译注》，接力出版社1992 年版，第133 页。

均依字典；次释义，务以一语剖析之；次引证，举其与他字联缀者，字或有两音三音备载之，惟生僻者不载"。"详说""为十一岁以上学生而设，先注切音，次释本义，凡篆文与字义相关者著之；次释引申义、假借义，凡现行事例新理名词，皆随字附释，要以有用为主。其经诂雅训古书偶见者，不及备载"等编辑要旨，王筠的论述也非常详尽。他指出的初学者运用日常事物指认，随着程度逐步加深，讲解亦随之深入。尤其是强调讲解是从儿童认知角度出发而不是从成人的角度出发。儿童初识2000字即可读书，边读边讲，只要不理解必须讲解清楚等都是从儿童本位的前提下论述的，具有朴素的现代儿童观。

《字课图说》凡例又有绘图是指"凡名字动字之非图不显者，均附以图，或摹我国旧图，或据译本西图，求是而已"。"或摹我国旧图，或据译本西图"非常明确地指出了其对蒙学读物的承续和对西方教科书的借鉴。

我国宋代已经出现了世界上最早的文图对照的"杂字"课本。在选用日常俗字加以简单释义基础上，宋代已经开始尝试用图画去说明。识字教育对图画的引用是历史的一大进步，一望而知的图示法既吸引了儿童的注意力，又加深了儿童的印象。以南宋"杂字"课本为祖本的《新编对相四言》可以说是《字课图说》的前身。从《字课图说》编辑策略和形制可以看出这一点，选择日常生活习见的常用字；汲取《新编对相四言》文图对照的方式来释义，并采用《说文解字》的方式对汉字进行讲解。但《字课图说》的革新也是明显的。

首先，《字课图说》力图从自然科学的角度来解释一些自然现象。比如对"日月"（图4-19）的释义，文字上是这样写的："日体如球，能自旋转，推算其径，约二百五十五万里，圆周约八百万里。大于地球百四十万倍。""月圆如球，绕地而转，亦随地绕日而行。径约六千四百八十里，离地七十二万里，小于地四十九倍。月面有山，月借日光为光，故对日一面有光，背日一面无光。"关于"星"的图说更是极其详尽，完全是天文知识的普及。关于

"日月星"的插图是根据科学角度观察到它们在天空中的实际位置和运行轨道绘制的，同时借用西方绘画的明暗法使其更形象、更真实，也让读者对天文知识一目了然。而《新编对相四言》（图4-2）中的"日月星"则用简笔画形式绘制，类似图标。

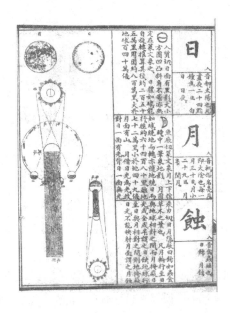

图4-19　《字课图说》卷一"日月蚀"插图

其次，相对《新编对相四言》杂字一类看图识字课本的简单图示，《字课图说》的图画繁复生动，有的简直就是一幅绘画作品。比如关于"电"（图4-20）的图说，原本只是刻画天空乌云翻滚、电闪雷鸣就可以了。但绘者在描摹天空的自然状态之上加上了孩子们欢呼的动态。尤其是面对读者那一位儿童雀跃的样子很有感染力，使整个画面顿时生动起来。对于电闪，孩子没有成人实际的考虑，比如成人会联想起下雨庄稼受损、交通不便等，只要不人为地输入电闪雷鸣的可怕，孩子通常很高兴看到自然界的各种变化。从这个意义上来说，"电"的插图已经超越了简单的图示，成为艺术。

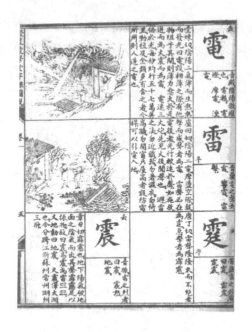

图 4-20 《字课图说》卷一"电雷"插图

最后，《字课图说》通过对字词的图说，试图介绍一些西方文明。比如"操"字的图说"执而不失曰操。如操业操修之业是。习而不辍亦曰操"。并在传统释义上进一步解释"操兵体操之操是，因谓所执所习者曰操"，这就使"操"字的原始意义和扩充的新义结合起来。图画是吊环和鞍马体操器具。吊环和鞍马是现代体育中的体操项目，来自西方。图画既介绍了西方的一种体育项目，又是清末在西方分科设学概念影响下重视体操课的一种反映。晚清人曾指出体操对学堂儿童的五大益处：

> 子弟终日伏案，心瘁力疲，稍一放纵，辄思偃息，殊非行健不息之意，此时体操，则筋脉流动，气血条达，可以振作其精神，而免疾病，其利一也，子弟为馆束缚，劳苦厌倦，甫经闲散，踊跃超距，情不自已，为师者亦未便再加拘禁，此时体操，藉得将顺其意，匡救其恶，师若弟有亲爱之情，无扞格之

苦，其利二也：子弟群居杂处，良楛不齐，范以规矩，约束难周，示以威仪，从违不一，此时体操，则易于指挥，寓武备于文教之中，化气质子形骸之表，其利三也，且必执戎器，衣戎服，使心思有所拘，手足有所寄，而后不以儿戏为事，即平时行动举止，亦有所遵循，不敢纵肆自放于礼法之外，其利四也，且必严号令，定赏罚，使耳目有所注，功过有所分，而后渐知长幼有序，不以角力争竞为雄，心平则气和，法行则礼立，其利五也。①

"打"（图4–21）的图说是"打"的传统意义"击物曰打，击人亦曰打，俗用为探字义曰打听，为忖字义曰打量"。图画展示的是一种西方的运动项目"打台球"。这说明"打"的意义没扩充，但"打"的应用范围却扩展了。"拍"的图说则同时介绍了两种与"拍"有关的西方文化："今西人以器摄影曰拍像。又西法售物不悬价，令购者估价。估如其数，则拍物以示允，谓之拍卖。"画面是摄影师正在拍照。摄影在当时的确属于新知。

"操""打""拍"都属于常用字，并不难理解，应该不属于"名字动字之非图不显者"，但这些常用字在新的语境下又被赋予了新的意义。编者努力把传统文化知识和外来的新知整合到一个论述框架内，使学生一方面学习文化知识，另一方面也增长见闻。

《字课图说》这种文图对照的识字方式毋庸置疑是对《新编对相四言》等"杂字"书的一脉相承。但《字课图说》与《新编对相四言》相比，已经超越了单纯的识字教育。它试图通过对字义的了解传播新文化、新知识，从这个意义上来说，《字课图说》颇具现代启蒙色彩。《字课图说》一路发展下来，从1905年上海会文堂书局编《国民字课图说》到今天的种类繁多的"看图识字"课本，都为儿童或者中下层民众的识字做出了难以估量的历史贡献。但

① 王维泰：《体操说》，《知新报》第二十九册，清光绪二十三年八月初一日（1897年8月28日），第9—10页。转引自朱有瓛主编《中国近代学制史料》第一辑（下册），华东师范大学出版社1986年版，第620—621页。

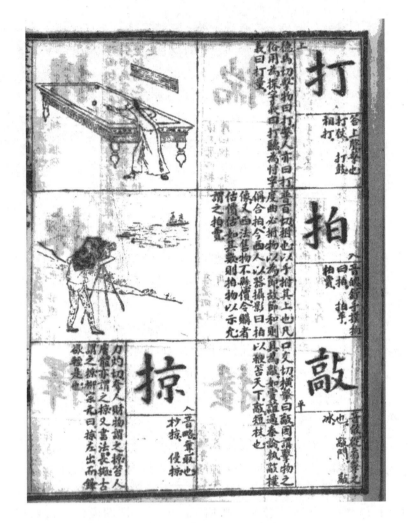

图 4-21　《字课图说》卷四"打拍"字插图

"杂字"书向来不为读书求仕的士人所重视，历来的研究者也常常忽视它们。对于《字课图说》的研究，除了关注对西方资源的参照，也应深入研究《字课图说》中哪些传统的元素承续了下来，哪些传统元素发生了变化，而这些变化又带给后来者什么启示。

第三节 插图与近代教科书的形成

一 图像是启蒙"利器"观念的初步确立

虽然中国人自编教科书始于 1889 年江南制造总局编辑的《算学》课本，但被学界公认的真正具有近代教科书色彩的是 1897 年[①]南洋公学师范生陈懋治、杜嗣程、沈庆鸿等人编的《蒙学课本》三编（图 4 - 22）。商务印书馆元老蒋维乔曾在《编辑小学教科书之

图 4 - 22 《新订蒙学课本》封面

[①] 关于《蒙学课本》的出版时间、编辑人等，夏晓虹认为有《蒙学课本》和《新订蒙学课本》两种版本。《蒙学课本》出版于 1898 年，而不是通常以为的 1897 年。《新订蒙学课本》出版于 1901 年。两个版本的编辑宗旨和课文深浅有很大不同。学界通常认为《蒙学课本》编辑人是陈懋治、杜嗣程和沈庆鸿等，《新订蒙学课本》编辑人是朱树人。夏晓虹认为杜嗣程入学时间晚，参与编写的可能性不大。而《蒙学课本》很可能漏掉了朱树人。参见夏晓虹《〈蒙学课本〉中的旧学新知》，载徐兰君等主编《儿童的发现现代中国文学及文化中的儿童问题》，北京大学出版社 2011 年版，第 1—34 页。

回忆》一文中这样介绍这套教材：

> 民元前十五年丁酉（1897），南洋公学外院成立，分国文、算学、舆地、史学、体育五科。由师范生陈懋治、杜嗣程、沈庆鸿等，编纂《蒙学课本》，共三编，是为我国人自编教科书之始。然其体裁，略仿外国课本，如第一编第一课，"燕、雀、鸡、鹅之属曰禽。牛、羊、犬、豕之属曰兽。禽善飞，兽善走。禽有二翼，故善飞。兽有四足，故善走。"决非初入学儿童，所能了解。印刷则用铅字，又无图画。然在草创之时，殆无足怪。①

蒋维乔认为，这套书取法外国教科书，先从日常生活中习见的事物学起。然而因无图画，所以并未畅行。真正盛极一时的是无锡三等公学堂1901年完成的《蒙学读本全书》（图4-23）② 七编。"其编辑大意，前三编，就眼前浅理引起儿童读书之兴趣，间及地理、历史、物理各科之大端，附入启事便函，逐课配置图画，为今初等小学国文教科之具体。"③ 此种教科书最大亮点就是丁宝书④专门绘制的图画，由俞复、丁宝书等执笔，杜嗣程缮写。"书画文有三绝之称。"⑤

---

① 蒋维乔：《编辑小学教科书之回忆（1897—1905年）》，载《1897—1987商务印书馆九十年：我和商务印书馆》，商务印书馆1987年版，第55页。
② 图4-22和图4-23均来自石鸥《百年中国教科书图说1897-1949》，第5—11页。
③ 俞复：《无锡三等公学堂：蒙学读本编辑大意》，载陈学恂主编《中国近代教育史教学参考资料》上册，人民教育出版社1986年版，第662页。
④ 丁宝书（1865—1935），近代画家。字云轩，别署芸轩，江苏无锡人。光绪十九年（1893）恩科副贡。自幼酷爱丹青，从同邑高研五习翎毛、花卉。旋学恽寿平，并从事写生。……作设色花鸟，运笔凝练，神态栩栩，色彩明艳雅逸，无甜俗气。曾任上海文明书局编辑，编辑、影印画册多种。著有《芸轩画萃》《题画诗集》二卷。邵洛羊主编：《中国美术大辞典》，上海辞书出版社2002年版，第166页。
⑤ 陆费逵：《六十年来中国出版业与印刷业》，载《装订源流和补遗》、《中国印刷史料选辑》之四，中国书籍出版社1993年版，第414页。

图 4 - 23　《蒙学读本全书》卷二第 32 课

该套教科书由浅入深，楷书石印，"逐课均图画精致，一览了然"①。而且出现了大量彩图（图 4 - 24），尤其是第三册足有 20 幅之多，几乎是本册插图的半数。它们是我国自编第一套相对完备的小学教科书。"自此书出，一时不胫而走，至光绪三十年，已印十余版，而各地翻印冒售者，多至不可胜计。至光绪三十三四年间，各家渐有国文教科本出版，而是书销售数乃渐衰落。计此书前后占我国小学教育上一部份势力者，实有五六年也。"② 1925 年 12 月 1 日，中华书局的创始人陆费逵在提到文明书局出版的《蒙学读本全书》七编时，曾说："这本书写、画都好，文字简洁而有趣，在那时能有此种出品，实在难得。"③ 文明书局创办之初和其后的崛起主要依赖

① 《教科书之发刊概况》，载张静庐辑注《中国近代出版史料初编 5 卷》，中华书局 1957 年版，第 226 页。

② 俞复：《无锡三等公学堂：蒙学读本编辑大意》，第 663 页。

③ 陆费逵：《与舒新城论中国教科书史书》，载《陆费逵文选》，中华书局 2011 年版，第 353—354 页。

把无锡三等公学堂的《蒙学读本全书》重复印刷发行。

图 4 – 24　《蒙学读本全书》第 2 册第 53 课

教科书真正的渐臻完善是 1904 年商务印书馆"最新"教科书①（图 4 – 25）②的陆续发行。蒋维乔在回忆商务印书馆小学教科书编辑过程时无不得意地说："一、此书既出，其他书局之儿童读

————————

① "最新教科书系列"，包括修身、国文等科目的资料（包括图片）主要来自中国国家图书馆。2013 年广西师范大学出版社出版了李保田主编的《最新国文教科书 初等小学堂课本》第 1—10 册。

② 石鸥：《百年中国教科书图说 1897—1949》，第 62 页。

图 4 - 25 《最新修身教科书》封面

本，即渐渐不复流行。二、在白话教科书未提倡之前，凡各书局所编之教科书及学部国定之教科书，大率皆模仿此书之体裁，故在彼一时期，能完成教科书之使命者，舍《最新》外，固罔有能当之无愧者也。"蒋维乔曾历陈南洋公学课本"无图画"，那么商务印书馆发行的教科书最得意处之一就是图画丰富且精美。"各课皆附精美之图画，图画布置须生动而不呆板，处处与文字融和。凡图画与文字，皆同在全幅之内，不牵涉后页。"[①] 初小国文教科书插图达 410 幅。其中第一册国文共 60 课，竟有 100 幅插图，4 幅是彩图（图 4 - 26）。彩图中出现的色彩繁多、丰富，动物植物的勾画栩栩如生，使其画面更具有表现力。相比之下，《蒙学读本全书》的彩图色彩单调，相对板滞一些。因而有人说《最新教科书》"除课文内有雕刻精细的插图外，每册还附有五彩图画二三幅，是国内儿童读物附有彩色插图的开始"。[②] 此外，课文的句处必在一行的最下面。这和原来各种课本密密麻麻三号字（《最新教科书》用半寸见方大字），一面上排几课的做法完全两样。

---

① 蒋维乔：《编辑小学教科书之回忆（1897—1905 年）》，第 56—58 页。
② 曹冰严：《张元济与商务印书馆》，载《1897—1987 商务印书馆九十年：我与商务印书馆》，商务印书馆 1987 年版，第 21 页。

图 4 – 26　《最新国文教科书》第 7 册

　　之所以这套"最新"教科书能对儿童心智有深入了解，实在是得力于它强大的编辑队伍：张元济、高凤谦、庄俞、蒋维乔、杜亚泉。张元济是声名显赫的学界名流，清末进士，曾任刑部主事、总理各国事务衙门章京，高凤谦曾留学日本等；还有日本资深教科书编辑者——文部省图书审查官兼视学官小古重、高等师范学校教授长尾太郎等；并聘留日早稻田大学出身的刘崇杰（子楷，福州人）作翻译，还"特请三位插图专家精心构思，幅幅画出优美活泼的艺术作品"。[①]

　　《最新教科书》"毫无成例可援，全属创作……其中国文第一册出版发行后，三日即售罄，可见需要之迫切。"[②] 当时的编辑之

<hr>

　　① 沈百英：《我与商务印书馆》，载《1897—1987 商务印书馆九十年：我与商务印书馆》，商务印书馆 1987 年版，第 289 页。
　　② 曹冰严：《张元济与商务印书馆》，第 21 页。

一蒋维乔在1904年农历二月十五日日记上说:"国文教科书第一册已出来,未及五六日已销完四千部。现拟再版矣。"①他又说:"最新国文教科书第一册出版,未及数月,行销至十余万册。"② 南洋公学1897年最初编辑的课本因无图画影响不大,1906年南洋公学重新刊行《最新绘图蒙学课本》,由兰陵社发行,努力追求图文并茂,但比起商务印书馆图画精美的"最新"教科书来说已经太晚了。

1906年清政府学部第一次审定初等小学教科书暂用书目,共计102册。商务印书馆所出《最新初等小学国文教科书》等52册入选,占一半以上③。所以《最新教科书》在清末影响最为广泛。据蒋维乔所言"在初兴学堂以后,白话教科书未出世以前,此书固盛行十余年,行销至数百万册"④。无怪乎1907年有传教士惊呼:"到目前为止,获利最大的公司是商务印书馆,其所编印的优良教科书,散布全国。"⑤

如果说商务印书馆当初印制《华英初阶》是第一桶金,那么《最新教科书》的编辑发行则成为商务印书馆崛起的标志。私塾逐渐废弃后社会对新式教科书需求量极大,但并非所有编辑教科书的书局都能有商务印书馆这么幸运,而商务印书馆这套"最新"教科书成功的密钥之一就是图像。有无图像,在当时除了是衡量一个出版社的经济实力和印刷水平的标准之外,还是衡量一本读物是否属于"新学""新知",是否符合儿童认知、是否有现代色彩的标志。借助印刷革新的助推,图像也加入清末的启蒙叙事中,不仅渐与文字平分秋色,而且创造了一种新的文化手段和文化空间。正如蔡元

---

① 蒋维乔:《蒋维乔日记选》,汪家熔选注《出版史料》1992年第2期,第48页。

② 蒋维乔:《创办初期之商务印书馆与中华书局》,载张静庐辑注《中国现代出版史料丁编》下册,中华书局1959年版,第396页。

③ 吴小鸥:《中国教科书审定制之嚆矢——试析晚清学部第一次审定初等小学教科书》,《河北大学学报》2011年第3期。

④ 蒋维乔:《编辑小学教科书之回忆(1897—1905年)》,第61页。

⑤ 参看冯林《重新认识百年中国 近代史热点问题研究与争鸣》上册,改革出版社1998年版,第348页。

培指出的："于是书肆之风气，为之一变，而教育界之受其影响者大矣。"①

二 从图像看取传统德育的变与不变
（一）修身科目的兴起

修身科目在清末民初兴起有其特殊的历史背景。蔡元培曾说"修身书，示人以实行道德之规范者也。民族之道德，本于其特具之性质、固有之条教，而成为习惯"②。根据蔡元培的解释，"修身书"就是讲述关于社会道德典范的书籍。古人非常讲究伦理道德，因而蔡元培认为中国伦理学是最发达的。不论儒家、道家、墨家，还是其他各家都非常重视修身，但修身的内容不同。儒家经典著作《大学》中有："格物而后知至，知至而后意诚，意诚而后心正，心正而后身修，身修而后家齐，家齐而后国治，国治而后天一下平。"朱熹把这句话归纳为"八目"，即格物、致知、诚意、正心、修身、齐家、治国、平天下。修身是完整的儒家道德系统的根本，也就是《大学》中所言"自天子以至于庶人，壹是皆以修身为本"。

历代童蒙教育都讲究道德规训，清末儿童亦是如此。不论儿童刚开蒙学习的《三字经》《弟子规》《小儿语》《续小儿语》《二十四孝》《朱子家训》，还是以后学习的"四书""五经"或者散文故事类《日记故事》《书言故事》等，都把道德教育和知识教育紧密结合起来，可以说道德教育贯穿学业的始终。清末在西方德育智育体育分科设学概念的影响下，蒙学读物中修身便作为德育内容成为一种独立的学科。早在清政府进行学制改革前，民间已经开始自编教科书，并有了修身学科的雏形。1897 年南洋公学《蒙学课本二编编辑大意》曾指出：

---

① 蔡元培：《商务印书馆总经理夏君传》，载《1897—1987 商务印书馆九十年：我和商务印书馆》，商务印书馆 1987 年版，第 2 页。

② 蔡元培：《中国伦理学史》，商务印书馆 2010 年版，第 5 页。

泰西教育之学，其旨万端，而以德育智育体育为三大纲。德育者，修身之事也；智育者，致知格物之事也；体育者，卫生之事也，蒙养之道，于斯为备。是编故事六十课，属德育者三十，属智育者十五，属体育者十五。中土之所固有者，惟德育一门而已。①

但清末是思想大变革时期，在新思想、新观念的冲击下，传统伦理道德面临严峻挑战。近代教科书的修身科无法直接照搬传统修身内容，只能对其进行现代性转换。传统德育的现代性转换涉及很多重大的思想问题，怎么继承传统、怎么吸收新知、两者如何整合？针对这些问题，来自社会各阶层的人们包括清政府在内的都提出了符合自己阶层利益的德育设想。如果把修身科的历史嬗变放在救亡图存的历史语境下、放在新的国家概念逐渐建构的思想脉络中来看，不断调整更新的修身课本已经演化成一个拟人化场域，其中充斥着多重权力关系的交汇、冲突。

因而"研究这时学校的修身教科书所提出的内容，远比语文教科书重要。那时每个阶级阶层的人在这方面都展开浑身解数，想以自己的思想塑造新一代，这就使修身课本最后成为品种最多的课本"②。据统计："1902—1911年辛亥革命这段时间里，当时全国较有影响的书局或图书出版公司几乎都出版小学修身教科书，数量共达48种（其中，初小28种，高小11种，没有明确标注是初小或高小的9种）"③。总之，修身科目（图4-27至图4-30)④ 的编辑繁荣反映了不论清政府还是民间都表现出对人格重塑的空前热情。

---

① 朱有献主编：《中国近代学制史料》第一辑（下册），华东师范大学出版社1986年版，第541页。

② 汪家熔：《民族魂 教科书变迁》，商务印书馆2008年版，第76页。

③ 转引自李祖祥《清末小学修身教科书探析》，《内蒙古师范大学学报》（教育科学版）2015年第12期。

④ 石鸥：《百年中国教科书图说1897—1949》，第77、27、45、44页。

图 4-27　1906 年学部编订《初等小学修身教科书》

图 4-28　1907 年中国图书公司《初等小学修身课本》

图 4 – 29　1908 年商务印书馆沈颐、戴克敦编，
高凤谦校订《订正女子修身教科书》

图 4 – 30　清末会文学社印行《初等女子修身教科书》上编

清政府第一次学制改革，即 1902 年制定的《钦定蒙学堂章程》明确指出"修身第一"，并且"第一年学科阶级"的修身"教以孝弟、忠信、礼义廉耻、敬长尊师、忠君爱国，比附古人言行，绘图贴说，以示儿童"。同年颁布的《钦定小学堂章程》也是以修身为第一科。该学制在历史上被称为"壬寅学制"，它虽经正式颁布并没有付诸施行。1904 年 1 月（光绪二十九年十一月二十六日）颁布的"癸卯学制"是清政府第一个在全国实际推行的学制。其《奏定学堂章程》也同样规定，初、高等小学堂和中学堂均需开设修身科，并且位于各科中的第一科。并在《奏定初等小学堂章程》中对修身明确指示以"古人之嘉言懿行"为典范，"动其欣慕效法之念，养成儿童德性"①。

清末的学制改革强化修身的同时也努力使修身和"读经"并举，但并没有真正在实际教学中落实。1906 年清政府颁布《学部第一次审定初等小学教科书》附表中 46 种 102 册课本，根本没有读经课本。这说明不论是"壬寅学制"还是"癸卯学制"的读经规定并没有被学界和教育界接受。小学阶段设置"读经"科目受到越来越多的抨击和质疑。1911 年 8 月各省教育总会联合会议决案中曾有这样的提议：

> 初等小学不设读经讲经科。儿童心理，但能领会直观之教授，一涉想象，即易迷惑。经书文义高深，举凡性理名言，伦常宏旨。政治大纲，无不散见于单文只义。其古奥之字句，有为成人所骤难索解者。虽《孝经》《论语》已近浅显，而幼年听受尚苦艰深，况关于性理政治之名词，不便于直观教授，欲使初等小学儿童一一领会，纵极教员之心力，殊无成绩之可言。兹经详加研究，金谓宜将初等小学三、四年读经讲经时间，改为其他各科时间，而节录经训，定为修身科之格言。且

---

① 舒新城：《中国近代教育史资料》中册，人民教育出版社 1981 年版，第 395、401、414 页。

以经书为教员最要之参考书，务使融会于心，随时援用，以为
指导儿童实践之准的，较之徒事讲读似有实益。①

显然，随着科举制被废除，清末修身和"读经"科目并举的现
状已经很难维持下去。越来越多的人倾向于把"读经"科目中的经
训转化成修身科目的部分内容，从而在初小阶段废除"读经"。来
自民间废除"读经"的呼声迫使清末民初政府对修身科的教学宗旨
不断修正。汤化龙在回顾"读经"科目的沿革时曾说："前宣统三
年，中央教育会议已经以经学义旨渊微，非学龄儿童所能领会，决
议采取经训为修身科之格言，小学校内不另设读经一科，民国
仍之。"②

最终，维新派和保守派关于"读经"的激烈冲突在民国初年以
把经训统编到修身科目的调和形式确立下来。1915 年北洋政府颁
布《特定教育纲要》说：

> 中小学读经一事，久为今时新旧学者主张之争点。以儿童
> 心理及教材排列与夫道德实用而论，经书诚有不能原本逐读之
> 理由；但为道德教育计，为保存民族立国精神计，经书亦有宜
> 读之理由。现在删经、编经之事既不能行，惟有仿造外国宗教
> 科办法，列为专科。《论语》《孟子》仍读原本，《礼记》《左
> 传》可以节读。其讲授之法亦应参考外国教授宗教之法，曲为
> 解释，以期与现今事实上不生冲突。而数千年固有道德之良将
> 及沦丧之时，要可借此重与发明，以维持于不敝。③

纲要中既有不得已而为之的苦衷，又有对"数千年固有道德之

---

① 《各省教育总会联合会议决案：请变更初等教育方法案》，载李桂林等编《中国
近代教育史资料汇编——普通教育》，上海教育出版社 1995 年版，第 76—77 页。

② 汤化龙：《上大总统言教育书》，《庸言》第 2 卷第 5 号（1914 年），附录。

③ 《袁世凯：特定教育纲要》，《教育公报》第九册，载中国第二历史档案馆编
《中华民国史档案资料汇编》第 3 辑《教育》，江苏古籍出版社 1991 年版，第 41 页。

良将及沦丧"的深深忧虑。但不论保守派如何不愿在初小阶段废除读经,时代的车轮轰轰地碾过,废除读经已如箭在弦不得不发。甚至商务印书馆"共和国教科书"系列《新国文》初小部分在讲解"日报"文体时,就直接以1914年6月发布的《教育部饬京内外各学校中小学修身及国文教科书采取经训务以孔子之言为旨归文》缩减版为例文:

> 尊崇孔道:教育部以孔子之道最切于伦常日用,为本国人所敬仰。其言行多散见于群经,故明定教育宗旨,通饬中小学校于修身、国文课程中,采取经训一以孔子之言为旨归云。
>
> 孔子为吾国之至圣,历代均致尊崇。今采其微言大义以为教育指针,可谓得尊孔之道矣。[①]

当在初小阶段废除"读经"已经成为无法阻遏的时代潮流时,尊孔从"读经"被巧妙地置换成以儒家经典的"微言大义以为教育指针"。

清末民初的关于"读经"问题的争论即是关于儿童观问题的争论,即中小学教科书是根据儿童的心智发展来制定还是根据国家的需求来制定。同时又涉及一个重大的文化选择问题,即传统文化在传统与现代、东方与西方的碰撞中如何继承的问题。废弃"读经"势必使儒家正典的传承落在修身科目中。因而近代修身教科书就更多地表现出与传统教育的关联与承续,而不是断裂。

(二)亦新亦旧的修身教科书

清末学部对修身科指导思想的多次调整修正都离不开"忠孝"的核心内容,同时根据时代思潮做了相应的改良。1902年《钦定小学堂章程》规定"寻常小学堂"修身科的内容是"取《曲礼》《朱子小学》诸书平近切实者教之"。"高等小学堂"修身科的内容

---

① 《日报》,"共和国教科书"系列《新国文》初小第7册第37课。本篇所引用的"共和国教科书"系列资料和图片多来自读库出品、新星出版社2011年翻印。

是"授以性理通论、伦常大义，宜选先哲前言往行平近切实者教之"①。该章程中"平近切实"概念的提出透露出了清末社会精英儒家伦理的松动，并趋向瓦解，开始向平民化、日常化、俗世化倾斜。1904 年《奏定初等小学堂章程》对修身科进行了更为详尽的说明：

> 修身其要义在随时约束以和平之规矩，不令过苦；并指示古人之嘉言懿行，动其欣慕效法之念，养成儿童德性，使之不流于匪僻，不习于放纵。尤须趁幼年时教以平情公道，不可但存私吝，以求合于爱众亲仁、恕以及物之旨。此时具有爱同类之知识，将来成人后即为爱国家之根基。尤当以俗语解说，启发儿童之良心，就其浅近易能之事使之实践。为教员者尤当以身作则，示以模范，使儿童变化气质于不自觉。兼令诵读有益风化之古诗歌，以涵养其性情，舒畅其肺气，则所听讲授经书之理，不视为迂板矣。②

"不令过苦""就其浅近易能之事使之实践"更彰显了修身科趋向人性化的一面，从而看出清政府在内忧外困的时局下做出的秉持传统同时又要吻合时代需求的努力。但从 1903 年《张百熙、荣庆、张之洞：重订学堂章程折》立学宗旨"无论何种学堂，均以忠孝为本，以中国经史之学为基，俾学生心术壹归于纯正，而后以西学瀹其知识，练其艺能，务期他日成才，各适实用，以仰副国家造就通才，慎防流弊之意"③，到 1906 年学部制定的"忠君、尊孔、尚公、尚武、尚实"可看出：清政府无论怎样革新，仍是以"忠孝为本"，以"忠君、尊孔"为核心。

但民间在编订修身科目时革新的步子要大得多。1897 年南洋公学在《蒙学课本二编编辑大意》中对传统道德训化进行批判：

---

① 舒新城：《中国近代教育史资料》中册，第 401、403 页。
② 同上书，第 414 页。
③ 舒新城：《中国近代教育史资料》上册，第 195 页。

> 然载籍所传，或高远难行，或简淡乏味，如二十四孝之类，半涉迂诞，尤不足以为教，故概不登录。凡所捃拾，大半译自西书，略加点窜。间有出自臆撰者，远仿凭虚亡是之体，近师西人用稗说体编小学书之例，意主启发，勿疑为私造典故也。①

然而事情吊诡的是，南洋公学刚在《二编编辑大意》批判传统德育"不足以为教"，接下来却在《三编编辑大意》中即对这一点进行修正："前编德育一门，不录中土流传故事，限于文体故也"。"是编间参一二，仍以平正无弊为主。"② 于是《二编》中批判的"二十四孝"故事也出现在《三编》中，比如老莱子的"戏彩娱亲"、江革的"行佣供母"被编写成《孝行》一课。这种反复既说明修身科的编辑宗旨尚未成熟，仍在不断修订中；也说明传统伦理道德巨大的影响力和持久的生命力，想撼动也并非易事。

1901 年无锡三等公学堂《蒙学读本全书》制定修身科宗旨时对传统和现实的考量更客观、平实。在《四编约旨》中详细表述其修身的宗旨：

> 日本修身书，常选伦理简近古事，据为标准。是编循《论语》弟子章次第，因目分类，赘以事实。俾古人嘉言懿行，日现状于儿童脑筋中，而后连贯记念，能养成其高尚伦理之志。
>
> 儿童内蕴，具有孝友。良知良能，本无甚奇异。世传卧冰哭竹，其事半涉荒唐。至于郭巨埋儿，尤为绝伦理之大者。是编所征故实，专取平易近人，无奇异难行之弊。
>
> 自感应、阴骘等书流播宇内，爱亲敬长，视为富贵福泽之

---

① 朱有瓛主编：《中国近代学制史料》第一辑（下册），第 541 页。
② 《三编辑大意》，载喻岳衡校注《新订蒙学课本》，岳麓书社 2006 年版，第108 页。

因果。一或不效，遂至横决而不可收拾。苟求侥幸，亏陷大伦，有伤德育不少。是编凡涉因果者，一概屏除。

古人事实，见智见仁，随学者之寻求。惟儿童识量有限，裁判抉择，茫无畔岸。是编每课加以结尾，发明书中目的。举一反三，即为后日论事之助。

少年轻薄，略涉旁行文字，辄挟其无父无君之概，凌虐老成。岂知员舆之大，苟为人类，禀性皆良。矧东西各国，礼俗文化渐被尤深。兹译登东西懿行数则，用以间执轻薄者之口。

从《四编约旨》中可看出《蒙学读本全书》不论对传统伦理还是日本修身科目都不是照搬、照抄。对传统虽是以"古人嘉言懿行"为本，但强调"专取平易近人，无奇异难行之弊"。对"卧冰哭竹"之类荒唐之事弃之不用，对"郭巨埋儿"之类"绝伦理之大者"更是极力批判，而且对涉及"感应、阴骘"等因果报应类虚妄之事也一并剔除。前文已经说过《二编约旨》指出对日本教科书仅仅是参考其形制，比如课文的进度和题材形式，来讲述我国的文化内容。

俞复在《蒙学读本全书·序》中指出"四编则专重德育，补修身书之缺"，其实在其他六编中也体现出传统教育性质。比如第1册第1课（图4-31）是清朝地图，写着"我生大清国　我为大清民"。清末国家和国民概念的兴起是"强国保种"的一种体现。第2课（图4-32）是先师孔子像，写着"我拜孔子像　我从孔子教"。在西方强势文化的冲击下强调文化传承的重要性。第3课（图4-33）是，写着"父母生我，父母养我"，从对父母的感恩角度强调孝道文化的重要性。第2册前三课的顺序仍是这样：第1课是"大清皇帝治天下，保我国民万万岁，国民爱国呼万岁，万岁万岁声若雷"；第2课是"先师孔子倡宗教，巍巍高大如山斗。终身服教誓弗违。叩首叩首叩首"。第3课是"母命儿，去发蒙。儿勤读书母自喜。弟弟妹妹花下戏，花下不可戏，伤花失母意。"

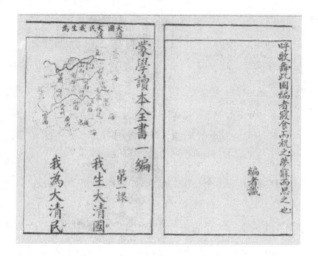

图 4-31 《蒙学读本全书》第 1 册第 1 课

图 4-32 《蒙学读本全书》第 1 册第 2 课

图4－33　《蒙学读本全书》第1册第3课

　　1947年4月蒋维乔提到《蒙学读本全书》时指出"万岁万岁声若雷"的陈腐可笑①。真乃此一时也，彼一时也。《蒙学读本全书》开始编写于1898年，距离清帝下台还有十多年，自然应该高呼万岁。对大清帝国的忠诚后来也就演化成"爱国"的观念。爱国家、爱孔教、爱父母正是清末民初修身教科书的主要内容。

　　蔡元培在他编写的《中学修身教科书》（1912年5月商务印书馆出版）（图4－34）② 例言中曾说修身书"悉本我国古圣贤道德之原理，旁及东西伦理学大家之说，斟酌取舍，以求适合于今日之社会"③。这段话可以说是清末民初修身科宗旨的精要概括：修身科以传统德育为基础，但也不是一味照搬，而是在选择性继承基础上的重构。

① 蒋维乔：《创办初期之商务印书馆与中华书局》，第396页。
② 图片来源：石鸥：《百年中国教科书图说1897—1949》，第34页。
③ 蔡元培：《中学修身教科书·例言》，载张汝伦编选《蔡元培文选》，上海远东出版社2012年版，第134页。

图 4-34　1907 年蔡元培编写中学堂用《修身教科书》第 1 册

（三）修身科对图像的重视

既然不论是清政府还是民间教科书的编辑都把修身科视为最重要的科目，同时又都认为儿童刚开蒙识字不多，最好借助图画以显其意。那么图画的表述就显得至关重要。清末教科书的插图也加入对传统道德教化的现代阐释中，也承担着意义的建构。但这一点常常被研究者所忽略。

在商务印书馆的《最新教科书》发行前，《蒙学读本全书》之所以能一统天下的重要原因之一就是配有插图，且图画精致。它在《一编约旨》明确图画对儿童学习的重要性：

> 书有图画，最易醒目。矧在儿童，尤性所喜，是编遇有情景可图者，罔不尽情点及。务使儿童一展卷时。未解字义，已了然于画意所及。浏览循诵，断不至再有畏读之虑。

显然，配图充分考虑到儿童的认知心理，使儿童不至有"畏读之虑"。清末学制改革中对蒙学堂和小学堂的教材均提出要使用图画。比如 1902 年清政府颁布《钦定蒙学堂章程》明确指出"第一年学科阶级"的修身"教以孝悌、忠信、礼义廉耻、敬长尊师、忠君爱国，比附古人言行，绘图贴说，以示儿童"。而且针对"保姆学堂既不能骤设，蒙养院所教无多"的现状，1904 年 1 月清政府颁布的《奏定蒙养院章程及家庭教育法章程》指出"蒙养所急者仍赖家庭教育"。也就是说要急需培育一批女性，让她们承担起教育幼儿的责任。而命令各省学堂发给这批识字不多的女性教育者的书也必须是有插图的。①

癸卯学制之后，学部着手编订近代教科书，同时允许民间自编教科书。学部刊行的第一套《初等小学修身教科书》附载了大量图画。其中第 1 册全是图画，通常是上栏是该课的标题，下栏是图画。但插图的排版灵活自由，有时一课是一幅图，有时是左右两幅图，还有时是三幅图，左边或右边是两幅图。

清末民间自编教科书最有影响的非商务印书馆的"最新教科书系列"莫属。其中修身教科书的宗旨是：

> 初等小学之第一年，因儿童识字无多，故第一册全用图画，二册以下，始用格言，三册则引用古事之可为模范者，皆每课附以图画，计共十册。教科书外，另编教授法。并按照书中图画，另行放大之挂图，俾教师在课室中应用。高等小学修身教科书，共四册。②

"按照书中图画，另行放大之挂图，俾教师在课室中应用"的做法，既体现了对圣人先哲的膜拜，又把他们的典范行为可视化，在潜移默化中加强了道德教化的作用。以挂图来进行德育的形式一直延续到今天，比如今天中小学教室里随处可见先哲名人的头像或是小学生守则的图说。

---

① 舒新城编：《中国近代教育史资料》中册，第 383 页。
② 蒋维乔：《编辑小学教科书之回忆（1897—1905 年）》，第 59 页。

随着印刷技术的改进，1912 年商务印书馆出版的"共和国教科书系列"，更加注重对插图的运用。庄俞认为"这是民国成立后我馆第一套教科书，也是我馆第一套最完全的教科书。宗旨合于共和不必说了，内容及编辑方法与《最新》《简明》两套也绝然不同。文字比较更浅更短，图画特别增加"①。因而《共和国教科书》的发行量之大无人出其左右。以《新国文》初小八册为例，其至少在 1912 年 10 月后出版，到 1913 年 4 月即印刷 38 版，到 1927 年更高达 946 版之多。《新修身》第一册全是图画。从第二册开始出现简短的文字，但仍是每课附一幅到两幅插图。第五册开始，图画相应减少，文字适当增加。插图的位置相当灵活。根据插图的内容，有的采用上图下文，有的是下图上文，或者整页插图，或者插图编织在文字中。不论插图的位置如何都能做到文图同页。插图与课文内容同页是图文最为理想的位置关系，儿童一边读文字一边欣赏插图，文图相互启示、相互刺激，达到最佳的阅读效果。整页插图的形式常常是右图左文，采用图在先文在后的形式，强调了对低幼儿童来说视觉启蒙的重要性。

但并不是所有教科书的插图都这么科学，编辑也并不都像商务印书馆张元济带领下的编辑那样认真负责。1906 年清政府学部第一次审定初等小学教科书就批驳了一批各地呈交的教科书，其中一条就是图画不合适。杭州彪蒙书室 1905 年印行的《绘图四书速成新体白话读本》一套，纯用白话解释，且附有图说，作为蒙学修身教科书及读经科之用。"当时许多小学堂都选用此书，影响巨大，印刷了二十余版。"② 但清政府学部经审定后大加驳斥，"谓书名既已费解，而于平天下句下插入水平图，明明德句下插入德律风图，奇想天开云"③。用水平图来表述"平天下"、用电话图来表述"明

---

① 庄俞：《谈谈我馆编辑教科书的变迁》，载《1897—1987 商务印书馆九十年：我和商务印书馆》，商务印书馆 1987 年版，第 63 页。

② 石鸥：《百年中国教科书论》，湖南师范大学出版社 2013 年版，第 10 页。

③ 《教科书之发刊概况》，载张静庐辑注《中国近代出版史料初编 5 卷》，中华书局 1957 年版，第 232 页。

明德"，这种仅从字面意思去望文生义图解儒家正典的做法实在是简单粗暴，极为恶劣。因而清政府下令禁止流通，"1909 年 6 月 3 日，学部咨照各省督抚，查禁了除《绘图蒙学卫生实在易》之外彪蒙书室编纂的所有教科书，造成了轰动当时的一桩禁书案。彪蒙书室经此打击，不久就停业了"①。

清末民初教科书的出版发行利润很高，而有插图的教科书是出版界的时髦事情，因而特别受欢迎。被利益驱动的书商们纷纷把编写的教科书配上插图。他们只想赶紧编好教材出版发行回收成本，很难考虑到质量，更难兼顾文图并茂。教科书出版发行的乱象非常普遍，尤其是教科书的插图。像彪蒙书室的《绘图四书速成新体白话读本》那样，只要配上图就好，完全不顾文字与图画是否相符，是否可以互相阐释从而深化其意义。胡乱配置插图、插图内容又极其粗劣的贻害一直到民国还存在。周作人 1923 年还愤愤地说：

> 我所看了最不愉快的是那绣像式的插画，这不如没有倒还清爽些。说起这样插画的起源也很早了，许多小说教科书里都插著这样不中不西，毫无生气的傀儡画，还有许多的"教育画"也是如此。这真是好的美育哩！易卜生说："全或无"。我对于中国的这些教育的插画也要说同样的话。②

而清政府对《绘图四书速成新体白话读本》等书的查禁，说明了清政府极力维护"四书""五经"的正统性和尊严，同时也说明了清政府对插图建构能力的重视。

（四）《日记故事》等插图蒙学故事书的现代演变

1. 有关"二十四孝"的插图

《日记故事》流传甚广，尤其是其中的"二十四孝"更是家喻

---

① 石鸥：《百年中国教科书论》，第 10 页。
② 周作人：《读〈童谣大观〉》，载钟叔河编《周作人文类编 6：花煞　乡土　民俗　鬼神》，湖南文艺出版社 1998 年版，第 538 页。

户晓。明代熊大木注本《日记故事》中虽有"孝知类""勉孝类""爱亲类""思奉类""终养类""孝感类""孝念类""孝思类""敬长类"等孝的分类，但并没有单独列出"二十四孝"。及至张瑞图校、刘龙田刊《新锲类解官样日记故事大全》把"二十四孝"单独抽出放在卷一。卷二、卷三等关于"二十四孝"故事多有重复。其后"二十四孝"故事愈加盛行，并逐渐单独刻印。近代教科书编辑时已经自觉地把"二十四孝"中不人道的、荒诞不经的故事弃之不用。鉴于"二十四孝"故事深入人心的现状，近代教科书的编辑者不能不考量择取一二编入课本。上文已经论述过，南洋公学《蒙学课本》二编编辑大意对"二十四孝"多有诟骂，但三编中仍编入了几则"二十四孝"故事。

清政府在壬寅学制和癸卯学制中分别指出修身科"宜选先哲前言往行平近切实者教之""不令过苦""就其浅近易能之事使之实践"等，在此前提下，不论学部还是民间编辑修身教科书时都对"二十四孝"故事进行删减后运用。学部编辑的修身教材中便有《子路负米》（图4-35）[1]。熊大木校本《日记故事》中的《负米供亲》（图4-36）刻法拙扑，造型简单。子路躬腰负米从右侧走入画面，子路父亲表情最为生动，看到儿子百里负米归家一脸欣慰，回首给子路的母亲说着什么。画面受其版面和刻工的影响相对简单，但仍生动地把子路的辛劳和父母的欣慰刻画出来。刘龙田刊本的《为亲负米》（图4-37）笔法细腻精致，场景相对丰富，有内景、有外景。子路百里负米归来从左侧走入画面。母亲慈爱地注视着子路，父亲正抬手指着子路回首给母亲说着什么，或许是"我们的儿子真是孝顺！"刘龙田版的子路昂首负米，似乎相对轻松，父母的年纪也相对年轻。但画面突出了子路回家的欣悦以及与父母眼神的交流。熊大木校本则突出了子路的辛劳。

---

[1] 《初等小学修身教科书》第3册第12课，载石鸥《百年中国教科书图说》，第76页。

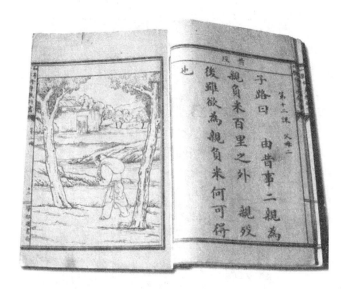

图 4 - 35 学部《初等小学修身教科书》第 3 册第 12 课《子路负米》

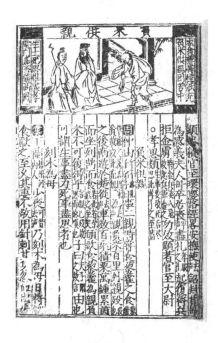

图 4 - 36 熊大木校本《日记故事》之《负米供亲》

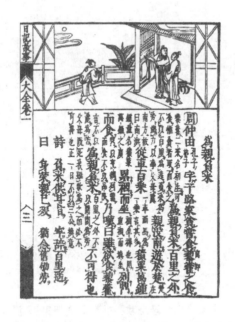

图4-37　刘龙田刊本《日记故事》之《为亲负米》

　　相比之下，学部教科书《子路负米》画面内容更丰富，人物形象更丰满。画面近景是子路负米从右侧走入，原本子路侧面对着读者，但他却扭身看向画面深处，反而给读者一个侧背影。跟随子路的视点，我们看到远处苍茫原野上的一座房子，一对拄杖老人相互搀扶着站立在门口，望穿秋水，似乎已经猜到了子路即将外出归来。而子路心心所念的正是一对高堂，于是离家老远便频频眺望。通过子路的转身很巧妙地烘托出了母子连心的浓浓亲情。画面运用透视法，近景的子路服饰、发髻都清晰可辨，树木也高大，只能看到树干，树梢延伸到画面外。远景的父母只能看出模糊的轮廓，树木虽则可见到全貌，但仍是影影绰绰的轮廓。画面的景深为读者呈现出子路百里负米的辛苦，又渲染出子路和父母相互牵挂的深情。相对任伯年的仲由负米（图4-38）时子路舞台夸张似的高抬腿动作，这则插图更见其平实动人。此外，学部教科书的这幅插图从取材、构图、技法等方面来看，在同类教科书中艺术水准较高，颇能彰显皇家气派。

释文:仲由负米·少时家贫,自甘藜藿,为亲负米于百里之外,既贵而叹,虽欲为亲负米,不可得矣。

图 4-38　任伯年《仲由负米》

鲁迅曾回忆他幼年得了第一本有图画的书就是《二十四孝》,有图有说,又是他自己所有,非常高兴。但当知道故事的内容后很失望。原来做个孝子这么难,"难到几十几百倍。其中自然也有可以勉力仿效的,如'子路负米''黄香扇枕'之类"①。清末民初教科书中出现的《二十四孝》也多是"子路负米""黄香扇枕"之类可以效仿的故事。商务印书馆"最新教科书"修身科目的宗旨也指出:"引用古事之可为模范者……皆采历史中可以身体力行之事实;并附现代之

① 鲁迅:《二十四孝图》,第 253—254 页。

伦理。"[1] 修身科既要"古事之可为模范者"又要"身体力行"的编辑理念同时也贯穿于商务印书馆其他修身科目的编纂中。

1912 年商务印书馆共和国教科书《新修身》第 3 册第 10 课《事亲》便是鲁迅所说"可以勉力效仿"的"黄香扇枕"（图 4 - 39）故事。这个故事有两个画面，全面展示了"扇枕温衾"的内容。这则故事在《新修身》第 3 册，前两册都是图画，第 3 册开始附载文字，所以文字很简洁："黄香九岁，事父至孝，夏则扇枕席，冬则以身温被。"这类题材通常所见的图画只表现"扇枕"的内容（可参照本书第二章的论述），而没有表现"温衾"。比如刘龙田刊本《日记故事》中的《扇枕温衾》（图 4 - 40）表现的就只有"扇枕"的内容。黄香和父亲穿着长袍大褂，不像是在夏天。但黄香和父亲有互动。画面中的黄香定格在举扇回头的瞬间。父亲站在黄香背后，根据黄香回首的动作判断父亲似乎在叫黄香。也许心疼黄香，父亲抬手的动作似乎就是不让黄香再扇下去。

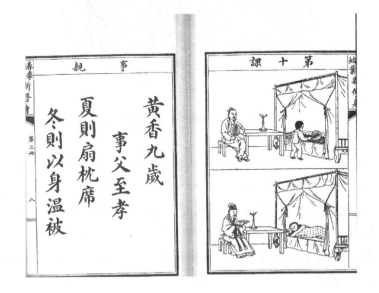

图 4 - 39　共和国教科书《新修身》第 3 册第 10 课《事亲》

---

① 蒋维乔：《编辑小学教科书之回忆（1897—1905 年）》，第 59 页。

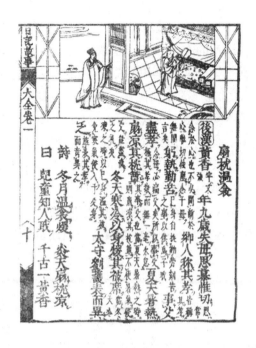

图4-40　刘龙田刊本《日记故事》之《扇枕温衾》

　　像《新修身》的《事亲》能完整呈现"扇枕温衾"故事内容的并不多，当然这与其版面设计有关。此故事的其他版本必须用一幅画面呈现两种相反的季节和行为，固然有些难度。《新修身》插图的位置、大小设计相当灵活，为插图意义的完美呈现提供了空间。"事亲"的构图比较简单，一桌一凳一床，好像家徒四壁，但不显寒酸破败。黄香和父亲一左一右，几乎是平分秋色。由于黄香人小，在画面中所占的空间也小。况且黄香"扇枕"的动作只能背对读者，"温衾"的动作只能露出脑袋，故事的主角黄香反而不如父亲更能吸引观者的注意力。这种画面处理在一定程度上折射出父为尊、子为卑的封建等级秩序。夏天，父亲欣慰地坐在一旁等待黄香为其扇凉枕席；冬天，父亲手捧一本书坦然地等待黄香为其暖被。

　　商务印书馆在提倡孝行事亲时的确是择取儿童"身体力行"之事，但成人对待子女孝行的态度却大可玩味。《事亲》中的父亲面对9岁幼儿的自我牺牲精神应该持一种什么态度，欣然受之或不以为然

273

或试图阻止？"二十四孝"或其他孝行故事中往往只陈述孝子的行为，对其获益的长者的态度常忽略不叙。从目前笔者掌握的清末以前孝子图像来看，父母常常是坦然受之，虽然也有的在坦然之余表现出欣喜、欣慰之情。《养蒙图说》中《扇枕温衾》（图4-41）的父亲，在黄香大汗淋漓地奋力扇枕之际，光着一只脚、跷着二郎腿悠闲地在旁边坐着。何止是坦然受之，简直对黄香的孝行不以为意、熟视无睹。和《事亲》中父亲的姿态何其相似？《新修身》自然没有把"二十四孝"中极不人道的"郭巨埋儿"编入教科书，在思想史上是一大进步。但从成人对待儿童的态度上看出，清末的儿童仍然处于被漠视的卑下地位，这种现状并没有得到根本扭转。

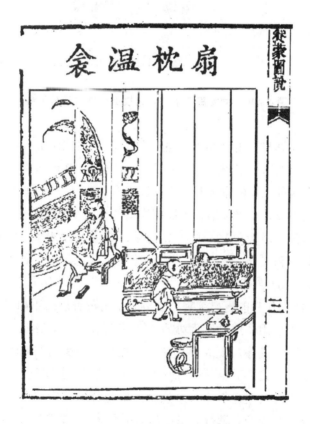

图4-41 《养蒙图说》之《扇枕温衾》

2. 其他关于道德教化的插图

《日记故事》中"敬长类"有"食果取小""为姊煮粥""恭顺尽礼""孺子取履"等故事，其中"食果取小"即孔融让梨。"食果取小"的故事常常在近代修身科目中用以阐释"礼让""退让"等道德概念。礼让是近代修身科目中的重要德目。

《蒙学报》1898 年第 12 期"中文修身书"第 23 课《退让》（图 4 - 42）就是讲的孔融让梨的故事。清末有两种发行较广、影响深远的儿童刊物，即 1897 年创刊的《蒙学报》和 1902 年创刊的《启蒙画报》。《蒙学报》和《启蒙画报》处在近代教科书还未成型阶段，具有准教科书性质。两者均把修身科（其中《启蒙画报》是以"伦理"命名的栏目）视为重要的内容，并一一附图详解。（请参看第二、第三章）

《退让》这故事占一页，版面分三栏，上栏是"文话课"，即文言课；中栏是图像；下栏是"白话课"，也就是对文言的白话释义。"文话课"部分指出此故事引自《孔融别传》，言"孔融四岁，与兄食梨，辄引小者。人问其故。答曰：小儿法当取小者"。我们知道关于食物大小的选择对年仅 4 岁的孩子来说很有挑战性。如果按照孩子的天性自然是拿大梨，但孔融表现出这个年龄阶段的儿童少有的道德约束力。画面是两个小童各据桌子一端，桌子上放着一大一小两个梨。孔融的哥哥指着梨似乎让孔融先选。读者可以通过文字了解故事的结局。插图却给读者提出了一个问题或提供了一份考卷：孔融该怎样选择？如果是你，你该怎样选择？相对文字来说，这幅插图呈现出一种开放式的结局。

这个故事在共和国教科书《新修身》第 4 册第 12 课是以《礼让》（图 4 - 43）命名的。版式上文下图，文字图画不单独分栏，混排在一起。画面中 6 个孩子围着一个成人，每个孩子手中都拿着一个梨。据说孔融六兄弟，他是老六。这幅插图同时呈现出孔融与父亲以及其他兄长。孔氏兄弟都有相类似的拿梨动作，如何在同一个场景下处理好这么多人物，尤其是表现各自不同的心理活动可能是最难的。这幅插图的绘者手法很高妙，首先利用众小儿分梨后，

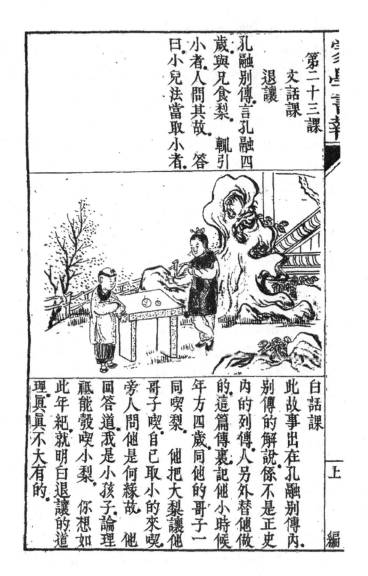

图 4-42 《蒙学报》1898 年第 12 期第 23 课《退让》

父亲问话这个中心事件使六个儿童能紧紧围绕在父亲周围。又利用一个父亲的位置对 6 个儿童的位置进行空间划分。4 个儿童位于孔融父亲的左侧，近似正面冲着读者。2 个儿童位于孔融父亲的右侧，背侧面冲着读者。又利用相互遮挡隐去了 2 个儿童的拿梨动作和 1 个儿童的面部表情。这样 6 个儿童的分布错落有致，拿梨的动作也不显单调重复。孔融个头最小，但站在最前面，有完整的全身像。他正举着一个小梨，似乎给父亲解释为什么他要拿最小的。孔融后面右侧的儿童抱着大梨略微低首，面露惭颜。孔融后面左侧的儿童捂着自己手中的梨，似乎试图把梨藏在背后，想掩饰自己拿了个大梨的事实。孔融对面有两个儿童。有个儿童背对着读者站在画面的最前方，他举着一个大梨，似乎想把自己的大梨让给孔融。其他两个儿童因被巧妙地遮挡而无法真切地判断其心理，但仍可从他俩急于趋前的身体动态上看出他们正紧张地关注着事态的发展。

图 4-43　共和国教科书《新修身》第 4 册第 12 课《礼让》

相比之下，《养蒙图说》中《食果取小》（图4－44）的构图则稍逊。画面中有三个儿童，绘者在布局上几乎是平均用力，三分天下。一个正背对读者，一个正准备拿梨，一个坐在一侧。如果把孔融让梨的故事分成三个片段的话，即让梨之前、让梨进行时和让梨之后。《蒙学报》的《退让》的插图表现的是让梨前的艰难选择。《养蒙图说》的《食果取小》表现的是让梨进行时。《新修身》的《礼让》表现的是让梨后发生的故事。如果连起来看倒是一组完整的图像叙事故事。前文说过单幅画面的叙事性表现在择取一个最具表现力的瞬间。但如何选择这个瞬间则仁者见仁智者见智。

图4－44　《养蒙图说》之《食果取小》

应该说三幅插图各有千秋。《新修身》的《礼让》在布局的巧妙和对众儿童心理的精准把握上更胜一筹。虽然《礼让》图的绘者力图从自然本性角度解读儿童在食物诱惑面前的心理状态，但其价值取向是褒扬孔融的礼让精神，贬抑其兄长。这和传统道德教化的着眼点"礼"是一致的。两者都不关注"融四岁，能让梨"这一举动是否符合儿童的自然天性。从这一点来看，《新修身》中《礼让》图追加在儿童身上的道德规训与传统道德相比并没有大的改进。

《蒙学报》对"礼让"的界定是"礼让的意思是由爱恤同类，我有他也要有的公心上生来的"①。它所讲述的《推枣见礼让》（图4－45）的故事也经常被近代教科书征引。这个故事来自明代陈建撰写的《皇明通纪集要》，讲的是明代国子博士"黄彦清"的路边见闻。他在街边看到两小儿吃枣，相互退让颇为有礼。最后剩下一颗，哥哥让弟弟，弟弟让哥哥，都不肯吃。这时正好过来一个乞丐，孩子们商量着把枣送给了饥饿的乞丐。"黄彦清"认为如果把孩子们的公心推广起来天下就不会有流离失所的人。

《蒙学报》从这一期"中文修身书"开始使用白话，不用额外设一栏做白话讲解，所以这时的版面分两栏。上栏是文字，下栏是图画。会文学社1906年2月出版的何琪编辑的《最新女子初等小学修身教科书》是以《礼让》的画题出现（图4－46）②。版面设计是左右对开的两页，右页是文字，左页文字占三分之一版面，图画占三分之二。文图对照，相映成趣。两幅插图画面布局很相似。右侧是"黄彦清"，中间是两个小儿，左侧是乞丐。画面温馨，充满爱意。不同的是两幅画面叙事定格的瞬间并不一致。《推枣见礼让》中两个小儿正在商量把枣子给乞丐。乞丐则眼巴巴地看着两小儿的讨论。《礼让》中的两小儿已经商量完毕，弟弟正把枣子递给乞丐。但"黄彦清"作为旁观者并没有多少动作，因而在两幅插图

---

①　《推枣见礼让》，《蒙学报》1898年第15期《中文修身书》第30课。
②　石鸥：《百年中国教科书图说》，第44页。

第三十课题 推枣见禮讓

禮讓的意思，是由爱憐同類我有他也要有的公心上生來的。明史編年裏說黃彦卿走在路上看見兩個小孩子裏拿一個棗子，你推我讓都不肯受忽然來了一個要飯的孩子如把這個棗子送與要吃飯的花子吃，彦卿見了歎道這孩子們一點心推廣起來天下那有失所的人，這是爲何就因爲這幾個孩子知道人應故顧憐同類的道理也。

图4-45　《蒙学报》1898年第15册第30课《推枣见礼让》

何之終莫能得，黃彦清嘗閒步於市，見兩兄食棗，立其旁窺之食畢，徐一棗幼者讓，其長者長者不受推

第八課　禮讓

图4-46　会文学社《女子修身教科书》

初等小学生使用第6册第8课《礼让》

中造型极为相似，都是极力赞赏的表情。"黄彦清"既是记录者，也扮演了一种评判者的角色。他的赞赏透露的正是成人的意识形态导向：儿童是无知小儿，需要成人的教育和引导。因为这两个小儿的行为得到成人的肯定，所以众小儿都应学习他们。这种教育的逻辑也是修身科存在的合理性。

（五）传统道德伦理的现代图像书写

自鸦片战争以来，国家民族备受列强欺凌的局面已经使人们对儒家空泛的道德修养产生质疑。随着清末废科举、废除读经，儒家伦理走向衰落已经不可挽回。但这个式微的过程并不是一蹴而就的，而是相当缓慢，其间的反复、新旧的冲突、艰难的选择都反映了民族文化心理的转变并非易事。这期间有两种路径值得注意：另一种是关联，指传统伦理不断趋新、演进成现代伦理；另一种是承续，指传统伦理的现代适用性。以1912年商务印书馆共和国教科书《新修身》初小部分8册为例，其篇目的设置正体现了这一点。

第1册第1课是《入学》（图4-47）。《入学》是彩图，一群儿童在成人的带领下正三三两两向学堂走去。男生都穿着统一的灰蓝色制服①，背着黄书包。图中比较引入注目的是其中有三个女生。1907年（光绪三十三年）颁布的《学部奏定女子小学堂章程》开始允许女子入学读书，但却禁止男女同校②。中华民国成立后，男女虽然可以同校，但仅限于初等小学校。男女都应入学读书和男女可以同校的教育理念还是非常先进的。但男女平等中仍有不均衡：清末民初学堂女生没有着装的统一规范。于是，图画左下角的女生身着红上衣蓝裤子，远处的两个女生着装略有变化，一个是蓝上衣红裤子，另一个是蓝上衣绿裤子。这几点红绿点缀在一色的灰蓝制服中颇为醒目，这既是绘者构图的巧妙，又强化了男女同校的新观

---

① 或者叫操衣。既是学生上操场操练、运动穿的运动服，又是学生上学、上课穿的学生服。张天翼《包氏父子》：老包在看儿子的缴费单时自言自语说："制服就是操衣。"鲁迅《集外集拾遗·今春的两种感想》："以前是天天练操，不久就无形中不练了，只有军装的照片存在，并且把操衣放在家中，自己也忘却了。"

② 舒新城：《中国近代教育史资料》下册，人民教育出版社1981年版，第792页。

念。这套共和国教科书中的《新国文》第一册编辑大意就明确指出："国民学校不分男女。本书兼收女子材料，以便男女共学之用。"

图4-47　共和国教科书《新修身》第1册第1课
《入学》和第2课《敬师》

我们从图中看到是这群儿童的背影，儿童的走向引领我们看向远处的学堂。学堂门口飘扬着五色共和旗和"国民学校"旗帜。这套教科书是共和国成立的当年发行的。那时"国民""共和"都是激动人心的新词。晚清学部编纂的《初等小学修身教科书》第1册第1课也是张入学图（图4-48）①，与这张民初的《入学》图相较，有以下不同：一、学生中没有女生；二、男孩还留着辫子；

————————

① 石鸥：《百年中国教科书图说》，第78页。

图 4 – 48　学部《初等小学修身教科书》1906 年第 1 册第 1 课《学堂》

三、学生没有统一制服，而且也根本没有属于儿童的服装，而是把成人的马褂缩小尺寸来穿；四、学堂门口飘展的国旗是大清国的龙旗。由此可看出，民初对这张《入学》图的革新，及其试图塑造新国民的努力。扉页即写着"国民学校"字样。其编辑大意是：

> 本书以养成共和国民之道德为目的。注重独立、自尊、爱国、乐群诸义，而陈义务求浅显，使学者易于躬行。
> 本书间于课文之后，采列格言以养成儿童理会判断之力。
> 本书兼采中外故事以养成儿童之历史观念及世界观念。
> 本书多用积极材料期收修身之实效。

中华书局的创始人陆费逵同样关注国民教育的重要性，他说：

> 小学教育之修身科，所以达道德教育及国民教育之目的者也。欲国家文化之进步，不可不谋国民程度之进步；欲国民程

度之进步，不可不养成国民之道德心；欲养成国民之道德心，不可不令国民修身。①

塑造新国民是风起云涌的时代诉求，这种培养新国民的热情同样体现在《新国文》中。《新国文》第 1 册的编辑大意便处处围绕"共和国国民"陈情：

> 本书以养成共和国民之人格为目的。惟所有材料必求和于儿童心理，不为好高骛远之论。
> 本书注重立身居家处世以及重人道、爱生物等，以扩国民之德量。
> 本书注重实业，以养成独立自营之能力。并附书、信、账、簿、票据各种文件。凡国民生活上必须之知识无不详备。

那么"国民学校"里的学生哪些行为才符合"共和国民之道德"呢？第 2 课是"敬师"（图 4 - 47）。图中所示的情境是上课前学生们起立向老师鞠躬，老师同样鞠躬述礼。除女生外，男生身着统一制服，老师西装革履而不是穿着私塾先生的长衫。新式学堂内，学生们有课桌，老师有讲台，有黑板，与今天的教室无异。与晚清私塾（图 4 - 49）② 的布局大相径庭。

第 3 课是"爱同学"（图 4 - 50）。这一课有左右两幅图。右图是学生们在校园里相遇，然后相互鞠躬、握手、交谈，处处展现出一种举止有度、彬彬有礼的"礼仪"。左图是一学生被风刮掉了帽子，当回头去捡时，发现另一学生正俯身为之捡起。这种"爱"正是清政府壬寅学制、癸卯学制中针对修身科提倡的"平近切实""不令过苦""浅近易能之事"，也是商务印书馆在修身科中一贯强调的"身体力行""易于躬行"等。

---

① 陆费逵：《绪论》，载《修身讲义》，商务印书馆 1910 年版。
② 徐小蛮、王福康：《中国古代插图史》，第 275 页。

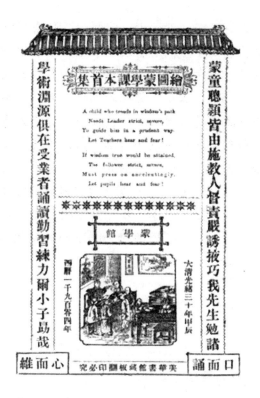

图4-49 清光绪二十七年（1901）英华书院《绘图蒙学课本》中蒙书馆

图4-50 《新修身》第1册第3课《爱同学》

初看这三幅图画新元素不少。前两幅图画中的学堂、教室与私塾绝不相同，老师学生们的着装也发生翻天覆地的变化。但其"向学""敬师"的实质没有根本改变。传统儿童开蒙也通常是这样，"入塾""拜师"，鲁迅、郭沫若等清末上过私塾的文人都提到这一点。只是图中的"敬师"已经省却了对"大成至圣先师孔子"的叩拜，仅仅是教授自己的老师。这种传统的现代演绎同样发生在第3课。为同学拾取失落的帽子本是举手之劳，但图画展示的正是通过"易于躬行"之行为来体现孔子"泛爱众而亲仁"的仁爱思想。正是有儒家"泛爱众"的思想，才会有"勿以恶小而为之，勿以善小而不为"①的行为。正如《论语》中对"仁"的表述：

> 颜渊问仁。子曰："克己复礼为仁。一日克己复礼，天下归仁焉。为仁由己，而由人乎哉？"颜渊曰："请问其目。"子曰："非礼勿视，非礼勿听，非礼勿言，非礼勿动。"颜渊曰："回虽不敏，请事斯语矣。"
>
> ——《论语》卷六 颜渊第十二

孟子也指出"礼"与"仁"的相互依存：

> 孟子曰："君子所以异于人者，以其存心也。君子以仁存心，以礼存心。仁者爱人，有礼者敬人。"
>
> ——《孟子·离娄下》第二十八章

因为有爱，才会行之于"礼"。而"礼"的最高境界是"归仁"。因而看似这一课两个画面表现的并不是同一个主题：左图是爱同学，右图是敬同学，但都基于"泛爱众"的仁爱，是仁爱的日

---

① "勿以恶小而为之，勿以善小而不为"原本是刘备去世前告诫后主刘禅的话。朱熹在《小学》卷五《嘉言》篇中引用。

常化表现。把这种"爱同学"放大了就是新国民的重要品格"爱国"。正如清政府在癸卯学制修身科宗旨中所言："具有爱同类之知识，将来成人后即为爱国家之根基。"

第3课图画对传统道德观的遵循还体现在学生们的日常化行为中。我们从图中发现这个校园是安静的，学生们没有奔跑跳跃嬉闹，温良恭敬得超出了孩子们生龙活虎的活泼天性。这群穿着民初服饰的儿童演绎的仍是传统给予儿童的道德规训：

> 凡为人子弟，须是常低声下气，语言详缓，不可高言喧闹，浮言戏笑。……凡行步趋跄，须是端正，不可疾走跳踯。
>
> ——朱熹《童蒙须知·语言步趋第二》

> 横渠张先生①曰：教小儿先要安详恭敬。
>
> ——朱熹《小学》卷五《嘉言》

可见，"国民"是个新概念，但精神内涵却是传统伦理的仁爱、礼仪。第1册随后出现的德目"仪容""早起""清洁""应对""孝父母""友爱""慎食""衣服""温课""勤学"等，与朱熹在《童蒙须知》和《小学》"序言"中对儿童的教育条目也是相契合的：

> 夫童蒙之学，始于衣服冠履，次及言语步趋，次及洒扫涓洁，次及读书写文字，及有杂细事宜，皆所当知。今逐目条列，名曰《童蒙须知》。
>
> ——朱熹《童蒙须知》

> 古者小学教人以洒扫应对进退之节，爱亲敬长隆师亲友之道，皆所以为修身齐家治国平天下之本。而必使其讲而习之于

---

① 张载（1020—1077 年），宋朝著名理学家，是凤翔郿县横渠镇人，故称横渠先生。

幼稚之时，欲其习与智长，化与心成，而无扞格不胜之患也。

——朱熹《小学原序》

《新修身》有的德目就直接以朱熹的训诫为内容。比如第4册第9课"食礼"（图4-51）图画是妈妈和三个孩子吃饭的场面。四人分坐在方桌的四边，正对读者的儿童，一手拿筷子一手拿汤匙；侧面对着读者的儿童正在举筷，汤匙是置于桌上的；背对读者的儿童已经吃完，筷子、汤匙置于案上。后两位儿童代表着正确的餐桌礼仪，而妈妈正在教育那位一手拿筷子一手拿汤匙的儿童。课文"凡饮食，举匙必置箸，举箸必置匙。食已，则置匙箸于案"是朱熹《童蒙须知》中《杂细事宜第五》的原文。

图4-51 共和国教科书《新修身》第4册第9课《食礼》

显然，清末民初培育国民的思想资源多来自传统，在新的语境下或对其进行现代阐释或直接挪用。但有些为传统文人所颂扬的道德在清末民初山河破碎、救亡图存的语境下就显得不合事宜了。蔡元培曾说中国国民性偏柔弱，如问小学生"有人侮你，你将何如"，学生多半回答"让之"。[①]"礼让"德目下的谦让、退让、去争、让功很难培养儿童积极奋起、杀敌报国。因而在新国民教育中，尚武、尚勇、竞争的提倡就成为时代诉求。

《新修身》第2册第14课《竞争》（图4-52）通过两个页面来展示学生们在赛场上奋勇争先的火热场面。画面中的五个男孩皆是各不退让，你争我夺去争先。像这类赛场竞争的课文在清末民初的教科书中很常见。比如沈颐、范源廉、董文编辑，1913年发行的《新编中华修身教科书》第4册第12课也是赛跑的课文，"群儿集运动场，为竞走之戏。一儿奋力争先，夺得红旗，众皆拍手"。商务印书馆1904年发行的《最新国文教科书》，第4册第16课《竞走》（图4-53）也是一幅你追我赶的竞争场面。其中有一学生

图4-52　共和国教科书《新修身》第2册第14课《竞争》

---

① 蔡元培：《蔡元培全集》第18卷，中国蔡元培研究会编，浙江教育出版社1997年版，第272页。

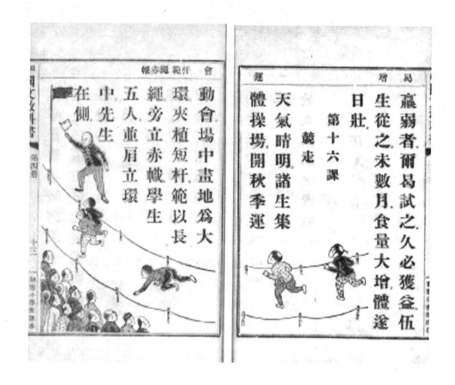

图 4-53　《最新国文教科书》第 4 册第 16 课《竞走》

摔倒，前面的同学没有回头而是继续争先，观众也没有去帮助或搀扶，而是继续观看。这与后来《新修身》第 1 册第 3 课《爱同学》中为同学捡拾帽子的爱心存在着一种内在的紧张关系。

　　那么这种紧张关系在"争"问题上更加趋向白热化。因为《新修身》一方面培育"竞争"意识，另一方面也在传达"去争"的道德教化。《新修身》第 3 册第 15 课就是《去争》（图 4-54）："与人共饭，不可争食；与人同行，不可争先"。这一课通过两幅图画分别讲"不可争食"与"不可争先"。第一图是家人进餐，左边的儿童试图站起来争食，右边的妈妈伸手制止他。第二图是一群儿童列队缓步前行，唯独一个跑步争先。一位先生伸手制止，让其重回队伍中去。

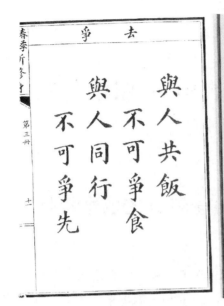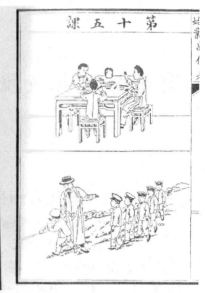

图 4 – 54　共和国教科书《新修身》第 3 册第 15 课《去争》

　　两幅图画分别出现了一个处处争先的儿童和一个处处制止儿童争先的成人。成人训导者对"争"行为的否定在某种程度上削弱了课文中同时提倡的尚武、尚勇、竞争。这就使新旧文化中的"竞争"精神与"礼让"精神的冲突不可避免。

　　"竞争"作为新思想的提倡虽然触目，但与铺天盖地的"礼让"规训来说便显得微不足道。这反映了新的文化并没有随着清帝制被推翻、中华民国成立而自动地形成，而打着"共和国""国民"等新的文化旗号的教科书其实更多地承续了传统。当然传统的伦理道德正日薄西山、走向没落。

第五章 《儿童教育画》：图像童年

第一节 第一份儿童画刊与现代儿童的建构过程

一 《儿童教育画》[①] 概况

《儿童教育画》（图 5-1）：1909 年 1 月（清光绪三十四年十二月）创刊。上海商务印书馆出版，钱塘戴克敦编纂，长乐高凤谦（梦旦）校订。1912 年始，由海盐朱元善、高凤谦编辑。系不定期。目前存有最后一期是 1921 年第 92 期[②]，32 开，16 页，用道林纸印刷，以图画为主，含有五彩图画 8 页，配有极简易明白的文

---

① 《儿童教育画》史料，包括图片，主要来源于中国国家图书馆，从 1909 年创刊号到 1921 年第 92 期，中间缺失很多期。一部分史料、图片来自《晚清期刊全文数据库》。

② 因该刊现存本不全，很难判断它的出版周期。关于该刊出版周期的说法有以下几种。盛巽昌说："《儿童教育画》在 1912 年 2 月的第 11 期始，由不定期改为月刊。它什么时候停刊，不详。现见上海图书馆特藏的最后一期是 1918 年出版的第 87 期，估计在此后不久就停刊了。"参见盛巽昌《高梦旦和〈儿童教育画〉》，载张美妮、巢扬主编《中国新时期幼儿文学大系理论卷》，未来出版社 1998 年版，第 337 页。柳和城说："第一、二册，光绪三十四年十二月（1909 年 1 月）初版；第三、四册，宣统元年二月（1909 年 3 月）初版；第五册，宣统元年四月（1909 年 5 月）初版。每月一册，相当于月刊。"参见柳和城《〈儿童教育画〉样本巡览》，《出版史料》2010 年第 3 期。谢菊曾认为："另有一种不定期刊物《儿童教育画》，原由戴克敦编辑，至是亦划归杂志部，但一年中出版不过八九期。"参见谢菊曾《十里洋场的侧影》，花城出版社 1983 年版，第 33 页。盛巽昌认为初不定期，1912 年改为定期。柳和城认为近似月刊。商务印书馆的老职员谢菊曾认为是不定期。笔者在中国国家图书馆查询到第 92 期是 1921 年出版。根据 1909 年 1 月创刊来计算，该刊肯定不是月刊，也很难说是定期刊物。因为笔者没有见到 1919 年和 1920 年出版的该刊。另外，1921 年第 92 期是否是最后一期也很难说，因为笔者在 1922 年 4 月第 2 卷第 3 期的《儿童世界》上还看到关于《儿童教育画》的广告。

字，以吸引儿童求知的观念，便于家庭教育和幼稚园使用。共列科目22项（每期选择部分科目刊载），有修身、国文、历史、地理、算学、手工、图画、体操、动物、植物、格致、卫生、音乐、歌谣、风化、寓言、游戏、新器械、悬赏画、中国时事和外国时事。图画上方标出科目的名称，图画清晰、印刷精美。字少且大，断句处用句号标出，非常适合低幼儿童阅读。

图 5－1 《儿童教育画》1909 年创刊号封面

该刊创刊号《例言》中详细申述了刊物的阅读人群、内容、体例、目标和特色：

一、本书仅供家庭教育及幼稚园之用，并可为小学校之奖赏品。

二、本书籍图画之玩赏引起儿童向学之观念。故所绘图画必与德育、体育有关。

三、本书科目甚繁。每册必抽换一二以新阅者之目，其科目计二十二门列下：修身、国文、历史、地理、算学、手工、图画、体操、动物、植物、矿物、格致、卫生、音乐、歌谣、风俗、寓言、游戏、新器械、悬赏画、中国时事、外国时事、今昔比较。

四、本书图画上端，标明科目，图中则极简单之文字说明之。俾儿童既阅其图，更读其文，即知大概。其年太幼不能认识文字者，则可由年长者为之讲解。凡四五岁之儿童，各解图画者，即可阅之。

五、本书特列悬赏画一并薄有酬赠，以鼓舞儿童之兴趣。

六、本书共十六页，内插五彩图八页。颜色鲜明、印刷精美，儿童阅之自然爱不忍释。

七、本书按册蝉联而下，儿童阅之即久，自能增进学识。

从《例言》可得知，《儿童教育画》在许多方面都具有开创性。它是最早以幼稚园儿童为阅读主体的儿童刊物；它是完全以图画来叙事的刊物，是一份真正的儿童画报，而且五彩图画所占的比例也非常多；它是首家登载大量滑稽画的儿童刊物；它还是首次提出此刊可以作为"奖赏品"使用，而且在该刊中特设"悬赏画"栏目来鼓励儿童参与。

《儿童教育画》的种种新创举使之在创刊伊始就受到儿童、家长和老师们的欢迎。仅每期读者来稿就有千余份。[1] 儿童文学史料家盛巽昌曾对它创刊发行情况有过一段概括：

> 高梦旦等主办的《儿童教育画》是辛亥革命前中国惟一的

---

[1] 《儿童教育画投稿简章》，《儿童教育画》1911 年第 18 期。

幼儿刊物，它风行海内外，且遍及东南亚和美洲有华侨居住处。每期印行几千份，而且一再地再版重印。我们所见的 1909 年 1 月（清光绪三十四年十二月）初版的创刊号，就曾在 1910 年 11 月（清宣统二年十月）四版，1914 年 2 月（民国三年二月）五版的。据统计，在创刊后两年间"销行已达二万以上"。高梦旦等为了振兴教育，并将它寄赠"南洋、美洲腹省商埠"，"藉此得联海内外教育家研究儿童之心理"。①

《儿童教育画》每期能销行 2 万余份，这在当时是了不起的发行量。众多文人都曾提到它是自己幼年最爱的刊物之一。赵景深曾回忆说：

> 我还记得，儿时我最喜欢有图画的书。十岁随着父亲在武昌四川旅鄂中学读书的时候，就爱看所读的《诗经》上的图画。因此父亲给我的钱，我都一串一串地在书摊上买了画（一串大约是一百文或一千文的纸票，已不能记忆），所买的就是各种版本的绘图、《诗经》和《点石斋丛画》之类。后来父亲买给我几本《儿童教育画》和《无猫国》《三问答》，我才第一次亲近儿童文学。后来到了芜湖，《儿童教育画》和《童话》便成为我所最爱好的书，出一本，买一本，珍贵地藏着，从来不曾间断过，时时拿来翻阅。我还用一个小红皮匣把《儿童教育画》藏起来，出到七八十期的时候，我的皮匣恰恰装满，《儿童教育画》也停刊了。这红皮匣直到现在我还保存着。②

---

① 盛巽昌：《高梦旦和〈儿童教育画〉》，第 337 页。另外，笔者在中国国家图书馆查询其创刊号版权页上写着：光绪三十四年十二月初版，"民国元年四月四版"。可与盛巽昌的考证对照着来看。

② 赵景深：《暗中摸索》，载《先生的读书经》，首都经济大学出版社 2014 年版，第 185—186 页。

儿童最喜图画，《儿童教育画》是真正的画刊，文字只是辅助说明。自然赵景深童年时深爱它。张若谷则说："父亲看见我喜欢看书，就从外面替我买来了许多图画书报，给我任意流览；像商务印书馆与中华书局两家出版的《儿童教育画》《童话》……之类，（那时候《小朋友》与《儿童画报》等还没有出世。）都是我在孩童时代唯一的恩物与好伴侣。"①《儿童教育画》作为儿童的"恩物与好伴侣"几乎成了现代家庭、幼稚园、小学校里必备的书籍②，而且"教育画"成为低幼儿童认知书籍或图片的代名词。商务印书馆便出版了多种"儿童教育画""家庭教育画"图片。其中《家庭教育画》广告曾这样写着："文字浅白，图画精彩，与本馆出版之儿童教育画相辅而行，饶有趣味，幼童之新玩品，无形之良教师。"③

以图画作为儿童德育、智育的教学方式，体现了教育者和编辑者们越来越重视儿童的接受心理。而幼童从图画入手学习的观念得以实现全依仗日新月异的印刷术。

二 印刷技术的革新与"童年"概念的产生

目前在国内外印刷文化的研究成果中，15 世纪中后期发生在欧洲的印刷革命被描述成改变了欧洲乃至世界历史的了不起的创举。尼尔·波兹曼更是运用大量的历史学、人口学、社会学的史料陈述了这样一个事实：正是 15 世纪中叶印刷技术的革命促成了"童年"概念的产生。他说：

---

① 张若谷：《关于我自己》，载《文学生活》，上海金屋书店 1928 年版，第 23—24 页。

② 陈鹤琴曾提到由于幼稚园没有专门的教科书，因而可用《儿童教育画》等书刊作为教材。可参见陈鹤琴《陈鹤琴全集》第 2 卷，凤凰出版传媒集团 2008 年版，第 43 页。叶圣陶曾在小学校设置"少年书报社"，内有《儿童教育画》等书刊，深受儿童欢迎。可参见叶圣陶《我校之少年书报社》，载朱有瓛主编《中国近代学制史料》第三辑（上册），华东师范大学出版社 1990 年版，第 179 页。

③ 《少年杂志》1914 年第 4 卷第 7 期。

　　童年这样的概念得以产生，成人世界一定要发生变化。这种变化不仅表现在重要性上，而其一定要性质特别。具体地说，它一定要产生一个新的"成人"定义。在中世纪，曾经发生过各种社会变化，出现过一些重要的发明，例如机械钟，还有许多其他的重大事件，包括黑死病。但所有这些都不要求成人对"成人"这个概念本身进行修改。然而，在15世纪中叶，这样的事件的确发生了，即活字印刷术的发明……印刷机的发明如何创造了一个全新的符号世界，而这个符号世界却要求确立一个全新的成年的概念。就定义而言，新的成年概念不包括儿童在内。由于儿童从成人的世界里驱逐出来，另找一个世界让他们安身就变得非常必要。这另外的世界就是人所众知的童年。①

　　印刷书籍的大量产生，使写作和阅读都成为个人化的行为，并由此衍生出相对个人化的空间，而"这种强化了的自我意识便是最终导致童年开花结果的种子"。同时，印刷产生了"知识的差距"，"学习变成了从书本中的学习"。这就造就了一种新的观念：要想成为完全意义上的成人，儿童必须经过学习。于是西方的学校才得以创建，从而使"童年"的概念成为一种必需。② 新的印刷媒介就这样在成人和儿童之间划出了一条界限。

　　西方的"童年"观的产生得益于新的印刷技术，并伴随着西方现代化的进程而逐步成熟起来。这期间经过了几百年的漫长历程，并非一蹴而就的。而我们"童年"观形成属于"外源型"，过程大大缩短。但由于一开始就被赋予启蒙、强国、救亡的时代命题，其复杂性却大大增加。在晚清民初，印刷提供了物质可能性，直接催生了画报的产生，确立了图像叙事的方式，图画也随之成为对儿童

---

　　① ［美］尼尔·波兹曼：《童年的消逝》，吴燕莛译，广西师范大学出版社2006年版，第28—29页。

　　② 同上书，第29—53页。

启蒙的有效方式。同时，在晚清内忧外患时局下，"儿童"所携带的发展性、可塑性常被用来作为新兴民族国家的想象，还没来得及充分发育的"童年"观就被宏大的社会政治命题所遮蔽。因而，"童年"观在中国不仅和印刷技术的革新密切相关，还和风云变幻的时代背景相勾连。

晚清民初，在印刷技术的革新方面，商务印书馆常常走在了其他书局的前面。商务印书馆的创办人夏瑞芳等人早年在清心书院学习时就有印刷、刻版的实际操作经验，毕业后又先后在英文报馆中担任排字工人。他们不只对印刷工艺流程非常熟悉，而且切实体会到印刷对启蒙的重要作用。"戊戌变法之议兴，国人宣传刊物日繁，学校制度既定，复须新课本以资用，胥赖印刷为之枢机。"① 他们深知掌握了印刷也就掌握了文化生产的密钥。所以商务印书馆在印刷技术方面的革新才大刀阔斧。

在铅活字排版工艺改进中，1913 年商务印书馆首次采用的汤姆生自动铸字机，使铸字速度大大提高。1923 年，张元济改良了字架结构。将常用字放在塔形轮转盘内，不常用的字放在方盘内，盘可以左右移动，排字工人可以坐着拣字，免受站立奔走之苦，排字速度大大提高。

活字印刷解决了汉字的快速印刷问题，但如何使印刷出的图片形象逼真、最接近原稿是活字印刷中的又一问题。光绪二十九年（1903），商务印书馆聘请日本技师到馆摄制照相网目版，使印制书刊中的插图相当精美。宣统元年（1909），商务印书馆又聘请美国技师施塔福来上海改进照相铜锌版。同年，商务印书馆又试制成功了三色版。黄杨版同样是印刷精美图片的技术。它通过用特制药水将原图移于木上，按影雕刻，使印出的图片与原稿不差毫厘。光绪三十年（1904），商务印

① 庄俞：《鲍咸昌先生事略》，载《1897—1987 商务印书馆九十年：我和商务印书馆》，第 6 页。

书馆聘请日本人柴田到馆进行雕刻黄杨版的指导，使商务的图书印刷技术上了一层楼。1846 年美国人魏克思发明的电镀铜版法，同样是适合印刷精美图文的先进技术。1911 年，商务采用发电机镀铜版法，使制版速度更快，一般七八个小时即可制一版，在当时同样处于领先地位。①

在平版印刷工艺的改进中，1904 年上海文明书局聘请日本技师，始办彩色石印；1905 年，商务印书馆便聘请日本彩色石印技师，传授彩色石印技术，"使所印的山水、花卉、人物等颜色逼真，几与原稿无异。1920 年，商务印书馆又引进了更先进的照相石印术。它直接将照相摄制的阴文落样于亚铅版上，再一次简化了手续，同时使印刷质量又一次得到了提高。胶版印刷传入我国后，商务印书馆首先使用。……1922 年，商务印书馆又从国外引进了双色胶印机。该机同时能印两色，大大提高了印刷速度"。商务印书馆是国内最早采用珂罗版印刷的书局之一。其印刷的明清两代的画册，即使今天来看，依然令人击节叹赏。②

由此看见，商务印书馆不断革新印刷机械和技术使之能一直雄踞于出版巨擘的地位，也使之成为唯一能有经济和技术实力为儿童提供画刊的书局。此外，《儿童教育画》通过《例言》中"本书仅供家庭教育及幼稚园之用"，"凡四五岁之儿童，各解图画者，即可阅之"等宗旨，成为第一种把阅读群体限定在低幼儿童的刊物。这其实是从年龄上确立了一种"童年"的概念。只能是有了"童年"的概念，才能有童年的文化，比如属于儿童自己的刊物。而《儿童教育画》是一种名副其实的可以安放"童年"的儿童读物。《小孩月报》名为"小孩"，但有些成人也喜阅读。《蒙学报》虽然有年龄分级阅读的考量，但其刊载的《新译日本小学校章程》等文，却不是给儿童看的。《启蒙画报》阅读群体

---

① 张志强：《商务印书馆与现代印刷技术》，载《商务印书馆一百年 1897—1997》，商务印书馆 1998 年版，第 378 页。

② 同上书，第 380 页。

中也有优伶、丫鬟等妇女和中下层人民群众。从 1908 开始出版的《童话》丛书则明确宣传"童子阅之足以增长德知，妇女之识字者亦可藉以谈助"。而《儿童教育画》以图画为主、文字为辅的体例，并且图画简单，不是《点石斋画报》那种复杂的构图，使之成为儿童的专属品。无怪乎张若谷把它看作"孩童时代唯一的恩物与好伴侣"。

《儿童教育画》从 1909 年创刊到 20 世纪 20 年代终刊，经历了清末、辛亥革命和五四新文化运动三个重要的历史时期。在国内形势风云变幻的历史语境中，《儿童教育画》试图用文图并茂的方式打造一种现代的"童年"。在这个图像的"童年"里，现代的儿童有自己的文化，诸如属于儿童自己的文学、服装、玩具、游戏等。这一切最终得以发生皆得益于印刷术代表的技术因素参与其中。当然，我们也应该看到在更大的文化变革到来之前，《儿童教育画》图像中的"童年"并不完全与传统判然有别，它仍然与传统儿童观有着深层的关联。

三 从图像来看现代儿童的建构过程

《儿童教育画》第 1 期封面（图 5-1）是一群欢庆的儿童浩浩荡荡地开过来的画面，有吹号的、打鼓的、举花灯的、骑木马的。创刊号发行在旧历年 1908 年的岁末，因而这是欢度旧历新年的儿童。儿童是年画的一个重要表现内容。以晚清天津杨柳青木版年画为例，经典年画中的儿童多是男童，常穿兜肚，发式是清代常见的总角发髻或三搭头。年画中的儿童和鲤鱼、寿桃一样都是画工手下的道具，用来增添过年的喜庆、吉祥，并没有人格的自足性。但《儿童教育画》封面画中的男童却是自己组成的鼓乐队，玩着自己的游戏。从旁边那个提着花灯看热闹的女童视角可得知，男童们不是作为春节吉祥物存在的，而是为自己表演的。从这个意义上来说，封面画中的男童具备了自己的主体性。而且男童着装既不是年画中的兜肚，也不是传统的长袍马褂，正中那个穿操衣的男孩就预示了一个新的时代的来临：在现代社会中，儿童应该有属于自己的世界。

　　在儿童的世界里，在幼稚园或小学校中，儿童玩着属于自己的游戏（图5－2）。1913年第29期"时事"栏目有一则《苏州慕家花园幼稚院学生捉迷游戏》。一群着装艳丽的幼稚园小朋友，在一处风景宜人的开阔场地玩着捉迷藏游戏。孩子们表情自然生动、姿态活泼可爱。

图5－2　《时事·苏州慕家花园幼稚院学生捉迷游戏》，
《儿童教育画》1913年第29期

　　在儿童的世界里，他们同样拥有自己的刊物——《儿童教育画》。它图画简单，可以一望而知；文字浅显近乎白话。于是有效地隔开了成人世界，成为专门安放"童年"的一个地方。1914年第44期"图画"（图5－3）栏目中，身穿操衣的小学生运用各种体操动作组成了"儿童教育画"五个大字。这幅画造型别致，想象奇特。这是儿童用一种独特的方式宣布了对自己的刊物的占有。

图5-3   《图画：儿童教育画》，《儿童教育画》1914年第44期

第2期封面（图5-4）①两个小朋友正捧着书本谈论着什么。科举考试推行千年形成了一种相对固定的价值取向：读书是压倒一切的生存需求。所以中国向来推崇苦学精神，什么韦编三绝、悬梁刺股、囊萤映雪、凿壁偷光，好读书几乎是历代成人对儿童最朴素的期望。同时求知也是构建新兴民族国家的秘钥。因而儿童的日常活动离不开上学读书。

———————————

① 图5-4是样本书，可从封面上看到"送样本"字样。这张图片来自柳和城《〈儿童教育画〉样本巡览》，《出版史料》2010年第3期。

图5-4 《儿童教育画》1909年第2期封面

儿童每天的时间应该是这样的。早上6点钟起床。8点去学校上学。晚饭后温课。晚9点睡觉①。儿童的假期应该是这样的："上海尚公小学校，在暑假期内，每逢星期日开夏期讲演会，专讲道德及夏期卫生等事。听者甚众，颇有兴趣"②。儿童的梦也应该是这样的（图5-5）。早上和同学去学校，听老师上课。放学回家后首先温课，然后游戏③。何止是儿童日常活动，连儿童的假期和梦境也是读书、上课，既强调了读书上进是救国图强的不二法门，又倡

①《儿童之梦》，《儿童教育画》1916年第62期。
②《上海尚公小学校》，《儿童教育画》之"时事"栏目，1914年第44期。
③《儿童之梦》，《儿童教育画》1916年第62期。

导一种读书上进的价值观：现代儿童应该是好学的。

图 5 - 5　《儿童之梦》,《儿童教育画》1916 年第 62 期

第 7 期的封面是一男孩身着童子军服,帅气地骑着自行车。到了第 75 期的封面（图 5 - 6）,虽然还是穿着童子军服的男孩骑自行车,但这时不仅仅是骑,而是潇洒地玩弄着车技。这似乎暗示了现代的儿童可以驾驭现代化的交通工具。在同期内页"滑稽画"栏目中一个红衣男孩嬉笑着踩着高跷,一辆蒸汽火车呼啸着正从他胯下通过。文字表述为"高脚人的胯下,可以通过火车"①。这是在1917 年 6 月,火车还是绝大多数中国儿童闻所未闻的新式交通工具。如果火车喻指西方现代文明,高跷就喻指中国传统文化,那么这种顽皮的想象、大胆的东西方并置可谓别有深意。这个画面在某种程度上是根深蒂固的天朝中心思想的一种隐秘曲折的表达。但这些骑自行车的或踩高跷的儿童的确体现了一种现代儿童的自信:我

---

① 《滑稽画》,《儿童教育画》1917 年 6 月第 75 期。

们是现代社会的主人。

图 5 - 6 《儿童教育画》1917 年第 75 期封面

有了这种自信，他们可以挑战各种现代化的成果。几个儿童别出心裁地利用气球、藤扁制成"新飞艇"（图 5 - 7）。先点火"升气"，把热气导入气球，"球受气涨满"。然后把球和藤扁绑在一起。最后，孩子们坐在藤扁上，藤扁随气球上升空中，新飞艇制成①。儿童可以用游戏的方式实现对现代高科技的戏仿。

————————————

① 《新飞艇》，《儿童教育画》1911 年第 14 期。

图 5 - 7   《新飞艇》，《儿童教育画》1911 年第 14 期

第 71 期封面（图 5 - 8）通过儿童们身穿操衣比赛乒乓球来展现新式体育运动下的竞技精神。儿童活动的场景也被置换成现代的：挂在墙上的风景装饰画、被撩起的落地窗帘等。第 85 期封底是穿着童子军制服的儿童快乐、洒脱地玩着滑板。滑板这种运动即使今天看来也是很刺激的运动。这两期封面是晚清体操学科兴起的一种反映。晚清人们对蒙学教育的一大指责就是整日把儿童拘禁在私塾里，使其身体不得舒展，血脉不得畅通。另外吸食鸦片造成的国民贫弱使国内从上到下都重视体操学科。体操既是清末学制改革的一项重要内容，也是民国初等教育的一个重要学科。当时多数学堂都设置体操课。儿童书刊或者成人书刊上身着操衣、英姿勃发的儿童形象非常抢镜，这可以说是清末民初最具时代特色的写照之一。体操课的盛行既反映了人们在清政府腐败无能、被动挨打下企望国家强盛的一种自然诉求，也是把国家强盛寄希望于儿童的一种心理投射。应该说这种关于"儿童"的想象是无关乎儿童身体本身，"儿童"身体只是象征化的拟人符号。但是体操课程的提倡客观上也让儿童从整日伏案苦读中解放出来，可以稍事休息、活动筋骨、颐养精神。

图 5-8 《儿童教育画》第 71 期封面

有读者用体操器械哑铃 9 只和球杆 14 支搭成辛亥革命的旗帜：五色旗和九星旗①。这张图既是一种游戏，又是只有强身健体才能

① 王怀琪：《体操器具》，《儿童教育画》之"图画"栏目 1913 年第 35 期。

取得革命胜利这一时代主题的隐喻。1911 年第 15 期的 "歌谣" 栏目（图 5 - 9）是彩色的大跨页。左侧的少年英姿飒爽，勃勃有生气，正迈步拉弓射箭。射箭是传统体育项目，六艺之一。射箭少年的目标是远处骑马奔来之人。而且第一箭已经射出，马受伤惊起，骑马人也大惊失色。歌谣是首古诗："弯弓当弯强，用箭当用长，射人先射马，擒贼必擒王。" 从图中骑马人的装束打扮很容易猜出 "贼" 暗指外国侵略者。这是体操学科的另一重隐喻：强身健体也是为了保家卫国。

图 5 - 9　《歌谣》，《儿童教育画》1911 年第 15 期

第 92 期封面（图 5 - 10）是一个洗完澡正用浴巾擦拭的女孩。原本中国传统画中女童形象就较少，年画题材中的儿童形象也以男童为主，更不用说女童的裸体图画。即使是婴儿，至少也得戴个兜肚，否则就不符合教化的标准。所以这幅裸体女娃画很具挑战性，这一年是 1921 年，显然是五四新文化运动影响下的文化表征。与此相对照的同期刊物中间彩页上出现了一群不穿衣服的小精灵（图 5 - 11）。画面上特意声明："小小儿童真顽皮，露天坐着不穿

衣，他们说：'我们爱听姊姊讲故事。'"① 不穿衣服象征着孩子们顽皮、有趣。同时封面画还传达出一种现代的、科学的生活理念：要讲究卫生，要经常洗澡。

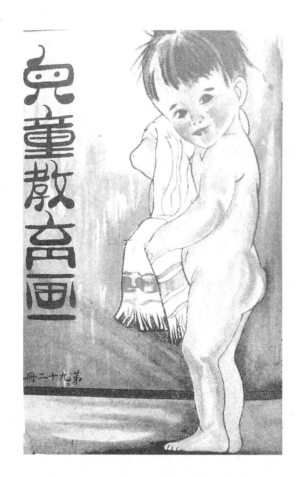

图 5 - 10　《儿童教育画》第 92 期封面

　　传统蒙学也讲究儿童自小养成爱清洁的习惯。朱熹在《童蒙须知》中就把"洒扫涓洁"放在"读书写文字"之前，并在《小学原序》中指出："古者小学教人以洒扫应对进退之节，爱亲敬长隆

———————

① 《我们爱听姊姊讲故事》，《儿童教育画》1921 年第 92 期。

图 5 – 11　　《我们爱听姊姊讲故事》，《儿童教育画》1921 年第 92 期

师亲友之道，皆所以为修身齐家治国平天下之本。"但传统的"沐浴更衣"常在重大祭祀、节日或事件之前，第 92 期封面画把沐浴变成日常行为则是从西方传入的观念。

现代儿童应该讲究卫生。那么，不讲卫生的儿童就成为"滑稽画"栏目讽刺的对象。有这样一个邋遢的"某儿"（图 5 – 12），整日鼻涕涂面。有一小猫去舔他的鼻涕，"某儿"生气，以拳打猫。猫也发怒，以爪挠"某儿"的脸，于是"某儿"血流满面。①

总之，《儿童教育画》作为一种以图画为媒介的"教育"，力图推行一种现代的儿童观。最能体现现代儿童自立、自强、自爱观念的是一则文图结合的儿童日记：

　　六月二十日，早六时起。取哑铃，自练体操约十五分。早饭后温课二首，习字一页。取《少年杂志》第五期观之。文字明显，事迹新奇，颇有趣。午饭后，与二弟下象棋二盘，习

① 《滑稽画》，《儿童教育画》1915 年第 51 期。

图 5 - 12 《滑稽画》,《儿童教育画》1915 年第 51 期

算学五题。下午五时,偕二弟及邻家张李两儿,同往屋后草地拍球。傍晚归。晚饭后,随母亲乘凉院中。八时睡。[1]

这则日记比《儿童之时间》《儿童之梦》等更加细化了儿童的生活作息。日常活动中有运动、学习、阅读、游戏,还有作为"子孝"的表现——陪伴父母。这喻示着作为现代儿童,每日的生活应该这样度过。结合《儿童教育画》每期销行2万余份,并多次重版的畅销状况来说,它所带来的示范性不容低估。

---

[1] 《日记（六月二十日）》,《儿童教育画》1911 年第 15 期。

311

第二节　图像的叙事性与视觉启蒙

《儿童教育画》以图画为叙事主体的体例使其在图像叙事性上取得了很大进展。这与晚清以来的插图在书刊中大量出现，以及随之而来的画报兴起密不可分。

中国古代曾有一种报纸《邸报》，是专供朝廷了解政事的，属于政府机关报，并不对外开放。这并不是严格意义上的报纸。所以，古代的纸质传媒只集中于书籍，是印刷的革新把文化的传播扩充为报刊。传教士马礼逊和米怜1815年在马六甲创刊的第一份中文报刊《察世俗每月统计传》，虽是木版雕刻，在传播地球知识时，它附了7幅插图。① 看来，中文报刊一开始就与图像密切相关。鸦片战争后，国门打开，经世致用等"实学"派的兴起，图像成为"睁眼"看世界的最有效、最直观的方式，于是在铅石印等新兴印刷技术的推动下，图像叙事性逐步加重，渐渐成为一种新的传播方式。

梁启超说："自报章兴，吾国之文体，为之一变。"② 这种文体有小说，也有连环画等。《点石斋画报》畅销使图像叙事的手法渐渐风行，成为一种新阅读方式形成的前奏。晚清以来的画报根据叙事和传播的需要，常常要不断改变连续图画的有效表现形式，这就加快了连环图画的诞生，并有力地促进连环画的形式演变。如《民呼日报图画》（1909年）上刊登的《民不聊生》《呼吁无门》《英领千涉劝诫纸烟》《钻狗洞之后福》《游历官之笑柄》等连环漫画，可以看到画面分格、分幅、图文结合的方式等处在不断的变化之中。《真相画报》上刊登的连环画的形式演变速度更是快得惊人。从《新官钻之趣画》《张振武之死》一直到最后一期刊登的《恶果寓言》，可以说连环画的表现形式每期都在变化，并日益趋向现代

---

① 陈平原：《晚清教会读物的图像叙事》，《学术研究》2003年第11期。
② 梁启超：《中国各报存佚表》，《清议报》1901年第100册。

成熟的形式。①

除画报专刊外，清末民初许多报纸也附送画报，如光绪十九年（1893）十一月开始随《新闻报》附送的画报单页，月成 1 册，另附印总目。其他的报刊也常常增设"滑稽画""时画""谐画""连环图画"等栏目，甚至书籍中的插图装帧也承载着一定的叙事功能。比如受《点石斋画报》影响，明清长篇小说《三国演义》《水浒传》《西游记》等在翻印时也在每回附上一幅石印的插图，又称"回回图"。随后又有 1899 年朱芝轩编绘、上海文益书局出版的《三国志》石印"回回图"，有图 200 多幅。这是目前见到的最早两种石印"回回图"。虽然它们连续性不强，尚属插图性质，但在表现故事的发展过程，以及运用图文结合的方法来增强作品的艺术效果等方面，已具有现今连环画的一些特性，它们对现代连环画的形成起了承前启后的作用。

赵家璧说，在 1913 年左右，上海石印新闻画报风行一时，采用旧年画的形式，一般是单张 4 开，每份有图 8—16 幅，具有现今连环画图文结合的特点，加上小贩沿街叫卖，极受群众欢迎。这可以说是现今连环画报的滥觞。1916 年，《潮报》第一次用有光纸把单张时事画报印成左右两面对折合拢的折子式，随后又装订成册出售，原来出版宝卷唱本的小书商遍寻门路去找画家抢新闻，小人书就这样诞生了。② 最初的叫法很杂。两广称"公仔书"，汉口称"牙牙书"，浙江称"菩萨书"，北方称"小人书"。在上海称"小书"，或称"图画书"。③ 虽然当时的称呼并不统一，但在 1920 年，就有了文图分离、具备连环画编排形式的《薛仁贵征东》。连环图画的出现是视觉文化已开蒙的沿海城市中一种新的阅读方式渐渐兴起的反映。

---

① 宛少军：《20 世纪中国连环画研究》，中央美术学院博士学位论文，2008 年，第24 页。

② 赵家璧：《鲁迅与连环图画》，载《连环画论丛》第 2 辑，人民美术出版社 1981年版，第 28 页。

③ 阿英：《中国连环图画史话》，山东画报出版社 2009 年版，第 278 页。

其实，报刊大量、快速、便捷地印刷发行是印刷术革新提供的可能性。印刷术革新还创造了一个新的社会阶层，即围绕着报刊和书籍的编辑、出版、发行的报人阶层。同时借助于印刷术的技术支持，以及印刷文化传播的广度和深度，画报才得以诞生，连环图画这种新文体才逐渐形成。《儿童教育画》可以说是最早自觉进行图像连续叙事探索的儿童读物，其后，图像连续叙事在儿童读物中渐渐演变成一种深受儿童欢迎的图画故事。而儿童读物上图画故事的形成正是晚清以来视觉启蒙大潮下的一种衍生品。

一　一事一图，分科目叙事

《儿童教育画》的阅读群体是小学低年级和幼稚园儿童。这些小读者识字不多，主要通过图画来阅读。尤其是不识字的儿童必须由成人念给他们听。《儿童教育画》在某种程度上形似今天的图画书，既是一种阅读书籍，也是一种听的艺术。这实际上在倡导父母读书给孩子听的观念。这与传统父母"课子"的职责并不一样。该刊在《例言》中列举了22项门类，如何用图像诠释各种学科的确是个巨大的挑战。是一事一图还是一事多图？意义的最终呈现主要通过图像还是文字，抑或是文图相得益彰？《儿童教育画》只有16页，囿于篇幅，一事一图占相当大的比例。尤其在初创时期，常常是一个科目一张图，文字或多或少，甚至没有文字，完全依赖图像自身进行说明。

1911年第18期"图画"栏目的《虫类之音乐会》（图5－13）是一张五彩跨页。五彩图画的底色常由各色图案的花纹组成。在一处花草丛生的树下，昆虫们开起了自己的音乐会。螳螂拉起了手风琴，蝉敲起了鼓，天牛吹起了喇叭，蟋蟀也吹起了笛子，还有拉小提琴、吹小号的等，真是场热闹的虫类音乐会。虽然中国也有鼓，但这些乐器主要是西洋乐器。绘画手法比较写实，因而动物形象刻画得生动逼真。尤其是既照顾到动物的特性，又要让它们像模像样地演奏人类的乐器。于是画面中童话意味非常明显，这对儿童来说很有吸引力。

图 5 – 13 《"图画"栏目·虫类之音乐会》，
《儿童教育画》1911 年第 18 期

酷爱读《儿童教育画》和《童话》丛书的张若谷曾说："最奇怪的，就是在我那时候看的许多童话中，每觉得西方的童话来得比中国的更使我发生兴趣。西方童话中的人物事景，例如动物会同人一般地说话，飞禽会变幻做美丽的公主，青春的王子能战胜收服妖魔鬼怪，冬瓜会变成马车，帽鞋可以当房屋住。"①

在童话的国度里，一切皆有可能。动物可以开音乐会，也可以开运动会。1913 年第 35 期有一张彩色大跨页的《动物之运动会》。图中动物都你追我赶地往前冲。观众席上的动物们卖劲地呐喊助威。这则图画的趣味性就体现在为这出竞赛设置了重重障碍，即让动物们从事最不擅长的事情。首先让动物们都穿上了人的衣服，有的还是正装，西装革履。老虎、狮子和大象更是戴上了礼帽，很难想象这副行头怎么去赛跑。然后是四足动物要直立行走，

---

① 张若谷：《关于我自己》，载《文学生活》，上海金屋书店 1928 年版，第 24 页。

于是最擅长直立的猴子跑在了队伍的前面。那些振振翅膀就能飞出几公里的鸟儿不可以飞翔。于是只能踱步的鸟儿落在了后面。那些会飞但不善飞行的大型鸟类如孔雀因为步态大，仅次于善奔跑的动物。

当然动物们也可以去旅行（图5－14）[①]。一群动物刚刚走下火车。领队是大象先生，礼服、文明棍、眼镜，完全是西方绅士的打扮。还有白羊老师，长裙、礼帽、洋伞，也是西方女士经典装扮。走在队伍前面的是男生们，戴着童子军帽，后面的是扎着蝴蝶结的女生们。它把穿着人类衣服的动物们刻画得惟妙惟肖，充满童趣。修学旅行是清末民初学校教育的一个重要内容。从1912年第5期就有《尚公小学旅行》有关修学旅行的宣传。1915年《儿童教育画》曾刊载过每月"行事"栏目，其中第53期"四月行事（上）"中也有"郊外旅行"一项。早在商务1907年1月的《〈高等小学用最新国文教科书〉编辑大意》就敏锐地意识到修学旅行对中学生品格养成的重要性："本编兼采中外游记，以养成国民冒险之精神。"《少年杂志》刊登的第一篇游记作品是张元济的《环球归来之一夕谈》。1910年春张元济曾作环球考察。乘轮船从上海出发经印度洋抵达欧洲。然后横渡大西洋抵达美国。最后从旧金山横渡太平洋经日本返回上海。文章附有几十幅图片，让读者真如有身临其境之感慨。此后，《少年杂志》发表了多篇游记，既有名家，也有少年儿童的游记习作。《学生杂志》上的游记则明显增多。茅盾回忆说"学生投稿中占绝大多数的，是文言的游记、诗、词"。[②]

该刊这几幅彩色跨页无字图画分别对照着晚清以来音乐、体操、修学等新设的科目，而图画中彰显的趣味性使晚清民初以来倡导的新教育理念更加深入人心。

---

① 《动物之旅行队》，《儿童教育画》1915年第58期。
② 茅盾：《我走过的道路》（上），人民文学出版社1981年版，第126页。

图 5－14 《动物之旅行队》，《儿童教育画》1915 年第 58 期

　　对于"歌谣"栏目，文图并茂固然重要，但通常情况下文字对意义的建构作用更大。图画主要还是停留在插图的作用上以增加阅读的愉悦性。1913 年第 26 期《歌谣》（图 5－15）是一幅其乐融融的家庭日常场景。父母和孩子们围坐在一起，似乎小弟弟兴致最高。图像是丰富多义的，仅看图像，很难猜测他们是聊天、唱歌，还是父母检查他们的功课。文字使意义变得清晰明朗：

　　　　大哥哥，二哥哥，排排坐，唱唱歌，歌声清，父母听，哈哈开口笑，问我可是军国民。

　　这种白话儿歌要早于新文学的新诗实验。从《儿童教育画》初创时期就有以"歌谣"或"音乐"栏目出现的儿歌，并占了很大的比重。而胡适《尝试集》主要写于 1916 年至 1921 年间。显然该刊上进行的白话实验具有开创性，而且关于家庭图的内容也发生了变化。对比第三章的图 3－23《不解教育》就发现，晚清家长"课子"场景换成了一幅民初新教育下欢乐祥和的家庭图。脑后的

图 5 – 15 《歌谣》,《儿童教育画》1913 年第 26 期

辫子自然都剪去了,服饰也发生了变化。虽然不论《不解教育》图还是《歌谣》图,孩子都没有自己的服装,他们穿的不过是小一号的成人装。但家庭的气氛变了,父母和孩子互动的内容变了。这都昭示了一种时代的变迁。

"歌谣"《西瓜歌》图像的阐释意义更弱,画面只有一个西瓜和半个切开的西瓜。歌词是这样的:

> 诸君诸君,刚巧消夏天。西瓜西瓜,劈分在眼前。惊东亚地球破碎不能完。保这瓜皮,保这瓜皮,全仗我青年。①

① 姜岱英:《西瓜歌》,《儿童教育画》之"歌谣"栏目,1911 年第 16 期。

　　图画的作用不过是为文字配的插图，增强可读性，其爱国主题的传达主要依赖文字。比较有趣的一点，栏目的名称和歌谣的名称从右到左书写，但歌词却是从左到右，这是由乐谱从左到右的顺序决定的。

　　同样都是弘扬爱国、驱逐鞑虏的主题。另一则"歌谣"中的图像呈现了强大的阐释功能（图5-9）。图像通过塑造了一个抗击外国侵略者的英雄少年赋予了古诗新意。这说明图像阐释功能的强弱既和要表现的主题有关，也和绘者表现能力的强弱密不可分。比如杨香"扼虎救父"故事，如果截取故事发展过程中最能表现杨香孝子品格、最惊心动魄的瞬间，那莫过于杨香扼虎的片段。早在金代，砖雕中表现的就是杨香缚虎瞬间。清代的刻本（图5-16）[①]也多是这样。"二十四孝"图说广为人知，因而图像也相对固定。

图5-16　清代王素《二十四孝之杨香扼虎救父》

---

　　① （清）王素绘，许介川书：《二十四孝书画》，福建美术出版社2004年版，第41页。

但该刊1914年第41期"历史"栏目中杨香故事（图5－17）表现的是扼虎之后的时间段。幼小的杨香隔开了巨型猛虎和父亲，正举拳把老虎赶走。刚被杨香从虎嘴中解救下来的父亲惊慌失措。图中父亲脚的方向是要逃离现场的，但又担心杨香，回首恐惧地张望。笔者以为绘者没有抓住故事中最富表现力的"顷刻"。如果不知道这个故事的儿童仅看图画可能会问：杨香怎么扼虎？怎么把父亲从虎口里解救下来？况且父亲的穿着和头饰怎么看都不像在田里劳作的老农，倒像一个官员或读书人，很容易让人误读。

图5－17　《儿童教育画》之"历史"栏目，1914年第41期

上面事例说明《儿童教育画》绘者的水平参差不齐。虽然杨香故事中绘者对图像的叙事能力表现较弱，但对人物、动物和周围情状的描画相当擅长。小杨香的勇猛又稚气的表情，父亲惊慌失措和老虎心有不甘的表情都表现得非常出色。只是杨香作为二十四孝故事中唯一的女孩，图中的性别很模糊，或者更近似男孩形象。很多版本的二十四孝故事中杨香形象都呈现中性化，或者说更偏男性。

一方面由于女孩的柔弱与扼虎救父的形象反差太大，另一方面也由于儿童本身就是被漠视的人群，女孩更是难得走入画家的视线。很多画家并不擅长表现女孩。

该刊图像中女孩形象明显少于男孩，而且背影、侧影较多。比如创刊号封面中的女孩就是侧背影。第 2 期封面中的女孩也是侧影。《苏州慕家花园幼稚院学生捉迷游戏》一图中出现非常多的女孩，但不是背景就是侧影，唯一的女孩正面像还是用手帕遮住眼睛的。《儿童教育画》之前的儿童读物，除了外国传教士主办的《小孩月报》外，《蒙学报》《启蒙画报》中女孩形象也很少。《儿童教育画》一涉及较少在传统题材中露脸的女孩，其形象就有些失真。比如 1912 年第 22 期 "外国故事" 栏目，其中的女孩倒更像在一张男孩的脸上画上长发，然后让其穿着长裙。这从一个侧面反映了风气渐开，女孩开始在儿童图像中崭露头角，但绘者的表现手法却滞后于时代的发展，他们还没掌握如何表现女孩形象。

正因为如此，一个裸体女娃登上了第 92 期封面才会带给人们视觉的冲击力。女孩不只成为封面的主角，而且首次以一个光屁股的女娃形象来倡导一种新观念。同期出现的彩页《我们爱听姊姊讲故事》（或《小小儿童真顽皮》）（图 5 - 11）也有一群不穿衣服的 "小小儿童" 与此呼应。彩页的印刷非常精美，色彩非常绚丽。画面上有一群坐在蘑菇上听故事的 "小小儿童"。"小小儿童" 的神情非常逼真、有趣。有一个小朋友从蘑菇上摔下来，把后边的小朋友着实吓了一跳。旁边的小朋友有的开心大笑，有的大惊失色，有的不为之所动。还有一个小朋友来晚了，紧张得一路狂奔。"小小儿童" 神情各异，又生动逼真。她们是一群 "爱听姊姊讲故事" 的 "小小儿童"。从儿童摇头晃脑地背圣贤书到痴迷于听故事，儿童的启蒙方式已经有了显著的改观。而且最重要的是启蒙者的身份也变了，女孩从被启蒙者一跃成为启蒙者——讲故事的 "姊姊"。图中 "姊姊" 头戴宽帽檐的遮阳帽，身穿连衣裙、长筒袜、黑皮鞋，优雅又现代的儿童打扮。这是图像开始聚焦为女孩形象的一个信号。其后，女孩形象在其他的儿童读物上有了更绚丽多彩的呈现。

一事一图的体例主要专注于寻找故事发生过程中最富有意义的"顷刻"。虽然也有一图中并置了两个时间段的叙事。比如1917年第81期"歌谣"栏目,"弟弟采桂花,哥哥买白糖。放在臼中捣千下。便叫桂花糖。含在口中阵阵香。"图中的近景是哥俩一起做桂花糖,一个捣桂花,一个正在品尝。图中的远景却在陈述另一个时间段的故事,读者可以透过一扇窗看到弟弟在摘桂花,通过一扇开着的门看到哥哥正买白糖回来。假设哥哥买白糖和弟弟摘桂花是同时进行的,那这个时间段是发生在捣桂花之前的情节。总体而言,一事一图的体例很难使图像的连续叙事有更大的突破,但图像对各学科的表述让我们看到了传统儿童观渐变的动态过程。

二 一事多图与滑稽画

初创之时,多幅图画叙述一事的并不多。从第7期"修身"栏目开始出现简单的四格图画故事。图画的分格既让每一幅图画成为独立的叙事片段,图画之间又有一定的连贯性。这与插图并不相同,插图的画面相对丰富一些,侧重于在一幅画中提供更多的信息。而多幅图画更侧重画面之间的连贯性,以求通过画面就能把主要情节讲述出来。同样还是那些栏目,但由于运用多幅图画叙述,图像的叙事性明显增强,渐具图画故事的雏形。其中也有三种类型,有的完全不需要借助文字;有的文图并重;有的通过文字完成意义的呈现。

1911年第15期的"修身"(图5-18)属于四格图画。这则"修身"图画的叙事性非常好,衔接相当紧密,不借助文字,仅看图就能把握故事内容。第一个画面讲述两小儿误会的原因是两把伞勾在一起。第二个画面紧接着叙述因两伞勾在一起、两小儿又相向而行致使两伞坠地。第三个画面讲述面对两伞坠地的局面,两小儿大怒,然后大打出手。第四个画面讲述两小儿这样处理误会的结局是两败俱伤。两小儿面对残局大哭,伞也破了,石板摔碎了,书报带断了,地上一片狼藉。由于在该刊中图像的主体地位,文字倾向于零度叙事。一切尽在图画中,文字仅仅是辅助说明,过分地修饰反而会喧宾夺主。

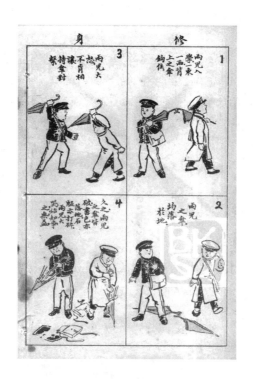

图 5－18　《儿童教育画》之"修身"栏目，1911 年第 15 期

　　1916 年第 69 期《打虎》看图也能略知大概，文字使其意义完整、明朗："1. 有一猎人，以猎枪架于树间。树旁又系一犬，以诱虎至。2. 犬大叫不已，虎果来矣。3. 虎方来，枪声忽发，却中其头，虎倒地被获。4. 猎人恐犬受惊，乃以手抚之。"总体来看，《打虎》的故事文图结合比较紧密，文字增强了故事的生动性，图像则使故事更形象。在第 25 期"外国故事"栏目中《麒麟》（麒麟即长颈鹿——笔者注）也是观图即明。文字是："1. 某儿行山中，遇一溪，不得渡，忽见对岸一麒麟。2. 某儿乃取饼饵引之。3. 麒麟伸颈来食，儿即从麒麟颈上飞行而过。故当时多称某儿之智，遂名为麒麟桥。"文字的最后一句画龙点睛指出此桥的来历。

这种意义的呈现是图像无法完成的，这时文字的说明就显得重要。

尤其在某些"寓言"栏目中，文字就不单单是辅助说明，而是要完成意义的建构。第87期"寓言"栏目中父亲给两个儿子一泥人玩具。两个孩子都很喜欢，玩了一会儿就开始相争。不慎泥人跌落摔碎。父亲见状趁机教育道："凡物不争则共得，争则共失。汝其戒之。"在另一则龟兔赛跑（图5-19）的"寓言"栏目中，第4幅图画呈现的是乌龟得意扬扬地跳舞庆贺胜利，兔子气急败坏地看着乌龟。讽刺意味自在画中，原不必明言。但篇末还是有文字来点明题旨："及兔醒，急行而前。龟已先至矣。故为学当渐进，不可间断。"①

图5-19　《儿童教育画》之"寓言"栏目，1911年第16期

①　《寓言》，《儿童教育画》1911年第16期。

周作人曾指出真正的儿童文学不是教育性的，而是那些毫无功利和实用价值的"无意思之意思的作品"。赵景深也颇同意周作人的观点："儿童对于儿童文学，只觉他的情节有趣，若加以教训，或是玄美的盛装，反易引起儿童的厌恶。"并提起自己"幼时看孙毓修的《童话》，第一、二页总是不看的，他那些圣经贤传的大道理，不但看不懂，就是懂也不愿去看"。① 这说明成人处心积虑的训诫，并不受儿童欢迎。

但该刊中出现的"滑稽画"就通过对"顽童"或有缺点儿童的可笑之处的讽刺，来实现道德教化的目的。比如1916年第71期《滑稽》画（图5-20），一小儿不讲文明，吃完西瓜后乱扔瓜皮，结果是自己踏在瓜皮上，滑倒在地。1915年第51期的《滑稽画》（图5-12）是由于某儿不讲卫生被猫抓破脸。第67期《滑稽画》是穿校服背书包的男童正神气地吸着纸烟结果被先生发现，惹火上身。文字是"（1）一小学生私吃纸烟。（2）忽见先生在前，乃将纸烟藏于背后。（3）纸烟为操衣遮蔽，先生不问而去。（4）顷刻，纸烟烧着操衣，学生大惊"。这其实是通过有缺点的儿童最终自食恶果来达到警示：不要向这个"小儿"学习。不然，必遭惩罚。

"滑稽画"虽然第一次在儿童期刊中运用，但并非《儿童教育画》的发明。当时曾风行时画、谐画、漫画、图画等，与"滑稽画"基本同属一类，后来统称为"漫画"。从美学上讲，"滑稽"具有事物自相矛盾、引人发笑的审美特征。表现为有缺陷的或本质丑的人，在特定矛盾冲突中以异乎寻常的言语、动作自暴露其自相矛盾、空虚和无价值。其表面的抗争往往表现为歪曲、夸张、荒唐、扭捏作态、装腔作势等形式。② 也就是说，滑稽原本就是通过描述丑陋、错误、有缺陷的人或物来引人发笑。关键是如何选择、定义有缺陷的人。

---

① 周作人、赵景深：《童话的讨论》，载蒋风主编《中国儿童文学大系·理论一》，希望出版社1988年版，第81页。

② 朱立元：《美学大辞典》，上海辞书出版社2014年版，第58—59页。

图 5 - 20　　《滑稽》,《儿童教育画》1916 年第 71 期

　　该刊"滑稽画"中的主角是"顽童"。"顽童"的种种顽皮行径用夸张、变形的漫画手法表现,于是就很具娱乐性了。1911 年第 18 期《滑稽画》描述的是"一小儿"去捕蝉,结果被蝉尿了一头。第 74 期的"滑稽画"是"(1)某生入校,沿途购物食之。(2)见先生来,即将食物尽塞口中。(3)食物满口,两颊突起。(4)先生疑其病,以手按之,口中食物累累坠地"。第 88 期《滑稽画》是兄妹两人以拂尘绑犬尾、鼠尾,扫除尘土。结果狗和老鼠四处蹦跳,尘土飞扬、一片混乱。

　　在《儿童教育画》中,"顽童"其实是与模范的现代儿童相对的。《儿童教育画》建构出来的现代儿童是典范的,具有示范意义。而"顽童"是讽刺、嘲弄的对象。尽管画面对"顽童"充满了调侃,但"顽童"的行径充满了生活气息,瞬间就拉近了与小读者的距离。而且画面从对场景的描述转而追求叙事性、追求文图结合，这都为图画故事最终在儿童读物上形成做了有益的尝试。

三 视觉的发现与想象

为吸引幼儿的注意力，"藉图画之玩赏引起儿童向学之观念"，《儿童教育画》对图画的趣味性也颇为注意。创刊号"游戏"栏目刊载了一幅西洋人画像，正视反视皆成图像。"此图先顺视之，后倒视之，皆成人头。"这种视觉游戏很快就有了模仿者。1915 年第53 期"图画"栏目中也刊载了一幅这样的图画："此图颠倒视之，皆成人头。"此类图从"游戏"栏目到"图画"栏目的转换，说明此类图既是一种游戏，用来增加阅读的趣味性，又是一种视觉艺术，用来训练孩子视觉的敏锐性和想象力。其重复出现体现了《儿童教育画》对视觉艺术追求的自觉。

创刊号还有一个"悬赏画"栏目也有同样的多重功能。研究者通常只从"悬赏"二字入手，大赞这种奖励方式鼓动了儿童参与的积极性，[①] 其后的儿童读物也常常模仿这种刺激读者参与的营销方法，却较少从"画"的创新形式对儿童视觉培育上展开论述。请看图 5－21，"第一次画题"是画出了一个形状，然后"照此图画式样，不论人物，绘成图画"。第 2 期的"第二次悬赏画"仍是这类图形游戏。"照此画题之式样，能绘成一图作为答案者……本馆当择其最优者，将图画及绘者姓名，印入下次书中。并酌赠本书一册，次者亦将姓名登录。"[②]

也就是说，任意给出一个图形，然后读者根据各自的想象在图形里画上图画。读者可以随意在无规则的图形上绘制出人物、动物、物品图案等，赋予图形全新的生命力。这对开发儿童的视觉想象力是非常好的练习。从第 2 期公布的答案中可以看出，这个图形可以由书包、穿袈裟的小和尚、啃树叶的小白兔、母子相拥的猫咪和童子抱鲤鱼的吉祥图等构成。当然答案是无限的，读者可以把这

---

① "'悬赏画'一门，以名誉奖赏，引起儿童学业上之竞进，尤能鼓舞其兴趣。"参见《介绍批评》，《教育杂志》1909 年创刊号（清宣统元年正月二十五日）。

② 《悬赏画》，《儿童教育画》1909 年第 2 期。

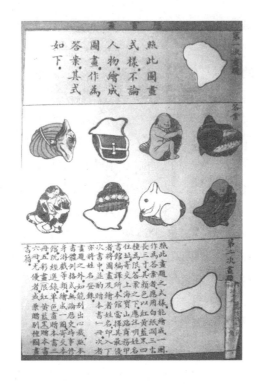

图5-21　《悬赏画》第一次画题答案，《儿童教育画》1909年第2期

个图形想象成任何画面。这在最大程度上激活了儿童的想象力和创造力。

　　近100年后，英国有个著名的绘本大师、安徒生童书奖的获得者安东尼·布朗，他在伦敦的泰德艺廊和教育中心的邀请下，从2001年6月到2003年3月曾带着伦敦市区小学的1000位小朋友参与"视觉入径"（Visual Paths）的艺术活动，其中一个活动就是这类视觉游戏。先由一个人随便画出一个图形，再由另一个人把这个图形变成一个有意思的画面。安东尼·布朗童年时就爱玩这种"形状游戏"。他超现实的画风深受这种游戏的影响。他还利用这种视觉游戏完成了两本图画书：《形状游戏》和《一起玩形状游戏》。

　　一个无规则的图形可以变成无限多意想不到的图画是一件非常神奇的事情。100多年前，《儿童教育画》从创刊号起就进行这种视觉启蒙训练是非常有意义的一件事。虽然不知这种创意从何而来。其后，这种视觉游戏在《小朋友》中得到了极大的继承和弘扬。

"画题之外，如能别出心裁，照本书体例格式，无论历史、时事、修身、游戏等类，绘成一图，寄交本馆，既经选录，单色画赠本书三册，五彩画（限红黄蓝黑）赠本书六册。尤优者或兼赠别种图画书籍。"[①] 在这种优厚的奖励机制下，《儿童教育画》经常选登了一些读者来稿。比如身穿操衣的小学生运用各种体操动作组成的"儿童教育画"五个大字（图5–3）。这种"别出心裁"的图画可以与形状游戏相媲美。这既是对《儿童教育画》的宣传，也是新教育推广下的一种成果，同时也是一种视觉艺术形式。因而作者也获赠三册书籍。一种在目前儿童读物中非常普遍的儿童游戏图"谜图"[②] 那时出现了。

1914年第42期《滑稽画》（图5–22）也是这样一种视觉的训练。看图可得知，正看是两条狗，反看是一条狗。还有正看一把伞、一双皮靴、一个布袋，反看是一人足蹬皮靴、打伞坐在凳上。这是由于视觉的盲点或信息的不完整造成的视觉错觉。虽然刊物本身登载这类视觉艺术是增加其趣味性，但这种益智类的视觉游戏，对开发儿童的大脑，对培养儿童的观察力、想象力、创造力等都大有好处。

《儿童教育画》是第一次运用"儿童"的称呼并面向低幼儿童的纯粹画刊，这种画刊的诞生标志着当时儿童观的进步。遗憾的是正是这种先锋的姿态导致了后世对它的评述较少。因为面向低幼儿童，它的文字浅显得近乎无味，而研究者向来以文字意义的呈现为关注重点。尤其是成人研究者面对儿童文学时，常常是理性大于形象，内容大于形式，很难绕开语言直接对所谓"幼稚"的图像有所洞见。其实《儿童教育画》大量的图片向人们展示了一份直观的原

---

① 《悬赏画》，《儿童教育画》1909年第2期。
② 汪昭昙：《谜图》，《儿童教育画》之"图画"栏目，1914年第41期。

图 5 - 22　《儿童教育画》之"滑稽画"栏目，1914 年第 42 期

生态历史，通过这份画刊，我们看到清末民初人们在风云变幻的历史语境中如何想象儿童。

《儿童教育画》在图像的连续叙事上具有相当明显的承前启后性，"悬赏画"在视觉启蒙方面又具有重要的开创性。后世影响深远的儿童刊物《儿童世界》《小朋友》在图像叙事上莫不是沿用了它的形制并逐渐发展完善的。比如《儿童世界》初创时期"滑稽画"栏目的设置，显然是沿袭的《儿童教育画》上广受欢迎的"滑稽画"栏目。郑振铎主编《儿童世界》时期对图画故事进行的文体实验，也是在《儿童教育画》用图像表述各种学科的探索基础上进行的。至于《儿童教育画》在西方想象的基础上建构的现代儿童形象则在《儿童世界》《小朋友》《儿童画报》中有了进一步的呈现。

第六章 《儿童世界》：儿童文学 "图像转向" 的发生

第一节 图像与文学形式的变革

一 《儿童世界》简介

《儿童世界》（图6-1）①：1922年1月由商务印书馆在上海创办，是五四新文化运动影响下的第一种儿童文学刊物。郑振铎是创始人和主编，第二年由徐应昶接任主编。采用白话文和新式标点，先后采用24开、32开、16开等不同开本，都是直排本。封面和封底用胶版纸，内页用白报纸。郑振铎主编期间通常35页，后来增至50页，出特号或专号适当增加篇幅，有时能增至218页②。该刊以小学中高年级学生为主要读者对象。栏目有："封面画""插图（画）""歌谱""童话""诗歌童谣""故事""图画故事""寓言""戏剧""小说""格言""笑话""儿童创作""谜语""手工""幻术""游戏"等，几乎囊括了儿童文学的所有文体。该刊的撰稿阵容非常强大，有许地山、叶圣陶、茅盾等人。该刊创刊时是周刊，郑振铎主编期间每卷13期，从1926年第17卷开始改为每卷25期。1931年12月19日第28卷第25期（总第508册）出版后，因"一·二八"事变而停刊数月。1932年10月16日第29卷第1

---

① 关于《儿童世界》的史料，包括图片，都来自中国国家图书馆。
② 1923年1月6日出版的《儿童世界》第5卷第1期新年特刊号就有218页。

期复刊，并改为半月刊，每卷 6 期。1933 年第 30 卷开始改为每卷
12 期。1937 年因"八·一三"事变休刊，同年 10 月，在香港复
刊。1941 年第 47 卷第 1 期改为月刊，因香港沦陷，第 47 卷第 2 期
出版后停刊。

图 6 - 1　《儿童世界》1922 年创刊号封面

　　《儿童世界》创刊工作早在 1921 年 5 月就已开始，该年的 9 月
22 日，负责创办《儿童世界》的郑振铎就拟好了《〈儿童世界〉
宣言》。先后发表在 1921 年 12 月 28 日的《时事新报》《学灯》副
刊，1921 年 12 月 30 日的《晨报副镌》，1922 年 1 月 1 日的《妇女
杂志》第 8 卷第 1 号的附录上。在《〈儿童世界〉宣言》中，郑振
铎历陈当时"注入式"教育的弊端，指出现在的小学教育虽有所改
进，但教科书过于庄严刻板，儿童需要课外读物。仅从这一点来
看，郑振铎与孙毓修编纂《童话》的初衷近似。但接下来郑振铎的

主张与孙毓修的有了质的区别。郑振铎陈述办刊的宗旨以麦克·林东的提法为根据，即"（一）使它适宜于儿童的地方的及本能的兴趣及爱好。（二）养成并且指导这种兴趣及爱好。（三）唤起儿童已失的兴趣与爱好"。并进一步指出儿童喜欢童话正是儿童的心理特点，对将来的现实生活没有影响，而且还包含文化人类学的观点："儿童心理与初民心理相似，所以我们在这个杂志里更特别多用各民族的神话与传说。"

郑振铎的这些观点代表了五四新文化运动以来人们对儿童的新认识，也是周作人以"儿童本位"论为原点的儿童观广泛传播的结果。因而，《儿童世界》是五四新文化运动影响下的第一种儿童文学刊物。有研究者把它称为"中国儿童文学和少儿报刊史上的一座丰碑"。[①] 因主编郑振铎是文学研究会会员，又具备出色的征稿能力和人格魅力，他把一大批文学研究会成员拉进了《儿童世界》的作者队伍。在他主编期间，文学研究会会员许地山、叶圣陶、严既澄、赵景深、顾颉刚、周建人、王统照、胡天月、耿济之、俞平伯、谢六逸、胡愈之、高君箴等人都曾在《儿童世界》上发表儿童文艺作品，涵盖歌谱、童话、故事、诗歌、神话、图画故事、笑话等多种体裁。尤其标志着儿童文学诞生的叶圣陶童话集《稻草人》的多数篇目也是首先发表在《儿童世界》上，然后再结集出版。《儿童世界》不只打造了中国儿童文学第一代作家群，而且它的小读者群如陈伯吹等人也成长起来，成为儿童文学创作队伍的中坚力量。

郑振铎美术修养高，特别注重刊物中的图像运用。他在《〈儿童世界〉宣言》中设置了 10 个栏目：插图、歌谱、诗歌童谣、故事、童话、戏剧、寓言、小说、格言、滑稽画，除了插图、滑稽画专门以图画为主外，其他的诗歌童谣、童话等文章所配的插图，天地头通栏装饰、题头文尾画等都有精彩呈现。没有这些异彩纷呈的

---

① 武志勇：《五四与〈儿童世界〉——论郑振铎主编的〈儿童世界〉对儿童文学的贡献》，《编辑学刊》1998 年第 3 期。

图像，《儿童世界》则会大为逊色。所以《儿童世界》的每次革新，图像种类、数量的添加都是最重要、最醒目的一项内容。而且郑振铎在"滑稽画"的基础上创制了"图画故事"。"图画故事"在图像连续叙事和文图结合方面，以及故事表现广度、深度等方面比《儿童教育画》有了更大的发展，成为中国图画书的雏形，并对儿童文学的内容和形式的变革产生了深远影响。

《儿童世界》创刊没几个月就"每期印数都在一万册以上"[①]，深受小读者及其父母和教育者的欢迎，并和创刊晚于它几个月的《小朋友》成为民国时期最重要的两种儿童刊物。

二 "图画故事"诞生的先期准备

中国现代儿童观的形成主因虽然是"外源"，但本国也自有其接受的土壤。明朝王阳明对儿童和幼学的主张在宋明理学一统天下时状如一股潜流，时隐时现，但在清代救国图强的时局下却发酵成熟，在思想界激起越来越多的回应。1904 年陈独秀曾专门著文逐条详解王阳明的《训蒙大意》。陈独秀首先指出王阳明的主张"破后世教育的病根"，并深深折服于王阳明的教育是让孩子"自由发达"、坚决反对拘束孩子。陈独秀还对王阳明主张的"歌诗、习礼"大加赞赏。他说："我中国几百年前，就有了阳明先生这等教育好法子，只是埋没了几百年，无人去理他的话。所以弄得教育童子的方法，就像冰霜剥落草木一般，一毫生意也没有，人才如何能发达呢？"陈独秀认为，王阳明的教育法与西方教童子法是相通的，只是几百年来没人遵从，所以才国弱民穷。[②]

清末《教育杂志》上也曾有一篇《儿童读书之心理》的文章，包含西方的儿童心理方面的新思想。文中提出儿童读书应"以言日常生活之事，又富有趣味者为佳"。孩子爱读这类书是经过众多实

---

① 《童话》第 1 集第 57 编《丈人女婿》（1917 年初版），1922 年 9 月再版。

② 陈独秀：《王阳明先生训蒙大意的解释一》，《安徽俗话报》1904 年 10 月 23 日第 14 期。《王阳明先生训蒙大意的解释二》，《安徽俗话报》1904 年 11 月 21 日第 16 期。当时署名"三爱"。

践检验的。这类书籍未必有圣贤之书的至理名言，但孩子也要知道一些"世上之弊害"，并通过读书来明辨是非。文中认为"惟大思想则不必灌注于儿童之脑，以与儿童年力脑力，均不相应也"。最不可要的是在儿童不适当的年龄把他们不懂的大道理硬性灌输，过早地窒息了孩子们的灵性。此书进一步指出，如果给儿童提供书籍应该根据儿童的特点和心理需求，"欲求有益于儿童，则不可不视儿童之意见行之"。① 这应该是"以儿童为本位"的最早表达。

1914 年周作人在《绍兴县教育会月刊》上谈论、评判儿童艺术品的标准时指出："蒙养之要，不在理论而在方术。欲通其术，要当以儿童为师而自求之……故金对于征集成绩品之希望，在于保存本真，以儿童为本位。"② "今倘于此不以儿童为本位，非执着于实利，则偏主于风雅，如此制作，纵至精美，亦犹匠人之几案，画工之丹青，于艺术教育之的，去之已远。"③ 这应该是儿童本位的更明确表述。当然周作人的文化思想来源很多，有神话学、文化人类学、生物学、儿童学等西方和日本的书籍，但不可否认中国大地上先进的知识分子已经做好了接纳"以儿童为本位"观念的思想准备。不然，周作人《人的文学》《儿童的文学》发表后不会瞬间就一呼百应、风起云涌。

《儿童读书之心理》还有一些观点闪烁着文化人类学思想。它认为儿童时期应该读些神话传说等故事，因为"神话时代故事，与少年之关系，较现今之文明，尤为密切。以少年时代恰与神话时代相当故也"。照进化论来讲，人类的个体发生原来和系统发生的程序相同：胎儿在母体内用很短的时间重演生物进化的漫长过程，而儿童时代又重演人类文明发达的历程。因而儿童学上的许多事项都

---

① 《儿童读书之心理》，《教育杂志》1909 年（清宣统元年）11 月第 1 年第 12 期。原文未署名。

② 周作人：《学校成绩展览会意见书》，原载《绍兴县教育会月刊》1914 年 6 月 20 日第 9 号，陈子善、张铁荣编《周作人集外文》（上），海南国际新闻出版中心 1995 年版，第 175 页。

③ 周作人：《小学校成绩展览会杂记》，原载《绍兴县教育会月刊》1914 年 9 月 20 日第 10 号，同上书，第 181 页。

可以借人类学上的事项来作说明。① 幼儿易被神话传说故事所倾倒，正是此理。这种关于儿童心理新思想的文章刊行在商务印书馆发行量最大的《教育杂志》上，其影响也不容低估，为五四新文化运动时期周作人推介"复演论"起了奠基作用。

此外，晚清政府也在维新知识分子的大力倡导下，制定了一系列富含西方启蒙思想的新学制。其中对儿童思想和心理的探讨、对儿童身体或儿童权利的关注等措施，都起到了开启民智、革旧除弊的作用。清政府锐意改革的精神和有识之士的积极倡导相颉颃，在清末民初渐渐形成一股关注儿童权利的声势。

当然，我们也应该理性地分析晚清政府及文人关于儿童的文化主张中存在的先天不足。首先，他们都是以儿童的教化为原点，以实现国家民族的富强为远景，而不是从儿童自有其独立的意义和价值方面出发，没有超越儿童为"成人生活的预备"的层面，甚至儿童在一定程度上被抽象化为国族想象的隐喻符号。其次，相关论述不成系统、碎片化，缺乏深层的探求和全盘的整合。因而最终没有促成"儿童的发现"的革命性裂变。

这场真正的革命裂变直到五四才来临。"儿童文学这名称，始于'五四'时代。"② 茅盾的这一提法有着深刻的社会原因。"五四运动的最大的成功，第一要算'个人'的发现。"③ 有了"人的发现"，"儿童的发现"才成为可能。在五四文人中，对儿童文学的推介最用力的非周作人莫属。早在日本留学时，周作人就对神话学、文化人类学、生物学、儿童学等西方书籍表现出极大的兴趣，而这些书籍对儿童的发现都具有本原性。这些阅读不只成为周作人之后学术方向、人生选择的思想背景，而且直接玉成了周作人的儿童观。回国后，周作人陆续发表了多篇关于儿童文学的研究文章：

---

① 周作人：《儿童的文学》，载钟叔河编《周作人文类编·上下身》，湖南文艺出版社1998年版，第683页。

② 茅盾：《关于"儿童文学"》，《文学》1935年第4卷第2期。

③ 郁达夫：《散文二集导言》，载《中国新文学大系》，上海文艺出版社2003年版，第5页。

1912 年的《童话研究》、1914 年的《儿歌之研究》、1913 年的《儿童研究导言》、1913 年的《丹麦诗人安兑尔然传》、1912 年的《童话略论》、1914 年的《古童话释义》、1914 年的《儿童问题之初解》、1918 年的《读〈十之九〉》、1918 年的《人的文学》、1920 年的《儿童的文学》等。尤其是周作人发表在 1920 年 12 月 1 日《新青年》第 8 卷第 4 号上的《儿童的文学》，不仅标志着周作人儿童观的成熟，而且此文借着《新青年》的影响，很快传遍了全国。儿童文学一时风靡起来，成为教育界、文学界、出版界热烈鼓吹的新生事物。"教师教，教儿童文学；儿童读，读儿童文学。研究儿童文学，讲演儿童文学，编辑儿童文学，这种蓬蓬勃勃、勇往直前的精神，令人可惊可喜。"[1] 所以，1929 年朱自清在清华大学编讲《中国新文学研究纲要》时，在新文化运动"经过"一章中，便明确指出 1921 年兴起了轰轰烈烈的"儿童文学运动"。

这期间儿童文学的翻译和相关研究、推介文章也大量涌现，比如：从 1917 年开始，《新青年》上发表对安徒生的介绍及《卖火柴的小女孩》等文章，中华书局出版安徒生童话集《十之九》，《小说月报》和《妇女杂志》刊登安徒生、格林、王尔德等作品和对他们的大力推介，鲁迅 1922 年译《爱罗先珂童话集》，赵元任译《阿丽思漫游奇境记》等。研究儿童文学的理论频频见诸报端，比如，1921 年 3 月至 6 月，叶圣陶在北京《晨报》副刊上连续发表《文艺谈》40 则，有多篇涉及儿童文学。他指出儿童文学对儿童的必要，呼吁要赶紧创作属于儿童的文学作品。例如 1921 年 6 月褚东郊发表在《小说月报》第 17 卷号外《中国文学研究》的《中国儿歌的研究》，1921 年 11 月严既澄发表在《教育杂志·讲演号》上题为《儿童文学在儿童教育上之价值》等。专著也出了不少，比如 1922 年便诞生了第一部《儿童文学概论》。成人报刊上增设儿童栏目成为一时的文化风尚，在专为儿童创办的新型报刊问世之前，成人报刊上的儿童副刊成为先行者。这一时期较早开辟儿童园地的

---

① 魏寿镛、周侯予：《儿童文学概论》，商务印书馆 1923 年版，第 1 页。

有北京新生活出版社出版的《新生活》周刊的儿童栏目，尔后《晨报》的《觉悟》副刊创办《童报》，《时事新报·学灯》副刊也辟栏就儿童教育、心理学和儿童性格锻炼诸方面进行了争论。《妇女杂志》1921 年开辟"儿童领地"专栏，发表许多儿童文学作品，开创了我国妇女杂志为儿童办专刊的先例。1921 年《学灯》副刊开辟了"儿童文学"专版。1923 年 7 月《晨报副镌》开辟"儿童世界"专栏。随后，邵飘萍主办的《京报》也附刊《儿童周刊》，郑振铎接手《小说月报》后开辟"儿童文学"专栏等。

经过这一番轰轰烈烈的儿童文学运动，很多文人才意识到"儿童"不是"缩小的成人"，也不是"不完全的小人"[1]，而是有着不同于成人的独立的存在价值和意义。人们开始以儿童的心智发展为基础来研究、编写儿童读物。所以这一时期创办的《儿童世界》《小朋友》《儿童画报》等儿童读物都分外关注图画在书刊中的应用，并在异彩纷呈的图像实践中渐渐形成了以图画来讲述故事的新的文学呈现方式——图画故事。而这种儿童文学内容和形式的深刻变革没有引起人们的足够重视。钱理群说：

> 开创了现代文学的"五四"新文化运动，是一个"人的发现"的运动；而所谓"人的发现"是包括了"妇女的发现""农民为主体的下层人民的发现"，以及"儿童的发现"这样一些具体内容的。前两个发现所引起的文学内容与形式的深刻变革，已经得到了普遍的体认，也有了许多重要的研究成果；但"儿童的发现"对于现代文学的意义，却很少有人关注。事实上，儿童的发现，不仅直接引发了"中国现代儿童文学"的诞生（这是人们比较容易注意到的），而且对现代文学的观念、思维方式、艺术表现上都有着深刻的影响。在这方面的研究，有相当广阔的理论前景，也有相当的理论难度。[2]

---

[1] 周作人：《儿童的文学》，第 682 页。
[2] 钱理群：《文体与风格的多种实验——四十年代小说研读札记》，《文学评论》1997 年第 5 期。

儿童文学因接受者的特殊性，其"图像转向"要早于成人的文学，对图画的倚重最终也促成了儿童文学新文体的产生——图画书。图画书的形成有漫长的发展历程，从前几章的叙述中可看出图像从儿童文学刚开始萌动时就与其勾连在一起。从传统蒙学读物中的文图配合到近代教科书中图像的表意增强，从外国传教士编纂的书刊重视多种图像实践到中国人自己创办的儿童报刊《蒙学报》《启蒙画报》等重视图说"实学"、图像的游戏性等，尤其是在此发展脉络中，图像的叙事性逐渐凸显。

商务印书馆1909年创刊的《儿童教育画》成为最具承前启后作用的刊物。它首先是第一份完全意义上的幼儿画刊，力图通过图画而非传统的文字让幼儿理解这个世界。它还尝试用多格图画来陈述一个故事、一种知识、一个笑话等。其中最受欢迎的是第29期开始出现的"滑稽画"栏目。这份创办于晚清年间的儿童读物销量竟达2万余份，不能不说也有"滑稽画"的一份功劳。1922年1月《儿童世界》创刊时就沿用了"滑稽画"的称谓及特色。之后在许多刊物上都有"滑稽画"或"滑稽故事"或"滑稽图画故事"等类似栏目的设置，《小朋友》《儿童画报》《儿童杂志》《儿童之友》《小主人》《小学生》都登载了许多"滑稽画"，还有《少年杂志》"滑稽画"栏目中"顽皮的阿花"系列，甚至成人读物《小说世界》中亦有"滑稽画"栏目"顽皮的汤姆"系列。当然最突出的是《儿童晨报》，有两版属于图画故事，并专辟一版"滑稽世界"。每一期"滑稽世界"大概有两个左右的滑稽图画故事，比如《弟弟》《模仿》《他的教训》《羊三郎种菜》《顽童自传》《猫兄弟旅行记》等。这些实例很可以说明，最初儿童读物上连续图画叙事设置的主要目的就是娱乐小读者，"滑稽""好玩""有趣"几乎就是这类图画的主要特征。因而广受小读者的欢迎。

但郑振铎初创《儿童世界》时并不是简单地沿袭这种颇受欢迎的栏目。从第1卷第1期到第1卷第6期连载的"滑稽画"《两个小猴子的冒险记》（图6-2），首先在长度上进行了扩容，第1期

图 6 - 2　　《两个小猴子的冒险记》，《儿童世界》1922 年第 1 卷第 1 期

《两个小猴子的冒险记》之《鳄鱼毁屋》有 7 幅图画，占据 3 个页面，长度的增加使内容更加充实、丰满。接下来又连续刊载了《肥猪告状》《偷吃鸟卵》《和老虎游戏》《大战蟒蛇》《市游归来》5则小故事，每期刊登 1 则，每则七八幅画面，算上第 1 期共计 44幅图画。从内容和长度上看，已经具备了现代图画书的规模。从文图关系来看，每幅图画采用上图下文的布局，以图为叙事主体，图画截取最具表现力的一个画面进行生动刻画，文字言简意赅地陈述图画不足的地方。文图配合较好。另外从第 1 期开始就有题头画进行装饰、点缀，相比《儿童教育画》上的"滑稽画"的因陋就简

来说，充满了设计感。它的题头画不是单纯性的常春藤、缠枝牡丹等图案，而是两只小猴子和它们的保护神塘鹅，题头画内容与正文内容相关，既呼应主题，也有强调作用。这说明《儿童世界》从第1期就与以往"滑稽画"不同，体现了郑振铎力图重新建设这种文类的努力。

　　到第1卷第9期，郑振铎便放弃了使用"滑稽画"的名称，创制了"图画故事"的名称。这一期的图画故事是《鸡之冒险记》（图6-3）。画幅增加到12幅，虽然图画、文字都相当简洁，因为它侧重的不是每个画面的精描细写，而是注重画面的连续性叙事。这显示了郑振铎把晚清以来教育者寻求一种适合儿童心智发展的文化传播方式的尝试又往前推进了一步。

图6-3　《鸡之冒险记》，《儿童世界》1922年第1卷第9期

我们通常把现代图画书作为儿童文学的新文体，而"图画故事"就是图画书的雏形。郑振铎当时已经敏锐地意识到这种新文体的产生对儿童文学的意义，他已经从最初的沿袭上升到了自觉建设这种新文体的阶段。的确，以文字和图画互相配合的方式来叙述故事，它涉及的内容是广泛的，如果仅仅用"滑稽画"来命名，无疑是自缚手脚，大大削弱了它表意的范围和深度。长此以往，很容易为滑稽而滑稽。郑振铎最先有了这种自觉，从"滑稽画"到"图画故事"，看似只是简单的名称变化，但由此催生出了儿童文学的一种新文体。由于"滑稽画"更倾向于美术，而不是文学。"图画故事"则落脚点在"故事"，很明显是属于文学的。而且"滑稽"仅仅是儿童文学的一个方面，它永远不是也不可能是儿童文学内容的全部。

三 关于"图画故事"的文体实验

虽然从《儿童世界》第 1 卷第 9 期郑振铎就启用"图画故事"的名称，他也认准了图像是童书的"一种生命"[①]，但图画故事毕竟还处于概念阶段，如何运用连续的图像向儿童说故事，郑振铎也只有通过一个个图画故事实践来摸着石头过河了。所以这个时期的图像故事有着明显的文体实验痕迹，不仅有社会上流行的滑稽故事，也有大量的童话故事，还有叙事性的诗歌、抒情性的散文，以及历史故事、寓言、儿童小说等，几乎囊括了儿童文学的各种文体。郑振铎似乎有意地试验一下图画故事的韧性，也似乎想探索出一条文图结合的最佳形式。

在郑振铎主编期间《儿童世界》上发表的图画故事类共 131 个，其中图画故事 82 个，署名为郑振铎或疑似作者为郑振铎的 67 个，再加上他主编《小说月报》后又发表 6 则图画故事，共计 73 个，谚语图释 49 个。有些图画故事在期刊中并未注明是图画故事，有些在目录中也没出现，有些是作为彩色插图、诗歌或童话。但是

---

① 郑振铎：《插图之话》，《小说月报》1927 年第 18 卷第 1 号。

它们和其他图画故事并未有什么本质区别，都是通过多幅图画来讲述故事，只不过由于栏目设置不同而名称不同罢了。前人研究通常把目录中注明是"滑稽画"或"图画故事"的才看作典型的图画故事。以这种方式计算，郑振铎创编的图画故事只有 46 个，大大削弱了郑振铎在儿童文学图画叙事上的筚路蓝缕之功。

下面是节录的《儿童世界》从创刊到第 5 卷第 7 期的图画类故事。第 5 卷第 7 期之后郑振铎的稿件基本没有了。郑振铎担任《儿童世界》主编的时间从创刊到第 5 卷第 1 期。以下的图画故事至少由三幅图画组成，"谚语图释"除外。凡未注明作者的都是郑振铎所作。

1. 第 1 卷第 1 期
   谚语图释：四则，第 11 页、第 31 页
   两个小猴子的冒险记（滑稽画），（一）鳄鱼毁屋
2. 第 1 卷第 2 期
   谚语图释：两则，第 15 页
   两个小猴子的冒险记（滑稽画），（二）肥猪告状
3. 第 1 卷第 3 期
   谁杀了知更雀（诗歌图画故事）
   谚语图释：三则，第 29 页
   两个小猴子的冒险记，（三）偷吃鸡卵
4. 第 1 卷第 4 期
   两个小猴子的冒险记（滑稽画），（四）和老虎游戏
5. 第 1 卷第 5 期
   谚语图释：两则，第 15 页
   两个小猴子的冒险记（滑稽画），（五）大战蟒蛇
6. 第 1 卷第 6 期
   两个小猴子的冒险记（滑稽画），（六）市游归来
7. 第 1 卷第 7 期
   儿童之笛声（诗歌图画故事）
   谚语图释：两则，第 21 页

谚语图释：四则，第 24 页

8. 第 1 卷第 8 期

谚语图释：两则，第 13 页

9. 第 1 卷第 9 期

鸡之冒险记（图画故事）

谚语图释：两则，第 13 页。

10. 第 1 卷第 11 期

报纸之游行（滑稽图画），C. Z（耿济之）

11. 第 1 卷第 12 期

谚语图释：四则，第 24 页

12. 第 2 卷第 1 期

谚语图释：两则，第 14 页

13. 第 2 卷第 3 期

谚语图释：四则，第 17 页、第 34 页

14. 第 2 卷第 5 期

谚语图释：两则，第 12 页

谚语图释：两则，第 20 页

15. 第 2 卷第 9 期

小老人梦游记（图画故事）

16. 第 2 卷第 10 期

地面之变迁（一）三幅图，每幅有注解

人和猫（图画故事）两页，朱均

17. 第 2 卷第 11 期

地面之变迁（二）三幅图，每幅有注解

青蛙寻食记（图画故事）

18. 第 2 卷第 12 期

狗之故事（图画故事）①

谚语图释四则，第 19 页

---

① 简笔画。非常简约，没有分格，也没有画框。

19. 第 2 卷第 13 期

《鹦鹉与贼》（图画故事）两页，四幅图

20. 第 3 卷第 1 期

仁侠之鹰（彩色图画故事）

谚语图释：两则，第 3 页

水手与大鹰（图画故事）

21. 第 3 卷第 2 期

谚语图释：两则，第 7 页

熊与鹿（图画故事）

22. 第 3 卷第 3 期

蜻蜓与青蛙（图画故事）

谚语图释：两则，第 23 页

23. 第 3 卷第 4 期

象与猴子（图画故事）

24. 第 3 卷第 5 期

方儿与狗（彩色图画故事）

蚁穴（彩色图画故事）

苹果树下（图画故事）

25. 第 3 卷第 6 期

方儿落水记（彩色图画故事）

汽车历险记（彩色图画故事）

伤狐避害记（图画故事）

26. 第 3 卷第 7 期

罗辰乘风记（彩色插图）①

黑猫之失败（彩色图画故事）

谚语图释：两则，第 45 页

27. 第 3 卷第 8 期

费儿之厄运（彩色）

---

① 《罗辰乘风记》共三幅图，运用欧洲风格的木框装饰。

驴车入水记①

小羊旅行记（图画故事）

28. 第 3 卷第 9 期

小鱼遇险记（插图）

猴王（图画故事）

断尾狐（图画故事）

29. 第 3 卷第 10 期

狗之变化（彩色插图）

鼠先生画像记（彩色插图）

小狗历险记（图画故事），继程

30. 第 3 卷第 11 期

苦约克之经历（图画故事）

31. 第 3 卷第 12 期

笨大汉（图画故事），张勉寅

32. 第 3 卷第 13 期

溪旁发生的故事（彩色）

园丁与两个孩子（图画故事），继程

33. 第 4 卷第 1 期

祸首之狗（图画故事）②

小狗打老虎（图画故事），严既澄

34. 第 4 卷第 2 期

小鸟的遭遇（图画故事），继程

35. 第 4 卷第 3 期

河马幼稚园（图画）

古瓶碎了（图画故事）③

夏天的梦（诗歌图画故事）

谚语图释：两则，第 21 页

---

① 图画故事题目为笔者添加，原作没有题目。

② 《祸首之狗》，文字部分并不在本期，而是注明"说明见下期"。

③ 《古瓶碎了》，文字部分也不附载在图画后，而是注明"说明见本期末页"。

36. 第 4 卷第 4 期

河马幼稚园（图画）

37. 第 4 卷第 5 期

衣服污了

河马幼稚园（图画故事）

38. 第 4 卷第 6 期

杂货店里

鼠夫人教子记（彩色图画故事）

河马幼稚园（图画故事）

39. 第 4 卷第 7 期

自行车场

捕鸟记（彩色图画故事）

河马幼稚园（图画故事）

40. 第 4 卷第 8 期

婴儿看护（插画）

性缓的人，谢六逸　许敦谷

河马幼稚园（图画故事）

41. 第 4 卷第 9 期

猫与镜子（插画）

河马幼稚园（图画故事）

性急的人，谢六逸　许敦谷

42. 第 4 卷第 10 期

猫与鹅（插画）

河马幼稚园（八）

43. 第 4 卷第 11 期

战时（彩色插图）

猫与活动鸭（图画故事)①

爱林的小偶人（图画故事），继程

---

① 在目录中作者是"振铎"，但内页内容作者是"程"。

河马幼稚园（图画故事），（九）捉迷藏

44. 第 4 卷第 12 期

大力士的失败（彩图）

小猫到火炉里去（图画故事），继程

圣诞节前夜（彩色的图画故事），郑振铎　许敦谷

河马幼稚园（图画故事），圣诞节前夜

45. 第 4 卷第 13 期

除夕的球戏（彩色插画）

爱美与偶人（图画故事）三页，六幅画，继程

河马幼稚园，（十）毋妄之灾

46. 第 5 卷第 1 期

爱美与小羊，西谛

小猪拜年记（图画故事），森

新年会（图画故事）

猪先生的生日（图画故事），森

猪三与猴大的故事（彩色），太谷

47. 第 5 卷第 2 期

胖子和瘦子，应旭

弟弟救瓦雀（图画故事），谢六逸

张儿

爱美之笛，（一）梦游

48. 第 5 卷第 3 期

头到伞里来了（插图），履彬

爱美之笛（图画故事），（二）百花园

错里错（古事诗），云六

49. 第 5 卷第 4 期

吹风炉（插图），许敦谷

把脸烧痛了，许敦谷

爱美之笛（图画故事），（三）蜜蜂国

50. 第 5 卷第 5 期

水（两色插图）

爱美之笛（图画故事），（四）蝴蝶国

蝶与蜘蛛（彩色插画及故事），徐应昶

51. 第 5 卷第 6 期

它认不得字啊（未注明作者）

自己讨苦吃（图画故事），志

52. 第 5 卷第 7 期

摘给我罢（两色插图），无字漫画，未注明作者

爱美之笛（图画故事），（五）百鸟国

小黑童的佳运（插图），无字漫画

近视眼（滑稽故事），冯达夫

53. 第 5 卷第 8 期

猴子吃灯泡，无字漫画，沈麓元

爱美之笛，（六）百果国（图画故事）

　　"谚语图释"并不是完全意义上的图画故事，之所以也把它写下来，是因为一条谚语一幅图，用图像来重新阐释谚语，这本身就是一种图说。毕竟图像要比谚语本身更容易理解。比如这条"小船只要小帆"的谚语（图 6 - 4），图上一条小船装备了一个大风帆，小船在过于强大的风力带动下将要翻船。船主人慌忙坐在船帮上试图阻止船的侧倾。图画的表意性比较强，通过画面很快就了悟谚语的深意：不要凡事都求大、求强，合适就是最好的。但另一则"一鸟在手胜于二鸟在林"谚语，图画完全是对文字的重述而不是诠释，很难传达谚语的深意。虽然多数谚语的文化内涵极其丰富，一幅小图在达意方面有时难免捉襟见肘，但是对这种古老谚语的视觉化尝试，应该值得肯定。由于谚语图释有时在目录上并没标出，所以都相应地注出了页数。不过早期《儿童世界》的页数也很混乱，有时是从头到尾按顺序排列，有时一篇文章有一个页数，然后下一篇文章重新来过。

图 6 - 4 　《谚语图释》，《儿童世界》1922 年第 1 卷第 1 期

这时期的图画故事分为两类：一类是文字较少甚至没有，文字只是起补足作用，偏重图像叙事。比如《汽车历险记》（图6 - 5）：

1. 开足了发条。2. 汽车飞奔而去。3. 冲倒花盆。4. 驶过狗身。5. 遇鞋阻路。6. 带鞋驰去。7. 驶上石阶。8. 小鼠惊逃。9. 驶至床上。10. 惊醒睡者。11. 去路被枕阻住。12. 汽车倒了。①

① 郑振铎：《汽车历险记》，《儿童世界》1922 年第 3 卷第 6 期。

图 6 – 5 《汽车历险记》，《儿童世界》1922 年第 3 卷第 6 期

　　像这样的故事，如果不看图像，文字一点意思也没有。而图像除本身的形象、动感外，这 12 幅图画也游戏性十足。儿童不仅从一幅幅连续画面中得到快乐和满足，而且很容易就起了模仿的念头。而且彩色的图画故事更易激起儿童兴趣。也许他们就会随手拿个小木块模拟汽车去做一系列的摧毁工作，并且乐此不疲。而现代优秀图画书的一个重要标准就是"游戏性"。另外，字少对读者的读图能力也是个挑战。其实，儿童的读图能力往往优于大人。因为幼儿认识这个世界是从图像开始，识字越少，对图像的依赖性越强，对图像的阅读能力、识别能力也越强。也就是说，这个图画故事即使没有大人解说文字，不识字的孩子也能观图即明。

　　这种图画故事再往下发展就是无字图画故事。第 5 卷第 7 期出

现了无字滑稽画《摘给我吧》①。虽然简单，但幽默十足，而且是
两色图画，绘制也非常精美。遗憾的是并没注明绘者是谁。第5卷
第8期的《猴子吃灯泡》②（图6-6），作者为沈麓元。图画把猴子
一系列连续的动作诠释得很清楚：猴子对明晃晃的灯泡很好奇，
摘下后却不知道怎么吃。用牙齿咬，没咬动。用爪子掰，没掰动。

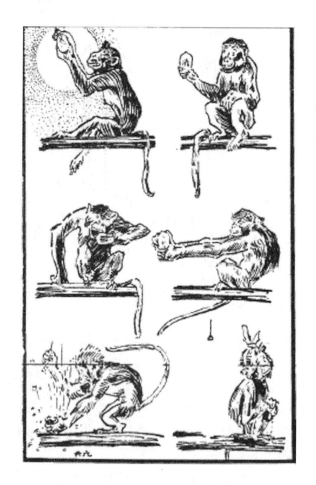

图6-6　《猴子吃灯泡》，《儿童世界》1923年第5卷第8期

---

① 《摘给我吧》，《儿童世界》1923年第5卷第7期。文字和图画作者都没有署名。
② 沈麓元：《猴子吃灯泡》，《儿童世界》1923年第5卷第8期。

于是把它砸了，结果自己光荣负伤。图画简洁、明了、有趣，富于表现力，叙事连贯，是非常有趣的滑稽画。少字或无字的图画故事更能凸显其娱乐性，所以有的研究者就把滑稽画认作漫画的前身。这种无字连续漫画到 20 世纪 30 年代已经有较为成熟的表现。比如在上海滩风行一时的叶浅予的《王先生》。后来张乐平受《王先生》影响，创作了无字漫画"三毛"的故事，成为儿童无字漫画的经典。

进入第 3 卷后，每期的图画故事大大增加，而且有了粗略的分类。比如目录前后（位置主要在目录之前）的图画故事和内文中的图画故事。目录前的图画故事多是彩页，比如上文提到《汽车历险记》和《摘给我吧》都是彩色图画故事。有时还是随杂志附送的插页。这类图画故事多数文字较少，画面或有趣或优美。有趣的类似滑稽画，有时干脆就在题目旁注上"滑稽画"。优美的近似一幅艺术品，可培育儿童的艺术修养。其实这种彩页的添加，以及附页的赠送从第 2 卷第 1 期就开始了，比如"本志第二卷第一期附有一张极有趣的图画，随书赠送。请大家注意，不要被代卖处漏送了"。"自第二卷起，每隔三四期必附彩色图一张。"① 到第 3 卷第 5 期便出了个"儿童世界社特别启事"："本书自三卷五期起，内容有大大的刷新：一、增加彩色插图。除封面外，封面里页亦改为彩图。书中还有彩色插图两幅，都是极美丽极有趣味的。"② 这"极美丽极有趣味的"的彩色插图有的是一页或两页，比如图 6 - 7 头戴花环的"和平之神"轻轻地推开雕花铁门，明媚的阳光一下子一拥而入，象征着"和平之神"打开了人们彼此禁锢的心灵，光明随之而来。也有的是两三页的彩色图画故事，如《苹果树下》等。这类图画故事绘画手法精湛，印刷技术和纸张都有了很大的改善，所以图像也渐趋精致。

另一类图画故事则偏重故事，文字比较多或者比较精致等，偏重文字叙事。比如诗歌类型的图画故事，第 1 卷第 3 期的《谁杀了

---

① 《儿童世界》1922 年第 1 卷第 13 期。
② 郑振铎：《儿童世界社特别启事》，《儿童世界》1922 年第 3 卷第 5 期。

图 6 - 7　彩页《和平之神》,《儿童世界》1922 年第 3 卷第 5 期

知更雀》、第 1 卷第 7 期《儿童之笛声》等就是这类。用图画来反映诗歌内容的确是郑振铎的创造,当时画报、年画和连环画的内容多是戏曲、历史故事、时闻或单纯的滑稽画,带有很强的新闻性和娱乐性特质。而在儿童文学领域,图画故事这种文体是很有弹性的。不只故事可以用图画来叙事,诗歌、散文也可借用图画来传情达意,而且可以熏陶儿童的艺术气质。《儿童之笛声》①（图6-8）的文字是这样的:

---

① 郑振铎:《儿童之笛声》,《儿童世界》1922 年第 1 卷第 7 期。

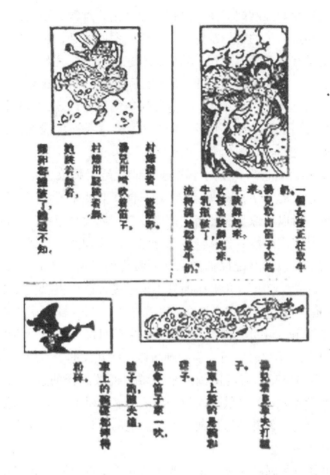

图 6 - 8 《儿童之笛声》，《儿童世界》1922 年第 1 卷第 7 期

汤儿是做笛子的人的儿子。他小的时候就学会吹笛子。但是他所吹的调子，只是"走过山头，走到远处！"汤儿吹着笛子，呜呜的响。许多男孩，女孩，听他吹着"走过山头，走到远处"的调子，都喜欢起来，都听得走不开。汤儿吹笛的功夫真好。他的笛声引得听的人醉了，不知不觉的会跳舞起来。就是小猪子，也后足起立，跟在他后边跳着舞着……

这是首滑稽诗，显然是译述。它的艺术风格和旨趣都具西方色彩。它所描绘的是欧洲的乡村风情，什么猪儿跳舞、挤奶的女孩跳舞、挎着鸡蛋篮子的村妇跳舞等。没什么深明大义，也没什么教育规训，就是有趣，颇得周作人的"无意思之意思"之妙。图画相对简单粗糙一点，释义性并不强，单看图画也不明白什么意思。但能为诗歌配图已经是个创举了。《夏天的梦》也是诗歌，但郑振铎的创作形式又与以上两则不同。《夏天的梦》先是一大段散文式的说明，然后才是亦文亦图的夏天的梦境。

1922 年第 3 卷第 8 期《小羊旅行记》是图画故事中文字最长的。对于过长的文字，图画诠释时就只能择其要来描画了。因是个修身故事，所以更像是插图版的修身故事，或教育童话。中国传统的童蒙教材多重于修身，修身本来乏味，为增加儿童的兴趣，常常打扮成故事的模样并配以插图来达到教育的目的。《小羊旅行记》就是这样的："老羊"先生让四只小羊通过自己出去见世面来学习"做人之道"和"道德仁义"。最后"老羊"先生教训小羊们要切记"勤慎"和"不作恶事"。郑振铎向来反对寓言或故事后的教训尾巴。他修订《童话》时，便把孙毓修某些冗长的说教统统删除干净。[①] 然而郑振铎编写的图画故事中带有说教成分的也颇有几篇，比如《小鱼遇险记》《鼠夫人教子记》《苹果树下》等。郑振铎主张儿童本位论，但并不因此放弃教化。他的这种儿童观在当时和现在都很有代表性。

郑振铎有很强的文体意识。他在《〈儿童世界〉宣言》中已对儿童文学内部样式做了一些细致的划分。但郑振铎仍认为儿童文学文体需要进一步完善，在办刊中不断进行文体实验，从而改进、扩充、删减、修订对儿童文学各种文体的规范和要求。在第 3 卷第 4 期中便有编者的明确注明："本刊极欢迎读者的批评。读者有什么意见，在可能的范围内，我们都愿意尽量的采纳。本刊的内容，几乎时时刻刻都在改良之中，所以一期出版总比前一期不同。请读者

---

① 汪家熔：《从〈童话〉看郑振铎的儿童读物编辑思想》，《中国编辑》2007 年第5 期。

注意。"① 在第 4 卷第 1 期中便出现了《祸首之狗》（图 6-9）图画故事，它的与众不同就在于图画在本期，文字在下期。之后的又陆续出现图像在前面，文字在"本期末页"的图画故事，比如《古瓶碎了》《衣服污了》《自行车场》等。

图 6-9　《祸首之狗》，《儿童世界》1922 年第 4 卷第 1 期

① 《儿童世界》1922 年第 3 卷第 4 期，第 24 页。

这类文图分离的形式其实就是另一种形式的"看图说话"，考察的重点不是文字的表达，而是如何阅读、把握画面的丰富性和多义性，并用文字把图画的内容诠释出来。因而这种文图分离的形式既是对儿童读图能力的一种考验，也是激发儿童视觉想象力的一种训练，同时也是图像叙事性增强的表征。

郑振铎在办刊中不仅越来越借助于图像来传情达意，甚至有时就只把图像推到前台，让图像唱独角戏。一方面，当然是他重视图像的运用，强化对孩子的视觉训练。尤其是第4卷以来，强调用自己的大脑思考，用自己的眼睛看，用自己的手去做；另一方面，也凸显了郑振铎的创新意识。他一直在试验文类之间的对话、交流的可能。在今天看来，这都是非常可贵的尝试。

其他作者的图画故事实践也非常有价值。1923年1月，郑振铎调任《小说月报》的主编后，徐应昶接任《儿童世界》的主编。徐应昶完全是萧规曹随，仍然非常重视图画的力量。图画故事也几乎是每期都有。在接手的第一年便出现了许多图画故事佳作。像许敦谷的《吹风炉》《把脸烧痛了》以及未署名的一个四格漫画《它认不得字啊》，都充满童趣。

许敦谷的《吹风炉》《把脸烧痛了》（图6-10、图6-11）图画故事形式非常新颖。一个故事共有6幅图画，分置在两处，而且有两个名字：《吹风炉》和《把脸烧痛了》。文字是在另一处写的，和图画是分离的。也就是这个图画故事是分三处完成的。这又是一个锻炼儿童读图能力的图画故事。前三幅放在目录之前：弟弟吹风炉，结果烟灰把眼睛眯住，十分难受。怎么办？弟弟两手交叠在胸前瞪着眼睛想办法。图画到这里没有了，既是个悬念也留给小读者无尽的思考空间。因而小读者一面急切地想知道结局，一面根据自己的想象完成了属于自己的图画故事。在本期的封底，作者也提供了他的参考答案。原来弟弟想了个好办法，他用一张大纸遮住脸，中间挖个洞吹。这个办法好不好呢？这种办法效果太好了，结果火把纸都引燃了，烧痛了弟弟的脸。弟弟大哭："姐姐快来啊！"小读者看到这儿会心一笑的同时，也会对照自己的设想，是比作者更妙呢还是不如？

图 6 - 10　　《吹风炉》，《儿童世界》1923 年第 5 卷第 4 期

　　这种图画故事的编排方式非常独特，显示了主编徐应昶编辑对此刊的用心。画面中弟弟神态逼真，许敦谷只用寥寥数笔就把他吹风炉的动作、心理活动勾勒出来了。画面简洁，结构紧凑，有一种行进感。而且不论是弟弟的瓜皮帽、棉袄棉裤的服饰，还是吹风炉这个行为都很中国化。这在西风盛行的《儿童世界》图画故事中格外显眼。

图 6-11　《把脸烧痛了》，《儿童世界》1923 年第 5 卷第 4 期

　　在徐应昶主编期间，从 1923 年第 7 卷第 1 期开始随杂志发行附载一种"小画报"①，这应该就是儿童连环画。后来《儿童世界》杂志社嫌每期琐碎，改为每月一厚册。单独印制，且印刷精美，可以说与现代图画书的形制越发接近了。但是遗憾的是"小画报"大

———————————

　　①　《儿童世界》1923 年第 6 卷第 13 期有编者启事《请看儿童世界的新计划》。其中第一项就是"自七卷一期起，每期附赠小册子一本。这是送给你和你的弟弟妹妹们看的"。《儿童世界》1923 年第 7 卷第 1 期内页中有编者注明："本期附送小画报一册，名字叫《兔子国》，这是送给你和你的弟弟妹妹们看的。"从这一期开始随杂志附送"小画报"。

约发行了一年左右，邮政局不许夹在《儿童世界》里一齐邮寄。1924年第11卷第8期《儿童世界》杂志社把"小画报"改作《图画故事增刊》（图6-12），每隔四期，和《儿童世界》一起钉印，至于内容，仍和从前一样，不过版式不同罢了。[①] 就这样图画故事发展成为现代图画书的一种可能性被压制了。

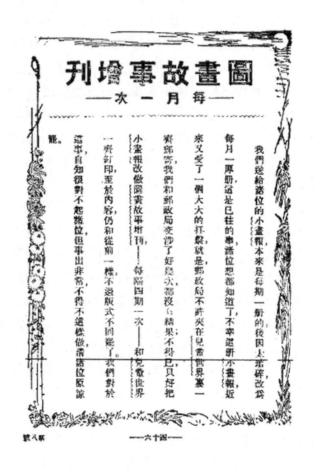

图6-12 《图画故事增刊》，《儿童世界》1924年第11卷第8期

---

① 《儿童世界》1924年第11卷第8期。

徐应昶任主编期间的很长一段时间都是以《儿童世界》每隔四期钉印一次《图画故事增刊》的频率刊载。有时一期《图画故事增刊》竟有 6 个图画故事，而且有不少是外国童话故事，比如安徒生的童话 1924 年第 11 卷第 8 期中有《丑怪的小鸭》《野天鹅》和《鹰巢》，1924 年第 11 卷第 12 期中有《锡兵》《杉树》《大拇指》，1924 年第 12 卷第 3 期中有《红鞋》《人鱼》《卖火柴的女孩》，1924 年第 12 卷第 7 期中有《雪王后》《金猪》《在面包上行走的女孩》。1924 年第 12 卷第 11 期开始刊载格林童话（该刊译作"格廉童话"），有《妖怪和鞋匠》《雪儿》《贼新郎》等。周作人曾根据自己儿子对《儿童世界》和《小朋友》的喜爱程度分析两者的特色，说《儿童世界》稍近于文学，《小朋友》更近于儿童。[①]《儿童世界》稍近于文学的特色和刊物对西方儿童文学的翻译介绍有关。徐应昶任主编期间还比较引人注目的是在 1924 年至 1925 年间刊发了茅盾翻译的 16 篇希腊神话和北欧神话。

《图画故事增刊》中安徒生童话和格林童话虽然是没有插图的缩写，但里面附载两三则其他的图画故事。形制多是一页两图，图大清晰，文字或左或右，图画故事的篇幅或长或短，编制灵活。如《妙计拒敌》（图 6－13）围绕着一只猫如何抵御恶狗的欺负展开。第一幅画面上一只猫向李儿哭诉，李儿的同情溢于言表。但猫儿哭诉的内容是什么，只有文字才能了解：原来是备受恶狗欺负。同时，图画对每个角色的表情动作的生动描画又补足了文字的苍白。第二幅画面李儿为猫想出一条妙计：在墙上画了一只假猫。猫儿满怀欣喜地看着李儿在墙上画自己，不禁跷起了爪子。第三幅图文字是"李儿画好了，问他的朋友张儿道'像么？'张儿道'像'"。文字对三个角色的心理并没有描写，但图画却生动地描画了出来。李儿骄傲地向张儿展示，张儿由衷地赞叹，猫儿好奇又困惑地盯着墙上的另一个自己。文图相互补充、相互影响、相互促进的关系非常明显。第六幅图文字是"恶狗撞在砖墙上，痛得倒在地上不能动

---

① 周作人：《关于儿童的书》，载《周作人文类编·上下身》，第 712 页。

弹"。图画提供了远比文字更丰富的意义：恶狗"痛得倒在地上不能动弹"通过闭着眼躺在地上和张儿好奇地半蹲着查看来完成。画面的另一侧是猫儿感恩地向李儿道谢，李儿很高兴能为猫儿排忧解难。这些图景都是文字所不具备的，而在图画中的这些用心在现代的图画书中有了更好的呈现。

图 6-13 《妙计拒敌》，《儿童世界》1924 年第 11 卷第 8 期

陈平原曾说晚清时期是各种文类界限模糊、边界松动、文类之间对话活跃的阶段。[①] 其实在民国初年文类之间的对话仍然很活跃。郑振铎从开始创办《儿童世界》时就试图运用连续的图画来表述诗歌、散文、小说、童话、寓言等文体，多种文体的交流、碰撞使之充满了叙述的张力。文类之间的对话交流也产生了新的文体。"图画故事"从文中插图、"滑稽画"一步步成长而来，最终成为今天儿童文学的重要文类——图画书，这个过程就是一个新文体发生、发展、完善的过程。今天的图画书仍然是一个充满弹性和生机的文体，许多文体都可以采用图画书的方式去陈述。而这种文体实验在郑振铎创编《儿童世界》时就开始了。

清末民初也是西方图画书孕育成熟时期，自 1902 年波特（Beatrix Potter）出版《彼得兔的故事》以后，又有《小本杰明兔的故事》（*The Tale of Benjamin Bunny*）（1904）、《两只坏老鼠的故事》（*The Tale of Two Bad Mice*）（1904）、《汤姆·猫咪的故事》（*The Tale of Tom Kitten*）（1907）、《城里老鼠强尼的故事》（*The Tale of Johnny Town - Mouse*）（1918）等图画书陆续出版，直到1928 年婉达·盖格（Wanda Gág）的《100 万只猫》出版，标志着现代图画书的形制都已发展完备。遗憾的是《儿童世界》上文体种类多样的"图画故事"、随杂志附送的"小画报"和《图画故事增刊》等形式已经具备现代图画书的许多元素，但最终都没有发展成中国的图画书。原因是多方面的。经济的落后是最主要的方面，这直接制约着观念的改变。试想如果连儿童的衣食和人身安全都难以保证，又怎能保证儿童读书的权利得以实现？晚清严复看到北京街上的很多孩子辗转于车轮马足之间，很怕把他们碰死了，又想起他们的未来，很是害怕。鲁迅说民国时期的儿童仍然没有挣脱辗转于车轮马足之间的命运，不过车马的多少不同罢了。[②] 即使经济高速发展的今天，图画书依然属于中产阶级的子女，底层的儿童很难拥

---

① 李杨：《"以晚清为方法"——与陈平原先生谈现代文学研究中的晚清文学问题》，《渤海大学学报》（哲学社会科学版）2007 年第 2 期。

② 鲁迅：《〈热风〉随感录二十五》，载《鲁迅全集》第 1 卷，第 295 页。

有这类"恩物"。此外，经济因素还关涉到印刷技术、购买力、专业作者群体的形成等图画书形成的其他重要因素。

关于印刷技术，虽则清末民初以来得到了长足发展，但距离国外先进的印刷技术来说还是相对落后。而图画书对印刷技术的要求很高，构图、字体、色彩、纸张等都有非常苛刻的标准。郑振铎在《〈儿童世界〉宣言》中就指出了这个问题："因印刷方面的关系，就是我们极坚信的理想有时也不能实行出来。这是我们非常抱歉的。"① 这还是以国内实力最雄厚的印刷、出版机构商务印书馆为发行单位，郑振铎仍认为印刷术的落后不能有效地传达自己的理想。如果在那些经济实力薄弱或只图盈利的、无良的出版人那里，儿童读物插图的粗劣就不仅仅是印刷术的问题。郑振铎曾对童书中"恶劣不成形"的插图非常气愤，说："未免有些太轻蔑我们的孩子的不懂好歹了。"他认为原因在于：

> 出版家之好贪"小便宜"，好雇用工价廉低的初出山的画家，让他们在乱画乱涂；只要有人形，有物形画出，就可以算是一张画了；其他一半，则在于画家的本身；较好的画家都似乎不屑从事插图的工作，尤其不屑从事于儿童书的插图。②

周作人也同样对儿童读物中的图画不满意：

> 美术界的一方面因为情形不熟，姑且不说绘画的成绩如何，只就儿童用的画本的范围而言，我可以说不会见到一本略好的书。不必说克路轩克（Cruikshank）或比利平（Bilibin）等人的作品，就是如竹久梦二的那些插画也难得遇见。中国现在的画，失了古人的神韵，又并没有新的技工，我见许多杂志

① 郑振铎：《〈儿童世界〉宣言》，先后发表在 1921 年 12 月 28 日《时事新报学灯》、1921 年 12 月 30 日《晨报副镌》、1922 年 1 月 1 日《妇女杂志》第 8 卷第 1 号的附录上。

② 郑振铎：《插图之话》，《小说月报》1927 年第 18 卷第 1 号。

及教科书上的图都不合情理，如阶石倾斜，或者母亲送四个小孩去上学，却是一样的大小。这样日常生活的景物还画不好，更不必说纯凭想象的童话绘了，——然这童话绘却正是儿童画本的中心，我至今还很喜欢看鲁滨逊等人的奇妙的插画，觉得比历史绘更为有趣。但在中国却一册也找不到。①

因而周作人说了一句愤激的反语："幸而中国没有买画本给小儿做生日或过节的风气，否则真是使人十分为难了。"② 周作人认为中国的儿童读物之所以没有出现好的插图和"画本"是由于大家对儿童教育不重视。从事儿童美术的画师地位不高也是无人涉足儿童"画本"的一个重要原因。要想改变这种状况就得给予画师应有的尊重。他说："我固然尊重人家的创作，但如见到一本为儿童的美的画本或故事书，我觉得不但尊重而且喜欢，至少也把他看得同创作一样的可贵。"③

另外，周作人认为"画本"定价过高或内容贫弱的情况也令人堪忧："市面上的儿童书报出版的很不少了，不过那都是面包洋点心，普通人家是吃不起的，而且吃了也不充饥，乃是一个更大的缺点。花了几百几千的金圆买的一册故事漫画等，一翻就翻完了，现在这时候或者不能单怨书价之贵，而价贵却是事实，其内容之廉则又与其价成反比例，也是一样的事实。"针对这种局面，周作人提议："给儿童供给书物，正与整个的儿童教养一样，我想原是国家的责任，应由国立机关大规模的来办，那么大赔其钱可以全不在乎，物美固然难说，而价廉可以做到，至少是货真。"④这个建议在今天仍不失是一个极好的童书发展措施。但在那个国弱民穷的历史时期，这种设想还是过于理想化，正像周作人自己所言就是一个"很渺茫的"的梦。

---

① 周作人：《儿童的书》，载钟叔河编《周作人文类编·上下身》，第709页。
② 同上。
③ 同上书，第711页。
④ 周作人：《小人书》，载《周作人文类编·上下身》，第643—644页。

总之，在民国初年"图画故事"发展成为图画书的历史条件还不具备，经济发展的落后制约着其他促成其现代转型的因素都裹足不前。最终"图画故事"还是蜗居在儿童读物中的一个栏目，没有真正发展起来。

第二节　图像对现代儿童文学诞生的意义

一　"插图在儿童书中，是一种生命"[①]

郑振铎把插图视作儿童书的生命，因而在其主编的《儿童世界》里采用的插图类型之多恐怕无人能出其右，虽然后来的《小朋友》可以与之媲美，但在选题上毕竟不具备原创意义。

郑振铎曾把插图分为两类：插图与饰图，其中插图与文章紧密相连，互为补充。而饰图则分为两类，常用的一类是"用图画来饰美写的或印刷的书本的或用颜色及金（偶然也用银）来作饰美文字的图案的"，"使文字及书本加上了一袭很美观很可爱的衣服，毫无实用的目的"；另一类也会"表现文字的一部分情绪与观念"，与插图的作用相仿。郑振铎认为中国只有插图，"饰图是极不发达的"。现在西方也多采用插图，只在很贵重的书籍中才留有饰图的影子。[②] 郑振铎对饰图在西方的衰落和在中国的不重视很遗憾。在《儿童世界》中，插图固然很重要，但郑振铎对饰图也同等用力。因而《儿童世界》对图画的关注表现在以下几个方面：一是文中的插图，这个问题放在后面论述。二是目录前后的插画，运用图画传播动植物知识或进行美育。三是封面、封底、内文中的饰图，这表现在《儿童世界》的装帧艺术中。四是儿童美术的训练、培养。

目录前的插画，是郑振铎在《宣言》中为刊物设计的第一类内容，主要是"把自然界的动植物的照片，加以说明，使儿童得一点博物学上的知识"。摄影图片的采用是近代视觉启蒙运动的一个重

---

① 郑振铎：《插图之话》，《小说月报》1927 年第 18 卷第 1 号。
② 同上。

大进步。在 1922 年《儿童世界》创刊之前，少年儿童刊物上的摄影作品多集中于课艺展览图片，成人刊物则有新闻、风景、人物等摄影作品。《儿童世界》上登载的摄影作品，是以世界珍奇的动物照片为主（也有几期的动物图片是绘画作品）（图 6 - 14），虽然算不上首创但与以前的风格判然有别。《儿童世界》所依托的商务印书馆是当时最有实力的出版社，郑振铎当然也就近水楼台地使用一些摄影图版。这一点相比其他出版社来说更具优势。郑振铎知识渊博、思想活跃、英文又好，这使他视域开阔，写文章、办刊向来都是大气魄、大手笔。所以他能在创办儿童期刊一开始就借用最先进的视觉手段来启蒙儿童。这个"世界动物园"① 栏目从创刊一直连载到第 2 卷第 9 期，前后共 22 期。此栏目中逼真直观的动物图片为小读者科普了动物的知识。在照相术还远未普及的 20 世纪 20 年代的中国，对儿童的诱惑非常大。

图 6 - 14　《河马之狩猎》，《儿童世界》1922 年第 1 卷第 9 期

---

① 《儿童世界》中"世界动物园"栏目每期都在封面之后。有时以"插图"标示，并未标明"世界动物园"。

在论述装帧艺术史时，很少有人提到民国时儿童读物的装帧艺术。其实，《儿童世界》非常注重封面和内文中图画的运用和装帧设计，并非常注重对儿童美感的培育，同时《儿童世界》上插画、饰图等也为人们提供更为丰富、鲜活的历史细节，更能反映时代风貌，其文化史的意义也不容忽视。郑振铎曾把《点石斋画报》以图画方式呈现的历史称为"中国近百年很好的'画史'"[1]。有这种眼光的郑振铎在编辑《儿童世界》时，并不甘心忠实地反映现实，他要建构一种以西方为摹本的儿童新世界，引领儿童生活、读书、游戏的新风尚。

《儿童世界》的封面关涉儿童日常生活或以幻想为主体，多以游戏为主，色彩明丽，与"儿童世界"艺术字体的设计相呼应，巧妙美观。封面画每期都不一样，"儿童世界"四个字的艺术设计每期也不一样。比如图6-15第1卷第7期封面是一个透着股野性的半人半马男孩，虎虎有生气地大步走来。画框是方形，画框上的图案是菱形。与有棱有角的画面效果相呼应的"儿童世界"四个字的构图是三角，处处锋芒毕露，使画面中不驯服的野性得到有效的张扬。图6-16封面则呈现了一种柔美的格调。画面中蝴蝶仙子作势起舞，纱裙就像蝴蝶的羽翼一样半透明，胖乎乎的圆润胳膊和腿透着股可爱。画框是圆形，点缀着梦幻般的圆点，整个画面都弥漫着影影绰绰的、似有若无的圆点。与画面的柔和、幻美相呼应的是"儿童世界"四个字的设计也是半弧形的构图。《儿童世界》的每期封面都经过精心设计，不啻是一幅精美的装帧艺术佳作。

文章内页或以天地头统栏装饰，或以四周花边装饰，或以题头画、文尾画装饰，讲求版面装饰的对比呼应和整体的艺术效果[2]。比如第1卷第9期目录（图6-17）两个仙女相向飞行形成天头的横框，彼此手中的花草链自然垂下，形成两个竖框，并巧妙地共同构成了一个装饰性的空间。图6-18报告"春之消息"的天使们，

---

① 郑振铎：《近百年来中国绘画的发展》，载《郑振铎艺术考古文集》，文物出版社1998年版，第193页。

② 徐昌酩主编：《上海美术志》，上海书画出版社2004年版，第88页。

图 6−15　《儿童世界》1922 年第 1 卷第 7 期封面

图 6−16　《儿童世界》1922 年第 1 卷第 9 期封面

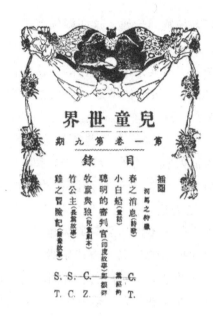

图 6 – 17 《儿童世界》1922 年第 1 卷第 9 期目录饰画

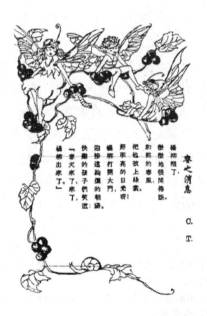

图 6 – 18 《儿童世界》1922 年第 1 卷第 9 期目录饰画

快乐地在缠绕的藤蔓植物间玩耍。这两幅饰图就是单纯的装饰性的花边，美轮美奂，从长远看是对儿童美的熏染和培育。但正像郑振铎所言，这类饰图并没有切近的实用目的。从中国传统学术讲究实用性来看，所谓"美"，从来就不是一个独立的学术概念，王国维就曾叹息说："呜呼！我中国非美术之国也！一切学业，以利用之大宗旨贯注之。治一学，必质其有用与否；为一事，必问其有益与否。美之为物，为世人所不顾久矣！"① "美术之无独立之价值也久矣！此无怪历代诗人，多托于忠君爱国、劝善惩恶之意，以自解免，而纯粹美术上之著述，往往受世之迫害，而无人为之昭雪者也。此亦我国哲学、美术不发达之一原因也。"② 严复对此有同感。蔡元培则旗帜鲜明地提出了"以美育代宗教"③ 的口号。鲁迅对这口号也是极力拥护，并且身体力行地去贯彻。清末民初的这股注重美术的浪潮，既是一种渴慕西方、学习西方的社会诉求，也是视觉文化兴起的表征。晚清以来随着中国社会变革运动的深入展开，对图谱、图学等实用美术的重视开始向审美和思想启蒙方向倾斜。而重视书刊封面和内文的装帧艺术正是这种视觉启蒙新动向的具体表现。

在《第二卷本志》中，郑振铎宣布的改革一共有四项，其中有三项涉及图画。美术在郑振铎儿童文学设计中的重要地位可略见一斑。郑振铎还把图像作为一种新的表现方式在《儿童世界》的附页、悬赏、征文、启事、广告等"副文本"中进行尝试。郑振铎在利用各种形式对儿童进行视觉启蒙的同时也充分尊重儿童自己的视觉表达。从《儿童世界》创刊号开始就接连几期刊登"儿童创作的募集"，欢迎儿童踊跃投稿。其中所需稿件的第一项就是"儿童

---

① 王国维：《孔子之美育主义》，载《王国维哲学美学论辑佚》，华东师范大学出版社1993年版，第257页。

② 王国维：《论哲学家与美术家之天职》，载《王国维论学集》，中国社会科学出版社1997年版，第295—296页。

③ 蔡元培：《以美育代宗教》，《新青年》1917年第3卷第6期。蔡元培最早发表于北京神州学会的演说词。

自由画"，"无论是水彩，钢笔，毛笔，铅笔画都欢迎。最要紧的是，这种图画务要是儿童就他自己所见的东西大胆地描写出来，而完全没有经过成人的修饰的。一切临摹画本的图画，都不登载"。①显然，郑振铎要做的不只用图画启蒙儿童的心智，而且让孩子重视眼睛的功能，尊重自己眼睛所看到的。特别强调不要成人修改过的，不要摹本。不要成人干预是基于承认儿童的生活自有独立的意义与价值，这说明郑振铎"以儿童本位"的儿童观很坚定。

他为鼓励儿童投稿，还在第 1 卷第 6 期《投稿规则》中详细登出稿酬。最高一等是千字 5 元，当时每册《儿童世界》才 6 分。最低的一等是赠送全年的《儿童世界》。稿酬相当优厚。图 6－19 登载的《儿童自由画》笔法虽然稚嫩，但别有一番稚拙之美。郑振铎还嫌这种诚心不足，在《第二卷本志》中特别登出将《儿童自由画》每隔三期或两期，用彩色印刷，夹在本志中附送。并在刊物中再三嘱咐："本志第二卷第一期附有一张极有趣的图画，随书赠送。请大家注意，不要被代卖处漏送了。"② 通常夹在杂志中附送的都是精美的图片，或者世界名画。而郑振铎竟然把稚嫩的儿童画彩印并作为附页赠送。画的好坏还在其次，关键是此举体现出的对儿童主体性的尊重。这其实是与郑振铎在《儿童世界》上实行的各种革新是相辅相成的。比如郑振铎不辞劳苦地把每篇翻译过来的儿童文学作品再重新根据中国的文化、习俗进行转述。这样做是否更有利于儿童文学的发展尚待讨论。但郑振铎这样做的出发点的确是本着儿童的需求为目的的。

从第 2 卷起，刊物还有一个新变化，"每隔三四期必附彩色图一张。第一期和第四期是对描的动物画。一面是彩色的；一面是单色的。不惟美观并且儿童可以拿来学画"③。这就是现在统称的"涂色"或"填色"游戏。可以比照着摹本上色，也可随心所欲地依据自己的喜好上色，是训练孩子对色彩的把握能力的。现在在儿

---

① 郑振铎：《儿童创作的募集》，《儿童世界》1922 年第 1 卷第 1 期。
② 郑振铎：《补白》，《儿童世界》1922 年第 1 卷第 13 期。
③ 同上。

童的美术教育中，"填色"仍是非常重要的一个方面。令人惊奇的是早在90年前，郑振铎就开始有目地对孩子进行有关色彩的专项训练。在第3卷的《本志》上，郑振铎就开始重视儿童实际的操作能力，强调用自己的眼睛去感受。于是第三次征文题是："将下图用最美丽的颜色填好，剪下寄到本社。颜色填得最和均美丽的一位，可得10元以上的奖金。其次也均有赠品。"① 10元相对《儿童世界》每册6分钱的定价真是了不起的大数目。

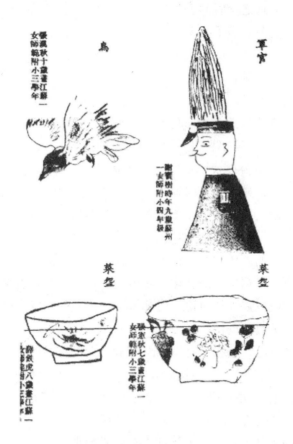

图 6-19　《儿童自由画》，《儿童世界》1922 年第 2 卷第 1 期

---

① 郑振铎：《本刊第三次征文题》，《儿童世界》1922 年第 4 卷第 2 期。

　　《儿童世界》的《第二次征文》除了通常的"图画""诗歌"等栏目外，还有新增了一个类似今天的"看图说话"类的征文。要求是这样的："将上列图画'犬与猫'，演述为故事，文长不得过五十字。"① 看图 6 - 20 可知，共三幅图，其实就是简单的图画故事的编辑。它的重大意义在于在儿童刊物上第一次征求为图画故事编配文字。图画的地位又一次得到凸显。以前向来都是先有文字，然后寻求图画相配来增添其趣味性。"看图说话"看似训练的是语言表达能力，其实首先训练的是读图能力。没有对图画的细致观察和深刻理解，文字再出色也只能是凌空蹈虚。其次训练的是如何把握图像中的叙事，并把它转化成文字。

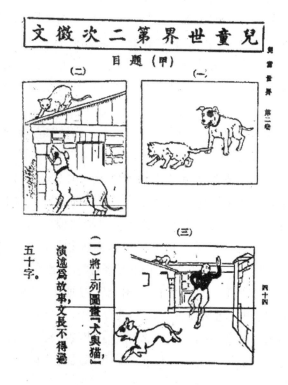

图 6 - 20　《儿童世界第二次征文》，《儿童世界》1922 年第 2 卷第 9 期

---

　　① 郑振铎：《儿童世界第二次征文·犬与猫》，《儿童世界》1922 年第 2 卷第 9 期。

还有这期征文中也出现了"找错误"的读图能力训练题。征文中列出了6幅小图，各有一处错误，请找出。① 在第5卷第4期中"悬赏"栏目中也有"诸位小朋友，你们知道后面各图上的各种动作么？如果诸位能够在每一幅图底下的空白上，题上一个名字，那是再好没有了"。② 这也是借用奖励机制来提升儿童的读图能力，而且也培育了儿童的视觉想象力。郑振铎在有计划、有步骤地对儿童进行艺术美感的培育的同时，还切实设计各种有效的视觉训练题。这些训练项目生命力极强，到现在还活跃在儿童美术教育中。遗憾的是这些有益的尝试在日军侵略的阴霾下便很难坚持了。

总体而言，不论《儿童世界》封面、内文的装帧、插图，还是图画色彩的绚丽、类型的多样、编辑的巧妙都是那时期出类拔萃的儿童刊物。而郑振铎的美术理念得以实现依赖商务印书馆拥有一支实力雄厚的美术工作队伍。在郑振铎主编期间为《儿童世界》做封面和版面设计的主要是从日本学画归来的许敦谷。商务印书馆一向特别注意引进留学人才。像许敦谷这样有留学背景的工作人员并不在少数："自光绪二十九年正月起，至民国十九年十一月止，当此28年中，商编聘用东西留学归国者75人，内法国毕业者2人，美国毕业者18人，日本毕业者49人，国名不详者3人。"③ 这些有西学背景的留学人员成为商务印书馆始终站在时代前列的重要保证。另外，由于商务印书馆还很注意对员工的培训，一些没有留学背景的人员也在商务印书馆的资助下获得了西画知识。比如中国动画片的鼻祖万籁鸣，也曾是《儿童世界》封面画和插图的主要绘制者。他在1919年进入商务印书馆时并不具备学习西画的经历，但是商务印书馆出钱让他跟一个旅沪的法国画家习画。万籁鸣曾回忆说："商务主脑部门眼光远大，注意培养青年美术人材。记得当时有位法国旅沪画家，画艺不错，商务领导为了使我有深造的机会，在美术创作上更上一层楼，由厂方付费，让我每周脱产两个半天，到旧

---

① 郑振铎：《儿童世界第二次征文·找错误》，《儿童世界》1922年第2卷第9期。
② 《悬赏》，《儿童世界》1923年第5卷第4期。
③ 徐冰：《中国近代教科书与日本》，《日本学刊》1998年第5期，第108页。

法租界霞飞路（今淮海路）上的市政厅去向他学习西洋绘画艺术。通过这样的学习，我开拓了眼界，活跃了思路，取长补短，尝试着熔中西画法于一炉，我的绘画水平在原有的基础上又有了提高，逐渐地在实践中形成了自己的绘画风格。"[1]

由此可看出，商务对绘画的重视。没有足够的西洋画法的人才，便通过其他渠道自己培养。商务首脑对书刊插画的关注和相关绘画人才的配备成为郑振铎实现儿童刊物艺术装帧设想的前提。

二 文图融合催生出的中国现代儿童文学

众所周知，叶圣陶是现代儿童文学的开山鼻祖。很多研究者都注意到了郑振铎发现叶圣陶的伯乐之功。然而人们常常忽略了郑振铎在推出叶圣陶这颗新星过程中的一个重要的历史细节，就是郑振铎曾大量地借用图像宣传来为叶圣陶摇旗呐喊。

要想详细地叙述这段历史，还得从头说起。郑振铎非常善于拉稿，他鼓励已有成就的作家和提携新作家尝试为儿童创作。在他的鼓动下，还真拉出来几个儿童文学作家，如叶圣陶、谢六逸、胡怀琛、赵景深，他们有的是先被拉稿再在郑振铎的介绍下加入文研会，有的是先加入文研会又在郑振铎的拉稿下开始儿童文学创作。其中叶圣陶就是最典型的一位。叶圣陶曾做过四年半的小学教员，对如何用文学引领儿童学习国文有切身的体会，理念上也有儿童本位观的质素。1921 年 3 月至 6 月间，叶圣陶曾在《晨报副刊》上连续发表 40 则《文艺谈》，其中有多则涉及儿童文学。然而这只是理论上的自觉，真正促使叶圣陶走上儿童文学创作道路的还有一些特定事件。

叶圣陶对当年是这样回忆的："我写童话，当然是受了西方的影响。五四前后，格林、安徒生、王尔德的童话陆续介绍过来了。我是个小学教员，对这种适宜给儿童阅读的文学形式当然会注意，

---

① 万籁鸣：《耄耋之年话商务》，载《1897—1987 商务印书馆九十年：我和商务印书馆》，商务印书馆 1987 年版，第 239—240 页。

于是有了自己来试一试的想头。"当时西学东渐的大环境以及叶圣陶自己工作实践中的感性体验都是催生他从事儿童文学创作的重要因素。而真正把这种试一试的念头付诸实践的则是郑振铎的拉稿。"还有个促使我试一试的人，就是郑振铎先生，他主编《儿童世界》，要我供给稿子。《儿童世界》每个星期出一期，他拉稿拉得勤，我也就写的勤了。"①

很显然，叶圣陶是在郑振铎的鼓动激励下走上创作道路的。以至于郑振铎后来不再主编《儿童世界》，叶圣陶童话创作的数量明显下滑。在郑振铎的拉稿下，叶圣陶不到1年创作了23篇童话。郑振铎不再邀稿了，叶圣陶在其后的12年才一共创作了16篇。当然仅仅把叶圣陶童话创作量的锐减归结为郑振铎的不再邀稿，那就过于简单化了，然而不能不说这也是其中的一个原因。叶圣陶回忆说："这股写童话的劲头只持续了半年多，到第二年六月写完了那篇《稻草人》为止。为什么停下来了，现在说不出，恐怕当时也未必说得出。会不会因为郑先生不编《儿童世界》了？有这个可能，要查史料才能肯定。"② 连叶圣陶自己也认为有可能的事就不是子虚乌有了。

虽然人们习惯上认为叶圣陶是把在《儿童世界》上发表的23篇童话集结成《稻草人》，例如比较权威的少年儿童出版社出版的《叶圣陶和儿童文学》就是这样认为的。然而笔者曾仔细地核对《儿童世界》第1年的每一期，发现《稻草人》23篇中有2篇《花园之外》③和《小黄猫的恋爱故事》并没有发表在《儿童世界》上。虽然《叶圣陶和儿童文学》上详细说明了叶圣陶文章发表在具体刊物的哪一卷哪一期，但唯独对这两篇语焉不详。只说发表在《儿童世界》上，并没指出是哪一期。其实，郑振铎通常是把《儿

---

① 叶圣陶：《我和儿童文学》，载《叶圣陶和儿童文学》，少年儿童出版社1990年版，第1—2页。

② 同上。

③ 初发表时作《花园之外》，现改为《花园外》。可参照《稻草人》第八版。也可参照郑振铎为《稻草人》写的《序》。

童世界》上用不了的稿件用来编辑《童话》丛书。而且据现有的资料看，《花园之外》的确是郑振铎亲手发表在《童话》丛书第三集上。① 因为当初的《童话》已经很难找全，所以《小黄猫的恋爱故事》是否也发表在《童话》上只能存疑了。

在《叶圣陶和儿童文学》关于叶圣陶传略中，除指出 23 篇童话陆续发表在《儿童世界》上外，还说在"1923 至 1924 这两年内，叶圣陶还在《儿童世界》上发表过《牧羊儿》《聪明的野牛》等 5 篇童话，成为他前一时期童话创作的尾声"。② 如果查一下原始资料就会知道，上述说法并不确切。叶圣陶最初的 23 篇童话结集出版之后，他的童话创作量大为减少。也由于郑振铎不再主编《儿童世界》，叶圣陶的童话也同时投往别的刊物。所以在"1923—1924 这两年内"，《儿童世界》上只有《聪明的野牛》一篇。另有一篇则是 1931 年 10 月《儿童世界》十周年 500 期纪念时发表的《将来做什么》，而不是书中所指出的《牧羊儿》等 5 篇。凡提到叶圣陶早期童话创作就会想到《儿童世界》，这已经形成思维定式。这个谬误至少向我们暗示了这样一个问题：郑振铎主编的《儿童世界》在叶圣陶早期童话创作中有着举足轻重的作用。

当然，我们讨论的重点是郑振铎如何借助图像来完成他对叶圣陶作品的推崇和宣传。在郑振铎主编的《儿童世界》中，图像一直是个重要的叙事元素，《儿童世界》每次的改进、改版，图像数量和品种的增多、图像印刷技艺的提高都是其中最醒目也是最重要的革新内容。图像也是主编意图得以呈现的重要方式，尤其是对美术特别偏爱的郑振铎，图像正是推动儿童文学现代转型的一个重要手段。下面是叶圣陶在《儿童世界》上发表的 21 篇童话及所配的插图幅数，还有许地山为之谱曲的 2 篇诗歌。

第 1 卷第 2 期：蝴蝶歌（曲谱），许地山作曲，叶绍钧作歌

第 1 卷第 8 期：一粒种子，叶绍钧，6 幅插图

---

① 汪家熔：《从〈童话〉看郑振铎的儿童读物编辑思想》，《中国编辑》2007 年第 5 期。

② 韦商编：《年表和传略》，载《叶圣陶和儿童文学》，第 497 页。

第1卷第9期：小白船，叶绍钧，5幅插图，其中有4幅是跨页

第1卷第10期：白（曲谱），许地山作谱，叶绍钧作歌

第1卷第11期：傻子，叶绍钧，6幅插图

第1卷第12期：地球，叶绍钧，9幅插图

第1卷第13期：芳儿的梦，叶绍钧，3幅插图

第2卷第1期：燕子，叶绍钧，4幅插图，1幅封面画《燕子》

第2卷第2期：大喉咙，叶绍钧，3幅插图

第2卷第3期：新的表，叶绍钧，4幅插图

第2卷第5期：旅行家，叶绍钧，2幅插图，1幅封面画《欢迎》

第2卷第6期：鲤鱼的遇险，叶绍钧，3幅插图，1幅封面画《鲤鱼》

第2卷第7期：梧桐子，叶绍钧，4幅插图

第2卷第9期：富翁，叶绍钧，3幅插图

第2卷第11期：画眉鸟，叶绍钧，4幅插图

第2卷第12期：玫瑰和金鱼（童话），叶绍钧，4幅插图

第2卷第13期：眼泪，叶绍钧，2幅插图

第3卷第1期：瞎子和聋子，叶绍钧，4幅图

第3卷第3期：祥歌的胡琴，叶绍钧，6幅插图

第3卷第7期：快乐的人，叶绍钧，3幅插图

第3卷第8期：克宜的经历，叶绍钧，5幅插图

第3卷第9期：跛乞丐，叶绍钧，4幅插图

第5卷第1期：稻草人，叶绍钧，4幅插图

叶圣陶21篇童话中竟有包括3幅封面画在内的91幅插图！其中还不包括某些天地头的装饰画，比如第2卷第13期《眼泪》虽然只有2幅插图，但却有5幅天地头的装饰画。而且这些装饰画都是横跨两页的，非常精美雅致，差不多将《儿童世界》出版以来最美的天地头装饰画都集中在这里了。这些插图是许敦谷绘制的。许敦谷功力深厚，并能熟练运用多种绘画手法，十分精妙地描画出了叶圣陶童话的意境。比如《画眉鸟》（图6-21），后来改为《画

眉》，是剪影画，没有赘笔，运用大面积的色块来塑造人物形象，并生动地刻画了三轮车夫奔跑时的动感。《稻草人》（图6-22）的插图是简洁的单线勾勒，区区几笔就描画出生活重担威压下佝偻着身子的老妇正查看麦穗，完全意识不到害虫已经潜伏进麦田。远景是对危险临近心知肚明的稻草人，心急如焚却又爱莫能助。画中老妇的忧愁、稻草人的无奈有力凸显了童话的主题。"稻草人"的意象后来成为现代儿童文学的经典意象。这一经典意象的塑造得力于图像在儿童文学初创时期的加盟。等到叶圣陶把童话结集成书出版时虽然只从中选择了插图33幅，但是在当时一本童书附载了如此多的插图，也是一个非常不同寻常的出版举措。

图6-21　《画眉鸟》，《儿童世界》1922年第2卷第11期

　　《儿童世界》从第2卷第1期开始就有一项重要的改革措施，第一项改革是"封面画　就一期中所登的最重要的一篇故事的事实，绘为很美丽的图画，作为封面画，可以使读者更感兴致"。①所以从第2卷第1期开始，封面画就不单纯是童话世界和儿童生活

① 郑振铎：《第二卷本志》，《儿童世界》1922年第1卷第13期。

图 6 - 22 　《稻草人》插图，《儿童世界》1923 年第 5 卷第 1 期

的反映，并与刊物的名字、卷期相呼应、一致，而且同时反映刊物中一篇重要文章的内容。这就使封面画风格和刊物的内容有机结合起来。郑振铎在谋求文与图有效结合上的确有不少妙招。编者特别推崇的文章除了文章的插图、饰画外，再以封面画的形式隆重推出，效果肯定是事半功倍。《儿童世界》创刊时每卷13期，叶圣陶在第2卷中发表童话10篇，叶圣陶的童话便有3篇被选为封面画，使用了这种方式推出。可见郑振铎对叶圣陶作品的重视。比如《燕子》是一个爱的故事。两个小姑娘救助了受伤的小燕子，并帮助它找到了妈妈。封面画（图6-23）是两个小姑娘坐在窗口，温柔地给小燕子说着话。"儿童世界"四个字的设计轻倩、俊逸与画面浮动的浪漫相呼应。尤其是"儿"字像个笑眯眯的人脸造型，"界"字像个戴着面具的人体造型，又充满了童趣。文中插图（图6-24）小姑娘爱抚地捧着小燕子，期盼着燕妈妈的到来，画面充满了柔情

蜜意的爱的气息。封面画和插图联手把叶圣陶前期童话的浪漫、诗意的风格烘托了出来。

图 6 – 23 　《儿童世界》1922 年第 2 卷第 1 期封面

叶圣陶后来也深深地怀念这段文图并茂的创作时期，并对许敦谷赞誉有加。他在陈述自己与儿童文学的渊源时，曾特别花了一段篇幅来赞颂为自己童话作插图的几位画家，其中关于丰子恺和黄永玉一笔带过，主要是写许敦谷：

图6-24　《燕子》插图，《儿童世界》1922年第2卷第1期

　　丰子恺先生和黄永玉先生是国内国外都知名的画家，许敦谷先生比他们早，现在知道他的人不多了。在二十年代，许先生为儿童读物画过不少插图，似乎到了三十年代，就看不到他的新作了。好的插图不拘泥于文字内容，而能对文字内容起画龙点睛的作用，许先生画的就有这个长处，因而比较耐看。他的线条活泼准确，好像每一笔下去早就心中有数似的，足见他素描的基本功是很深的。丰先生和黄先生的插图，功力也很到家。对儿童文学来说，插图极其重要，是值得研究的一个方面。①

　　叶圣陶说得非常好，"好的插图不拘泥于文字内容，而能对文字内容起画龙点睛的作用"。这其实是指出了图像叙事的独立性，

---

① 叶圣陶：《我和儿童文学》，载《叶圣陶和儿童文学》，第3—4页。

并且文图的有效融合会使表达效果翻倍。日本的图画书之父松居直也表达过这个意思：文和图的结合不是简单的"文＋图"的关系，如果文和图都能有效地使用自己的表达方式并补充对方表达的欠缺，它的效果就是"文×图"的关系。[①]

郑振铎非常注重插图的运用，几乎每篇文章都有插图。而且特别善于运用饰图，讲究版面的装饰美观，对叶圣陶童话的隆重推出便是运用图像手段来提升其审美品位、扩大影响力、吸引小读者。从这个生动、鲜活的实例中我们可以看出，郑振铎对图像的表现潜力进行了最大限度的挖掘，对图像文本的借用不断升级。那么，叶圣陶的美文配上许敦谷的美图，在郑振铎营造的强大的宣传攻势下，并凭借商务印书馆巨大的发行网络和相关的营销策略，叶圣陶的童话就这样被"生产"出来了。叶圣陶童话的广为流传除了本身的文学性外，至少也向我们揭示了图像是现代儿童文学初创时期的重要推手，并且现代儿童文学在发生期就是以文图并茂的方式呈现的。

三 想象西方与现代儿童的塑造

许敦谷受过多年西洋画的训练，所以他不仅使用西式画法，而且作品的画面构图、人物造型，甚至儿童的穿着、玩具，以及生活习惯和场景都打上了深深的西方印迹，又糅合了含蓄、诗化的东方情调，从而模糊了儿童的身份。许敦谷笔下比较经典的女孩子形象是灵动的大眼、柔美轻倩的连衣裙、束着发带或戴着蝴蝶结。如果是仙子呢，就拥有一对上下翻飞的蝉羽般透明的翅膀，普通儿童呢，就手持一个同样造型的洋娃娃。

比如第3卷第3期的封面《歌神》（图6-25），沉迷在吹奏中的歌神侧身坐在龟壳上，身旁是欢快跳跃的青蛙。这幅封面呈现的是童话王国的图景，美妙、和谐、浪漫。其构思显然不是从中国传

---

① 松居直：《我的图画书论》，郭雯霞等译，上海人民美术出版社2009年版，第217页。

统里来的灵感，因为中国的童话多是些神话、传说，那里也是一个等级森严、处处有压制的成人社会。也许在一个万物皆有灵且平等的童话世界里，一个长袍马褂的"缩小的成人"形象会显得怪异，因而童话世界里的儿童多被西化或者原本就借用西方儿童造型。第3卷第8期封面《邮筒》（图6-26）则是小朋友寄信的日常生活场景。背冲着读者的小姑娘正在投递，给谁投递呢？小姑娘手中的信封上依稀可辨"儿童世界"的字样。正面对着读者的大眼睛小姑娘一手抱信，信封上同样可分辨出"儿童世界"的字样，另一只手

图6-25　《儿童世界》1922年第3卷第3期封面

拽着一个洋娃娃。《儿童世界》从创刊号就刊出《儿童创作的募集》，以后又陆续刊出《投稿规则》，而且几乎每册都有，诚邀儿童投稿。最高的报酬是千字 5 元，而《儿童世界》每册才 6 分。《儿童世界》上还有"征文""悬赏"等，都是希望儿童能与刊物密切交流，使刊物成为儿童真正的乐园。而且正是在下一期第 3 卷第 9 期上，郑振铎开设"通讯"栏目，及时解答读者来信中的有关问题。《邮筒》封面带有广告性质，所以这在许敦谷设计的封面中属于最近似现实儿童形象的。但是小姑娘的脸部造型其实更酷似西方儿童，而且手中的洋娃娃的造型和装束完全是西方的儿童形象。

图 6-26 《儿童世界》1922 年第 3 卷第 8 期封面

翻译作品一直是《儿童世界》的重头戏。在翻译作品的插图中固然活跃着西方儿童形象。然而即使中国作家创作的童话，其插图中的儿童形象也与现实相去甚远。比如叶圣陶的《小白船》《燕子》《一粒种子》《芳儿的梦》《旅行家》《玫瑰和金鱼》等童话，其插图中的人物便让人很难分辨他们的民族属性，不过在文字文本中这些人物形象的身份归属也有一定的含混性。当然最有意思的是中国传统的故事、诗歌在五四后特定的时间段被拿来重新讲述时，所配的插图便有了现代的色彩。比如顾颉刚采集的"排排坐，喫果果，爹爹转来割耳朵"的传统儿歌①（图6-27），插图则是两个现代儿童形象。他们有着西方儿童的五官构造、鬈发，以及他们的无边软帽、蓬蓬裙，怎么看都与这支传统的儿歌不协调。最有意思的是古代女英雄木兰形象（图6-28），不论在战场上拼杀还是与父母告别，竟然戴着近似遮阳帽的一种宽边帽。这种帽子纵然美观，但根本不能起到防御的作用，而且也与中国历史不符。这种帽子很可能是从童子军的装束中得来的灵感，而木兰和将士们纵马奔驰的英姿似乎更像美国西部的牛仔。

当然最令人叹为观止的是《儿童世界》题头文尾的装饰画中频繁出场的西洋儿童，他们穿着可爱的童装、拿着有趣的玩具，在自己的天地里快乐地玩着自己的游戏。这完全是一幅幅想象中的自由、快乐的西方图景（图6-29、图6-30）。这时女孩的着装已经比较统一了，大多是现代气息十足的连衣裙，裙摆多在膝盖以上，下面多是长筒袜或翻口短袜、皮鞋或短靴，头上是张扬的蝴蝶结。男孩短发短衣短裤，简洁、动感。即使现在看来这些服饰也非常时尚。在这个用图像建构出来的童年，精致、美妙、快乐、自由、友爱，所有美好的事物都在这个虚拟的西方儿童世界里。

这些画取材广泛，对西方儿童的日常活动表现得细腻、生动、逼真。可以推知作者对西方儿童生活和文化背景都极其熟稔，所以作者很可能不是中国人。有些图画很可能是编辑翻印的外国报刊上

---

① 顾颉刚：《儿歌》，《儿童世界》1922年第1卷第11期。

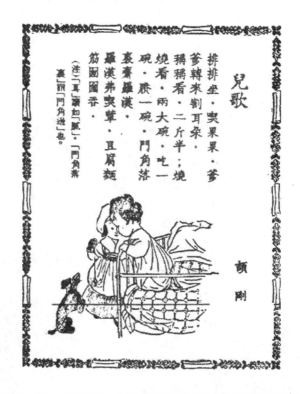

图6-27 《儿歌》,《儿童世界》1922年第1卷第11期

图6-28 《木兰从军》,《儿童世界》插图1923年第5卷第1期

图 6 - 29　《儿童世界》1922 年第 1 卷第 4 期目录题头画

图 6 - 30　《儿童世界》1922 年第 1 卷第 10 期《云与燕子》文尾画

的图画（笔者将在下一节详细讨论这些绘画的作者）。郑振铎向来重视饰画的作用，但选用何种饰画则可看出策划者的立场、趣味和追求。首先中国儿童形象很少能成为装饰画取景的对象。很显然五四文人极力言说的童年是一个西方儿童的童年，无形中排除了中国儿童不论是富足无忧的还是悲苦凄惨的童年经验。

服装、游戏、玩具最能体现儿童的精神风貌。然而在翻看民国书刊时常常会有一种怪现象：看民国成人书刊会明显感到民国气象，即使最新潮的月份牌和《良友》中得风气之先的时尚女郎，也多是旗袍装束。而看儿童读物，则没有距离感，也没有陌生感。因为民国儿童书刊中的儿童形象与当下儿童形象实在相似。原因是成人刊物中的图片是以生活中最西化的女郎为模特描画，或者直接摄影照片。这些活跃的女郎即使再时尚，也不会离当时的社会太远，与旧时代有着丝丝缕缕的联系。而儿童书刊根本放弃使用生活中真实儿童为写生对象，勾画的全是西方式的儿童。图像中的儿童没有长袍马褂，没有褴褛，没有苦难，没有一点老中国的影子。这当然都是一厢情愿地对西方的现代想象。

《儿童世界》自第 5 卷第 2 期开始每期登载小读者的照片。图 6–31 便是 1923 年初《儿童世界》上小朋友的照片，依然穿着传统的长衫，一副"缩小的成人"的装扮。其实能够订阅《儿童世界》，而且有余资拍照的小朋友至少是城市中产家庭的孩子，而拍照时自然也是把自己最光洁鲜亮的一面呈现出来。但现实儿童的照片与《儿童世界》上西化的儿童形象对比就可看出他们之间的霄壤之别。

20 世纪 20 年代儿童读物上的儿童形象与晚清民初的相比，最显著变化是女孩唱主角。晚清民初儿童读物中的儿童形象多以男孩为主。《儿童教育画》的封面多是男生，连第 75 期和第 92 期的封底也是身着校服或操衣的男孩快乐学习的游戏图。这一时期的《少年杂志》《学生杂志》和《中华学生界》也是这样，刊物中以摄影图片为主，多是男学生身着校服在特定纪念物前的合影或穿着操衣出操运动的合影，抑或是身着童子军服活动的合影。当然这三种杂志的读者定位倾向于中学生或大学生。即使《中华童子界》是针对

图 6 - 31　《儿童世界》读者照片 1923 年第 5 卷第 7 期

小学生的，女孩形象依然非常少，而且男孩身着西式的操衣或制服，女孩仍是未经西风洗礼的小大褂。因为清政府学部直到 1907 年才颁行《奏定女子小学堂章程》和《女子师范学堂章程》，此后"癸卯学制颁行后，女学兴办之风徐徐吹起"。[①] 但各方面的阻力仍很大，清政府 1910 年曾对女学生的服装款式、色泽、用料等做了严苛、细致的规定，"用长衫，长必过膝，其底襟约去地二寸以上，四周均不开衩"，"冬春两季用蓝色，夏秋两季用浅蓝色"，不得效东西洋装束等。[②] 女学兴起晚，发展阻力大，所以要展示"新学"下儿童的精神风貌，男生新潮的制服更具代表性。

　　这种状况在五四后发生了很大变化。一方面，是五四倡导民主、自由、平等提升了女性在社会上的地位，相应地在儿童读物领域，女孩也成为要表现的对象。另一方面，是以周作人为代表的五四文人认为传统文化根本无法催生现代的儿童观，因而要建构现代

---

　　① 罗苏文：《女性与近代中国社会》，上海人民出版社 1996 年版，第 124 页。

　　② 朱有瓛主编：《中国近代学制史料》第二辑（下册），华东师范大学出版社 1989 年版，第 676 页。

的儿童观，要从西方寻找资源。正是在这一理念指引下，现代儿童形象的建构都是在想象西方的基础上展开的。另外，因为女孩的发型、帽子、衣裙更富于变化，也更富于表现力，装饰意味也更浓。这些衣着鲜亮华美的粉嫩嫩、活泼泼的小天使，同样也极具观赏性。其实从儿童读物上真实的儿童照片来看，女孩的照片极少，偶尔有几幅也是身着稍微有些变化的清末民初服装。这又一次表明了儿童读物中建构出的儿童形象与现实中的儿童距离非常遥远。

图像的现代性其实与郑振铎的儿童文学主张相吻合。《儿童世界》一直以外国儿童文学居多为主要特色，尤其是在前几期，译述的外国儿童文学比重非常大。面对文字，郑振铎更多的是考虑中国接受主体的不适应，对外国儿童文学都进行了中国式的改造。然而面对图像，郑振铎却放弃了使用转述、译述这种"文化中介"，反而是刻意营造这种西方图景。也许，郑振铎和他的同事要为中国儿童提供一个全方位的可供参照、模仿的西方摹本。

而且郑振铎这种立场在当时并非特例，《小朋友》上琳琅满目的西方儿童形象，比之《儿童世界》有过之而无不及。初期的《儿童世界》的封面还是留学日本的许敦谷设计绘制的，毕竟有些是西方化了的中国儿童形象。1924年以后才出现了大量的外国儿童形象的封面。而《小朋友》一创刊从封面到装饰画就直接借用外国儿童读物上的图像。时尚现代的图像和滞后的文字带来的叙事张力具有更大的言说空间，我们将在下一章展开论述。这一时期的《儿童画报》《小朋友画报》《小弟弟》《小妹妹》等，以及20世纪30年代创刊的《申报·儿童周刊》《时代儿童》《小主人》《儿童晨报》，低级、中级和高级《儿童杂志》《小学生》等刊物和《中华童话》《儿童文学丛书》《小朋友丛书》《小学生丛书》《小学生文库》《幼童文库》等丛书上随处可见大同小异的西方儿童形象。

20世纪20年代《儿童世界》《儿童画报》《小朋友》上西化的儿童形象大肆盛行，中国本土的儿童形象甚至在某些儿童读物上绝迹。这一时期，也正是中国的儿童文学运动轰轰烈烈地开展的时期。到了 20 世纪 30 年代，基本完成了对西方儿童形象的想象建构，形成了杂糅着中国趣味的西化儿童形象。不论是翻印外国书刊，还是本土画家自己创作的，书刊上的儿童形象只有这种单一、同质化的西方儿童形象。所以不论画家、编辑还是读者，似乎都别无选择。于是，随着对西方儿童形象的想象建构，某些来自城市富裕、开明家庭的儿童也开始西化的打扮。比如 1935 年创办的《申报·儿童周刊》（图 6 - 32）上的儿童装束便很有现代气质。正是这股强大的想象西方的冲动和实践对 20 世纪儿童文学的走向产生了深远的影响，并深刻地影响着当下成人社会对童年的普遍假设。如果当时还是对西方的一种想象式的描画，那么现在"全球化"已经"化"到了我们日常生活中来，完全改变了我们的审美习惯。至少当初五四文人们对儿童形象的某些设定现在已经成为现实。

图 6 - 32　《申报·儿童周报》汇编《儿童之友》第 1 集照片

第三节　郑振铎和儿童文学图像叙事

一　郑振铎对儿童文学的贡献

郑振铎对新文学的贡献是多方面的，是非常值得大书特书的一个人物。郑振铎的研究专家陈福康呼吁要建立一门"郑学"①。这固然有点夸大其词。因为郑振铎缺乏原创性的理论和优秀的创作成绩。然而矮化或漠视郑振铎的贡献也是不公正的，比如在文学研究会的发起人中，茅盾地位显赫，郑振铎则排在最后。关于文研会的发起人，茅盾无人不知，郑振铎则少有人知晓。其实现在的研究资料表明是郑振铎联合几位朋友组织发起了文学研究会，并一直是其中的灵魂人物。茅盾只是在郑振铎的邀请下才成为发起人的，而且郑振铎一直主持文研会的机关刊物《文学旬刊》和其后的《文学周刊》，出版大型的"文学研究会丛书"和《星海》，以及从1923年起主编该会的"代用刊物"《小说月报》。②

郑振铎是个非常出色的编辑，据统计他一生所编辑或参与编辑的丛书、报刊达53种之多，③ 数量大、质量高。他所主编的各种文学刊物、文学丛书始终是新文化运动中的主要阵地。曾在1921年和1922年参与编辑了我国新文学史上第一个戏剧月刊《戏剧》、第一个新诗月刊《诗》、第一个儿童文学周刊《儿童世界》。他主编的《学灯》发表了郭沫若《女神》中的若干篇什、郁达夫的第一篇小说和第一首新诗等；《儿童世界》发表了叶圣陶的《稻草人》等多篇文章，并汇集成童话集《稻草人》，成为中国儿童文学诞生的标志。《小说月报》设立了"安徒生专号"，发表了老舍第一篇文章。为提携老舍，不惜把已经预告的妻子的文章一次次推迟登载。对巴金、丰子恺、赵景深、端木蕻良等人的发现或者提携也很

---

① 陈福康：《建立一门"郑学"》，载《郑振铎研究论文集：纪念郑振铎一百周年诞辰》，海峡文艺出版社1998年版，第10页。
② 林荣松：《郑振铎与文学研究会》，同上书，第107—109页。
③ 巢乃鹏：《郑振铎编辑思想研究上》，《出版文化》2000年第3期。

值得赞叹。

郑振铎是中国文人中最典型的多面手，不但样样热心，而且样样做得出色。胡愈之在《哭振铎》中说："在文学工作中，你是一个多面手。不论在诗歌、戏曲、散文、美术、考古、历史方面，不论是创作和翻译方面，不论是介绍世界文学名著，或整理民族文化遗产方面，你都做出了平常一个人所很少能做到的那么多的贡献。"① 李一氓说郑振铎先生"是中国文化界最值得尊敬的人"②。中国要是有所谓"百科全书"派的话，那么，西谛先生就是最卓越的一个。③

郑振铎对儿童文学的贡献也是多方面的，创办第一种儿童文学刊物《儿童世界》，并在刊物上创制"图画故事"；为儿童创作、改写儿童文学作品；编写《童话》丛书等。学界关于郑振铎新文学贡献的研究成果很可观，郑振铎对儿童文学贡献的研究成果相对较少。即使在郑振铎的儿子所写的传记中，关于这一点的记叙也少得可怜。而在郑振铎与儿童文学的总纲下，郑振铎与儿童美术的关系又是最容易被忽视的。其实，郑振铎在儿童文学的图像叙事方面有着筚路蓝缕之功。郑振铎之所以能做到这些，笔者以为有以下两个重要因素。

首先，郑振铎有儿童心性。许多郑振铎的朋友都说郑振铎直率，像个孩子。其中以叶圣陶描述得最为生动：

> 安徒生老有童心，人们称他为"老孩子"。因此联想，振铎的适当的别称更无过于"大孩子"了。他天性爽直，所谓机心之类从没有在他脑子里生过根；高兴时出劲地说笑，不高兴时便不掩饰地抿着嘴，这种纯然本真内外一致的情态，惟有孩子常常如此……朋友们举行什么集会，议论既毕，饮食也足够

---

① 胡愈之：《哭振铎》，《郑振铎纪念集》，上海社会科学院出版社 2008 年版，第 24 页。

② 李一氓：《怀念郑西谛》，同上书，第 415 页。

③ 端木蕻良：《追思——西谛先生逝世二十周年纪念》，同上书，第 159 页。

了，往往轮流讲个笑话，以助兴趣。轮到振铎，他总说："我讲一个童话。"于是朋友们哗然笑起来，笑他总爱说那孩子惯说的话。他访问朋友的家里，要是那人家有孩子，一跨进门总先去找那些孩子，或者抱在手里，或者两手托着，高高地升起来，或者叫他们站在桌子上演戏，孩子们当然高兴……到他想着要走时，也许并没有同主人谈过一句话。惟有孩子，才喜欢找孩子为伴呢。①

正因为他童心未泯才会生生念念地为儿童谋利。郑振铎大学毕业后离京抵沪，很快便应《时事新报》主编张东荪之邀，在该报副刊《学灯》担任兼职编辑，继而被聘为接替李石岑的兼职主编。《学灯》副刊 1918 年 3 月 4 日创刊，就是以传播新文化、新文学为宗旨的综合性副刊。在张东荪、俞颂华、宗白华、李石岑等人的打造下，在知识界积累了较高的声誉。1921 年 7 月 24 日，郑振铎正式主持《学灯》后的一个星期，即出一则启事："我们自本日起，增设'儿童文学'一门。关于这一类的投稿，无论是译是著，都极欢迎。"同年 12 月《学灯》又开辟"儿童文学研究"一栏，1922 年 1 月"讲演"一栏发表了吴研因的《儿童文学概略》。"儿童文学"栏目是《学灯》首次开辟的，并且也是五四时期三大副刊中的首创。在当时风起云涌的"儿童文学运动"中，郑振铎主编的《学灯》打响了第一炮。虽然刊登的作品大部分是文学研究会成员胡天月的外国儿童文学翻译作品，但意义却是深远的。

但在成人报刊上设置专栏显然不能全面体现郑振铎儿童文学的主张。1921 年 5 月，郑振铎从上海铁路管理局辞职加入商务印书馆，他向商务印书馆提议创办一种文学性的儿童杂志并得到允许。9 月他便开始筹划《儿童世界》的创刊事项。在主编《儿童世界》的过程中，郑振铎也为儿童创作了大量的诗歌、图画故事，翻译和转述了大量的西方儿童文学作品，也写了一些儿童文学的理论文

---

① 叶圣陶：《〈天鹅〉序》，载《叶圣陶和儿童文学》，第 446 页。

章。主编《小说月报》时也设置"儿童文学"专栏，还开设《儿童文学》专号、安徒生专号。郑振铎如没有这种儿童心性，很难做到这样长时间地执着于儿童文学事业。

其次，郑振铎对美术的挚爱和深入研究。郑振铎曾说："不喜欢图画的人，可以说是绝无仅有。我们当孩童及少年时代，都要经过图画迷的一个长时期；《三国志》《西游记》的插图是我们所最爱悦的。有时，我们得到了一匣的水彩画颜料，于是我们便在这些插图上西涂东抹着。"他用了大量的篇幅述说自己幼年时对花纸和香烟匣中画片的痴迷。如果周围的小朋友有一两张自己没有的画片，自己是多么懊恼，好像"缺失了生命中最不可少的东西"。①成年后他还能把当时的心绪陈述得那么清晰，可见幼年时对图画的痴迷留下了深刻的印记。

所以成年后，无论他作为编辑还是研究者，图画始终都是他考量的一个重要方面。他说"童话的书，图画是不可省略的"。②"插图在儿童书中，是一种生命，也许较之文字更为重要。因为儿童是喜欢图画，比之文字更甚些，往往可以由图画而诱引起要看文字的需要。几个刚学会说话的儿童，往往把一本图画书翻了又翻，看了又看，不忍释手。……所以儿童书中的插图，是占极重要地位的。无论哪一国的儿童书，差不多没有无插图，那些插图差不多没有不是异常可爱的，不仅可以迷惑了少年和儿童，抑且可以迷惑了老年人。"③

郑振铎对美术有深入的研究并作出了重大贡献。他在绘画史、版画史、雕塑史以及工艺美术史等方面均有所涉猎，撰写发表了大量研究论文，编辑出版了不少重要的美术画集、图谱等。郑振铎撰写的《文学大纲》里面附有许多古今中外的精美插图。这些插图大多是名家手笔，而有关中国的一部分，则更是他多年苦心搜集到

---

① 郑振铎：《插图之话》，《小说月报》1927 年第 18 卷第 1 期。
② 郑振铎：《〈天鹅童话集〉序》，载《郑振铎全集》第 13 卷，花山文艺出版社 1998 年版，第 7 页。
③ 郑振铎：《插图之话》，《小说月报》1927 年第 18 卷第 1 期。

的、向来不为人所重视的古代小说、戏曲的木刻插图。难怪该书出版后，被誉为关于文学的古今中外名画集。《插图本中国文学史》是郑振铎撰写的另一套鸿篇巨制。不仅首次把历来不为文人雅士们所重视的弹词、宝卷、小说、戏曲等不能登入文学殿堂的所谓"俗文学"，以三分之一的篇幅写了进去，为"俗文学"正了名；而且附录了一百多幅与中国文学有关的十分精美而珍贵的古代木刻画、名家绘画等作为插图，使其成为中国第一本插图本的文学史。

1923 年他开始主编《小说月报》后，特别注意介绍发表中外美术作品和文学艺术家的照片、手迹等具有重要的艺术欣赏价值和史料价值的图像。曾先后为该刊做过封面及扉页画的画家有许敦谷、陈之佛、丰子恺、钱君陶等人。对于国外美术名作及书籍插图的介绍则更具特色："插图除与文字内容有关外，并请国内诸名画家专心拣选世界名作，加以说明，如积存一年，便成极名贵之'世界名画集'一册。"①

郑振铎还和鲁迅经过一年多艰苦收集整理工作，辑印了《北平笺谱》。这部书的出版不仅将清末民初时期的木刻艺术进行了总结，也为新兴木刻家们借鉴传统艺术遗产提供了有益的参考。正因为郑振铎酷爱美术，又有较高的美术素养，所以《儿童世界》才呈现出图文并茂的显著特色。

二 对郑振铎"自编自绘"说的质疑

除了上文提到的郑振铎对美术研究的重大贡献外，美术界的前辈黄可先生在他的两本专著《上海美术史札记》和《中国儿童美术史撷拾》中对郑振铎在儿童美术方面的贡献又有了新的发现。黄可说：

> 郑振铎创作的图画故事，就是儿童连环画。所以，如果追溯中国近现代儿童美术史上的儿童连环画始于何时，那末，可

---

① 郑振铎：《内容预告》，《小说月报》1926 年第 17 卷第 12 期。

以说是由郑振铎先生开创。因为，在此之前，还不曾见过有儿童连环画。……郑振铎笔下的图画故事，从编写文字脚本到图画创作，都由一人完成，是名副其实的"自编自绘"连环画创作。所以，如果追溯中国近现代儿童美术史上的儿童连环画"自编自绘"创作始于何人？那末，亦可以说始于郑振铎先生。①

虽然郑振铎的美术素养很深厚，但笔者仍对郑振铎的"自编自绘"说表示怀疑。首先，列举几则黄可关于郑振铎主编《儿童世界》期间的史料：

> 郑振铎主编的《儿童世界》周刊（每个季度为一卷十二期），前后有一年零二十天，即从一九二二年一月初创刊的《儿童世界》第一卷第一期起，至一九二三年一月的第五卷第三期止，共五十一期。自一九二三年一月下旬《儿童世界》第五卷第四期起，他因调《小说月报》（亦隶属上海商务印书馆编译所）任主编，而离开《儿童世界》。②

笔者在中国国家图书馆查阅原版《儿童世界》发现，在1926年第17卷之前都是每卷13期，而不是"一卷十二期"；而且郑振铎是从第5卷第2期开始不再担任主编，而不是"第五卷第四期"。在《儿童世界》第4卷第13期的封底曾有一则《郑振铎启事一》："自五卷二期起，我对于本刊，已不负专责。所有来稿，请径寄'儿童世界社'，不必由我转交，以免多费手续费。至盼！"第5卷第1期出版日期是1923年1月6日，也就是说郑振铎担任主编的日期截止到1923年1月6日，不是"一月下旬"。

---

① 黄可：《郑振铎与儿童美术》，载《中国儿童美术史撷拾》，少年儿童出版社2002年版，第39页。也可参见《上海美术史札记》，上海人民美术出版社2000年版，第160页。

② 黄可：《郑振铎与儿童美术》，载《中国儿童美术史撷拾》，第36页。

又由于《儿童世界》每卷13期，所以郑振铎共主编了53期，而不是"五十一期"。

黄可还说：

> 他作为《儿童世界》的主编，如何办好这个适合小学中高年级学生为读者对象的综合刊物，设哪些栏目？侧重点是什么？装帧设计（包括封面、封里、目录、正文版面设计及插图等）怎样安排？都出自他一人的构思和策划。我曾经拜访过沈白英、万籁鸣等当年上海商务印书馆编译所的老前辈，亦求教正在撰述《郑振铎传》的学者陈福康。据他们告知，当年《儿童世界》开创之初的一年多时间，基本上郑振铎这位主编一人在包揽这个刊物的工作，只有助手沈志坚作些协助。[①]

早期商务印书馆岗位设置，就是一两个人编辑"包揽刊物的工作"，并不仅仅郑振铎是这样。早在郑振铎进编译所之前，有的编辑要同时主编两三种刊物。比如茅盾回忆说，朱元善曾同时主编《教育杂志》《学生杂志》《少年杂志》，王蕴章曾同时主编《小说月报》和《妇女杂志》。[②] 下面是1922年商务印书馆编译所部分杂志的编辑人员：

教育杂志社：李石岑（兼）、朱础成（兼）

妇女杂志社：章雪村（兼）、周乔峰（兼）

小说月报社：沈雁冰、杜迟存

儿童杂志社：郑振铎、沈志坚

学生少年杂志社：朱赤民、杨贤江、林重夫、喻飞生、徐铸勋

英语周刊社：周由廑（兼）、顾润卿（兼）

---

① 黄可：《郑振铎与儿童美术》，载《中国儿童美术史撷拾》，第35—36页。

② 茅盾：《商务印书馆编译所和革新〈小说月报〉的前后》，载《1897—1987商务印书馆九十年：我和商务印书馆》，第161—164页。

英文杂志社：平海澜（兼）①

从中可以看出每种刊物大都只有一两个编辑。"学生少年杂志社"之所以人多，因为这个杂志社至少主编了两种刊物《学生杂志》和《少年杂志》，同时他们还负责一些大型少儿类"丛书"的编辑。所以一两个编辑负责一本杂志的现象至少是在 20 世纪 20 年代的商务印书馆非常普遍。

商务印书馆之所以做到一两个编辑就能负责整个刊物是因为有一个强大的团队为之提供服务。商务印书馆的编译所有自己专门的推广部为之做广告宣传、有图画股为之绘制封面和插图、校对股为之校对等。仅仅编译所的事务部就有文牍股、会计股、统计股、舆图股、图画股、图版股、美术股、书缮股、校对股、杂务股等部门为书刊提供相关协助。还有与编译所并行的印刷所和发行所携手作业。其实，"包揽"一词非常含糊。"包揽刊物的工作"并不意味着全都由编辑自己写、编、译、画、校对、宣传、出版、发行等，编辑主要从事的常常是文字编辑。但不可否认的是，商务印书馆几种重要杂志的骨干编辑思想活跃，自己能编、能写、能译，而且善拉稿。《学生杂志》杨贤江、《妇女杂志》章锡琛、《教育杂志》李石岑、《小说月报》沈雁冰、《东方杂志》胡愈之等都是这样的。

郑振铎离开《儿童世界》后，《儿童世界》也只有徐应昶负责。沈志坚在郑振铎主编期间就只是助手。虽然《儿童世界》自第 5 卷第 1 期开始公布编辑名单，那一期足有 14 人。其实除了徐应昶和沈志坚，其他人都分属于其他部门，各有自己的一摊子事，根本不可能再负责《儿童世界》的编辑工作，而所谓的"编辑人员"的说法仅仅是经常为《儿童世界》供稿的人员。

万籁鸣所说的"包揽刊物"是否就是指郑振铎自己进行版面设计、插图、图画故事的创作呢？因为在郑振铎主编的 53 期

①　《商务印书馆通信录》，商务印书馆 1932 年编。《商务印书馆通讯录》是商务印书馆最重要的通联刊物。创刊于 1918 年，至 1941 年珍珠港事变才停办。

《儿童世界》里，从第 2 卷第 1 期的封面画就明确署名为"许敦谷"。万籁鸣的意思显然不是这样的。即使在黄可自己的叙述里，万籁鸣也没有明确表示郑振铎就是"图画故事"的绘者。根据黄可的上下文来推测，黄可问的很可能是郑振铎如何对刊物进行美术编辑。众所周知，编辑和作者是两码事，美术编辑和绘者同样也是两码事。

万籁鸣自己的回忆文章是这样来讲的："我在商务的工作，主要是为商务出版的《儿童世界》等儿童读物画插图和封面画。这些杂志、画报对画种的要求是多种多样的，从水彩画、油画、钢笔画、水粉画、木刻画到广告画；画面从一两寸大到数尺长的都有。"[1] 万籁鸣为《儿童世界》绘制插图、封面是在什么时候？万籁鸣 1919 年进商务印书馆，在交通科下设的广告股工作，就是专门绘制广告画、杂志封面和插图。根据 1923 年《商务印书馆总公司同人录》[2]，至少在 1923 年郑振铎离开《儿童世界》以前，万籁鸣都在做着绘制插图的工作，并没有离开商务。但笔者在郑振铎主编《儿童世界》期间的内文和目录中并没发现万籁鸣的名字。

这说明为刊物画插图的有专门的一个团队，并且常常并不署名。在郑振铎主编《儿童世界》期间，黄宾虹领导的美术股专门从事名画的编审、鉴定等工作，图画股有包括留日学生许敦谷在内的 10 人专门为书刊绘制、设计封面和插图，广告股有陈布雷、万籁鸣等人编写、绘制宣传的文字和图像。因而，虽然其他杂志编辑的美术修养比郑振铎稍逊，但这些杂志也都有精彩的封面、插图和摄影图片。很显然，《儿童世界》中图像的精美不完全是郑振铎一人之功，是有一个强大的美术专业队伍作为支撑。

此外，在第 1 卷的前 7、8 期，除了许地山谱曲、叶圣陶作词的歌曲外，郑振铎在沈志坚的协助下，撰写、编辑了从童话到诗歌

---

[1] 万籁鸣：《耄耋之年话商务》，第 239 页。
[2] 《商务印书馆通信录》，商务印书馆 1932 年编。

到寓言再到图画故事绝大部分的文字。连续出版物本身压力就大，《儿童世界》又是周刊，郑振铎的工作量可想而知。况且，郑振铎还同时主编文学研究会的机关刊物《文学旬报》①，主编《文学研究会丛书》，负责文学研究会员的联络等事务。如果每周再创作那么多图画故事中的图画，的确难以想象。

　　黄可指出郑振铎绘制图画故事时表现出了高超的绘画技巧："特别使人惊讶的是，郑振铎先生有着多方面的绘画才能。他不仅能根据不同题材的故事情节和主题，灵活地进行造型、构图、铺展情节和场景，以及处理承上启下的衔接关系，而且善于采用或单线勾勒、或单线平涂、或水彩、或水粉等多种绘画手段作表现。"接着就是说"正因为郑振铎有较高的美术素养"，所以"从封面到封里，从目录页到正文页的版面设计，以及插图、题头画、文尾画、天地头装饰画等的安排，都十分注意多样化和装饰性，并强调体现童心趣味"。②

　　目前，郑振铎的全集也出了 20 卷，研究文章也不少。笔者从未在郑振铎的研究材料上见过他亲手绘制的任何图像，当然更遑论对郑振铎手绘作品的研究。如果郑振铎能有绘制《儿童世界》图画故事中图像的熟极而流的手法，恐怕难免就会技痒在别的地方留下手绘的蛛丝马迹。比如鲁迅就颇有几幅手绘的图画作品传世。然而，郑振铎全然没有，他身边的亲朋好友也没有任何人提及他的绘画才能。他的确在美术史及美术作品的收藏整理鉴赏上造诣深厚，但创作与鉴赏毕竟是两码事。所以，笔者认为《儿童世界》图画故事中的图画，郑振铎创作的可能性极小。《儿童世界》第 1 卷所有的绘画、版面设计都没署名，当事人的回忆又没有明确指出各期各

---

① 《文学旬报》：现代文学期刊，文学研究会机关刊物。1921 年 5 月 10 日创刊。先后由郑振铎、谢六逸、叶绍钧、赵景深等人负责编辑。初名《文学旬刊》，自 1923 年 7 月第 81 期起改名《文学》（周刊），均附在上海《时事新报》发行。1925 年 5 月第 172 期起定名《文学周报》，脱离《时事新报》，开始按期分卷独立发行。第 4 卷起由上海开明书店出版。第 8 卷时改由远东图书公司印行。1929 年 12 月出至第 9 卷第 5 期休刊，前后共出 380 期。

② 黄可：《郑振铎与儿童美术》，第 43—49 页。

卷的绘画作者。那么，我们根据现有的原始资料能对绘者做多少推测呢？

许敦谷是《儿童世界》第一个署名的绘画作者。从第 2 卷开始，郑振铎主编期间封面画大多署名为许敦谷。第 1 卷中的封面画、插图虽然没有署名，但是现在我们知道第 1 卷中叶圣陶 5 篇童话的插图都出自许敦谷之手。根据来自以下资料：

1923 年叶圣陶把主要发表在《儿童世界》上的 23 篇童话结集成《稻草人》一书，郑振铎为叶圣陶《稻草人》的出版写的"序"中有："这童话集里附有不少美丽的插图。这些图都是许敦谷先生画的。"① 叶圣陶自己为文集所作的"序言"也说："这几本童话集的插图，我都很喜欢。《稻草人》是许敦谷先生的钢笔画。"② 赵景深也说过："当时该刊正刊载叶圣陶的童话，由许敦谷绘插图，后来都收在文学研究会的丛书之一《稻草人》里面。"③ 在《稻草人》重印时，叶至善（叶圣陶的儿子）再次指出："这个《稻草人》重印本，就是按照《叶圣陶集》第四卷排印的，选用了初版本许敦谷先生画的插图 33 幅。"④

因此，考察郑振铎主编期间《儿童世界》上的绘者，许敦谷是个关键人物。许敦谷是许地山的哥哥，一生淡泊名利，为人低调，外行难得闻其名声。许敦谷于 1913 年公费留学日本，入东京绘画研究所学习。后于 1916 年进入当时日本艺术最高学府东京美术学校学习油画，成绩优异，其作品《闲庭信步》曾入选东京二科绘画展。1920 年许敦谷学成毕业回国，在上海商务印书馆编译所从事封面设计及插图。他还积极传播西洋绘画、兴办美术学校，与陈抱一、关良等组织画展等，是 20 世纪 20 年代上海最活跃的画家之一。

---

① 郑振铎：《〈稻草人〉序》，载《1913—1949 儿童文学论文选集》，少年儿童出版社年 1962 年版，第 106 页。
② 叶圣陶：《我和儿童文学》，载《叶圣陶和儿童文学》，第 3 页。
③ 赵景深：《郑振铎与童话》，载《儿童文学教学研究资料》（三），北京师范大学中文系儿童文学教研组编写并 1979 年出版，第 7 页。
④ 叶至善：《重印后记》，载《稻草人》，花山文艺出版社 1997 年版，第 171 页。

郑振铎还在北京求学时期，与许地山、瞿秋白、瞿世英、耿济之成为极要好的朋友。这一"小集团"（郑振铎语）后来成为文学研究会的主要发起人。他们在共同的学习、工作、生活中结下了深厚的友谊，为朋友主编的刊物写稿当然是义不容辞的。所以在《儿童世界》的创刊号上，便有许地山谱曲的儿歌。在郑振铎主编期间，"歌曲"这个栏目主要就是由许地山来经营。而这时，许地山的哥哥许敦谷就在商务印书馆，根据现在公布的商务印书馆的编译所职员名单，在1921—1923年间许敦谷均是编译所的成员。因此许敦谷在《儿童世界》创刊时就成为它的主要绘者于情于理都说得通。

早在许敦谷的名字在第2卷第1期《儿童世界》上露脸之前，叶圣陶就已经发表了5篇文章，这5篇文章的插图都是许敦谷所绘。这说明早在第2卷第1期之前，郑振铎和许敦谷的合作就开始了。如果许敦谷只为叶圣陶的文章绘插图，而不事其他，似乎也说不过去。叶圣陶当时也是刚起步，名不见经传，在《儿童世界》上发表的也是儿童文学处女作，并非现在声名显赫的儿童文学的开山鼻祖。

许敦谷既然为第1卷叶圣陶的童话绘制插图，也必然有绘制图画故事的可能性。当初，图画故事上的绘画是属于插图的。在第4卷第8期、第9期《性缓的人》和《性急的人》图画故事中便写上了许敦谷和谢六逸的名字；第4卷12期图画故事《圣诞节前夜》作者一栏中又明确标明了郑振铎和许敦谷；第5卷第4期又有只署许敦谷一人名字的图画故事《吹风炉》。

如果图画故事中的绘者都是许敦谷，那为什么大多数图画故事并没有写上许敦谷的名字呢？其实，这与整个社会对图像重视不足有关。不但编者忽略图像作者的功绩，图像作者自身也没对自己的作品有足够的尊重。纵然是在非常重视图像的商务印书馆，也鲜有署上绘者名字的书刊。所以《儿童世界》对是否署上绘者的名字很随意。有时署，有时不署；有时目录和内文标示的绘者不一致。当然这也和整个出版界的不规范有关。总之，《儿童世界》上的插图和图画故事由许敦谷或图画股的其他人来创作的可能性比较大。

　　另外，在当时书刊的绘画、装帧设计还很不成熟的情况下，翻印外国报刊上的图像是行内非常普遍的现象。商务印书馆是这样，中华书局也是这样。赵景深说起当年在《儿童世界》上的投稿时曾说："我在《儿童世界》投些什么，已记不大清楚。只记得我投过好几篇，有的还是我自己从英文原本用薄纸将插图摹绘下来的，其中有一张是女郎和火鸡。"① 赵景深指的"女郎和火鸡"的插图（图6－33）就是发表在第2卷第3期《儿童世界》上的《好小鼠》。共有两图，都是赵景深自己从原版上摹绘下来的。

图6－33　《好小鼠》插图，《儿童世界》1922年4月第2卷第3期

　　在《儿童世界》曾刊登过对后世影响极大的图画故事《熊夫人幼稚园》，一共登载了近300期。作者的署名先是"守一"，后是"叔蕴"。后来的研究者都把他们当作作者。郑振铎《插图之话》中也提到《熊夫人幼稚园》插图，说"上面是从一部给英美儿童看的

---

① 赵景深：《郑振铎与童话》，载《儿童文学教学研究资料》（三），第7页。

杂志里选出的两幅插图，我们的《儿童世界》曾介绍进来过"。[1] 郑振铎写这篇文章是 1927 年，《熊夫人幼稚园》在《儿童世界》上初次刊登的时间是 1923 年。他的"曾介绍进来过"是指 1923 年之后《熊夫人幼稚园》在刊物上的连载。对照一下图就会发现，郑振铎提到英美杂志上的《熊夫人幼稚园》中动物的造型、故事内容与守一、叔蕴的完全一样。图 6-34 是郑振铎从英美杂志上选取的，图 6-35 是《儿童世界》上登载的。这说明了守一、叔蕴也许并不是《熊夫人幼稚园》的文字作者和绘者，而仅仅是译者。

这倒为我们提供了一个新思路：也许郑振铎的图画故事是来自外国书籍和报刊，郑振铎仅仅是译者。如果仔细翻看一下《儿童世界》的图画故事，许多图画故事从立意、人和动物的造型、生活习惯到西方式的幽默，的确没有多少中国本土化的东西。比如《报纸之旅行》一看就是舶来品。

郑振铎向来提倡"重述"外国的儿童文学，并一般不注明原著者的姓名。这在郑振铎创办《儿童世界》之前的宣言中就讲得很清楚："我们的采用是重述，不是翻译，所以有时不免与原文稍有出入。这是因为求合于乡土的兴趣的原故，读者当不会有所误会，又因为这是儿童杂志的原故，原著的书名及原著者的姓名也都不大注出。"[2] 这说明，如果《儿童世界》的图画故事是翻印外国书刊上的图像，原作者和绘者也不会在图画故事作者栏中出现。我们看到的仅仅是译者或者改编者的名字。

其实，在儿童文学的初创时期，这种硬性移植外国文学资源的现象很普遍。很多外国儿童文学作品拿来转述一下，署上自己的名字，对原作者不做任何介绍和说明。这说明直接或稍加改动地挪用外国资源很可能是当时行内的一种潜规则。这当然与整个社会对图像不重视，以及整个出版界的不规范有关。

---

① 郑振铎：《插图之话》，《小说月报》1927 年第 18 卷第 1 期。
② 郑振铎：《〈儿童世界〉宣言》，先后发表在 1921 年 12 月 28 日的《时事新报》《学灯》副刊、1921 年 12 月 30 日的《晨报副镌》、1922 年 1 月 1 日的《妇女杂志》第 8 卷 1 号的附录上。

樊　得（二）

图6-34　《熊夫人幼稚园》

图6-35　《熊夫人幼稚园》，《儿童世界》1925年第14卷第5期

　　行文至此，只是想尽可能地还原当时的历史情境，用史料说话。避免以讹传讹，妄谈虚论。郑振铎主编《儿童世界》期间的绘者，笔者以为是郑振铎的可能性极小，很有可能来自以许敦谷为代表的商务印书馆的专职美术工作者，或者直接挪用了外国书刊上的图像资源。同时，笔者也期待相关研究者能提供更翔实的资料。

第七章 《小朋友》:文与图的互文性

第一节 《小朋友》概况及图像叙事实践

一 《小朋友》简介

《小朋友》[①], 1922 年 4 月由中华书局在上海创刊, 也是五四新文化运动影响下的儿童期刊。为积极响应国语运动, 初创时期有国语拼音, 运用现代白话文和新式标点, 并刊载了黎锦晖创作的大量儿童歌曲和歌舞剧。该刊 32 开本, 采用红、黑、蓝三种颜色字体, 是国内第一种横排本的儿童期刊, 以小学中高年级为阅读对象。宗旨是"锻炼身体, 增加智慧, 陶冶感情, 修养人格"。[②] 栏目有"歌曲""文艺图""儿歌""童话""故事""滑稽画""谜语""笑话""歌舞剧""长篇小说""悬赏"等。属于综合性周刊。

创刊时期主编是黎锦晖, 绘画是王人路。刊物名称"小朋友"三个字则由各地小读者书写, 一期一人, 目录中刊出"封面上的字由某地某校几年级某某写的"。1926 年 5 月吴翰云接任主编。1937 年 10 月《小朋友》发行第 777 期和第 778 期合刊后, 因抗战全面爆发而休刊。1945 年 4 月, 陈伯吹在重庆主持《小朋友》复刊, 改为半月刊。同年 12 月《小朋友》随中华书局迁回上海。刊期恢复至周刊。1947 年 10 月确定新的办刊方针为: "用故事和图画,

---

① 关于《小朋友》的史料, 包括图片, 主要来自中国国家图书馆。

② 黎锦晖:《〈小朋友〉创始时的经过》, 载《长长的列车:〈小朋友〉70 (1922—1992)》, 少年儿童出版社 1992 年版, 第 430 页。

启发儿童智慧；语文思想并重，养成健全国民。"1950 年第 1001 期起，《小朋友》改为低年级彩色画刊。1951 年第 1008 期制定新的编辑方针："图画为主，文字为辅，健康游戏，用手用脑，多样照顾，彩色精印，美丽丰富。"1952 年《小朋友》改由少年儿童出版社主办，为半月刊。"文革"期间停刊 11 年，1978 年复刊，改为月刊，并一直绵延至今，成为中国报刊史上发行时间最长的一种期刊。①

中华书局初创时期曾与商务印书馆在教科书、儿童报刊、书籍等方面的对抗呈现白热化。但是由于中华书局一味投资扩大规模，致使资金周转不灵，直接造成"民六危机"②，致使多种期刊在 1917 年前后停刊。所以儿童报刊对后世的影响远不如商务印书馆。但到了 20 世纪 20 年代，中华书局在陆费逵的苦力支撑下又渐渐恢复元气。当 1921 年 9 月郑振铎拟好《儿童世界宣言》时，中华书局的陆费逵、黎锦晖、王人路、陆衣言、黎明等人，也已开始紧锣密鼓地筹划《小朋友》的出版事宜。经过多次磋商，拟订了一个初步计划："五个人约定一同供给稿件，又各负专责，分工合作，由伯鸿主持一切，指挥印刷发行，锦晖编辑，衣言排校，人路绘画，黎明翻译，各有专司。"③ 大家经过 6 个月的"殷勤工作"终于在 1922 年 4 月创刊。

《小朋友》（图 7-1）的创刊宣言是由黎锦晖写的，语言通俗易懂，用天真、亲切的口吻把刊物的出版人、出版周期、读者定位、栏目设置等都介绍出来了。他是这样写的：

> 小弟弟！小妹妹！我是你们的小朋友，我每星期出来一
> 次，你们要看我，请到中华书局，我一定候在那里。你们如果

---

① 《小朋友》的发展历程参照圣野《〈小朋友〉创刊七十年的回顾》，《浙江师范大学学报》（社会科学版）1993 年第 2 期。

② 汪家熔：《近代出版人的文化追求》，广西教育出版社 2003 年版，第 337—344 页。

③ 黎锦晖：《〈小朋友〉创始时的经过》，第 431 页。

定一份,我每星期五一定到你们家里来拜访。我的内容:有图画,有故事,有小说,有唱歌,有谜子,有笑话,封面是极美丽的五彩图,还有许多小朋友的作文,有趣得很。我的程度:有一部分和高等小学相同,有一部分和国民学校相同。十三四岁到七八岁的小学生们,都可以和我做朋友,我的名字,就叫小朋友。①

图 7 - 1 《小朋友》1922 年 4 月创刊号封面

① 黎锦晖:《〈小朋友〉创刊宣言》,《小朋友》1922 年第 1 卷第 1 期。

在《小朋友》正式发行的前一天，即 1922 年 4 月 5 日，《申报》上登出了它的广告：

> 儿童入学二三年后，识得一二千字，常常看有益的浅近的书报，一方面可以练习文字，一方面可以增加知识。这个《小朋友》，就是专供十岁左右的儿童看的。封面是精美有趣的五彩画。内容有诗歌，有故事，有小说，有谜语，有笑话，都用极浅的白话文。插图极多。儿童看了，不但有兴味，且可涵养德性。学校要学生进步做好人，家庭要子弟进步做好人，都应该让儿童看这个"小朋友"。

宣言和广告叙述的口气不一样，但内容都是介绍《小朋友》栏目设置和办刊特色的。从中可看出与《儿童世界》的刊物定位相似，都是针对小学中高年级的学生，图画多以引起儿童的兴趣。黎锦晖是儿童歌舞剧的创始人，也是中国流行歌曲的鼻祖。他在《小朋友》上发表作品最多，也最为孩子们所喜爱。黎锦晖在《小朋友》上发表的作品体裁多种多样，有长篇童话，比如深受欢迎的《十姊妹》《十兄弟》《十个顽童》，还有歌曲、散文、小说、剧本、诗歌、笑话。而其中最有特色也最有影响的是他创作的大量儿童歌舞剧。1922—1929 年，黎锦晖在《小朋友》上发表了 10 个儿童歌舞剧，如 1922 年《麻雀与孩子》、1922 年《葡萄仙子》、1923 年《月明之夜》、1924 年《三蝴蝶》、1928 年《小小画家》等。用"风行"这个词来形容黎氏作品在当时受欢迎的程度，绝不是什么夸张之语。《城南旧事》的作者林海音回忆儿时曾说：

> 《小朋友》创办人有一位是黎锦晖先生，他对中国的音乐教育太有贡献，我们是中国新文化开始后第一代接受西洋似的新教育，音乐、体育、美术，都是新的，我们小学生，几乎人人都学过的是黎先生编剧作曲的歌剧，像"麻雀与小孩"（太有名啦！）、"小小画家""葡萄仙子""可怜的秋香""月明

之夜"，哪一个不是小朋友所喜欢、所唱过的哪！他办的《小朋友》杂志是周刊，每到星期六，我就等着爸爸从邮局提早把《小朋友》带回来。①

即便到今天，在幼儿园中还不时能听到黎锦晖的作品，如歌舞表演曲《好朋友来了》，就是孩子们乐于对答演唱的曲目。"小羊儿乖乖，把门儿开开，快点儿开开，我要进来"，这首《老虎叫门》更是大多数孩子耳熟能详的歌曲。《老虎叫门》是黎氏儿童歌舞剧《神仙妹妹》第三场的唱段。不过，现今的年轻人已经不知道作者了，作品也演变成无名氏的民间儿歌了。

《小朋友》自创刊以来深受欢迎。据当事人回忆：第1期共印了10万本，除了出售之外，大部分赠送各学校以推广。第2、3期大概印了2万多本，当时知道的人还不很多。后来不仅全国各地的小朋友，甚至南洋群岛以及日本、欧、美的华侨小朋友也喜欢它。②《小朋友》发行还不到一年，订阅者已达2万多③，影响深远，成为很多儿童的乐园，也成为很多儿童文学作家诞生的摇篮。

二 《小朋友》上的图像叙事实践

《小朋友》的创刊比《儿童世界》晚三个月，在栏目设置上或多或少地受《儿童世界》的影响或启发。它像《儿童世界》一样非常重视儿童读物中图像的运用。《小朋友》的"刷新""改良"通常以图画的革新为重点。图画绘制的水平、印刷的水平，以及图画的位置、多少、与文字的配合等方面是一种期刊能否决胜于市场的关键。因而《小朋友》的每次改良都大张旗鼓地宣传图画的革

① 林海音：《写在风中·访母校·忆儿时》，纯文学出版社有限公司1993年版，第117—118页。转引自周玉宁《林海音评传》，作家出版社2006年版，第14页。
② 陈载耘：《第一期的回忆》，载《长长的列车：〈小朋友〉70（1922—1992）》，第435页。
③ 《〈小朋友〉杂志之刷新》，《民国日报》之"本埠新闻"栏目，1923年1月10日。

新。第14期的封底《小朋友编辑部启事一》写着：

> 本书从第十四期起，大大的刷新：一、增加篇幅，每期至少有四十页。二、封面画改用极有趣味又极精美的五彩画。——并与短篇故事联络。三、从第十五期起，书中加印彩色画一页，大幅美术画两页。四、材料如旧有的文艺图，歌曲，笑话，儿歌，谜语，剧本，滑稽画……等等，每期必备，另加长篇故事画，和前十三期封面画的故事……①

第25期的封底广告上写着：

> 《小朋友》第二十七期大刷新：1. 每期增加极精美的五彩画一幅。2. 每期增加彩色故事画一幅。3. 封面是精致美丽的故事插画，比从前更加好看。②

第50期的封底广告写着：

> 《本刊从53期起大刷新》　本刊从出版以来，将要满一年了。……关于新添的：小尺牍、活动习画、精美的彩色画，有趣的长篇图画故事——鸭先生的家庭。关于改良的：插图加多……③

第53期正好是《小朋友》出版一年，有两个醒目的广告《大改良！大改良！》和《大刷新！大刷新！》：

> 1. 加多活泼美丽的插图，2. 加多有趣的短篇故事，3. 好的来稿尽量的登载，4. 注重各种有用的常识，5. 每期必定有

---

① 《〈小朋友〉编辑部启事一》，《小朋友》1922年第14期。
② 《〈小朋友〉编辑部启》，《小朋友》1922年第25期。
③ 《本刊从53期起大刷新》，《小朋友》1923年第50期。

一个歌曲，6. 除长篇外一律用大字。①

　　1. 加多很精细的彩色画，2. 新添有趣的习画游戏，3. 增加极适用的小尺牍，4. 一种长篇的故事歌，5. 有新奇思想的长小说，6. 可做新小学补助读本。②

由于刊物革新成功与刊物的图画是否有趣、精美，图画是否与文中内容和谐有很大的关系。为此，《小朋友》编辑部还专门征求小读者的意见：

　　本刊出版差不多一年了，诚诸位小朋友争相购阅，我们实在荣幸得很！不过，诸位到底欢喜哪种封面，我们还不知道，现在，想从第五十三期起，依大多数的意见，改换一种最好的封面，并且每间一期，增加一种彩色画。所以我们要求诸位小朋友，请于最短的期间内，就小朋友各期的封面说明哪一种最喜欢，给我们一种正式的答复，以便满足诸君的希望。③

在图画上加大投入、不惜工本是大的出版局才有的实力和魄力。中华书局和商务印书馆在这方面表现得非常突出。但《小朋友》与《儿童世界》同中有异，各有千秋。《小朋友》一开始就有非常明确的专事绘画的人员——王人路。王人路对儿童美术、儿童用书的装帧，很有研究，他既能写，也能编，更善画。1933 年 3 月曾著《儿童读物研究》一书，对儿童读物的"外表"和"内形"做了非常专业的论述。与王人路同时期为《小朋友》绘画的，还有余时、何汉光、严个凡，之后有赵蓝天、丰子恺等，都是儿童美术界相当有成就的画家。1948 年复刊及新中国成立后活跃在《小朋友》上的绘画名家就更多了，像张乐平、詹同、田原、俞理、吴傲芦、柯明、乐小英，全都是现在名震海内外的画家。这就确保了

---

① 《大改良！大改良！》，《小朋友》1923 年第 53 期。
② 《大刷新！大刷新！》，《小朋友》1923 年第 53 期。
③ 《〈小朋友〉编辑部启》，《小朋友》1923 年第 43 期。

《小朋友》图画水准一直维持在一个较高的水平。

《小朋友》的封面画以一个季度 13 期为一个统一风格，在统一风格下每期的封面又有不同。封面的题字每期都由全国各地的小朋友书写。有的小读者设计得非常独特，很有艺术性。比如 1922 年 7 月第 14 期的封面（图 7-2）"小朋友"三个字由几个穿肚兜的小娃娃组合而成。封面画《被人吃了》是夏日水塘里绿头鸭、白鸭和青蛙的对话，非常精美。夏日穿兜肚的娃娃和夏日的水塘相呼应，同时也吻合了 7 月夏日炎炎的天气。征集小读者的墨宝会让他们更加关注封面装帧，比如字体的美观、封面画的设计、封面画与字体的呼应等视觉效果。而且也更让小读者把它看成自己的刊物，从而更感兴趣。电影明星王人美就曾提到当自己的书法成为《小朋友》封面后的狂喜。王人美的哥哥就是王人路。她在长沙师范附小读书时，有一天收到哥哥从上海寄来的一本《小朋友》杂志，当她发现封面上的字是自己写的时，"眼睛瞪得比核桃还圆"，"当时我又惊讶、又高兴，抱着杂志在屋里乱蹦"[1]。毋庸置疑，小读者都喜欢自己的墨宝出现在《小朋友》的封面上。其实，《小朋友》至少使用了两个《儿童世界》没有的营销方法。另一个是从 1922 年第 14 期开始登载小朋友的照片，以后每期都在封底登载《爱读〈小朋友〉者的像片》（图 7-3），并免费赠送照片的铜板作为报酬。[2]而《儿童世界》在出版第二年，也就是 1923 年 1 月第 5 卷第 2 期才开始在封底选登小读者的照片。自己的照片出现在畅销儿童期刊上对小读者的激励无疑是巨大的。这是两种非常巧妙的广告，在不断扩大宣传刊物的同时，也邀请小朋友参与到刊物的生产过程中来。

《小朋友》的内文除了精致的插图和题花外，还有其他以画做题的各种儿童文学样式。比如，文艺图、故事画、封面故事画、两

---

[1] 王人美：《我的成名与不幸——王人美回忆录》，上海文艺出版社 1985 年版，第 23 页。

[2] 1922 年 7 月 6 日第 14 期《征集〈小朋友〉的像片》："凡是小朋友的像片，无论一个人单照的，或是几个人合照的（假如和父母尊长同照的像片，我们可以单提出小朋友的像来，拍照制版。）都请寄来，就将应征人像片制好的铜版寄赠，作为酬报。"

图 7-2 《小朋友》1922 年第 14 期封面

图 7-3 《爱读〈小朋友〉者的像片》，《小朋友》1922 年第 31 期

色画、滑稽画、悬赏画、一笔画、儿童自由画等，这些都对儿童文学中文图如何实现完美结合进行了可贵的探讨。从《小朋友》创刊号开始就有"文艺图"栏目，形式多样，1922 年第 29 期的"文艺图"《你能够回答这个问题吗》形似童话，有 4 幅连续的插图。1924 年第 100 期的"文艺图"是吕伯攸的儿歌《鱼儿》（图 7 - 4），形似诗配画，何汉光绘制的插图格调清新。诗歌被安置在图画中，文与图的关系和谐，虽然画面中鱼的造型有些板滞。

图 7 - 4 　《鱼儿》，《小朋友》1924 年第 100 期

"封面故事画"就是根据封面画的内容写成的故事，作者常常是"儆非"，即"黎锦晖"。这个栏目有效地把封面画和故事结合了起

来，使读者一看到《小朋友》的封面就在想，这是个什么故事呢？这种吸引读者的方法说明刊物很关注文与图的关系，甚至封面画和内文内容的联系。"封面故事画"并不都是故事，1922 年第 22 期封面画采用的儿歌形式。封面是 4 只小老鼠西洋式的长裙，外罩一个罩衣，脖子上系着餐巾，正拿着勺子、叉子等厨房用具忙碌着。儿歌是《酸梅汤是怎么做的》。有的是内文中故事或小说的插图，比如1922 年第 31 期封面画《鳄鱼追海盗》（图 7 - 5）正是长篇小说《荒唐世界》中的插图，而《荒唐世界》也就是《彼得·潘》；有的是先有图，后是根据图画写故事的看图作文。后者虽然想象受到限制，有些故事并不出色，但这种文图配合的尝试非常值得肯定。

图 7 - 5 《小朋友》1922 年第 31 期封面

　　《小朋友》也沿用了"滑稽画"栏目。旨趣与《儿童教育画》中的此类栏目相似，图画更具表现力。1922 年第 31 期"滑稽画"《一个 X》（图 7 - 6）是读者来稿。文字已经精简到不能再少，6幅画只用了 15 个字："一、写字。二、倦了。三、睡熟。四、唤醒他们。五、伸腰。六、大家笑。"只有看图才知道两个学童"伸腰"时把毛笔抹在了后者的脸上，形成了"X"。图画虽简单，但叙事性较强。

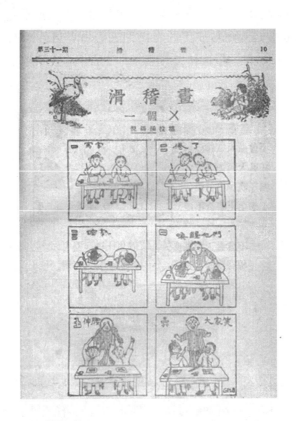

图 7 - 6　《滑稽画·一个 X》，《小朋友》1922 年第 31 期

　　《小朋友》中"故事画"其实就是《儿童世界》中的"图画故事"。比如 1922 年第 29 期的"故事画"《活动的梯子》（图 7 - 7），运用图画的起承转合来叙述故事。第一幅画面告诉读者故事的缘起:高高的柜子上一根香肠,柜子下一只小狗眼巴巴地望着它。从画面就可以猜到,小狗是因无法爬上柜子所以才对香肠馋涎欲滴。第二幅画面小狗拉开了一只抽屉,它要做什么?第三幅画面中拉开的第二只、第三只抽屉可以很清楚地告诉读者小狗想出了办法。果然,第四幅画面就是小狗通过拉开的呈阶梯状的梯子爬上了柜子,吃到了香肠。这则"故事画"很注意画面的衔接,节奏紧凑,完整叙述了一个故事的发生、高潮、结局。

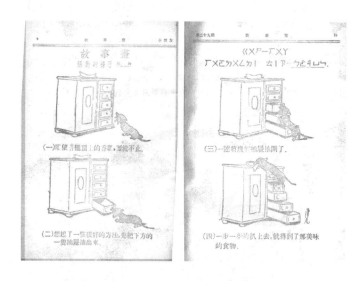

图 7-7 《故事画·活动的梯子》,《小朋友》1922 年第 29 期

但《小朋友》"滑稽画""故事画"不仅仅是对《儿童教育画》《儿童世界》栏目的沿袭,它又有新的创新。《小朋友》从1922 年 7 月第 14 期开始刊载"长篇故事画"《一个洞》(图 7-8),每期一幅或两幅,每幅都占据整个页面,连续发行,是一个洞造成的令人惊异的视觉效果。这个"洞"源于一声枪响,壁炉的钟表上出现了一个冒烟的洞。一个小朋友对突然出现的洞大惊失色。下一期即 1922 年第 15 期,这个洞出现在秋千绳上(图 7-9),正在荡秋千的小朋友大吃一惊,因为"绳断了!"最有意思的是这个洞出现在墙壁上,一位女士、一位老先生和一只鹦鹉惊恐万分,因

为从这个洞里跑出了 4 只老鼠（1922 年第 17 期）。随后这个洞出现在一个绅士刚买的礼帽上（1922 年第 18 期）；又出现在一个绅士正要点燃的烟上，于是烟碎了，火柴也烧燃了（1922 年第 25 期）等。

图 7 - 8　《长篇故事画·一个洞》，《小朋友》1922 年第 14 期

如果仔细观察就会发现，这个"洞"都出现在每幅画面的相同位置，但由于每幅画的内容并不一样，因而"洞"在每幅画中制造了种种令人意想不到的有趣场面。显然，这个"洞"神奇历险激起了儿童的强烈好奇：这个洞下次会出现在哪儿呢？会带来什么好玩的事情呢？这是视觉想象的一次有趣激活和体验。也许正因为这个"洞"的历险带给人们无限想象的可能性，因而若干年后，有一本

图7-9 《长篇故事画·一个洞》,《小朋友》1922年第14期

这样的图画书《洞》①,创意和该刊中的《一个洞》是一样的。
《洞》是一个人遇到一个洞的故事。一个人搬到新家后发现门旁边
有个洞,等他打开门后,门旁边的洞不见了。读者通过画面可以很
清楚地看到,由于构图的原因,门在每页中的位置不一样,但洞
永远都在画面中相同的位置。于是门边的洞不见了,这个人在困惑

---

① 〔挪威〕厄伊温·图谢特尔:《洞》,余韬洁译,安徽少年儿童出版社2014年版。

中却被地板上的洞绊倒。在主人公的眼里，这是个会行走的洞。一会儿变成墙上的鬼画符，一会儿变成孩子恶作剧的环，它还是地上的滚珠、信号灯、眼睛、鼻孔、气球、轮子等，简直是一个让主人公崩溃的洞。

《小朋友》刊载的长篇故事画《一个洞》的意义是双重的，首先，这种视觉想象力的培育方式即使今天看来依然是很有创意的，因而今天的图画书《洞》于 2014 年荣获了国际安徒生大奖提名。《小朋友》选取这则故事画进行连续刊载显示了它的远见卓识。而且《小朋友》同时刊载了一些形式多样的视觉游戏。比如 1922 年第 19 期封一《谁是姐姐》（图 7 - 10）。三个女孩一样大小，但由于把她们放置在大小不同的空间中，对比之下就会显得处在小空间中的女孩更大些。这则视觉游戏暗示人们视觉也具有欺骗性。错觉手法实际上剥夺了观者观看的权力。[1] 但另一方面也警示人们不要过分夸大眼睛的功能、迷信"眼见为实"。这些创意并非编辑自己的想法，看图画中的外国儿童形象就知道是摹写或翻印外国书籍的插图，但客观上也把一些先进的视觉观念移植进了国内。其次，根据《一个洞》长篇的规模可以猜测，它也许原本就是一本图画书。如果这个猜测成立的话，《小朋友》其实是把一本图画书故事拆成了散页分别刊载。这从一个侧面证明当时的社会经济状况还不具备产生图画书的条件。

"故事画"的另一个改进是出现了"悬赏故事画"栏目。"悬赏"栏目从《儿童教育画》创始，实践证明这是一个非常好的营销策略。《小朋友》上的悬赏栏目也颇受欢迎，并催生出一个著名的连环画家贺友直。贺友直有很高的艺术造诣，作品有《山乡巨变》《李双双》《胖嫂回娘家》等连环画，他在童年时，由于参加了《小朋友》的一次"悬赏"作画比赛获奖，从而激励他

---

① W. J. T. 米歇尔：《图像理论》，陈永国、胡文征译，北京大学出版社 2006 年版，第 303—304 页。

图 7 – 10　《谁是姐姐》，《小朋友》1922 年第 19 期

更加热爱绘画，并走上了绘画的道路。① 《小朋友》的"悬赏"栏目有几种情况，有的是知识测验，有的是绘画，有的是看图作文。其中看图作文又有两种，一种是根据一个画面写出一个故事。比如《悬赏二十七》：

　　小朋友！请你们按照上面的图，做一篇短的故事，至多以八十字为限。做好了，贴上下面的印花；注明姓名、年岁、住

---

① 黄可：《赵蓝天的儿童画》，《儿童文学研究》第 11 辑，少年儿童出版社 1982 年版，第 147 页。

址；寄上海静安寺路中华书局小朋友编辑部。合格的，可以得极好看的物品。没有印花的，概不录取，阳历十月二十三日截止，过期无效。本悬赏在第三十一期发表。①

画面是一只猫不怀好意地冲着正待飞走的麻雀说话。另一种就是"悬赏故事画"，这一种比较常见。要求读者把一个完全用图画叙事的故事再用文字把它叙述出来。正如前文所说，这种栏目训练的不仅是读者的文字功底，还有读图能力和文图配合的能力。比如1922年第29期的"悬赏故事画"《萤火和青蛙》（图7-11）有图8幅，是一则很完整的图画故事，文字表述时既要注意每幅画的意

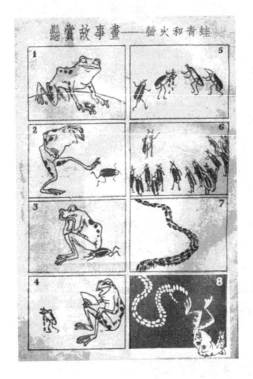

图7-11　《悬赏故事画·萤火与青蛙》，《小朋友》1922年第29期

① 《悬赏二十七》1922年9月第24期。

义和画面中的细节,又要注意画面之间的连贯性。而1922年第33期
"悬赏故事画"《伞变帆船》小朋友撑伞,伞飞,小朋友随着伞漂洋
过海,坠海,变帆船在海上航行。请小朋友文字说明,一来可以练
习作文,二来可以得奖。第33期另一则"悬赏故事画"是《老师来
了》(图7-12)。这幅画曾作为"滑稽画"在《儿童教育画》第67
期中出现过,作为"寓意画"在《中华童子界》1914年第3期出现
过,在成人报刊中出现过,现在又被设计成"两色画",同时又以
"悬赏故事画"出现在《小朋友》封里。内容还是顽童私吃纸烟正好
撞见老师,把纸烟放在身后结果引着了自己的衣服。主题还是做坏
事必受惩罚。但同样的画题对读者的要求却提高了:文字被抹去,

图7-12 《悬赏故事画·老师来了》,《小朋友》1922年第30期

让读者自己看着图画补充文字。另外图画的内容也有细微的变化，顽童的服装变了，由操衣变成了类似现代儿童服饰的短褂短裤。而且由单色画变成两色画。从《儿童世界》上的"图画故事"到《小朋友》的"悬赏故事画"名称的变化和从编者的独角戏到编者、读者的共同参与，标志着图像叙事越来越成为一种喜闻乐见的儿童文学呈现方式。

第二节　文图背离与图像叙事的现代探索

一　在"以资观感"与"意义发掘"之间

"从美学角度来说，文字和图像本来各具特色，图像以其直观性和具体性见长，而文字以其抽象性和联想性著称。文字读物可以唤起读者更加丰富的联想和多义性的体验，在解析现象的深刻内涵和思想的深度方面，有着独特的表意功能。图像化的结果将文字的深义感性化和直观化，这无疑给阅读增添了新的意趣和快感。"[①]因而文图并重应该是人们对世界描述的最好方式。但中国历史上"左图右史"的传统早就失传，长期以来文字居于叙事的主导地位，晚清以来随着印刷术的改进，图像的叙事性逐步增强，并积极寻求与文字的结合。遗憾的是文图结合的诉求并不都能如愿，儿童书刊中滑稽画、图画故事中常有图画对文字的重述，或文字对图画的重述而不是相互补充、相互阐发。当然，这属于技术层面的问题，随着文图并重叙事手法的发展、成熟，这种情况会得到相应改变。比如在儿童文学领域内图画书就属于文图并重的一种文体，优秀图画书文图的结合程度紧密，文图相互丰富和相互激发。

但由于文图分属于不同的艺术手法而带来的缝隙却很难随着图画书这种新文体的成熟而消弭。有时这是由于人们对文和图承担不同功能的文化设定而造成的。图像一直被认为是亚人类的媒介，而话语始终被社会视为"最高形式的智慧表述"。于是将视觉视为次

---

① 周宪：《"读图时代"的图文"战争"》，《文学评论》2005 年第 6 期。

等的观念陈述体，"把词语置于视觉之上，言语置于景观之上，对话置于视觉景观之上"。① 长期以来人们更信赖文字的记言记事、传情达意功能，而对图像，则看中其直观性与愉悦性。历史叙述之所以偶尔也会借用图像，只是为了增加"可读性"。对于绝大部分图文并茂的图书来说，文字完成基本的"事实陈述"与"意义发掘"，图像只起"以资观感"的辅助或点缀作用。②

具体到儿童文学来说，图像彰显有趣、好玩的娱乐性，文字则要压制这种娱乐性来达成训诫的主旨。儿童文学的现代化进程的总体走向就是"从教育性到娱乐性，从教训性到解放性"。"中国儿童文学自清末民初产生以来，就存在着娱乐、解放儿童的思想与教训主义之间的苦苦斗争。"③ 因此可以说，这种斗争又具象化为图像的娱乐性和文字的教训性的斗争。

《儿童教育画》上最初的图画故事是以"滑稽画"命名的。到《儿童世界》创刊时也便很自然地沿用了这个称呼。虽然郑振铎后来又创制了"图画故事"的称谓，但有趣、好玩一直是"图画故事"首要追求的目标。"滑稽画"也是其他儿童读物上的常设栏目。当然最旗帜鲜明推出"滑稽画"的是创刊于1932年的《儿童晨报》。它把整个第二版命名为"滑稽世界"，全是滑稽画。其实儿童读物上的图画故事、故事画等类型的连续图像叙事，不论是否命名为"滑稽画"都在不遗余力地展现其娱乐的本质，并不自觉地陷入一种"讨好模式"④。而"滑稽画"对儿童的讨好、取悦是图像携带的直观性和愉悦性等特点的反映。

---

① W. J. T. 米歇尔：《图像理论》，陈永国、胡文征译，北京大学出版社2006年版，第15、78页。

② 陈平原：《以"图像"解说"晚清"——〈图像晚清〉导论》，《开放时代》2001年第5期。

③ 朱自强：《儿童文学与儿童观》，《中国教师》2009年第6期。

④ 刘绪源曾指出："儿童文学中似乎出现了一种'讨好模式'，无论多大年龄的儿童，作家只一味讨好，要把故事说浅，要把内容调得稀薄，口味要甜，笑料要多，纸要白，字要大。"刘绪源：《我为什么编〈少年人文读本〉》，载刘绪源《〈少年人文读本〉：有深度的对话》，《文艺报》2014年9月10日第3版。

从《蒙学报》开始，文与图意义指向的裂隙就很普遍。"读本书"和"修身书"中涉及的寓言、故事，编者常常用"译者曰""可见""解曰"等词引出一番雪耻强国的醒世之词或人生要义。文字上这番意义的提升和挖掘是图像不具备的。对图像，人们更强调愉悦性的功能。比如《蒙学报》的《织女及仙姬》图（图2-30）中的两位神仙美女互相厮打的娱乐性和"译者曰""非好谩也"的训诫性构成了不小的裂隙。显然，在《蒙学报》中，图像仅仅增加阅读的快感，"为图器"不过是实现"端师范，正蒙养，造成才"的一种工具。这也决定了这一阶段的图像虽在启蒙大潮中有精彩表现，但仍然只是文字的一种补充和点缀。

孙毓修主编的《童话》作为第一种文学性的儿童读物，与传统儿童读物显著不同的一点是所附图画丰富，然而篇头文尾训诫之语又让文图并茂的新形式失色不少。后来孙毓修主编《少年杂志》时，他的旧学背景使之难以有更大的突破，文章也免不了说教的成分。比如《猫学生的习画》（图7-13）中背书包和照镜子的小猫，其可爱顽皮的神态跃然纸上，画面充满了童趣。文字部分讲述的是"猫学生玉郎"爱画画，有一次他趁姐姐睡觉时淘气地把姐姐的脸涂黑。毫不知情的猫姐姐醒来后不论走到何处都成为别人的笑柄。第二天，猫先生就教训"猫学生玉郎"道："人初学了几笔画，便去东涂西抹，戏弄人家是万万不可的。"① 图像和文字的分野很明显，图像就是让人心情放松、愉悦，文字则要进行"意义的发掘"，实现对猫学生的规训与惩戒。

《儿童教育画》上《那一个敢去做》（图7-14）的故事很多小朋友都耳熟能详。有一天鼠王和小老鼠们在一起商量如何对付老猫。一只老鼠建议在猫的尾巴上系个铃铛，老鼠们一听到铃声就赶紧逃走。众老鼠都称赞好。鼠王问哪个老鼠去把铃铛系在猫的尾巴上。结果没有老鼠敢应承。画中的鼠王形象，穿着西式吊带裤、挂着拐杖、趿着拖鞋，一副不伦不类的绅士打扮，但自有威严。小老

① 《猫学生的习画》，《少年杂志》，1911年（宣统三年五月初一）第1卷第4期。

图 7-13　《猫学生的习画》,《少年杂志》1911 年第 1 卷第 4 期

鼠们七嘴八舌、议论纷纷的场景也描画得极其逼真。而在老鼠们议事的洞外,一只猫正利用老鼠们的热烈讨论伺机而动。洞外露出的一只猫眼和半个猫爪是这幅画中最出色的细节,具有画龙点睛的作用。这个把控全局的猫让老鼠们郑重其事的讨论变成一个可笑的闹剧。现代图画书往往重视细节的暗示和点题,对细节的精心设置则是现代图画书成功的一个重要因素。当时的故事画已经有了这种自觉追求的确是很不寻常的。不过文字在最后又附上了个训诫的结尾:"这是一个教训:凡事,说说是很容易的,做到就难了。"① 这番意义的提升显然使画面带来的愉悦受到极大抑制。

　　这说明从孙毓修以旧学的文化背景来编译中国第一种文学性儿童读物《童话》,到周作人在西方文化背景上形成的"儿童本位观",中间的变革并非那么泾渭分明。中间地带中过渡人物的大量存在才是社会的真实本相。郑振铎的做法也呈现出过渡时期文人的

① 《那一个敢去做》,《儿童教育画》1921 年第 92 期。

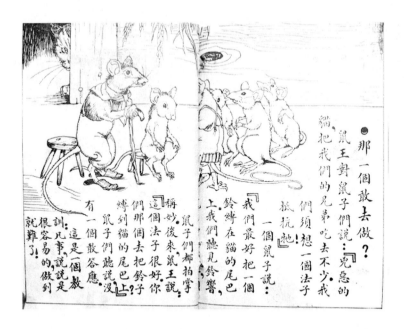

图 7 - 14　《那一个敢去做》，《儿童画报》1924 年 11 月第 41 期

不彻底性。郑振铎的图画故事中也有多篇通过文字来实现教化。上文提到的《小羊旅行记》说教在后，《苹果树下》的说教附在前：

> 凡人一有了贪心，就好比用布蒙了眼，前面有河有沟，他全不知道。他心里想得到他所喜欢的东西，却不知道这件东西没有得到，人倒先已跌入河中沟中去了。下面所讲的一段小故事，就是一个很好的教训。①

这与孙毓修的说教本质是一样的。郑振铎编辑的图画故事在处理顽童行为时，常常以顽童自讨苦吃或受惩作结。《狗之故事》中的小狗顽皮地跳进孩子们准备野餐的箱子内大快朵颐，最后只能可怜巴巴地被锁在房间里饿肚子；《方儿落水记》中走路头向天的"方儿"不是踩在狗身上跌倒就是跌落水中；《蚁穴》中用竹棒捣

① 郑振铎：《苹果树下》，《儿童世界》1922 年第 3 卷第 5 期。

蚂蚁窝的顽童结果被蚂蚁咬痛；《小鱼遇险记》中不听鱼妈妈劝阻非要吃鱼饵的"小鱼"结果被捉住；《费儿之厄运》中终日淘气的"费尔"坐在椅子上摇摆不定结果摔倒；《祸首之狗》中的阿花淘气异常，被关禁闭时因为追嘲笑自己的猫结果把洗衣桶碰倒，于是又不准它吃饭；《鼠夫人教子记》中鼠夫人的两个孩子"黄儿和青妹"用棒打马蜂窝结果被蜇等。显然，郑振铎与周作人"无意思之意思"的主张并不一致。在郑振铎的图画故事中教化成分或隐或现，就像水中的冰山，有时浮出水面，有时被水淹没，但从来没消失过。

郑振铎的思想倾向在当时很有代表性，画面上渲染儿童的顽皮，但是文字往往以说教作结。在《儿童世界》《小朋友》《儿童画报》等杂志上，这种文字和图画叙事中呈现的裂隙非常突出。表面看来，图像因其语言文字的"意义挖掘"而深化了主题，文字也借助图像的"以资观感"增强了可读性。其实在某种程度上，图像和文字相互背离反而使两者的积极意义都被削弱了。首先文字的"意义发掘"过程事实上是对图像压制和规训的过程。因为在语言文字寻求"意义"的论述框架里，图像表现出的这种"无意思之意思"的无功利性便成为批判的对象。如果借用王德威"被压抑的现代性"的说法就是，图像呈现出的是另一种现代性，而语言文字的"意义发掘"恰恰压抑了这种现代性表达，窄化了图像上呈现出的丰富的现代性。

朱自强针对儿童文学理论和创作上呈现出的不同景观非常有创建性地提出了两个"现代"观点。他是这样论述的：

> 中国儿童文学的发生，不具备西方儿童文学的能动性和常规性。它的发生过程脱逸出了先有创作，后有理论这一文学发生、发展的一般规律，而是呈现出先有西方（包括日本）儿童文学的翻译和受西方影响而产生的儿童文学理论，然后才有中国自己的儿童文学创作这样一种特异的文学史面貌。中国儿童

文学的发生最初是受动性的。①

朱自强的两个"现代"观点很有启发性，不只在儿童文学的理论和创作，在文字和图像之间也呈现出参差对照、时代错置的特殊现象。文字表述的相对滞后使之乏于对图像背后蕴含的现代性进行阐释，反而大大压制和遮蔽了图像的现代诉求。

其实晚清兴起的新式教育并不足以弥补"读经被废"形成的巨大的文化空洞。修身科目的崛起正反映了人们试图弥合西方教育和传统教育之间的裂痕，也反映了晚清以来人们对儿童教育的迷茫和困惑，"读经被废""儿童本位论"渐露端倪后，儿童的教育如何实现？尤其是五四新文化运动以来，"儿童本位"论的大力畅行让成人在儿童教育方面从绝对话语主导权地位上一落千丈。教育者对修身科的注重或者图画故事中文字文本内蕴的教化都显示了他们对听命于儿童需求的儿童观表现出的文化不适。正是这种以规训为主导的、绵延上千年的传统蒙学教育表现出的强大文化惯性致使很多人对"儿童本位论"产生了深深的怀疑。即使像郑振铎这样一直为儿童权利而奔走的人，在《中国儿童读物的分析》一文中虽然对传统"注入式"教育大加批判，认为其无视儿童的存在。但他同时也对"儿童本位论"有所保留："绝对的'儿童本位'教育的提倡，当然尽有可资讨论的余地。"②

这与周作人的此外别无标准的"儿童本位论"是有区别的，周作人主张"无意思之意思"，并强调"儿童的文学只是儿童本位的，此外更没有什么标准"。③ 很显然，周作人对"儿童本位论"的阐释远远超越了时代，而且他并不因为社会现状的局限而降低其启蒙和精英的姿态。他的先锋性与郑振铎等人的务实性构成一种错位对置，借用朱自强的两个"现代论"来说，他与亦新亦旧的过渡人物也分属于两个"现代"。

① 朱自强：《中国儿童文学与现代化进程》，浙江少年儿童出版社2000年版，第182页。
② 郑振铎：《中国儿童读物的分析》，载《郑振铎全集》第13卷，第48页。
③ 周作人：《儿童的书》，载钟叔河编《周作人文类编·上下身》，第710页。

二 文图之间的华洋杂错与雅俗共赏

王人路是《小朋友》创始人之一，并担任初创期的绘画。因而王人路的文化选择决定了《小朋友》周刊上的插图、装帧风格。能集中反映王人路儿童美术观点的是他的专著《儿童读物的研究》。1928 年王人路应江苏无锡中学师范班的邀请，讲授了儿童读物问题，由此写成这本书。1933 年由中华书局出版。王人路认为儿童读物中图画的运用非常重要。他说："凡是供给儿童阅读的书籍，都是要经过一番文学化。"那么如何对书籍实现"文学化"呢？他接着说：

> 不论是纯文学的材料和科学的材料，一定都要经过一番文学化的熔炼，才能由文学的艺术使各个儿童感到兴趣而加以注意。所谓把鬼脸、图画、歌声织入字里行间，使儿童一打开书本便能感到，这便是说，凡儿童的读物都是要经过一番文学化的工夫，纯文学的是当然，科学的也有必要，决没有一种不文学化的读物可以适用于儿童。[①]

儿童读物"文学化"的过程就包括图像化的过程。他对儿童读物的定义也特别强调了要用"艺术的文字和图画，把他表现出来，而是能使普遍的儿童懂得且感兴趣的"。[②] 显而易见，王人路把图像化视作普通书籍转化为儿童读物的必经的过程。以此为基点，王人路把儿童读物的形式分为外表和内形，其中外表应做到封面美丽、颜色鲜艳、格式奇特、装订坚固；内形应做到字体适宜、插画鲜明、编排得法、纸张讲究。

他指出儿童是"易感应性的"，"所以一本读物，常是在封面

---

① 王人路：《儿童读物的研究》，载《民国时期社会调查丛编 文教事业卷 四二编》，福建教育出版社 2014 年版，第 119 页。

② 王人路：《儿童读物的研究》，第 122 页。

上决定了他大部分的命运"，"通常欧美各种儿童读物，在他的封面上总是特别的注意，10岁以内儿童读物的封面，多是用有轮廓的线条画，而加上大红大绿的原色平涂的色彩，常因了封面上人物的轮廓的曲折，而截成一种奇特的形式。直到较大的儿童所用的读物，才渐渐减少这种现象，而颜色也渐渐趋于复杂了"。至于装订低幼儿童的书籍尤要坚固。并介绍"欧美各国，对于小儿童的读物多是用最牢的纸甚或裱糊成厚纸板。而装订的事也特别注重，两页相接的地方多半用布料连接"。①

关于儿童读物的内形方面，他指出第一是字体必须适合儿童的年龄，并对每个年龄阶段的儿童使用的字号做了详细的说明。并说"编得好的儿童读物，由其字体之大小，可以判别这本读物是供给某种年龄的儿童所阅读的"；第二是插图，普通在7岁以内儿童的读物，全书的插图，都是有轮廓的线条画，而且加上彩色。到10岁以内的读物，才减少彩色，10岁以上才渐渐的由有轮廓的线条画而增进到无轮廓的加阴影的插图。并介绍欧美各国除常采用摄影片为插图外，还为求适合读物的内容起见，选择人物扮演；第三是编排要眉目清楚，段落分明，并对字体的大小、行列的间隔、标点符号、插图的安插、如何分行等都做了具体的介绍；第四纸张应该讲究。虽不能与欧美的儿童读物同日语，但至少限度应该要洁白无光，坚韧，才不致损坏儿童的目力；而读物的寿命也可以长久一点。②

在欧美各国已经对插图相当重视，"儿童读物上插图的绘画者，他的姓名常是与著者平列的"，而且对插图也分出阅读年龄。而在中国，"一本书能有插图，已是很了不得了，谁还有功夫替插图去定年龄呢"。王人路在对照欧美各国儿童读物的精美和国内的低劣时忍不住发出了"中国孩子太可怜，救救孩子"的悲叹。他最后语重心长地指出，儿童读物的插图和装帧粗看不甚重要，其实关系到

---

① 王人路：《儿童读物的研究》，第149页。
② 同上书，第149—150页。

儿童的教育，关系到一个民族的文化和未来。①

为引起读者的注意，他还特地在书后附了"各种年龄儿童所用之插图 17 幅"，包括 7 岁以内的儿童看的、7 岁到 10 岁儿童看的图画、10 岁以上儿童看的、12 岁以上儿童看的图画等几个种类。按照王人路的说法，这 17 幅图都在《小朋友》中出现过。《鼠伯英请客》曾作为 1922 年第 40 期封面画，属于 7 岁以内儿童看的插图，《一架大飞机》是 1923 年第 51 期黎锦晖的童话《猩猩姐姐》的插图（图7-15），属于 12 岁以上儿童看的插图。《踢球》（图7-16）属于 10 岁以上儿童看得懂的插图。王人路的最大贡献就是提出了针对儿童的不同年龄选择不同的插画内容、创作技法和色彩。这是在丁锡纶的《儿童读物的研究》图像分级考量上又推进了一步。即使在今天，针对文字的分级阅读才刚刚被人们接受，对图画进行分级还没形成业内的共识。所以更可看出王人路专著的历史前瞻性。然而，他所列举的 17 幅范图绝大部分都是外国风格和内容的插图。只有《麻雀弟弟，你不要逃啊》（即猫想吃麻雀图曾是《小朋友》1922 年第 24 期的《悬赏二十七》）和兔子、鱼相互打趣的图画故事不好明确指定其民族属性，但这两幅插图毕竟与传统插图大相径庭。而王人路的主张是外来资源必须经过一番本土化才能为儿童了解。他说：

> 翻译最忌拘守字句的直译，一定要只取了原书的大意，而用一种合乎儿童心理、语调的文字去描写出来。当然是要文学化，才可以免去生硬佶聱的毛病。《小朋友》上有许多的译著之所以能得儿童的欢迎，全在他是不独经过了儿童化、文学化，而且经过了一番国语化的缘故。②

为什么插图就直接翻印不需通过本土化呢？或许这和大家对图像的认知有关，很多人认为图像不需习得，是各民族共通的语言。

---

① 王人路：《儿童读物的研究》，第 148—150 页。
② 同上书，第 160 页。

图 7 - 15　《猩猩姐姐》插图,《小朋友》1923 年第 51 期

图 7 - 16　《儿童读物的研究》插图《踢球》

即使不经过本土化，读者也能看懂。而王人路选择西洋风儿童图画的原因可能来自他的五四文人立场。他在《儿童读物的研究》一开篇就说：

> 从来中国一般的社会对于儿童一向是没有地位的。贫乏的家庭不用说，柴米之费天天已是问题多端，自然没有心意顾到子弟的教育。就是中产以上的家庭，虽然去了一个经济的障碍，大部分算是知道送子弟入学，但是从来在中国由儿童长大的成人世代相传，根本就对于儿童不认识，儿童所需要的是什么也不明了，更谈不到懂得儿童的世界。……欧风东渐，世界的情势也一天一天的变了……比较有见识的人们知道要兴新学。①

他持有的这种立场决定了他全盘否定传统蒙学的姿态，并以西方标准作为参照建构中国的儿童读物世界。在这种西学东渐的视野之下，传统蒙学要么不适用，要么得经过一番现代转型。黎锦晖就走出了一条创造性运用民间文学资源的现代儿童文学之路。王人路对黎锦晖的作品非常赞叹，自黎锦晖的歌舞剧出世以来，"中国的小学教育上或者说儿童界里开了一个新纪元。从来在社会上没有地位和不引人注意的儿童，现在也有了一个新大陆了"。② 但在儿童教育或文学领域中的图像方面，王人路根本否定了传统图像资源实现现代性转换的可能性，能代表现代儿童形象的只能是西方图像资源。这种立场决定了他在《小朋友》周刊及其1926年创编的《小朋友画报》插图的装帧风格。

提起《小朋友》和《儿童世界》这两大儿童杂志，人们经常会说《小朋友》风格"俗"，民族特色显著；《儿童世界》风格"雅"，翻译文章较多。比较典型的是新中国成立后曾担任《小朋

---

① 王人路：《儿童读物的研究》，第119页。
② 同上书，第171页。

友》主编的圣野的论述：

> 比《小朋友》早出世的还有个《儿童世界》，主编郑振铎
> 很重视作品的文学性。而黎锦晖则在尝试走一条雅俗共赏的
> 路，他的主要着眼点，是通俗的"俗"。因此，他十分注重于
> 民间文学宝藏的发掘。《小朋友》所发童话、寓言故事，大都
> 带有浓重的乡土味。①

还有抗战结束后担任《小朋友》主编、著名儿童文学作家陈伯
吹也说：

> ……（《小朋友》）只是文学性稍差些，不如比她早四个
> 月出世的姊妹刊物《儿童世界》，能经常介绍著名的世界儿童
> 文学作品……不过《小朋友》有它自己的优点，就是刊载了较
> 多的民间故事，比较的民族化、大众化、儿童化，这是重要的
> 一着。②

　　《小朋友》的第一任主编黎锦晖总喜欢从民间文学中寻求养料、
得到启发、找到灵感。《小朋友》第二任主编吴翰云，他的一部分
工作是翻译德国的儿童书籍。但他的翻译不是"直译"而是"意
译"，"因为，意译时可将不合我国儿童口味的意思删去"，"譬如
第十六期登的《该死的狼》，第二十六期登的《狼和白鹤》，都是
经过一番改造的手续，才能成功的"。③《小朋友》刊载的翻译作品
数目远不敌民间故事、民间笑话、民间寓言或根据民间文学改编的

---

　　① 圣野：《〈小朋友〉创刊七十年的回顾》，《浙江师范大学学报》（社会科学版）
1993 年第 2 期。
　　② 陈伯吹：《〈小朋友〉创刊七十周年纪念》，载《长长的列车：〈小朋友〉70
（1922—1992）》，第 444—445 页。
　　③ 吴翰云：《我和〈小朋友〉》，载《长长的列车：〈小朋友〉70（1922—1992）》，
第 429 页。

作品。本来每期"转述"来的外国儿童文学很少,而且完全按照中国的文化和生活习惯进行意译,几乎是中国趣味了。这说明《小朋友》无论是内容的"俗"还是翻译作品的"意译"都是在文字文本上刻意追求一种中国化。这与王人路的观点是统一的。但是如果把图像文本也纳入研究视野,就会发现《小朋友》的主创人员黎锦晖、王人路及吴翰云等在图像上的"西化"实在要比任何刊物做得更彻底、走得更远。

从《小朋友》创刊号封面就露出了西化的端倪。封面是两个男童正翻看一本大开本的书籍,那本书籍的封面上隐约可见"小朋友"三个字,就形制来看完全是现在图画书的尺寸。其实《小朋友》是小 32 开本,规模远不如两个男童正拿着看的那样大。两个小朋友的穿着不像是清末民初的男孩服饰,很难辨出民族属性,但从他们足蹬的皮鞋可猜测他们未必是中国儿童。王人路在创刊号封面设计中似乎努力达到中国化,但还是有些不中不西。后来王人路等绘画人员干脆放弃西方图像资源的本土化努力,直接临摹或翻印。因为之后《小朋友》初创时期的其他封面都是统一的外国风格。骑着白天鹅在碧水中游弋的小兄妹戴着黄色宽边帽,女孩穿着红白相间的条纹裙,男孩穿着海军衫(1922 年第 12 期);一群游戏的外国儿童,鬈发、连衣裙、海军衫、长筒袜、皮鞋等都是西方儿童标志性元素(1922 年第 25 期,图 7-17);连童话中的小动物也是西方就餐的场景,主人短裤短褂、系着围裙、端着托盘准备上菜,客人脖子上系着餐巾,手拿叉子和盘子在等候饭菜(1923 年第 40 期,图 7-18)。这幅画正是王人路书中提到的 7 岁以内看的《鼠伯英请客》。还有斜坐在礁石上梳妆的美人鱼(1922 年第 33 期)也来自西方的神话传说。王人路曾说"一本读物,常是在封面上决定了他大部分的命运"[1],他这样做显然是别有用意。

---

[1] 王人路:《儿童读物的研究》,第 148 页。

图 7 – 17　　《小朋友》1922 年第 12 期封面

图 7 – 18　　《小朋友》1923 年第 40 期封面

　　除了封面,《小朋友》内文装帧设计和绘画风格也都非常"西化"。创刊号目录是两个大眼睛、头戴厨师帽的西方胖娃娃,《小朋友的宣言》(图7-19)则是两个西方天使模样的蝴蝶仙子,充满了西方情调和西方想象。内页插图只要不是民间传说故事所配的插图一定是西方风格。比如1922年第31期黎锦晖创作的歌曲《玫瑰花》(图7-20),插图中有个正在舞蹈的西方女子,头戴玫瑰花,身穿玫瑰花连衣裙,腿是绿色的花茎,非常美丽。

图7-19　《小朋友》1922年创刊号目录和《小朋友的宣言》

图7-20　《玫瑰花》,《小朋友》1922年第31期

此外，内文中夺人眼球的题头文尾画，形式和内容丰富多彩，充满童趣，但又都同属于西方内容。1922 年第 29 期《刘海戏蟾》（图 7-21）是中国的神话传说，是人们耳熟能详的"八仙"帮助刘海打败蟾蜍精的故事。1922 年 11 月第 32 期短篇故事《一层油花》（图 7-22）是传统的县官断案的故事。一个卖油食的乡下人一天辛苦所得的钱被抢走，县官让每个过路人往水盆里扔一枚铜钱，哪个扔的铜钱浮起一层油花的就是抢劫者。《谜语》向来是中国式的益智节目，但所配的题头画仍然是西方的现代图景。从这些文章的题花便可看出，所谓题花在《小朋友》中只是一个装饰，与文章内容毫无关系。题头画展现的是现代、浪漫、唯美、轻倩的西

图 7-21　《神话·刘海戏蟾》，《小朋友》1922 年第 29 期

图 7 - 22 《一层油花》插图，《小朋友》1922 年第 32 期

洋风格，与中国民间传统的热闹、喜庆、写意式的夸张、变形有很
大差别。其实，早期《小朋友》中不论文章内容是否是中国的本土
故事，题花都来源于西方，而且常常以西方儿童为主角。《刘海戏
蟾》不只题头画、文尾画与文字文本呈现出令人错愕的景观，与内
文插图也构成了一种华洋杂错。插图作者是"余时"，擅长画中国
画①，他的人物形象很有点道家仙人的风格。如果仔细观察题头画，

① 方轶群：《回忆〈小朋友〉的"幼年"》，载《长长的列车：〈小朋友〉70
(1922—1992)》，第 452 页。

就会发现左下角有个"IB"的字母缩写，这很能是绘者的真实姓名。王人路等绘者常常用注音符号，但也有的绘者署自己名字的后两个字，如何汉光、赵蓝天、严个凡。"IB"很可能是西方绘者。题头文尾画的西方风与内文插图的中国风显然不和谐。《小朋友》频频借用或挪用西方图像资源反映了他们急于通过图像建构起现代儿童形象的企图。

曾在新中国成立后负责《小朋友》编辑部工作的、著名儿童作家方轶群回忆《小朋友》初创时期曾说：

> 刊物上的题头、尾花、插图和封面画，大都是临摹或翻印外国儿童图书上的作品。封面画和彩色插页也是如此。但在第二年的下半年，也即从第六、七十期起，封面图不再复制外国彩图，每期由王人路、严个凡分别绘画。此后，每期封面绘画质量也逐步有提高。①

《小朋友》初创时期的装帧和插画果然都有所本。前文曾说过在儿童文学的初创时期，这种硬性移植外国资源的现象很普遍，而且对原作者不做任何介绍和说明。茅盾就曾批评商务印书馆里的这种编辑作风。其中《少年杂志》《学生杂志》《儿童画报》的主编朱元善便最善于此道②。茅盾也批评过早期的《小朋友》存在着"生吞活剥改译""西洋童话"的现象。③ 有读者也曾对《儿童世界》上的翻译文章不指明原作者而提出异议，郑振铎认为儿童读物不需要指明原作者，并解释说日本引进外国童书就是这样操作的④。这说明对外国资源进行改头换面的本土化就充当自己作品的做法很

---

① 方轶群：《回忆〈小朋友〉的"幼年"》，载《长长的列车：〈小朋友〉70（1922—1992）》，第452页。

② 茅盾：《商务印书馆编译所和革新〈小说月报〉的前后》，载《1897—1987商务印书馆九十年：我和商务印书馆》，商务印书馆1987年，第163—164页。

③ 茅盾：《几本儿童杂志》，载《茅盾和儿童文学》，少年儿童出版社1984年版，第421页。

④ 《通讯》，《儿童世界》1923第4卷第1期。

可能是当时行内的一种潜规则。

以朱自强提出的中国儿童文学的创作和理论呈现出"两个现代"景观来说，很多作家缺乏现代儿童观的感性经验，致使创作严重滞后，数量和质量根本无法满足需求。大量外国儿童文学意译作品的及时跟进有效缓解了创作的匮乏。同样模仿借鉴外国儿童文学资源，《小朋友》等儿童读物对图像资源的借用要更加直接、纯粹。语言文字的输入需要经过另一种语言的转换。转述的过程就是再创作的过程。即使转述再尊重原著，也难免打上接受者的文化烙印。从这个方面来说，图像符码则因破解了由于文字造成的交流障碍，根本无须重新编码，所以在跨语际传播中获取优先权，可以所向披靡地长驱直入。因而儿童文学的翻译作品中有许多文字有显在的本土趣味，图像则是原汁原味的原版插图。

比如1922年8月第20期翻译作品《葬鱼》，讲述了小朋友从河里捉了四条鱼，拿回家自己喂养。谁知鱼很快死了。小朋友很伤心，问妈妈：为什么有饭有水，鱼仍然死去？妈妈说小鱼得在流动的水里才能存活。妈妈给了他们一个好看的小匣子，让他们把小鱼埋葬。三妞子扎了一个花圈，围着唱了一会儿歌，阿细说："有趣啊，我还想去找点死东西来。"庄严的葬礼成了游戏。这个故事对外国元素实行减法，从小朋友的名字"三妞子"和"阿细"等看出这篇小说的中国化企图。但插图却明示了这是个地道的外国故事（图7－23）。小女孩穿连衣裙、紧身袜、半筒靴，长发扎了个蝴蝶结。大女孩也是穿连衣裙，男孩穿马裤马靴。他们拿着花圈，小匣子上有鲜花，旁边有十字架，完全是西式的葬礼。现今也的确有本引进的图画书《世界上最美的告别》[①]和这个故事的立意相似。

除了文字和图像两种媒介因传播方式不同带来的效果差异外，《小朋友》的绘者常常放弃外国图像本土化的努力多半是从根本上认同西方的儿童形象，认为传统的儿童形象乏善可陈。从民国以来

---

①　[瑞典]乌尔福·尼尔松、伊娃·艾丽克松：《世界上最美的告别》，曾齐译，湖南少儿出版社2009年版。

图 7－23　《葬鱼》，《小朋友》1922 年第 20 期

儿童书刊上铺天盖地的西洋儿童形象可推知这样的观念在五四文人中很典型。鲁迅曾说大街上的"映进眼帘来的却只是轩昂活泼地玩着走着的外国孩子，中国的儿童几乎看不见了。但也并非没有，只因为衣裤郎当，精神萎靡，被别人压得像影子一样，不能醒目了"。"观民风时不但可以由诗文，也可以由图画，而且可以由不为人们所重的儿童画的。"① 那么中国画本上的儿童形象呈现出一种"中国似的衰惫的气象"就成为现实儿童的真实写照：

　　现在总算中国也有印给儿童看的画本了，其中的主角自然是儿童，然而画中人物，大抵倘不是带着横暴冥顽的气味，甚而至于流氓模样的，过度的恶作剧的顽童，就是勾头耸肩，低眉顺眼，一副死板板的脸相的所谓"好孩子"。这虽然由于画

① 鲁迅：《上海的儿童》，载《鲁迅全集》第 4 卷，人民文学出版社 1981 年版，第 565—566 页。

家本领的欠缺，但也是取儿童为范本的，而从此又以作供给儿童仿效的范本。我们试一看别国的儿童画罢，英国沉着，德国粗豪，俄国雄厚，法国漂亮，日本聪明，都没有一点中国似的衰惫的气象。①

虽然鲁迅是从"救救孩子"的立场出发，但文中的中西方二元对峙完全把中国儿童形象打入了无可救赎的黑暗层面。中国儿童"顽劣，钝滞，都足以使人没落，灭亡"。② 因而中国的现实根本无法产生健康向上、快乐活泼的儿童的可能性。鲁迅又一次郑重地提出"教育"的问题。而教育参照的摹本还是西方体系，因为传统蒙学教育正是五四文人不遗余力批判的对象。正是基于这种认识，对西方儿童形象和西方装帧风格的模仿、借用成为很多儿童书刊的共同趋向：

> 19 世纪末 20 世纪初，西方最有影响力的儿童插图画家，是英国维多利亚时代的沃尔特·克兰（Walter Crane）、沦道夫·卡尔德克特（Randolph Caldeeott）和凯特·格林纳威（Kate Greenaway），他们堪称开创儿童读物设计新局面的先驱，影响了近代西方世界的儿童书籍设计。而 20 世纪 20 年代前后，丹麦插图画家凯·尼尔森（Kay Nielse）、法国插图画家爱德蒙德·杜拉克（Edmund Dulac）、乔治·勒佩帕（Georges Le-pape）与俄国插图画家和平面设计家艾尔特（Erte）等，成为西方颇负盛名的插图画家，他们对几乎同时期的中国儿童刊物装帧设计也有相当重要的影响。20 年代初期，中国的现代儿童刊物尚处在起步阶段，一直在努力学习西方已臻成熟的设计形式。尽管现在无法确定当时儿童刊物的装帧设计者们阅读过哪些国外的儿童书刊，也无法确定国外儿童书籍在中国的传播

---

① 鲁迅：《上海的儿童》，载《鲁迅全集》第 4 卷，人民文学出版社 1981 年版，第 565—566 页。

② 同上书，第 566 页。

依靠哪些途径，但是在二三十年代，从国内刊物中插图的绘制上，可以很明显地看到绘图者对英国维多利亚时期，以及20世纪初期西方盛行的儿童书籍插图与装帧的模仿与借鉴，强调轻巧的线条和浪漫的画面。①

《小朋友》装帧和插图刻意营造的美好、诗意、浪漫的氛围，显然是以西方标准定义的"现代"。西式画风与内文追求本土化的错位也成为题中应有之义。后人也指摘初创时期的不协调：

> 何汉光是在《小朋友》上画插图最多的一人。但是他只能临摹或复制外国画册上的形象，把它们拼凑成幅，往往人物是外国人面孔和衣着，而陪衬着中国场景，很不协调，很粗糙。②

这种华洋杂错式的不和谐在《小朋友》中处处触目地存在着。《小朋友》注重对民间文学的整理，风格以"俗"著称。创刊号的文章有："文艺图"《马牛羊》、"儿歌"《喜鹊》、"故事"《大力士》、"谜语"《身体》、"笑话"《打儿子》、"长篇小说"《十姊妹》等，其中"文艺图"《马牛羊》"一匹马，马站在草地上／一头牛，牛站在草地上／两只羊，羊站在草地上／马吃草，牛吃草，羊也吃草"。徐珊柯《喜鹊》是这样写的："喜鹊叫得好，爸爸进财宝，妈妈生弟弟，哥哥娶嫂嫂，新嫂嫂，好嫂嫂，给我一个'攀不倒'（就是不倒翁）。"是一首典型的童谣。总体来说，文字内容都非常中国化。因而《小朋友》上文字的"俗"和图像的"洋"的错位非常突兀，从封面画、内页装帧、插图到图画故事，甚至广告画都呈现出文与图参差对照、相互错置的景观。

《小朋友》有两个非常出色的营销策略。一个是每期封面都请小读者来写"小朋友"三个字；二是每期在封底登载小读者的

---

① 周丹丹：《民国时期儿童刊物装帧设计之研究》，硕士学位论文，南京艺术学院，2006年，第12—13页。
② 方轶群：《回忆〈小朋友〉的"幼年"》，第452页。

照片。于是中国小读者的书法作品与西洋式的封面画并置在一起,穿着长袍马褂、老气横秋的中国小朋友与刊物中生龙活虎的西方儿童错列在一起,这一重重的对照非常鲜明。随着风气渐开,也有些中国男童西装革履,但姿势僵硬,衣服也不熨帖,而且神情严肃凝重,没有一点孩子活泼的气象。试着对比一下图7-3的中国儿童和图7-24的近似写实的西方儿童,就可看出两者的差别。

图7-24 彩色插页,《小朋友》1923年第53期

这种中西参差对照在《小朋友》中几乎随处可见,编者似乎有意把东方和西方并置在一个取景框内,让其碰撞、交流、对话,从而造成一种奇异的反差效果。即使在封底的广告中也存在着文字和画面的裂隙。其中有一幅完全西方式的家庭生活场景(图7-25),有壁炉、沙发、落地窗帘、玻璃框里的风景画和一对正在谈话的西洋母女。文字内容却是:

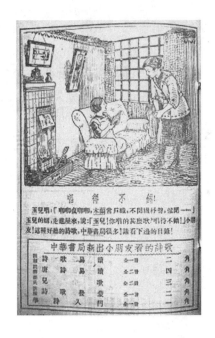

图 7-25 　《小朋友》1923 年第 58 期封底广告

　　玉儿唱："唧唧复唧唧，木兰当户织，不闻机杼声，惟
闻……"玉儿的妈，走进屋来，说："玉儿！你唱的什么歌？唱
得不错！"小朋友！这种好听的诗歌，中华书局很多！请看下
边的目录！①

　　由女孩的名字、唱的歌及母女对话的内容就可推知完全是中国的
母女。"目录"里所列的诗歌有 "《诗歌易读》《唐诗易读》《儿歌》
《诗歌发蒙》《诗入门》"，都是传统蒙学读物。那么文字与画面传达
出大相径庭的信息就很可玩味了。不论这幅画是翻印、临摹还是创
作，无疑是把它作为现代家庭的模板郑重推出。如果读者对现代家
庭的想象还很抽象的话，这幅现代家庭图无疑把想象直观化、形象
化。然而这个现代家庭的儿童却在读着"唧唧复唧唧"，而且她要读

―――――――――

① 《唱得不错》，《小朋友》封底广告，1923 年第 58 期。

很多这样好听的"诗歌"。这幅图几乎是民国社会的一个隐喻。在一切向西看齐的时代大潮下，有钱人家的孩子也玩起了洋囡囡、穿上了洋服、喝上了咖啡、吃上了西餐，西方文明的物质层面很快都学会了，但民主、自由属于精神层面的东西却买椟还珠了。民国的儿童仍在读着"唧唧复唧唧"这样千年不变的"诗歌"。

我们不否认文图相互对抗、背离也造就了强大的叙事张力，虽然从华洋杂错到雅俗共赏相当难。黎锦晖自幼喜欢俗乐，比如戏曲、民间小调、民歌等。他之所以能为中国的旧剧改革、新歌剧创造、民族音乐的发展做出巨大贡献，与他充分汲取传统戏曲、音乐和民间音乐养料，又融汇西方的音乐表现形式大有关系。他的哥哥黎锦熙是语言学家，国语运动的倡导者。黎锦晖受他哥哥影响，也成为推广国语的急先锋。他认为推广国语的最佳形式莫过于通过唱歌的形式，而且最好是从"训练儿童"入手。在这种思想指导下，他开始了儿童歌舞剧的创作实践活动。他创作的歌舞剧既与中国当时的儿童日常生活有关，又具备西方的现代精神，而且充满了纯真、幻美、浪漫的爱，很受儿童的欢迎。黎锦晖站在民间立场上取法西方与精英知识分子对通俗文化不遗余力的批判是不一样的。他创作的儿童歌舞剧、歌曲既汲取民间音乐的养料，又有西方音乐的成分。这种东西的交融不仅表现在他的儿童歌舞剧创作上，也同样表现在文学创作上。他的多数童话、小说都来自民间文学，然后又巧妙地融合了一些现代性元素。

王人路非常激赏黎锦晖开创的这条既民间又现代的道路。不惜用了"新纪元""新大陆"等许多巨词。但是当黎锦晖把创作实践图像化、视觉化以后，却遭到了非议。黎锦晖成了备受批判的民国"三大文妖"之一。黎锦晖受责难的原因是"他是第一个叫中国的女孩子露出大腿表演歌舞的"①，王人路对这一点愤愤不平。图7-26正是风靡中国乃至南洋的黎锦晖儿童歌舞剧《三只蝴蝶》的剧照，它成为那个时代的经典剧照而被后人反复提及。王人路的愤怒

---

① 王人路：《儿童读物的研究》，第171页。

图 7 – 26　黎锦晖《三只蝴蝶》舞台剧照

是有原因的。《小朋友》上标举的外国儿童，露着大腿的随处可见。比如图 7 – 19、图 7 – 20 和图 7 – 27，他在儿童刊物上倾心打造的就是这样一种无性的童年伊甸园。然而儿童身体的裸露总能唤起封建卫道士们不洁的念头。王人路认为黎锦晖为中国儿童界做出了"特大的贡献"却遭受讥评与安徒生年轻时的遭遇一样。并预言："或许将来中国人也学着丹麦人一样为他建铜像。"① 如今黎锦晖的贡献得到人们的广泛认可，而且现在儿童的穿着实在比他的"三只蝴蝶"走得还要远。

当然我们也可以把《小朋友》文与图的尖锐对峙理解为过渡阶段的特殊现象。在儿童文学的草创时期，人们刚刚开始注意到图像对儿童文学的重要作用，但如何实现文字和图画的结合，如何创作符合儿童心理需求的图画等问题对热衷于从事儿童文学事业的人们来说，都非常陌生。后来，在不断地向西方和日本学习、摹写的过

---

① 王人路：《儿童读物的研究》，第 171 页。

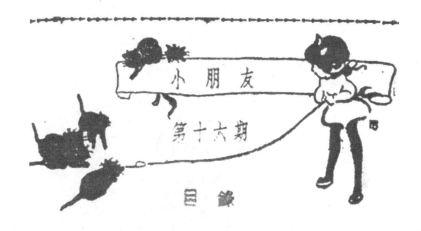

图 7 - 27 《小朋友》1922 年第 16 期目录题花

程中，一味翻印外国图画的情况有了改观。《小朋友》第 70 期之后，封面画复制外国画的现象大为减少，多是由编辑王人路、严个凡、何汉光轮流作画。《小朋友》第 100 期后，装帧设计有了很大提高。插图大都由赵蓝天、何汉光等绘制。赵蓝天的儿童美术作品，线条单纯流畅，色调清新明快。他能从儿童日常生活中汲取素材去表现童心童趣。赵蓝天几乎成为《小朋友》的另一标志，他一直担任《小朋友》装帧设计和插图，直到新中国成立后。

后来的《小朋友》除了题头画还是经常沿用以往的西洋风，封面画、两色画、滑稽画的确大都由编辑部自己的画师绘制。后期的反差之所以不那么醒目，是由于中国插图作者长期浸润在西洋风中，已然学会了西方风格的表达。纵然是自己创作，但画面中流露出的西方情趣仍是一目了然的。对儿童的服饰、玩具、精神气质的描绘和生活场景的搭建，仍是以西方为现代模板。比如赵蓝天后期风格渐趋成熟，虽然有像取材于中国孩子日常生活的儿歌《纸风车》插图（第 423 期），但大多数仍像《娟儿的花园》（第 487 期，图 7 - 28）那样，不论是儿童的造型、服饰、游戏，还是儿童的生活习惯都打上了深深的西方印记。这是最值得追问的地方。这说明仅仅把文图裂隙理解为初创时期手法的不娴熟是不够的。

图 7 – 28 　《娟儿的花园》，《小朋友》第 487 期

　　《小朋友》上的图像从刻意模仿西方起步，最后似乎形成了自己的风格，其实仅仅儿童的脸孔中国化，儿童们的服装、玩具、活动场景、日常游戏和活动还是西方色彩。根本的问题是人们忘记了或者没有发现图像的意识形态性。人们对文字的文化渗透是有警觉性的，正如《小朋友》一直力图实现翻译作品的本土化一样。而图像的意识形态性具有隐蔽性，人们天真地把图像作为引诱儿童读书的好帮手。全然不知图像正潜移默化地改变了人们对世界、对生

活、对文化、对儿童的认识。图像的直观、形象也具象化了人们对现代的理解,并建构了一个以西方为参照体系的现代。

尤其是现代儿童形象也在这个基础上渐渐显影。从儿童的脸部造型、发型到衣着、玩具、用具,从儿童的学习、游戏到儿童生活场景的搭建,都在不停地复制一个现代的、西化的儿童形象;从封面到内页的装帧设计,从广告画到插画、到图画故事,都在演绎着一个个西方的儿童故事。凡此种种,都为人们组建了一个完备的西方儿童世界。在这样的五光十色、无孔不入的西方儿童形象的浸润下,人们几乎无从选择,也几乎把这种西方的想象当成了常态。本土的、真实的儿童形象反而显得怪异、另类,变得让人无法接受。而那种在成人社会压制下受虐的儿童、流浪的儿童,甚至冻馁而死的儿童极少进入主流的图像叙事。这种西方儿童形象在1937年抗战爆发之后就开始向苦难的儿童叙事倾斜,新中国成立后儿童形象虽然有了重大的转向,但依然可以看出西方儿童的影子。这种想象至今还对我们的儿童生活产生着重大的影响。在全球化的推进中,除了传统节日,在日常生活中,已很难看到民族多元的表现。这种对西方儿童的想象一方面使我们在图像上迅速接近西方的儿童观,建构起现代的童年观;另一方面也使民族多样性急速消弭。

第八章 从图像看晚清五四时期
儿童书刊的多种探索

晚清五四时期是儿童读物的现代转型期，众多纷繁复杂的因素在这个历史时期交汇、碰撞，爱国的知识分子痛感于国势衰微急于从教育上改变落后现状；传教士传教遭遇强大的传统文化的排斥转向儿童启蒙；印刷术的改进使书刊的出版发行更加迅捷；科举制的废除既为儿童读物的革新提供了历史机遇，又为儿童读物的创编输送了大批的人力资源；在以周作人为主的五四文人大力推介下西方现代儿童观逐渐被人接受等，合力催生了儿童读物的现代转型。《小孩月报》《蒙学报》《启蒙画报》、近现代教科书、《儿童教育画》《童话》丛书、《儿童世界》《小朋友》《儿童画报》《小朋友画报》等都是这一时期涌现出来的儿童读物。本章围绕图像在这一历史转型期的多种探索展开论述。

第一节 《童子世界》：图像中的爱国情愫

图像也是一种语言符号，也有其意识形态性，不过和文字相比更具隐蔽性。鲁迅曾毫不讳言他推崇的连环图画的宣传性质。他说：

> 书籍的插画，原意是在装饰书籍，增加读者的兴趣的，但那力量，能补助文字之所不及，所以也是一种宣传画。这种画的幅数极多的时候，即能只靠图像，悟到文字的内容，和文字

一分开，也就成了独立的连环图画。最显著的例子是法国的陀莱（Gustave Doré），他是插图版画的名家，最有名的是《神曲》，《失乐园》，……只靠略解，既可以知道本书的梗概。然而有谁说陀莱不是艺术家呢？

凡有伟大的壁画，几乎都是《旧约》，《耶稣传》，《圣者传》的连环图画，艺术史家截取其中的一段，印在书上，题之曰《亚当的创造》，《最后之晚餐》，……然而那原画，却明明是宣传的连环图画。

印度的阿强陀石窟，经英国人摹印了壁画以后，在艺术史上发光了；中国的《孔子圣迹图》，只要是明版的，也早为收藏家所宝重。这两样，一是佛陀的本生，一是孔子的事迹，明明是连环图画，而且是宣传。①

图像因其直观形象在宣传中比文字更有效。《小孩月报》通过图像向儿童传教，《蒙学报》通过图像启蒙儿童、传播实学，《启蒙画报》等其他儿童书刊的图像，包括教科书无不是一种意识形态的传达。其中《童子世界》上的图像是借助其审美的外观实现救国图强的政治寓意。

《童子世界》②：1903 年 4 月 6 日（光绪二十九年三月初九日）由爱国学社在上海创办，被称为"中国第一份儿童报纸"③。在《童子世界》创刊的前一天，《苏报》刊载其简章为：

一、定名，古今事业俱为成人所创造，而童子实为成人之基础，居今日之中国童子之位置特为重要，因定名曰《童子世

---

① 鲁迅：《"连环图画"辩护》，载《鲁迅全集》第 4 卷，人民文学出版社 1981 年版，第 446 页。

② 《童子世界》史料主要来自上海图书馆。目录来自上海图书馆编辑《中国近代期刊篇目汇录》第 2 卷（上），上海人民出版社 1979 年版。

③ 胡从经：《中国最早的儿童报纸——〈童子世界〉》，载《晚清儿童文学钩沉》，第 121 页。

界》。二、宗旨，以课堂所得印证同侪。三、办法，每日一次，用石印大字，间以图画，纸用五彩色。定阅本报全年者大洋二元二角，半年一元二角，闰月照加，另售每张六文，外埠酌加寄费；报中内容如左：论说、讲义、历史地理、小说、寓言、笑话、妖怪、传记、战记、海外奇谈、图画、游戏图解、演说、来稿、时事、学界风潮、国事、外国事。[①]

《童子世界》共出版了 33 期，前 21 期为日报，每天发行三页六版，线装订法，以油光纸石印；第 22 号（1903 年 4 月 28 日）改为二日刊，篇幅增加至六页十二版，沿用线装订法、油光纸石印；第 31 号（1903 年 5 月 27 日）改为旬刊，"改用上等洁白厚韧洋纸，铅字排印，洋式装订"（《改版启事》），每期出版五十页。初期的油光纸薄而透，石印版字体和插图也比一般报刊小，排版密集，儿童阅读颇感吃力。改版后大大提升报刊的印刷质量。

爱国学社于 1902 年由南洋公学的退学学生在上海成立。在退学学生的求助下，章炳麟、蔡元培和吴敬恒（即吴稚晖）创办的中国教育会给了经济和师资帮助。于是，中国教育会的董事蔡元培，还有吴敬恒、章炳麟、黄炎培、蒋维乔等人先后充任爱国学社教员，其中蔡元培任总理、吴敬恒任学监。爱国学社主张学生自治，逐渐发展成为一所宣传革命、畅言排满的新式学堂[②]，并与以吴敬恒、章士钊为主笔的《苏报》相互砥砺。清政府查封《苏报》的事件后，爱国学社也受牵连，《童子世界》被迫停刊。最后一期是第 33 号，1903 年 6 月 16 日（癸卯五月二十一日）发行。

由于《童子世界》鼓吹革命的立场决定它的宗旨是"呕吾心血养成童子之自爱爱国之精神"[③]，因而创刊号首版开宗明义地阐发其爱国排满的倾向：

---

① 《〈童子世界〉简章》，载《苏报》1903 年 4 月 5 日。
② 蒋维乔：《中国教育会之回忆》，载《中国近代史资料丛刊·辛亥革命》第 1 册，上海人民出版社 1957 年版，第 487—488 页。
③ 《童子世界》第 31 号，1903 年 5 月 27 日（癸卯五月初一）。

　　中国之人，莫不曰国将亡矣。国将亡矣，不闻有一人能兴
之也，吾谓此责任尽在吾童子。……然兴中国者，非十余岁之
童子所能为也，必先求学问，学问既成，然后为之，何忧乎。
然则二十世纪中国之存亡，实系于吾童子之手矣。则虽谓二十
世纪之世界为吾童子之世界也亦宜。

　　诸君知今日中国之危亡有刻不容俟之势乎，东三省已入俄
人之握，广西省又为法人所垂涎，岩石垂危，伏弩渐发……鸣
呼，中国存亡悬诸吾童子之掌上，诸君之前途为牛马为奴隶为
英雄惟在自取。①

　　论说言辞激烈，慷慨激昂。因而《童子世界》上的图像也呈现出
爱国的、政治寓言式的象征意味。创刊初期的封面是一位身穿童子军
服的儿童左手擎旗、右手持刀，骑一猛狮飞奔而来。天幕上镌有"童
子世界"四字，下有 *THE CHILDREN's WORLD* 英文名（图 8 – 1）②。
狮子形象是晚清民初经常出现的颇具象征意义的图像符号。近代中国
被称为"东方睡狮"，据说是法国拿破仑的预言。1816 年，英国贸易
使臣阿美士德出使中国，商谈对华贸易，结果无功而返。阿美士德准
备回去请求英王以武力敲开中国的大门。回国途中，正好经过圣赫勒
拿岛，名震世界的拿破仑当时就被关押在那儿。阿美士德登门求见，
并向拿破仑讲述了在中国的遭遇以及自己的想法。拿破仑对这个英国
人的想法充满蔑视："要同这个幅员辽阔、物产丰富的帝国作战会是
世界上最大的蠢事。"接着便说出了那句在中国广为流传的名言："中
国并不软弱，只不过是一只睡着了的狮子。中国一旦被惊醒，全世界
都将为之震动。"③

---

① 钱瑞香：《论童子世界》1903 年 4 月 6 日（光绪二十九年三月初九日）第 1 号。
② 图片来自谢隽晔《晚清儿童书刊研究》，第 747 页。《童子世界》1903 年 4 月 16
日（癸卯三月十九日）封面，第 11 号。
③ 史鸿轩：《拿破仑的"中国睡狮论"怎么来的》，《环球时报》2004 年 2 月 2 日。

图 8－1　《童子世界》1903 年 4 月 16 日封面，第 11 号

　　因而醒狮和狮吼是维新、革命党人经常借用的一个意象。革命党人陈天华影响深远的《猛回头》（1903 年）一书中便有宣言似的"猛狮睡，梦中醒，向天一吼，百兽惊，龙蛇走，魑魅逃藏"之句。其后他更有《警示钟》《狮子吼》等鼓动革命的著作。1905年，留日学生创办《醒狮》月刊，在创刊号上发表的刘师培《醒后之中国》希望作为新中国的"国歌"，其中有这样几句："如狮子兮，奋迅震猛，雄视宇内兮。洙暴君兮，除盗臣兮，彼为狮害兮。"国民革命前后，各种以"醒狮"命名的爱国期刊如雨后春笋层出不穷，如上海狮吼社先后发行的《醒狮》半月刊和《醒狮》月刊、山西大学曙社的《醒狮》半月刊，中国青年党醒狮派的《醒狮》周报等，此外，长沙、兰州、天津等地，均成立了以"醒

狮"为名的青年社团，并相应发行以"醒狮"为名的爱国期刊。其他以"醒狮"为名的种种艺术形式更是不可胜数。①

而这些醒狮、狮吼等意象的表达离不开图像，有研究者认为："在国民革命时期，狮子在革命绘画中的重要性日益上升。"② 梁启超在日本创办的《新民丛报》1903 年 2 月第 25 号开始使用《狮子与地球》（图 8 - 2）③的图像作为封面。《童子世界》与《新民丛报》封面的狮子有异曲同工之妙，都是勇猛可怕、威震四方，彰显了醒狮威震世界的寓意。区别是《童子世界》醒狮上面多了一位御狮的童子，暗示了儿童肩负的重任。中国这头"东方睡狮"醒来后必须依仗今天的童子，即明天的成人驾驭。童子一手擎旗、一手持刀也进一步隐喻了儿童是驱除鞑虏、恢复中华的主力。总之，中国的明天必须由童子开创。

《童子世界》改刊后的封面是左上角画着一口钟，名曰"自由钟"，右下角画一群儿童各执乐器为"自由钟"铸成而歌（图 8 - 3）。这一期论说《铸自由钟说》对这一图像进行了阐释：

　　……大之可以御外，小之可以革命，驯使脱离专制。自由钟声震长衢，快哉快哉，童子童子，钟铸矣，新中国其庶几成立矣，"以军国民铸自由钟"，我童子其谨志之勉为之，毋让美人独步也。④

警钟也是晚清民国常用的图像符号，比如 1903 年 12 月 15 日在上海创刊的《俄事警闻》，在第二年，即 1904 年 2 月 26 日改为《警钟日报》，封面画就是一口大钟，上书"警钟"（图 8 - 4）。钟

---

① 施爱东：《16—20 世纪的龙政治与中国形象》，生活·读书·新知三联书店 2014 年版，第 247 页。
② 费约翰：《唤醒中国：国民革命中的政治、文化与阶级》，李恭忠、李里峰等译，生活·读书·新知三联书店 2004 年版，第 5 页。
③ 施爱东：《16—20 世纪的龙政治与中国形象》，第 241 页。
④ 忆琴：《铸自由钟说》，《童子世界》1903 年 5 月 27 日（癸卯五月初一）第 31 号。

图 8-2 《新民丛报》1903 年 2 月第 25 号封面

图 8-3 《童子世界》封面

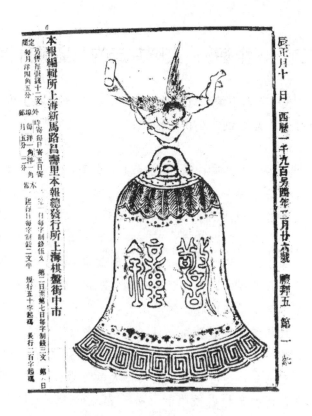

图 8 - 4　《警钟日报》1904 年 2 月 26 日第 1 号封面

的上方是一位带翼的自由天使，正高举木槌奋力敲钟，以"警钟"长鸣来唤起国人的爱国心。《童子世界》的"自由钟"既有警钟之意，更兼具像美国反抗英国压迫一样争取民族自由独立、共同铸造美好未来之期盼。

《童子世界》的两幅封面画都有非常明显的政治寓意。《童子世界》的编辑者们看中的是图像在爱国宣传中的震撼力和视觉冲击力。两幅封面画中儿童的价值得到了极大弘扬，但"儿童的发现"仅仅体现在政治寓意上。儿童的身体被置换成民族、国家未来的象征符号，这是半封建半殖民地社会对儿童想象的一种经典表述形式。

第二节 《童话》：文图并茂的儿童课外读物

《小说林》杂志主编徐念慈在 1908 年发表《余之小说观》，文章特别呼吁要为儿童创作小说。他说：

> 今之学生，鲜有能看小说者（指高等小学以下言）。而所出小说，实亦无一足供学生之观览。余谓今后著译家所当留意，宜专出一种小说，足备学生之观摩。其形式，则华而近朴，冠以木刻套印之花面，面积较寻常者稍小。其体裁，则若笔记，或短篇小说，或记一事，或兼数事。其文字，则用浅近之官话；倘有难字，则加音释；偶有艰语，则加意释；全体不逾万字，辅之以木刻之图画。其旨趣，则取积极的，毋取消极的，以足鼓舞儿童之兴趣，启发儿童之智识，培养儿童之德性为主。其价值，则极廉，数不逾角。如是则足辅教育之不及，而学校中购之，平时可为讲谈用，大考可为奖赏用。想明于教育原理，而执学校之教鞭者，必乐有此小说，而赞成其此举。试合数省学校折半计之，销行之数，必将倍于今也。①

徐念慈显然深味出版之道，对儿童小说的出版从体裁、文字、字数到旨趣，甚至具体到装帧设计、开本规格、文中插图和定价，皆有论述。他还指出："以花卉人物，饰其书面，是因小说者，本重于美的一方面，用精细之图画，鲜明之刷色，增读书者之兴趣，是为东西各国所公认，无待赘论。"② 作为资深出版人，他很明白运用精致图画来装饰封面和插图会大大增加书刊出版发行中的份额。这个时期，感应着时代脉搏的商务印书馆在教科书战场上打了几个漂亮仗后，也开始把目光转向儿童的课余读物。仅在徐念慈发

---

① 徐念慈：《余之小说观》，《小说林》1908 年第 10 期。
② 同上书，《小说林》1908 年第 9 期。

表《余之小说观》几个月之后，即 1908 年 12 月①，商务印书馆开始陆续出版由孙毓修编辑的一套文图并茂的《童话》②丛书。也许是英雄所见略同，徐念慈对儿童小说的设想和建议几乎都在《童话》丛书中得到落实。因而这套丛书被誉为"中国最早的儿童文学读物"。③

孙毓修（1871—1923）早年就读于无锡南菁书院，具有扎实的国学基础。后随美国牧师学过英语，又从缪荃孙学过图书版本学，是商务印书馆编译所高级馆员。《童话》（图 8-5）丛书共 3 集，计 102 册书。1908 年至 1919 年，出版了由孙毓修主编的初集和第 2 集，共 98 册，其中孙毓修编写 77 册，茅盾以原名沈德鸿编写 17 册，另有 4 册其他人所编。1921 年，郑振铎主编出版了第 3 集，共 4 册。它的内容主要包括对中国故事的改编和外国童话的译述。

孙毓修为《童话》所作的《序》既体现了这套丛书的编辑宗旨，也反映出他初步的儿童文学意识。他首先批判了传统蒙学书籍的"专任识字"，其次指出近代教科书虽有改善，但"教科书之体，宜作庄语，谐语则不典，宜作文言，俚语则不雅。典与雅，非儿童之所喜也"。而传统中"家居之日，游戏之余，仍与庄严之教科书相对"的读物很难找到。孙毓修显然敏锐地意识到儿童在学习之余还应该有课外读物。这种课外读物就是儿童故事或小说，因为"儿童之爱听故事，自天性而然"。而且篇幅不能太长，也不能太

---

①　柳和城认为现在通行《童话》第 1 集第 1 编《无猫国》初版于 1909 年是错的，应该是光绪三十四年十一月（1908 年 12 月）。参见柳和城《孙毓修评传》，上海人民出版社 2011 年版，第 69 页。也可参照朱自强《1908—2012 中国儿童文学与现代化进程》，载《朱自强学术文集 2》，二十一世纪出版社 2016 年版，第 141—142 页。以下是朱自强的原文："关于《童话》丛书的出版时间，国内研究者多认为是始于 1909 年。胡从经在《晚清儿童文学钩沉》中先说'自光绪三十四年（1908）开始陆续出版'，后又说'最早出版于宣统元年（1909）十月'，令人不知所从。日本学者新村彻在《中国儿童文学小史·3》一文中，两次明确指出《童话》丛书出版于 1908 年 11 月，因新村彻之说有目睹原始出版物之依据，故从新村彻之说。"

②　《童话》的原刊史料，包括图片来源于《超星读秀》。

③　朱自强：《1908—2012 中国儿童文学与现代化进程》，第 127 页。

图 8－5　《童话》第 1 集第 1 编《无猫国》封面

难，要适合孩子的程度。由此他提出他的编辑策略：根据"欧美诸国之所流行者"，从传统典籍和欧洲文学中择取可用之文"成童话若干集，集分若干编"。门类"以寓言、述事、科学三类为多"。并充分考虑到儿童认知心理，根据年龄进行分级阅读："文字之浅深，卷帙之多寡，随集而异。盖随儿童之进步，以为吾书之进步焉。"初集系为 7 岁至 8 岁儿童所编，每本 22 页至 26 页，字数约5000 字；第 2 集则为 10 岁至 11 岁儿童所编，每本书为 42 页至 46页，每篇字数增至 10000 字上下。孙毓修还特意把"童话"让儿童阅读检验之后再修改付印。"每成一编，辄质诸长乐高子，高子持归，召诸儿而语之，诸儿听之皆乐，则复使之自读之。其事之不为儿童所喜，或句调之晦涩者，则更改之。"①

　　孙毓修表现出对儿童课外读物的认识无疑是具有开创性的。在《童话》刚刚出版前两编时，时人已经注意到这一点：

> 　　我国儿童功课之外，无书可读，非为不规则之嬉戏，即溺于神鬼淫盗之小说。校中之训练，与小说之渐渍，其收效不可同日语。然则欲教育进步、民德高尚，不能不有待于校外读物矣。孙氏此书，为我国校外读物之嚆矢。②

　　而孙毓修表现出的尊重儿童、为儿童编纂书籍的精神，也被茅盾称为"中国有童话的开山祖师"③。朱自强认为孙毓修在文学上承认儿童具有与成人不同的审美心理和需求，并能考虑到儿童年龄、实际听取儿童阅读反馈等编辑策略表现出的观念，"已经毫无疑问地具有了相当的现代性"。④

　　《童话》对后世的影响极大。赵景深说："孙毓修先生早已逝世，但他留给我们的礼物却很大，他那七十七册《童话》差不多有好几万小孩读过……我在儿时也是一个孙毓修派呢。"⑤ 冰心说："我接触到当时为儿童写的文学作品，是在我十岁左右。我的舅舅从上海买到的几本小书，如《无猫国》《大拇指》等，其中我尤其喜欢《大拇指》，我觉得那个小人儿，十分灵巧可爱，我还讲给弟弟们和小朋友们听，他们都很喜爱这个故事。"⑥ 张若谷说："在那一切读物中，最使我感到深刻的印象的，是孙毓修编的《童话》

---

　　① 孙毓修：《〈童话〉序》，《东方杂志》1908 年第 12 期，第 126—127 页；《教育杂志》1909 年 2 月第 1 年第 2 期。

　　② 《介绍批评》，《教育杂志》1909 年创刊号（清宣统元年正月二十五日）。

　　③ 茅盾：《商务印书馆编译所》，载《中国出版史料（现代部分）》第 1 卷上册，山东教育出版社 2001 年版，第 175 页。

　　④ 朱自强：《1908—2012 中国儿童文学与现代化进程》，第 129 页。

　　⑤ 赵景深：《孙毓修童话的来源》，载王泉根选注《中国儿童文学文论选》，广西人民出版社 1989 年版，第 742 页。

　　⑥ 冰心：《我是怎样被推进儿童文学作家队伍里去的》，载《我和儿童文学》，少年儿童出版社 1980 年版，第 16—17 页。

集。像《大拇指》《三问答》《无猫国》《玻璃鞋》《红帽儿》《小人国》……"①

当时的儿童之所以喜欢它，除了故事让孩子入迷外，也和插图的丰富有趣密切相关。赵景深曾说：

> 我还记得，儿时我最喜欢有图画的书。十岁随着父亲在武昌四川旅鄂中学读书的时候，就爱看所读的《诗经》上的图画。因此父亲给我的钱，我都一串一串地在书摊上买了画（一串大约是一百文或一千文的纸票，已不能记忆），所买的就是各种版本的绘图、《诗经》和《点石斋丛画》之类。后来父亲买给我几本《儿童教育画》和《无猫国》《三问答》，我才第一次亲近儿童文学。后来到了芜湖，《儿童教育画》和《童话》便成为我所最爱好的书，出一本，买一本，珍贵地藏着，从来不曾间断过，时时拿来翻阅。②

仔细分析赵景深的回忆，发现他在论述对《童话》的喜好前有一段专门描述对"有图画的书"的狂热，包括各种版本的绘图和《点石斋丛画》，直到出现《儿童教育画》和《童话》丛书才不再光顾成人阅读的绘图版书籍。因而可以推断，对儿童赵景深来说，《儿童教育画》和《童话》丛书最富吸引力的就是图画。《儿童教育画》自不必说，完全是用图像来叙事，但关于这套丛书对"插图"的重视，前人研究成果缺乏更详尽的论述。

孙毓修在《〈童话〉序》特意强调："并加图画，以益其趣。"《童话》初集出版时，孙毓修在《童话》丛书"广告"中又一次强调："是书以浅明之文字，叙奇诡之情节，并多附图画，以助兴趣，虽语多滑稽然寓意所生，必轨于正，童子阅之足以增长德知，妇女之识字者亦可藉以谈助。"商务印书馆其他杂志关于《童话》的广

---

① 张若谷：《文学生活》，上海金屋书店 1928 年版，第 24 页。
② 赵景深：《暗中摸索》，载《先生的读书经》，首都经济大学出版社 2014 年版，第 185—186 页。

告也都强调了对图画的重视：

> 童话中所叙的事实，都是极有趣味的。文字又明白，又顺利。每册中又插有许多图画。儿童拿来念念，不独有兴味，并且可以练习文字。①

另外，孙毓修是版本学家，对插图的运用和排版自有心得。前两集都是32开本，19厘米乘13厘米，铅印平装。这种小开本比起大32开、24开本和16开本等来说更适合儿童的手形。封面采用彩色印刷，内文插图刻画精细、位置灵活，和文字相得益彰。字体为三号大字，每半叶排9行，每行20字。②天头处以丝栏同正文分开，上书"童话第几编"或"童话第几集第几编"。整体来看，排版舒朗、美观，字体大且清晰，有句读。非常符合识字不多的儿童阅读。

虽然最初运用图画不过是"以益其趣"的叙事补充，但如果把中国第一套儿童文学读物出版就分外关注插图放在20世纪儿童文学图像叙事方式崛起的文化脉络上看，从第1集每一编有插图5幅到8幅（例如《绝岛漂流》有5幅插图，《大拇指》有8幅插图等），到第2集每一编插图的数目增至20幅左右，图像叙事的功能逐步增强，再到近几十年来的以"图像转向"为表征的文学表述方式的改变，那么中国儿童文学在最初萌动时就与图像勾连在一起的现象就很有象征意义了。

由于《大拇指》是冰心、赵景深、张若谷等作家最喜欢的童话，我们以这则童话的插图为例来分析。《大拇指》（图8-6）彩色封面是一个女子无比惊诧地望着地上拇指大小的小人，凸显了"大"与"小"巨大反差带来的惊异效果。这则故事旨趣就来源于大拇指这种非常态的小人在常态社会中的奇遇，以及常态社会因这个小人而起的波澜。巨大的反差最能制造故事的效果，因而最受小

---

① 《童话》的广告，《儿童世界》1922年第2卷第2期。
② 参见柳和城《孙毓修评传》，第69页。也可参见朱自强《1908—2012中国儿童文学与现代化进程》，第131页。

读者欢迎的童话也有《小人国》，其插图（图 8-7）是常态的人来到非常态的社会中，"大"与"小"仍有个强烈的对比，与这个封面可以对比着来看。

图 8-6　《童话》1909 年第 1 集第 3 编《大拇指》封面

《大拇指》第 1 幅插图（图 8-8）是大拇指睡在父亲鞋子里。观图即可知道，来自德国《格林童话》的大拇指造型完全中国化了。大拇指留着清朝儿童常见的"三搭头"，穿着小儿的五彩斑斓衣，父亲的鞋子也是清朝男鞋的样式。甚至大拇指睡在鞋壳里也是孙毓修添加的情节，更不要提原版插图了。阅读完整个故事就会发现，《童话》的《大拇指》完全是发生在中国的一个小小人的故事，除了小人的体形大小、离家—历险—回家这个模式与原作一样，历险的内容、离家和回家的方式等完全不同。因而"以助兴趣"的图画讲述的是一个中国小小人的图画故事。

474

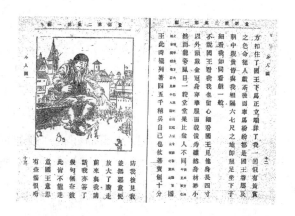

图 8-7　《童话》第 2 集第 1 编《小人国》

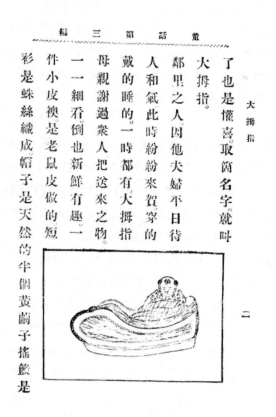

图 8-8　《童话》第 1 集第 3 编《大拇指》（一）

第2幅，既然大拇指是中国的小小人，那么他日常所见也就是中国儿童发蒙时见到的笔墨纸砚和书籍了，当然书籍和大拇指比例的反差又一次强化了大拇指体形的小巧。第3幅，大拇指踩着汤勺踮着脚好奇地观察一个盛满面糊的盆。好奇是儿童的一大特征，童话故事常常起源于儿童的好奇。童话的逻辑常是这样的，因好奇而去做危险之事或触犯禁忌，因做危险之事而闯祸，因闯祸而开启了一次历险的征程。孙毓修的大拇指历险也是这样。大拇指观察几倍于自己身体大小的面糊盆的结局肯定是跌进去。当大拇指在面糊盆里努力扑腾时母亲回来了。母亲看到后以为面糊里进去了小虫子，随手把面糊挖出扔到河里。流落到河里的大拇指被鱼吞食。第4幅，鱼被打捞上岸，送到国王的御厨房。当厨师提刀为鱼破肠开肚时，大拇指跳了出来。对厨师来说，这是非常惊悚的一幕。第5幅，厨师用帽子盛着大拇指献给国王，举座皆惊。大拇指从此成为王公贵族的宠物。第6幅（图8-9），大拇指被封侯后，王后赐予他一辆白老鼠驾驶的马车。画面中大拇指正驾驶着鼠车游玩，旁边是他的床，即那只鞋。这暗示了即使有车，大拇指在皇宫中的活动区域也很有限。这幅插图大概是晚清人与动物关系中最充满童趣的童话画面。第7幅，大拇指受宠必遭小人妒忌，于是被谗言所害，囚禁在瓜皮帽里。第8幅（图8-10），大拇指被行刑前，手拿状纸正待细读自己所犯刑罚，突被一阵风卷起。风落下的地方正是他自己的家，母亲欣喜若狂地迎接大拇指回家。

这8幅插图基本把大拇指从出生到离家—历险—归来的重要情节都涉及了，连起来看就是一个情节简单的图画故事。插图不仅把一个幻想故事形象化和具象化，而且把大拇指和常人体形的差异并置到同一个画面中，并把由此造成的惊异效果和种种悬念视觉化了。视觉化了的"大拇指"历险记很容易俘获小读者的心。

《大拇指》的插图完成了一个简单叙事，但意义却还是依赖文字的设定，并配合文字完成一个中国故事。严格地说，孙毓修的《大拇指》不是翻译，也不是译述，而是中国语境下的重新创作。《格林童话》的"大拇指"形象是现代意义上的儿童，在一定程度

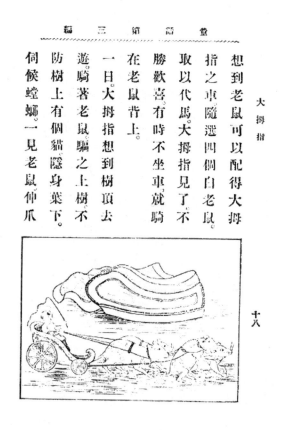

想到老鼠可以配得大拇
指之車隨選四個白老鼠。
取以代馬大拇指見了不
勝歡喜有時不坐車就騎
在老鼠背上。
一日大拇指想到樹頂去
遊騎著老鼠騙之上樹不
防樹上有個貓隱身葉下。
伺候螳螂一見老鼠伸爪

大拇指

十八

图8-9　《童话》第1集第3编《大拇指》（二）

上能够实现自我。他体形虽小但却不仰仗父母的鼻息，凭借勇敢机智自主地掌握着自己的命运。而孙毓修的"大拇指"则是备受父母呵护、毫无生存能力的儿童，他的历险完全是听天由命。在8幅插图中，除了大拇指踩着汤匙看面糊是自己所为外，其他都是受人摆布，自己毫无主动权。最后摆脱死罪的命运完全是一阵莫名的风，把他吹到了家里。当然那阵风来得蹊跷，前后没有任何叙事的铺垫、逻辑的联系，是比较拙劣的一种叙事手法。

孙毓修的"大拇指"在外仅仅是王公贵族的一个稀奇玩具，玩厌了便治罪。在家只能是个满足父母有个孩子愿望的小宠物。很多

图 8-10 　《童话》第 1 集第 3 编《大拇指》（三）

孩子喜欢它，正是把它作为玩具一样的东西看待，正如冰心所说"我觉得那个小人儿，十分灵巧可爱"，睡在鞋里、被大鱼吃到肚子里、驾着老鼠车、囚在瓜皮帽里等，图画中展示的正是这么个好玩有趣的小玩意儿，但他缺乏能动性，很难把他看作一个真正的儿童。孙毓修的"大拇指"完全颠覆了《格林童话》中"大拇指"勇敢机智、自主自立的形象，这在一定程度上反映出孙毓修的儿童观还停留在"不完全的小人"阶段。这说明，如果没有真正地"发现""儿童"，即使为儿童编写大量童话，即使图像中的儿童是主角，但儿童仍不具备主体性。

478

第三节 从图像看民国时期商务、中华两大书局的竞争

商务印书馆办刊是全线出击，各个年龄段儿童、少年均有相对应的书刊，并且互为援手。《儿童教育画》专门针对低幼儿童，以图画启蒙幼童；《少年杂志》预设读者群体是小学中高阶段的学生；《学生杂志》的读者群体是中学生。此外，还有《少年丛书》《演绎丛书》《常识谈话》等书籍为补充，共同丰富了少年儿童的课外读物。

自陆费逵 1912 年从商务印书馆拉出一批人马组建中华书局以来，独步印刷、出版业的商务印书馆出现了一个强有力的对手。民国初年商务印书馆和中华书局的激烈竞争带来了儿童读物出版业的繁荣。中华书局创立后首先在教科书出版上给商务印书馆来了个措手不及，然后迅速把一部分精力转向儿童书刊。商务印书馆在中华书局创办前有《儿童教育画》和《少年杂志》。1914 年 7 月中华书局创刊了《中华儿童画报》和《中华童子界》分别与之对应。1914 年 7 月商务印书馆创办《学生杂志》不足半年，中华书局也跟进了《中华学生界》（1915 年 1 月创刊）。商务开创于前，中华跟进于后，竞争呈现白热化状态。民国初年商务、中华的竞争最终以中华书局"民六危机"期间儿童期刊相继停刊而告终。后来中华挺过"民六危机"后励精图治，锐意改革，终于慢慢恢复了营业。[①] 五四之后，两大书局又在儿童书刊上展开了另一轮竞争。商务印书馆于 1922 年 1 月创办《儿童世界》，4 月中华书局的《小朋友》也面世了；1922 年 8 月商务印书馆创办《儿童画报》，1926年 8 月中华书局的《小朋友画报》也紧随其后。两大书局的竞争虽

① 陆费逵曾说书业的营业"民国初年约一千万元，商务印书馆占十分之三至四，中华书局占十分之一至二，近年约三千万元，商务印书馆约占二十分之六，中华书局约占二十分之三。"陆费逵 1932 年写的这篇文章。参见陆费逵《六十年来中国之出版业与印刷业》，《申报月刊》第 1 卷第 1 号，1932 年 7 月 15 日。

然也有恶性的价格战，但总体来看是良性的，形成了相互促进、相互学习的良好发展态势，为儿童报刊的下一时期的发展、成熟奠定了良好基础。

一 清末民初两大书局出版的儿童期刊

关于《儿童教育画》《儿童世界》《小朋友》的论述参看前几章。

《少年杂志》[①]：孙毓修在1911年3月（宣统三年二月初一）创办，月刊，每月初一出版。1915年第5卷改由朱元善[②]主编。该刊持续时间长，直到1932年商务印书馆编译所被日军炸毁才终刊。孙毓修在《缘起》中对其编辑宗旨、内容、读者群体作了介绍：

> 本馆旧编《童话》，以稗官之谈，寓牖世之意，颇承阅者许可，风行一时。今本斯旨，更为杂志，月刊一册，颜曰《少年》。内容大加扩充，如修身、文学、历史、地理、算学、格致、卫生、动物、植物、矿物、实业、手工、习字、图画、体操、音乐、歌谣、游戏、中国时事、外国时事，凡二十余类。皆择其切近易知饶有兴趣者，随时编次，互见各册。兼采古今中外之新奇故事，讽世寓言，以供谈助。插画丰富，行文浅显，凡入学三、四年之生徒，以及粗解文义之人，皆能领会。庶可

---

① 《少年杂志》资料来源于中国国家图书馆。现存有1911年、1914年前6期、1916—1932年。缺1912年、1913年、1915年卷期。

② 朱元善即朱天民、朱赤民、朱赤萌、天民，章锡琛在《漫谈商务印书馆》曾对"朱天民"名字的来历做了说明："伯鸿离开商务后，有两人抢当主编，相持不下，因此主编人虚悬了很久，暂由原来担任校对杂务的朱赤民（元善）办理集稿发印等事务。他是菊老的同乡，位置本来很低，自己又不会动笔。两个抢当主编的人各自撰文交他，他又临时设法向别人拉稿，凑满篇幅。有时向同事拉了稿，把著者姓名都给换上'天民'两字，人家问他，他说这是社中公用的笔名。后来在有一期版权页上的编辑者下面，偷偷换上'朱天民'三字。从此他成为正式的主编。"章锡琛指的"主编人"是《教育杂志》，载《1897—1987商务印书馆九十年：我和商务印书馆》，商务印书馆1987年版，第114页。曾有一个时期，朱元善同时兼任《教育杂志》《少年杂志》《学生杂志》的主编。也可参照茅盾《商务印书馆编译所》，载《中国出版史料（现代部分）》第1卷上册，山东教育出版社2001年版，第181—184页。

为教育之补助，而使社会中人，皆晓然知德育、智育、体育三者之急急焉。①

从上文可看出，《少年杂志》属于一份儿童综合性月刊。针对"入学三、四年之生徒"，因而"插画丰富，行文浅显"。商务印书馆对其的宗旨设定是"《少年杂志》趣旨在发扬小学生精神，统一少年界思想。精选材料，增加页数"。② 创刊号封面是一行男生和一行女生共打着一个红条幅，上书"少年"③，封面为彩色（图8-11）。前12期都是同一封面。该刊的封面画、扉页画、彩色插页、摄影图片和插图等非常美观。该刊很受小读者欢迎，费孝通④、丰子恺、柯灵和赵景深⑤等都是其热心的读者和小作者。丰子恺的处女作寓言体的四篇短文⑥和柯灵的处女作《仁术》⑦就发表在《少年杂志》上。

《学生杂志》（图8-12）⑧：是商务印书馆另一个儿童报刊的

---

① 孙毓修：《缘起》，《少年杂志》1911年3月第1卷第1册。

② 《五月份各种杂志出版》，《学生杂志》广告，1917年第4卷第6期。

③ 据柳和考证，该刊第1卷共12期，封面刊名均为《少年》并无"杂志"二字，从第2卷起封面改为《少年杂志》。为叙述统一起见，都称《少年杂志》。参见柳和城《孙毓修与〈少年杂志〉》，载《孙毓修评传》，上海人民出版社2011年版，第79页。

④ 费孝通曾说："记得有一年的新年里，收到了该年第一期的《少年杂志》。哪一年我已有点模糊，仿佛记得这期封面上画着几只老鼠。这杂志有一度是以属相纪年作封面；以此推算，可能是1924年，我14岁。我照例按篇章次序读下去，直到最后的'少年文艺'栏，突然惊呼起来，一时不知所措。原来我发现了寄去的那篇署名费北的《秀才先生的恶作剧》已用铅字印在白纸上。"费孝通：《费孝通全集》第九卷（1981—1982），内蒙古人民出版社2009年版，第193页。

⑤ 赵景深：《暗中摸索》，载《先生的读书经》，第186—187页。

⑥ 丰子恺：《猎人》《怀夹》《藤与桂》和《捕雀》，《少年杂志》1914年2月第4卷第2期。

⑦ 柯灵：《我的"处女作"》，载《中国作家自述》（青少年版），上海教育出版社2000年版，第30—31页。

⑧ 《学生杂志》史料来自中国国家图书馆。该刊曾于1931年12月休刊，1938年12月在香港复刊，由符涤尘主编兼发行，卷期续前。1941年11月再次休刊。1944年12月在重庆复刊，由谭勤馀、王学哲主编，商务印书馆发行，卷期续前，1946年迁至上海出版。除了休刊，1914—1947年出版的《学生杂志》都有保存。《学生杂志》初名《学生》，1923年1月第10卷起改名《学生杂志》。为方便研究统称为《学生杂志》。

图 8 - 11   《少年》杂志 1911 年创刊号封面

拳头产品。1914 年 7 月由朱元善创刊，月刊。"每月 20 日发行，月出一册。每册洋装 80 页至百页，约四五万字"①。其间曾因战争两次休刊，但后来又顽强复刊，1947 年 8 月才最终停刊，前后共出版了 24 卷。是新中国成立前发行时间最长的学生刊物，"成为了那个时代整个社会和教育变革、发展的一份生动、别致的历史档案"②。商务对它的办刊定位是"为全国学生界互相联络之机关，

① 《新编学生杂志广告》，《学生杂志》1914 年 7 月第 1 卷第 1 期。
② 方卫平：《媒介中的课艺：一个变革时代的文化现象及其历史解读——以早期〈学生杂志〉(1914—1918) 为例》，《浙江社会科学》2008 年第 6 期。

以辅助学业，交换智识为趣旨"。① 主要栏目有："图画""论说"
"讲演""学艺""修养""文苑""小说""杂纂""通讯答问"
"记载""英文"等。茅盾任商务印书馆编译所职员时曾半天帮着
孙毓修编辑《童话》，半天帮着朱元善审稿，并发表了《三百年后
孵化之卵》等4篇儿童文学译作②。1921年杨贤江担任主编以来，
《学生杂志》从栏目设置、办刊形式到刊物内容都大加革新，逐渐
发展成为一个进步学生刊物。

图 8－12　《学生杂志》1914 年 7 月创刊号封面

---

① 《五月份各种杂志出版》，《学生杂志》广告，1917 年第 4 卷第 6 期。
② 茅盾：《三百年后孵化之卵》，《学生杂志》1917 年 1—4 月，第 4 卷第 1、2、4
号。茅盾在编译所的经历参看茅盾《商务印书馆编译所》，载《中国出版史料（现代部
分)》第 1 卷上册，第 181—182 页。

《中华童子界》（图8－13）①：中华书局1914年7月在上海创刊，月刊。主要栏目有："插画""童话""儿童小说""儿童笑话集""儿童剧""历史谈""地理谈""数学谈""卫生谈""修身谈""天文谈""动物谈""植物谈""童子俱乐部"等。每期还有两页左右的"寓意画"（图8－14、图8－15），与商务印书馆《儿童教育画》中的"滑稽画"风格相仿。但"滑稽画"的四格漫画常常放置在同一页上，"寓意画"常常占据两个页面，一页两幅，图大而清晰。图的大小、色彩是体现低幼儿童读物优劣的一个

图8－13　《中华童子界》1914年创刊号封面

① 《中华童子界》史料来自中国国家图书馆。中国国家图书馆共存有1914年第1—5期、1916年第26期、1917年第31期。

图 8 – 14　《中华童子界》第 1 期《寓意画》1

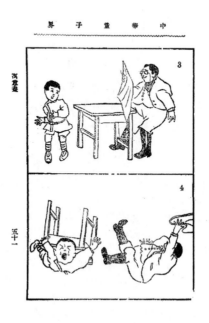

图 8 – 15　《中华童子界》第 1 期《寓意画》2

标准。仅从这一点上看,《中华童子界》比《儿童教育画》有所改进。卷尾的"童子俱乐部"中有作文、习字、图画等悬赏。体例主要仿照商务印书馆《少年杂志》,但又有创新。比如卷首常是儿童题材的国外名画,随后是中国题材的"毛笔练习画"。该刊1917年10月停刊。

《中华儿童画报》(图8-16)[①]:中华书局1914年7月在上海创刊,月刊,每期20页左右。中华书局对它的办刊定位是"本报就儿童天然审美之观念输入种种知识。家庭及幼儿均极适用"[②]。由此可知该刊是以图画作为传播知识的手段。它的广告也印证了这一点:"《中华儿童画报》,本书深合儿童心理,将极有趣味之事,绘为图画。以极简单极浅显之文字说明之。内载是关于家庭、历史、文字、联字、造句、手工等。观图即可通文。可益智慧,余如滑稽画、童话各门。阅之足以唤起兴趣。末附悬赏问题。投稿可得赠品。足以鼓舞阅者向学之心。全书五彩精印。儿童阅之,尤为爱不忍释(月出一册,每册1角,全年1元)。"[③] 图画为叙事主体,文字为辅,涉猎诸种常识皆可观图即知。五彩精印。这与商务印书馆的《儿童教育画》旨趣非常切近。该刊是中华书局"八大杂志"之一。陆费逵对它很推崇:"《教育界》《小说界》《童子界》《儿童画报》,均已出版,销路尚佳,评论颇好。"[④] 1917年2月停刊。

《中华学生界》(图8-17)[⑤]:中华书局1915年1月25日创刊,

---

① 该刊未见原刊。图片来自于孔夫子旧书网,http://search.kongfz.com/product/zk4e2dk534ek513fk7ae5k753bk62a5y0/。

② 《中华八大杂志》,《中华学生界》1915年第1卷第6期。中华"八大杂志",有《中华教育界》《中华小说界》《中华实业界》《中华童子界》《中华儿童画报》《大中华》《中华妇女界》和《中华学生界》。

③ 《广告》,《中华童子界》1914年第1卷第3、4期。

④ 陆费逵:《陆费逵1914年底向股东会报告》,《中华书局大事纪要》,中华书局2002年版,第17页。

⑤ 《中华学生界》史料来自中国国家图书馆。中国国家图书馆共存有(1915年1月至1916年6月)第1卷第1期至第2卷第6期。其中图片来自《大成老旧刊全文数据库》。

图 8 - 16 《中华儿童画报》1915 年第 9 期插图

形制颇似商务印书馆的《学生杂志》，阅读人群也倾向于中学生。中华书局对其定位是"本志裨益学生之身心，辅助教科之不及，对于科学及英文尤极为注意"①。刊物内容有关于学生修养、常识、小说、游记、英汉对照、世界时局、各国国情等类文章。卷首有"插图"数幅，比如第 1 期有 8 幅摄影、学生成绩 2 幅和江苏省教育会演讲会讲师的肖像 2 幅。卷尾是学生的"国文成绩"。该刊创刊号载有刘半农（笔名：半侬）的小说《终身恨事》、包天笑（笔名：天笑生）的小说《病菌大会议》。其中包天笑的《病菌大会议》从第 1 卷第 1 期一直连载到第 11 期。当时刘半农和包天笑都是中华书局职员，因

---

① 《中华八大杂志》，《中华学生界》1915 年第 1 卷第 6 期。

而在中华书局的杂志上发表了很多文章。仅仅刘半农的小说创作就有《一小时之自由》（1915 年第 1 卷第 6 期）、《拿破仑之恩人》（1916 年第 2 卷第 1 期）和《立志难》（1916 年第 2 卷第 5 期）。刘半农的译作有《三百人》（1915 年第 1 卷第 2 期）、《青年时代之花》（1915 年第 1 卷第 4 期）和《奴儿脱籍记》（1915 年第 1 卷第 9—10 期）等。该刊 1916 年 6 月停刊，共出版 18 期。

图 8 - 17　《中华学生界》创刊号封面

《小弟弟》《小妹妹》：1922 年 5 月 20 日由中华书局创刊。属于画刊，估计是中华书局接续停刊的《中华儿童画报》来对抗商务印书馆的《儿童教育画》的，同时又能与《小朋友》相互补充、相互联手。《小弟弟》《小妹妹》均为旬刊。《小朋友》从1922年第1卷第5期就开始为之做广告，对其读者年龄定位、出版周期和主要栏目设置都做了一定说明："小朋友们！你爱小弟弟吗？你爱小妹妹吗？现在中华书局，有许多小弟弟、小妹妹，要上你的家里来，和你的小弟弟，小妹妹，在一块玩。你也愿意和他一块玩吗？《小弟弟》《小妹妹》，每十天各出一本，（每月出小弟弟三本，小妹妹三本）每本上的故事，儿歌，笑话，谜语，歌曲，全是色彩的图画，三岁的小弟弟，小妹妹，也看得懂；并且加上很有趣的说明，一律注明国音字母，五岁以上的小朋友，更看得很明白了。每十天出一本。每本大洋四分，邮费半分。"①（图8-18）根据《小朋友》读者定位为小学中高年级来论，《小弟弟》《小妹妹》读者定位应是小学低年级和幼稚园小朋友。因而以图画为叙事主体，而且全彩图。这是只有像商务、中华书局才有的实力和魄力。不过这两种期刊影响并不大，终刊时间不详。

　　《儿童画报》②（图8-19）：1922年8月由商务印书馆在上海创办，半月刊，主编朱天民。32开本，24页，用胶版纸套色印刷。栏目设置有"童话""绕口令""曲谱""活动电影""政事""歌唱""笑话""新诗""歌谣""滑稽画""儿歌"等。1928年起改为"年出10册"③。1931年曾实行了一次大的革新："这是专供五六岁到八九岁的儿童阅读的唯一画报。她的内容是与年俱新的，最新的计划如左：（1）全用彩色精印　从本年起全用彩色精印，务求鲜明美观。（2）内容力求改进　文字力求浅明易解，多用韵语，俾易上口。图画则形象逼肖，界画分明。(3)添加常识材料　逐

---

① 封底广告，《小朋友》1922年第24期。
② 《儿童画报》的史料，包括图片来自中国国家图书馆。
③ 广告，《申报》1928年2月11日第5版。

图 8-18 《小朋友》1922 年第 24 期广告

期介绍新发明的事物,以广儿童之闻见。"① 从中可看出,《儿童画报》的读者定位为"五六岁到八九岁的儿童",每年都有更新措施,并从 1932 年开始全用彩图精印。初期以文学性为主,后来增加"常识材料"。1932 年 10 月改为"新"字号,主编徐应昶,32 开本彩印。"'八一三'后,在香港复刊。改用四色精印,香港沦陷才停刊。"② 在创刊号上刊登的《投稿规则》是"本报以画图为主,各种有趣味的材料都欢迎。而他自己的作品尤为欢迎,但童话、笑话、歌曲等最多以 200 字为限……"该刊上的不论哪个栏目都均以图画的方式展开叙事,与《儿童教育画》相比,更侧重文学性,文字字数相对增多,但仍限制在 200 字以下。1940 年终刊。

① 广告,《申报》1931 年 12 月 27 日第 1 版。
② 郑逸梅:《书报话旧》,中华书局 2005 年版,第 167 页。

图8－19 《儿童画报》1922年8月创刊号封面

　　创刊号目录之后是一幅彩色套印的组画《昆虫游艺大会》，占据4个页面。游艺大会在一个花园里举行，分工艺组、音乐组、游技组、图画组开展活动。游技组的蝴蝶、蚱蜢、蜻蜓在跳舞，图画组有蜗牛、蚯蚓、蝌蚪在作画等，它们共同组成了一个热闹、生动、有趣的游艺大会，为儿童创造了个令人无限神往的童话仙境。其想象能力和构图能力让人叹服。这种四页连印的组画形式在《儿童教育画》中没出现过，占据2个页面的彩色跨页较之《儿童教育画》也明显增多。儿童图画故事的画幅更是大大增加，形式丰富多彩。1924年第1期有一则跨页彩图图画故事（图8－20）。兄妹在庭前玩捉蜻蜓，蜻蜓写信向黄莺小姐求助，无果。转而求助乌鸦将军，乌鸦将军有事。转而求助猴先生，猴先生去月世界旅行。蜻蜓飞到月世界没找到猴先生，倒发现兔爷爷在捣药。兔爷爷把药倒到下界，两兄妹以为是月饼，赶紧捡拾起来，不再捉蜻蜓了。这则故事由9幅图画组成，却不是九宫格，9幅画框由大小不一的长方形、正方形、菱形、圆形等组成，图画演进的方向也不是常规的从上到下、从左到右或从右到左，而是从整个画面的最右下角开始，回环往复，曲线式行进，布局非常别致。1924年第35期中的《小兔子采果子》运用缤纷的扑克牌组成8幅跨页彩图。可以和1929年3月第113期《小兔子采果子》对照着来看，也是由8幅图画组成，一只淘气的小兔子在果园采了一篮果子，回家的路上看到一只小鸟。它为抓住小鸟一路狂奔，结果小鸟没抓住，篮子里的果子都跑丢了。"小兔子"的造型可爱中透着顽皮，是个比较典型的淘气包男孩的形象。

图8-20　《儿童画报》1924年第2期彩色图画故事

《儿童画报》的叙事手法更加成熟。1924年第39期中的《小鼠的恶作剧》（图 8 - 21）运用 8 幅图画讲述了一对小老鼠的恶作剧。它们从郊外逮了很多蚂蚁放在爸爸的被窝里，然后躲在床后看爸爸的反应。爸爸熟睡中被蚂蚁惊醒，它们开开心心地跑开。这则图画故事形制是 8 格图，放置在同一页面上，文字只有极其简洁的对话，缺乏描述，故事发生的地点时间、前因后果、发展过程及老鼠兄妹的顽劣、淘气的描述都是通过图画实现的。故事在画面上鼠爸爸的惊恐大叫和小鼠兄妹的窃喜得意中戛然而止。《儿童画报》栏目设置中还出现了"剧本"。"剧本"是一种可以"表演"的儿童文学，非常受儿童欢迎。儿童书刊中经常会有这个栏目。但以图画表现剧本则是一种新形式。1924 年第 3 期的剧本《不要做声》（图 8 - 22）。整个故事设置在一个统一画面中，用画卷的方式从右到左逐渐展开故事情节。整个画面至少有三个时间段：第一个时间段是哥哥在午后的草地上打算捉鸟。第二个时间段是妹妹从屋里出来，不断聒噪地问话。第三个时间段是鸟儿被妹妹惊飞了，哥哥生气，妹妹笑了。因为是剧本，文字对人物的表情、动作都有一定的说明。图画则形象地把哥哥的紧张、生气、无奈和妹妹的天真、无辜、调皮生动地表现出来。图画和文字构思都很巧妙，结合程度也较高。

　　《小朋友画报》①（图 8 - 23）：1926 年 8 月由中华书局在上海创刊，半月刊。由王人路、吴启瑞编辑。1930 年因政治原因停刊②。1934 年 7 月复刊，由许达年、沈子丞编辑。该刊 32 开，以彩色图画为主，辅以浅近的文字，设有故事画、看图识字、童谣、小诗、谜语和儿童自由画等，1937 年抗战爆发停刊。

　　根据 1934 年复刊后的《小朋友画报》来看，刊物的主要特色是仿照欧美和日本杂志的儿童期刊的编辑办法，图大字大，字和图都是有颜色的，色彩统一。此外还多彩页。《踢毽子》③一个大跨页把踢毽子的每一个小朋友的神态、动作都描摹得细致、逼真。故

---

　　① 中国国家图书馆只有复刊后 1934—1937 年间的《小朋友画报》，没有 1926—1930 年间的《小朋友画报》。
　　② 王人路：《儿童读物的研究》，第 172 页。
　　③ 《踢毽子》，《小朋友画报》1934 年 11 月 16 日第 10 期。

图 8 – 21 《小鼠的恶作剧》，《儿童画报》1924 年第 39 期

图 8 – 22 《剧本·不要作声》，《儿童画报》1924 年第 3 期

图 8 - 23　《小朋友画报》1926 年 8 月创刊号封面

事画《意外的收获》①（图 8 - 24）由 8 幅画组成，一页两图，分 4 个页面叙事完成。也是图像大而清晰。与四宫格、六宫格、九宫格相比大大进步，更有利于儿童阅读。这种不计成本，唯求精致、美观的设计风格就是现代图画书的路子。通常一页只有一幅或两幅图画，抑或是两页一幅图画，每一幅画面近乎一幅精致的美术作品。《儿童画报》也是这种编辑风格，但《小朋友画报》和《儿童画报》相比，字更少，图更大。但这种不计成本的精美路线只在低幼的画报中才有，并不普及。

---

① 《意外的收获》，《小朋友画报》1934 年 11 月 16 日第 10 期。

图 8-24 　《小朋友画报》之《意外的收获》1934 年第 10 期

　　故事画《意外的收获》构思精巧，有趣之外又有深意。文字故
事是：1. 妹妹弟弟一同去写生，妹妹牵了一只狗。2. 把狗缚在树
干上。3. 狗跳过来要看画。4. 狗跳，树枝摇动了，果子往地上掉。
5. 弟弟的头被果了打痛了。6. 啊唷啊唷。7. 仔细看看原来是栗
子。8. 捧着回家罢，脸上嘻嘻笑。图画故事向来以儿童的顽皮行
为招致自讨苦吃来制造滑稽效果，而这则故事画构思的巧妙之处不
是在画中儿童的狼狈、小读者的笑声中戛然而止，而是把笑点设置
在孩子因为被砸而得到的意外惊喜上。这样孩子从画中不只得到滑
稽有趣，还有一种心理上的满足。孩子并不想因为自己的行为而时
时受到身体或语言的惩罚，而且因身体的受苦而带来滑稽毕竟还是
低层次的。宽容地看待儿童制造的麻烦，这些麻烦不只有趣而且对
己对人都有益，是一种"意外的收获"。这一点是符合现代儿童观
的。因而《少年周报》在发刊词曾说，《小朋友画报》被"小小朋
友多引为好朋友"①。

　　《小朋友画报》还有一个重要特色就是在每期目录之前设置

――――――――――

　　① 《少年周报发刊叙例》，《少年周报》1937 年 4 月第 1 期。

"献给读者的父母及教师"栏目，仔细讲解本期的主要内容，如何使用本书，介绍、解答一些儿童阅读方面的问题。形似现在图画书的《导读手册》，是对缺乏儿童文学、儿童教育基本知识的教师和父母的一种启蒙教育。《小朋友画报》的编辑者们非常敏锐地意识到作为教育者的父母和教师也应该或者说更应该受到教育。

二 从图像看两大书局的广告战

商务印书馆旗下的《东方杂志》曾有一篇论述现代社会广告重要性的文章：

> 现在经营商业一天难似一天了，因为从前营业的范围小，目前营业的范围大；从前营业只要货真价实，隔了数年数十年自然声名日大，生意日旺。目前善于经商的利用种种方法，不过一年半载，他的声名及生意竟可胜过数百年老店。唉！这是什么缘故？老实说，他们大半得力在广告的势力罢了。然而广告种类很多，传单、招贴，街上发的、贴的，太觉杂乱，实在有些惹厌，注意的人很少。日报效力较大，可惜是一时的，不是永久的。要登效力确实最能永久的广告，莫如书籍及杂志，即如敝馆的店名，虽不敢说全国皆知，但是全国识字的，总有大半数知道商务印书馆。并承各界不弃，常常赐顾，一半是出于各界见爱，一半却是敝馆常登书籍、杂志广告，有效的确实证据。此种广告，利益真是一言难尽，就敝馆出版书籍而论，有宜登广告的，有不宜登广告的，那些国民小学教科书，销路虽大，各界倘要求登载广告，敝馆不敢奉命。因小学生识字不多，非但广告不能发生效力，而且敝馆反蹈了欺谎的过失，这是同人所深恶的。所以敝馆出版书籍，虽有三千余种，却只选了历次试验，销路最畅，极有效力的书籍、杂志二十余种，为登载广告无上利器，扩充营业第一要籍。[1]

---

[1] 梅：《论登书籍及杂志广告的利益》，《东方杂志》1920年第17卷第1期。

这是一篇论述商务印书馆早期广告营销策略的重要历史文献。文章指出现代社会中"声名日大，生意日旺"的经营"大半得力在广告的势力"。这其实从广告的角度揭示了商务印书馆崛起的原因。作者又进一步详细分析了哪些渠道可以用来做广告，"传单、招贴，街上发的、贴的，太觉杂乱"，效果不好。"日报效力较大，可惜是一时的，不是永久的。"那么"要登效力确实最能永久的广告，莫如书籍及杂志"。但并不是所有书籍都可用来刊发广告，比如教科书是商务印书馆发行最广的书籍，但为小学生起见绝不可以登载。因而虽然商务印书馆出版3000余种书刊，但只有20余种"为登载广告无上利器，扩充营业第一要藉"。《妇女杂志》主编章锡琛甚至指出，商务办期刊的真正目的是借期刊来为商务所出的教科书做广告。他说创办《教育杂志》的动机是要"以讨论教育学术为名，实际的目的是要把他作为推广教科书的工具，通过杂志与各学校取得联系"①。曾担任过《东方杂志》主编的胡愈之也有类似说法：商务的期刊"通过商务印书馆在全国分馆，发行范围最广泛的大刊物几乎全部由商务印书馆包办。办期刊的目的，就是为了做书籍，特别是做教科书的广告"②。

虽然把商务印书馆创办多种杂志归结为书籍做广告有些片面，但从一个侧面反映了商务印书馆对广告的重视。自商务1904年创办《东方杂志》以来，商务的期刊一直持续不断地为自己书局所出的书籍做广告，并且商务旗下刊物之间也互相推出、宣传，节省了大量广告资金。《少年杂志》为新出的《学生杂志》登载广告，除介绍其主要内容外，还有特别强调：有图画，图画是学校之成绩品、纪念品及建筑物设备等摄影作品。③ 而《学生杂志》创刊后第2期便登载《少年杂志》的广告，"《少年杂志》自四卷一号起大

---

① 章锡琛：《漫谈商务印书馆》，载《商务印书馆九十五年　我和商务印书馆：1897—1992》，商务印书馆1992年版，第114页。

② 胡愈之：《胡愈之文集》第六卷，生活·读书·新知三联书店1996年版，第159—160页。

③ 广告，《少年杂志》1914年第4卷第6期。

加刷新"：

　　（一）确定趣旨：在发扬小学生精神统一少年界思想。……

　　（一）添列图画：正文中插图外，卷端印学生成绩数幅。……

　　（一）悬赏征集：分定期临时两种，或文字或绘画均可。①

《少年杂志》第 4 卷开始的确产生了很多变化，比如封面画每期不一样，都是鸟类的图片，画得非常美丽、精细。每期卷首增设了多幅学生的课艺成绩。正文内容对装帧、图画较之前期更为重视。而《少年杂志》的这些革新措施除了同人刊物为之进行宣传，自己也不断有革新广告的举措。早在第 3 卷第 12 期，《少年杂志》就刊出《本社紧要告白》："本杂志自与诸君结文字之缘，三年于兹，今自第四卷第一号起，更将内容，重为组织，增多门类，加刊来稿。详见卷首改编大意。"② 其实，《学生杂志》对自己的宣传更猛烈。在自己的创刊号上就刊发了两则《新编学生杂志广告》，一则为：

　　《附征集文字图片简章》：……七图片学生之手工图画成绩品，以及学校中之各种影片。……寄件者如欲将自己小影印入文中。可将影片随稿附下。当一并铸版印入。③

另一则主要针对各个栏目的具体介绍：

　　本杂志为全国学生界互相联络之机关，以辅助学业，交换智识为趣旨。

　　1. 论说：每号不限篇数，或由本社自撰，或选学生寄稿，

---

① 广告，《学生杂志》1914 年第 1 卷第 2、3 期等。
② 《本社紧要告白》，《少年杂志》1914 年第 3 卷第 12 期。
③ 《新编学生杂志广告》，《学生杂志》1914 年 7 月第 1 卷第 1 期。

或辑译外人论著；

2. 学艺：依学校所授各学科程度，发明其意蕴，扩充其类例，并采录欧美新说，名流著作，以广见闻，各学校中关于学术技艺上之成绩，亦列附焉。

3. 修养：凡关于修德习学锻炼卫生等为学生所应知之者，随时选登。……

10. 插画：选择学校之成绩品、纪念品及建筑设备等摄影制图，公诸报端。

第 2 期也是两则自我推介的广告，第 3 期达到 3 则。对自己刊物的宗旨、内容、范围等介绍和征集文字、图片的简章在本刊上滚动式不停推出，不断加深读者对本刊各种举措的认识。这种广告效应也许是《学生杂志》能够长盛不衰的一个原因。

《儿童世界》为刚刚出版的《儿童画报》做的广告有醒目的标题"最新出的、最有趣的、最美丽的、半月刊的儿童恩物：《儿童画报》出世了！"广告词占满了一个页面，极尽推举之能事：

小学儿童的心理，教他读书，总觉得有些没趣；教他看画，便没一个不是兴高采烈的。所以要引劝儿童读书的兴趣，最好，先给他们看有趣味的图画的书报。

我们刊行这儿童画报，就是这个意思。内容有诗歌、游戏、谜语、笑话、童话，等等，而要以图画为主。一首诗就有一幅画，一支歌也有一幅画，再加之以五彩刷印，尤其是精美绝伦。儿童看了，一面就可发生无穷的兴趣，一面还可养成很好的品行。

小学教师们呀！你不是天天要你们的学生长进么？

家长父兄们呀！你不是天天望你们的儿童长进么？

那末，就应该快快教他们看这"儿童画报"。①

---

① 广告，《儿童世界》1922 年 9 月第 3 卷第 10 期。

此广告仅标题就用了三个"最"，广告内容从儿童读书的心理入手，儿童读书总觉得没趣，看画就兴高采烈。以画引导儿童读书是最好的方式，该刊就是采用的这种方法。最后奉劝教师和家长，如果期望孩子长进最好的方式就是读《儿童画报》。广告巧妙地说明了此刊物符合儿童心理，达到孩子读书长进的目标最终又投合教师家长的心理。这则广告不只出现在《儿童世界》上，而且多次在1922年8月、9月、11月、12月的《大公报》上刊载。可见商务印书馆对此刊推广的力度之大。

中华书局初创者们原本就是商务职员，对商务的广告策略显然不陌生，而且也确立了书局内部的书刊互推广告、互为联手的格局。当陆费逵发现《小朋友》的编辑竟然宣传自己在其他书局出的书刊时很愤怒，致函给编辑所所长舒新城："顷见《小朋友周刊》大介绍其他家之书，太不成话，本局刊行杂志为宣传本版之书。以后各杂志每期须介绍本版：《新中华》介绍政治、经济、文学，《小朋友》介绍儿童书，《教育界》介绍教育书，《英文周报》介绍英文书。除编辑自己起草外，可由原编校人拟稿送登。"① 从信中可看出，刊物为本书局其他书刊宣传是责任，也是制度，不能违反。中华书局的各大刊物也的确在宣传本书局书刊上竭尽全力。《中华童子界》创刊号100页左右，仅仅广告占去了20多页，大规模地宣传本书局发行的各种书籍、期刊、画片等书品。"出版社并不单凭借资本和企业规模的大小程度来决定优劣，优劣的关键取决于出版社的选题计划究竟如何。"② 商务印书馆的《儿童教育画》办刊成功（详见第五章）使之成为一个优良的出版选题。但中华书局跟风并不盲目，而是为推出《中华儿童画报》展开了一轮又一轮的猛烈强劲的广告攻势，试图在低幼儿童读物上能与商务分一杯羹。既然《儿童教育画》的宗旨是"藉图画之玩赏引起儿童向学之观

---

① 转引自钱炳寰《中华书局史事丛钞》，载《陆费逵与中华书局》，中华书局2002年版，第293页。

② ［日］清水英夫：《现代出版学》，沈洵澧等译，中国书籍出版社1991年版，第136页。

念"。那么《中华儿童画报》每则广告的着力点都在"图画"。《中华童子界》从创刊号开始，接连四期都为《中华儿童画报》做宣传，其中第 2 期卷首卷尾都有广告，内容稍有变化，但关键词都是"图画"：

> 本书将各种科学上之智识，以及历史、时事、风俗、游戏等，分别绘图，以单简之文字说明之。并有童话开发其思想，美术手工诱导其练习。后附悬赏画，每册二十四页，用彩色精印。月出一册，定价一角。预定全年十二册定价一元。①
>
> 《中华儿童画报》，本书深合儿童心理，将极有趣味之事，绘为图画。以极简单极浅显之文字说明之。内中关于家庭者，有夏日纳凉图；关于历史者，有孔子杏坛设教图；关于文字者，有联字造句画，观图即可通文；关于手工者，有狮齿河牛图，按图裁贴，可益智慧。他若河边钓鱼、儿童打鸡等滑稽画，阅之令人大笑不止。水中之运动会，童话一种，于游戏之中，寓体育之旨。末附悬赏问题，可以赠书，足以鼓舞阅者之兴趣。全书五彩精印，儿童阅之，尤为爱不忍释。②

《中华学生界》也是一创刊就为《中华儿童画报》做宣传：

> 《中华儿童画报》月出一刊，定价一角，全年一元，邮费每册一分。
>
> 儿童心理无不爱阅图画，本书系就其天然审美之观念，输以科学上种种之智识。优点如下：（一）图画用意深切，均富兴味，并有美术手工，诱导其练习。（二）文字每图用简单说明，使儿童阅之渐知联字造句之法。（三）童话词义明浅，设想纯正，期于无形之中，陶养其性情培植其道德。（四）悬赏

---

① 广告，《中华童子界》1914 年第 1 卷第 1、2 期。
② 广告，《中华童子界》1914 年第 1 卷第 2 期。

所设问题以启发儿童思想为主，投稿当选增以极有趣味之品。①

这几则广告内容并不是一成不变，而是各有侧重，显示了中华书局的用心。笔者仅从目前见到的一个残本来推断，内容的丰富和图画的精良的确与《儿童教育画》相当。须知，《儿童教育画》原主编戴克敦 1912 年和陆费逵一起离开商务、组建中华书局，那么关于《儿童教育画》成熟的编辑技巧和营销手段也很快被他们运用到中华书局工作中。从图 8-16 看出内容也有五彩精印，图 8-25 中画师机智地用伞上的雄狮图案战胜真实的雄狮，而画师的奇遇显然就是《儿童教育画》上的一则滑稽画。

图 8-25 《中华儿童画报》1915 年第 9 期

此外，商务《少年杂志》成功的出版选题也被中华拿来创刊了《中华童子界》，并针对《少年杂志》"插画丰富，行文浅显"广告

① 广告，《中华学生界》1915 年 1 月第 1 卷第 1 期。

宣传，推出了"本志材料丰富趣味横生，文字浅显易解，图画鲜艳夺目，切合儿童心理"宣传①。在吸收了《少年杂志》办刊经验的同时，又强调"切合儿童心理"，而且"插画丰富"体现得更为出色。卷首刊有多幅插画，封一常常是"西国名画"（图 8 - 26），封二是中国题材的"毛笔练习画"，还有些摄影作品。文中的插图也非常丰富。"西国名画"的设置，不只让刊物大为增色，而且无形中培育了儿童的美感，对西洋美术的普及也大有好处。

图 8 - 26　《少女与犬》，《中华童子界》1914 年第 2 期

在《小朋友画报》面世前一个月，《小朋友》已经紧锣密鼓地

---

① 《中华八大杂志》，《中华学生界》1915 年第 1 卷第 6 期。

为它做起了广告:

> 这《小朋友画报》的内容，是许多很有趣的儿歌、故事和美丽的彩色图画，每一个月出两期，第一期就在今年七月一日和诸位相见。如果诸位小朋友想看看，就只须写明姓名住址，附两分邮票，我们就把第一期《小朋友画报》奉赠一本，若是已订阅《小朋友》的，简直可以不用如此，因为已是订阅《小朋友》的，我们都送他一本第一期《小朋友画报》，最好，诸位现在就订阅一份《小朋友》。①

这种广告可谓一箭双雕。既为即将面世的《小朋友画报》做了广告，又成为《小朋友》营销的一种策略。商务、中华书局打响的广告战都同时在自己书局内部采用互推模式，通过自己书刊的广告、宣传不断扩大自己的影响，从而也都确保了自己在印刷、出版行业的巨擘地位。

三　从图像看两大书局对小读者的争取

从《儿童教育画》时期，商务印书馆就很注意利用"悬赏画"等互动形式来吸引更多的小读者。《少年杂志》创刊号上有一篇《少年杂志临摹书画悬赏规则》，临摹的书画登载在卷首，是两幅彩页，一幅是苏东坡字，一幅是恽南田花卉画。欢迎小读者参加评奖，"优等者送书券，甲等十元，乙等五元"，获奖作品将在本杂志刊发。很快，《少年杂志》第8期卷首彩图上刊发了恽南田花卉画临摹获首奖者。这本身就是一种广告，是一种非常好的营销策略，很能激发儿童的参与、创作的热情。赵景深回忆幼年程度不够看不懂《学生杂志》时，也买来看的原因是自己的"名字刻在上面，总觉得是了不起的荣幸"。② 正因为看到这种奖掖方式能够扩

---

① 王人路:《〈小朋友〉的弟弟快要出世啦》，《小朋友》1926年6月24日第221期。

② 赵景深:《暗中摸索》，载《先生的读书经》，第187页。

大刊物的影响和销售，《少年杂志》第 4 卷起添加了"正文中插图外，卷端印学生成绩数幅"。儿童们除了可以参加命题"悬赏画"外，还可以把日常学习中的各种"课艺"成绩投给杂志社。卷首可以登载多幅少年儿童的绘画和书法等图片。这无疑是大大扩充了小读者参与的范围和人数。

《学生杂志》不仅征集学生的各种课艺图片，也大大欢迎学生学习生活的照片。每期除了学生绘画作品外，还有学校成绩室、刺绣等其他课艺成绩的照片、各种校友会的合影和学生修学旅行的照片①等。比如创刊号上刊发了 3 幅照片，其中 2 幅江苏省立第六中学校拳术部的合影和 1 幅南通农业学校球会的合影。第 2 期卷首有学生的 4 幅绘画作品和 2 幅照片，1 幅课艺成绩展览，1 幅校友会合影（图 8 - 27）。文中的摄影照片也很多，比如《世界有名之纪念碑》中竟有 9 幅摄影图片，其中有一幅插图竟占整页的篇幅，比如《最大虐杀纪念之女神像》。② 而同人杂志对介绍也特别强调图画中有学校之成绩品、纪念品及建筑物等摄影图片。③

中国在报刊上采用摄影图片始于 1904 年商务印书馆出版的《日俄战纪》，同年商务印书馆《东方杂志》创刊，每期都刊登铜版摄影插图。此后的《申报》《新闻报》《神州日报》《民立报》都竞相采用新闻照片。辛亥革命兴起之后，摄影术迅速普及。从武昌起义到民国政府成立初期，上海的革命报刊几乎天天刊登新闻照片。民国 9 年，上海时报馆出版了《图画周刊》，采用的全部是摄影图片，而主创人即中国新闻摄影创始人戈公振。商务印书馆在 1897 年创立以来，迅速发展成为集印刷、出版为一体的国内最大

①　《学生杂志》第 2 卷上的广告《无比精良之美术品：中国名胜照片》，黄山、庐山、普陀山、西湖、避暑山庄、泰山，上列六种中国名胜写真，均由黄炎培、张元济等诸先生旅行时特别摄影。用珂罗版精致。

②　《世界有名之纪念碑》，《学生杂志》1915 年第 2 卷第 4 期。

③　广告，《少年杂志》1914 年 6 月第 4 卷第 7 期。

图 8 – 27 《学生杂志》1914 年第 2 期摄影

的出版社。摄影术对其他小印书局还是望尘莫及的美事，而在商务印书馆内部则早已风行。从《少年杂志》创刊起每期都有摄影作品。比如第 1 期中有冯如的飞船，第 7 期中有美国自由女神像，第 10 期中有孙中山、黎元洪的照片，还有宣统帝退位照和黄兴、胡汉民等的照片。

这种新的视觉手段在儿童报刊上的启用成为一种惹人注目的现象。除了儿童的各种作品可以印在刊物上，连自己参加各种活动的照片也可以。也就是说杂志不只鼓励你在绘画等方面的才能，而且也鼓励你把自己的新生活作为示范展示给更多的少年儿童。学生的课艺成绩图片、童子军活动照片、"游艺会"、"恳亲会"、"毕业会"等以一种直观形象的视觉影像使"新学"更加深入人心。

原《教育杂志》主编陆费逵和原《儿童教育画》主编戴克敦不仅深谙商务"悬赏画"一类的营销手段，对商务新开发的登载学生课艺成绩、学生生活的摄影图片等争取读者群体的措施也使用"拿来主义"。《中华童子界》从创刊号就在卷尾设置"童子俱乐部"栏目，有作文、习字、图画等悬赏，选中者获赠童话数册或五彩明信片，并将于下期登载获奖作品。果然，第2、3、4期便登有"读者成绩"的图片（图8-28），前四期每期有绘画成绩2幅，第5期有1幅。

为对抗商务《学生杂志》采用摄影照片，《中华学生界》的卷首附载了更多的摄影作品。摄影图片有学生的课艺成绩、学生生活、军队照片等。比如创刊号卷首有8幅摄影，学生绘画作品2幅，江苏省教育会演讲会讲师的肖像2幅。在《哈弗耶鲁两大学比赛足球之盛况》一文中，为表现足球盛况的全貌，摄影图片都是折页样式，足有5大页之多。[1] 而且在《中华学生界》创刊的第2期就有《募集照片》的广告："本局刊行各种杂志需用照片甚多，如蒙惠寄不胜欢迎（一）各地风景。（二）名媛淑女。（三）结婚摄影。（四）著名之字画刺绣（新旧男女均可）。如须偿还照费或用后将照片寄还，来函声明均可遵办……"[2] 这则广告可以和《学生杂志》上登载多次的《附征集文字图片简章》广告对照着来看。《中华学生界》的《募集照片》从媒介形式来看只择取摄影照片，舍弃手绘图片；从内容来看，却远远超出了中学生生活照片的范围，甚至包括"名媛淑女"和"结婚摄影"。这反映了当时中等学校的有些学生已经是成

---

① 《哈弗耶鲁两大学比赛足球之盛况》，《中华学生界》1915年第1卷第3期。
② 《募集照片》，《中华学生界》1915年第1卷第2期。

图 8-28 "读者成绩"图片,《中华童子界》1914 年第 2 期

人了,在家里已经订婚或完婚。同时也说明了这个广告不只是为《中华学生界》做的,中华书局各种书刊都急需摄影图片填充门面。而且迫切到只要你寄来照片,书局可以为你的照片费用付费,并且用后可以寄还。也就是说书局可以花钱让读者去照相。由此可看出中华书局的魄力之大,为抗衡商务印书馆真可谓破釜沉舟。

除了摄影,《儿童画报》出现了另一个和影像有关的栏目"活动影片",此栏目从创刊号便开始设置。"活动影片"顾名思义,就像看电影一样的多幅画面连续出现。在当时能把连续的图画与电影的连续画面联系起来,的确是一种非常新颖的设想。《儿童画报》的主编朱元善虽然既不能写,又不能译,但他的眼光很是敏锐,并且趋时求新,编辑灵活多样。朱元善主编时期的《学生杂志》的革新都是他设计的,包括让茅盾翻译科学小说,并让茅盾写一些响应新文化运动的文章等。这时期商务印书馆已经自己能拍摄影片了。早在 1917 年商务印书馆开始试办电影制片业务，1918 年正式成立影戏部，并拍摄了一些风景、时事、教育、新剧、古剧一类的电影。正是在这样的形势下，朱元善很有预见性地把儿童读物的图画和影片联系了起来。从儿童连续图画到电影，从图像到影像，这之间的跨越可谓大矣。而这事，也正是由美术转入影戏部的中国动画片的开山鼻祖万籁鸣兄弟正在研究尝试的。后来万籁鸣兄弟于 1926 年拍成的《大闹画室》成为中国第一部动画片。

因为《儿童画报》创刊于暑假期间的 8 月 1 日，创刊号刊载了"活动影片"《暑假日记》。一共 15 幅画面，周围饰以电影胶片式的图案，记录了一个小学生从早 6 点半起床到晚 8 点睡觉一天的活动。第 3 期中的"活动影片"《西瓜故事》（图 8-29）是个顽皮的小男孩利用西瓜画鬼脸、做瓜皮帽、做灯笼，最后西瓜灯落地摔碎的有趣故事。也是 15 幅画面。这个栏目要求画面幅数多，画面之间的跨度不能太大，画面中人物的动作有连贯性，画面的释义强，不需借助太多的文字一样可以明白。《儿童世界》或《小朋友》虽也有长篇的图画故事，但分别刊载了多期，《儿童画报》中的"活动影片"在同一期刊载，中间没有人为的硬性阻断，因而更符合叙事规律，也更符合儿童的阅读心理。当图画渐渐不再是文字的附丽，不再是屈居于说明的亚媒介地位，成为叙事的主要手段，文字反而成了一种注解、说明。这种"活动影片"与电影的影像艺术虽不一样，但都运用视觉文化手段、借助视觉思维来实现信息传输。

中华书局争取小读者的核心策略是歌舞剧本。"儿童文学原为国语运动中一支流，黎锦晖先生爱好音乐表演及儿童文学，乃利用之以宣传国音国语，诚为两利之道，而本局儿童书籍遂得独步一时。……儿童文学在本局出版物中确是个亮点，而歌舞剧本的风行，面之广，时间之长，又是亮点中的闪光点。"[①] 黎锦晖歌舞剧

---

① 吴廉铭：《编辑所略史》，转引自钱炳寰《中华书局史事丛钞》，第 289—290 页。

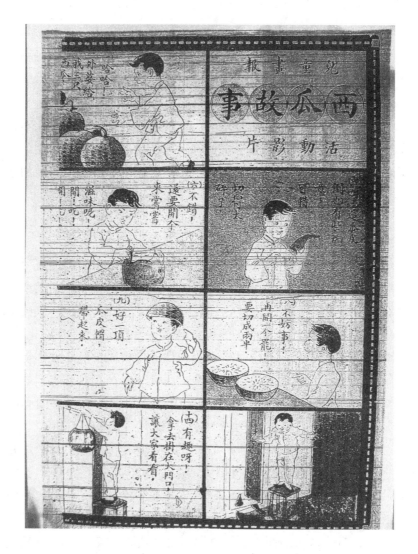

图 8 - 29 《儿童画报》1922 年 9 月第 3 期

本的风行全在于剧本极好的表演性，能有效地把文字符号视觉化、影像化。后来，1927 年黎锦晖组织"中华歌舞团"全国巡演，广受欢迎，演出的剧本几乎全在《小朋友》上发表过或经中华书局出版过。之后从黎锦晖的儿童歌舞剧团里便走出了黎明晖、黎莉莉、王人美、徐来等一批电影明星。

摄影图片在商务、中华儿童期刊上被大规模采用，商务印书馆《儿童画报》"活动影片"栏目的设置，中华书局黎锦晖歌舞剧本的风行等，似乎在向我们传达这样一个信息：图像，尤其是影像已经成为我们这个时代最真实、最有力、最新式的理解和解释世界的方式。在还以印刷文化为主导的时代，影像这种新的视觉文化不仅标志着社会进步，而且凸显了图像符码远强于语言文字的作用，并在以后的发展中逐步强化，成为文学的现代化中一股不可忽视的推动力量。

四　图像叙事理论的探索

儿童喜欢图画，但真正要在儿童读物上大量运用图画还需要一定的舆论力量，而且还需要考量一些技术因素才能使图画的运用更有效。早在 1908 年徐念慈便论述儿童小说的旨趣、装帧、定价，甚至具体到封面设计、开本规格和文中插图等的重要性。民国时期商务、中华两大书局的竞争虽然也有恶性的价格战，但双方都借此发展了自己，刊物内容愈见丰富充实，而且彼此都在自己旗下的书刊上对图像作用进行了学理探讨。仅 1930 年以前就有《无图画趣味之人》（未注明作者，《中华童子界》1914 年第 1 卷第 2 期）、丁锡纶《儿童读物的研究》（《妇女杂志》1920 年第 6 卷第 1 号）和《续〈儿童读物的研究〉》（《妇女杂志》1920 年第 6 卷第 7 号）、李清悚《小学学生参考书的编制》（《教育杂志》1924 年第 10 号）、徐如泰《童话之研究》（《中华教育界》1926 年 11 月第 16 第 5 期）、郑振铎《插图之话》（《小说月报》1927 年 18 卷第 1 期）以及写于 1928 年、1933 年由中华书局出版的王人路《儿童读物的研究》等文章。

其中《无图画趣味之人》对图画在现代社会中作用的认识很深刻。笔者尽量把重要内容抄录下来：

我们谈到图画，仿佛是讲专门技术家所绘山水的堂轴，或是人物的挂屏等类，竟是一种室内的装饰品，似乎不是人人应该学的。其实大大的不然。图画一事，有时可以发表自己意志，有时可以修养自己精神，人与画二者之间，实有不可分离的大关系在内。……现在的求学，不能像古人那么埋头攻书，就算完了。能读书、能作文，到底还不完全。有时也许用图画来表现意思咧。世界渐文明，人类渐忙碌。读那难懂的文章时，总要旁边附有图画。方始一望就明白，省却许多工夫。近来外国的杂志，往往写真版插得很多。无非是叫人一见即知其意罢了。

或者研究地理，那山川港湾，名胜风景，把文章来记载他，到底是隔靴搔痒。有一幅图画，就显得明明白白了。此时无论怎样粗略的画，总能深印入脑中，并且容易理解。就是教科书中，那些植物动物生理矿物物理等，若不画着物体之形状，生徒必难理解。所以教科书中，画着物体形状，不独说明便利，且记忆上非常有益。不过看了图画，也有仅能记忆的。也有略生图画趣味的。各人的眼光，大有高低，有图画趣味之人，印入脑筋，必定更深。

我与远处的朋友通信，或是出门在外，要写信与父兄，若把当时自己寓所附近的景色，房屋的状况等，也写在信上。受信的人见了，兴趣必更深一倍。但是要把门前的清水涟漪、屋角的斜阳掩映，一样一样的景象，写将上去，一支笔，到了此时，便觉得不自在了。这时候若文章形容不出，倒是图画来的便当。若不能绘画，真是个不自由的人了。

一年四季，有种种美丽之花，就说一种梅花，也有千差万别，仅仅一种红梅之中，深深淡淡，种类还很多。若要把言语文章来表现他，我们的思想感情，决不能十分满足。此时只消有纸笔颜料，即能画出花之真相，无论什么人看起来，总看得出他是什么花。所以图画是发表自己意思最便当的方法。不能绘画的人，一身于发表思想上，颇不自由，与不识字的人同一可怜。

现在出版的书中，有插图的也不少。若是国文修身历史地理等书中之画。就是没有学过画的普通人，也能明白，一到理科书中，就有什么花的纵剖面、横剖面、机械的构造图，其组合如何，颇难想象。即使有文字说明，不过说甲与乙怎么装置，丙与丁怎样配搭罢了。没有画图思想的人，粗看看，很不容易明白的。

其次是养成美术趣味，图画一事，能占绝大势力。无美术趣味之人，思想鄙陋，不论对着什么极美的景色诗文图画，总不能有快感的。我们每年在暮春时节，到野外去散散步，满目的桃红柳绿，何等好看。此时诸君若有些图画趣味，把最得意的风景，或是所遭遇的事情，描入画簿上，回去给父兄看看。不但父兄一定快乐，自己也很有趣的。可怜目下的童子们，解得这种有益的趣味的人，真是极少。

优美与快感，都是精神的营养物，修养精神之物。真无出其右了。古时名将，往往在酣战之中，忽然吟其诗来，绘起画来，无非要使的精神统一。虽是纷乱的精神，到了一心绘画之时，精神就能收集起来。一个人若是两目无疾，对着可以滋养精神的自然界，或是图画中，所现的形与色，决不致一点也没有美感的。倘若竟无美感，这便是睁眼的瞎子。人生最不幸的境遇了。

图画又能表现人之性质，把自己的人格，可以传至后世。现在我们见了古时名人之画，就能看得出他的人格如何高尚。譬如见了雄壮的画，晓得他必是精神伟大，不拘小节的。见了幽逸的画，晓得此人必是很潇洒的。即使判断不合，见了这一幅画，也未免有使人神游其中之概。此刻希望诸君学习图画，就是此意。况且几何画等，更是工业理科等学问上不可缺少的东西咧……①

----

① 《无图画趣味之人》，《中华童子界》1914 年第 1 卷第 2 期。以上几处引言均选自《无图画趣味之人》。

这篇关于图画的论述很有价值，是人们对图画认识逐步深入的一种表现。文章先是指出图画对人类的重大作用："图画一事，有时可以发表自己意志，有时可以修养自己精神，人与画二者之间，实有不可分离的大关系在内。"然后批判图画无用论。以往在强调图画的作用时，多围绕着图像更通俗易懂、图像能补足文字之不足展开论述的。这篇文章第一次从人类文明渐进，生活节奏变快的角度讲起，因而人类需要采用一种更便捷、更快速的阅读方式，图像便可满足随着文明进步对文化传播方式不断提升的要求。文章除论述图画在自然科学上的实用价值外，还特别强调图画不是文字的余绪，它与文字实在是并驾齐驱的两种传情达意的方式。"无图画趣味之人"形同文盲，他的精神是不自由的。文章说"图画是发表自己意思最便当的方法。不能绘画的人，一身于发表思想上，颇不自由，与不识字的人同一可怜"。直到现在，多数人仍把图画视为亚文化媒介，所以作者在100多年前便把文字、图画视为地位相等的传播媒介的确有相当的历史前瞻性。这篇文章能发表在中华书局的刊物上正与中华书局在创办初年就重视图像有关。

丁锡纶在1920年发表的《儿童读物的研究》和《续〈儿童读物的研究〉》是比较早的详细论述儿童读物如何使用图画的文章。文中还涉及纸张、字号、装帧等问题，并对每种类型的儿童读物都举例说明。他首先指出，"儿童心理，最爱图画：所以用图画来启发他的智识，是最为相宜"。然后根据儿童的年龄分级论述。第一类三四岁儿童使用"幼稚画片"，并对尺寸、纸张、图画的排版、使用方法、购买方法等都做了比较详尽的介绍。第二类六七岁至十一二岁的儿童看的童书也强调使用图画，分为两种：甲种本举例说可以画一个故事，分作数图，或十数图，自相连接，每幅附以二三十字之说明，使儿童看了很有趣味。修身类童书最宜此编制。乙种本将同类的物件一物一图，汇为一本。每幅一图，画要简明。每幅附印二三十个字的说明。儿童看了可得触类旁通之益。常识类童书最宜此编制。并进一步介绍童画以横式相宜，全用彩色印，要简单鲜明。并对尺寸、页数、纸张做了详细的规定。第三类在"国民学校读书"的儿童可看"绘图儿童周报（或旬报）"。"每十日出版一次，每次两大张，分印十六页，计三十二面。报名广告等，均印在反面，以便阅后可以装订成册。内容分为国家大事、学术、小说、悬赏画等，……无论何门均须附以图画。""每逢国家纪念日，增刊纪念号，用好纸彩印，以助兴味"。并希望纸要好，价钱要低廉，用宋体字石印，字体不要太小等。①

在儿童读物刚刚起步的阶段，这篇文章就从儿童读物的装帧到插画都做了详尽、专业的介绍，非常及时。尤其是根据儿童年龄提供适宜图画的建议触及了图画也需习得的观念。多数人都有这样一个误解：似乎文字需要学习和训练才能掌握，而图画则不需要习得。其实图画的认知也需要对图像符码系统有足够的了解。有些科学家和探险家曾把写实的图画甚至照片拿给非洲或南美洲原始文化部落中的人看，结果发现他们常常无法分辨图画所描绘的事物。因为他们的文化中不存在这种描述，他们没有办法理解。② 这说明，不同文化背景、不同生活习俗的人有不同的心理图式，可能会出现对同一幅图画完全不理解或理解偏差。"观看（看，凝视，瞥一眼，查看，监视和视觉快乐）或许与各种形式的阅读（破译，解码、翻译等）一样，是个很深刻的问题。'视觉经验'（visual experience）或'视觉教养'（visual literacy）用文本模式是不可能得到全面解释的。"③"视觉教养"是靠训练、学习逐步积累起来的，知道得越多了解得越多。

当年鲁迅向青年人大力推荐木刻艺术，并翻印德国麦绥莱勒的木刻版画《一个人的受难》等四种。但却受到杜衡、施蛰存的质

---

① 丁锡纶：《续〈儿童读物的研究〉》，《妇女杂志》1920 年第 6 卷第 7 期。
② ［加拿大］佩里·诺德曼、梅维丝·雷默：《儿童文学的乐趣》，陈中美译，少年儿童出版社 2008 年版，第 451 页。
③ ［美］W. J. T. 米歇尔：《图像转向》，载《文化研究》第 3 辑，天津社会科学院出版社 2002 年版，第 4 页。

疑：德国版画那类艺术品是否能为一般大众所理解？①鲁迅反击道："去年还是连环图画是否可算美术的问题，现在却已经到了看懂这些图画的难易了。……现在的社会上，有种种读者层，出版物自然也就有种种，这四种是供给智识者层的图画。然而为什么有许多地方很难懂得呢？我以为是由于经历之不同。同是中国人，倘使曾经见过飞机救国或'下蛋'，则在图上看见这东西，即刻就懂，但若历来未尝躬逢这些盛典的人，恐怕只能看作风筝或蜻蜓罢了。"②鲁迅通过《一个人的受难》读者群体的定位涉及图像阅读的前理解问题。鲁迅的强调其实是提醒启蒙者在文化传播过程中，要充分考虑接受者的主体性，根据接受者的特点来对传播内容进行调整，才能达到有效的传播目的。这是伴随着图画也需习得而来的问题。针对识字不多、生活阅历不多的儿童，就要根据儿童的特点，以写实画为主，构图简单，颜色鲜艳，色调明快。在当今这个图像泛滥的时代，各种新的视觉文化产品层出不穷，但并不是所有图像儿童都能看懂，也并不是所有图像都适合儿童阅读。尽量给儿童提供适合并能促进他们心智发展的图像文本是成人义不容辞的责任。

也许丁锡纶并没有意识到指出图像也需要习得还有另一重历史意义：1875 年创刊的沪版《小孩月报》与当时传统蒙学读物上的儿童形象差别非常大，包括一些儿童的服饰和玩具、日用品、生活场景和生活习惯都截然不同。如果拿一些西方儿童的写实照片或图片给中国儿童看，中国儿童可能无法分辨图画所描绘的事物。反之亦然。然而到了 20 世纪 20 年代和 30 年代的民国时期，在儿童读物上的图像对西方儿童生活全景式描述持续了多年后，那些儿童读物的忠实小读者们再面对西方儿童的写实照片时便不会有困惑，而且作为一种自我想象投影的玩具娃娃更是典型的西方儿童形象。但是中国儿童的真实形象并没有通过图像在西方社会中建构起来，所

---

① 杜衡、施蛰存编选：《一九三二年中国文坛鸟瞰》，载《中国文艺年鉴》，现代书局出版。转引自鲁迅《论翻印木刻》，载《鲁迅全集》第 4 卷，人民文学出版社 1981 年版，第 603 页。

② 同上。

以西方人对中国儿童由于不理解而产生的误读常令人惊愕。

丁锡纶所论及的童书甲种中"画一个故事，分作数图，或十数图，自相连接"，"每幅附以二三十字之说明"其实就把图像叙事推向了前台，文字仅仅是对画出来的故事的说明。郑振铎等创制图画故事是否也曾受到此文的直接启发已经难以考证了，但以《妇女杂志》在当时的巨大影响推论，此文肯定对后来儿童读物的编辑者产生过影响。此外，丁锡纶还提出"布制儿童用书"，即"布制儿童用书"更美观、更坚固、更实用等优点。① 这种对儿童用书的考量正是儿童本位论的一种表现。

李清悚在《小学学生参考书的编制》一文中专门就"插画的应用"发表了相当独到的见解。他说："表现思想的方法，本不止于文字言语，还要有图画。"把图画提升至与文字相当的地位，这种见解在1924年的确是振聋发聩的。然后他提到的"对于儿童来讲，图画的认识往往易于文字。视助（visualizing aid）中要以图画为最有魔力"，童书中"图画的采取尤比文字来得重要"，"书内的插画要与教材内容有联络，并且每一张插画下要注有趣味的说明，以便儿童了解图画的意义。图画的用意不必过于晦涩，要显著"等见解也非常有意义。他并不因为标举图画而把文字仅仅视为说明的附属地位。他强调文字的有趣和图画的配合。而且最有价值的是他认为把"印刷"和"装订"视为细枝末节是不对的。他大量引用国外最新研究成果来说明"印刷的美恶，可以左右儿童读书的兴趣"，而字体、标点、行间的距离、行列、纸张等"皆对于读书的疲劳明了卫生及知觉方面等有密切关系"。装订与印刷同样重要，"儿童有审美的本能，装订之美，即诱起儿童爱读的兴趣。普通的封面画，最好用彩色，一色画固好，五彩画也可以用，但五彩画不能过于复杂。调子复杂，与儿童的观感大有妨碍。有时书可用活页的装订，以便儿童随时折取"。② 这篇文章最大的特色就是把图画和儿

---

① 丁锡纶：《儿童读物的研究》，《妇女杂志》1920 第 6 卷第 1 期。
② 李清悚：《小学学生参考书的编制》，《教育杂志》1924 年第 10 期。

童文学的关系放入国际的大背景下进行讨论，视野开阔。文中介绍的许多国外最新童书的编制都让国内的相关人士大开眼界。其后石顺渊和张匡撰写《儿童读物的新研究》时便很受它的影响。

徐如泰没有对儿童书中图画的使用做更专业的研究。但他在《童话之研究》指出儿童喜欢图画是一种本能。他说：

> 赏鉴美术本是儿童固有的天性，儿童对于自然的实物之美，固有欣赏的能力，就是对于人类的精神产物，也有相当的好尚。……再说到书报方面，美丽的画报，新奇的故事，当然也可以叫他手不忍释，心不愿离，一意的去做欣赏美术的生活。①

徐如泰的"赏鉴美术本是儿童固有的天性"与郑振铎的说法相似，他说：不喜欢图画的人，可以说是绝无仅有。我们当孩童及少年时代，都要经过图画迷的一个长时期。② 的确如此，许多文人在幼年时期都有过痴迷图画的经历。鲁迅是最典型的，插图本《山海经》便是少年鲁迅魂牵梦绕的书，幼年的鲁迅还用"荆川纸"蒙在小说绣像上一个个描下来，等等③。因而为儿童用书添置图画是体现儿童需求的一种表现。晚清以降，这种做法渐渐作为一种常识被大家讨论，而这一时期也正是中国视觉启蒙最特别的阶段，时事画报、月份牌报、连环画、漫画一起涌现出来。据《中国近代现代出版通史》中罗列统计，1898年9月至1911年12月，仅仅画报类报刊有52种之多④。画报分布的区域也已相当广泛，遍布中国各大城市，如上海、北京、广州、天津、杭州、汕头、成都和哈尔滨等

---

① 徐如泰：《童话之研究》，《1913—1949儿童文学论文选集》，少年儿童出版社1962年版，第108页。原刊《中华教育界》1926年11月第16卷第5期。

② 郑振铎：《插图之话》，《小说月报》1927年第18卷第1期。

③ 鲁迅：《阿长与〈山海经〉》，《从百草园到三味书屋》，载《鲁迅全集》第2卷，第246—248页，第282页。

④ 叶再生：《中国近代现代出版通史》，华文出版社2002年版，第937页。

城市，其中以上海最多，北京居次。著名的新闻学家戈公振在1920 年明确指出："世界愈进步，事愈繁颐，有非言语所能形容者，必藉图画以明之。"① 所以说图像时代的到来是伴随着社会进步的，并与整个社会启蒙的进程同步。

---

① 戈公振：《〈图画周刊〉发刊导言》，《时报》附刊《图画周刊》1920 年 6 月 9 日创刊号。

参考文献

1. 鲁迅：《鲁迅全集》，人民文学出版社 1981 年版。

2. 周作人：《周作人文类编》，钟叔河编，湖南文艺出版社 1998 年版。

3. 陈平原：《左图右史与西学东渐——晚清画报研究》，三联书店（香港）有限公司 2008 年版。

4. 陈平原：《图像晚清：点石斋画报之外》，东方出版社 2014 年版。

5. 蒋风、韩进：《中国儿童文学史》，安徽教育出版社 1998 年版。

6. 王泉根：《现代中国儿童文学主潮》，重庆出版社 2000 年版。

7. 朱自强：《朱自强学术文集》1—10，二十一世纪出版社 2016 年版。

8. 方卫平：《中国儿童文学理论批评史》，江苏少年儿童出版社 1993 年版。

9. 吴其南：《中国童话史》，河北少年儿童出版社 1992 年版。

10. 刘绪源：《儿童文学的三大母题》，少年儿童出版社 1995 年版。

11. 王泉根评选：《中国现代儿童文学文论选》，广西人民出版社 1989 年版。

12. 熊秉真：《童年忆往》，广西师范大学出版社 2008 年版。

13. 徐兰君、[美] 安德鲁·琼斯主编：《儿童的发现——现代中国文学及文化中的儿童问题》，北京大学出版社 2011 年版。

14. 胡从经：《晚清儿童文学钩沉》，少年儿童出版社 1982 年版。

15. 李孝悌：《清末的下层社会启蒙运动：1901—1911》，河北教育出版社 2001 年版。

16. 黄可：《中国儿童美术史撷拾》，少年儿童出版社 2002 年版。

17. 陈映芳：《图像中的孩子　社会学的分析》，山东画报出版社2003 年版。

18. ［美］尼尔·波兹曼：《娱乐至死·童年的消逝》，广西师范大学出版社 2009 年版。

19. ［法］保罗·阿扎尔：《书，儿童与成人》，梅思繁译，湖南少儿出版社 2015 年版。

20. ［英］柯林·黑伍德：《孩子的历史：从中世纪到现代的儿童与童年》，台湾麦田出版社 2004 年版。

21. ［加拿大］佩里·诺德曼、梅维丝·雷默：《儿童文学的乐趣》，陈中美译，少年儿童出版社 2008 年版。

22. ［加拿大］培利·诺德曼：《话图：儿童图画书的叙事艺术》，杨茂秀等译，台东市儿童文化艺术基金会 2010 年版。

23. ［加拿大］佩里·诺德曼：《隐藏的成人　定义儿童文学》，徐文丽译，中国社会科学出版社 2014 年版。

24. ［法］菲力浦·阿利埃斯：《儿童的世纪——旧制度下的儿童和家庭生活》，沈坚、朱晓罕译，北京大学出版社 2013 年版。

25. ［美］泰勒·何德兰、［英］布朗士：《孩提时代　两个传教士眼中的中国儿童生活》，金城出版社 2011 年版。

26. ［美］埃里克松：《童年与社会》，罗一静等译，学林出版社1992 年版。

27. ［美］威廉·A. 科萨罗（William A. Corsaro）：《童年社会学》，程福财等译，上海社会科学院出版社 2014 年版。

28. ［英］艾莉森·詹姆斯、克里斯·简克斯、艾伦·普劳特：《童年论》，何芳译，上海社会科学院出版社 2014 年版。

29. ［法］W. J. T. 米歇尔：《图像理论》，陈永国等译，北京大学出版社 2006 年版。

30. ［美］鲁道夫·阿恩海姆：《艺术与视知觉　视觉艺术心理

学》，滕守尧等译，中国社会科学出版社 1984 年版。

31. ［美］鲁道夫·阿恩海姆：《视觉思维　审美直觉心理学》，滕守尧译，光明日报出版社 1987 年版。

32. ［英］约翰·伯格：《观看之道》，戴行钺译，广西师范大学出版社 2005 年版。

33. ［英］彼得·伯克：《图像证史》，杨豫译，北京大学出版社 2008 年版。

34. ［斯］阿莱斯·艾尔雅维茨：《图像时代》，胡菊兰等译，吉林人民出版社 2003 年版。

35. 《视觉文化读本》，罗岗、顾铮主编，广西师范大学出版社 2003 年版。

36. ［荷］米克·巴尔：《叙述学：叙事理论导论》，谭君强译，中国社会科学出版社 2003 年版。

37. ［美］华莱士·马丁（Wallace Martin）：《当代叙事学》，伍晓明译，北京大学出版社 2005 年版。

38. ［美］J. 希利斯·米勒（J. Hillis Miller）：《解读叙事》，申丹译，北京大学出版社 2002 年版。

39. ［英］马克·柯里（Mark Currie）：《后现代叙事理论》，宁一中译，北京大学出版社 2003 年版。

40. 申丹、王丽亚：《西方叙事学　经典与后经典》，北京大学出版社 2010 年版。

41. ［法］阿尔都塞：《哲学与政治　阿尔都塞读本》，陈越编译，吉林人民出版社 2003 年版。

42. ［英］特里·伊格尔顿：《审美意识形态》，王杰等译，广西师范大学出版社 2001 年版。

43. ［法］米歇尔·福柯：《权力的眼睛：福柯访谈录》，严锋译，上海人民出版社 1997 年版。

44. ［法］米歇尔·福柯：《规训与惩罚》，刘北成等译，生活·读书·新知三联书店 1999 年版。

45. ［法］米歇尔·福柯：《知识考古学》，谢强等译，生活·读书·新知三联书店 1998 年版。

46. ［加拿大］麦克卢汉：《理解媒介——论人的延伸》，何道宽译，商务印书馆 2000 年版。

47. ［美］米尔佐夫：《视觉文化导论》，倪伟译，江苏人民出版社 2006 年版。

48. ［法］克里斯蒂安·麦茨等：《凝视的快感 电影文本的精神分析》，吴琼编，中国人民大学出版社 2005 年版。

49. ［法］莫里斯·梅洛·庞蒂：《可见的与不可见的》，罗国详译，商务印书馆 2008 年版。

50. 《画中有话：近代中国的视觉表述与文化构图》，黄克武编，"中研院"近代史研究所 2003 年版。

51. 宛少军：《20 世纪中国连环画研究》，广西美术出版社 2012 年版。

52. 毕克官、黄远林：《中国漫画史》，文化艺术出版社 1986 年版。

53. 徐小蛮，于福康：《中国古代插图史》，上海古籍出版社 2007 年版。

54. 张志公：《传统语文教育教材论暨蒙学书目和书影》，上海教育出版社 1992 年版。

55. 徐梓：《蒙学读物的历史透视》，湖北教育出版社 1996 年版。

56. 熊月之：《西学东渐与晚清社会》上海人民出版社 1994 年版。

57. 汪家熔：《商务印书馆史及其他》，中国书籍出版社 1998 年版。

58. 王立新：《美国传教士与晚清中国现代化》，天津人民出版社 2008 年版。

59. 桑兵：《晚清学堂学生与社会变迁》，广西师范大学出版社 2007 年版。

60. 顾长声：《传教士与近代中国》，上海人民出版社 1981 年版。

61. 张秀民：《中国印刷史》，浙江古籍出版社 2006 年版。

62. ［加拿大］李利安·H. 史密斯：《欢欣岁月》，傅林统编译，富春文化事业股份有限公司 1999 年版。

后　记

　　回顾自己的学术历程，首先，我要感谢导师魏建先生。先生对现当代文学中原始资料的强烈关注、对问题意识的分外强调、对理论素养的特别重视使我从一开始就走上了治学的正途。犹记得当年博士学位论文开题前我把章节目录拿给先生看，他说论文框架不是预设的，都是在研究和思考中慢慢形成的。现在只把属于自己的发现写出来就行，不论长短。我才恍然意识到我研究路数的本末倒置。这使我不敢轻易地对研究对象下结论，除非有大量的史料做支撑。其次，我要感谢朱德发、吴义勤、姜振昌、张清华、王万森、李掖平、房福贤、吕周聚、王景科等诸位先生精彩的讲课，并对我的论文提出了诸多有价值的建议。多年来每念诸位先生对我学业的指导和启发都感恩不尽。

　　我儿童文学研究的最初启蒙来自中国海洋大学博士生导师朱自强先生的著述。他对儿童文学的思考睿智又深邃，其中"童年是一种思想的方法和资源"论点对于理解儿童文学中摇曳多姿的现象是个纲举目张的问题。这一点让我尤为受益。我还要感谢台湾作家张嘉骅先生对我的帮助，尤其是他看到我和他的研究方向有交叉的部分，就把自己还未出版的书稿寄给了我。这番信任让人感动。原《文汇报》副刊"笔会"主编刘绪源先生也对我的论文修改提出了建设性的指导意见。还有台东大学的杜明城副教授、蓝剑虹助理教授为我寄来了台湾出版的儿童文学研究书籍。美国普林斯顿大学的陈敏捷女士为我电邮来相当有价值的研究资料。我还要特别感谢朋友刘聪多年来对我的关照，从个人到家庭，从生活到学术，为我排解了许多烦忧，跟我分享了许多人生智慧。此外，我还要特别感谢中国社会科学出版社编辑杨晓芳女士为此书付出的辛劳。当然还有许许多多没有提及的朋友、同学、同事，在此一并奉上我真诚的谢意。

最后我还要特别感谢我的家人。多年来老迈多病的父母、忙碌的丈夫、年幼的孩子一直尽自己所能地给予我情感支持，陪我走过了多年的艰辛。几乎每个读博士、做研究的女性提起自己的学术历程都有一把辛酸泪。我当初读博时孩子不满四岁，丈夫在外地工作。双方老人年事已高，几乎有两年半时间完全是我一个人带着孩子读博，包括带着孩子走南闯北地查资料，辛苦自不必待言。但我想这不应该成为学术粗制滥造的借口。趁博士学位论文出版之际，我把当年甚是草率的博士学位论文做了大幅度修改。

当多年前我试图上溯到晚清来厘清当代图画书的发展脉络时，只勉强往下走到抗战时期便进行不动了。因为涉及问题太多，每前进一步都难免挂一漏万。囿于本人能力和精力有限，这次修改只选择几个典型文本作为突破口来对儿童文学中图像叙事的发展进行史的勾勒。因而留有众多遗憾，很多挖掘出来的珍贵史料还需深入研究。

跋

我儿子上初二那年，有一天，我和儿子去看电影，出门就晚了。我们拦了一辆出租车，要求司机开快一点。司机吮着袋装牛奶，点了点头，车更快了。突然，儿子大叫一声："停车！"急刹车后，司机转过脸来，表情极为夸张，惊愕并愤怒着。我还没缓过神来问儿子，他已经下车了。我和司机看到的是：儿子跑回去，捡起刚才司机从窗口里扔出的牛奶袋，放进附近的一个垃圾桶。我再看司机，他已转过头，从后视镜里看到他全然没有了愤怒，带着一丝羞愧。

我也很羞愧啊，仅次于那个司机。不能乱扔垃圾，原是我教给儿子的。可后来不知多少次，看到小儿子把矿泉水空瓶子扔到垃圾桶，我才想起自己喝过的空瓶子放哪儿了？然后学着儿子的样子扔到垃圾桶里。这一次，当司机把牛奶袋从车窗抛出的时候，我并没当回事，儿子却是零容忍。伴随着一次又一次这样的事例，我和儿子一起成长。原以为一直是我在教育儿子，却原来我同时一直在接受儿子的再教育。最近读到张梅评论火锅《为荷包记》的文章，其中有堪称警句的文字："昨天，我们教给孩子认识世界；今天，孩子领着我们重新理解世界。"

2000 年张梅考取了山东师范大学中国现当代文学专业的硕士研究生，我是她的指导教师。入学不久，我就发现她是一个"张爱玲迷"——对张爱玲极度崇拜，谈起张爱玲的作品，她代入感很强。直到我硬逼着她阅读有关张爱玲的原始期刊文献，才拉开了她与张爱玲之间的一点学术距离。她的硕士学位论文《重返文学现场的一种历史考察——论〈杂志〉对张爱玲的影响》，以 1943—1945 年《杂志》与张爱玲的关系为中心，对张爱玲在文坛的崛起、文艺观、小说创作风格，都做出了全新的回答。论文的学术水平是很高的。

硕士毕业五年后，张梅又考取了博士研究生，还是我来指导。关于博士学位论文的研究方向，我以为她还会研究张爱玲，她也的确有过继续做张爱玲的打算，但很快就放弃了。我很吃惊，是什么力量能让一个"张爱玲迷"疏远她的偶像呢？何况她的硕士学位论文已经打下了很好的研究基础，再做张爱玲轻车熟路；不做张爱玲，无论做什么，她都将筚路蓝缕，以启山林。

改变张梅研究方向的巨大力量，是因为她做了四年的母亲。女儿叫杨贻丹，第一个乳名叫"淘淘"，后又叫"丹丹"，听说现在叫"妮妮"。我之所以熟悉杨贻丹的乳名，是因为张梅向我汇报学习情况的时候，老是提到她，还不断提到她们母女之间的文学交流。就这样，在张梅的研究视野里，不知不觉间张爱玲淡出，儿童文学浮现。

被孩子改造的不仅是张梅的研究方向，还有张梅的学风。

孩子究竟教给父母什么？是没有监视探头也不能闯红灯？还是没有人收费也不能逃票？其实，孩子对我们最大的教育是知行合一。孩子的所"知"是用于"行"的；而我们的所"知"，多是用来教育别人的。至于是否落实到"行"，那得看我们是否愿意"行"，更多的时候取决于是否有人监管"行"。孩子学着我们长大，逐渐"知"与"行"不再合一，说的是一套，做的是另一套，于是成了大人，要想再学好，得等他们有了孩子。

记得张梅读硕士的时候，偶有学术失范之处，我提醒她，她说人家都是这样。言外之意：你说得很对，可是有几人能做到呢？到她读博士的时候，不用我再提醒了，因为她只要看到敷衍糊弄的研究成果就要吐槽。这也许是杨贻丹反教给她的做事认真。

仅举一例：

五年前，张梅博士学位论文答辩稿第一章第二节，谈"图像叙事的先声:《小孩月报》的创办"时,介绍《小孩月报》只有如下文字。

> 1874 年 2 月美国传教士嘉约翰(Dr. J. G. Kerr)在广州创刊《小孩月报》(*The Child's Paper*);1875 年由传教士范约翰接办,移至上海出版,清心书院发行。在此期间,还有一份《小孩月报》(*The Children's News*)创刊于 1874 年 2 月创刊于福州,主编是普洛姆夫人与胡巴尔夫人。

而呈现在你面前的书稿,一开头就是对《小孩月报》的版本考证,字数超过了原稿相关内容的 20 倍。且不说她正文的考证多么严谨,单看她第一页的第一个注释是如何介绍版本资料来源的:

> 《小孩月报》的资料(包括图片)主要来自上海图书馆、《晚清期刊全文数据库》和姜亚莎、经莉、陈湛绮编辑的《民国画报汇编·上海卷》第 77、78 册(全国图书馆文献微缩复制中心 2007 年出版)。其中《晚清期刊全文数据库》中的《小孩月报》资料主要以上海图书馆的藏品为基准。上海图书馆藏有的《小孩月报》从 1875 年第 1 期到 1881 年第 12 期。中国国家图书馆藏有五本《小孩月报》合订本的缩微胶卷,从 1876 年 5 月第 13 期到 1881 年 4 月第 12 期,2007 年收入《民国画报汇编·上海卷》。《民国画报汇编·上海卷》中《小孩月报》资料主要以原浙江图书馆的藏品为基准。凡文中图片属于这三种来源的不再注明。

读完全书,我按捺不住欣喜:我切切实实地感到张梅学术上的巨大进步!当然,这种进步的形式是往后看,向前走。她学着孩子似的认真,甩干着博士学位论文原稿中的学术泡沫,扎扎实实地向前迈进。我欣喜,因为我联想到文艺复兴时代的精英们如何向后看，看着古希腊古罗马人童真的光芒，走出了黑暗的中世纪。

也许我们所有的希望，都在这里——向纯真的童年学习！

是为跋。

魏建

2016.9.21